ଗାଁଧୀଛକରୁ ଟିକିଏ ଆଗକୁ

ଗାନ୍ଧୀଙ୍କରୁ ଟିକିଏ ଆଗକୁ

ପଦ୍ମଜ ପାଲ

BLACK EAGLE BOOKS
2019

BLACK EAGLE BOOKS

7464 Wisdom Lane
Dublin, OH 43016
E-mail: info@blackeaglebooks.org
Website: www.blackeaglebooks.org

First International Edition Published by
BLACK EAGLE BOOKS, 2019

Gandhi Chhakaru Tikie Aagaku
by **Padmaj Pal**

Cover & Interior Design: Ezy's Publication

ISBN- 978-1-64560-047-3 (Paperback)

Printed in United States of America

।୧।

ସେଦିନ ଏମିତି ଏକ ଭୟଙ୍କର କାଣ୍ଡ ଘଟିଗଲା।

ହରିବୋଲ । ହରିବୋଲ ।

ମାଧପୁର । ତା ୧୩.୭-ସକାଳ ୧୦ଟା ୧୫ ମିନିଟ୍ ଦେଖିଲା, ମହାଭାରତର ଅବଶିଷ୍ଟ ସେଇ ଲୋମହର୍ଷଣକାରୀ କାଣ୍ଡ । ଯୁବକଜଣକ ଆତଙ୍କିତ ହୋଇ ଦୌଡୁଥାଏ 'ରକ୍ଷାକର, ରକ୍ଷାକର' ଆର୍ତ୍ତ ଚିତ୍କାର କରି । ଅସ୍ଥିର ପାଦ ତା'ର ଡେଇଁ ଡେଇଁ ପଡୁଥାଏ- ଯେପରି ଆକାଶଠୁଁ ପାତାଳ ପର୍ଯ୍ୟନ୍ତ-ସବୁ ଗମ୍ୟ, ଅଗମ୍ୟ ସ୍ଥାନରେ । ଏ ପୈଶାଚିକ ପୃଥିବୀର ନଦୀନାଳ, ପାହାଡ଼ପର୍ବତ, ଝାଡ଼ଜଙ୍ଗଲ, ସହର ନଗର ସବୁ ସ୍ଥାନ କାଳକୁ ଅତିକ୍ରମ କରି ଯିବାର ବ୍ୟାକୁଳ ପ୍ରୟାସରେ । କୁଆଡ଼େ ଯେ ସେ ପାଦ ଅସ୍ଥିର ଉଦ୍‌ବେଗରେ ଛୁଟୁଥିଲା ସେ ନିଜେ ବି ଜାଣି ପାରୁ ନଥିଲା । କେବଳ ଗୋଟାଏ ପଳାୟନ ମନସ୍କତା । ଆତ୍ମରକ୍ଷା ପାଇଁ ଏକ ଦୂରନ୍ତ ଅନ୍ଧ ପ୍ରୟାସ । ସେ ବି ଜାଣିପାରୁ ନଥିଲା କେଉଁ ଅଜଣା ଅଦେଖା ମାନସରୋବର ତା'ର ଲକ୍ଷ୍ୟସ୍ଥଳ । ଯେଉଁଠି ସେ ଆତ୍ମଗୋପନ କରି ନିରାପତ୍ତା ପାଇବ, ଧାଉଁଥିବ ଏ ମୃତ୍ୟୁମାନଙ୍କ କବଳରୁ ।

କିନ୍ତୁ ଏ ପୃଥିବୀରେ ଦିଶୁ ନଥିଲା ସେମିତି ଏକ ସ୍ଥାନ ଯେଉଁଠି ନିଖୋଜ ହୋଇ ଯାଇ ହୁଏ ।

ପ୍ରାଣାନ୍ତକ ଦୌଡ଼ରେ, ନୟାନ୍ତ ହୋଇ ଯାଇ ଚଣ୍ଡ ମୁହୂର୍ତ୍ତକ ପାଇଁ ମୁହଁ ବୁଲେଇ ଚାହିଁଲା ପଛକୁ । ଅତିକ୍ରମ କରିଥିବା ଜୀବନକୁ, ଦୂରତାକୁ । ଆକଳନ କରି ନେବାକୁ ସେଇ ଧାବମାନ ମୃତ୍ୟୁର ପହଞ୍ଚକୁ ।

ନା, ଆଉ ବେଶି କିଛି ଦୂରତା ନାହିଁ ।

ଯାହା ଅଛି କେବଳ ଆଖିର ଭ୍ରମ ।

ସେମାନେ ଅଧିକ-କ୍ଷିପ୍ର, ହିଂସ୍ର ଓ ପ୍ରଚଣ୍ଡ ।

ଆଉ ଗୋଟାଏ ମୁହୂର୍ତ୍ତର ଦୂରତ୍ୱ । ହୁଏତ, ସେଇ ଆଗାମୀ ମୁହୂର୍ତ୍ତଟି ହେବ ମୋ ପାଇଁ ଶେଷ ମୁହୂର୍ତ୍ତ ।

ବଞ୍ଚିବା ପାଇଁ ମୋର ସମସ୍ତ ପ୍ରୟାସ ହୁଏତ-ଅର୍ଥହୀନ ପାଲଟି ଯିବ ।

ମୋ ଜୀବନ କାହାଣୀର ପଡ଼ିଯିବ-ଶେଷାହୁତି, ଓଁ ସ୍ୱାହା ।

ମୃତ୍ୟୁ ପାଲଟିଯିବ ଅନତିକ୍ରମ୍ୟ, ଅପରାହତ ।

ଅଥଚ

ମୃତ୍ୟୁ ପାଖରୁ ଜୀବନ ପାଇଁ ଦୌଡ଼ିବା କି ଭୟଙ୍କର କି ଦୟନୀୟ ଅନୁଭବ ତା' ମୁଁ ବୁଝି ପାରି ନଥିଲି କେମିତି ?

ଚଣ୍ଡ ମୁଁ ।

ଅନେକଙ୍କୁ ମୃତ୍ୟୁ ଦାନ କରିଛି । ମୃତ୍ୟୁର ସେଇ ନିର୍ଣ୍ଣାୟକ ଘଡ଼ିସନ୍ଧି ମୁହୂର୍ତ୍ତରେ, ସେଇ ମୃତ୍ୟୁମୁଖୀମାନଙ୍କ ବିକଳ ମୁହଁକୁ ଚାହିଁ ରହିଛି । ଦେଖିବାକୁ, ଉପଭୋଗ କରିବାକୁ ସେ ମୃତ୍ୟୁର ଅନୁଭବ ।

ମଣିଷ ମରେ କେମିତି ?

କେତେ ବ୍ୟାକୁଳତା, କେତେ ଅସହାୟତା, କେତେ ଭୟ କି ଆତଙ୍କ ଫୁଟି ଉଠୁଥାଏ ସେ ମୁହଁରେ ।

ହେଲେ, ସବୁ ବେଳେ ହିଁ ବ୍ୟର୍ଥ ହୋଇଛି । କିଛି ବୁଝିପାରି ନାହିଁ, କି ଦେଖି ବି ପାରିନାହିଁ-ମୃତ୍ୟୁର ସେ କାଳନ୍ତରୀ ନୃତ୍ୟ ।

ମୃତ୍ୟୁ କ'ଣ ଗୋଟାଏ-ଛଟପଟ ପକ୍ଷୀ । ଗୋଟା, ଭୟଭୀତ ଶ୍ୱାନ । ବ୍ୟାକୁଳ ମା' ଟିଏ । ନା, ଗୋଟାଏ ଡଙ୍ଗାଡୁବି ।

ନ. ନା । ହୋଇ ନଥିବ ନିଶ୍ଚୟ । ଅନିବାର୍ଯ୍ୟ ହୋଇ ନଥିବ ଏଭଳି ଏକ ଚିରନ୍ତନ ମହାସତ୍ୟର ଏମିତିକା ଦୟନୀୟ, କୁତ୍ସିତ ରୂପ, ସମ୍ଭବ କିପରି ?....

ଚଣ୍ଡ କିଛି ବୁଝିପାରୁ ନଥିଲା ।

ଅଥଚ, ଆଜି ଯେମିତି ସେ ପ୍ରତ୍ୟକ୍ଷ କରୁଛି- ବ୍ରେଷ୍ଟ ଷ୍ଟୋକ୍‌ରେ ମୃତ୍ୟୁ ଯେପରି ଧସେଇ ଆସୁଛି ଗୋଟାଏ କ୍ଷୁଧାତୁର ଶିକାରୀ ଶବିଡିକ୍‌ର ଉନ୍ମୁକ୍ତ ଆଁ ଭଳି । ପୁଣି ଦିଶୁଛି ଯେମିତି ପଞ୍ଝାଏ ରକ୍ତ ମୁଖା ଗ୍ରେହାଉଣ୍ଡ ଛୁଟି ଆସୁଛନ୍ତି ଲମ୍ଫ ଦେଇ ଦେଇ । ଏମିତି କେତେକେତେ ଭୟଙ୍କର ରୂପ ତା'ର । ରୂପାନ୍ତର ତା'ର ।

ମୁହୂର୍ତ୍ତଟିଏ ପରେ, ଆସିବ ସେ - ମହାଲମ୍ଫ ।

କାଉଣ୍ଟ ଡାଉନ୍ ଆରମ୍ଭ ହୋଇ ଗଲାଣି ।

- ଥ୍ରୀ....ଟୁ....ଔବାନ୍ । ହ୍ୱିସିଲ ବାଜି ସାରିଲାଣି ।

ଏଥର ଝାମ୍ପ ।

ଅଥଚ, ଏତେବେଳକୁ ପାଦ ମୋର ଅବଶ ହୋଇ ଯାଉଛି ।

ଆଖି ବି ଦେଖିପାରୁନି କିଛି-ନା, ରୂପ । ନା ରୂପାନ୍ତର ।

ଲାଗୁଛି, ଏଠି ଯେପରି ସମୟର ପାବନ୍ଧି ନାହିଁ, କି ତା'ର ସ୍ଥିତି ବି ନାହିଁ ।

ସମୟ ସ୍ଥାନ ପାତ୍ର, ସବୁ ଯେପରି ଏକାକାର । ଗୋଟିଏ ବିନ୍ଦୁ ଯେମିତି । ଯାହାର ରୂପ ନାହିଁ । ରଙ୍ଗ ନାହିଁ । ଗନ୍ଧ ନାହିଁ । ସ୍ଥିତି ବି ନାହିଁ । ଏକ ଅହେତୁକ ପୃଥିବୀ ।

ଖାଲି ଶୂନ୍ୟ, ମହାଶୂନ୍ୟ ଓ ତା'ର ନିଳୀୟ ମହାଜାଗତିକ ବିସ୍ତରଣ ।

ଲାଗୁଛି, ମୁଁ ଯେପରି ଧୀରେ ଧୀରେ ମୃତ୍ୟୁର ପଞ୍ଝାରୁ, ମୃତ୍ୟୁକୁ ଅତିକ୍ରମୀ ଯାଉଛି । ମୃତ୍ୟୁସ୍ପର୍ଶ ପୂର୍ବରୁ ଯେପରି ଅଦ୍ଭୁତ ଭାବରେ ମୁଁ ରୂପାନ୍ତରିତ ହୋଇ ପଶିଯାଉଛି- ମୃତ୍ୟୁହୀନତା ଭିତରକୁ ।

ଥରେ କେବେ ପଢ଼ିଥିଲି ଉପନିଷଦରେ - 'ମୃତ୍ୟୋର୍ମାଂ ଅମୃତଂ ଗମୟ' ନ,-

ଅମୃତାତ୍ ମାଂ ମୃତ୍ୟୁଂ ଗମୟ । ସେଇ ଏକା ତତ୍ତ୍ୱ । ଏକା ଉଲ୍ଲଙ୍ଘନ ।

ଚଣ୍ଡ, ହଠାତ୍ ଉପରକୁ ହାତ ଟେକି ଦେଲା ।

ସେ ହାତ ଯେପରି ବାମନର ପାଦ ଭଳି ବିସ୍ତରିଗଲା ବିଶ୍ୱବ୍ରହ୍ମାଣ୍ଡକୁ ।

ସେ ସମର୍ପିତ କରିଦେଲା ନିଜକୁ-ଦ୍ରୌପଦୀ ଭଳି ।

କେଉଁ ଏକ ମହାସଭା ନିକଟରେ ।

'ଅହଂ ଶରଣମ୍ ଗଚ୍ଛାମି' ।

ଶରଣଂ ତୋ ଗଚ୍ଛାମି ।

ଏବଂ

ଠିଆ ହୋଇଗଲା ଅଦ୍ଭୁତ ଶୌର୍ଯ୍ୟରେ, ଦର୍ପରେ ।

ସେତେବେଳକୁ ଏ ପୃଥିବୀରୁ, ଶୁଭୁଥିଲା ଗୋଟାଏ ଆର୍ତ୍ତନାଦ । ବ୍ୟାକୁଳ ଚିତ୍କାର ।

ଖଣ୍ଡା, ଭୁଜାଲି, ଲୁହାଛଡ଼, ଚେନ୍‌ରେ ସେମାନେ ଆକ୍ରମଣ କରୁଥିଲେ ।

ଚଣ୍ଡ ରାସ୍ତା ଉପରେ ପଡ଼ି ଛଟପଟ ହୋଇ ଚିତ୍କାର କରୁଥାଏ 'ବଞ୍ଚାଅ... ବଞ୍ଚାଅ ।'

ପର ମୁହୂର୍ତ୍ତ ଆସିଲା, ଏକ ଗଭୀର ଅର୍ନ୍ତମୁଖୀ ନୀରବତାର ମୁହୂର୍ତ୍ତ ।

ସବୁ ଶବ୍ଦ ନିଃଶବ୍ଦ ପାଲଟିଗଲା ।

ଆଉ ଶୁଭିଲା ନାହିଁ କିଛି- ଚିତ୍କାର କି ଆର୍ତ୍ତନାଦ । ଦେଖାଗଲା ନାହିଁ- ଜୀବନ ରକ୍ଷା ପାଇଁ ପ୍ରାଣାନ୍ତକ ପ୍ରଚେଷ୍ଟା କି ପ୍ରତିରୋଧ । ପ୍ରତି ଆକ୍ରମଣର ପ୍ରୟାସ ବି ନଥିଲା ।

ପୃଥିବୀ ସ୍ନାନ ନେଉଥିଲା କ୍ଷରିତ ରକ୍ତରେ । ଛାତି ଉପରେ ତା'ର ନୃତ୍ୟ କରୁଥିଲା ଖଣ୍ଡିତ ବିଦ୍ୟୁତ ମାଂସପେଶୀ ।

'ଶେଷ କରିଦିଅ', ସଇତାନର ଶେଷ ନିର୍ଦ୍ଦେଶ- 'କିଲ୍ ହିମ୍ ।'

ଭୁଜାଲି ଧରି ଜଣେ ଯୁବକ ଝପଟି ଆସିଲା ସାମ୍ନାକୁ । ଚଣ୍ଡର କେଶ ଧରି ମୁଣ୍ଡଟାକୁ ଟେକି ଧରିଲା ବିଚକ୍ଷଣ ଦକ୍ଷତାରେ । ମୁହୂର୍ତ୍ତେ ବିଳମ୍ବ ନକରି ଜୋର୍ କରି ଫିଙ୍ଗି ଦେଲା ରାଜରାସ୍ତା ଉପରକୁ । ଧର୍ମ ଦାଣ୍ଡକୁ ।

ଘୋଷଣା ହେଲା-

ସବୁ ଶେଷ ହୋଇଗଲା ।

ଓଁ ଶାନ୍ତିଃ । ଓଁ ଶାନ୍ତିଃ । ଓଁ ଶାନ୍ତିଃ ।

ଭୂ ଶାନ୍ତି । ଭବ ଶାନ୍ତି । ଭୂତ ଶାନ୍ତି । ଭୂମା ଶାନ୍ତି । ଜୀବନ ଶାନ୍ତି । ମୃତ୍ୟୁ ଶାନ୍ତି, ଭବତୁ ।

|| ୨ ||

"ମର୍ଡର, ମର୍ଡର" ଦିଗହରା ଗର୍ଭିଣୀ ପାଗେଳୀଟିଏ ଚିତ୍କାର କରି ଦୌଡ଼ିଲା- 'ମର୍ଡର...ମର୍ଡର' । ଭୋ...ଭୋ ହୋଇ ତା' ପଛରେ ଧାଇଁଲେ କେଇଟା ବୁଲା ରୋଗିଣା ଲୋମଛଡ଼ା କୁକୁର କୁକୁରୀ, ବିଭ୍ରାନ୍ତ ବ୍ୟସ୍ତତାରେ ।

ଆତଙ୍କରେ ତଟସ୍ଥ ବଜାରଟା ଠିଆ ହୋଇ ଯାଇଥିଲା ଟିପ ଅଗରେ । କେହି କାହାକୁ ପଦେ କଥା ବି କହିପାରୁ ନଥିଲେ । ନିଜକୁ ସାଉଁଟି ନେବାର ବିକଳ ପ୍ରୟାସ ଭିତରେ ପାଲଟି ଯାଇଥିଲେ- ଲୋଚାକୋଚା, ଆବାକାବା ।

କିଏ ଜାଣେ, ଯାକୁହିଁ କେନ୍ଦ୍ରକରି ଗୋଟାଏ ଭୟଙ୍କର ଲୁଟ୍‌ପାଟ୍‌ର ନର୍ଗିସ ମୁଣ୍ଡ ଟେକିବ ନାହିଁ । ସୃଷ୍ଟି ହେବ ନାହିଁ ପୁଣି ଗୋଟାଏ- ମହାଭାରତ ! ଅଠର ଦିନରୁ ଯାହା ବାକି ରହି ଯାଇଛି, ଅଧ ବେଳାକର ।

ନିଜ ଦୋକାନଟିକୁ ବନ୍ଦ କରି ଦେବାକୁ ବିମଳ ସାହୁ ତରତର ହୋଇ ଉଠିଲା । ଦୋକାନ ସାମ୍ନାର ତାରପୋଲିନ୍ ତାଟିଟି ଖୋଲି ପକେଇବା ପୂର୍ବରୁ ତା' ଆଖି ଯାଇ ପଡ଼ିଗଲା ଗାନ୍ଧୀ ବୁଢ଼ା ଉପରେ ।

ଏଇ ବୁଢ଼ାଟି ସବୁବେଳେ ଅହିଂସା ଅହିଂସା ହେଉଥିଲା । ସାଂପ୍ରଦିକ ହତ୍ୟା ଲୁଣ୍ଠନ ବେଳେ ଅନଶନରେ ବସି ଯାଉଥିଲା । କହୁଥିଲା ସତ୍ୟନିଷ୍ଠ ହୁଅ । ଅବିଚାରର ପ୍ରତିରୋଧ କର । ସମଦର୍ଶୀ ହୁଅ । ପାପକୁ ଘୃଣାକର ପାପୀକୁ ନୁହେଁ । ସବୁ ମଣିଷକୁ ଭଲପାଅ ।

କେଉଁ ମଣିଷମାନଙ୍କ ପାଇଁ କହୁଥିଲେ ଏକଥା ! କ'ଣ ଏଇ ମାନଙ୍କ ପାଇଁ ?

ଯେଉଁମାନେ ନିଜର ସ୍ୱାର୍ଥ ଛଡ଼ା ଅନ୍ୟ କିଛି ବୁଝନ୍ତି ନାହିଁ କି ଚାହାଁନ୍ତି ନାହିଁ ଅନ୍ୟ ଆଡ଼େ ।

ଏଇ ଗାନ୍ଧୀବୁଢ଼ା ତା' ପାଇଁ ସବୁବେଳେ ଗୋଟାଏ- ପ୍ରହେଳିକା । ଗୋଟାଏ ମାୟାଜାଲ । ସେ କିଛି ବୁଝି ପାରେ ନାହିଁ ତାଙ୍କୁ । ମାତ୍ର ଚାହିଁ ଦେଲେ ତାଙ୍କୁ ତା' ଭିତରେ ଗୁଞ୍ଜରିତ ହୋଇ ଉଠେ ଗୋଟାଏ ବହୁ ପୁରୁଣା - ଜିଗର ।

'ଈଶ୍ୱର ଆଲ୍ଲା ତେରୋ ନାମ୍
ସବକୋ ସନମତି ଦେ ଭଗବାନ ।'

ତା'ପରେ, ତା' ଭିତରେ ସଞ୍ଚରି ଯାଏ ଗୋଟିଏ ଅଦ୍ଭୁତ ସ୍ଥିରତା । ଅଦ୍ଭୁତ ଏକ ଶିହରଣ । ବିସ୍ତରିଯାଏ ତା' ଶିରାପ୍ରଶିରାରେ, ମନରେ ଆତ୍ମାରେ ।

"କାହିଁକି ଏମିତି ହୁଏ ।", ବିମଳ ସାହୁ ନିଜକୁ ପଚାରେ,

"ଗାନ୍ଧୀ ମହ ତାଙ୍କ ସହ ମୋର କି ସମ୍ପର୍କ ? ଅଛି କି କିଛି । ହେଉ ପଛେ ଅତି ନଗଣ୍ୟ ଅତି ସୂକ୍ଷ୍ମ ଦୂରନ୍ତ ? ହେଉ ପଛେ ପ୍ରତ୍ୟକ୍ଷରେ ବା ପରୋକ୍ଷରେ, ଅଛି କି ?"

ଅବଶ୍ୟ କୁହନ୍ତି, ଗାନ୍ଧୀଙ୍କର ୨୮ତମ ମୃତ୍ୟୁ ବାର୍ଷିକୀ ଦିନ ମୋର ଜନ୍ମ । ଠିକ୍ ସେହି ଭୟଙ୍କର କାଳବେଳାରେ, ସନ୍ଧ୍ୟାର ଅବ୍ୟବହିତ ପୂର୍ବରୁ । ଅସ୍ତମୁଖୀ ସୂର୍ଯ୍ୟ । ପୃଥିବୀରେ ବିଚ୍ଛୁରିତ ନାରଙ୍ଗୀ କିରଣର ବର୍ଣ୍ଣ ଛିଟା । ହଠାତ୍ ସଂଗଠିତ ହେଲା ସେହି ଅପରାଧ । ଗୋଟାଏ ଉଗ୍ରବାଦୀର ରିଭଲ୍‌ଭରରୁ ଛୁଟିଲା ତିନିଟା ଆଗ୍ନେୟ ମୃତ୍ୟୁବାଣ ।

'ହେ ରାମ ! ଜୟ ରାମ ।' ଶୁଭିଲା ଗୋଟାଏ ଆର୍ତ୍ତ ଜାତର ସ୍ୱର । ଥରି ଉଠିଲା ମଣିଷର ହୃଦୟ । ମାନବତା ହେଲା ରକ୍ତାକ୍ତ । ଧରାଶାୟୀ ।

"ଆଲୋକ ଲିଭିଗଲା ।" ଶୋକାତୁର ଶୁଭିଲା ନେହେରୁଙ୍କ ସ୍ୱର, ଏଣିକି ଖାଲି ଅନ୍ଧକାର । ମାନବତା ବୁଡ଼ିଗଲା ହିଂସାରେ । ଅନ୍ଧକାରରେ ।

ହାଡ଼ି ଦାସ କାନ୍ଦି କାନ୍ଦି ଦୌଡ଼ିଲା ଚାରି ଆଡ଼େ କହି କହି, 'ଗାନ୍ଧୀ ମହାତ୍ମାଙ୍କୁ ମାରି ପକେଇଲେରେ ! ଜଣେ ହିନ୍ଦୁ ମାରିଦେଲା ରେ ।'

ସେଦିନ, ମୋତେ ଜନ୍ମ ଦେବା ପରେ, ଆଖି ଖୋଲି ଥରେ ବି ମୋତେ ଚାହିଁ ପାରିଲା ନାହିଁ- ମୋର ମା' । ଥରକ ପାଇଁ ଛୁଇଁ ବି ପାରିଲା ନାହିଁ ତା'ର ସ୍ନେହ ବୋଳା ହାତରେ । ସ୍ତନରୁ ବୁନ୍ଦାଏ କ୍ଷୀରବି ପାଟିରେ ଦେଇ ପାରିଲା ନାହିଁ । ଶବ୍ଦଟିଏ ମୋ ନାଁରେ ଉଚ୍ଚାରଣ କରିପାରିଲା ନାହିଁ । ପ୍ରଚୁର ରକ୍ତସ୍ରାବରେ ସବୁଦିନ ପାଇଁ ସେ ନିଥର ପାଲଟିଗଲା । ନିଥର ।

ଆଉ ସେଇ ନିଷ୍ଠୁର ଜନ୍ମଲଗ୍ନରୁ ହିଁ ମୁଁ ପାଲଟି ଗଲି ଗୋଟାଏ- ଛେଉଣ୍ଡ । ମା' ଛେଉଣ୍ଡ ।

ତା'ପରେ ସାବତ ମା' । ତା'ର ଅନ୍ତହୀନ କୁତ୍ସିତ ନିର୍ଯ୍ୟାତନାର କାହାଣୀ । ମୁଁ, ବାପା ଡାକୁଥିବା ଲୋକଟିର ମୋ ପ୍ରତି ଚରମ ଉଦାସୀନତା ଓ ଇଚ୍ଛାକୃତ ଅବହେଳା । ମୋ ପାଇଁ, ମୋ ପରିବାରର ସଦା ମୃତ୍ୟୁ କାମନା ଭିତରେ ବି, ମୁଁ ବଞ୍ଚି ରହିଲି ।

ବଞ୍ଚି ରହିଲି ଏଇଥି ପାଇଁ ଯେ, ସଂପର୍କହୀନ ଏ ପୃଥିବୀ ସେବେ ଠାରୁ ବି ଥିଲା ମୋ ପାଇଁ ଅନନ୍ୟ ସୁନ୍ଦର । ଆକର୍ଷଣୀୟ । ତଥା ସଂଘର୍ଷର କ୍ଷେତ୍ର । ଜୀବନର ସକଳ ସ୍ୱପ୍ନକୁ, ସମ୍ଭାବନାକୁ ଯେଉଁଠି ସାକାର କରାଯାଇ ପାରେ ।

ବଞ୍ଚିବା ପାଇଁ ସଂଘର୍ଷ, ଏକ ଆକର୍ଷଣୀୟ ମାଧ୍ୟମ ନା !

ଆଃ ! ଏ କଥାଟି ମୋତେ ସେଇ ଲୋକଟି ଶିଖାଇଥିଲା ।

ଯାହାକୁ ମୁଁ ଦେଖିନି, କି ଦେଖିବାର ସମ୍ଭାବନାର ନଥିଲା ।

ସେମିତି ଗୋଟାଏ ମୃତ ବ୍ୟକ୍ତିକୁ ମୁଁ ଏତେ ଭଲ ପାଇଗଲି କେମିତି ।

ଭଲ ପାଇବା କ'ଣ ଜୀବନ ଆଉ ମୃତ୍ୟୁର ପାର୍ଥକ୍ୟ ବୁଝେ ନି !

ଜୀବନର କ୍ଷେତ୍ର କ'ଣ ଏମିତି ବିସ୍ତୃତ ।

ମୃତ୍ୟୁ ଅତିକ୍ରାନ୍ତ କ୍ଷେତ୍ରରେ ବି ଜୀବନ-ଚର୍ଯ୍ୟା !

ଭଲ ପାଇବା, ବିଶ୍ୱାସର କ'ଣ ସୀମା ସରହଦ ନାହିଁ ?

ଆଇ ଲଭ ୟୁ ଗାନ୍ଧୀ ।

ଆଇ ହେଟ୍ ୟୁ ଠୁ ।

ନା...ନା । ମୁଁ ଭୁଲ କହିଲି-

ମୁଁ ତୁମକୁ ଏକାଧାରରେ ଭଲ ପାଏ ଓ ଘୃଣା ବି କରେ ।

ଜୀବନ କ୍ଷେତ୍ର ଇଏ ବାବା ! ଏଇ ତା'ର ଗତି, ତା'ର ପ୍ରକୃତି ।

ହଁ ହଁ । ନାହିଁ ନାହିଁ । ହଁ ନାହିଁ, ନାହିଁ ହଁ ।

ଯେମିତି-

ଥେସିସ୍, ଆଣ୍ଟି ଥେସିସ୍, ସିନ୍ଥେସିସ୍ ।

କେବଳ ପ୍ରେମ ସମ୍ଭବ ନୁହେଁ । କେବଳ ଘୃଣା ସମ୍ଭବ ନୁହେଁ ।

ପ୍ରେମ ଘୃଣାର ମିଶ୍ରିତ ରଙ୍ଗ ଏ ଜୀବନ । ଏ ସଂପର୍କ, ସବୁ ସଂପର୍କ ।

ଏତିକି ବେଳେ ଶୁଭିଲା ଗୋଟାଏ ପ୍ରଚଣ୍ଡ କୋଳାହଳ । ଶୁଭିଲା ଯେମିତି ମଧୁ ରା'ଙ୍କ ସେ ଉଦାର ସ୍ୱର । 'ଦେଖ ଦେଖ ନିରବେ ସ୍ରୋତ ଧାଇଁଛି କିପରି, ଭେଟିବାକୁ ମୃତ୍ୟୁ ସିନ୍ଧୁ କରାଳ ଲହରି ।'

ଯେମିତି ଗୋଟାଏ ପ୍ରଚଣ୍ଡ ପ୍ରବାହ । ଯୁଦ୍ଧ ଉପରାନ୍ତ ଭଳି ସ୍ଥିତି । ବ୍ୟାକୁଳତା, ଅସହାୟତା, ଭୟ ଓ ବିଭ୍ରାନ୍ତିର ଅକଳନୀୟ ଅନିର୍ଦ୍ଦିଷ୍ଟ ପ୍ରବାହ ! ସେମିତି ଉତ୍ତେଜନା । ସେମିତି ଉଦ୍ଦଣ୍ଡ ନୃତ୍ୟ ।

ବିମଳ ସାହୁ ସେତେବେଳକୁ ଦୋକାନର ତାଟିଟି ପକାଇ ସାରିଥିଲା । ଏବଂ ଠିଆ ହୋଇଯାଇଥିଲା ଶେଷ ପରାହତ ରଥୀଟିଏ ଭଳି । ଯାହାର ରଥ ଚକଟି ଭାଙ୍ଗି

ଯାଇଥିଲା ଓ ଛତ୍ରଟି ବି ଉଡ଼ି ଯାଇଥିଲା । ସେ ବିମୂଢ଼ ଭାବେ ଚାହିଁଲା ଚାରି ଆଡ଼କୁ । ଲୋକେ ଛୁଟି ଆସୁଛନ୍ତି ଦଳଦଳ ହୋଇ । ଯେମିତି ଲବଣ ସତ୍ୟାଗ୍ରହୀ କି ୧୯୪୨ ମସିହାର ଭାରତଛାଡ଼ ସଂଗ୍ରାମୀ ଜନତା ।

ସବୁ ସମ୍ଭାବ୍ୟ ପଥରେ ଜନତାର ପାଦ ।

Welcome to Death Sight.

Welcome.

ଗାନ୍ଧୀବାବା ସେତେବେଳକୁ ରେଡ଼ି ହୋଇ ଠିଆ ହୋଇ ସାରିଥିଲେ ।

ପାଦରେ ଚଟି । ହାତରେ ଠେଙ୍ଗା । ଦେହରେ ସେଇ ଖଦଡ଼ ଲୁଗା ଦିଖଣ୍ଡ । ଖଣ୍ଡେ, ଆଣ୍ଠୁ ଲୁଚା । ଆଉ ଖଣ୍ଡେ ଦୋସଡ଼ା । ଛାତି କାନ୍ଧ ଉପରେ ବି ଢାଙ୍କି ସାରିଥିଲେ ସେଇଟିକୁ । ତାଙ୍କ ପ୍ରିୟ, ସରୁ ତମ୍ବା ଫ୍ରେମର ଗୋଲ ପ୍ରଚକ୍ଷୁଟି ଆଖିରେ ଲଗେଇ ସାରିଥିଲେ । ଅଣ୍ଟାରେ ବି ଖୋସି ସାରିଥିଲେ ଝୁଲା ଘଣ୍ଟାଟି ।

ସେ ଚଟି, ସେ ଠେଙ୍ଗା, ସେ ଅଧଲଙ୍ଗଳା ଦେହରେ ଖଦଡ଼, ସେ ଘଣ୍ଟା, ସେ ଚଷମାରେ ଗାନ୍ଧୀ ଦିଶୁଥିଲେ ଅନନ୍ୟ । ଏକଦମ ନିଆରା ମଣିଷଟିଏ, ଖୁବ୍ ସେକ୍ସି ।

ବିମଳ ସାହୁ ଗାନ୍ଧୀଙ୍କର ପାଖରେ ଠିଆ ହୋଇଥିଲା, ଗାନ୍ଧୀ ପିଣ୍ଡିର ଗ୍ରିଲ ଧାରକୁ ଲାଗି । ଗାନ୍ଧୀକୁ ଏବେ ତ ଏଠି ସୁରକ୍ଷା ବଳୟ ଭିତରେ ରଖା ଯାଇଛି । ଅବଶ୍ୟ 'ଜେଡ' ଟାଇପର ସୁରକ୍ଷା ବଳୟରେ ନୁହେଁ । କି ଅନୁସରଣକାରୀ ଏ.କେ.-୪୭ ଧାରୀ କମାଣ୍ଡୋମାନଙ୍କ ସହାୟତାରେ ନୁହେଁ । ଖାଲି ସାତ ଫୁଟ ଉଚ୍ଚ ବଳୟର ଗ୍ରିଲ୍ ଘେରରେ । ଏହାର ବି ଆବଶ୍ୟକତା ପଡ଼ିଲା ।

କଥା କ'ଣ କି-

ଏ ଗାନ୍ଧୀ ମୂର୍ତ୍ତି, ସେ ପୁରୁଣା ମୂର୍ତ୍ତି ନୁହେଁ । ଯାହାକୁ ଲୋକେ କହୁଥିଲେ- ଅରଜିନାଲ ଗାନ୍ଧୀ ।

ଏବଂ ଏଇଟିକୁ - ଡୁପ୍ଲିକେଟ୍ ଗାନ୍ଧୀ । ଗାନ୍ଧୀମାର୍କା-୨ ।

ଲୋକେ କୁହନ୍ତି ।

ଯେଉଁ ପ୍ରତିମୂର୍ତ୍ତିଟି ଦଶବର୍ଷ ତଳେ ଗାନ୍ଧୀ ଜୟନ୍ତୀ ଦିନ ବଡ଼ ସମାରୋହରେ ଏଠି ସ୍ଥାପିତ ହୋଇଥିଲା, ଲୋକଙ୍କ ବିଚାରରେ ତାହା ହିଁ ଥିଲା ଓରିଜିନାଲ୍ । ତତ୍କାଳୀନ ମୁଖ୍ୟମନ୍ତ୍ରୀ ଉଦ୍‌ଘାଟନ କରିଥିଲେ ଏହି ଦଣ୍ଡାୟମାନ ପ୍ରତିମୂର୍ତ୍ତିଟିକୁ । ବଡ଼ ରଙ୍ଗୀନ ଥିଲା ସେ ଉତ୍ସବ । ଥାଟ ପଟାଳି ଭଳି ଥିଲା ଜନ ସମାଗମ । ରାଜ୍ୟର ସର୍ବ ପ୍ରଥମ ହିଞ୍ଜାଡା ନୃତ୍ୟ ପରିବେଶଣକାରୀ ଦଳ ଗହଣରେ ଅତିଥିମାନଙ୍କୁ ପାଛୋଟି ଅଣା ଯାଇଥିଲା ଢୋଲ ମହୁରୀ ବାଜା ସହ ସୁସଜ୍ଜିତ ସଭାସ୍ଥଳକୁ । ହରିବୋଲ ହୁଳହୁଳି

ଧ୍ୱନିରେ ମାଧପୁର ବଜାରଟା କମ୍ପୁଥିଲା । ସଭାରେ ଗାନ୍ଧିଜୀଙ୍କ ପ୍ରିୟ ଭଜନ - 'ବୈଷ୍ଣବ ଜନ ତୋ ତେନେ କହିୟେ ଯୋ ପିଡ ପରାଇ ଜାନିରେ....' ପରିବେଶଣ କରିଥିଲେ ହରିଜନ ସଂପ୍ରଦାୟର କଣ୍ଠ ଶିଳ୍ପୀମାନେ ।

ଯାହା ହେଉ, ମୂର୍ତ୍ତି ଥିଲା ଖୁବ୍ ସୁନ୍ଦର ।

ଅବିକଳ ଦେଖା ଯାଉଥିଲା ଗାନ୍ଧୀଙ୍କ ଭଳି । ଲୋକେ ଖୁବ୍ ଖୁସି ଥିଲେ । ଫୁଲମାଳରେ ଗାନ୍ଧିଜୀଙ୍କୁ ପୋତି ପକାଇଥିଲେ ନିଜର ଶ୍ରଦ୍ଧା ନିବେଦନ କରି । ଶେଷରେ ଗାନ୍ଧିଜୀଙ୍କ ପାଦଛୁଇଁ ଏକ ମିଳିତ ଶପଥନାମା ପାଠ କରିଥିଲେ ।

ଆମେ, ଈଶ୍ୱର/ଆଲ୍ଲା/ଯୀଶୁଙ୍କ ପବିତ୍ର ନାମ ନେଇ ଶପଥ କରୁଛୁ ଯେ, ଗାନ୍ଧିଜୀଙ୍କ ଜୀବନାଦର୍ଶକୁ, ଆମେ ଆମ ଜୀବନରେ କାୟମନୋବାକ୍ୟରେ ଅନୁସରଣ କରିବୁ ।

ସତ୍ୟ । ସତ୍ୟ । ସତ୍ୟ ।

ଏକ ପ୍ରଚଣ୍ଡ ସାମୁଦ୍ରିକ ଗର୍ଜନ ଭଳି ସେ ମିଳିତ ଶପଥର ସ୍ୱର ସେଦିନ ସଭାସ୍ଥଳଟି ପ୍ରକମ୍ପିତ କରି ଊର୍ଦ୍ଧ୍ୱମୁଖୀ ହୋଇଉଠିଥିଲା । ଯେମିତି ଥିଲା ଲବଣ ସତ୍ୟାଗ୍ରହ ବେଳେ ଜନତାର ଉଚ୍ଛ୍ୱାସ, ଉନ୍ମାଦନା ।

ଯୁବକ ବିମଳ ସାହୁ ସେଦିନ ପ୍ରତ୍ୟକ୍ଷଦର୍ଶୀ ଥିଲା ସେ ଚଳନ୍ତି ଇତିହାସର । ତା' ଭିତରେ ସେ ଉତ୍ତାପ ସଞ୍ଚରି ଯାଉଥିଲା । ସେ ଯେମିତି ପାଲଟି ଯାଇଥିଲା- ଆଉ ଏକ ଗାନ୍ଧୀ, ଏକ ନବ୍ୟ ଗାନ୍ଧୀ ।

ଏବଂ ସେଇ ଦିନଠାରୁ ସେ ଛକଟି ଅଦଭୂତ ଭାବରେ ପରିଚିତ ହୋଇଗଲା ଗାନ୍ଧୀ ଛକ ଭାବରେ ।

ଇତିହାସର ଉପଦ୍ରବ ବଡ଼ ବିଚିତ୍ର ।

ସବୁ ଘଟଣାକୁ କାହାଣୀରେ ପରିଣତ କରିଦିଏ । ବ୍ୟକ୍ତିକୁ ପ୍ରତୀକ ।

ତାହା ହିଁ ଘଟିଲା ଗାନ୍ଧୀ ଛକରେ ।

ଏକ ଖ୍ୟାତିସଂପନ୍ନ ବ୍ୟବସାୟିକ କେନ୍ଦ୍ର ଭାବରେ ଯେତେଯେତେ ଖ୍ୟାତିବିସ୍ତୃତି ବଢ଼ିଲା ମାଧପୁର ବଜାରର ମାନଚିତ୍ରର କାୟାରେ ସେହିଭଳି ପରିବର୍ତ୍ତନ ପରିଲକ୍ଷିତ ହେଲା ନାହିଁ ତା'ର ଅନ୍ତରାତ୍ମାରେ । ତା'ର ଭାବ ପରିଚର୍ଯ୍ୟାରେ । ବରଂ ଧୀରେ ଧୀରେ ଗାନ୍ଧୀ ଛକର ମଣିଷମାନେ ପାଲଟିଗଲେ ବ୍ୟବସାୟୀ, ସ୍ୱାର୍ଥକେନ୍ଦ୍ରିକ ଲାଭ-ମତଲବୀ ମଣିଷ ।

ଖାଦ୍ୟ ହେଲା ଭେଜାଲ । ଅପମିଶ୍ରିତ ହେଲା ତେଲ ଡାଲି ଚାଉଳ । ତୀରୋଟ କାଳରେ ଛପିଗଲା ଗୋଦାମ ଘରେ - ଜରୁରୀ ଅତ୍ୟାବଶ୍ୟକୀୟ ସାମଗ୍ରୀ । ବଜାରରେ ବିକ୍ରୀ ହେଲା ନକଲି ଔଷଧ । ହୁ ହୁ ବଢ଼ିଲା ଦରଦାମ ।

ବ୍ୟବସାୟୀମାନଙ୍କ ବେକରେ ଝୁଲିଲା ଶୁଭଲାଭର ମଣ୍ଡିତ ଫଳକ ।

ଗାନ୍ଧୀ ଛକରେ କାଉ, ବୁଲା ଗୋରୁ, ଗାଈ, ଷଣ୍ଢ, ବୋଦା, କୁକୁରମାନେ ସକାଳେ ସନ୍ଧ୍ୟାରେ ଖାଇଲେ ପକୁଡ଼ି, ମୁଢ଼ି, ଚୁଡ଼ା, ଡାଲି, ବିସ୍କୁଟ ।

ମଣିଷମାନେ ମାଗିଲେ ଭିକ ।

ଗାନ୍ଧୀ ସେଇଠି ଠିଆ ହୋଇଥିଲେ,

ପାଞ୍ଚବର୍ଷ ପରେ, ଦିନେ ବର୍ଷା ଦିନର ସକାଳୁ ଦେଖାଗଲା- ଗାନ୍ଧୀଙ୍କର ମୁଣ୍ଡ ନାହିଁ ।

ଛିନ୍ନମସ୍ତା କି କନ୍‌ଷ୍ଟ୍ରାଣ୍ଟ ଭଳି ଗାନ୍ଧୀ ଠିଆ ହୋଇଛନ୍ତି, ହାତରେ ଧରିଛନ୍ତି ନିଜ କଟାମୁଣ୍ଡ ।

ଗୋଟାଏ ହୈଚୈ ଖେଳିଗଲା । କୋଳାହଳ ଲାଗି ରହିଲା ଦିନଟାସାରା । କେତେ ବିଶ୍ଳେଷଣ କେତେ ତତ୍ତ୍ୱ ବଖାଣ କେତେ ରାଜନୈତିକ ଆଲୋଚନା ହେଲା । ଶେଷରେ ଜଣାଗଲା, ଦୁଇଜଣ ଖାସ୍ ମଦ୍ୟପ ଆକଣ୍ଠ ଦେଶୀ ପାନ ପରେ ନିଜର ଉପରୁ ନିୟନ୍ତ୍ରଣ ହରାଇ ଗାନ୍ଧୀଙ୍କୁ ଆଲିଙ୍ଗନ କରୁଥିଲେ । ଚୁମା ଦେଉଥିଲେ । ସେ ଗଭୀର ଆଶ୍ଳେଷରେ ଛିଣ୍ଡିଗଲା ମୁଣ୍ଡଟି । ଏଭଳି ଏକ ଆକସ୍ମିକତାରେ ସେମାନେ ଭୟଭୀତ ହୋଇପଡ଼ିଲେ । ଗାନ୍ଧୀଙ୍କୁ ତାଙ୍କ କଟାମୁଣ୍ଡ ଧରାଇ ଦେଇ ପଳାୟନ କରିବା ବାଟରେ ଡ୍ରେନରେ ଖସିପଡ଼ି ସାଂଘାତିକ ଆହାତ ହୋଇଛନ୍ତି । ଏହା ହିଁ ଥିଲା ସେହି ବିଡ଼ମ୍ବିତ ଲଜ୍ୟାପ୍ରଦ କାହାଣୀର ପ୍ରଚାରିତ କିଛି ଛାୟାଛନ୍ନ ଅଂଶ । ମାତ୍ର ଏହା କୁଆଡ଼େ ସଂପୂର୍ଣ୍ଣ ସତ୍ୟ ନଥିଲା । ଥିଲା ସତ୍ୟର ନିକଟବର୍ତ୍ତୀ ଘଟଣା । ମାତ୍ର ସତ୍ୟଟି ଥିଲା ଏତେ କୁତ୍ସିତ ଓ ଭୟଙ୍କର ଯେ ତାକୁ ପ୍ରକାଶ କରିବା ଏକ ଅପରାଧ । ସଂପୂର୍ଣ୍ଣ ସତ୍ୟଟି ପ୍ରକଟିତ ହେବା ପୂର୍ବରୁ ଯେଉଁ ତିନିଜଣ ବୁଦ୍ଧିମାନ ତଥା ବିଶିଷ୍ଟ ନାଗରିକ ଅନଶନରେ ବସିଗଲେ ସେମାନଙ୍କର ଉଦ୍ଦେଶ୍ୟ ଥିଲା- ଗାନ୍ଧୀଙ୍କ ପ୍ରତି କରାଯାଇଥିବା ଅଶ୍ଳୀଳ ତଥା ଅପମାନ ଜନକ ବ୍ୟବହାର ସାଧାରଣ ଲୋକଙ୍କ ଦୃଷ୍ଟିରୁ ଏଡ଼େଇ ଦେବେ ଓ ଏ ଅଞ୍ଚଳର ଜନ ମାନସରେ ଥିବା ଗାନ୍ଧୀଙ୍କ ପ୍ରତି ସମ୍ମାନ ଅକ୍ଷୁର୍ଣ୍ଣ ରଖିବା ।

ସେମାନେ ସମସ୍ତେ ଥିଲେ ନିଜ ନିଜ ଢଙ୍ଗରେ ସ୍ୱାଭିମାନୀ ଓ ଗାନ୍ଧୀପ୍ରେମୀ । ସେମାନଙ୍କ ଭିତରୁ ଜଣେ ଥିଲେ ଗାନ୍ଧୀଗ୍ରୁପ୍ ଅଫ୍ ସ୍ଲାଇସେସ୍ କମ୍ପାନୀର ମାଲିକ ଶ୍ରୀଯୁକ୍ତ ରାଜାରାମ ଅଗ୍ରୱାଲା, ବିଶିଷ୍ଟ ସମାଜସେବୀ । ଦ୍ୱିତୀୟ ଜଣଙ୍କ ଥିଲେ ଶ୍ରୀଯୁକ୍ତ ତୁଷାର ଭୂଷଣ ପଧାନୀ ଗାନ୍ଧୀ ସ୍ମାରକନିଧୀ ସେବା ପ୍ରତିଷ୍ଠାନର ଆଜୀବନ ଅବୈତନିକ ସଂପାଦକ, ରାଜନୀତିଜ୍ଞ ତଥା ଭୂତପୂର୍ବ ବିଧାୟକ । ତୃତୀୟ ଜଣକ ଥିଲେ, ଶ୍ରୀ ବିମଳ ସାହୁ, ଯୁବ ବ୍ୟବସାୟୀ । ଗାନ୍ଧୀପ୍ରେମୀ । ତା'ର ଆଗକୁ କେହି ନଥିଲେ କି ପଛକୁ ବି

କେହି ନଥିଲେ । ଗାନ୍ଧୀଙ୍କୁ ସେ କେବଳ ଭଲ ପାଏ ।

ମୁଣ୍ଡଛିଣ୍ଡା ଗାନ୍ଧୀଙ୍କ ପ୍ରତିମୂର୍ତ୍ତି ସାମ୍ନାରେ ସେମାନେ ଜନତାର ଆତ୍ମଶୁଦ୍ଧି ଲାଗି ଅନଶନରେ ବସି ଯାଇଥିଲେ । ନୂତନ ଖଦଡ଼ ଲୁଗା ଓ ପଞ୍ଜାବୀ ପିନ୍ଧି । ଅବଶ୍ୟ ବିମଳ ସାହୁର ପୋଷାକ ଥିଲା ଟିକିଏ ଭିନ୍ନ, ସେ ଦେହରେ କେବଳ ବିନୋବାଙ୍କ ଭଳି ଗୋଟାଏ ଦୋସରା ଢାଙ୍କି ଦେଇଥିଲା । ତଳେ ଆସନ ଥିଲା ପାରମ୍ପରିକ । ଗୋଟାଏ ବେଶ ଲମ୍ବା ଚଉଡ଼ା ଦରି, ତା' ଉପରେ ସଫେଦ ଚଦରଟି ବିଛା ଯାଇଥିଲା । ଗାନ୍ଧୀଙ୍କର କଟା ମୁଣ୍ଡଟି ରଖାଯାଇଥିଲା, ସଯତ୍ନରେ । ପାଖରେ ତା'ର ଗୋଟାଏ ବାସ୍ନା ଧୂପକାଠି ଜଳୁଥିଲା । ଏହା ଥିଲା ମହାତ୍ମାଙ୍କର ଆଧ୍ୟାତ୍ମିକତାର ପ୍ରତୀକ - ସତ୍ୟହିଁ ଈଶ୍ୱର ।

ଦରି ଉପରେ ଆଉ ବହୁତ ବସିବା ପାଇଁ ସ୍ଥାନ ଖାଲି ରହୁଥିଲା । ଦୁଃସାହସିକ ଲୋକମାନେ ଯାହା ମଝିରେ ମଝିରେ ଆସି ଗାନ୍ଧୀଙ୍କ ମୁଣ୍ଡକୁ ଦଣ୍ଡବତ କରୁଥିଲେ ଓ ସେ ସ୍ଥାନ ଅଳଂକୃତ କରୁଥିଲେ । କିଛି ସମୟ ପରେ କାର୍ଯ୍ୟ ବ୍ୟସ୍ତତାର ଆଳ ଦେଖାଇ ବିନୀତ ଭାବେ ଉଠି ଚାଲି ଯାଇଥିଲେ । ଏପରି ଲାଗି ରହିଥିଲା । ଅନେକ ଲୋକ ଦୂରରେ ଠିଆ ହୋଇ ଏ ନାଟ ଦେଖିବାର ମଜା ଉପଭୋଗ କରୁଥିଲେ ଓ ମନ୍ତବ୍ୟ ବି ଦେଉଥିଲେ । ସେଠି ହସରୋଳ ଚାଲୁଥିଲା ।

କିଏ ଜଣେ ସେମାନଙ୍କ ଭିତରୁ କହିଲେ, "ଗାନ୍ଧୀ ଭାରି ଲକ୍କି । ବଞ୍ଚିଥିଲା ବେଳେ ତାଙ୍କ ଆଦର୍ଶ, ସରଳ ନିରାଡ଼ମ୍ବର ଜୀବନଯାତ୍ରା ପାଇଁ ବହୁ ବ୍ୟୟ ବରାଦ କରିବାକୁ ପଡୁଥିଲା । ମରଣାନ୍ତେ ବି ତା' ଜାରି ରହିଲା ।"

- "ଏଭଳି କଟୁ ମନ୍ତବ୍ୟ ଜାତିର ପିତାଙ୍କ ଉଦ୍ଦେଶ୍ୟରେ ଦେଇ ଆପଣ ଉଚିତ କଥା କରୁନାହାନ୍ତି । ଆପଣ ମହାତ୍ମାଗାନ୍ଧୀଙ୍କୁ, ତାଙ୍କ ତତ୍ତ୍ୱ, ତାଙ୍କ ଆଦର୍ଶ, ତାଙ୍କ ଜୀବନ ଦୃଷ୍ଟିକୁ ବୁଝିଛନ୍ତି କେତେ ?" ଶିକ୍ଷକ ଜଣେ ବିରକ୍ତ ହୋଇ ଯିବା ସ୍ୱରରେ କହିଲେ "ରକ୍ଷା ହୋଇଛି, ଏଠି ଉଗ୍ର ଗାନ୍ଧୀ ପ୍ରେମୀ କି କଂଗ୍ରେସିଆ କେହି ନାହାନ୍ତି । ନହେଲେ ଆପଣଙ୍କ ଅବସ୍ଥା ସାଂଘାତିକ ହୁଅନ୍ତାଣି ଏତେ ବେଳକୁ ।"

ରକ୍ଷା ହେଲା ଉଭୟ ନୀରବ ହୋଇଗଲେ । ମନେହେଲା ଉଭୟେ ବୋଧେ ଅହିଂସାବାଦୀ ଥିଲେ ।

ଅନଶନ ରତ ଗାନ୍ଧୀ ପ୍ରେମୀଙ୍କର ଦାବି ଥିଲା ମାତ୍ର ଗୋଟିଏ - ଗାନ୍ଧିଜୀଙ୍କ ମସ୍ତକ ରୋପଣ କରାଯାଉ ଏବଂ ତା'ର ସୁରକ୍ଷାର ପୂର୍ଣ୍ଣ ବନ୍ଦୋବସ୍ତ କରାଯାଉ । ଅପରାଧୀମାନଙ୍କର ପ୍ରତି କୌଣସି ଦଣ୍ଡ ବିଧାନ କରା ନଯାଉ । କାରଣ ଗାନ୍ଧୀ ଦଣ୍ଡତତ୍ତ୍ୱ- କ୍ଷମା ଭିତ୍ତିକ ।

ଅପରାହ୍ନରେ ଏକ ବିରାଟ ସାଧାରଣ ସଭାର ଆୟୋଜନ କରାଗଲା । ଗାନ୍ଧୀତତ୍ତ୍ୱ ଓ ଦର୍ଶନ ଉପରେ ବହୁ ଆଲୋଚନା । ଏହି ପ୍ରସ୍ତାବଗୁଡ଼ିକ ସର୍ବସମ୍ମତି କ୍ରମେ ଗ୍ରହଣ କରାଗଲା । ଏହା ତୁରନ୍ତ କାର୍ଯ୍ୟକାରୀ କରାଯିବ ।

୧) ଅନଶନକାରୀମାନଙ୍କୁ ଏ ସଭା ଧନ୍ୟବାଦ ଜଣାଉଛି ଗାନ୍ଧୀଙ୍କ ଲାଗି ସେମାନଙ୍କ ମମତା ଲାଗି ।

୨) ଅନଶନକାରୀଙ୍କ ପ୍ରସ୍ତାବ ଗ୍ରହଣ ଯୋଗ୍ୟ । ମାତ୍ର ମସ୍ତକ ରୋପଣ କରାଯିବ ନାହିଁ, ଏହାକୁ ପୁନଃନିର୍ମାଣ କରାଯିବ ।

୩) ଏ ଅନୁଷ୍ଠାନ ସର୍ବସମ୍ମତି କ୍ରମେ ଘୋଷଣା କରୁଛି ଯେ, ଗାନ୍ଧୀ ପ୍ରତିମୂର୍ତ୍ତି ମାଧପୁର ବଜାରର ଗର୍ବ ଓ ଗୌରବ ।

୪) ଯେବେ ଯେବେ ଏ ପ୍ରତିମୂର୍ତ୍ତିଟି ଭାଙ୍ଗିଯିବ ଅଥବା କୌଣସି କାରଣରୁ ନଷ୍ଟ ହୋଇଯିବ ଏହାକୁ ମରାମତି କରାନଯାଇ ପୁନଃନିର୍ମାଣର ବ୍ୟବସ୍ଥା କରାଯିବ ।

୫) ମୁଣ୍ଡ ଭଙ୍ଗା ମୂର୍ତ୍ତିଟି ଏକ ମାସ ମଧ୍ୟରେ ନିର୍ମିତ ହୋଇ ସ୍ଥାପନ କରାଯିବ । ଏହାର ସମସ୍ତ ଖର୍ଚ୍ଚ ଏ ଅନୁଷ୍ଠାନ ବହନ କରିବ । ଚାନ୍ଦା ମଧ୍ୟ ଗ୍ରହଣ କରାଯିବ । ଏହା ହିଁ ଥିଲା ଗାନ୍ଧୀମାର୍କା-୨ ଇତିହାସ, ତା'ର କାହାଣୀ । ଭବିଷ୍ୟତ ସୁରକ୍ଷାର ପ୍ରସ୍ଥାବନା ।

ବିମଳ ସାହୁ ନିବିଷ୍ଟ ଭାବରେ ଗାନ୍ଧୀଙ୍କୁ ଚାହିଁଲା । ଭିତରେ ତା'ର ଗୁଣୁ ଗୁଣେଇଲା ଗୋଟାଏ ପ୍ରଶ୍ନ । ସେ ପଚାରିଦେଲା "ତୁମର ସମୟ କ'ଣ ପକ୍ଷୀ ହୋଇଗଲାଣି ମହାତ୍ମା ?"

ସେମିତି କାଇଁ ତ ଲାଗୁଛି ।

ସେଦିନ ଗୁଳି ଖାଇ ଏମିତି ରକ୍ତାକ୍ତ ହୋଇ ପଡ଼ି ଯାଇଥିବ ତୁମେ ଗାନ୍ଧୀ । ଏମିତି ଛଟପଟ ହେଉଥିବ । ମରୁଥିବ ଯନ୍ତ୍ରଣାରେ ।

ଯେମିତି ଚଣ୍ଡକୁ ମର୍ଡର କଲେ ସେମାନେ ।

ସେମିତି କ'ଣ ସବୁ ମୃତ୍ୟୁର କାହାଣୀ ।

ତୁମର ମାନବ-ପ୍ରେମ, ଈଶ୍ୱର-ବିଶ୍ୱାସ, ଆଧ୍ୟାତ୍ମିକତା କିଛିତ କାହିଁ ତୁମକୁ ରକ୍ଷା କରିପାରିଲା ନାହିଁ ।

ମୁଁ ପ୍ରକୃତରେ ବିଭ୍ରାନ୍ତି ଭିତରେ ପଶିଯାଉଛି । ବିଭ୍ରାନ୍ତି....

ଦର୍ଶନ ଶ୍ରେଣୀର ସମ୍ମାନର ଛାତ୍ର ମୁଁ ଥିଲି ସେତେବେଳେ । କ୍ଲାସରେ ସେଦିନ ପ୍ରଫେସର ସୁମଙ୍ଗଳ ଚମ୍ପତି ଶଙ୍କରଙ୍କ ମାୟା ତତ୍ତ୍ୱ ବ୍ୟାଖ୍ୟା କରୁକରୁ କହିଲେ,

"ମାୟା ଏକ ଅଜ୍ଞାନ ଅବସ୍ଥା । ସତ୍ୟ ଉପରେ ଏକ ଆବରଣକାରୀ ଶକ୍ତି ।

ଏକ ବିଭ୍ରାନ୍ତି । ଆତ୍ମାର, ଏହି ସତ୍ୟ ଉପଲବ୍ଧି ହିଁ ମାୟାମୁକ୍ତି । ସେତେବେଳେ ଆଉ ମାୟା ନାହିଁ କି ଅଜ୍ଞାନ ଶକ୍ତି ନାହିଁ । ଦ୍ୱିଧାଭାବ ନାହିଁ କି କୌଣସି ଦ୍ୱନ୍ଦ ନାହିଁ । ଜଗତ ନାହିଁ କି ବ୍ୟକ୍ତି ନାହିଁ । କେବଳ ବ୍ରହ୍ମ, ପରମବ୍ରହ୍ମ ।"

– "ବ୍ୟକ୍ତି ନାହିଁ କି ଜଗତ ନାହିଁ ।

ବ୍ୟକ୍ତିର ଉପଲବ୍ଧି, କି ଜ୍ଞାନ, କିଛି ନାହିଁ ।"

ବିମଳ ସାହୁ, ବିକ୍ଷୁବ୍ଧ ପାଲଟିଗଲା । ସେ ଉତ୍ତେଜିତ ଭାବେ କହିଲା,

ଇଏତ ସାର୍, ସେ ପାଗଳା ପକ୍ଷୀର କାହାଣୀ ଭଳି କଥା ।

ଯିଏ ବହୁ କଷ୍ଟରେ ଅଣ୍ଡାଟିଏ ଦିଏ ।

ତାକୁ ଛୁଆ ଫୁଟେଇବାର ଯତ୍ନ କଷ୍ଟ କରେ ।

ଆଉ ଯେଉଁ ମୁହୂର୍ତ୍ତରେ ଛୁଆଟେ ଜନ୍ମ ନିଏ, ସେଇ ମୁହୂର୍ତ୍ତରେ ହିଁ ତାକୁ ମାରି ପକାଏ । ସେଦିନ ମୋ କଥା ଶୁଣି ପାଗଳା ପ୍ରଫେସର ଖୁବ୍ ହସିଲେ । ହସି ହସି କହିଲେ, "ବିମଳଜୀ । ଅନେକ ସମୟରେ ମଣିଷ ଚିରଞ୍ଜିବୀ ହେବାକୁ ଚାହିଁ ଯେଉଁ ଉପାୟ ଅନୁସରଣ କରେ ସେ ବାଟ ତାକୁ ମୃତ୍ୟୁ ସାମ୍ନାକୁ ହିଁ ନେଇଯାଏ । ପ୍ରକୃତିକୁ ଆୟତ୍ତ କରିବାକୁ ବୈଜ୍ଞାନିକମାନେ ଯେଉଁ ପଦ୍ଧତି ଅବଲମ୍ବନ କରୁଛନ୍ତି, ତା' କେବଳ ଧ୍ୱଂସର ପଥକୁ ଲମ୍ବିଛି । ବୁଝି ପାରୁଛତ ବିମଳଜୀ ।

କିନ୍ତୁ, ଗୋଟିଏ କଥା ମନେ ରଖିବ ସବୁବେଳେ ବିମଳଜୀ ।

କୌଣସି ଦିନ ଶଙ୍କର-ଶିଷ୍ୟମାନଙ୍କର ସାଙ୍ଗରେ ମୃତ୍ୟୁ ସର୍ତ୍ତ ରଖି ତର୍କ ପାଇଁ ଆଗେଇ ଆସିବ ନାହିଁ ।

– ସେମାନେ ଜୀବନ ବାଜି ଲଗେଇ ଦେଇ ପାରନ୍ତି ।

ଜ୍ଞାନରୁ ଜୀବନ ! ଭାବ ତ, କି ଭୟଙ୍କର-ପ୍ରତିଶୋଧ ।

ତାହା ହିଁ ଘଟିଛି ଇତିହାସରେ ।

ନିରୀହ ପଣ୍ଡିତମାନଙ୍କୁ ପରାଜିତ କରି ଆତ୍ମଋାସ ପାଇଁ ବାଧକତା – ବଡ଼ ନିଷ୍ଠୁରତା ନା ।

ହିଂସା ନା !

ତୁମେ ମୋ ସହ ଏକ ମତ ହେବ, ମୁଁ ଆଶା କରୁଛି ।

ସେଦିନ, ପ୍ରଫେସର ଘଣ୍ଟା ବାଜିବାକୁ ଅପେକ୍ଷା ନକରି ବଡ଼ ଗମ୍ଭୀର ହୋଇ କ୍ଲାସ ଛାଡ଼ି ଚାଲି ଆସିଥିଲେ । ଭାରି ଭାରି ପାଦପାତରୁ ମନେ ହେଉଥିଲା, ସେ ଖୁବ୍ ଅଫସେଟ୍ ହୋଇଯାଇଛନ୍ତି ।

ପରାଜିତ ହେବା, ମୃତ୍ୟୁଠାରୁ କେଉଁ କାମ ଭୟଙ୍କର କି !

ବିମଳ ସାହୁ ଚାହିଁଲା ଗାନ୍ଧୀଙ୍କୁ ।

ମୃତ୍ୟୁ କ'ଣ- ତର୍କରେ, ବିଜୟ / ପରାଜୟର ସର୍ତ୍ତ ଭୁକ୍ତ ଏକ ବିଷୟ ହୋଇପାରେ ।

ଜୀବନ କ'ଣ ପରାଜୟର ଅଧୀନ ହୋଇପାରେ ?

କୌଣସି ଅପରାଧ ପାଇଁ ମୃତ୍ୟୁ କ'ଣ ଏକ ଦଣ୍ଡାଦେଶ ହୋଇପାରେ ।

ଏହାତ ସରାସର୍ ଅନ୍ୟାୟ । ଅମାନବୀୟ ।

ଜୀବନ ଉପରେ ଅଧିକାର କାହାର ?

ପ୍ରେମର ନା ଘୃଣାର !

- ସାଧୁର ନା ସୈତାନର ?

- ଆଇନର ନା ମୂଲ୍ୟବୋଧର । ନା ଧର୍ମର । କାହାର ?

ଏତିକିବେଳେ ସିକୁଦ୍ଵା ମସଜିଦ୍‌ରୁ ମାଇକ୍‌ରେ ଶୁଭିଲା, ବଡ଼ ମଧୁର ସ୍ୱରରେ ମଧ୍ୟାହ୍ନର - ଆଜାନ୍ ।

ଆଲ୍ଲାହୁ ଆକ୍‌ବର ଆଲ୍ଲାହୁ ଆକବର୍
ଅଶହଜୁ ଅଲ୍‌ଲା ଇଲାହା ଇଲ୍ ଇଲ୍ଲାହ
ଅଶହଦୁ ଅନ୍ନା ମୁହମ୍ମଦର୍ ରସୁ ଲୁଲ୍ଲାହ୍
ହୈୟା ଆଲସ୍ ସୁଲାତ୍
ହୈୟା ଆଲଲ୍ ଫଲାହ୍
ଅଲ୍ଲାହୁ ଅକ୍‌ବର୍ ଅଲ୍ଲାହୁ ଅକ୍‌ବର
ଲା ଇଲାହା ଇଲ୍ ଲଲ୍ଲାହ୍ ।

॥ ୩ ॥

ବିଡ଼ମ୍ବିତ ସମୟ । ଓହଳି ପଡ଼ିଛି ମେଘ ଭଳି । ଟାକି ରହିଛି ଯେମିତି ବାଘ ଭଳି । ଚାରି ଘଣ୍ଟାରୁ ଅଧିକ ସମୟ ଅତିକ୍ରମ କରି ଗଲାଣି । ଚଣ୍ଡ ପଡ଼ିଛି । ଚାଲିଛି ମୃତ୍ୟୁର ଅଭିସାର । ଜନତା ଜନାର୍ଦ୍ଦନ ଘେରି ହୋଇ ପଡ଼ିଛି ତା'ର ଲୁ ତଳେ । ରାସ୍ତା ମଝିଟାରେ ପଡ଼ିଛି ଶବଟା । ଦେହରୁ ଝରୁଥିବା ରକ୍ତ ତା'ର ରଙ୍ଗ ବଦଳେଇ ଦେଲାଣି । ରତ୍ନମୁଖୀ ରଙ୍ଗ । ଦର୍ଶକ ଦେଖୁଛି ଗୋଟାଏ ଚିତ୍ରପଟ୍ଟ । ଦିଶୁଛି ମନଲୋଭା ।

ଦକ୍ଷ ଚିତ୍ରକରଟିଏ ନିଶ୍ଚୟ । ଆଙ୍କି ଦେଇଛି- 'ଦୁର୍ଘଟଣାରେ ମୃତ୍ୟୁର ଦୃଶ୍ୟ', ପେଣ୍ଟିଂଟିଏ ।

ମାତ୍ର, ବିକ୍ରି ପାଇଁ ନୁହେଁ । ଏବଂ କେବଳ ବୟସ୍କମାନଙ୍କ ପାଇଁ ।

ଦ୍ରୁତଗାମୀ ଲରିରେ ମାଡ଼ ଖାଇ ରାସ୍ତା ଉପରେ ଛିଟିକି ପଡ଼ିଥିବା କୁକୁରଟିଏ ଭଳି ପଡ଼ିଛି । ମୁଣ୍ଡ ଉପରେ ଚଢ଼ି ଯାଇଛି ପଛ ଚକାଟି । ଚାପି ହୋଇ ଦହି ବାହାରି ପଡ଼ିଛି । ଆଖୁ ପେଡ଼ା ଖଦିରା ଭଳି ପଡ଼ିଛି ।

ସେମିତି ପଡ଼ିଛି ଚଣ୍ଡ । କେମିତି ଗୋଟାଏ ମୋଡ଼ି ହୋଇ, ବଡ଼ ବିଚିତ୍ର ମୁଦ୍ରାରେ । କଳାକାର ବ୍ୟତୀତ ଆଉ କିଏ ବି କଳ୍ପନା କରିପାରିବ ଏମିତି ବିଭତ୍ସ ମୃତ୍ୟୁରୂପ । ରାସ୍ତାଟି ବି ଆଜି ଦିଶୁଛି ରଙ୍ଗୀନ କାନଭାସ୍‌ଟିଏ ଭଳି – ବିସ୍ତୃତ, ବିଦୀର୍ଣ୍ଣ ।

ଶବ ପଡ଼ିଛି । ଜଣେ ଯୋଦ୍ଧା, ସମ୍ରାଟର ଶବ ।

ଦର୍ଶକଙ୍କ ଭିଡ଼ ଲାଗି ରହିଛି ।

କେହି ଜଣେ ଯାଦୁ-ବାସ୍ତବବାଦୀ ମାଇକ୍‌ରେ ପ୍ରଚାର କଲାଭଳି ନାକୁଆ ସ୍ୱରରେ କହିଲା-

'ଶଳାଟା ବଞ୍ଚିଲା, ରାଜାମିତି । ମଲାବି ସେମିତି- ବୀରମତି ।'

ସେ ଲୋକଟିକୁ କେହି ଚିହ୍ନି ନଥିଲେ । ତା' କଥା ଶୁଣି, ତା' ମୁହଁକୁ ଚାହିଁଲେ । ବୋଧେ ସେ ବିଳାସୀ ମସ୍ତିପ୍ରିୟ ଲୋକଟିଏ । ଜମେଇବା ପାଇଁ ସକାଳୁ ସକାଳୁ

ପେଟେ ଦେଶୀ 'ସୋଲେମାନ୍-୦୧' ଠୁଙ୍କି ଦେଇଛି । ମୁହଁଟା ଭାରି ଗରଗର ଦିଶୁଛି । ପାଟି ନାକ ବାଟେ ବାସ୍ନା ଛୁଟୁଛି । ମନେହେଉଛି, ଲୋକଟା ଯେମିତି ନିଜ ଆୟତରେ ଆଉ ନାହିଁ । ଟଳୁଛି ।

ଶଳା ଘୋଡ଼ା ମଦୁଆଟାଏ ମ । ଅବି ଯାଇ ପଡ଼ିଯିବ ନିଶ୍ଚେ ଏଇ ପାଖରେ କେଉଁଠି । ସେ କ'ଣ ହୋ'ସରେ ଅଛି । ଦେଖୁନା, ନଡ଼ବଡ଼ଉଛି କେମିତି । ପ୍ରକୃତରେ ଲୋକଟା ସେମିତି ଟଳିଟଳି ଯାଉଥିଲା-

ଦେଖ, ମୋ ନନ୍ଦ କୋଳେ ଗୋବିନ୍ଦ
ନାଚୁଛି ଢଳି ଢଳି କେମନ୍ତ... ଦେଖ ମୋ ନନ୍ଦ...

ଯାଉଯାଉ ଲୋକଟା ପୁଣି କ'ଣ ଗାରୁଗାରୁ ହୋଇ କହିଲା । 'ଜୟପୁର' କି 'ବାହେଗୁରୁ' କି 'ଶ୍ରୀଗୁରୁ' କିଛି ବୁଝି ହେଲା ନାହିଁ । ମାତ୍ର ହାତ ଯୋଡ଼ି ମଥାରେ ଲଗେଇ ପ୍ରାର୍ଥନା କଲା ଢଙ୍ଗରେ କହିଲା- 'ଶଳାଟାର ଆତ୍ମାର ସଦ୍‌ଗତି ହେଉ । ଗଡଙ୍କ ପାଖରେ ଏତିକି ପ୍ରାର୍ଥନା । ନା, କ'ଣ କହୁଛ ଗୁରୁଭାଇ ।'

'ଗୁରୁଭାଇ । ମାର୍ ଶାଳା । ଏଠି ଗୁରୁଭାଇ ପୁଣି କିଏ ବେ ।' ପନ୍‌ଝାଏ ଲୋକ ଖେଁ...ଖେଁ ହୋଇ ହସି ଉଠିଲେ ।

'ଏଇଟାତ ବେଳ ହସିବାକୁ !' କିଏ ଜଣେ ବୃଦ୍ଧ, ଚିତା ଚୈତନ କଟା ସଂସାର ଅନୁରାଗୀ ଭାରତବାସୀ ଚିଡ଼ି ଉଠିଲା, ମୁହଁ ଛିଞ୍ଚାଡ଼ି କହିଲା, 'କାଣ୍ଡଜ୍ଞାନ ରହୁନାହିଁ ।'

କଥାଟାକୁ ଧଇଲା ଟୋକାଟାଏ । କାହିଁକି ହସିବେ ନାହିଁ କି ହୋ ମଉସା ? କ'ଣ ହୋଇଯାଉଛି କି ! କଉଁ ମହାତ୍ମା ନା ବଡ଼ ନେତାଟାଏ ଗୁପ୍ତ ଘାତଙ୍କ ଦ୍ୱାରା ମଲା ଯେ ଜାତୀୟ ଶୋକ କି ଆନ୍ତର୍ଜାତୀୟ ଶୋକ ହେବ ! ମିନିଟିଏ କି ଦି' ମିନିଟ୍ ପାଇଁ ଆଖିବୁଜା ନୀରବ ପ୍ରାର୍ଥନା ହେବ । - ଶଳାଟା ଉପରେ ଛେପ ପକେଇବା କଥା ।

'ରାମ ରାମ । ଯେତେ ହେଲେ ଜୀବାତ୍ମାଟାଏ । ସଂସାର ଛାଡ଼ିଲା । ତା' କର୍ମଫଳ ସେ ଭୋଗିଲା, ଭୋଗିବ । ଆମେ ତାକୁ ହତାଦର କାହିଁ କରିବା । ଶବ ପରା ଶିବରୂପ । ଯେଉଁମାନ୍ୟ ଠାକୁରଙ୍କୁ ସେଇ ମାନ୍ୟ ଶବକୁ । ଗାନ୍ଧୀ ମହାତ୍ମା କ'ଣ କହିଥିଲେ, ପାପୀକି ଘୃଣା କରନା, ପାପକୁ ଘୃଣା କର ।'

'ହଉ, ହେଲା ହେଲା । ଏବେ ନଗ୍ରବାସୀ ! ଗୋଟାଏ ବିରାଟ ସର୍ବଧର୍ମ ସଭାର ଆୟୋଜନ କରାଯାଉ । ସବୁ ଧର୍ମଗୁରୁମାନଙ୍କୁ, ସବୁ ଦଳର ନେତାମାନଙ୍କୁ ଡକାଯାଉ । ଚାନ୍ଦାଭେଦା ବି ଆଦାୟ କରାଯାଉ । ବିରାଟ ପ୍ରସେସନ ଗ୍ୟାଙ୍ଗଷ୍ଟାର

ଚଣ୍ଡର ଶବ ଶୋଭାଯାତ୍ରା ଗୀତ ନାଚ ସହ ଅର୍କେଷ୍ଟା ଓ ମଦର ଛତ୍ରି ତଳେ ବଡ଼ ଆଡ଼ମ୍ବର ସହକାରେ ସହର ପରିକ୍ରମା କରାଯାଉ ।' ଟୋକାଟାର ସ୍ୱରଟା ଥିଲା ଥଟ୍ଟା ପରିହାସ ଭରା । ସମସ୍ତେ ବୁଝି ପାରୁଥିଲେ । ହେଲେ, ନୀରବରେ ଠିଆ ହୋଇଥିବା ଲୋକଟିଏ ପାଟି ଖୋଲିଲା । ସବୁଠାରୁ ମଞ୍ଜି କଥାଟି କହିବାର ପ୍ରସ୍ତୁତି ନେଇ ଗଳା ଝାଡ଼ି କହିଲା-

'ଏ ଦେଶରେ କିଏ ଅପରାଧୀ ନୁହେଁ ?

ଆମେ ସମସ୍ତେ ଜଣେ ଜଣେ ଅପରାଧୀ ।

ଅପରାଧର ଜିନ୍ ପରା ବହନ କରୁଛି ମଣିଷ । ସେଥିରୁ ସେ ମୁକ୍ତ ହେବ କେମିତି ?'

ସମସ୍ତେ ଲୋକଟାକୁ ଶୁଣୁଥିଲେ ହେଲେ ତା'ର ଅସଲ ମତଲବ କିଛି ବୁଝି ପାରୁ ନଥିଲେ । କେହି କେହି ତ ଭାବୁଥିଲେ ଲୋକଟା ବୋଧେ ଚଣ୍ଡର ମାଉସୀ ପୁଅ ଭାଇ କି ଧର୍ମ ଶଳା ହୋଇଥିବ । ନହେଲେ....

ଏତିକିବେଳକୁ ପୋଲିସ ଜିପ୍ ନାଲି ଆଲୁଅ ଜାଳି ହର୍ଣ୍ଣ ଦେଇଦେଇ ଆସି ପହଞ୍ଚିଗଲା । ବାହାଁଚୋଦ୍, କିଏ 'ଡେରି ଏତେ କାହିଁକି କଲ ମ ମଉସା ?'

ତା' ପଛକୁ ଶୁଭିଲା ହୁଳୁହୁଳି ।

ହୁଳୁହୁଳୁ.....ହୁଳୁହୁଳୁ.....ହୁଳୁହୁଳୁ

'ହରିବୋଲ । ଆ'ନ୍ଦେ ଏକ ବାରେ-ହରି ବୋଲ ।'

ପୋଲିସ ଇନିସ୍ପେକ୍ଟର ଜିପ୍‌ରୁ ଡେଇଁ ପଡ଼ି ଖେଦି ଆସିଲା । ଗୋଖର ଭଳି ଫଣା ଟେକି ଉଚ୍ଛନ୍ନ ହୋଇ ଚାରି ଆଡ଼କୁ ଖେପ ଖେପ କରି ଚାହିଁଥାଏ ।

'କିଏ ସେ କାଢୁ ମର୍ଦ୍ଦ ଏଠି ହରିବୋଲ ହୁଳୋହୁଳି ପକଉଛି ?'

ଏଠି କ'ଣ କାହାର, ଝିଅ ବାହାଘର ହେଉଛି ନା ପୁଆଣୀ ଘର ହେଉଛି ।

କିଏ ବେହିପୋ କୈଫଏତ୍ ମାଗୁଛି ପୋଲିସକୁ ? ସାମ୍ନାକୁ ଆସ ତ ।

ପୋଲିସ ଜବର ତୋଡ଼ରେ ମୁହଁ ଟେକି ଆଖବ ବୁଲେଇ ଚାହିଁଲା ଜନତା ଜନାର୍ଦ୍ଦନଙ୍କୁ । ତାଙ୍କରି ଭିତରେ ଦିଶିଗଲା ଦୁଇତିନିଟି ଭେଳିକିଲଗା ମୁହଁ । ସଙ୍ଗେ ସଙ୍ଗେ ଇନିସ୍‌ପେକ୍ଟରଙ୍କ ସ୍ୱର ବଦଳିଗଲା । ସେ ହସ ହସ ଦେଖାଗଲେ ଓ ଆଗକୁ ମାଡ଼ିଆସି କହିଲେ,

"ଆପଣମାନଙ୍କୁ ଆଉ ପାରି ହେବ ନାହିଁ ଆଜ୍ଞା !

ଯେଉଁଠି ଦେଖିବେ ଯେତେବେଳେ ଦେଖିବେ- ସେଠି !"

"କ'ଣ କରିବୁ ଆଉ ! ଏ ପଟେ ଜନତାର ସେବକ ସେପଟେ ନେତା

ମନ୍ତ୍ରୀଙ୍କ ପାଖଲୋକ । ଆମେ ଛାଡ଼ିବୁ କାହାକୁ ? ଆମକୁ ବି ଛାଡ଼ିବ କିଏ । ସମିତି ସଭ୍ୟ ବୀରଭଦ୍ର ନାୟକ କହୁକହୁ ହସିଲେ ଓ ଚାହିଁଲେ ପାଖରେ ଠିଆ ହୋଇଥିବା ଅନୁଚରମାନଙ୍କୁ । ପ୍ରକୃତରେ ବହୁ ଲୋକ ବହୁ ଉଦ୍ଦେଶ୍ୟରେ ତାଙ୍କ ପାଖରେ ଠିଆ ହୋଇଥିଲେ ।"

ତାଙ୍କ ପାଖରେ ବି ଥିଲେ ଦଳୀୟ ସରପଞ୍ଚ ତ୍ରିନାଥ ସେଠୀ । ସେ ରୋବାବ ଦେଖେଇ କହିଲେ, "ଯାହା ହେଲେବି, ଥାନାଟା ଏତେ ପାଖରେ । ପୁଣି ଟାଉନ ଉପରେ ମର୍ଡ଼ର ହେଲା । ଆପଣମାନେ ଏଭଳି ଗୁରୁତର କେସ୍‌ଗୁଡ଼ିକ ଟେକଅପ୍ କରିବାକୁ ଯଦି ଏତେ ସମୟ ନେବେ ତେବେ ସାଧାରଣ ଲୋକଙ୍କର ପୋଲିସ ଉପରେ ବିଶ୍ୱାସ ତୁଟି ଯିବନା ନାହିଁ । ଲୋକେ କାହିଁକି କହିବେ ନାହିଁ - ଏ ଦେଶରେ ଆଇନ୍ କାନୁନ୍ ବୋଲି କିଛି ନାହିଁ । କ୍ରିମିନାଲ୍‌ମାନଙ୍କ ସହ ପୋଲିସର ଭିତରିଆ ସମ୍ପର୍କ ଅଛି ।"

ଇନିସ୍ପେକ୍ଟର ସୁଦର୍ଶନ ମଲ୍ଲଙ୍କ ମୁହଁ ରଙ୍ଗା ଦେଖାଗଲା । ସେ ଗାଉଁଗାଉଁ ହେଲେ । ତାଙ୍କୁ ଲାଗିଲା, ଶାଳା ବିଷହୀନ ସାପଟାଏ ଫଣା ଟେକିଛି ଦଂଶନ କରିବ ବୋଲି । ଅପେକ୍ଷା କରରେ ଘୁଷୁରିଗିହାଁ । ଧୈର୍ଯ୍ୟଧର । ପୁଅ ! ବେଲ ଜରୁର୍ ଆୟେଗା । ସେତିକିବେଳକୁ ବୁଝିବା । ଶାଳା, ବୋପା ତୋର ଚୋରା ଗଞ୍ଜେଇ କାରବାର କରୁଛି । ଏକଥା ଭୁଲି ଯାଉଛୁ କାହିଁକି ? ନୂଆ ସରପଞ୍ଚ ହୋଇଛୁ, ନୂଆ ଡାହାଣୀ ଗୁହ ଖାଉଛି । ଖା', ଖା'ରେ ପୁଅ ! ଦିନେ ଦେଖିବା । ସେଦିନ ଦେଶ ସେବା, ଜନ ସେବା, ଲୋକସେବା ସବୁ ଭୁଲିଯିବୁ । ଏ ସବୁ ଖେଳ ପରା ଭିଆଉଛି- ତମେ ଶଳାଏ । ଭାଗବତ କହିଲା-

'କରି କରାଉ ଥାଏ ମୁହିଁ ।

ମୋ ବିନୁ ଆନ ଗତି ନାହିଁ ।' ହଉ ଛାଡ଼ । ବେଳ ପଡ଼ିଛି, ତମର ।

ଇନିସ୍ପେକ୍ଟର ମୁହଁ ବୁଲେଇଲେ । ଆଗକୁ ମାଡ଼ି ଚାଲିଲେ । ସାମ୍ନାରେ ଦେଖିଲେ- ସୁଶ୍ରୀ ଭୈରବୀ ମହାକୁଳ ।

ମା' ବ୍ୟାଘ୍ରଚାରିଣୀ ଭୈରବୀ ମା' ରଣଚଣ୍ଡୀ, ତୁ ଏଠି । ହରି ବୋଲ ।

ଟିକିଏ ଦୂରରେ ନିଜ ଗାଡ଼ି ପାଖରେ ପଞ୍ଚାଏ ଲୋକଙ୍କ ମେଳରେ ବଡ଼ ଦର୍ପିତ ଠାଣିରେ ଠିଆ ହୋଇଥିଲେ ଜିଲ୍ଲାପରିଷଦର ଭାଇସ୍-ଚେୟାର ପରସନ୍, ସୁଶ୍ରୀ ଭୈରବୀ ମହାକୁଳ । ସେ ବି ରାଜ୍ୟର ନାରୀ ସଶକ୍ତିକରଣ ମହାସଂଗ୍ରାମ ସମିତିର ସଂପାଦିକା-୧ । ନିଜକୁ ସେଇ ଗୌରବରେ ପରିଚିତ କରାନ୍ତି । ବଡ଼ ଅହଂକାରୀ, ପ୍ରତିଶୋଧ ପରାୟଣା ସେ । କୁଆଡ଼େ ମୁଖ୍ୟମନ୍ତ୍ରୀଙ୍କ ନାରୀ ସଂକ୍ରାନ୍ତୀୟ ସମସ୍ୟାର ମୁଖ୍ୟ ପରାମର୍ଶଦାତା ।

ନମସ୍ତେ ମ୍ୟାଡାମ୍ ମହାକୂଳ । ନମସ୍ତେ । ଦିଲ୍ଲୀରେ ରହିବା ଲୋକ କ'ଣ ଏଠି । ଇନିସ୍ପେକ୍ଟର ସୁଦର୍ଶନ ମଲ୍ଲ ଆଗେଇ ଯାଇ ହସିହସି ବିନୀତ ସ୍ୱରରେ କହିଲେ, 'ଆପଣଙ୍କ ଦର୍ଶନ ମିଳିବା ବଡ଼ କଷ୍ଟ ହେଉଛି ମ୍ୟାଡାମ୍ ।' ଯାହା ହେଉ ଆଜି ଆମ ଭାଗ୍ୟ ।

ଯେତେବେଳେ ଯାଇଛି ଫେରିଛି ଆଜ୍ଞା ।

- "ଖୋଜିଛନ୍ତି ତା'ହେଲେ ।" ପରିହାସ କଲେ ମ୍ୟାଡାମ୍ ମହାକୁଳ ।

"ଗଡ ସେକ୍ ମ୍ୟାଡାମ୍"

- "ପୋଲିସ ଲୋକ ଗଡ୍‌ଙ୍କୁ କ'ଣ ବିଶ୍ୱାସ କରନ୍ତି ।"

'ମ୍ୟାଡାମ୍ !' ଜିଭ କାମୁଡ଼ି ପକେଇ ଆଖିବୁଜି ଦେଲେ ଇନିସ୍ପେକ୍ଟର ମଲ୍ଲ । ବାରମ୍ବାର ମୁଣ୍ଡକୁ ହାତ ଟେକି ସଲାମ ଜଣେଇବା ଢଙ୍ଗରେ କହିଲେ,

"ମ୍ୟାଡାମ୍ ! ଗଡ଼ ଆଉ ଆପଣ ସେଇ ଗୋଟିଏ - ମଞ୍ଜି, ମ୍ୟାଡାମ୍ । କାହାକୁ ମିଛ କହି ହେବନି, କି ଫାଙ୍କି ହେବନି । ଶାସ୍ତ୍ର ପରା ପ୍ରମାଣ ଦେଖଉଛି, ନାରୀ ଶକ୍ତି ରୂପା । କ'ଣ ଭୁଲ କହୁଛି ! ଆପଣଙ୍କ ଶକ୍ତି କାହାକୁ ଅଛପା ଯେ ।'

-ହଉ, ଥାଉ ଫ୍ଲାଟରିଂ । ଆଗ କାମ ଆରମ୍ଭ କରନ୍ତୁ । ଚେଷ୍ଟା ବି କରନ୍ତୁ, ମର୍ଡରର ମାନଙ୍କୁ ଯଥାଶୀଘ୍ର ଆରେଷ୍ଟ କରିବାକୁ । ବହୁ କ୍ରିମିନାଲ୍ ଧରା ପଡୁ ନାହାନ୍ତି । ସରକାରଙ୍କୁ ଏଥିପାଇଁ ବିରୋଧୀ ଦଳ ସବୁବେଳେ ଦାୟୀ କରୁଛି ।

ଇନିସ୍ପେକ୍ଟର ବିଚଳିତ ହୋଇ ଉଠିଲେ । ତାଙ୍କୁ ଲାଗିଲା, ମ୍ୟାଡାମ୍ କିଛି କଥା କହିବାକୁ ଚାହୁଁଛନ୍ତି । ଇନିସ୍ପେକ୍ଟର ସିରିୟସ ହୋଇଗଲେ । ମହାକୁଳଙ୍କ ପାଖକୁ ଯାଇ କହିଲେ, "ସନ୍ଧ୍ୟାରେ ଭେଟିବି ମୁଁ । ଖବର ଦେଇଥିଲେ ଯାଇ ପହଞ୍ଚି ଯାଇଥାନ୍ତି ।"

'ସନ୍ଧ୍ୟାରେ ଘରୋଇ ମନ୍ତ୍ରୀ ବାସୁଦାଙ୍କ ସହ ଗୋଟାଏ ଜରୁରୀ ଆଲୋଚନା ଅଛି । ଆସିବେ ଯଦି ବିଳମ୍ବରେ ଆସନ୍ତୁ ।' ଭୈରବୀ ମହାକୂଳ ଗାଡ଼ିରେ ବସିଗଲେ । ଡ୍ରାଇଭରକୁ ଭୀଷଣ ଦୁଇ ଲାଗୁଥିଲା । ସେ ଗାଡ଼ିକୁ ଦ୍ରୁତଗତିରେ ଫରେଷ୍ଟ ଆଇ.ବି.କୁ ନେଇ ପଳେଇଲା ।

ଏତିକି ବେଳକୁ ଇଲେକ୍‌ଟ୍ରୋନିକ୍ ମିଡ଼ିଆ ଆସିଗଲା- ନିଉଜ୍ ପଏଣ୍ଟ । କ୍ୟାମେରା ମାଇକ୍ରୋଫୋନ୍ ସହ ପ୍ରସ୍ତୁତ ହୋଇ ଆସିଥିଲେ । ପହଞ୍ଚି ପହଞ୍ଚି ଡିଜିଟାଲ ଭିଡ଼ିଓ କ୍ୟାମେରାରେ ଫଟୋ ରେକର୍ଡିଂ କରିବା ଆରମ୍ଭ କରିଦେଲେ । ଜମିଥିବା ଲୋକମାନଙ୍କ ଠାରୁ ଇଣ୍ଟରଭିୟୁ ନେବା ଆରମ୍ଭ କରିଦେଲେ । ସ୍ଥାନୀୟ ନେତା ପୋଲିସଙ୍କୁ ଦେଖି ତାଙ୍କ ପାଖକୁ ଝପଟି ଆସିଲେ ।

ପୋଲିସ କହିଲା- 'ଇନଭେଷ୍ଟିଗେସନ୍ ପରେ ଯାହା କୁହାଯାଇ ପାରିବ । ବର୍ତ୍ତମାନ, ଦୟାକରି କିଛି ପଚାରନ୍ତୁ ନାହିଁ ଏବେ ଆମେ କିଛି କହି ପାରିବୁ ନାହିଁ ।'

ସାଧାରଣ ଜନତା ବୟାନ ଦେଲା-

- ପୋଲିସ ଆସିଥିଲେ ହତ୍ୟାକାଣ୍ଡକୁ ରୋକା ଯାଇପାରିଥାନ୍ତା ।

- ଏଠି ଆଇନ୍ କାନୁନ୍ ସଂପୂର୍ଣ୍ଣ ବିପର୍ଯ୍ୟସ୍ତ ।

- ଏଠି ପୋଲିସ୍ ସଂପୂର୍ଣ୍ଣ ନିଷ୍କ୍ରିୟ । ତୃତୀୟ ଶକ୍ତି ଦ୍ୱାରା ପରିଚାଳିତ । ପୋଲିସ ଉପରେ ନିର୍ଭର କରି ହେଉ ନାହିଁ ।

- ଏ ହତ୍ୟାକାଣ୍ଡ ଗ୍ୟାଙ୍ଗ ଓବାର ଯୋଗୁ ସଂଘଠିତ ହୋଇଛି ।

- ଏ ହତ୍ୟାକାଣ୍ଡ ନାରୀ, ଅର୍ଥ କେନ୍ଦ୍ରିକ ମନେହୁଏ ।

- ଏ ଘଟଣା ପଛରେ ଛପି ରହିଛନ୍ତି ବହୁ ଅସାମାଜିକ ତତ୍ତ୍ୱ, ରାଜନୈତିକ ବ୍ୟକ୍ତିତ୍ୱ ତଥା ପଦସ୍ଥ ସରକାରୀ କର୍ମଚାରୀ ।

- ଏହା ଏକ ସୁପରିକଳ୍ପିତ ହତ୍ୟାକାଣ୍ଡ ।

ହେଞ୍ଜାଡ଼ାଟାଏ ଛାତି ଉପର ନାଲି ଗାମୁଛାଟିକୁ ଟାଣି ଦେଇ ଦାନ୍ତ ଦେଖାଇ ଆଖି ଠାରରେ ଗାନ୍ଧୀକୁ ଇଙ୍ଗିତ କରି କହିଲେ, 'ମିଛଟାରେ କାହିଁକି ଯାକୁ ତାକୁ ଦୋଷ ଦେଉଛ ଏ ନହୁନହୁଣୀ, ବାଡ଼ିଆ ବାଡ଼ି, ହଣାକଟା ପାଇଁ । ଅସଲ ଦୋଷୀ ପରା ସେଠି ଠିଆ ହୋଇଛି- ଦାରୁଭୂତ ମୁରାରୀ ଭଳି ! ମଞ୍ଚ ଉପରେ କଂସ ରାଜା ଭଳି । ସେ ତ ଏଠି ଆସି ଠିଆ ହେବା ଦିନଠୁ; ଯେତେସବୁ କେଳେଂକାରୀ କାଣ୍ଡ ଏଠି ଘଟୁଛି । 'କହି ଦେଇ ମୁହଁ ଉପରେ ଓଢ଼ଣା ଭଳି ଗାମୁଛା ଟାଣି ଦେଇ ଅଣ୍ଟା ହଲେଇ ତଳକୁ ମୁହଁ ପୋତି ଆଗକୁ ଚାଲିଲା ।'

ହେଞ୍ଜାଡାଟିର ଗତି ଦୁର୍ଗତି, କଥାବାର୍ତ୍ତା, ଢଙ୍ଗଢାଙ୍ଗ ଦେଖି ଉପସ୍ଥିତ ଜନତା ହସି ଉଠିଲେ ।

ଏତିକି ବେଳକୁ ସମ୍ବାଦଦାତ୍ରୀ ଛଟକି ଯୁବତୀ ଜଣଙ୍କ ଖୁବ୍ ତତ୍ପର ହୋଇ ଉଠିଲେ । ନିଜ ମୁହଁ ପାଖକୁ ମାଇକ୍ରୋଫୋନ ଆଣି କହିଲେ-

"ଅହିଂସା ପୁରୁଷ ଗାନ୍ଧିଜୀଙ୍କ ପ୍ରତି ତାଙ୍କ ଉତ୍ତର ପୁରୁଷଙ୍କର ଏହା ହିଁ ପ୍ରତିକ୍ରିୟା । ମନେହେଉଛି ଏ ଜେନେରେସନ ଯେମିତି ଗାନ୍ଧୀଙ୍କ ଆଦର୍ଶରୁ ଅପସରି ଯାଇ ହିଂସା, ଅପରାଧକୁ ବଞ୍ଚିବାର ମାର୍ଗ ଭାବେ ଗ୍ରହଣ କରିବାକୁ ପାଦ ବଢ଼େଇଲେଣି ।' ସେତେବେଳେ କ୍ୟାମେରାର ଲେନ୍ସ ପଡୁଥିଲା ରାସ୍ତା ଉପରେ ଗଡୁଥିବା ବେକ କଟା ଚଣ୍ଡର ଶବ ଉପରେ । ଦୂରରେ ନିସ୍ତେଜ ଭାବେ ଠିଆ ହୋଇଥିବା ଗାନ୍ଧିଜୀଙ୍କ ଉପରେ । ଆଉ ସେଠି ଠିଆ ହୋଇ ଆତ୍ମ ମନୋରଞ୍ଜନରେ ମସଗୁଲ୍ ଥିବା ଦର୍ଶକଙ୍କ ଉପରେ ।

ମିଡ଼ିଆ, ପ୍ରାଇମ ଟାଇମ୍ ନିୟୁଜରେ ଟେଲିକାଷ୍ଟ କରିବା ପାଇଁ ତତ୍ପର ହୋଇ ଉଠିଲା । ଆଜିର ଏହାହିଁ ହେବ ପ୍ରାଇମ୍ ଟାଇମ ନ୍ୟୁଜର ମୁଖ୍ୟ, ବଡ଼ ସମ୍ବାଦ-ବ୍ରେକିଂ ନିୟୁଜ ।

ଗ୍ୟାଙ୍ଗଷ୍ଟାର ଚଣ୍ଡକୁ ଅତି ବିଭତ୍ସ ଭାବେ ଗଳାକାଟି ହତ୍ୟା କରାଗଲା । ଅପରାଧୀମାନଙ୍କ ଟେର ପାଉନି ପୋଲିସ୍ । ମାଧପୁର ବଜାରରେ ପ୍ରବଳ ଉତ୍ତେଜନା ।

ମୁର୍ଦ୍ଦାର ନିକଟରୁ ସଂଗୃହିତ ହୋଇଥିବା- ଟଙ୍କା, ମୋବାଇଲ, ଘଣ୍ଟା, ଅନେକ ଟୁକୁଡ଼ା କାଗଜପତ୍ର ସହ ଛୋଟ ପକେଟ୍ ଡାଇରୀଟିଏ ପୋଲିସ ସିଜର୍ସ ଲିଷ୍ଟରେ ଦେଖେଇ ଦେଇ ତା'ର ପ୍ରାଥମିକ ରିପୋର୍ଟ ରେଡ଼ି କରିଦେଲେ । କେତେ କ'ଣ ପ୍ରତ୍ୟକ୍ଷଦର୍ଶୀଙ୍କ ଦସ୍ତଖତ ବି ସଂଗ୍ରହ କରିନେଲେ, ଏବଂ ପଚାରିଲେ, "ମୁର୍ଦ୍ଦାରର ଦାବିଦାର କିଏ ? କିଏ ଡେଡ୍‌ବଡ଼ି ନେବ ପୋଷ୍ଟମର୍ଟମ ପରେ ? ଆସନ୍ତୁ ଆମ ସାଙ୍ଗରେ ?"

ହଠାତ୍ ଗୋଟାଏ ଜଙ୍ଗଲୀୟ ନୀରବତା ବିଛେଇ ହୋଇପଡ଼ିଲା ଗାନ୍ଧୀ ଛକରେ ।

ଇନିସ୍ପେକ୍ଟର ମଲ୍ଲ ସମସ୍ତଙ୍କୁ ଚାହିଁଲେ । କେହି ଜଣେ ବି ଆଗେଇ ଆସୁ ନଥିଲେ ।

"ଆଶ୍ଚର୍ଯ୍ୟ ! ଏଇଟା କ'ଣ ଲାୱାରିସ୍ ଲାସ୍ ।"

ଚଣ୍ଡର ଲାସର ଦାବିଦାର୍ କେହି ନାହାଁନ୍ତି ?

'ମାଇଁ ଗଡ ! ବିସ୍ମିତ ହୋଇଗଲେ ଇନିସ୍ପେକ୍ଟର । କି ବିଡ଼ମ୍ବନା ।'

- "ଅପରାଧୀଟିଏର ସମ୍ପର୍କୀୟ କେବେ କ'ଣ କିଏ ଥିଲା କି ଇନିସ୍ପେକ୍ଟର ସାର୍ । ସେତ ତା'ର ଛିଡ଼ା ହୋଇଥାଏ ଏକାକୀ ଚକ୍ରବ୍ୟୁହର ବଳୟ ଭିତରେ ।" ସ୍ଥାନୀୟ ସ୍ୱେଚ୍ଛାସେବୀ ସଂଗଠନ 'ଆହା'ର ସଭ୍ୟ ଜଣେ ମତାମତ ଦେଲେ । "ମୋର ଯାହା ମନେହୁଏ ଆମକୁ ସେ ଶବକୁ ଦାହ କରିବାକୁ ପଡ଼ିବ ।"

ହଠାତ୍ ଝାଞ୍ଜି ପବନ ଯେମିତି ବହିଲା ସେଠି । ସମସ୍ତେ ସିଝିଗଲେ ସେ ହାୱାରେ । ନୀରବ ପାଲଟିଗଲେ ସମସ୍ତେ । ବିମଳ ସାହୁ ଚାହିଁଲା ଗାନ୍ଧୀଙ୍କୁ । କି ପ୍ରେରଣା ପାଇଲା ସେଠାରୁ କେଜାଣି ତା' ଦୋକାନ ପିଣ୍ଡିରୁ ଧୀରେ ଆଗେଇ ଆସି ଇନିସ୍ପେକ୍ଟରଙ୍କୁ କହିଲା, "ସାର୍ ! ଗୁଳି ଖାଇ ଗାନ୍ଧୀ ମହାତ୍ମା ଟଳି ପଡୁପଡୁ କହିଥିଲେ- 'ହେ ରାମ ।' ତାହାହିଁ ଥିଲା ତାଙ୍କର ଶେଷ କଥା ପଦକ । ଆଜିକାଲି ତାକୁ ଅବଶ୍ୟ ଅସ୍ୱୀକାର କରାଗଲାଣି । ମନେହେଉଛି, ସମୟାନ୍ତରେ ସତ୍ୟର ରୂପରେଖ ବଦଳିଯାଏ । ମାତ୍ର ମୁଁ ଧୀରସ୍ଥିର ଚିତ୍ତରେ ସମସ୍ତଙ୍କୁ ଜଣାଇ ଦେବାକୁ ଚାହେଁ ଯେ, ଚଣ୍ଡର ମୃତ୍ୟୁ ମୁଁ ଦେଖିଛି । ଶୁଣିଛି ତା'ର ସେ ବ୍ୟାକୁଳ ପ୍ରୟାସ ଶବ୍ଦଟିଏ ଉଚ୍ଚାରଣ କରିବା ପାଇଁ । ତା'ର ଶେଷ କଥା ଶୁଣିଛି ମୁଁ । ବିଦାରିତ ସ୍ୱରରେ ସେ କହୁଥିଲା-

'ବିଦାୟ ଜଲ୍‌ସା । ବିଦାୟ....ବିଦାୟ'

ବିମଳ ସାହୁର ସ୍ୱର ଭାଙ୍ଗିପଡ଼ିଲା ଗଭୀର ଦୁଃଖରେ ଉତ୍ତେଜନାରେ । ସେ ନୀରବ ହୋଇଗଲା । ମୁହଁ ଲାଲ ପଡ଼ିଗଲା । ଆଖିରୁ ଯେମିତି ବାଷ୍ପ ଉଡୁଥିଲା ।

'ଜଲ୍‌ସା ।'

"କିଏ ସେ ଜଲ୍‌ସା ? ବିମଳବାବୁ !" ଇନିସ୍ପେକ୍ଟର ବିସ୍ମୟଭରା ସ୍ୱରରେ ପ୍ରଶ୍ନ କଲେ ।

- "ମୁଁ ଜାଣି ନାହିଁ, ସାର । କିନ୍ତୁ ଶୁଣିଛି - ଚଣ୍ଡର ସେ ଆତୁର ସ୍ୱର । ଶବ୍ଦଟିଏ ଧରିବା ପାଇଁ ସେ ବିକଳ ପ୍ରୟାସ । ସେ ଅନ୍ତର୍ଭେଦୀ କାରୁଣ୍ୟଭରା କାତର ସ୍ୱର । ମୁଁ ଶୁଣିଛି ।"

ବିମଳ ସାହୁର ବିମର୍ଷ ସ୍ୱର ଯେପରି ଧୀରେ ଧୀରେ ଜମାଟ ବାନ୍ଧି ଯାଉଥିଲା । ସେ ଦିଶୁଥିଲା ଖୁବ୍ ଉଦାସ । ବିଡମ୍ବିତ । ଦେଖିଲେ ମନେ ହେଉଥିଲା, ବଡ଼ ଅସହାୟ ଭାବେ ମଣିଷଟିଏ ଯେମିତି ବୁଡ଼ିବୁଡ଼ି ଯାଉଛି- ଅଥଚ ଅକୂଳ ଜଳରେ ।

ବୁଡ଼ିବୁଡ଼ି ଯାଏ ଯେମିତି - ଅସ୍ତମିତ ସୂର୍ଯ୍ୟ ।

'ୟା, ଆଲ୍ଲା,'

ୟୁସୁଫ୍ ମିଆଁ ଦୁଆ କଲା ହାତ ପତେଇ,

'ଇନ୍ନା ଲିଲ୍ଲୁହି ଓୟିନ୍ନା ଇଲ୍ଲେହି ରାଜୁୟୁନ ।'

॥ ୪ ॥

ସେଦିନ ବିଳମ୍ବିତ ସନ୍ଧ୍ୟାରେ, ଯେଉଁ ଦୁଇଜଣ ମହିଳା ପହଞ୍ଚିଗଲେ ଥାନା ଭିତରେ, ସେମାନଙ୍କୁ ଦେଖୁ ଦେଖୁ ସୁଦର୍ଶନ ମଲ୍ଲ ଚକିତ ହୋଇଗଲେ । ତାଙ୍କୁ ଲାଗିଲା, ଯେମିତି ରାଣୀ ମହୁମାଛିଟିଏ, ଆଉ ତା'ର ଅନୁଗତ ସହଚରୀ । ସେମିତି ତ ଦେଖାଯାଉଛି ଅନ୍ୟ ସ୍ତ୍ରୀ ଲୋକଟି । ଡେଙ୍ଗା, ପତଳୀ, କାଳୀ । ଚାଇଁଖର ଲାଗୁଛି । ଉଡ଼ି ଆସିଛନ୍ତି କୁଆଡ଼ୁ ବୋଧେ ଆକ୍ରାନ୍ତ ହୋଇ । ମହୁଫେଣାକୁ କିଏ ଟେଳା ମାରି ଦେଇଛି କି କ'ଣ !

ଆଜିକାଲି ଅବଶ୍ୟ ମହିଳାଟିଏ ଦେଖି, ତାକୁ ଅତ୍ୟାଚାରିତା ବା ନିର୍ଯ୍ୟାତିତା ମନେ କରିବା ଠିକ୍ ନୁହେଁ । ବହୁ ଜଘନ୍ୟ, ନାରକୀୟ ଅପରାଧର ନାୟିକା ବି ହୋଇପାରନ୍ତି ସେ । ବହୁ ଅକଳ୍ପନୀୟ ଅପରାଧର ସୂତ୍ରଧର ବି ପାଲଟି ଯାଇଛନ୍ତି ।

ଅପରାଧର ଦୁନିଆରେ ପୁରୁଷ ସହ ପ୍ରତିଯୋଗିତା ଯେପରି ଆରମ୍ଭ କରି ଦେଇଛନ୍ତି - ସମଭାଗୀ, ସମସ୍ପର୍ଦ୍ଧୀ ହେବାକୁ । ରାଣୀ ମହୁମାଛି ।

ଅପରାଧ ଦୁନିଆର ଗୋଟାଏ ଦୁଷ୍ଟ କୀଟ । ମାରାତ୍ମକ ଭାଇରସ୍ । ସାମାଜିକ ବ୍ୟବସ୍ଥାର ଗୋଟାଏ ଗଳିତ ଦୁଃସ୍ୱପ୍ନ । ଇନିସ୍ପେକ୍ଟର ମଲ୍ଲ ଦୁଇଜଣଙ୍କୁ ତୀକ୍ଷ୍ଣ ଭାବେ ନିରୀକ୍ଷଣ କଲେ । ଆକଳିତ କରିବାକୁ ଚାହିଁଲେ କ'ଣ ହୋଇପାରେ ଘଟଣା ।

- ମର୍ଡର ! ରେପ୍ ! ଚୋରି ନା ଡକାୟତି । କ'ଣ ?

କେଉଁଥିପାଇଁ ଆସିଛନ୍ତି, ରାତିରେ ପୁଣି ଏ ଡ୍ରେନ୍‌କୁ ।

ସାରାଦିନର ଅକ୍ଳାନ୍ତ ଶ୍ରମରେ ଇନିସ୍ପେକ୍ଟର ଖୁବ୍ କ୍ଳାନ୍ତ ହୋଇପଡ଼ିଥିଲେ । ରାତ୍ରିର ବିଶ୍ରାମ ପାଇଁ କ୍ୱାର୍ଟରକୁ ଯିବାର ପ୍ରାକ୍ ପ୍ରସ୍ତୁତି ଆରମ୍ଭ କରିସାରିଥିଲେ । ନିଜକୁ ଟିକିଏ ରିଲାକ୍ସ କରିବା ପାଇଁ ସେ ଗୋଟାଏ ଦିଟା ହ୍ୱିସ୍କି ପେଗ୍ ନେଇ ସିଗାରେଟ୍‌ଟିଏ ଲଗେଇ ଏକୁଟିଆ ଥାନାର କଡ଼ରେ ଥିବା ଦେବଦାରୁ ଗଛଟିର କଡ଼ରେ, ଚେୟାରଟିଏ ପକେଇ ବସିଥିଲେ । ସ୍ଥାନଟି ଥିଲା ଖୁବ୍ ନିରାପଦ । ସେଇଠି ସେ ସମସ୍ତଙ୍କୁ

ଦେଖିପାରିବେ ଅଥଚ ତାଙ୍କୁ ଦେଖିବା ସହଜ ହେବ ନାହିଁ । ପରିବେଶ ପ୍ରାୟ ଶାନ୍ତ ଥିଲା । ଋତୁ ସୋହାନା ଥିଲା । ହାଲକା ହାଲକା ପବନ ଉଡ଼େଇ ଆଣୁଥିଲା ଦୂରରେ କେଉଁଠି ବାଜୁଥିବା ହିଟ୍ ଗୀତଟିଏ-

‘ରାଧିକା ଧିନାଧିନ୍ ଧିନାଧିନ୍
ତୋ ମନ ନାଚୁଛି ଧିନା ଧିନ୍
ମୋ ମନ ନାଚୁଛି ଧିନାଧିନ୍ ଧିନା ଧିନ୍
ଯମୁନା ଜଳରେ ଜଳେ ଖେଳେ ଭଉଁରୀ
ମୋ ଡଙ୍ଗା ଯାଉଛି ହଲି ।

ଏତେବେଳେ ମହିଳା ଦୁଇ ଜଣଙ୍କ ଉପସ୍ଥିତ ଖୁବ୍ ବିରକ୍ତିକର ମନେହେଲା । ତଥାପି ସେ ଉଠି ଆସିଲେ । ସେ ରାଣୀ ମହୁମାଛି ବୋଲି ଭାବୁଥିବା ମହିଳାଟି, ତାଙ୍କୁ ଖୁବ୍ ସୁନ୍ଦର ମନେହେଲା । ତା’ ବଡ଼ି ଲାଙ୍ଗୁଏଜ୍‌ରେ ଗୋଟାଏ ଧୁନ୍ ଥିଲା ଭଳି ଲାଗିଲା, ଗୋଟାଏ ସୁପର ମଡେଲ୍ ହୋଇଥିବ ନିଶ୍ଚେ ସେ । ହେଲେ ସେ ଭଳି ରଙ୍ଗୀନ୍ ପକ୍ଷୀ, ଏ ଗୁମ୍ଫାକୁ ଏତେବେଳେ ଆସିବେ କା କାହିଁକି ! ତା’ଛଡ଼ା ମଧୁପୁର ପି.ଏସ୍.ର ଏରିଆ ଭିତରେ ଏଭଳି ସୁନ୍ଦର ପକ୍ଷୀ ଆସିବେ ବା କୁଆଡୁ ?

ଛ ମାସର ପୋଷ୍ଟିଂ ଭିତରେ ଏ ଅଞ୍ଚଳକୁ ସେ ଖେଦି ପକେଇଛନ୍ତି । ତାଙ୍କ ଆଖି ଆଗରେ ଏ ଅଞ୍ଚଳର ଜନ ଜୀବନର ଅପରାଧର ମାନଚିତ୍ର । ଘଟଣା ଦୁର୍ଘଟଣା ରୂପରେଖା । କିନ୍ତୁ ଏଭଳି ମହିଳାଟିଏ ସେ ଦେଖିଥିବାର ବା ଜାଣିଥିବାର ମନେ ହେଉନାହିଁ ।

ବହୁ ଅଦ୍ଭୁତ ଲାଗୁଛି ତାଙ୍କୁ । ଘଟଣାଟିକୁ ସେ କିଛି ଆକଳିତ କରିପାରୁ ନଥିଲେ । ତଥାପି ସେ ଆସି ନିଜ ଚେୟାରରେ ବସିଯାଇ ପଚାରିଲେ-

“ଆପଣମାନେ କିଏ ? କୁଆଡ଼େ ଆସିଛନ୍ତି ?”

- “ମୁଁ ଜଲସା ଚୌଧୁରୀ । ଇଏ ମୋର ସାଥୀ ଲତିକା ଗିରି ।” ଖୁବ୍ ସଂଭ୍ରମରେ ଉତ୍ତର ଦେଲା ଜଲସା । ଜଲସା ଚୌଧୁରୀ ! ଆଶ୍ଚର୍ଯ୍ୟ ହୋଇଗଲେ ଇନିସ୍ପେକ୍ଟର ମଲ୍ଲ ।

ଏଇ ତେବେ ସେ, ଜଲସା ! ଜଲସା ଚୌଧୁରୀ !

ଯାହାର ନାମ ଚଣ୍ଡ ତା’ର ମୃତ୍ୟୁ ମୁହୂର୍ତ୍ତରେ ବି ନେଉଥିଲା ।

‘ବସନ୍ତୁ ସେ ଚେୟାରରେ’ ଇନିସ୍ପେକ୍ଟର ନିର୍ଦ୍ଦେଶ ଦେଇ ଚାହିଁ ରହିଲେ- “କୁହନ୍ତୁ, କାହିଁକି ଆସିଛନ୍ତି ?”

ଇନିସ୍ପେକ୍ଟର ମଲ୍ଲ ଅନୁଭବ କରୁଥିଲେ ସେ ଯେପରି ବିଭାଜିତ ହୋଇ ପଡ଼ୁଛନ୍ତି

ଜଲସାକୁ ଦେଖି । ଯାକୁ ହିଁ କେନ୍ଦ୍ରକରି ଅପରାଧ ଘଟୁଥିବ ନିଶ୍ଚୟ । ହାଇଲି ପ୍ରୋଭୋକେଟିଭ, କ୍ରାଇମ୍ ଷ୍ଟିମୁଲେଟିଂ ସେଣ୍ଟର୍ ।

ସେକ୍ସୁଆଲିଟିର ସବୁ ଲକ୍ଷଣ ଭରପୁର ହୋଇ ରହିଛି । ମୋହିନୀ କନ୍ୟାଟିଏ ।

ଏଭଳି ନାରୀ ରୂପ କେବେ ମୁଁ ଦେଖିଛି କି ?

ସୁଦର୍ଶନ ମଲ୍ଲ ଅନେକ ସମୟ ଚାହିଁ ରହୁଛନ୍ତି ଜଲସାକୁ ।

ତା'ର ଆକର୍ଷଣୀୟ ଲମ୍ବା ପତଳା ଚେହେରା । ସୁଗଠିତ ଭରପୁର ଶରୀର । ତା'ର ଐଶ୍ୱର୍ଯ୍ୟମୟ ସାବଲୀଳ ପ୍ରବାହମାନତା । ତା'ର ଉଜ୍ଜ୍ୱଳ ମେଟାଲିକ୍ ରୌପ୍ୟବର୍ଣ୍ଣ ମଲ୍ଲଙ୍କୁ ବାରମ୍ବାର ଯୌନମନସ୍କ କରି ପକାଉଛି । ସେ ଛନ୍ଦି ହୋଇ ପଡୁଛନ୍ତି ବାରମ୍ବାର ତାଙ୍କର କର୍ତ୍ତବ୍ୟ ଆଉ ପ୍ରକୃତି ଭିତରେ । ଜଲସା ଯେପରି ତାଙ୍କ ପାପ ରୂପକୁ ଉଜ୍ଜିବୀତ କରି ପକାଉଛି ।

କିଛି ଦୂରକୁ, କାନ୍ଥ କଡ଼କୁ ବସିଛି ଜଲସା । ବିଷାଦର ଦେବୀଟିଏ ଭଳି । ନୀରବ, ନିସ୍ପନ୍ଦ, ଖୋୟାଖୋୟା ରୂପ । ଭିତରକୁ ପଶି ଯାଇଥିବା ଗଭୀର ଆଖିରେ ଲୁହ ନାହିଁ । ଅଥଚ ଉଜୁଡ଼ି ଯିବାର କାରୁଣ୍ୟ ଯେପରି ଝରୁଛି ମାର୍ଗଶୀରର କାକର ଭଳି ।

ଗଭୀର ନୀରବତା ଭିତରେ ଶୁଭିଲା କରୁଣା ସ୍ୱରଟିଏ ଜଲସା ଚୌଧୁରୀ ବିନୀତ ଭାବେ ନିବେଦନ କଲା । 'ମୁଁ ଉଦୟ ମିଶ୍ରଙ୍କ ଶବ ସଂସ୍କାର ପାଇଁ ପରମିଶନ୍ ନେବାକୁ ଆସିଛି ।'

ଇନିସ୍ପେକ୍ଟରଙ୍କର ଧ୍ୟାନ ଭାଙ୍ଗିଗଲା । ସେ ଚମକି ପଡ଼ିଲା ଭଳି ଚାହିଁ ବିସ୍ମୟଭରା ସ୍ୱରରେ ପ୍ରଶ୍ନ କଲେ, "ଉଦୟ ମିଶ୍ର ! ଉଦୟ ମିଶ୍ର କିଏ ?"

– ଚଣ୍ଡ । ଚଣ୍ଡ ହିଁ ଉଦୟ ମିଶ୍ର ।' 'କାରୁଣ୍ୟ ଭରା ସ୍ୱରରେ ଉତ୍ତର ଦେଲା ଜଲସା ।'

'ଚଣ୍ଡ ! ଉଦୟ ମିଶ୍ର । ଓ, ବ୍ୟାଟ୍ ବ୍ଲଡ଼ି ଗ୍ୟାଙ୍ଗଷ୍ଟାର ।' ହୋ ହୋ ହୋଇ ହସି ଉଠିଲେ ଇନିସ୍ପେକ୍ଟର, 'ବାପା ମା' ପ୍ରଦତ୍ତ ଏଡ଼େ ସୁନ୍ଦର ନାଁ ଟିଏ – ଉଦୟ ମିଶ୍ର ହଜିଗଲା ଅରରାଧୀ – ଚଣ୍ଡ ନାଁ ଭିତରେ । ବାଃ ! ଭାଗ୍ୟର କି ବିଡ଼ମ୍ବନା ।'

– 'ଚଣ୍ଡ, ଆଜ୍ଞା...' ସହିପାରିଲା ନାହିଁ ଜଲସା, ଇନିସ୍ପେକ୍ଟରଙ୍କ ତାସଲ୍ୟ । ପ୍ରତିବାଦ କରିବା ସ୍ୱରରେ ଉତ୍ତେଜିତ ହୋଇ ଉଠି କହିଲା, 'ସେ ଅପରାଧୀ ନୁହେଁ ।'

'ଅପରାଧୀ ନୁହେଁ ।'

ଅପରାଧୀ ନୁହେଁ, ଆଉ କ'ଣ ସେ ?

ସାଧୁ । ସନ୍ଥଟାଏ !

ହତ୍ୟା, ଡକାୟତି, ଧର୍ଷଣ, ଦାଦାବଟି ଆଦାୟ, ଟେଣ୍ଡର ଫିକ୍ସିଂ କ'ଣ ନ କରିଛି ସେ । କେତେଥର ଆଉ ଜେଲ ଗଲେ ତାକୁ ଅପରାଧୀ କୁହାଯିବ ? ତାଚ୍ଛଲ୍ୟ ସ୍ୱରରେ ହସି ଉଠିଲେ ଇନିସ୍ପେକ୍ଟର, 'ଆପଣଙ୍କ ଯୋଗୁ ଏପରି ହୋଇଛି । ସବୁବେଳେ ସବୁ କଥାରେ ପ୍ରଶ୍ରୟ ଦେଇଥିବେ । ହୁଏତ ପ୍ରୋତ୍ସାହିତ କରିଥିବେ । ନହେଲେ ଗୋଟାଏ ପେଶାଦାର ଅପରାଧୀକୁ, ଅପରାଧୀ କହିବା ଲାଗି ଆପଣଙ୍କୁ ଏତେ କଷ୍ଟ ଲାଗନ୍ତା ନାହିଁ ।

ବଡ଼ ବିଚିତ୍ର କଥା ଯେ ସେ ହଣାଖାଇ ମଲାପରେ ବି ତାକୁ ଅପରାଧୀ ନୁହେଁ ବୋଲି କହୁଛନ୍ତି !

"ଆଚ୍ଛା, ଆଉ କ'ଣ ତାକୁ କୁହାଯିବ ?"

ଅସହାୟ ହୋଇପଡ଼ିଲା ଜଲସା । ଦୁଃଖ ଅପମାନ ଲଜ୍ୟାରେ ମିଳେଇଗଲା ସେ । ଦୁଇ ହାତ ପାପୁଲିରେ ମୁହଁ ଢାଙ୍କି ବିକଳ ହୋଇ କାନ୍ଦି ଉଠିଲା ।

ଇନିସ୍ପେକ୍ଟର ମଲ୍ଲଙ୍କର ଆଖି ପଡ଼ିଲା ଜଲସାର ଡାହାଣ ହାତ ପାପୁଲି ଉପରେ, ଆଃ କି ସୁନ୍ଦର । ତାଙ୍କ ଦୃଷ୍ଟି ସ୍ଥିର ହୋଇଗଲା । ଜଲସାଙ୍କ ଅନାମିକା ଆଙ୍ଗୁଠି ଉପରେ । ସେଠି ଉଜ୍ୱଳ ତାରକାଟି ଭଳି ଝଲସି ଉଠୁଛି ହୀରକ ମୁଦିଟିଏ ।

ହୀରାମୁଦି !

ଏ ଯୋଗିନୀ ହୀରା ମୁଦି ପିନ୍ଧିଛି ।

ଗୋଟେ ଅପରାଧର ସ୍ମୃତି ତ ବହନ କରୁନି ତ ଏହାର ମୁଦି । ସନ୍ଦେହର ଘେର ଭିତରେ ବୁଡ଼ିଯାଇ ନୀରବ ହୋଇ ବଡ଼ ଗମ୍ଭୀର ଦେଖାଗଲେ ଇନିସ୍ପେକ୍ଟର ।

ଲୋକେ କୁହନ୍ତି, ହୀରା କୁଆଡ଼େ ସବୁବେଳେ ସୌଭାଗ୍ୟର ସାଥୀ, ସଂକେତ । ଝଲସିଥିବା ତାରକା ଭଳି ଭାଗ୍ୟକୁ କରେ ଉଜ୍ୱଳ, ଝିଲିମିଲି ।

ଅଥଚ ଇନିସ୍ପେକ୍ଟର ମଲ୍ଲଙ୍କର ସେଭଳି ସମ୍ପତ୍ତି ନାହିଁ । ସୌଭାଗ୍ୟ ନାହିଁ ।

ମୁଦିଟିଏର ଦାମ ନିଶ୍ଚେ ୧୫-୨୦ ହଜାର ହେବ ।

ଏଥରକ ବେଲକୁ ଚାହିଁଲେ ଇନିସ୍ପେକ୍ଟର ମଲ୍ଲ । ବେକରେ ପଡ଼ିଛି ମୋଟା ଧଳା ସୁନାର ଚେନ୍‌ଟିଏ । ଦିଶୁଛି ଖୁବ୍ ଉଜ୍ୱଳ, ଆକର୍ଷଣୀୟ । ନିଜ ଭିତରେ ଅନିୟନ୍ତ୍ରିତ ହୋଇ ଉଠିଲେ ଇନିସ୍ପେକ୍ଟର ମଲ୍ଲ । ତାଙ୍କ ଭିତରୁ ଅଦୃଶ୍ୟ ହାତଟିଏ ବାହାରି ଲମ୍ବିଗଲା ଜଲସାଙ୍କ ଅଧାମେଲା ସୁନ୍ଦର ପିଠି ପର୍ଯ୍ୟନ୍ତ । ସାପଟିଏ ଭଳି ଅଳସରେ ପଡ଼ିଥିବା ଚେନ୍‌ଟିକୁ ସତର୍କତା ସହକାରେ ଟେକି ଧରି, ହାତଟିକୁ ଖସାଇ ନେଲେ ଛାତି ଉପର ପର୍ଯ୍ୟନ୍ତ । ଉନ୍ନତ ଛାତି ଉପରେ ହାତ ରଖି ଦେଖିଲେ ସେ ଚେନ୍‌ଟିକୁ । ସେଥିରେ ଝୁଲୁଛି ଗୋଟାଏ ପଥରବସା ଲକେଟ୍-କ୍ରସଟିଏ ।

ହଠାତ୍ ଏକ ଅହେତୁକ ଭୟ ସଞ୍ଚରି ଗଲା ତାଙ୍କ ଭିତରେ ।

ହାତରୁ ଖସି ପଡ଼ିଲା କ୍ରସ୍‌ଟି ।

ମଲ୍ଲ ହଠାତ୍ ପୋଲିସ ଇନିସ୍ପେକ୍ଟର ପାଲଟି ଗଲେ । କଠୋର ସ୍ୱରରେ ପ୍ରଶ୍ନ କଲେ,

– 'କ'ଣ ତୁମ ନାଁ କହିଲ ? ଜଲସା ଚୌଧୁରୀ ନା ।'

ଆଛା, ଜଲସା ! ତୁମେ କ'ଣ ଖ୍ରୀଷ୍ଟିୟାନ୍ !'

'ନା ତ ! କିନ୍ତୁ କାହିଁକି ?'

'ମୁଁ କୌଣସି ଧର୍ମରେ ବିଶ୍ୱାସ କରେନି । ମାତ୍ର ଈଶ୍ୱରଙ୍କୁ ବିଶ୍ୱାସ କରେ ।'

– 'ଧର୍ମକୁ ନେଇ ଈଶ୍ୱର ବିଶ୍ୱାସ ମାଡାମ୍ । ପ୍ରତ୍ୟେକ ଧର୍ମର ନିଜ ନିଜର ଅନୁଭୂତ ଈଶ୍ୱର ଅଛନ୍ତି । ଧର୍ମ ନାହିଁ ତ ଈଶ୍ୱର ନାହାଁନ୍ତି । ଈଶ୍ୱରଙ୍କୁ ଗ୍ରହଣ କରି ଧର୍ମକୁ ତ୍ୟାଗ କରିବା କଥା କେବଳ ଅଧର୍ମୀମାନେ ହିଁ ଯୁକ୍ତି ଦର୍ଶାଇ ଥାଆନ୍ତି । ମାତ୍ର ଧର୍ମ କୌଣସି ଯୁକ୍ତି ପରିସର ଭୁକ୍ତ ବିଷୟ ନୁହେଁ କି ଈଶ୍ୱର ବି ନୁହଁନ୍ତି । ତେବେ ଧର୍ମ ଓ ଈଶ୍ୱର ଉଭୟ ଭିତ୍ତିଭୂମି ସମାଜ । ବ୍ୟକ୍ତିଟି ସେଇ ସାମାଜିକ ସଂସ୍କାରର ଗୋଟାଏ ଦୃଷ୍ଟାନ୍ତ । ଛାଡ଼ନ୍ତୁ ସେ ସବୁ କଥା । ମତେ କୁହନ୍ତୁ-

ଚଣ୍ଡ ସହ ତୁମର ସମ୍ପର୍କ କ'ଣ ?

'ମୁଁ ତାଙ୍କର ପତ୍ନୀ, ଅତି କେମଳ ଓ ଗଭୀର ଶୁଭିଲା ଜଲସାଙ୍କ ସ୍ୱର ।

'କେବେ ବିବାହ କଲେ ?' ଗୁଡ଼େଇ ତୁଡ଼େଇ ପ୍ରଶ୍ନ କଲେ ଇନିସ୍ପେକ୍ଟର ମଲ୍ଲ ।

'ମୁଁ, ତାଙ୍କର ଅବିବାହିତା ପତ୍ନୀ ।'

– 'ହ୍ୱାଟ୍ ! ହ୍ୱାଟ୍ ବ୍ଲଡି ଅବିବାହିତା ପତ୍ନୀ ମିନ୍ ?'

ମାନେ ରକ୍ଷିତା ତ ! 'ବିକ୍ଷୁବ୍ଧ ପାଲଟିଗଲେ ଇନିସ୍ପେକ୍ଟର । ତାଙ୍କ ସ୍ୱର କଠିନ ଶୁଭିଲା । ଦୃଷ୍ଟି ତୀକ୍ଷ୍ଣ ହୋଇ ଉଠିଲା ।'

'ନା, ଇନିସ୍ପେକ୍ଟର । ଆପଣ ଆମ ସମ୍ପର୍କକୁ ଏଭଳି ଭାବେ ଅସମ୍ମାନିତ କରିପାରିବେ ନାହିଁ । ମୁଁ ତାଙ୍କର ରକ୍ଷିତା ନୁହେଁ, ପତ୍ନୀ ।' ଜଲସାଙ୍କ ଦେହରେ ନିଆଁ ଲାଗିଗଲା । ସେ ଯେପରି ବିସ୍ଫୋରିତ ହୋଇ ଉଠିଲେ ।' ଆପଣଙ୍କ ଧର୍ମୀୟ ଭାଷାରେ- ଧର୍ମପତ୍ନୀ । ପର ମୁହୂର୍ତ୍ତରେ ସ୍ୱର ତାଙ୍କର ଭାଙ୍ଗି ପଡ଼ିଲା । ସେ ନିଜକୁ ଆଉ ସମ୍ୱରଣ କରିପାରିଲେ ନାହିଁ । ଆଖି ତାଙ୍କର ଛଳଛଳ ହୋଇ ଉଠିଲା । ତଥାପି ସେ ବିଷାଦିତ ଦୃଢ଼ତା ଭରା ସ୍ୱରରେ କହିଲେ, 'କାୟମନୋବାକ୍ୟରେ ମୁଁ ତାଙ୍କର- ପତ୍ନୀ । ଏହା ହିଁ ଥିଲା ଆମ ଦୁଇ ଜଣଙ୍କର ସ୍ଥିତି ସ୍ୱୀକୃତି, ତଥା ବିଚାର ।'

– 'ମାଡାମ୍ ! ପତି-ପତ୍ନୀ ହେବା ଏକ ସାମାଜିକ, ଧାର୍ମିକ ତଥାଆଇନିଗତ ସ୍ୱୀକୃତି ତଥା ଅଧିକାର । ଏହା ଏକ ଧାରା ବି । ପ୍ରକ୍ରିୟାର ପରିଣତି । ଏହା ପଛରେ ଦୀର୍ଘ ଏକ ପରମ୍ପରା ଠିଆ ହୋଇଛି । ତା'ର ମାନ୍ୟତା ଅଛି । ତାକୁ ଛାଡ଼ି ପତି-ପତ୍ନୀ ସମ୍ପର୍କ ଦାବି କରିବା ସାମାଜିକ ଚଳଣିରେ ଅସାମାଜିକତା, ବ୍ୟଭିଚାର । ଆଇନ୍ ଆଖିରେ ଅବୈଧ, ଅପରାଧ । ଧର୍ମ ବିଚାରରେ ପାପ ।

ଏଥିପାଇଁ ତୁମକୁ ପତ୍ନୀର ମର୍ଯ୍ୟାଦା ବା ଅଧିକାର ଦେଇ ହେବ ନାହିଁ ।

ଆଚ୍ଛା, ତୁମେ କ'ଣ ରେଜିଷ୍ଟ୍ରି ମ୍ୟାରେଜ୍ ବି କରିନାହଁ ? 'ଇନିସ୍ପେକ୍ଟର ବଡ଼ ଗମ୍ଭୀର ଦେଖାଗଲେ ।'

ଜଲସାଂକର ମଥା ଟିକିଏ ହଲି ଯାଇ ସ୍ଥିର ହୋଇଗଲା । ପାଟିରୁ ପଦଟିଏ ବି କଥା ବାହାରିଲା ନାହିଁ । ସେ ବଡ଼ ବିମର୍ଷ ଦେଖାଗଲେ ଓ ତଳକୁ ମୁହଁ ପୋତି ଦେଲେ ।

'କେଜାଣି, କେତେ ଦିନର ଘଟଣା । ପ୍ରଥମ କରି ଯେଉଁଦିନ ମୁଁ ତାଙ୍କୁ ଦେଖିଲି ମୋତେ ତ ଲାଗିଲା, ଯେମିତି ମୁଁ ମୋର ଭାଗ୍ୟ, ମୋର ଭବିଷ୍ୟତକୁ ଭେଟୁଛି । କେଉଁ ମୁହୂର୍ତ୍ତ ଥିଲା ସେ କେଜାଣି । ସବାର ହୋଇଗଲା ମୋ ଦେହରେ, ମନରେ, ଆତ୍ମାରେ । ସେଇ ବିଯୋଡିତ ମୁହୂର୍ତ୍ତରୁ ମୁଁ ଆଉ ପଛକୁ ଫେରି ଚାହିଁନାହିଁ । ଚାହିଁଲେ ବି ଲାଗେ ଗୋଟାଏ ଅଛିଣ୍ଡା ହରଣ ସେ । ଯେତେ କାଟିଲେ ଭାଗଶେଷ ରହିବ ହିଁ ରହିବ ।' 'କହୁ କହୁ ଜଲସା ନୀରବ ହୋଇଗଲେ ।'

– 'ତୁମେ ଦୁହେଁ ତ ଏକାଠି ରହୁଥିଲ ?'

'ହଁ ।'

– 'ପିଲାପିଲି କେମିତି କିଛି ହେଲେ ନାହିଁ ?' ଇନିସ୍ପେକ୍ଟର ଚାହିଁଲେ ଜଲସାର ମୁହଁକୁ ।

'ଚାରିମାସର ଗର୍ଭଧାରଣ କରିବି ମୁଁ ।' 'ଅତି ଅସ୍ପଷ୍ଟ, ଅଧୀର, ଅତି କୋମଳ ଶୁଭିଲା ଜଲସାଂକର ସ୍ୱୀକୃତି ।'

– 'ମାଇଁ ଗୁଡନେସ୍ ।' ଇନିସ୍ପେକ୍ଟର ଦୀର୍ଘଶ୍ୱାସ ପକେଇ କହିଲେ, 'ଚଣ୍ଡ ଭଳି ଗୋଟାଏ ଟୋକା ସହ ଏତେ ଦିନର ସମ୍ପର୍କ ନେଇ ଭବିଷ୍ୟତ ପାଇଁ ନିରାପତ୍ତା, ଅଧିକାର, ସାମାଜିକ ମର୍ଯ୍ୟାଦା ପ୍ରତି ଧ୍ୟାନ ଦେଲ ନାହିଁ କେମିତି ?'

'ପରସ୍ପର ପ୍ରତି ଥିବା ପ୍ରେମ, ପ୍ରତ୍ୟୟ ଆମକୁ ଏଇ ସ୍ତରକୁ ନେଇ ଯାଇଥିଲା । ଯେଉଁଠି ଲୌକିକ ବା ଆଇନଗତ ବିବାହ ବନ୍ଧନର ଆବଶ୍ୟକତା ଆମେ ଅନୁଭବ କରୁ ନଥିଲୁ । ପରସ୍ପର ପ୍ରତି ଥିବା ବିଶ୍ୱାସ, ଅନୁରାଗ ହିଁ ଥିଲା ଆମ ସୁରକ୍ଷାର - କବଚ ବଳୟ । 'କହୁକହୁ ଭାଙ୍ଗି ପଡ଼ି କାନ୍ଦି ଉଠିଲା ଜଲସା ।'

'ରିଲାକ୍ସ ଜଲସା । ଏତେବେଳେ କାନ୍ଦି କିଛି ଲାଭ ନାହିଁ ।'

ଇନିସ୍ପେକ୍ଟର ମଲ୍ଲ ଅତ୍ୟନ୍ତ ଅମାନବୀୟ ସ୍ୱରରେ କହିଲା-

- 'ମୁଁ ସ୍ୱୀକାର କରୁଛି ତୁମେ ଚଣ୍ଡର ଅବିବାହିତ ପତ୍ନୀ ।'

ଯଦିଓ ବାସ୍ତବରେ ସେ ତୁମକୁ ରଖିଥିଲା ମସ୍ତି କରିବା ପାଇଁ ।

ତାହାହିଁ ତୁମର ସାମାଜିକ ସ୍ଥିତି, ଆଇନର ବିଚାର ।

ତେଣୁ ତୁମକୁ ପତ୍ନୀର ଅଧିକାର ବା ମର୍ଯ୍ୟାଦା ଦେଇ ହେବ ନାହିଁ ।

ଯେଉଁଠି ଅଧିକାର ନାହିଁ ସେଠି ସେ ଆଧାରିତ ଦାବି ଗ୍ରହଣଯୋଗ୍ୟ ନୁହେଁ ।

'ତେଣୁ ଚଣ୍ଡର ଶବକୁ ସଂସ୍କାର ପାଇଁ ତୁମକୁ ହସ୍ତାନ୍ତର କରିବା ସମ୍ଭବ ନୁହେଁ ।'

ଆତଙ୍କିତ ହୋଇ ଠିଆ ହୋଇ ପଡ଼ିଲା ଜଲସା । ତା'ର ଆଖି ଦୁଇଟି ବିସ୍ଫୋରିତ ହୋଇଗଲା । ପାଟିଟା ଅଧା ମେଲା ହୋଇ ରହିଲା । ସେ ଥରିବାକୁ ଲାଗିଲା । ପାଖରେ ନିରବରେ ବସିଥିବା ଲତିକା ଗିରି ଉଠିପଡ଼ିଲେ । ଜଲସାକୁ ନିଜ ଦେହ ଉପରକୁ ଆଉଜେଇ ଆଣି ସାନ୍ତ୍ୱନା ଦେବାକୁ ଯାଇ ଚାପି ଧରିଲେ । କହିଲେ,

'ଆପଣ କ'ଣ ବୁଝିପାରୁ ନାହାନ୍ତି । ଏହା ଖୁବ୍ ଅମାନବୀୟ ।'

'ମାନବିକତା ଆପଣ ଆପଣଙ୍କ ଘରେ ରଖନ୍ତୁ । ମୋତେ ମୋର ଦାୟିତ୍ୱ ଆଇନ ମୁତାବକ କରିବାକୁ ଦିଅନ୍ତୁ । ଆପଣ ବୋଧେ ଜାଣନ୍ତି ନାହିଁ ଆଇନ ଶୃଙ୍ଖଳା ରକ୍ଷା କରିବା ପୋଲିସ୍‌ର ଦାୟିତ୍ୱ ଓ କର୍ତ୍ତବ୍ୟ ।' ଇନିସ୍ପେକ୍ଟର ବିରକ୍ତ ହୋଇଯାଇ ଚଢ଼ା ଗଳାରେ କହିଲେ ।

ଲତିକା ଗିରି ସହଜରେ କାହାକୁ ଛାଡ଼ିବା ସ୍ତ୍ରୀଲୋକ ନଥିଲେ । ଇନିସ୍ପେକ୍ଟରଙ୍କର ବିରକ୍ତି ଭରା ସ୍ୱର ଓ ଆକ୍ଷେପ ତାଙ୍କୁ ଉତ୍ତେଜିତ କରିଦେଲା । ସେ ପ୍ରତ୍ୟୁତ୍ତର ଦେବା ସ୍ୱରରେ କହିଲେ, 'ନିୟମ ଜନସାଧାରଣଙ୍କ ମଙ୍ଗଳ ପାଇଁ ତିଆରି ହୋଇଛି । ଏବଂ ପୋଲିସର କର୍ତ୍ତବ୍ୟ ଜନତାକୁ ସାହାଯ୍ୟ କରିବା । ଆମେ ସ୍ତ୍ରୀ ଲୋକ ଦୁଇଜଣ ରାତିରେ ଥାନାକୁ ଆସିଛୁ, ଆପଣଙ୍କ ପାଖରୁ ସହାୟତା ଆଶାକରି । ମାତ୍ର ଆପଣ ତ ଆମକୁ ଦୁର୍ବ୍ୟବହାର କରୁଛନ୍ତି ।'

'ଦୁର୍ବ୍ୟବହାର ।'

ମୁଁ ଆପଣମାନଙ୍କୁ ଦୁର୍ବ୍ୟବହାର କରୁଛି । 'କ୍ରୋଧରେ ଇନିସ୍ପେକ୍ଟର ଛିଡ଼ା ହୋଇ ପଡ଼ିଲେ ଚେୟାର ଛାଡ଼ି । ମୁହୂର୍ତ୍ତକ ପାଇଁ ବିବ୍ରତ ହୋଇପଡ଼ିଲେ । ଆଜିକାଲି ନାରୀମାନଙ୍କ କୌଣସି ଅଭିଯୋଗର ଅର୍ଥ ଜାଣନ୍ତି ସେ । ସତ୍ୟ ହେଉ ବା ମିଥ୍ୟା ହେଉ ଅଭିଯୁକ୍ତକୁ ଆଇନ କବଳରୁ ନିସ୍ତାର ନାହିଁ । ପ୍ରଥମେ ଆରେଷ୍ଟ କର । ତା' ପୁଣି ନନ୍‌ବେଲେବ୍ଲ ୱାରେଣ୍ଟ୍ ।' ନିସ୍ତାର ନାହିଁ ଆଇନ କବଳରୁ ।

ତଥାପି ନାରୀ ନିର୍ଯ୍ୟାତିତା ।

ହଜାର ହଜାର ବର୍ଷର ଇତିହାସରେ ମୁଖ୍ୟତଃ ନାରୀ ଭୋଗ୍ୟଭାବେ, ଦାସୀ ଭାବେ ପୁରୁଷ ପ୍ରଧାନ ସମାଜରେ ବଞ୍ଚି ଆସିଛି ନିଜର ଆନୁଗତ୍ୟ ଦେଖାଇ । ଆଜିକାଲି ନାରୀ ତା'ର ପରିଚୟ, ତା'ର ଅସ୍ମିତା ଖୋଜିଲାବେଳେ, ଦେଖୁଛି ନିର୍ଯ୍ୟାତନାରେ ଶୀକାର ହୋଇଥିବା ନିଜର ଘସରା, ଖଣ୍ଡିଆ ଖାବରା, ରୁଗ୍‌ଣ ମୁହଁ । ବିଲିବିଲେଇ ଉଠୁଛି ନିଜକୁ ନିଜେ ଦେଖି ସେ । ସମାଜକୁ ତା'ର ପ୍ରତ୍ୟୁତ୍ତର ଦେବାକୁ ଚାହୁଁଛି ସେ । ସେଇ ଧଡ଼୍‌କନ୍ ଉବୁରି ଉଠୁଛି-ଛାତିରେ, ମୁହଁରେ । ନଖରେ ଦାନ୍ତରେ ।

ଯା ବୋଲି, ଏ କୋତରି ଡେଙ୍ଗା ମାଇକିନିଆଟା ମୋ ବିରୁଦ୍ଧରେ ଏଭଳି ମିଥ୍ୟା ଅଭିଯୋଗ କରିବ- ମୁଁ ଦୁର୍ବ୍ୟବହାର କରୁଛି । ଯାଉ କେଉଁ ପଇତା ଆଗରେ କରିବ କରୁ । ଶାଳୀକି ଦେବି ପାନେ ଭଲ କରି ।

ଯାଆନ୍ତୁ ଆପଣମାନେ-

ଏସ୍.ପିଙ୍କୁ କି ଡି.ଜିଙ୍କୁ, କି କମିଶନରଙ୍କୁ ମୋ ବିରୁଦ୍ଧରେ ଅଭିଯୋଗ କରିବେ ।

- 'ମୁଁ ଆପଣମାନଙ୍କୁ ଥାନାରେ ଦୁର୍ବ୍ୟବହାର କରିଛି ।'

ତା'ର ଇନ୍ ଭେଷ୍ଟିଗେସନର ଫଳାଫଳ ଜାଣିବା ପରେ ମୁଁ ଯାହା କରିବି । ଦୟାକରି ଏବେ ଯାଆନ୍ତୁ ଏଠୁ, 'ଗମ୍ଭୀର ଭାବେ ହାତରେ ରୁଲ ବାଡ଼ିଟିଏ ଧରି ଇନିସ୍ପେକ୍ଟର ମଲ୍ଲ ନିଜ ଅଫିସରୁ ବାହାରି ଆସିଥିଲେ ।'

ଜଲସା ଚୌଧୁରୀ ହାତଯୋଡ଼ି ଇନିସ୍ପେକ୍ଟରଙ୍କ ସାମ୍ନାରେ ଠିଆ ହୋଇଗଲା, ପଥରୁଦ୍ଧ କରି ।

କରୁଣ ସ୍ୱରରେ କହିଲା- 'କ୍ଷମା କରି ଦିଅନ୍ତୁ ଆଜ୍ଞା ।'

ଏ ସମସ୍ତ ଘଟଣା ପାଇଁ ମୁଁ ନିଃସର୍ତ୍ତ କ୍ଷମା ପ୍ରାର୍ଥନା କରୁଛି । ଭୁଲ୍ ବି ସ୍ୱୀକାର କରୁଛି । ଆପଣଙ୍କ ବିରୁଦ୍ଧରେ ଆମର କୌଣସି ଅଭିଯୋଗ ନାହିଁ । ମାତ୍ର ଉଦୟଙ୍କୁ ହରାଇବାର ଯନ୍ତ୍ରଣା ଏବଂ ତାଙ୍କୁ କେନ୍ଦ୍ରକରି ଘଟୁଥିବା ଘଟଣା ପ୍ରବାହ ଆମକୁ ସଂପୂର୍ଣ୍ଣ ଭାବେ ଭାଙ୍ଗି ଉଜାଡ଼ି ଦେଇଛି । ଏଇ ଯନ୍ତ୍ରଣା ଭରା ସ୍ଥିତି ଭିତରେ ଆମେ ଯେ କିଭଳି ଭାବେ ଏ କାମ କରୁଛୁ, ତା' ବି ଜାଣି ପାରୁନୁ କି ବୁଝି ପାରୁନୁ । ବିଚଳିତ ବିଭ୍ରମ ମାନସିକ ସ୍ଥିତି ଆମର । ଆପଣଙ୍କ ପ୍ରତି କୌଣସି ଅଭିଯୋଗ ନଥିଲା, ଯାହା ଆପଣଙ୍କୁ ଲତିକା ଦିଦି କହି ଦେଲେ, ସେ କଥା ଆମ ବିପର୍ଯ୍ୟସ୍ତ ମାନସିକତାର ରୁଗ୍‌ଣ ପ୍ରତିଫଳନ ।

କ୍ଷମା ଚାହୁଁଛି ସେଥିପାଇଁ ।

'ଦୟାକରି ଭୁଲି ଯାଆନ୍ତୁ ସେ କଥା ।' ଜଲସା ହାତ ଯୋଡ଼ି ଠିଆ ହୋଇଥାଏ ଇନିସ୍ପେକ୍ଟରଙ୍କ ସାମ୍ନାରେ ଗୋଟାଏ ତରଳି ପଡୁଥିବା ମହମର ମୂର୍ତ୍ତିଟିଏ ଭଳି ।

ଇନିସ୍ପେକ୍ଟର ନୀରବରେ ଫେରିଆସି ବସି ପଡ଼ିଲେ ନିଜ ଚେୟାର ଉପରେ ।

'ଆମକୁ ପରମିଶନ୍ ଦିଅନ୍ତୁ ସାର୍ ।' ଜଲସା ବିକଳ ସ୍ୱରରେ ଅନୁରୋଧ କଲା ।

- 'ମୁଁ ଦେଇ ପାରିବି ନାହିଁ ପରମିଶନ୍ । ସେ ଅଧିକାର ଆପଣଙ୍କର ନାହିଁ ।'

'ଅଧିକାର ନଥିଲେ ମାନବିକତା ଦୃଷ୍ଟିରୁ ଦିଅନ୍ତୁ । ସେ ତ ମୋର ପ୍ରେମ । ମୋର ଜୀବନ ଥିଲା । ତା'ର ଶବ ପାଇଁ ଆଜିତ କେହି ଦାବୀଦାର ନାହାଁନ୍ତି । ସେ ଦାୟିତ୍ୱଟିକୁ ମୋତେ ଦେବେନାହିଁ କାହିଁକି ?'

- 'ଅନ୍ୟ ଦାବୀଦାର ଯେ ନ ଆସିବେ ସେ ଗ୍ୟାରେଣ୍ଟି ମୋତେ ଆପଣ ଦେଇପାରିବେ ।' ଇନିସ୍ପେକ୍ଟର କଠୋର ସ୍ୱରରେ ପ୍ରଶ୍ନ କଲେ ।

ମୁହୂର୍ତ୍ତେ ନୀରବ ରହି ଜଲସା, 'ଉଦୟଙ୍କ ଶବକୁ ନେବାପାଇଁ ଆପଣଙ୍କ ସବୁ ସର୍ତ୍ତରେ ମୁଁ ରାଜି । କହିବେତ ଅଣ୍ଡରଟେକିଂଟିଏ କରିଦେବି । ମୋତେ ପରମିଶନ୍ ଦିଅନ୍ତୁ । ଶବ ତା'ର ନଷ୍ଟ ହୋଇଯାଉଛି ।' ଲୁହ ଭରା ଆଖିରେ ଜଲସା ହାତ ଯୋଡ଼ି ଠିଆ ହୋଇ ରହିଲା ।

- 'ଅପରାଧୀମାନଙ୍କର ଏମିତି ଅପମୃତ୍ୟୁ ହୁଏ । ଶବ ଏମିତି ପଡ଼ି ରହି ପଚେ ରାସ୍ତା ଘାଟରେ ।'

ଶୂନ୍ୟରେ ଭୂତମାନଙ୍କୁ କହିଲା ଭଳି ଇନିସ୍ପେକ୍ଟର ଶୂନ୍ୟ ଦିଗକୁ ଚାହିଁ କହିଲେ କାଳାନ୍ତରୀ ସ୍ୱରରେ । ତା'ପରେ ହଠାତ୍ ପଚାରିଲେ,

- 'ସେ ହୀରା ମୁଦିଟିର ଦାମ୍ କେତେ ?'

ଜଲସାର ଦେହରେ ଯେମିତି କେଉଁ ଦିନର ପଚା ମାଂସ ବୋଳି ହୋଇଗଲା । ସେ ସହି ପାରିଲା ନାହିଁ ଇନିସ୍ପେକ୍ଟରଙ୍କୁ । କ୍ରୋଧ, ଘୃଣାକୁ ଚାପିରଖି ନିଜ ଭିତରେ ସେ ଅତି କଠିନ ଓ ଅଥଚ ସ୍ପଷ୍ଟ ସ୍ୱରରେ ଉତ୍ତର ଦେଲା-

'ଅଠର ହଜାର ଟଙ୍କା ।' ପରିହାସରେ ପଚାରିଲା, 'ଦେଖିବେ କି ?'

- 'ତୁମେ କିଣି ଥିଲ ?'

'ନା ଉଦୟଙ୍କ ଉପହାର ଏଇଟି ।'

- 'ବେକରେ ସେ ଚେନ୍‌ଟି ?'

'ତା' ବି ଉପହାର ।'

- 'ତା' ମୂଲ୍ୟ କେତେ ?' ଇନିସ୍ପେକ୍ଟର ଜେରା କଲା ଭଳି ପ୍ରଶ୍ନ କଲେ ।

– 'ମୁଁ ଜାଣିନି ।' ଜଲସା ସ୍ପଷ୍ଟ ସ୍ୱରରେ ଉତ୍ତର ଦେଲା । ସେ ସ୍ୱରରେ ଭରି ରହିଥିଲା ଅହଂକାର ଓ ଅଭିମାନ । 'କହିଛି ତ, ସେ ସବୁ ମୋ ପାଇଁ ଉପହାର ଥିଲା ।'

'ମୂଲ୍ୟ ତା'ର ଜାଣିବେ କେମିତି । ସେଗୁଡ଼ିକ ଚୋରି ଆଉ ଡକାୟତି ମାଲ୍ ଯେ । ସେ ଚୋରା ମାଲ ତୁମ ପାଖରେ ମହଜୁତ ଅଛି ଓ ତୁମେ ବ୍ୟବହାର କରୁଛ । ଏହା ଏକ ଧର୍ତ୍ତବ୍ୟ ଅପରାଧ । ତୁମକୁ ଏଇଥିପାଇଁ ଭାରତୀୟ ପିଙ୍ଗଳ କୋର୍ଟର ଦଣ୍ଡବିଧି ୪୧୧ ଓ ୪୧୩ ଧାରାରେ ଗିରଫ କରାଯାଇ ପାରିବ । ମୁଁ ତୁମକୁ ପରାମର୍ଶ ଦେଉଛି, 'ବର୍ତ୍ତମାନ, ପରିସ୍ଥିତିରେ ସେ ହୀରା ମୁଦି ଓ ଧଳା ସୁନାର ଚେନକୁ ଥାନାରେ ଦାଖଲ କରି ରିସିଟ୍ ନେଇଯାଅ । ପରେ ସଂସ୍କାର କାମସାରି ମୋତେ କ୍ୟାସ୍-ମେମୋ ଆଣି ଦେଖାଇ ଜିନିଷ ତକ ନେଇଯିବ । ଯାହା ନିଷ୍ପତ୍ତି କରୁଛି ତୁରନ୍ତ କର । 'ଇନିସ୍ପେକ୍ଟର କହୁ କହୁ ଘଣ୍ଟାକୁ ଚାହିଁଲେ । ବେଶ୍ ଡେରି ହୋଇଗଲାଣି-ଇଲେଭେନ୍ ଥାର୍ଟି । ସେ ବାହାରକୁ ଚାଲି ଆସି ସିଗାରେଟ୍‌ଟିଏ ଲଗେଇଲେ ।

ଜଲସା ଭିତରେ ବିବ୍ରତ ହୋଇ ପଡ଼ିଲା । ତାକୁ ଲାଗିଲା ସେ ଗୋଟାଏ ସଇତାନ ହାବୁଡ଼େ ପଡ଼ିଯାଇଛି । ମୁକୁଳିବା ସହଜ ହେବନାହିଁ । ସେ ତା'ର ଜାଲ ବି ବିଛେଇ ସାରିଲାଣି । ସେ ସ୍ପଷ୍ଟ ଭାବେ ବୁଝି ପାରୁଥିଲା ଇନିସ୍ପେକ୍ଟରଙ୍କ ଉଦ୍ଦେଶ୍ୟ ।

ଏ କ୍ଷେତ୍ରରେ ଯାହା ନିଷ୍ପତ୍ତି ନେବାକୁ ହେବ ମୋତେ ହିଁ କରିବାକୁ ହେବ । ହାତରେ ଆଉ ସମୟ ନାହିଁ । ଜଲସା ଉଠି ଠିଆହୋଇ ଯାଇ ଲତିକା ଗିରିଙ୍କୁ କହିଲା, 'ତୁମେ ମୋତେ ଟିକିଏ ସହଯୋଗ କର । ବାହାରେ କିଛି ସମୟ ଅପେକ୍ଷା କର । ମୁଁ ଇନିସ୍ପେକ୍ଟରଙ୍କ ସହିତ ଟିକିଏ କଥା ହେଉଛି ।'

ଲତିକା ନୀରବରେ ହସିଦେଇ କହିଲା, 'ମୁଁ ତୁମ ଅବସ୍ଥା ଅନୁଭବ କରିପାରୁଛି ଜଲସା । ବେଳ ପଡ଼ିଲେ ଗଧ ପାଦ ଭଗବାନ ଧରିଥିଲେ । ଏଭଳି ଏକ ଦୁଃସମୟକୁ ଅତିକ୍ରମ କରିବାକୁ ଯେଉଁ ମାର୍ଗ ଠିକ୍ ଭାବୁଛ, ତାକୁ ହିଁ ଗ୍ରହଣ କର । ଏବଂ ଆଗେଇ ଯାଅ ସେଇ ବାଟରେ । ଯେଉଁବାଟ ସମସ୍ୟାର ସମାଧାନ କରିପାରେ ତାହା ହିଁ ଠିକ୍ ବାଟ । ମୁଁ ତୁମ ସହିତ ଅଛି ।' ଲତିକା ଜଲସାର ହାତକୁ ଚାପି ଧରି ଭରସା ଦେଲା ଏବଂ ବାହାରକୁ ଚାଲି ଆସିଲା ।

'ବାଟ.....ଅବାଟ !

ଭଲ....ମନ୍ଦ

ଗ୍ରହଣୀୟ....ଅଗ୍ରହଣୀୟ ।' ଜଲସାର ମନେ ପଡ଼ିଲା, ଉଦୟ ସବୁବେଳେ କହେ, 'ଏ ସବୁ ବାଜେ କଥା ଜଲସା । ଯେଉଁମାନେ ଏ କଥା କୁହନ୍ତି, ସେମାନଙ୍କର

ଏ ସମସ୍ୟା ନୁହେଁ । ତା'ର କଷ୍ଟ ସେମାନେ ବି ଭୋଗନ୍ତି ନାହିଁ । ଅନ୍ୟକୁ ଭୋଗାନ୍ତି ଆଦର୍ଶ ନାଁରେ । ଆଦର୍ଶ ଫାଦର୍ଶ ସବୁ ବାଜେ କଥା, ସବୁ ଟ୍ରାସ୍ । ସବୁଠାରୁ ବଡ଼ - ଜୀବନ । ବୈଚିତ୍ର୍ୟଭରା ସେ ଜୀବନ । ସେଠି ସବୁ ଲଢ଼େଇ ବଞ୍ଚିବା ପାଇଁ ଲଢ଼େଇ । ଏହା ହିଁ ଜୀବନ ସଂଗ୍ରାମ । ସେ ଲଢ଼େଇ ଧର୍ମ ପାଇଁ ନୁହେଁ, କି ସତ୍ୟ ପାଇଁ ନୁହେଁ - ଜୀବନ ପାଇଁ । ସ୍ୱାଭିମାନରେ ବଞ୍ଚିବା ପାଇଁ । ସେଥିରେ ଗ୍ରହଣୀୟ କ'ଣ, ଅଗ୍ରହଣୀୟ କ'ଣ ? କରଣୀୟ କ'ଣ, ଅକରଣୀୟ କ'ଣ ! ଏ ଦ୍ୱନ୍ଦର ପରିସର ବାହାରେ ଜୀବନ । ନିଜର ଜୀବନ ! ଜଲସା ସ୍ମୃତି ଗର୍ଭରେ ପଶି ଯାଇଥିଲା । ତାକୁ ଲାଗୁଥିଲା ଉଦୟ ଯେମିତି ତା' ସାମ୍ନାରେ ଠିଆ ହୋଇ ତା' ସହ କଥାବାର୍ତ୍ତା କରୁଛି । ବାଟ ବତେଇ ଦେଉଛି । ନିର୍ଭୟ ହେବାକୁ କହୁଛି । ସହଜ ହେବାକୁ କହୁଛି । ହଠାତ୍ ସାମ୍ନାରେ ଇନିସ୍ପେକ୍ଟରଙ୍କୁ ଦେଖି ସେ ସଚେତନ ହୋଇ ଉଠିଲା । ତାଙ୍କ ପାଖକୁ ଯାଇ କହିଲା-

'ଆପଣଙ୍କ ସହ କଥା ଅଛି । ମୁଁ ନିଷ୍ପତ୍ତି ନେଇ ସାରିଛି ।'

ଇନିସ୍ପେକ୍ଟର ପାଖକୁ ଆସି ସାମ୍ନାରେ ଠିଆ ହୋଇ ଚାହିଁ ରହିଲେ ଜଲାସାକୁ ।

'ଆପଣଙ୍କ ସହ ଗୋଟାଏ ସମ୍‌ଝୋତା କରି ନେବାକୁ ମୁଁ ଚାହୁଁଛି ।'

'କୁହନ୍ତୁ'

- 'କ୍ୟାସ-ମେମୋ ମୁଁ ଦେଇ ପାରିବି ନାହିଁ । ଏ ମୁଦି ଏବଂ ଚେନ୍ ଭିତରୁ, ଯେଉଁଟିକୁ ଆପଣ ପସନ୍ଦ କରୁଛନ୍ତି ସେଇଟିକୁ ରଖନ୍ତୁ । ମୋତେ ଉଦୟଙ୍କ ଶବକୁ ନେଇ ଯିବାକୁ ଦିଅନ୍ତୁ ।' ଅତି ସ୍ପଷ୍ଟ ସ୍ୱରରେ ଜଲସା ପ୍ରସ୍ତାବ ଦେଲା ।

ଇନିସ୍ପେକ୍ଟରଙ୍କ ଆଖି ଦୁଇଟି ଆସକ୍ତି ଭରିଗଲା । ସେ ଗଭୀର ଦୃଷ୍ଟିରେ ବାରମ୍ବାର ଘୁରି ଘୁରି ଚାହିଁବାକୁ ଲାଗିଲେ- ଆଙ୍ଗୁଠି ଠୁଁ ଗ୍ରୀବା ପର୍ଯ୍ୟନ୍ତ । ହୀରା ମୁଦି ଓ ଧଳା ସୁନାର ଚେନ୍ ଦୁଇଟିକୁ । କେଉଁଟିକୁ ବାଛିବେ ସେ ।

'କୁହନ୍ତୁ କେଉଁଟିକୁ ପସନ୍ଦ କରୁଛନ୍ତି ?' ଶେଷଥର ପାଇଁ ଯେପରି ପ୍ରଶ୍ନ କଲେ ଜଲସା ।

'ହୀରା ମୁଦି ।' ବିକଳ ଶୁଭିଲା ଇନିସ୍ପେକ୍ଟରଙ୍କ ଉତ୍କଣ୍ଠିତ ସ୍ୱର- 'ଡାଇମଣ୍ଡ ରିଂଗ୍ ।'

ସେ ନିଷ୍ଠୁର ନିଷ୍ପତ୍ତି ଶୁଣୁଶୁଣୁ ଜଲସାଙ୍କ ମୁହଁକୁ ଢାଙ୍କି ଦେଲା ବିଷାଦର ଅଯୁତ ଆବରଣ । ଆଖିରେ ତାଙ୍କର ଭରି ଆସିଲା ଲୁହ । ସେ ଭିଜା କାରୁଣ୍ୟରେ ଚହଲି ଯାଇ ଧୀରେ ଖୋଲିଲେ ଆଙ୍ଗୁଠିର ମୁଦିଟିକୁ । ତାଙ୍କୁ ଲାଗିଲା, ମୁଦିଟିର ହଜିଗଲା ଔଜଲ୍ୟ । ତା' ସହ ଖସିପଡ଼ିଲା ହଜାର ହଜାର ବର୍ଷର ଈର୍ଷାକୁ ଆଖିର କଣ୍ଟକିତ

ଚାହାଣୀର ଲୋଭିଲା ଜ୍ୱାଳା । ଭାଙ୍ଗି ପଡ଼ିଲା ପ୍ରଶଂସାଭରା ମୁଗ୍ଧ ଦୃଷ୍ଟିର ମେହେଫିଲ । ଏବଂ ବ୍ୟାକୁଳ ଅପ୍ରାପ୍ତିର ଅନୁଶୋଚନା, ମନସ୍ତାପ । ତା' ସହ ଭୁଷୁଡ଼ି ପଡ଼ିଲା ଜଳସାଙ୍କର ପ୍ରେମ-ଇ-ମନ୍‌ଜିଲ । ତାଙ୍କ ଗର୍ବ ଗୌରବର କାହାଣୀ । ଅନୁରାଗର ଅହଂକାର, 'ମୁଁ ପ୍ରେମରେ ପ୍ରେମରେ, ସବୁବେଳେ ।'

ଶେଷଥର ପାଇଁ ମୁଦିଟିକୁ ଦୁଇହାତରେ ପାପୁଲି ଭିତରେ ଚାପି ଧରିଲେ ଜଳସା । ଆବେଗରେ ଆଖି ବୁଜି ଦେଇ ।

ଯେଉଁଦିନ ପ୍ରଥମେ ମୁଦିଟିକୁ ପିନ୍ଧାଇ ଦେଉଥିଲେ, ବାରମ୍ବାର ହାତକୁ ମୋର ଚୁମା ଦେଇ ଗଭୀର ଆଶ୍ଳେଷ ଭିତରେ ଉଦୟ କହୁଥିଲେ- 'ମୁଁ ବଞ୍ଚିଥିବା ଯାଏ କୌଣସି ଦିନ ଏ ମୁଦିଟିକୁ ଖୋଲିବ ନାହିଁ ଜଳସା । ଯେଉଁଦିନ ତୁମ ଆଙ୍ଗୁଠିରେ ଏ ମୁଦିଟି ନଥିବ, ସେହିଦିନ ମୁଁ ନଥିବି, ଏ ଉଦୟ ନ ଥିବ ।'

କାହିଁକି କହୁଥିଲେ ଏ କଥା । କାହିଁକି ? କ'ଣ ଜାଣିଥିଲେ ଏ ମୁଦିଟି ସହ ସଂପର୍କିତ ହୋଇଛି ତାଙ୍କ ମୃତ୍ୟୁର ଇତିହାସ ।

କେତେ ସତ ହୋଇଗଲା କଥାଟା ।

ଜଳସାଙ୍କ ଆଖିରେ ଲୁହ ଭରିଗଲା । ସେ ମୁଦିଟିକୁ ଆଖିରେ ଛୁଆଁଇ ଚୁମାଟିଏ ଦେଇ ଇନିସ୍ପେକ୍ଟରର ସୁଦର୍ଶନ ମଲ୍ଲଙ୍କ ହାତକୁ ବଢ଼ାଇ ଦେଇ ତୀକ୍ଷ୍ଣ ସ୍ୱରରେ କହିଲେ- 'ଇନିସ୍ପେକ୍ଟର ସା'ବ ! କେବଳ ଉଦୟ ଏକମାତ୍ର ଅପରାଧୀ ନୁହଁନ୍ତି, ଆମେ ସମସ୍ତେ ଜଣେ ଜଣେ ଅପରାଧୀ ।'

॥ ୫ ॥

ମୁଖାଗ୍ନି ଦେଇ ସେମାନେ ଯେପରି ନିର୍ବେଦଗ୍ରସ୍ତ ପାଲଟିଗଲେ । ସେ ନୀରବତା ମନେହେଲା ଯେତିକି ବିସ୍ତାରିତ ସେତିକି ଗଭୀର ସେତିକି ଭୟାନକ ସେତିକି ଉଜୁଡ଼ା ପୁଣି ସେତିକି ଜ୍ୱଳାମୁଖୀ । ତା' ଚେର ଲମ୍ବିଛି ଯେମିତି କୁଆଡ଼କୁ କୁଆଡ଼କୁ । କିଛି ଦିଶୁଛି ପୁଣି କିଛି ଦିଶୁନାହିଁ । କିଛି ପୁଣି ବିନଷ୍ଟ ହୋଇ ହଜିଗଲାଣି ଯେ, ଇଚ୍ଛା କଲେ ଆଉ ବି ଦେଖି ହେବନାହିଁ ।

ଏମିତି ସବୁ ମଣିଷ କାହାଣୀ ।

ଜୀବନଟା ଯାକର କାହାଣୀ-ଅଧା କାହାଣୀ ।

ସେଥିରୁ ଅଧା ସ୍ମୃତିରେ । ଅଧା ବିସ୍ମୃତିରେ ।

ସେଥିରୁ ପୁଣି ଅଧା ସତ । ଅଧା ମିଛ ।

ସାରା ଜୀବନର କାହାଣୀ-ଅଧାସତ ଅଧାମିଛ ।

ଚଣ୍ଡର, ଲଭିଥିବା ଜୀବନ ଦୀପର ଅନ୍ତିମ ମୁହୂର୍ତ୍ତର ଏଇ ସବୁ ଅନ୍ତିମ ଦୃଶ୍ୟ ।

ତା'ପରେ ଦୃଶ୍ୟାନ୍ତର । ଦୃଶ୍ୟାନ୍ତରର କାହାଣୀ – ନଥିଲାର କାହାଣୀ । ସେଥିରେ ପୁଣି ଯୋଡ଼ି ହୋଇ ଯିବ ବହୁ ସତ ବହୁ ମିଛ । ବହୁ ସମ୍ଭାବନାର ରୋମାଞ୍ଚକର ରଙ୍ଗ ।

ଆରମ୍ଭ ହୋଇଗଲାଣି ସେ ପ୍ରକ୍ରିୟା ।

ଦେଖ, ଦେଖ ହେଇ ଦେଖ, ସେଠି ନେଉଳଟାଏ କେମିତି ମୁହଁ ଦେଖେଇଛି । କଜଳପାତିଟାଏ କେମିତି ଚକ୍କରମାରି ଉଡୁଛି । ଦେଖ ଆକାଶରେ ଦିନରେ ତାରା ପୁଞ୍ଜାଏ ଚିକ୍‌ଚିକ୍ କରୁଛନ୍ତି । ଶୁଣ ଏସ୍.ଡି.ବର୍ମନ ନାକରେ କେମିତି ବୋଲୁଛି-

'ୟହାଁ କୌନ ହେ ତେରା ମୁସାଫିର୍
ଯାଏଗା କାହାଁ
ଦମ୍ ଲେ ଲେ ଘଡିଭର୍ ଏ ଛାୟା ପାଏଗା କାହାଁ ।'

ଦେଖ, ଚଇତି ଘୋଡ଼ା ଦେଖ। ରାଜୀବ ଭାୟା । ମର୍ଡର ଦେଖ । ସୁପର ସାଇକ୍ଲୋନ୍-୯୯ ଦେଖ । ସର୍ପିଣୀ ମଲ୍ଲିକା ସେରଓ୍ୱାତ ନାଚ ଦେଖ । ନକ୍ସଲଙ୍କ ହିଂସା ଦେଖ ।

କେମିତି ହୁ ହୁ ହୋଇ ଜଳୁଛି ଜୁଇ ।

ହେଇ, ସେଇଠି ତା' ପାଖରେ ଠିଆ ହୋଇଛି ଚଣ୍ଡ । ଯୁବା କ୍ୟାପ୍‌ଟେନ୍ ଭଳି ନିଖୁଣ ଚେହେରା । ହସୁଛି, ଦେଖୁଛି ତା' ଜୁଇ ଜଳୁଛି ।

ସେମିତି ହସୁଛି, ଯେମିତି ସବୁ ଦିନେ ହସେ । ଉଜ୍ଜ୍ୱଳ, ପ୍ରାଣଖୋଲା ହସ । ମିଠା ମିଠା ହସ । କାହାପ୍ରତି କିଛି ଅଭିଯୋଗ ନାହିଁ କି ଅନୁଯୋଗ ନାହିଁ । ସିଗ୍ରେଟ୍ ଟାଣି ଭିଜା ଆନନ୍ଦରେ ନିଜ ମୁହଁ ଉପରକୁ ଧୂଆଁ ଛାଡ଼ି କହୁଛି ପୁଣି, 'ଛୋଡ୍ ଦୋ ୟାରୋ । ଯୋ ହୋ ଗୟା ଔବ ତୋ ଗୟା । ଏବେତ ମୁଁ ଅତୀତ । ୟଷ୍ଟରଡେ । ଜଣେ ଉଦୟ ମିଶ୍ର ଓରଫ ଚଣ୍ଡ ଥିଲା । ଥିଲା । ହା....ହା....'

ପାଖରେ ତା'ର ଯେଉଁମାନେ ଠିଆ ହୋଇଛନ୍ତି- ସେମାନେ କେହି ତାକୁ ଶୁଣିପାରୁ ନାହାଁନ୍ତି କି ଦେଖିପାରୁ ନାହାଁନ୍ତି । ଏହା ଖୁବ୍ ମଜା ନେଉଛି ଚଣ୍ଡ । ସମସ୍ତଙ୍କୁ ବୁଝାଇବାକୁ କହୁଛି ।

'ଆରେ, ମୁଁ ମରିନାହିଁରେ - ବଞ୍ଚିଛି ।

ଏଇ ତ ତୁମ ପାଖରେ ଠିଆ ହୋଇଛି । ମତେ ମାରିବ କିଏ ?

ଚଣ୍ଡକୁ ମାରିବା ଭଳି ପୁଅ କିଏ ଜନ୍ମ ହେଲାଣି ?

ଅଯଥା ବ୍ୟସ୍ତ ହେଉଛ କାହିଁକି ?'

ଚଣ୍ଡ କହୁ କହୁ ଅସହାୟ ପାଲଟି ଗଲା । ତାକୁ ଲାଗିଲା, ଗୋଟାଏ କିଛି ସାଂଘାତିକ ବିଭ୍ରାଟ ଘଟିଛି ସେମାନଙ୍କ ଭିତରେ । ବୋଧେ ଦୁଇଟା ଭିନ୍ନ ପୃଥିବୀର ଲୋକ ସେମାନେ ୟା ଭିତରେ ପାଲଟି ଯାଇଛନ୍ତି । ଗୋଟାଏ ପୃଥିବୀର ରୂପରେଖ, ଆତ୍ମପ୍ରକାଶର ମାଧମ, ଅନୁଭବ, ଅଭିପ୍ସା ସବୁ ଭିନ୍ନ ସବୁ ଅଲଗା । ବିଷାଦଗ୍ରସ୍ତ ହୋଇପଡ଼ିଲା ଚଣ୍ଡ । ନିଜକୁ ନିଜେ କହିଲା-

'ମୁଁ, ବୋଧେ ଆଉ ଚଣ୍ଡ ନୁହେଁ । ମୁଁ କେବଳ ଗୋଟାଏ ଖାଲି ମୁଁ । ଗୋଟାଏ - ସର୍ବନାମ ।'

ଜଲସା, ଲତିକା, କାଲୁ, ବିରଜା, ଜାଡ୍ଡୁ, ବିମ୍ବା, ସଲିମ, ସୁକ୍କା । ସମ୍ପର୍କରେ ବିସ୍ତୃତି ଥିଲା ଆହୁରି ଲମ୍ବା । ଆହୁରି ବ୍ୟାପକ । ଅଥଚ ଅବସ୍ଥାଚକ୍ରରେ ଛିଡ଼ିଗଲା ସବୁ । ବନ୍ଧୁମାନେ ଶତ୍ରୁ ପାଲଟି ଗଲେ । ରକ୍ତମୁହାଁ ହୋଇ ଉଠିଲେ ।

ଚଣ୍ଡର ମୃତ୍ୟୁ ଥିଲା ଭୟଙ୍କର । ଥିଲା ଯୋଜନାବଦ୍ଧ ହିସାବ ନିକାସର

ଆକସ୍ମିକତା । ତାକୁ ହିଁ କେନ୍ଦ୍ରକରି ଘୁରି ବୁଲୁଥିଲା ତା’ ମୃତ୍ୟୁର ପୃଥିବୀ, ଆତତାୟୀର ଛଦ୍ମ ବେଶରେ । ସମୟ-ଆବର୍ତ୍ତରେ ।

‘ତେରା କରୁ ଗିନ୍ ଗିନ୍ କେ ଇନ୍ତେଯାର
ଆଜା ପିୟା ଆୟି ବାହାର ।’

ମୃତ୍ୟୁ ଝାମ୍ପି ଦେଲା ଅପ୍ରତ୍ୟାଶିତ ଭାବେ । ଏତେ ବଡ଼ ପ୍ରଚଣ୍ଡ ପ୍ରତାପୀ ପୁରୁଷ ଯାହାକୁ ଦେଖିଲେ ଶତ୍ରୁମାନେ ଛପି ଯାଆନ୍ତି, ପ୍ରତିପକ୍ଷ ଗୁଣ୍ଡା ବଦମାସମାନେ ବାଟ ପାଆନ୍ତି ନାହିଁ ପଳାଇବାକୁ । ନିହତ ହୋଇ ପଡ଼ି ରହିଲା ରାଜପଥ ଉପରେ ।

ତଥାପି, ଚଣ୍ଡ ଥିଲା କିଛି ଲୋକଙ୍କର ଅତି ପ୍ରିୟ, ପ୍ରାଣର ମଣିଷ । ଥିଲା ବନ୍ଧୁ ସହଗାମୀ, ସହୃଦ । ସେମାନେ ତାକୁ ଭଲ ପାଉଥିଲେ । ଚାହୁଁଥିଲେ । ତା’ ପାଇଁ ଜୀବନ ଦେବାକୁ ବି ପ୍ରସ୍ତୁତ ଥିଲେ । ସେ ସୁଯୋଗ ଆଲ୍ଲା କି ଈଶ୍ୱର କେହି ଦେଲେ ନାହିଁ ।

ଯୁଦ୍ଧ ନାହିଁ ଅଥଚ ମହାରଥୀ ନିହତ ।

ସେମାନେ ଚଣ୍ଡ ପାଇଁ ଫୁଲ ଆଣିଥିଲେ । ତା’ ସହ ଘିଅ, ମହୁ, ଚନ୍ଦନ କାଠ, ଅଗୁର, ଅବିର ବି । ଚଣ୍ଡର ପସନ୍ଦ-ବ୍ଲୁ ଜିନ୍ ଓ ତା’ ସହ ଲାଇଟ୍ ଏଲୋର ଟି ସାର୍ଟ । ସମୟେ ସମୟେ ସେ ପିନ୍ଧୁଥିଲା ବ୍ଲାକ୍ ବେନିୟନ୍ ଓ ପାଖରେ ରଖୁଥିଲା- ପଶାପାଲି, ଡିଜାଇନ୍‌ର ସମ୍ବଲପୁରୀ ରୁମାଲ । ମସ୍ତି କଲା ବେଳେ ହ୍ୱିସ୍କି ପିଉଥିଲା, ଭାଟ୍-୬୯ । ଇମ୍ପୋଟେଡ୍ ସେଣ୍ଟ ବ୍ୟବହାର କରୁଥିଲା ୟୁ.ଡି.କଲୋନ୍ । ସେମାନେ ତା’ ପାଇଁ ସବୁକିଛି ଆଣିଥିଲେ । ଚଣ୍ଡକୁ ପ୍ରେଜେଣ୍ଟ କରୁଥିଲେ । ଗୋଟିକ ପରେ ଗୋଟିଏ ଅଗ୍ନିରେ ଉଜେଇ ଦେଇଥିଲେ ।

ଅଗ୍ନିର ସଂଚରଣ ବିସ୍ତରଣ ଘଟୁଥାଏ ।

ଘିଅ, ମହୁ, ଚନ୍ଦନ କାଠ ପାଇ ଉନ୍ମତ ହୋଇ ଉଠୁଥାଏ ଜୁଇ ।

ଜଲସା ଠିଆ ହୋଇଥିଲା ଜୁଇରେ ଜଳୁଥିବା ତା’ର ସ୍ୱପ୍ନକୁ ଚାହିଁ । ପାଖରେ ତା’ର ଲତିକା । ସାମ୍ନାରେ ଜୁଇ । ସେପଟରେ ଠିଆ ହୋଇଛନ୍ତି ଉଦୟର ବିଶ୍ୱସ୍ତ ସାଥୀମାନେ । କାଲୁ, ବରଦ, ବିମ୍ବା, ଜାଡୁ, ଶୁକ୍ରା, ସଲିମ । ସମସ୍ତେ ନିରବ ନିସ୍ପନ୍ଦ ।

ସଲିମ ଆସି ଜଲସାଙ୍କ ପାଖରେ ଠିଆ ହୋଇ ଯାଇ ପଚାରିଲା, ‘ଭାବି ! ଭୟା ଲୌଟେଙ୍ଗେ ନା ?’

ଜଲସା ଜଳଜଳ କରି ସଲିମ ମୁହଁକୁ ଚାହିଁଲା । କ’ଣ ଇଏ ପଚାରୁଛି । କ’ଣ କହିବି ମୁଁ । ତଥାପି ବିଷାଦଭରା ସ୍ୱରରେ କହିଲା, ‘ଉଦୟତ ମୃତ୍ୟୁ ଚାହୁଁ ନଥିଲା, ସେ ଜୀବନ ଚାହୁଁଥିଲା । ବଞ୍ଚିବାକୁ ଚାହୁଁଥିଲା । ସେଇ ଜୀବନ ଲିପ୍ସା

କେତେଦିନ ତାଙ୍କୁ, ମୃତ୍ୟୁଲୋକରେ ରଖି ପାରିବ । ସେ ନିଶ୍ଚୟ ଜନ୍ମ ନେବ' ହଠାତ୍ ଜଲସାଙ୍କ ସ୍ୱର ବଦଳି ଗଲା । ପ୍ରତ୍ୟୟ ଭରା । ସେ ସ୍ୱରରେ ଭରିଗଲା ଅନିଶ୍ଚିତତା । ସେ ଧୀରେ ଅଥଚ ଭାରି ଭାରି କଣ୍ଠରେ କହିଲେ,

'ଏଇ କେଇଦିନ ହେବ ଉଦୟ କେମିତି ଅଲଗା ଅଲଗା ଲାଗୁଥିଲେ । ମନେ ହେଉଥିଲା ସେ ଯେପରି ବଦଳି ଯାଉଛନ୍ତି । ଆଦୌ ବହି ପଢୁ ନଥିବା ଲୋକଟି କ'ଣ ହଠାତ୍ ପଢୁଛି । ମାଇଁ ଏକ୍ସପେରିମେଣ୍ଟ ଇଇଥ ଟ୍ରୁଥ ।' ଗାନ୍ଧୀଙ୍କ କଥା କହୁଛନ୍ତି । ରିଭଲଭର୍‌ଟି ନ ନେଇ କେବେ ବି ବାହାରକୁ ଯାଉ ନଥିବା ଲୋକଟି ଏବେ ତ ଏକା ଏକା ଖାଲି ହାତରେ ପଳେଇ ଯାଉଛନ୍ତି ।

ମତେ ଭାରି ଡର ଲାଗୁଥିଲା ସେତେବେଳେ ।

ଆଜି ସକାଳେ ତାଙ୍କୁ କହୁଥିଲି,

'ଏକା ଏକା ବାହାରକୁ ପଳଉଛ ମତେ ଭାରି ଡର ଲାଗୁଛି ।'

'କାହାକୁ ଡରୁଛ ଯେ ।'

'ତୁମକୁ ।'

– 'ମୋତେ । କାହିଁକି ?'

'ଖାଲି ହାତରେ ପୁଣି ଏକା ଏକା ଯାଉଛ ।'

– 'ମୁଁ ଗୋଟାଏ ନୂଆ ଜୀବନ ବଞ୍ଚିବାକୁ ଚାହୁଁଛି ଜଲସା । ସହଜ ନିରାଡ଼ମ୍ବର ଜୀବନ, ଶ୍ରମ-ନିର୍ଭରଶୀଳ ଜୀବନ । କେବଳ ନିଜ ପାଇଁ ନୁହେଁ, ସମସ୍ତଙ୍କ ପାଇଁ । ନିର୍ଭୟରେ, ସହଯୋଗରେ ବଞ୍ଚିବାକୁ ଚାହୁଁଛି ଜଲସା । ମତେ ସହଯୋଗ କରିବ ନା ?' ମୋ ବାହୁ ଦୁଇଟିକୁ ଧରି ସିଧା ମୋ ଆଖିକୁ ଚାହିଁ ପଚାରିଲେ ଉଦୟ ।

ମୁଁ ବୁଝି ପାରୁଥିଲି ସେ ଉତ୍ତର ଚାହୁଁଛନ୍ତି, ବିଳମ୍ବକୁ ଯେପରି ସହିପାରୁ ନାହାନ୍ତି । ମୋତେ କିନ୍ତୁ ଅତୀତର ଭୟ ଘାରି ବସିଲା । ମୋ ମୁଣ୍ଡରେ ସବାର ହେଲା ବହୁ ଦୁଶ୍ଚିନ୍ତା, ଆଶଙ୍କା ।

'ସେଦିନ ମୁଁ ତାଙ୍କୁ କିଛି ଉତ୍ତର ଦେଇ ପାରିଲି ନାହିଁ । କହିପାରିଲି ନାହିଁ – ହଁ । ମୁଁ ତୁମ ପଛରେ ଅଛି, ସବୁଦିନ ପାଇଁ ଅଛି ।'

କହିଦେଇଥାନ୍ତି ଭଲା ! ସାରା ଜୀବନ ପାଇଁ ଏ ଆତ୍ମଗ୍ଲାନିର ଦୁଃସହ ବୋଝ ବୋହିବାକୁ ପଡ଼ନ୍ତା ନାହିଁ ।

ଉଦୟ ସେଦିନ ତାଙ୍କ ପିଲାକୁ ଚୁମାଟିଏ ଦେଇ ମୋତେ ଛାତିରେ ଚାପିଧରି ଧରିଲେ, ଅନେକ ସମୟ । ଗଲାବେଳେ ହଠାତ୍ କହିଲେ

'ମୁଁ ତୁମକୁ ବହୁତ ଭଲପାଏ ଜଲସା । ମୋତେ ନେଇ ତୁମେ କେବେ କିଛି

ଚିନ୍ତା କରିବ ନାହିଁ । ମାତ୍ର, ମୁଁ ଯାହା ପଚାରିଲି ସେ ବିଷୟରେ ମତେ ଚିନ୍ତାକରି ପରେ କହିବ ।' ଏଇ ପଦକ ଥିଲା ତାଙ୍କ ଶେଷକଥା । ସେ ବଞ୍ଚିବାକୁ ଚାହୁଁଥିଲେ, କିନ୍ତୁ ସେମାନେ ତାଙ୍କୁ ମୃତ୍ୟୁ ଦେଲେ । ମୋର ଭାଗ୍ୟ ଏମିତି ଯେ ସଲିମ । ଦେଖ, ମୁଁ ତାଙ୍କର ମୁଖାଗ୍ନି ଦେଉଛି । ଜଲସା ନିଜକୁ ଧରି ପାରିଲେ ନାହିଁ, ଆଖିରୁ ତାଙ୍କର ଅବିଶ୍ରାନ୍ତ ଭାବେ ଯେମିତି ଲୁହ ଝରିଲା ।

'ଆଲ୍ଲା କି ବାସ୍ତେ, ରୋ'ନା ମତ ଭାବିଜୀ । ମୁଖାଗ୍ନି ଦେଇ ଦିଅ ।'

'ହଁ, ମୁଖାଗ୍ନି ଦେଇଦିଅ ଭାଉଜ । ଡେରି ହୋଇ ଯାଉଛି ।'

'ହଁ, ଆଗ୍ ଦେଇ ଦିଅ ଦିଦି - ମୁଖାଗ୍ନି ।' ଲତିକା ଗିରି ପରାମର୍ଶ ଦେଲେ କୋମଳ ସ୍ୱରରେ ।

ଯନ୍ତ୍ରଣାରେ ଛଟପଟ ହୋଇଉଠିଲା ଜଲସା । ସଳିତାର ନିଆଁ ଜଳି ଜଳି ଆସି ଲାଗିଗଲା ତା'ର ଅନାମିକା ଆଙ୍ଗୁଠିରେ । ଯେଉଁଠି ସେ ହୀରକ ମୁଦି ପିନ୍ଧୁ ଥିଲା । ବଡ଼ କାତର ଓ ଉଦ୍‌ଗ୍ରୀବ ହୋଇ ଉଠିଲା ସେ । ଆଉ ମୁହୂର୍ତ୍ତେ ବିଳମ୍ବ ନକରି ଉଦୟଙ୍କ ମୁହଁରେ ଅଗ୍ନି ସଂଯୋଗ କରି ହାତ ଯୋଡ଼ି ଠିଆ ହୋଇ କାନ୍ଦି ଉଠିଲା-

'ମୁଁ ସବୁ କିଛି ହରେଇ ଦେଲି ଉଦୟ । ସବୁ କିଛି ।'

ଏମିତି ଠିଆ ହୋଇ ରହିଲା ସେ ଅନେକ ସମୟ ।

ତା'ର ଏ ଅଚାନକ ସ୍ଥାଣୁତ୍ୱ ଦେଖି ସମସ୍ତେ ବିଚଳିତ ହୋଇ ପଡ଼ିଲେ ହେଲେ, କିଛି କହିପାରୁ ନଥାନ୍ତି । ଜାଣିବି ପାରୁ ନଥାନ୍ତି କ'ଣ କହିବେ ସେମାନେ ? କ'ଣ କୁହାଯିବ ଏତେବେଳେ ।

ହଠାତ୍ ସେଇ ନିର୍ଦ୍ଦୟ ସ୍ଥିତି ଭିତରେ ଥରି ଉଠିଲା ଜଲସା ।

ହାତ ଦୁଇଟି ଲମ୍ବାଇ ଚାପି ଧରିଲା ତା' ଗର୍ଭକୁ ।

ଭିତରେ ତା'ର ଛଟପଟ ହୋଇ ଉଠୁଛି ଉଦୟର ଔରଷଜ ।

ଜୀବନ୍ତ ଭୃଣଟି ତା'ର । ପ୍ରତିରୂପ ତା'ର ।

ଜଠରର ସେଇ ପାତାଳୀ ଗହ୍ୱର ଭିତରେ ଆର୍ତ୍ତନାଦ କରୁଛି ସେ ।

ଆକୁଳ ବିକଳ ହୋଇ ଖୋଜୁଛି ଗୋଟାଏ ରାସ୍ତା । ମୁଁ ବାହାରି ଆସିବାକୁ ଚାହୁଁଛି ନିଷ୍ଠୁର ଏଇ ପୃଥିବୀକୁ । ପ୍ରତ୍ୟକ୍ଷ କରିବାକୁ ଚାହୁଁଛି ସେଇ ସର୍ବଗ୍ରାସୀ କରାଳ ଅଗ୍ନିକୁ, ଯେଉଁଠି ପୋଡି ପାଉଁଶ ହୋଇଯାଉଛି ମୋର ପରିଚୟ । ମୋର ବାପା ।

କି ଦୁଃସାହସୀ ଥିଲେ ସେ !

ଯିଏ ଏ ହିଂସ୍ର ପୃଥିବୀରେ ନିର୍ଭୟରେ ବଞ୍ଚିବାକୁ ଚାହୁଁଥିଲେ ।

ଅସହ୍ୟ ଯନ୍ତ୍ରଣାରେ ବସି ପଡ଼ିଲା ଜଲସା ପେଟକୁ ଚାପିଧରି ।

ଭାରୀଭାରୀ ହୋଇ ସିର୍‌ସିର୍ ଲାଗୁଛି । ଲାଗୁଛି, ଯେପରି ଖସି ଆସିବ ଭିତରୁ । କେଉଁଠି କ'ଣ ସବୁ ଯେମିତି ବିଦାରି ହୋଇ ଛିଣ୍ଡିଯାଉଛି । ଛଟପଟ ହୋଇ ଯାଉଛି ଜଲସା । ବଡ଼ ଅଶାନ୍ତ ଅସ୍ଥିର ହୋଇ ଉଠିଛି ଗର୍ଭବାସୀ ।

ନିଃଶ୍ୱାସ-ପ୍ରଶ୍ୱାସକୁ ନିୟନ୍ତ୍ରଣ କରି - ଯନ୍ତ୍ରଣାକୁ ସଂଗଠିତ କରି ନେଲା ଜଲସା । ଗର୍ଭସ୍ଥ ସନ୍ତାନକୁ ଆଶ୍ୱାସନା ଦେବାକୁ ସସ୍ନେହଭରା ସ୍ପର୍ଶ ଦେଇ ଅନୁଚ୍ଚାରିତ ସ୍ୱରରେ କହିଲା,

'ଧନ ମୋର ! ଶାନ୍ତ ହ' ଧୈର୍ଯ୍ୟଧର । ମୁଁ ଜାଣେ, ଏ ଦୁଃଖ ଏ ବିପଦ ତୁମେ ସହିପାରୁନା । ମୁଁ ବି ସହି ପାରୁନି । ହେଲେ, ବାବା ! ଆମକୁ ଧୈର୍ଯ୍ୟ ଧରିବାକୁ ହେବ । ସବୁ ଦୁଃସମୟକୁ ଅତିକ୍ରମ କରିବାକୁ ହେବ । ଆମକୁ ବଞ୍ଚିବାକୁ ହେବ, ଆଗାମୀ କାଲିର ସମ୍ଭାବନା ପାଇଁ । ଯେଉଁ ସ୍ୱପ୍ନ ମଣିଷ ଦେଖିଛି ସବୁଦିନେ । ନିଜ ପାଇଁ ଅନ୍ୟମାନଙ୍କ ପାଇଁ । ତୁମ ବାପା ସେଇ ସ୍ୱପ୍ନ ଦେଖିବା ଆରମ୍ଭ କରିଥିଲେ ।

ଉଦୟ, ପାଦ ଦେଇଥିଲେ ସେଇ ରାସ୍ତାରେ । ହେଲେ ଚାଲିବା ପୂର୍ବରୁ ସେ ପାଦ ଅଟକିଗଲା । ସେଇ ସ୍ୱପ୍ନ ପାଇଁ ତୁମକୁ ବଞ୍ଚିବାକୁ ହେବ । ସେଇ ସ୍ୱପ୍ନର ଅବଧାରକ ତୁମେ ହେବ । ସେ ମଶାଲ୍ ତୁମେ ଧରିବ ।

ମୁଁ ଜାଣେ ଏହା ବଡ଼ କଷ୍ଟକର ବ୍ୟାପାର ।

ସେଥିପାଇଁ ହିଁ ତୁମକୁ ବଞ୍ଚିବାକୁ ହେବ ।

ସେ କଷ୍ଟ ସହିବାକୁ ହେବ ।

ବାବା ! ସବୁ ମହତ କାମ ପାଇଁ ବହୁ କଷ୍ଟ ସହିବାକୁ ହୁଏ ।

ଆବଶ୍ୟକ ପଡ଼ିଲେ ଜୀବନ ବି ଦେବାକୁ ହୁଏ ।

ଉଦୟ, ବାପା ତୋର ସେଇ ଜୀବନ ବଞ୍ଚିବାକୁ ଚାହୁଁଥିଲେ ।

ଯାତ୍ରାର ପ୍ରଥମ ପାଦ ପକାଇବା ଆରମ୍ଭ କରି ଦେଇଥିଲେ ।

ହାତରୁ ବନ୍ଧୁକ ଛାଡ଼ି ରାସ୍ତା ଉପରକୁ ଚାଲି ଆସିଥିଲେ ।

ଏଇ ଘଡ଼ିସନ୍ଧି ମୁହୂର୍ତ୍ତରେ, ଆତତାୟୀମାନେ ତାଙ୍କୁ ହତ୍ୟା କରି ଦେଲେ ।

ଉଦୟ ଶହିଦ୍ ହୋଇଗଲେ ।

ଅମର ରହେ ଶହିଦ୍ ଉଦୟ ମିଶ୍ର - ଅମର୍ ରହେ ।

ତୁମ ବାପା ଚିର ଦିନ ପାଇଁ ଅମର୍ ହୋଇଗଲେ । ଶହିଦ୍‌ମାନଙ୍କ ମୃତ୍ୟୁ ନାହିଁ । ଉଦୟ ଅମର ହୋଇଗଲେ ।

ହେଲେ ମୁଁ ? ମୁଁ କ'ଣ କରିବି !

ମୁଁ ତ ବଞ୍ଚିପାରୁ ନାହିଁ କି ମରିପାରୁ ନାହିଁ । ଜଲସାଙ୍କ ଆଖିରୁ ବାମ୍ପ ବାହାରିଲା ।

ଛାତି ଥରେଇ ନିଃଶ୍ୱାସର ଗତି ତୀବ୍ର ହୋଇଗଲା । ସେ ନୀରବ ହୋଇଗଲେ ଦୀର୍ଘଶ୍ୱାସ ପକେଇ କହିଲେ-

'ଆଜି ଖୁବ୍ ଅବଶ ଲାଗିଲାଣି ବାବୁରେ । ହାଲିଆ ହୋଇଗଲେଣି, ଦେହ ବି ଥରିଲାଣି । ଆମେ କାଲି କଥା ହେବା । ବହୁ ନିର୍ଜନ, ନିକାଞ୍ଚନ ବେଳ ଆମ ପାଇଁ ଆସୁଛି । ସେ ସବୁ ଭୟଙ୍କର ସମୟ ଆମର ଅତି ଆପଣାର ସମୟ । ରହୁଛିରେ ଧନ । ଆଉ ପାରୁନି । ତୁମେ ଶାନ୍ତ ହୋଇଯାଅ । ସ୍ଥିର ହୋଇଯାଅ । ନିର୍ଭୟ ରୁହ ।'

ଜଲସା ନୀରବ ହୋଇଗଲେ । ଅନୁଭବ କଲେ, ଗର୍ଭରେ ତାଙ୍କର ଆଉ ଯନ୍ତ୍ରଣା ନାହିଁ । ଅଜନ୍ମିତ ସନ୍ତାନଟି ଯେପରି ବୁଝିଯାଉଛି ତାକୁ । ଭାରି କୋପରେଟିଭ୍ ସେ । ସେ ଶାନ୍ତ ନୀରବ ହୋଇଗଲାଣି । ପରମ ସନ୍ତୋଷରେ ସେ ହାତ ଯୋଡ଼ି ଦେଇ କହିଲା, 'କେମିତି ତୁମମାନଙ୍କୁ କୃତଜ୍ଞତା ଜଣେଇବି ଜାଣିପାରୁ ନାହିଁ । ତୁମେ ମାନେତ ଭାଇ ବନ୍ଧୁ ଭଳି । ଏ ବିପଦ ବେଳେ ଆମେ ଏକ ହୋଇ ଠିଆ ହୋଇଯାଇଛେ । ତାହାହିଁ ଆମର ସାହସ, ଶକ୍ତି । ଦିଗମୋଡର ଏହି ସମୟରେ ଆମକୁ ଏମିତି ଏକ ହୋଇ ରହିବାକୁ ପଡ଼ିବ । ସମୟ କରି ଆସିବ ସମସ୍ତେ । ବହୁ କଥା ଅଛି ।' କହୁକହୁ ଜଲସା ହାତ ଯୋଡ଼ି ହେଲା ।

ସେମାନେ ପରସ୍ପରକୁ ଚାହିଁ ଚାଲିବା ଆରମ୍ଭ କରି ଦେଲେ । ହଠାତ୍ ସଲିମ ଖାଁର ଆଖି ପଡ଼ିଲା ଜଲସାର ହାତର ଆଙ୍ଗୁଠି ଉପରେ । ଯାହା ଦିଶୁଥିଲା – ଶୂନ୍ୟ, ଖାଲି ଖାଲି ।

'ଭାବି ! ଆପ୍‌କି ରିଂଗ୍ କାହାଁ ଗୟା ?' ସଲିମ ବିବ୍ରତ ହୋଇ ପ୍ରଶ୍ନ କଲା ।

ନିଜର ଶୂନ୍ୟ ଆଙ୍ଗୁଠିଟି ଦେଖି ଜଲସାର ମନେ ପଡ଼ିଗଲା, ଅନେକ ଦିନ ତଳେ ପଢ଼ିଥିବା ବିସ୍ମରି ଯାଇଥିବା କବି ପ୍ରସନ୍ନ ପାଟଶାଣୀଙ୍କ କବିତାର ଧାଡ଼ି କେଇଟି-

ଅସୁର ତ ଆଜି ଲୁଟି ନେଇଛି ଲୋ
ସୁନାର ଫସଲ ମୋର
ଲଙ୍ଗଳା ମୋର ଖଳା ।

ଜଲସା ବିଶାଦଗ୍ରସ୍ତ ହୋଇପଡ଼ି କିଛି ଉତ୍ତର ଦେଇପାରିଲେ ନାହିଁ । ନୀରବରେ ଖାଲି ଜଳଜଳ କରି ଚାହିଁ ରହିଲେ । ତାଙ୍କ ମୁହଁ ଦେଖିଲେ ମନେ ହେଲା ସେ ଯେପରି ଭୀଷଣ କଷ୍ଟ ପାଉଛନ୍ତି । ଲତିକା, ସଲିମକୁ ଟିକିଏ ଦୂରକୁ ଡାକି ନେଇ ଚାପା ସ୍ୱରରେ କହିଲା, 'ପରେ ତୁମକୁ କହିବି ସେ ସବୁ କଥା । ଏବେ ଡେରି ହୋଇଯାଉଛି । ଏଠୁ ଯଥାଶୀଘ୍ର ଚାଲିଯିବା ଭଲ ।'

ସଲିମ ମନେ ମନେ ଚିଡ଼ିଗଲା ଲତିକା ଉପରେ । ସେ ଆଗେଇ ଯାଇ

ଜଲସାକୁ ତୀକ୍ଷ୍ଣ ସ୍ୱରରେ ପଚାରିଲା, 'କ୍ୟା ଭାବି । ମୁଝେ ବଚାଓ ନା !'

'ଆସ, ମୋ ସହ ସଲିମ । ମୁଁ କହୁଛି ସବୁ କଥା ।' ସଲିମର ବାହୁକୁ ଧରି ଟାଣି ନେଲା ଜାଡୁ । ସେମାନେ କଥା ହୋଇ ହୋଇ ଆଗକୁ ଚାଲିବା ଆରମ୍ଭ କରିଦେଲେ । ଆଗପଛ ହୋଇ ସମସ୍ତେ ଶ୍ମଶାନ ଛାଡ଼ି କିଛିବାଟ ଗୋଟାଏ ଦିଗରେ ଆଗେଇଲେ । ପରେ ନିଜ ନିଜ ବାଟ ଧରିଲେ ।

ସଲିମ, ଜାଡୁ ସାଥୀ ହୋଇ ଯାଇ ପହଞ୍ଚିଗଲେ ସାମ୍ନାର ଗୋଟାଏ ତୋଟା ଭିତରେ । ତୋଟାଟି ଉଜୁଡ଼ି ଯାଇଥିଲା । ଆଜିକାଲିତ କାଠ ମାଫିଆଙ୍କ ଉପଦ୍ରବ । ତାଙ୍କର ଅର୍ଥର ଲୋଭ ଉଜାଡ଼ି ଚାଲିଛି- ଜଙ୍ଗଲ,ତୋଟା, ବାଡ଼ି ବଗିଚାର ଗଛ । ବିପନ୍ନ କରି ମଣିଷର ଭବିଷ୍ୟତକୁ ।

ଡାଳକଟା ମାଦଳ ଆମ୍ବଗଛଟାଏ ତଳେ ଠିଆ ହୋଇଗଲେ ସେମାନେ ।

'ଶଳା, ଇନିସ୍ପେକ୍ଟରର ମଲ୍ଲୁ ଯହ ହୀରା ମୁଦି କୋ ମାର୍ ଲିୟା ! ଶାଳା ଚୋର, ଶାଳା ଶୁଅର କୀ ବଚ୍ଚା । 'କ୍ରୋଧରେ ଫାଟି ପଡ଼ିଲା ସଲିମ୍ ।'

– 'ହଁ !'

'ଯବ୍ ଓ୍ୱହ ପହେଲା ପହେଲା ଟ୍ରାନ୍ସଫର ହୋ କର୍ ଆୟା ଥା' ନା, ମେରେ କୋ ଚାନ୍ଦା ଆଦାୟ କେ ଜୁଲମ୍ ମେ ପକଡ଼୍ କର୍ ଲକ୍ ଅପ୍‌ମେ ଡାଲ୍ ଦିଆ । ଔର୍ ଇତିନା ଜୁଲୁମ୍ କିୟା କି, ବୋଲୋ ମତ୍ ! ଐସେ ଭି ଛୋଡ଼ା ନେହିଁ । ବୋଲା କି ଚାଲାନ୍ କର୍ ଦେଂଗା । ତବ ଚଣ୍ଡଭାୟା ପାଞ୍ଚ୍ ହଜାର ରୁପିୟା ଲେକର୍ ଉନ୍‌କୋ ଦିଆ, ତୋ କେଶ୍ କୋ ଦଫାରଫା କର୍ ଦିଆ । ଔର୍ ମୁଝେ ଛୋଡ଼ା ।'

'ଚଣ୍ଡ ଭାଇ ତ ତୁମ କଥା କେବେ ଆମକୁ କହିନାହିଁ ।' କାବା ହୋଇଗଲା ଜାଡୁ । 'ଇଏ ତ ଇସ୍‌କା ବଡ଼ାପନ୍ । ମଗର୍ ଯାଦ୍ ରଖୋ ଜାଡୁ ମୈ ଓ ଇନିସ୍ପେକ୍ଟର କୋ ନେହିଁ ଛୋଡ଼େଙ୍ଗେ । କଭି ନେହିଁ । ଯାଦ୍ ରଖ ।

– 'କ'ଣ କରିବୁ ଯେ ?' ଜାଡୁ ଚାହିଁ ରହିଲା ସଲିମ୍‌କୁ ।

'ଉସ୍‌କା ଲଡ଼୍‌କା କୋ କିଡ୍‌ନାପ୍ କର୍‌ଲେଙ୍ଗେ ।'

'କ୍ୟା ? ଆରେ, ଏନ୍‌କାଉଣ୍ଟର କରିଦେବେ । ଏମିତି ଚିନ୍ତା କରନା କିଛିଦିନ ଯଦି ବଞ୍ଚିବାକୁ ଚାହୁଁଛୁ ।' 'ଢୋ', ଚିତ୍କାର କରି ଉଠିଲା ସଲିମ୍ ଖାଁ । ଏବଂ ଦୌଡ଼ିବାକୁ ଲାଗିଲା । ଆଗର ପାଦଚଲା ରାସ୍ତାରେ ।

ସେ ରାସ୍ତାଟା କୁଆଡ଼େ ଯାଏ କେଜାଣି !

ନିର୍ବାକ ହୋଇ ଜାଡୁ ସଲିମ୍‌କୁ ଚାହିଁ ରହିଥିଲା । ବଡ଼ ଅସହାୟ ଭାବରେ ।'

॥ ୬ ॥

ହତ୍ୟାକାଣ୍ଡର ପରଦିନ ସକାଳ ।

ବଡ଼ ସୋହାନା ଦୃଶ୍ୟଟିଏ ଦେଖିବାକୁ ମିଳିଲା । ଠିକ୍ ସେହି ସ୍ଥାନରେ, ସେହି ଯାଗାରେ ।

ଯେଉଁଠି ଚଣ୍ଡକୁ ହାଣି ପକେଇ ଦେଇଥିଲେ, ଏବଂ ପୋଲିସ୍ ତାକୁ ଘେରି ବନ୍ଦ କରି ଚିହ୍ନିତ କରିବାକୁ ଗୋଟିଏ ରଙ୍ଗୀନ ଚକ୍‌ରେ ଚିହ୍ନ ଦେଇ ଯାଇଥିଲା । ଅଦ୍‌ଭୂତ ସେ ଚିହ୍ନ । ଅନ୍ଧାର ରାତ୍ରୀରେ ବି ସପ୍ତର୍ଷିମଣ୍ଡଳ ଭଳି ଦିଶୁଥିଲା ଉଜ୍ଜ୍ୱଳ, ବର୍ଣ୍ଣୋମୟ । ଆପେ ଆପେ ଆଖି ପଡ଼ି ଯାଉଥିଲା - ସେ ରଙ୍ଗର ବିଳାସ ଉପରେ । ସେ ଚିତ୍ର ସଂକେତଟିର ଅର୍ଥ ଓ ଅର୍ଥାନ୍ତର ଗୋଟାଏ ଅବିସ୍ମରଣୀୟ କଳାକୃତିର ମାନ୍ୟତା ଦେଉଥିଲା । ଆଖିବୁଜି ଦେଲେ ବି ନାଚି ଉଠୁଥିଲା ଆଖି ଆଗରେ । ମନ ଭିତରେ ଯେମିତି ଛାପ ପଡ଼ି ଯାଇଛି, ଭୁଲି ହେବ ନାହିଁ ।

ଏଇ ଚଣ୍ଡ ପଡ଼ିଛି ।

ମଣିଷଟାଏ ପଡ଼ିଛି ।

ସବୁ ମଲା ମଣିଷମାନେ ଯେମିତି ପଡ଼ିଥାନ୍ତି, ସେମିତି ।

ସେ ଗୋଟାଏ ଦୃଶ୍ୟ ପାଲଟି ଯାଇଛି । ହଁ, ଗୋଟାଏ ଦୃଶ୍ୟ । ଗୋଟାଏ ଶ୍ରୁତି । ଗୋଟାଏ ସମ୍ବେଦନା । ଗୋଟାଏ ଦୁଃଖ । ଗୋଟାଏ ଜୀବନର ଅନୁରାଗ, ବିରାଗ । ଗୋଟାଏ- ତାଧିନ୍ ତାନାନା ।

ପୂର୍ବକୁ ମୁଣ୍ଡ । ପଶ୍ଚିମକୁ ଦୁଇଟା ଯାକ ଗୋଡ଼ । ପଡ଼ିଛି ଯେମିତି 'ଠିଆ ପୁଞ୍ଜୁ ନାରଙ୍ଗ ।' ଆଉ ହାତ ଦି'ଟା ସାରଙ୍ଗ । ମେଲେଇ ହୋଇ ପଡ଼ିଛି ଦି କଡ଼କୁ । 'ଦେଖ ! କିଛି ନେଉନାହିଁ' ମୁଦ୍ରାରେ । ମେଲେଇ ହୋଇ ପଡ଼ିଛି - ଉତ୍ତରକୁ, ଦକ୍ଷିଣକୁ । କହିଲା, 'ଉତ୍ତରେ ସାଜିବ, ଦକ୍ଷିଣେ ଗାଜିବ, ପୂର୍ବେ ନ ରହିବେ କେହି । ଝାଡ଼ବାଡ଼ ଧରି ରହିଥିବେ ଯିଏ, କୂଳକୁ ବିହନ ସେହି ।'

ଏମିତି ଗାନ୍ଧୀ ଛକ । ପୂର୍ବମୁହାଁ ରାସ୍ତାଟା ଯାଉଛି ସମୁଦ୍ର କୂଳର ମାଳ ଅଞ୍ଚଳଯାଏ । ଯୁଆଡ଼େ ରାସ୍ତାନାହିଁ କି ଗାଟନାହିଁ । ଅଛନ୍ତି ବାଙ୍ଗ୍ଲା ଦେଶୀ ରିଫିୟୁଜୀମାନେ । ସେମାନଙ୍କର ଧନ୍ଦାରେ । ଡଙ୍ଗାକୁ ନେଇ, ଜାଲକୁ ନେଇ, ମାଛକୁ ନେଇ, ନାରୀଙ୍କୁ ନେଇ, ଡ୍ରଗ୍ ନେଇ, ଚୋରା କାରବାରକୁ ନେଇ, ଧର୍ମକୁ ନେଇ, ସନ୍ତ୍ରାସକୁ ନେଇ, ଭୂତକୁ ନେଇ, ଡାହାଣୀକୁ ନେଇ, କ୍ଷମତାକୁ ନେଇ, ରାଜନୀତିକୁ ନେଇ, ସମୁଦ୍ରକୁ ନେଇ, ଝଡ଼ ତୋଫାନ ଘୂର୍ଣ୍ଣିକୁ ନେଇ ଜୀବନ ଧନ୍ଦା ।

ପଶ୍ଚିମ ମୁହାଁ ରାସ୍ତାଟି, ଲମ୍ବିଛି - ଦଳେଇଘାଇ ଦେଇ କଟକ । ସହସ୍ର ବର୍ଷର ସହର । କଟକ ନଗର ଧବଳ ଟଗର । ଯାହାର ଚିନ୍ତା ଦିନେ ଥିଲା ବାଇ ମୁଣ୍ଡିକୁ । ସେଇ କଟକ । ସେଠୁ ଯାଅ, କୁଆଡ଼େ କୁଆଡ଼େ । ହେଲେ ଭାଇ ଗାନ୍ଧୀ ବୁଢ଼ାକୁ ମନେ ରଖିଥିବ । କାଠଯୋଡ଼ି ବାଲି ଉପରେ ଖଟ ଉପରେ ଟେବୁଲ ଉପରେ ଚେୟାର ପକେଇ ସଭା କରିଥିଲେ । ତଣ୍ଟି ଫଟେଇ କହୁଥିଲେ, ଦାରିଦ୍ର୍ୟ ଅଶିକ୍ଷା ଆଉ ଅସ୍ପୃଶ୍ୟତା ବିରୁଦ୍ଧରେ ଲଢ଼େଇ କର ।

ଲଢ଼େଇ କର ଭାଇ...ଲଢ଼େଇ କର
ଖାଦ୍ୟପାଇଁ ଲଢ଼େଇ କର
ବିସ୍ଥାପନ ବିରୁଦ୍ଧରେ ଲଢ଼େଇ କର
ସ୍ୱାଧୀନତା ପାଇଁ ଲଢ଼େଇ କର
ଆମ ଦାବୀ ପୂରଣ କର
ପୂରଣ କରରେ....ପୂରଣ କର ।
ନହେଲେ, ରାସ୍ତାରେ ଘାଟରେ ନିଆଁ ଜଳିବ
ବିଧାନସଭାରେ, ସଂସଦ ଘରେ ନିଆଁ ଜଳିବ ।
ନିଆଁ ଜଳିବରେ ନିଆଁ ଜଳିବ ।
ବୈଷ୍ଣବ ଗାରୁ କଦଳୀପତ୍ର ମଥାରେ ମାର
ହରିବୋଲ ଭାଇ ଗୋବିନ୍ଦ ବୋଲ.....
ମାଗୁର ମାଛର ଝୋଳ
ବେଟା ହରିଆ ହରି ବୋଲ
ବୋଲ ଆନ୍ଦେ ଏକ ବାର....ହରି ହରି ବୋଲ । ହରିବୋଲ ।
କଂଗ୍ରେସିଆ କହିଲେ- ମହାତ୍ମାଗାନ୍ଧୀ କୀ ଜେ
ଗାନ୍ଧୀ କହିଲେ, ଭାରତ ଛାଡ଼ ।
ଛାଡ଼ ଛାଡ଼

ରାସ୍ତା ଛାଡ଼୍
କୋଠା ଉପରେ ଚାଲିଛି ଦେଖ
ଡବଲ ଅଣ୍ଡା ମାଡ଼ ।'

ଆଉ ଦକ୍ଷିଣ ପଟରେ ରାସ୍ତା ଯାଉଛି ବଙ୍କେଇ ବଙ୍କେଇ ଆଳି ପିଙ୍ଗଳ ଘାଇବାଟେ ଦେବୀ ନଈ ବ୍ରିଜ୍ ଉପର ଦେଇ ଅଡ଼ଶପୁର, କାକଟପୁର ମା' ମଙ୍ଗଳା ପିଠ ଦେଇ ବୁଲାବୁଲି- ଲିଙ୍ଗରାଜଙ୍କ ଯାଏ ଭୋବନିଶ୍ୱର । ସେଠୁ ପୁରୀ। ସେଠି ବେଳାଭୂଇଁ । ସେଠି ସୁଦର୍ଶନ ପଟ୍ଟନାୟକଙ୍କ ବାଲୁକା ମୂର୍ତ୍ତି ।

ତା' ମା' ମରୁ । ଛୋଡ଼ି ପୁଅ, କେମିତି କାଚ୍ଚ ମାର୍କେ ଦିବ୍ୟ ମୂର୍ତ୍ତି ବନେଇଚି ମ!

ଆର ରାସ୍ତାଟା ଉତ୍ତର ମୁହାଁ ମାନେ, ବୁଲିବାଲି ଯାଇ ଛୁଇଁ ଦେଇଛି ପାରାଦ୍ୱୀପ ଜାତୀୟ ରାଜପଥକୁ ।

ଏଇ ଛକ ମଝିରେ ଗାନ୍ଧୀଙ୍କ ଆସ୍ଥାନ । ସେଇଠୁ କୋଡ଼ିଏ ପଚିଶ ମିଟର ଦୂରରେ ପଡ଼ିଥିଲା ଚଣ୍ଡ ।

ସକାଳୁ ସେଇ ଡାହାଣୀରେ ଯୋଡ଼ା ହୋଇଛି ଗୋଟାଏ – ଲାଲ ଗୋଲାପ ।

ଲାଲ ଗୋଲାପ !

ଲୋକେ କୁହନ୍ତି, ପ୍ରେମ, ଅନୁରାଗର ସଂକେତ – ଲାଲ୍ ଗୋଲାପ ।

ସତେଜ ଅର୍ଦ୍ଧ ପ୍ରସ୍ଫୁଟିତ ଲାଲ ଗୋଲାପଟିଏ କିଏ ଅତି ଯତ୍ନରେ ଥୋଇ ଦେଇଛି ଠିକ୍ ଚଣ୍ଡର ହୃଦୟ ଉପରେ । ମନେ ହେଉଛି, ଚଣ୍ଡ ଯେମିତି ଶୋଇ ଯାଇଛି ଉପରକୁ ମୁହଁ କରି, ଗୋଟାଏ କାନ୍ଥ ନଥିବା କୋଠରିରେ । ତା'ର ବଳିଷ୍ଠ ଫୁଙ୍ଗୁଳା ଦେହର ଉନ୍ମୁକ୍ତ ଛାତି ଉପରେ କିଏ ଜଣେ ଚଣ୍ଡ ପ୍ରେମୀ ବଡ଼ ସନ୍ତର୍ପଣରେ ଲୁଚିଲୁଚି ନିଜର ପ୍ରେମ ନିବେଦନ କରି ଛପି ଯାଇଛି । ତା'ର ଲାଲ ଲିପଷ୍ଟିକ୍ ଲଗା ଓଠରେ ସରୁ ଚୁମାଟିଏ ଆଙ୍କି ଦେଇ ।

ତାକୁ ଦେଖି, ସମସ୍ତେ ଚକିତ ପାଲଟି ଯାଉଛନ୍ତି ।

କିଏ ସେ ନାରୀ କି କିନ୍ନର? ଯିଏ ନିଜର ପ୍ରେମକୁ ବି ନିବେଦିତ କରି ଦେଇପାରେ, ଗୋଟାଏ ଅପରାଧୀକୁ । ତା' ପୁଣି ତା'ର ଶବ ଉପରେ !

ଧୀରେ ଧୀରେ ଦର୍ଶକଙ୍କ ସଂଖ୍ୟା ସ୍ଫୀତ ହୋଇ ଉଠୁଥାଏ ।

'ଆଃ ! ଏହା ହିଁ ଅମର ପ୍ରେମ ।' କିଏ ଜଣେ ପ୍ରେମବିଜ୍ଞ, ପ୍ରେମତତ୍ତ୍ୱ ବ୍ୟାଖ୍ୟା କରୁଥାନ୍ତି, 'ସ୍ୱର୍ଗୀୟ.....ଶାଶ୍ୱତ ପ୍ରେମର ଜୀବନ୍ତ ଆଲେଖ୍ୟର, ଜ୍ୱଳନ୍ତ ଦୃଷ୍ଟାନ୍ତ । ଯାହା ଜୀବନ ମରଣର ସୀମାକୁ ଅତିକ୍ରମ କରିଯାଇଛି । ବହୁ ଦିନ ପରେ ଆଜି ଦେଖିବାକୁ ମିଳିଲା, କେଦାର ଗୌରୀଙ୍କ ପରେ ।'

"ଆଜ୍ଞା ! ମାନବୀୟ ପ୍ରେମ, ଜୀବନର ପରିସର ଭିତରେ ଆବଦ୍ଧ । ସେ ଶାଶ୍ୱତ, ସ୍ୱର୍ଗୀୟ ହେବ କିପରି ?' କେହି ଜଣେ-ଦେହବାଦୀ, ବସ୍ତୁବାଦୀ ପ୍ରତିବାଦ କଲା । ତାର୍କିକ ପ୍ରତିବାଦ । 'ପ୍ରେମ ଏକ ଅନୁଭବ । ଯାହା ଦେହ, ହୃଦୟ, ମନ ଆଧାରିତ । ଜୀବନ ଏହାର ସୀମା ସରହଦ । ଦେହ ଏହାର ଭିତ୍ତି । ଦେହ ନାହିଁ ତ ଜୀବନ ନାହିଁ । ଜୀବନ ନାହିଁ ତ ପ୍ରେମ ନାହିଁ ।'

ମୋ ସାଙ୍ଗରେ ତର୍କ କରନାରେ ବାବୁ । ଶାସ୍ତ୍ର କହିଲା, 'ବିଶ୍ୱାସେ ମିଳଇ ହରି ତର୍କେ ବହୁ ଦୂର ।' ତୁମେ ବାବୁ ଆଜି ଯାଏ କିଏ ଏଭଳି ଘଟଣା ପ୍ରତ୍ୟକ୍ଷ କରିଥିଲ ! କେବେ ଦେଖିଛ କି ଶୁଣିଛ- ଇତିହାସରେ କି ପୁରାଣରେ କି ସାହିତ୍ୟରେ । ଦେଖିଛ କେବେ ? ଏ ଅନାକାଳିତ ଦୃଶ୍ୟ ।

ଏତିକି ବେଳେ ଟୋକା ତିନିଟା ମଟର ସାଇକେଲରେ ଆସି ସଡନ୍ ବ୍ରେକ୍ ମାରି ଅଟକି ଗଲେ । ଓହ୍ଲେଇ ପଡ଼ି ଧସେଇ ପଶିଗଲେ ଭିଡ଼ ଭିତରକୁ । ମୁହଁ ଲମ୍ବେଇ ଚାହିଁଲେ,

'ଆରେ ବାଃ ! ଶଳାଟା ରସିକ ଛୋଡାଟାଏ ଥିଲା ମ !'

ଏ କାମ ନିଶ୍ଚେ ସମଲିଙ୍ଗୀ କି ଉଭୟଲିଙ୍ଗୀଙ୍କ କଥା ।

କୌଣସି ଟୋକାତ ଏ କାମ କରିପାରିବେ ନାହିଁ ।

ଦର୍ଶକ ଆମୋଦିତ ହୋଇଉଠିଲେ । ଗୋଟାଏ ହସରୋଳ ବହିଲା ଛିନ୍ନଛତ୍ର ହୋଇ ।

ହଣାକାରୀମାନେ ଆରେଷ୍ଟ ହେଲେଣି ? ଗୋଟାଏ ଟୋକା ପାଟିକରି ପଚାରିଲା । ମନେହେଲା ସେ ଯେମିତି ସମସ୍ତଙ୍କ ଠାରୁ ଉତ୍ତର ଚାହୁଁଛି । ହେଲେ, କେହି କିଚି କହିଲେ ନାହିଁ । ଏମିତି ମଉନ ମୁହାଁ ହୋଇ ରହିଲେ ଯେ, ଦେଖିବା କଥା । ଏଥିରେ ସେ ଛୁଞ୍ଚ ମୁହାଁ ଟୋକାଟା ଚିଡ଼ିଗଲା । 'ଶଳା ବୋକାଟା ବୁହା ଗୁଡ଼ାକ । ତା' ମା' ମରୁ । ଏଠି ।କେହି କିଛି ଜାଣିନାହାନ୍ତି ବା । ହଉ, ବିଟୁ ହର ଆସ ତ - ଚା' ଟିକିଏ ମାରିଦେବା । ମୋତେ ବି ଭୋକ କଲାଣି, ବରା କି ଇଡ଼ିଲି ଦିଇଟା ଖାଇଦେବା ଆସ । ତା'ପରେ ଯିବା ।' ଟଣାଟଣି ହୋଇ ସେମାନେ ଚାଲିଗଲେ ବିମଳ ସାହୁ ଦୋକାନ ଆଡ଼କୁ ।

ଦି' ପାଦ ଆଗକୁ ଯାଇ ବିଟୁ ଅଟକେଇ ଦେଲା ହୃଷିକୁ ହରକୁ । କହିଲା, 'ମୋ ମୁଣ୍ଡକୁ ଗୋଟାଏ ଆଇଡ଼ିଆ ଆସୁଛି । ଆଗକୁ କଲେଜ ନିର୍ବାଚନ ଆସୁଛି । ପ୍ରଥମରୁ ଛାତ୍ରମାନଙ୍କୁ ସାମ୍ନାକୁ ଆସିବା ଆବଶ୍ୟକ । ବର୍ତ୍ତମାନ ଏକ ସୁଯୋଗ ଆସିଛି । ଆମେ ତା'ର ସୁଯୋଗ ନେବା ନାହିଁ କାହିଁକି ?'

'କ'ଣ କରିବା କହ ?' ହୃଷି ଉଦ୍‌ବିଗ୍ନ ହୋଇ ଉଠିଲା ।

'ଶଳା ତୋର ତ ଭାଷଣ ଦେବା ପ୍ରକୃତି ଗଲାନାହିଁ । କଥାଟା ସିଧା ସଳଖରେ କହୁନୁ' ହର ବୀରକ୍ତ ଭରା ସ୍ୱରରେ କହିଲା ।

'ଧୈର୍ଯ୍ୟ ଧର ଟିକି । ମୋତେ କହିବାକୁ ଦେ । ଏ ଯେଉଁ ହତ୍ୟାକାଣ୍ଡ ହେଲା, ଏହାକୁ ନେଇ ରାଜନୀତି କିରବାମାନେ ଛାତ୍ର ଆନ୍ଦୋଳନ କରିବା । ମାନେ ଅପରାଧୀ କରଣ ଯେମିତି ଏ ଅଞ୍ଚଳରେ ବଢ଼ି ବଢ଼ି ଚାଲିଛି ତା'ର ପ୍ରତିବାଦରେ ଗୋଟିଏ ଛାତ୍ର ରାଲି, କଲେଜରୁ ବାହାର କରି, ବଜାର ପରିକ୍ରମା କରି ଥାନା ଘେରାଉ କରିବ । ପୋଲିସର ନିଷ୍କ୍ରିୟତା ତଥା ଅପରାଧୀ କରଣ ବିରୁଦ୍ଧରେ ଛାତ୍ର ଆନ୍ଦୋଳନ । ଛାତ୍ର ନେତା ଶ୍ରୀ ହୃଷିକେଶ ମହାଲିକ ନେତୃତ୍ୱରେ ।'

ବିଟୁର ପ୍ରସ୍ତାବ ଶୁଣୁଶୁଣୁ ସେମାନେ ତାକୁ କୁଣ୍ଢେଇ ପକେଇଲେ । କହିଲେ 'ତୁ, ଭାଇ ଗୁରୁ ଅଛୁ । ସେମିତି ନିଶ୍ଚୟ କରିବା । ଏଭଳି ବୁଦ୍ଧି ଦେବାଲାଗି ତତେ ନିଶ୍ଚୟ ଆଜି ଯେତେବେଳେ କହିବୁ ଗୋଟାଏ ବିଅର ଦେବି ।'

'ମତେ ?' ହର ମୁହଁ ଫୁଲେଇଲା । ଶଳା ମୋତେ ଦବୁନାହିଁ ତ । ମନେରଖ, ତୋ ବିରୋଧ କାଣ୍ଡିଡେଟ୍‌କ ଭୋଟ୍ ଦେବି । ତୁ ଭାଷଣ ଦେଉଥିଲା ବେଳେ ପଚା ଅଣ୍ଡା ପକେଇବି । ତୋ ହୋଡିଂ ସବୁ ରାତାରାତି ଚିରି ପକେଇବି ।

'ଶାଲା ତୁ ସବୁ କରିପାରିବୁ । ମଦ ଟିକିଏ ପାଇଲେ ରାତାରାତି ଲମ୍ୱା ଦାଢ଼ୀ ବାହାରି ଯିବ ତୋର । ତୋ ଚାରି ଖୁରାକୁ ଜୁହାର ଭାଇ । ଚାଲ ତୋତେ ଆଜି ଦେବି ।' ହୃଷି ହରର କାନ୍ଧରେ ହାତରଖି ଚାଲିଲା ଆଗକୁ ଆଗକୁ ।

ବିମଳ ସାହୁ ଦୋକାନ ଅଧା ବନ୍ଦ ଥିଲା । ସେ ଥିଲା ଓ ତା' ଆଖପାଖର କେଇଜଣ ଦୋକାନୀ ବି ତା' ବେଞ୍ଚ ଉପରେ ବସି କଥା ହେଉଥିଲେ । ଇଏ ତିନି ମୂର୍ତ୍ତି ଆସି ପହଞ୍ଚି ଗଲେ ସେଇଠି ।

'ବିମଳ ଭାଇ ! ଚପ୍ କି ସିଙ୍ଗଡ଼ା ନାହିଁ କି ?' ସେ ଛୁଞ୍ଚିମୁହାଁ ଟୋକା ବିଟୁ ପଚାରିଲା ।

– 'ନାଇ ରେ ବାବା । ଆଜି ମୋର ଦୋକାନ ବନ୍ଦ ।'

'କାହିଁକି କାରବାର ସେମିତି ନାହିଁ । ବଜାରଟା ଜୀବନହୀନ ମାନ୍ଦା ମାନ୍ଦା ଲାଗୁଛି । ଲୋକ ବି ବେଶି ନାହାଁନ୍ତି ।'

'କି ବ୍ୟବସାୟ ଏଠି ହେବ ଯେ । ସବୁ ବେଳେତ କ'ଣ ନାଇଁ କ'ଣ ଘଟୁଛି । ଦି ବର୍ଷ ପୁରି ନାହିଁ ଦି'ଟା ମର୍ଡର ହୋଇଗଲା । ଆଉ ବାଡ଼ିଆବାଡ଼ି ତ ନିତିଦିନିଆ ଘଟଣା । ଚାନ୍ଦା ଆଦାୟର ଜୁଲୁମ ତ ଲାଗି ରହିଛି । ଚୋରି ତସ୍କର

ଡକାୟତି କଥା ନ କହିଲେ ଭଲ । ଏଇ ବର୍ଷେ ହେବ ନାହିଁ, ତିନିଥର ବୋମା ପଡ଼ିଲାଣି । ତା' ସାଙ୍ଗକୁ ଛୁରାଭୂଷା ଭୂଜାଲି ପେଲା ଚାଲିଛି- ଆଠ ଦିନରେ ପନ୍ଦର ଦିନରେ । ଝିଅ ବୋହୂଙ୍କୁ ଟଣା ଓଟରା କଥା ତ ସବୁଦିନେ ତ ଦେଖୁବ । ତା' ସାଙ୍ଗକୁ ଦି'ଟା କିଡ୍‌ନାପିଙ୍ଗ୍ ଯାରି ଭିତରେ ଘଟିଗଲାଣି । ଏ ସବୁ ଭିତରେ କି ବ୍ୟବସାୟ କରିବ ଯେ । ନିଜର ପୈତୃକ ପ୍ରାଣକୁ ବିପନ୍ନ କରି । ତା' ସାଙ୍ଗରେ କୌଳିକ ବ୍ୟବସାୟକୁ ଉଜାଡ଼ି, କିଏ କି ବ୍ୟବସାୟ ଏଠି କରିବେ ? କ'ଣ କହୁଛ ଗୋଲକଦାଦା ।' ଦଣ୍ଡଧର ଛୋଟରା କହୁକହୁ ଉଠି ଠିଆ ହୋଇ ପଡ଼ିଲେ । ଅଣ୍ଟା ସଳଖିବା ପାଇଁ ଭିଡ଼ି ମୋଡ଼ି ହେଲେ ।

'ହଁ, ହେ । ଏଠି ଆଉ କାହିଁ ସେ କଥା ପକଉଛ । ସଞ୍ଜ ମିଟିଂରେ ପକେଇବ ସବୁ କଥା । ମୁହଁ ବନ୍ଦକରି ରୁହ ।' ଗୋଲକ ପରିଡ଼ା ତାଗିଦା କରି ଦେଲାଭଳି କହିଲେ । ସେ ଯେମିତି କିଛି ବାସ୍ନା ବାରି ପାରୁଥିଲେ । ପାଖରେ ଠିଆ ହୋଇଥିବା ସେ ଟୋକା ତିନିଟାଙ୍କ ଠାରୁ ପାଉଥିଲା ସେ ବାସ୍ନା । ରାଜନୀତିର ବାସ୍ନା । କେଉଁ ଦଳର ଏ ଟୋକାଏ କେଜାଣି । ଘଇତାମାନଙ୍କୁ ଯାଇ କ'ଣ କ'ଣ କହିବେ, କଥାଟା ପୁଣି କି ରୂପ ନେବ, କିଏ କହିବ । ଦଣ୍ଡଧର ବି ସେଠି ଆଉ ରହିଲେ ନାହିଁ । ସେ ଦୋକାନ ପିଣ୍ଡିରୁ ଓହ୍ଲେଇ ଆସିଲେ । ଚାଲଚାଲ ହୋଇ ଗଲେ ତାଙ୍କ ଦୋକାନ ଆଡ଼କୁ ।

ତାଙ୍କ ହରେକ୍ ମାଲ ଦୋକାନ ଆଗରେ ଗରାଖଟିଏ ଆସି ଠିଆ ହୋଇ ଯାଇଥିଲା । ଦଣ୍ଡଧର ତରତର ହୋଇ ସେଠି ପହଞ୍ଚି ଯାଇ ପଚାରିଲେ, 'କ'ଣ ଖୋଜୁଛନ୍ତି ଆଜ୍ଞା ?'

- 'ନାଇଁ, କିଛି ନାଇଁ । ମୋତେ ଧଡ଼ି ଦେହୁରି ପଠାଇଲେ, ତୁମକୁ କହି ଦେବାକୁ । ଆଜି ତ୍ରିନାଥ ମେଳା ପାଇଁ ସବୁ ଦୋକାନରୁ ବି ଟଙ୍କା କରି ଭେଦା ଆଦାୟ କରିଦେବ । ସଞ୍ଜ ଆଠଟାରେ ମେଳା ହେବ କହି ଦେବ ।'

'କାଇଁ ଧଡ଼ି କ'ଣ କରୁଛି କି ?' ଦଣ୍ଡଧର ଚିହିଙ୍କି ଉଠିଲେ ।

- 'ତାଙ୍କ ପେଟ କାଟୁଛି ।'

'ମଲା ପେଟ ବର୍ତ୍ତମାନ କାଟୁଛି, କ'ଣ ଭଲ ହୋଇଯିବ ନାହିଁ । ମୁଁ ପରା ଏଠି ଦୋକାନରେ ଏକା । ପୁଅତ ତା' ଭଉଣୀ ଘରକୁ ସକାଳୁ ଗଲାଣି । ତାକୁ କହିଦେବ । ଆଉ କାହାକୁ କହି କାମଟା ଆୟୋଜନ କରିଦେବ । ମୋ ହାତରେ ଆଜି ସମୟ ନାହିଁ । କି ଆଜି ମୁଁ ପାରିବି ନାହିଁ ।'

- 'ତୁମେ ତାଙ୍କ ପାଖକୁ ଆଉ କାହା ହାତରେ ଖବର ପଠାଅ । ମୋର

ଅନ୍ୟକାମ ଅଛି । ମୁଁ ଯାଉଛି ।' ଲୋକଟା କହି ଦେଇ ବୁଲି ପଡ଼ି ଚାଲିବା ଆରମ୍ଭ କରିଦେଲା ଆଗକୁ ।

ଦଣ୍ଡଧର ଲୋକଟା ଉପରେ ଚିଡ଼ିଗଲେ । ତାଙ୍କୁ ଲାଗିଲା, ଧଡ଼ିଆ ଦେହୁରିର ଇଏ ଗୋଟାଏ ଫିସାଦି । ସେ ଚାଲି ଯାଉଥିବା ଲୋକଟିକୁ ଡାକ ପକେଇ କହିଲେ, 'ଆଚ୍ଛା ଲୋକ ହୋ ତମେ । ଖବରଟା ଆସି ଦେଇ ଦେଲ, ହେଲେ ଫେରସ୍ତ ବାତିନି ନେଲା ବେଳକୁ, ମୁହଁ ଫେରେଇ ଚାଲି ଯାଉଛ ।'

ଲୋକଟା କିଛି ଶୁଣିଲା ନାହିଁ । ଦୋକାନ ତଳକୁ ଓହ୍ଲାଇ ଆସି ତା' ସାଇକେଲ ଚାବି ଖୋଲିଲା ।

ଲୋକଟା କିଛି ନଶୁଣି ଗରଗର ହୋଇ ଚାଲି ଯିବାର ଢଙ୍ଗକୁ ଦଣ୍ଡଧର ସହିପାରିଲା ନାହିଁ । ତାକୁ ଲୋକଟାର ଆଚରଣ, ଏକ ପ୍ରତ୍ୟାଖ୍ୟାନ ଭଳି ମନେ ହେଲା । ସେ ରାଗିଯାଇ ଡାକ ପକେଇଲେ । 'ହୋ ବାବୁ । ଶୁଣ । ଏକମୁହିଁଆ ହୋଇ ପଳଉଛ କୁଆଡ଼େ, ଲାଙ୍ଗୁଡ଼ ଯାକି ?'

ଲୋକଟା ଏଥର ପୁଣି ଲେଉଟିଲା । ଦୋକାନ ସାମ୍ନାରେ ସାଇକେଲଟି ରଖି ଦେଇ ଲଢ଼େଇ କରିବା ଢଙ୍ଗରେ ଆସି ଦଣ୍ଡଧର ସାମ୍ନାରେ ଠିଆ ହୋଇଗଲା । ପହିଲିମାନ ଢଙ୍ଗରେ ଜଙ୍ଘରେ ହାତ ବାଡ଼େଇ ପଚାରିଲା, 'ମୋତେ ଡାକିଲ କି ନଣ୍ଟୁ ଗୋବିନ୍ଦ ?'

ନଣ୍ଟୁ ଗୋବିନ୍ଦ !

'ତୋ ଗୋଷ୍ଠି କି ନେ । ଇରେ, ସିଏ କିଏ ?' ଦଣ୍ଡଧର ଚିହିଁକି ଉଠିଲା ।

'ହଇଏ, ନଣ୍ଟୁ ଗୋବିନ୍ଦକୁ ଜାଣିନା । ଛୋଡ଼ିପୁଅ ଏତେ ଲୋକଙ୍କୁ ଜାଣିଛ, ନଣ୍ଟୁ ଗୋବିନ୍ଦକୁ କେମିତି ଜାଣିଲ ନାହିଁ ମ ! 'ପ୍ରକୃତରେ ଲୋକଟା ଥିଲା ରାଉଳିଆ । କାହାକୁ ଛାଡ଼ିବା ଲୋକ ସେ ନୁହେଁ । ତାରି ହାବୁଡ଼େ ପଡ଼ିଗଲା ଦଣ୍ଡଧର । ହେଲେ ସେ ତ ମୂଳରୁ ବଡ଼ପାଟିଆ । ବିଷଧର ସର୍ପ । ସେ କି ଛାଡ଼ିବା ଲୋକ । ସେ ମନେ ମନେ ଗହିରିଆ ଓଜନିଆ ଶବ୍ଦ ଖୋଜୁଥାଏ । ଯାହାକୁ ସେ ତୀର ଭଳି ବ୍ୟବହାର କରି ଲୋକଟାକୁ ଘାଇଲା କରିଦେବ । ମାତ୍ର ଏତିକି ବେଳକୁ ପୋଲିସ୍ କନେଷ୍ଟବଲ୍‌ଟିଏ ଆସି ପହଞ୍ଚିଗଲା । ତା' ପକେଟ୍‌ରୁ ଖଣ୍ଡେ କାଗଜ ବାହାର କରି ଆସି ପଚାରିଲା, 'ତୁମ ନାଁ ଦଣ୍ଡଧର ଦେହୁରି ?'

'ଆଜ୍ଞା ।'

'ଥାନାକୁ ଯାଇ ବଡ଼ବାବୁଙ୍କୁ ଦେଖା କରି ଆସିବ ।'

'କାହିଁକି ଆଜ୍ଞା । ମୁଁ କ'ଣ କରିଛିକି ?'

କନେଷ୍ଟବଲଟି ଦଣ୍ଡଧରଙ୍କ ପ୍ରଶ୍ନର ଉତ୍ତର ଦେଲା ନାହିଁ । ସେ ତା' କାଗଜ ଖଣ୍ଡିକରେ ଟିପି ଆଣିଥିବା ନାଁ ଗୁଡ଼ିକ ପଢ଼ି ଶୁଣେଇ ଦେଲା । ୧. ବିମଳ ସାହୁ, ୨. କସ୍ତୁରି ଦାସ, ୩. କାଳିଆ ବାରିକ, ୪. ଜଳଧର ମହାନ୍ତି, ୫. ମାଗୁଣି ମହାରଣା, ୬. ବନମାଳି ରଣା, ୭. ସୁଦୁରିଆ ଭଟ୍ଟ, ୮. କେଶବ ମଲ୍ଲିକ, ୯. ମଧୁ ପୁହାଣ, ୧୦. ମିର୍ଜା ଇଲିୟାସ ଅଲ୍ଲୀ ବେଗ, ୧୧. ଜମିର ଖାଁ, ୧୨. ନାଗମଣି ସୋଇଁ । ସମସ୍ତେ ଯିବେ ଥାନାକୁ ।

ଧ୍ୟାନର ସହିତ ଶୁଣୁଥିଲା ଦଣ୍ଡଧର । ତା' ନା, ସେ ଲିଷ୍ଟରେ ଥିବାର ଶୁଣି ପାରିଲା ନାହିଁ । ସଙ୍ଗେ ସଙ୍ଗେ ସେ କହିଲା, ଲିଷ୍ଟରେ ତ ମୋ ନାଁ ନାହିଁ, ମୁଁ କାହିଁକି ଯିବି କନେଷ୍ଟବଲ୍ ବାବୁ ?

'ନାଁ ନଥିଲେ ନ ଯିବ ।'

'ଭଲ କରି ଟିକିଏ ଦେଖିଲ । ମୋ ନାଁ ନଥିବ । ମର୍ଡ଼ର ବେଳେ ତ ଆମେ କେହି ନଥିଲୁ ।'

'ଗଦା ଭାଇ । ନମସ୍କାର । ତୁମର ବଦଳି କେବେ ଏଠିକି ହେଲା ମ ?'

'ଆରେ ଅଚ୍ଛୁତି । ତୁମେ କୁଆଡ଼େ ?' କନେଷ୍ଟବଲ ଗଦାଧର ହାତୀ ବଡ଼ ଖୁସି ହୋଇଗଲେ ।

'ବିହନ ଦେବେ ବୋଲି ବ୍ଲକ୍‌କୁ ଆସିଥିଲି ଯେ ସେ ବାବୁ କୁଆଡ଼େ ଆଜି ଛୁଟିରେ ଅଛନ୍ତି । ଯାଇଁ କାଲି କୁଆଡ଼େ ଆସିବେ । ଆସିଲେ ବିହନ ମିଳିବକି ନାହିଁ କିଏ ଜାଣେ ! ହଉ ରହ ଟିକିଏ ଯିବା, ବହୁ କଥା ଅଛି ବି । 'ହୋ ନଣ୍ଟୁ ଗୋବିନ୍ଦ ଦୋକାନୀବାବୁ କାହିଁକି ଡାକିଲ କିଓ ?' ଧମକେଇବା ସ୍ୱରରେ ପଚାରିଲା ଅଚ୍ୟୁତ । କନେଷ୍ଟବଲ ଗଦାଭାଇର ଉପସ୍ଥିତି ତାକୁ ଖୁବ୍ ସାହସ ଦେଇ ଦେଇଥାଏ ।

ମୁହଁ ଲୁଚେଇ ଦଣ୍ଡଧର କହିଲା, 'ଚିହ୍ନା ଚିହ୍ନା ଲାଗିଲାତ, ସେଇଥି ପାଇଁ ଡାକି ଦେଲି ।'

'ଆ ଯିବା, ଅଚୁତି । ଚା' ପିଇବା ସାଙ୍ଗ ହୋଇ । ଆଉ ଗାଁର ସବୁ ଖବର କ'ଣ କହ ।' ସେମାନେ ସାଙ୍ଗ ହୋଇ ଚାଲିଲେ ହାତ ଧରାଧରି ହୋଇ । ଆଚୁତି ବୁଲିପଡ଼ି କହିଲା, 'ପରେ କେତେବେଳେ ଆସିବି, ନମସ୍କାର ନଣ୍ଟୁ ଗୋବିନ୍ଦ ।'

'ତୋ ମା'କୁ....' ଚିହିଁକି ଉଠିଲା ଭିତରେ ଦଣ୍ଡଧର । ହେଲେ ଉଚ୍ଚାରିତ କରିପାରିଲା ନାହିଁ ଶବ୍ଦଟାକୁ । ତଣ୍ଟିରେ ଲାଗିଗଲା । ଉଦ୍‌ବେଗରେ ସେମାନଙ୍କ ମୁହଁଟି ମାନ ଦିଶୁଛି - ଶୁଖିଲା, ଚିନ୍ତାଗ୍ରସ୍ତ ।

'ଜାଣିଲ ମଧୁ କକା । ଏ ଗାନ୍ଧୀମୂର୍ତ୍ତି ଏଠି ସ୍ଥାପିତ ହେବା ଦିନଠାରୁ ଯାବତୀୟ

ହଣାକଟା, ଚୋରୀନାରୀ, ଗୁଣ୍ଡାଗର୍ଦ୍ଦି ଲାଗିରହିଛି । ଭଲ ବେଳାରେ ଏଇ ସ୍ଥାପିତ ହୋଇ ନାହିଁକି କ'ଣ ? କି ଏ ସ୍ଥାନ ପାଇଁ ଗାନ୍ଧୀବୁଢ଼ା ଅଶୁଭ ।'

'ନା ନା କସ୍ତୁରୀ ଦାସ ! ଏ ସ୍ଥାନ ପାଇଁ କେବଳ ନୁହେଁ, ଏ ଦେଶ ପାଇଁ, କୁହ ଏ ଦେଶର ପ୍ରତ୍ୟେକ ମଣିଷ ପାଇଁ ଗାନ୍ଧୀ ମହାତ୍ମା ଏକ - ଅଶୁଭ ।' ଶିଶୁଟିଏ ଭଳି ମୁହଁରେ ହାତ ଦେଇ ରାସ୍ତା ଉପରେ ବସି ପଡ଼ି ଭୋ ଭୋ ହୋଇ କାନ୍ଦି ଉଠିଲା ବିମଳ ସାହୁ ।

॥ ୭ ॥

ବୋଧହୁଏ ସକାଳ ଆଠଟା ବାଜି ସାରିଥିବ । କନେଷ୍ଟବଲ ନନ୍ଦ ପୁହାଣ ଗ୍ରାମରକ୍ଷୀ ସତୁରା ମଳିକ ସହ ଆସି ପହଞ୍ଚିଗଲେ ନାରଣ ମିଶ୍ରଙ୍କ ଘର ସାମ୍ନାରେ । ମିଶ୍ର ଭାଇନା ସେତେବେଳକୁ ରାସ୍ତା କଡ଼ରେ ବସିଥିବା ନଳକୂଅରୁ ପାଣି ଆଣୁଥିଲେ ପୂଜାପାଠ କରିବାକୁ । ଡାହାଣ ହାତରେ ଥିବା ପିତଳ ଗଡୁଟି ଭିତରେ ଭରି ରହିଥିଲା ଜଳ । ଉପରେ ତା'ର ଭାସୁଥିଲା ଦୁଇ ତିନିଟା ଟଗର ଫୁଲ ସହ କେଇଟା ନଖ ଛିଣ୍ଡା ଦୁବ । କୁଶ ଖଡ଼ିକା ବି ଦିଖଣ୍ଡ । ସ୍ନାନାଦିକର୍ମ ଶେଷ ହୋଇଯାଇଥିଲା । କପାଳରେ, ବାହୁରେ, ଛାତିରେ ଚନ୍ଦନ ଲଗାଇ ଓଦା କଡ଼ିଆ ଗାମୁଛାଟିଏ କାନ୍ଧରେ ପକେଇ ସେ ବାହାରି ଆସିଥିଲେ ଦାଣ୍ଡକୁ ।

ଅନ୍ୟ ହାତଟି ଥିଲା ତାଙ୍କର ଛାତି ଉପର ନ' ସରିଆ ପଇତା ଉପରେ । ପଇତାଟି ତାଙ୍କର ସନ୍ତକ, ପ୍ରାଣ । ତାଙ୍କର ବ୍ରାହ୍ମଣ-ପଣିଆର ପରିଚୟ, ଅହଂକାର ଓ ଗର୍ବ । ସେ ସବୁ ଅସ୍ଥି-ରକ୍ତ-ମଜ୍ଜା ଗତ, ସଂସ୍କାର । ବ୍ରାହ୍ମଣ୍ୟବାଦର କ୍ଷୟମୁଖୀ ଲୋକାଚାର ରୂପ ।

ଆଗରେ ମା' କନକ ଗୌରୀଙ୍କ ମନ୍ଦିର । ଦେବୀ, ପରମ ବୈଷ୍ଣବୀ । ସିନ୍ଦୁର ନୁହେଁ, ଚନ୍ଦନ ଲେପିତା । ସକାଳର ଭୋଗରାଗ, ପୂଜାପାଠ କରିବେ ସେ । ତାଙ୍କ ପୂର୍ବ ପୁରୁଷ-ନାନା, ଗୋଷନନାଙ୍କ ଥିଲା ଇୟେ ଅନୁଶ୍ରୁତ ଧର୍ମ ଓ କର୍ମ । ବୁନିୟାଦି ପୁଣି କୌଳିକ ବୃତ୍ତି । ନାରଣ ନନା, ସେଇ ଜୀବନ ଧାରାକୁ ଶ୍ରଦ୍ଧାର ସହ ଗ୍ରହଣ କରି ନେଇଛନ୍ତି । ଧର୍ମ ଭାବେ ପାଳନ କରି ଆସିଛନ୍ତି । ଅତି ସରଳ ନିରାଡ଼ମ୍ବର ଜୀବନ । ଧର୍ମୀୟ ଆଚରଣ । ଗୋଟାଏ ପରମ୍ପରାର ସୂତ୍ରଧର ସେ । ବାସୁଦେବପୁର ଶାସନର କାଳାନ୍ତରୀ ପୁରୁଷ ।

'ଜୁହାର ଭାଇନା' ସତୁରୀ ମଳିକ ଭାଇନାଙ୍କ ପାଖରୁ ଟିକିଏ ଦୂରେଇ ଠିଆହୋଇ ଅତି ସଂଭ୍ରମରେ ଅଣ୍ଟାଭାଙ୍ଗି ଜୁହାର ହେଲା । କନେଷ୍ଟବଲ ନନ୍ଦପୁହାଣ

ବି କହିଲା, 'ଜୁହାର ଆଜ୍ଞା' । ସତୁରୀ ବର୍ଷୀୟ ନାରାୟଣ ମିଶ୍ରଙ୍କର ବ୍ୟକ୍ତିତ୍ୱ ଏମିତି-ସରଳ, ସାତ୍ତ୍ୱିକ । ତାଙ୍କର ପିତଳବର୍ଣ୍ଣ ଓ ନହକା ନାଗରୂପୀ ଚେହେରା । ଦେଖିଲେ ସେ ସ୍ୱଚ୍ଛ ନୈଷ୍ଠିକତା, ମନରେ ଯୁଗପତ୍ ଶ୍ରଦ୍ଧା ଯାତ ହୁଏ । ମୁଣ୍ଡ ନଇଁଯାଏ ସଂଭ୍ରମରେ ।

ଭାଇନା ସ୍ମିତ ହସି ଦେଇ ଅଭୟ ମୁଦ୍ରାରେ ପଇତାକୁ ସ୍ପର୍ଶ କରି ଆଶୀର୍ବାଦ କଲେ, 'ଈଶ୍ୱର ତୁମ୍ଭମାନଙ୍କର ମଙ୍ଗଳ କରନ୍ତୁ । ଆୟୁଷ୍ମାନ୍ ହୁଅ ।' ଶ୍ରଦ୍ଧାରେ ପୁଛା କଲେ, 'ଆଉ ସବୁ ଭଲତ ?' ଏ ସକାଳୁ ସକାଳୁ ଆଡ଼େ କୁଆଡ଼େ ସତୁରା । କ'ଣ ଥାନା ବାବୁଙ୍କ ସହ ଆଗମନ ?'

- 'ଆପଣଙ୍କ ପାଖକୁ ଆସିଛୁ ଭାଇନା ।'

'ମୁଁ ତ ମନ୍ଦିରକୁ ମା'ଙ୍କୁ ପୂଜା ପାଇଁ ବାହାରି ଆସିଲେଣି । ସମୟ ଦେଇ ପାରିବି ନାହିଁ, ପୂଜାପାଠ ନ ସରିବା ପର୍ଯ୍ୟନ୍ତ । ପାରିବତ ଅପେକ୍ଷା କର ।' ପରାମର୍ଶ ଦେଲେ ନାରଣ ମିଶ୍ର ।

'ଭାଇନା, ଆପଣ କ'ଣ କିଛି ଜାଣନ୍ତି ନାହିଁ ।' ବଡ଼ ଅସ୍ପଷ୍ଟ ସ୍ୱରରେ କହି ଚକିତ ହୋଇଗଲା ସତୁରା,

'କୋଷ୍ଠି ଦେଖାଇବାକୁ ଆସିଥିଲ ତ ! ଆରେ ବାବୁମାନେ । ମୋ କୋଷ୍ଠିରେ ମା'ଙ୍କ କାମ ଆଗ । ତା'ପରେ ଅନ୍ୟମାନଙ୍କର ବା ମୋ ନିଜର ।' କହୁ କହୁ ଆଗକୁ ପାଦ ପକେଇଲେ ନାରାୟଣ ମିଶ୍ର । ଦୁଇ ପାଦ ଆଗେଇ ଯାଇ, ସେ ଅଟକିଗଲେ । ମୁହଁ ବୁଲାଇ ସଂଶୟଭରା ସ୍ୱରରେ ପ୍ରଶ୍ନ କଲେ, 'କ'ଣ କହିଲ ? ମୁଁ କ'ଣ କିଛି ଜାଣିନାହିଁ । କଥା କ'ଣ ? ମୁଁ ତ କିଛି ଜାଣିନାହିଁ । କୁହ, କ'ଣ ହୋଇଛି ?' ନାରାୟଣ ମିଶ୍ର ଉଦ୍‌ବିଗ୍ନ ହୋଇ ଉଠିଲେ । ବିବ୍ରତ ହୋଇ ପଚାରିଲେ, 'ଉଦୟ କ'ଣ କରିଛି କି ?'

- 'ଉଦୟ ଆଉ ନାହାଁନ୍ତି ଆଜ୍ଞା ।' କଥା ଗିଳି ପକେଇବା ଭଳି କହିଦେଇ ତଳକୁ ମୁହଁ ପୋତି ଦେଲା ସତୁରା ।

'ନାହାଁନ୍ତି ! ମାନେ ?'

ପ୍ରାୟ ଅଧା ଦାନ୍ତ ପଡ଼ିଯାଇଥିବା ପାଟିରେ ଶବ୍ଦ ଦି'ଟାକୁ ସ୍ପଷ୍ଟ ଉଚ୍ଚାରଣ କରିପାରିଲେ ନାହିଁ ନାରାୟଣ ମିଶ୍ର । ସେଇ ଶବ୍ଦବ୍ରହ୍ମ ଦି'ଟା ଯେପରି ତରଳି ମିଳେଇଗଲା ତଣ୍ଟି ଭିତରେ । ଏକ ଅହେତୁକ ଆଶଙ୍କାରେ ସେ ଛାନିଆଁ ହୋଇପଡ଼ି ଠିଆ ହୋଇଗଲେ ସେଇ ରାସ୍ତା ଉପରେ ।

- 'ଆଜ୍ଞା ଗତକାଲି ସକାଳେ ତାଙ୍କୁ ହାଣିଦେଲେ ।'

ଗାଉ ଗାଉଁଆ ସ୍ୱରରେ କୌଣସି ମତେ କହି ଦେଇ ସତୁରା ଚାହିଁ ରହିଲା ନାରଣ ମିଶ୍ରଙ୍କୁ । ମାତ୍ର ସେ ଯାହା ଦେଖିଲା ସେଥିରେ ସେ ନିଜେ ବି ବିଚଳିତ ହୋଇ ପଡ଼ିଲା । ତାକୁ ଲାଗିଲା ବିରାଟ ବୃକ୍ଷଟାଏ ଯେପରି ଉପୁଡ଼ି ପଡ଼ିଲା ଝଟକାଏ ପବନରେ । କି ବିରାଟ ଏକ ଭୂମିକମ୍ପରେ ପ୍ରକାଣ୍ଡ ପାହାଡ଼ଟାଏ ଖଣ୍ଡ ଖଣ୍ଡ ହୋଇ ଭାଙ୍ଗି ଭୁଷୁଡ଼ି ପଡୁଛି ।

ନାରାୟଣ ମିଶ୍ରଙ୍କ ହାତରୁ ହଠାତ୍ ଖଡୁଟା ଖସି ପଡ଼ିଲା । ଆଖି ଦୁଇଟା ବିସ୍ଫୋରିତ ହୋଇ ସ୍ଥିର ହୋଇଗଲା । ଓଠ ଦୁଇଟି ଅଧାମେଲା ହୋଇ ରହିଗଲା । ସେ ଅଶ୍ୱତ୍‌ଥ ପତ୍ରଟିଏ ଭଳି ଥରିବାକୁ ଲାଗିଲେ ।

'ଭାଇନା, ଭାଇନା ! ସମ୍ଭାଳନ୍ତୁ ଆପଣଙ୍କୁ । ସମ୍ଭାଳନ୍ତୁ ।' ନନ୍ଦ ପୁହାଣ, ସତୁରା ମଳିକ ବିଲେଇ ଉଠି ଝପଟି ଯାଇ ସମ୍ଭାଳି ଧରି ପକେଇଲେ ଗୋଟାଏ ଉପୁଡ଼ି ପଡୁଥିବା ପବିତ୍ର ଦାରୁଦ୍ରୁମକୁ ।

ଭାଇନାଙ୍କୁ ଟେକି ଆଣିଲେ ତାଙ୍କ ପିଣ୍ଡା ଉପରକୁ । ବସାଇ ଦେଇ ପାଣି ଛାଟି ସାଷ୍ଟାମ କଲେ । ସେତେବେଳକୁ ସାହିଟା ସାରା ପିଲାଛୁଆ ଜମା ହୋଇ ଯାଇଥାନ୍ତି । ସେଠି ସୃଷ୍ଟି ହୋଇଯାଇଥିଲା ଗୋଟାଏ ଅମୁହାଁ କୋଳାହଳ । ଗୋଟାଏ ବାଚାଳ ହୈଚୈ । ଗୋଟାଏ କାତର ଚାଞ୍ଚଲ୍ୟ ।

– 'ମୁଁ ପରା କାଲିଠୁ ଏ କଥା ଶୁଣିଲିଣି । ଡରରେ କାହାକୁ କିଛି ପଚାରୁ ନଥିଲି କି କହୁ ନଥିଲି । ତାକୁ କୁଆଡ଼େ ଟିକି ଟିକି କରି ହାଣି ପକେଇଛନ୍ତି, ଏହି କଥା ଶୁଣିଲା ବେଳକୁ ମୋ ଛାତି ଥରୁଛି ।'

– ତା'ର ରକ୍ଷିତା, ସେ ରିଫିୟୁଜି ବଙ୍ଗାଳୁଣି ମାଇକିନିଆଟା ବା, ସେଇ କୁଆଡ଼େ ଯାଇ ପୋଲିସ ପାଖରୁ ଶବକୁ ଆଣି କେଉଁ ରାସ୍ତାକଡ଼ରେ ରାତାରାତି ପୋଡି ପକେଇଛନ୍ତି ।

– ସେ ମାଇକିନିଆଟା କୁଆଡ଼େ ଗର୍ଭରେ ଅଛି ବା । ଚାରି ମାସ କି ଛ'ମାସ ହେବ ଶୁଣାଯାଉଛି ।

– ସେଇ ଗର୍ଭିଣୀ ମାଇକିନିଆ କୁଆଡ଼େ ମୁଖାଗ୍ନି ଦେଇଛି ବା ଶବ କାନ୍ଧରେ ନେଲେ କୁଆଡ଼େ ପଠାଣ, ସଅର, ହାଡ଼ି । ସେଇମାନେ ସଂସ୍କାର କଲେ ।

ସବୁ କଥା ନୀରବରେ ଠିଆ ହୋଇ ଶୁଣୁଥିଲେ ବଳଭଦ୍ର ରଥ । ଅଶିତିଓର ବୟସ ତାଙ୍କୁ ଏ ଗାଁ ସ୍ୱାଭାବିକ୍ ମୁରବୀ କରିଦେଇଛି । ସେ ଗାମୁଛାରେ ମୁହଁ ପୋଛି ସାମ୍ନାକୁ ଆସି ମୁରବୀ ଢଙ୍ଗରେ ପୁଛା କଲେ, 'ହଇଓ ପୋଲିସ୍ ବାବୁମାନେ ଘଟଣା କାଲିଠାରୁ ଘଟିଲାଣି, ଆଜି ଆସି ଏ ସମ୍ବାଦ ଦେଉଛ ।'

ଇଏ କ'ଣ ଖେଳ ଘର କଥା ନା ବାହା ପୁଆଣୀର ଘର କଥା ଯେ ଡେରିରେ ଖବର ପାଇଲେ କି ନ ପାଇଲେ କିଛି ଯାଏ ଆସେ ନାହିଁ ।

ଅଣଶୁଦ୍ଧିଆ ଅଶୌଚକର୍ମ ଇଏ । ସେ ସବୁ ବିଦ୍ଧି ମୁତାବକ ପାଳନ ହେବନା ନାହିଁ ?

ସଂସ୍କାର କର୍ମ ବାସି ହେଲା ନା ନାହିଁ ।

ଇଏ ପୁରୁଣା ବ୍ରାହ୍ମଣ ଶାସନ । ଠାକୁର ରାଜା ଗଜପତି ପୁରୁଷୋତ୍ତମ ଦେବ ମହାରାଜ, ନିଜ ନାଁରେ ସ୍ଥାପନ କରିଛନ୍ତି ଏ ଶାସନ-ବୀର ପୁରୁଷୋତ୍ତମ ପୁର ଶାସନ ।

ପାଦେ ପାଦେରେ ଏଠି ନୀତି ନିୟମ କର୍ମ କର୍ମାଣୀ । ଏ ସବୁ କଥା କ'ଣ ଜାଣିନା ?

ହଇଏ, ତୁମକୁ କିଏ ପଠେଇଲେ ଖବର ଦେବାକୁ ?

'ବର୍ତ୍ତମାନ ଶବ କେଉଁଠି ?'

'ଶବ କୁଆଡ଼େ ଆସିବ ! ତାକୁତ ଦାହ କରି ସାରିଲେଣି ।' ନନ୍ଦ ପୁହାଣ ବିରକ୍ତ ଭରା ସ୍ୱରରେ ଉତ୍ତର ଦେଲା । ଧୂର୍ତ୍ତ ସତୁରା ଚୁପ୍ ହୋଇ ଆଡ଼େଇ ଠିଆ ହୋଇଥାଏ । ତା'ର ଅସହାୟ ଅବସ୍ଥା ଦେଖି ସେ ବୁଝି ପାରିଲା, କାହିଁକି ତାକୁ ଖାଦ୍ୟ ପ୍ରଲୋଭିତ କରି ଡାକି ଆଣିଲା । ସତକଥା ହେଲା ଶଳାଟା, ଏ ଗାଣ୍ଡିମସ୍ଥିଆ ରାଢ ପଲଙ୍କୁ ସେ ସାମ୍ନା କରିପାରିବ ନାହିଁ ।

ଏଠିକାର କାଣ୍ଡ କାରଖାନା ଦେଖି ମନେ ମନେ ନନ୍ଦୁ ପୁହାଣ ଖୁବ୍ ବିରକ୍ତ ହୋଇ ଯାଇଥିଲା । ନାରଣ ମିଶ୍ର ବୁଢ଼ାଟା ସେତେବେଳକୁ ଆକୁଳ ବିକଳ ହୋଇ ଗଡୁଛି ପିଣ୍ଟାଟାରେ, ଏତେ ଲୋକ ଠିଆ ହୋଇଛନ୍ତି ଦାଣ୍ଡରେ କେହି ଟିକିଏ ଆସୁନାହାଁନ୍ତି ବୁଢ଼ାଟା ପାଖକୁ । ଓଲଟି ବାରକଥା କହି ଚାଲିଛନ୍ତି । ତାକୁ ଲାଗିଲା, ଗୁଡ଼ାଏ ଅବାସ୍ତବବାଦୀଙ୍କ ଲୋକଙ୍କୁ ଦେଖୁଛି ସେ । କୁମ୍ଭୀର ପୁଅକୁ ନେଇ ମଝି ନଈରେ ହେଲାଣି ଅନ୍ଧୁଣୀ କହୁଛି, ପୁଅରେ ଧୀରେ ପାଣିରେ ପଶ । ଗୋଡ଼ ଖସି ଯିବ ।

ନନ୍ଦ ପୁହାଣର ରାଗ ହେଉଥିଲା ସତୁରା ମଳିକ ଉପରେ । ତାରି କଥାରେ ପଡ଼ି ସେ ଆସିଥିଲା ଓଳାସିଂ ବଜାରକୁ ଭଲ ଛେନାପୋଡ଼, ଆଳୁଦମ୍ ଖାଇବ ବୋଲି । ମୋ' ରାଣ ନେଇ ଶଳାଟା କହିଲା- ଯେତେ ଖାଇବି, ସେତେ ଖୁଆଇବ । ମୋର ଶଳା ବୁଝିବାର ଥିଲା, ସେ ଶଳାର ମା' ମରିଗଲାଣି କେବେଠାରୁ । ଯେତେ ରାଣ ଖାଇଲେ କ'ଣ ଆଉ ଅଛି । ଶଳା ସତୁରା ତତେ ଗିହାଁଣ ଦରକାର । ଚାଲ ଏଠୁ । ମୋତେ ବଜାରକୁ ସିଧା ନ ନେଇ ଏଠିକି ନେଇ ଆସିଲା । କହିଲା, ମିନିଟିକରେ ଖବର ଦେଇ ଫେରିବା । ତାରି କଥାରେ ପଡ଼ି ଏବେ ନାମ ନେଉଛି ।

ଏଠି ତ ଶଳା, ସମସ୍ତେ ପୁରୁଣା କାଳିଆ । ସମସ୍ତେ ମାମଲତକାରିଆ । ସୂତାକୁ ମାଜୁଛନ୍ତି ବସି । ଏଠୁ ଯଥାଶୀଘ୍ର ଖସିବା ଭଲ । ଚାରିଆଡ଼କୁ ଚାହିଁଲା ନନ୍ଦୁ ପୁହାଣ । ତାକୁ ସମସ୍ତେ ଦେଖାଗଲେ ବଳଭଦ୍ର ରଥ ଭଳି, ହରିବୋଲ ।

ରଥ ଆଗରେ ଆଗକୁ ମାଡ଼ି ଆସି ଚଢ଼ାଗଳାରେ ପଚାରିଲେ-

'ତମେ କ'ଣ ଏଠିକି ବଦନ ଦେଖେଇବାକୁ ଆସିଛ !

କିଏ ଶବ ଦାହ କଲା ?

ମୁଖାଗ୍ନି କିଏ ଦେଲା ?

ଆମେ ଭାଇ ବନ୍ଧୁ କୁଟୁମ୍ବ ହୋଇ କିଛି କେହି ଜାଣିପାରିଲୁ ନାହିଁ ।

ଅସ୍ଥି କ'ଣ ହେଲା ?'

'ଆମେ ଆଜ୍ଞା କିଛି ଜାଣିନାହୁଁ । ଯାହା ପଚାରିବେ ଥାନାକୁ ଯାଇ ବଡ଼ବାବୁଙ୍କୁ ପଚାରନ୍ତୁ । ଆମେ ଆସିଛୁ ନାରାୟଣ ମିଶ୍ରଙ୍କୁ କେବଳ ଖବର ଦେବାକୁ- ଥାନାକୁ ଯାଇ ବଡ଼ବାବୁଙ୍କୁ ଦେଖା କରିବେ । ଆଉ କିଛି ଆମକୁ ପଚାରନ୍ତୁ ନାହିଁ । ଆମେ ଜାଣି ନାହୁଁ ।' ହାତଯୋଡ଼ି ନନ୍ଦ ପୁହାଣ କହିଲା, 'ଆମେ ଚାଲିଲୁ ଆଜ୍ଞା । ବହୁ ଡେରି ହୋଇଗଲାଣି ।'

ନନ୍ଦ ପୁହାଣ ସତୁରା ମଳିକ ପାଖକୁ ଯାଇ ଫୁସ୍‌ଫାସ୍ କରି କହିଲା, 'ଆବେ ! ଶଳା ଘୁଷୁରି ! ଆ ପଳେଇ ଯିବା । କହିଲା, 'ପଥ ପଚାରି ପିତା ଘର ଯିବ, ଆଉ ଅଯୋଦ୍ଧା ମନ ନ କରିବ ।' ତୁ ଆ ନ ଆ, ମୁଁ ଚାଲିଲି । ଶଳା ତୁ ଏଠି ଚିତା କଟଉ ଥା ।

ନନ୍ଦୁ ପୁହାଣ ତା' ପୁରୁଣା ସାଇକେଲରେ ଚଢ଼ି ଚାଲିଲା । ପଛେ ପଛେ ସତୁରା କୁଣ୍ଠିତ ଭାବରେ ଦୌଡୁଥାଏ । ବାଙ୍କ ମୋଡ଼ିବା ପରେ ସେମାନେ ଆଶ୍ୱସ୍ତ ହେଲେ । ରାସ୍ତା ପଡ଼ିଥିଲା ଓଲାସିଂ ବଜାରକୁ ।

ପୁରୁଷୋତ୍ତମପୁର ଶାଶନର ଏହି ମହି ଖଣ୍ଡିକଟିରେ, ହଠାତ୍ ଯେମିତି ଡିପ୍ରେସନ୍ ଦେଖାଗଲା । ସମସ୍ତେ ମୁକ, ବଧିର, ଅନ୍ଧ ପାଲଟିଗଲେ । କାହାରି ପାଟିରୁ ପଦେ କଥା ବାହାରିଲା ନାହିଁ । ଆଖିକୁ ଟିକିଏ ବି ଦୃଶ୍ୟ ହେଲା ନାହିଁ । କେହି କାହାକୁ ଶୁଣି ପାରିଲେ ନାହିଁ । ପାଦଟିଏ ବି କାହାର ଆଗକୁ ପଡ଼ିଲା ନାହିଁ ।

ମନେହେଲା, ଜଣେ ବି କେହି ଜୀବିତ ନାହାଁନ୍ତି ସେଠି ।

ନୀରବତା ସେଠି ସାନ୍ଦ୍ର ହୋଇ ଉଠିଲା । ସେଇ ନୀରବତା ଭିତରୁ ଜନ୍ମଲାଭ କଲେ କେତେଗୁଡ଼ାଏ ଅଦ୍‌ଭୂତ ଜୀବ । ହାତ ତାଙ୍କର ଛନ୍ଦି ହୋଇଯାଇଥିଲା । ଛାତି ଉପରେ କି ପିଠି ଉପରେ । କଦଳୀ ଭଣ୍ଡା ଭଳି ମୁଣ୍ଡଟି ମାନ ଝୁଲି ପଡ଼ିଥାଏ ତଳ

ମୁହାଁ ହୋଇ । ଉଲଗ୍ନ ପାଦଟିମାନ ପାଞ୍ଚ ପାଦ ମେଦିନ ଉପରେ ଘୂରିବାକୁ ଲାଗିଲା । ଏଣେତେଣେ ଏଣେ ତେଣେ । ତା'ପରେ ନୀରବ ନିଷ୍କ୍ରାନ୍ତ ଘଟିଲା ।

ନାରାୟଣ ମିଶ୍ର କେମିତି ଏକ ନିର୍ଲିପ୍ତ ଢଙ୍ଗରେ ବସିଥାନ୍ତି କାହ୍ନୁକୁ ଆଉଜି ଏକା ଏକା । ଯେଉଁ ବିଷାଦ ତାଙ୍କୁ ଆକ୍ରାନ୍ତ କରିଥିଲା କିଛି ସମୟ ପୂର୍ବରୁ ତା' ଯେପରି ଖଣ୍ଡେ ଉଡ଼ା ମେଘଭଳି ଉଡ଼ିଗଲାଣି । ଏବେ ଲାଗୁଛି ସେ ଯେମିତି ଗୋଟାଏ ଅସଂପୃକ୍ତ ପୃଥିବୀରେ ଅଛନ୍ତି । ଅନୁଦ୍‌ବେଳିତ ଆକାଶରେ କେବଳ ଚେତନାର ସ୍ଥିର ବିନ୍ଦୁଟିଏ ଭଳି । ଆଲୋକର କଣିକାଟି ଭଳି । ଯିଏ କି ଜାଣେ ନାହିଁ ନିଜର ସ୍ଥିତି ପ୍ରକୃତି ।

ଅଦ୍ଭୁତ ସେ ଅବସ୍ଥା

ଦେହ ଅଛି ଅଥଚ ତା'ର ଇନ୍ଦ୍ରିୟଜ ଅନୁଭବ ନାହିଁ ।

ମନ ଅଛି ଅଥଚ ତା'ର ଉଡ୍ଡୟନ ନାହିଁ ।

ବୁଦ୍ଧି ଅଛି ଅଥଚ ତା'ର କ୍ରିୟାସଂପାଦନ ନାହିଁ ।

ଯେମିତି ନାହିଁ ନାହିଁରେ ଅଛି ଅଛି ଅବସ୍ଥା, କି ଅଛି ଅଛିରେ ନାହିଁ ନାହିଁ ଅବସ୍ଥା । କିଛି ବୁଝି ହେଉ ନାହିଁ ।

ଜୀବନର ଏକ ବିଚିତ୍ର ଅଲୌକିକ ଅବସ୍ଥା । ଯେପରି ଜିଇଁଥିବା ଜୀବନର ଊର୍ଦ୍ଧ୍ୱକୁ ସେ ଉଠି ଯାଇଛନ୍ତି । ଯେଉଁଠି କିଛି ଅନୁଭବ ନାହିଁ । ଦୁଃଖର ବା ଖୁସିର । ଉତ୍କଣ୍ଠାର ବା ଉଦ୍‌ବେଗର । ଆଶାର ନା ଅଭିପ୍ସାର । ଭୟର ନା ଅନୁଶୋଚନାର । ଭ୍ରାନ୍ତିର ନା ପ୍ରଶାନ୍ତିର । ଯେମିତି ଗୋଟାଏ ଦେହାତୀତ ମନୋତ୍ତର ସ୍ଥିତି ।

କିଛି ଆକଳିତ କରିପାରୁ ନାହାନ୍ତି ପରିବାରର ଲୋକେ । ବଡ଼ପୁଅ ଶ୍ରୀହରି ଅନେକ ପ୍ରୟାସ ପରେ ନନାଙ୍କର ଏ ଦୁର୍ବୋଧ ସ୍ଥିତିର ପ୍ରତିରୋଧକୁ ଅତିକ୍ରମ କରି ଆସି ବସି ପଡ଼ିଲା ତାଙ୍କ ପାଖରେ । ତା'ର ମୁହଁ ଦିଶୁଥିଲା ଭାରିଭାରି । ଅସାଡ ସ୍ୱରରେ ସେ ପଚାରିଲା, 'ନନା ! ଆମେ କ'ଣ କରିବା ?' 'ସ୍ୱର ତ'ର ଭାଙ୍ଗି ପଡ଼ିଲା । ମୁହଁରେ ହାତ ଦେଇ ସେ କାନ୍ଦି ଉଠିଲା ।'

ମୁହୂର୍ତ୍ତେ ବଡ଼ପୁଅ ଶ୍ରୀହରିକୁ ଚାହିଁ ରହିଲେ ନାରାୟଣ ମିଶ୍ର । ମନେହେଲା ସେ ଯେପରି ପ୍ରୟାସ କରୁଛନ୍ତି ନିଜ ଭିତରେ ପଶି ଯିବାକୁ । ବୁଝିବାକୁ ସବୁ ପ୍ରଶ୍ନର ଅର୍ଥ, ଅର୍ଥାନ୍ତର । ନିର୍ଲିପ୍ତ ଭାବେ ସେ କହିଲେ–

'ଘଟଣା ଘଟି ସାରିବା ପରେ ଆଉ କ'ଣ ବା କରାଯାଇପାରେ !'

ଏ ସବୁକୁ ଆମକୁ ଗ୍ରହଣ କରିବାକୁ ହିଁ ହେବ ।'

– 'ସଂସ୍କାର ଆଦି କର୍ମ ?'

'ସେମାନେ ତ କୁଆଡ଼େ ସବୁ ସାରି ଦେଇଛନ୍ତି ।'

- 'ତଥାପି ଆମକୁ ତ କିଛି କରିବାକୁ ହେବ ।'

'କାହା ପାଇଁ କ'ଣ କରିବାକୁ ହେବ ! ଉଦୟ ପାଇଁ ନା ଆମର ଆଶଙ୍କା ପାଇଁ ? ଉଦୟ ଠାରୁ ତ ବହୁ ଦିନରୁ ଅସମ୍ପର୍କିତ ହୋଇଯାଇଛେ ଆମେ । ଆମେ ଥିଲେ କି ତା' ପାଖରେ ।' କହୁ କହୁ ଚୁପ୍ ହୋଇଗଲେ ନାରାୟଣ ମିଶ୍ର । ସେ ମୁହଁ ଟେକି ଶୂନ୍ୟକୁ ଚାହିଁଲେ ।

"ବିଧି ନିର୍ଦ୍ଦିଷ୍ଟ ସମ୍ପର୍କରୁ ମଣିଷ କ'ଣ ସ୍ୱଇଚ୍ଛାରେ ମୁକ୍ତି ପାଇ ପାରେ ? ତୁମେ କ'ଣ ନନା ଅସ୍ୱୀକାର କରିପାରିବ ଉଦୟ ତୁମର ପୁଅ ନଥିଲା ।

ସେ ସମ୍ଭାବନା ମଣିଷର କାହିଁ ? ନନା !"

ନାରାୟଣ ମିଶ୍ର ବିଚଳିତ ହୋଇପଡ଼ିଲେ । ମନେହେଲା ଯେପରି ଅଠାକାଠି ଲଗା ପକ୍ଷୀଟିଏ ଭଳି ସେ ଛଟପଟ ହେଉଛନ୍ତି । କୁଆଡ଼େ ଉଠି ପଳେଇ ଯିବାକୁ ଚାହିଁ ଉଠି ବି ପାରୁ ନାହାଁନ୍ତି ।

- 'ନନା ! ଆମେ କ'ଣ ଏ ଶାଶନରେ ଘର କରି ରହି, ତା'ର ପ୍ରଥା ପରମ୍ପରାରୁ ବାଦ୍ ପଡ଼ିବା । ଆମ ବନ୍ଧୁବାନ୍ଧବ, ଭାଇ, କୁଟୁମ୍ବ, ସାହି ପଡ଼ିଶାଙ୍କ ଭିତରେ ଅଣଶୁଦ୍ଧିଆ ରହିବା ! କେମିତି ରହିବା ଯେ !'

'ସେ ଲୋକାଚାରରେ ପୁଅ । ମୃତାତ୍ମା ପାଇଁ କାହାର କିଛି କରିବାର ନଥାଏରେ ବାବୁ । ଜୀବନ କର୍ମଫଳର ଅଧୀନ । ସେଠି ଅନ୍ୟ ଲୋକଙ୍କର କିଛି କରିବାର ନଥାଏ । ଯାହା ଉଦୟର ଘଟିଗଲା ସେ ପଥକୁ ତା'ର କର୍ମଫଳ ହିଁ ନେଇଗଲା । ମୁଁ ଜାଣିଥିଲି ଏକଥା । ଉଦୟର ଅପମୃତ୍ୟୁ ହେବ ! ସେ ଯେଉଁ କର୍ମ କରିବ ତାହା ହିଁ ହେବ ତା' ମୃତ୍ୟୁର କାରଣ ମୋର ଦୁଃଖ ଯେ ମୁଁ ତାକୁ ବାରଣ କରିପାରିଲି ନାହିଁ କି ରକ୍ଷା କରିପାରିଲି ନାହିଁ । ମତେ ତାକୁ ତ୍ୟାଗ କରିବାକୁ ପଡ଼ିଲା । ମୁଁ ତାକୁ ତ୍ୟାଗ କରିଦେଲି ।' ନାରାୟଣ ମିଶ୍ରଙ୍କ ଆଖି ଦୁଇଟି ଧୂ...ଧୂ... ଦେଖାଗଲା । ଯେମିତି ଫାଟିପଡ଼ି ରକ୍ତ ବିଛୁରି ପଡ଼ିବ ।

- 'ଆମକୁ ତ କେବେ ତୁମେ ନନା ଏ କଥା କହିନା ।' ଅଭିମାନ ଅଭିଯୋଗ ଫେଣ୍ଟି ହୋଇଗଲା ଶ୍ରୀ ହରିର ସ୍ୱରରେ ।

'କ'ଣ କହିଥାନ୍ତି ? କାହାକୁ କହିଥାନ୍ତି ଏ କଥା । କେମିତି କେଉଁ ଭାଷାରେ ବା କହିଥାନ୍ତି । ତୁମେ କ'ଣ ନିଜ ଭିତରେ ରଖି ପାରିଥାନ୍ତ ଏ ନିଷ୍ଠୁର ସତ୍ୟକୁ ? ହୁଏତ ଉଦୟ ବି ଜାଣିପାରିଥାନ୍ତା ତା'ର ଏଇ ଅବଧାରିତ ଭାଗ୍ୟକୁ । ହୁଏତ ଅଧିକ ଉତ୍ପାତ କରିଥାନ୍ତା ।'

– 'ମୁଁ ତୁମର ଏ କଥାକୁ କୌଣସି ଦିନ ବି ବିଶ୍ୱାସ କରି ପାରିବି ନାହିଁ କି ଗ୍ରହଣ କରିପାରିବି ନାହିଁ ନନା ! ମଣିଷର ଭାଗ୍ୟ କେବେବି ଅବଧାରିତ ନୁହେଁ । ନିର୍ଦ୍ଦିଷ୍ଟ ନୁହେଁ କି, ଆୟତାଧୀନ ନୁହେଁ । ଏହା ଚିର ସୃଜନଶୀଳ । ଅକଳନୀୟ ଓ ଊର୍ଦ୍ଧ୍ୱମୁଖୀ ଜ୍ୟୋତିଷଙ୍କ ଗଣନା ତଥା ଗ୍ରହ ଚାଳନାର ଊର୍ଦ୍ଧ୍ୱରେ ମଣିଷର ଭାଗ୍ୟ । ଜୀବନର ଗତି – ଅନଭିପ୍ରେତ । 'ଶ୍ରୀହରି ଉତ୍ତେଜିତ ସ୍ୱରରେ କହିଲା ।'

'ତୁମେ ହୁଏତ ଠିକ୍ କହୁଛ । ତାହା ହିଁ ହୋଇଥିଲେ କେତେ ଭଲ ହୋଇ ନଥାନ୍ତା । ଉଦୟ ହୁଏତ ବଞ୍ଚି ରହିଥାନ୍ତା ।' ବଡ଼ ଗମ୍ଭୀର ଭୟଙ୍କର ଶୁଭିଲା ନାରାୟଣ ମିଶ୍ରଙ୍କ ସ୍ୱର । କହୁ କହୁ ସେ ହଠାତ୍ ନୀରବ ହୋଇ ଠିଆ ହୋଇଗଲେ । ମନେହେଲା ସେ ଯେପରି ଖୁବ୍ ଅସ୍ଥିର ଆନ୍ଦୋଳିତ ହୋଇପଡୁଛନ୍ତି । କେଉଁଠି କ'ଣ କରିବେ କିଛି ସ୍ଥିର କରିପାରୁ ନାହାଁନ୍ତି । ସେଇ ଉତ୍ପୀଡ଼ିତ ଅସ୍ଥିରତା ଭିତରେ ସେ ଆଗକୁ ପାଦ ପକେଇଲେ ।

'ମୁଁ ଗୋଟାଏ ବଡ଼ ଭୁଲ କରିଛି । ଅପରାଧକୁ ତ୍ୟାଗ ନକରି ଅପରାଧୀକୁ ତ୍ୟାଗ କରିଛି ।'

ଏକା ଏକା ଆଗକୁ ଆଗକୁ ଅନ୍ଧ ଭଳି ପାଦ ପକେଇଲା ବେଳେ ଅସନ୍ତୁଳିତ ହୋଇ ଯାଉଥିଲେ ନାରାୟଣ ମିଶ୍ର । ଉଦୟ ତ ମୋ ପାଖରେ ସେଦିନ ଶରଣ ପଶୁଥିଲା । ବିକଳ ହୋଇ କାନ୍ଦୁଥିଲା ।

'କଥା ଦେଉଛି ନନା ଆଉ ଏଭଳି କାମ କେବେ କରିବି ନାହିଁ ।'

ଏଣିକି ଜୀବନଧାରା ବଦଳେଇ ଦେବି । ବାଟରେ ଚାଲିବି । ଠିକ୍ ବାଟରେ ଚାଲିବି ।

ମତେ ବିଶ୍ୱାସ କର । ମତେ ସାହାଯ୍ୟ କର । ମତେ ବାଟ ବତେଇ ଦିଅ ।

କିନ୍ତୁ, ଦେଖ ନନା ! ମୁଁ କହିଦେଉଛି, ମୋ କଥା ଟିକିଏ ଶୁଣ ।

ମୋ କଥା ନ ଶୁଣିଲେ ମୁଁ କାହାକଥା ଶୁଣିବି ନାହିଁ ।

ମୁଁ କାହାର ଗୋଲାମ ନୁହେଁ କି କ୍ରୀତଦାସ ନୁହେଁ ନନା । ଗୋଟାଏ ଗୋବର ମଣିଷ ନୁହେଁ । ଯେ କି ଅନ୍ୟର ନିୟନ୍ତ୍ରିତ ବିଚାର ମର୍ଜି ଚଳିବ । ସେ ଧୈର୍ଯ୍ୟ ମୋର ନାହିଁ । କି ସେଭଳି ଅନୁଗତ କି ବଶମ୍ବଦ ମଣିଷ ମୁଁ ନୁହେଁ । ମୋ ନିଜର କେଇଟା ବିଚାର ଅଛି । ଦୃଷ୍ଟିଭଙ୍ଗୀ ଅଛି । ସେ ସବୁରୁ ମୁଁ ଓହରି ପାରିବି ନାହିଁ ।

ସେ ସବୁ ଆମ ସମୟର ମାନସିକତା । ବଞ୍ଚିବାର ଷ୍ଟାଇଲ ।

କହିବାକୁ ଗଲେ– ଆମ ସମୟର ସ୍ୱର ସେ । ରଙ୍ଗ ସେ । ରୂପ ସେ । ତନ୍ତ୍ର ସେ । ମନ୍ତ୍ର ସେ । ବିଚାରଧାରା ସେ । ଆମର ଜୀବନ ମେଖଳା । ତାକୁ ଅତିକ୍ରମୀ ଯିବା ମୋ ପକ୍ଷରେ ସମ୍ଭବ ନୁହେଁ ।

ମୁଁ ଗୋଟାଏ ହେତୁବାଦୀ ମଣିଷ, ନନା । ବିଶ୍ୱାସବାଦୀ ନୁହେଁ । ଅନ୍ଧବିଶ୍ୱାସୀ ନୁହେଁ ।

ଯେତେ ଗ୍ରାହ୍ୟତା ଥିଲେ କି, ଯେତେ ଚାପ ଦେଲେ ବି - ମୁଁ ତୁମର ସେ ମାନଧାତା କାଳିଆ ବିଚାରକୁ, ନିଃସର୍ତ୍ତ ଭାବେ ଗ୍ରହଣ କରିପାରିବି ନାହିଁ ।

ମୋ ପାଇଁ ଏ ସାରା ପୃଥିବୀ ଗୋଟାଏ ମୈଦାନ । ଏଠି ବ୍ୟକ୍ତିର ଲକ୍ଷ୍ୟ ସବୁ ଭିନ୍ନ ଭିନ୍ନ । ଖେଳିବାର କାଇଦା ବି ଅଲଗା ଅଲଗା ।

ଖେଳିବାର ବାଟ ପୂର୍ବ-ନିର୍ଦ୍ଧାରିତ ବୋଲି ତା' ସବୁବେଳେ - ଖେଳ ।

ଜୀବନକୁ ଖେଳ କରି ଦିଅନା । ମଣିଷକୁ ବଞ୍ଚିବାକୁ ଦିଅ । ତା' ଭାବରେ ତା' ଢଙ୍ଗରେ ।

"ନ ହେଲେ, ସେ ଜିଇଁବାର ଅର୍ଥ କ'ଣ ! ଉପଲବ୍ଧିର ଅର୍ଥ କ'ଣ ? ପୌରୁଷ କ'ଣ ଗର୍ବ କ'ଣ, ଗୌରବ କ'ଣ ? ପରିଚୟ କ'ଣ ?"

"ପରିଚୟ କ'ଣ ! 'ଚିହ୍ନିକି ଉଠିଲେ ନାରାୟଣ ମିଶ୍ର । ଆରେ, କାହାର ପରିଚୟ ? କି ପରିଚୟ ! ସବୁ ପରିଚୟର ଆଧାର ତ ସେଇ ସୃଷ୍ଟିକର୍ତ୍ତା । ସେଇ - ପରମ ଜଗତ ପୁରୁଷ ।' ଭାଗବତରେ କହିଲା, 'କରି କରାଉ ଥାଉ ତୁହିଁ । ତୋ ବିନୁ ଆନ ଗତି ନାହିଁ ।"

'ଭାଗ୍ୟବାଦୀ । ନିବର୍ତ୍ତକବାଦୀ ।' ଉଦୟ ନିଆଁ ଭଳି ଜଳି ଉଠିଲା । ସେ ଆଉ କ'ଣ କହିବାକୁ ଯାଉଥିଲା- "ଚୁପ୍ କର। ଚୁପ୍ କର।" ମୁଁ ଚିଲେଇ ଉଠିଲି । ଆଉ କିଛି କହିବାକୁ ତାକୁ ବାରଣ କରିଦେଲି । ମୋର ତ ଧୈର୍ଯ୍ୟଚ୍ୟୁତ ହୋଇ ଯାଉଥାଏ । ଲାଗୁଥାଏ ଯେପରି ଉଚ୍ଚ-ରକ୍ତଚାପରେ ମୁଣ୍ଡ ମୋର ଫାଟିଯିବ । ବିଚଳିତ ହୋଇ ଆତୁର ସ୍ୱରରେ କହିଲି, 'ବୁଢ଼ା ବ୍ରାହ୍ମଣଟିଏ ମୁଁ । ସରଳ, ସାତ୍ତ୍ୱିକ, ନୀତିବଦ୍ଧ ଈଶ୍ୱରମୁଖୀ ଜୀବନ ମୋର । ଜୀବନର ଏଇ ସାୟାହ୍ନରେ ଆଉ କିଛି ଅଭିଳାଷ ନାହିଁ କି ଲକ୍ଷ୍ୟ ବି ନାହିଁ । କେବଳ ସୁଖ ମୃତ୍ୟୁଟିଏ ପ୍ରାର୍ଥନା କରୁଛି, ସୁଖ ମୃତ୍ୟୁ । ମୁଁ ତୋ ଠାରୁ ଆଉ କିଛି ଆଶା କରୁନାହିଁ, ପାରିବୁତ ମୁଖାଗ୍ନି ବି ମତେ ନ ଦେଇପାରୁ । ତୋ ଇଚ୍ଛାରେ ବାବା ! ତୋ ଇଚ୍ଛା । ହେଲେ ମତେ ଟିକିଏ ଶାନ୍ତିରେ ମରିବାକୁ ଦେ ।'

- 'ମୃତ୍ୟୁ ଇଚ୍ଛା କ'ଣ ଜୀବନର ଲକ୍ଷଣ । ତୁମେ ତ ନନା, ତେବେ ମରି ସାରିଲଣି । କାମନା ନଥିଲେ ଜୀବନ ନଥାଏ । ଜୀବନ ନଥିଲେ ସଂଘର୍ଷ ନଥାଏ । ଦେହଟାଏ ଖାଲି ମାଟି ଉପରେ ଗଡୁଥାଏ ଖଣ୍ଡେ ଗଣ୍ଡାଳିକା ଭଳି । ସେଥିରେ ଥାଏ ପ୍ରଚଣ୍ଡ ଜୀବନ ବିରୋଧୀ ପ୍ରତିହିଂସା । ସମସ୍ତଙ୍କୁ ମାରି ଦେବାର ବ୍ୟାକୁଳ ପ୍ରୟାସ ।' ଉଦୟର ସ୍ୱର ଶୁଭିଲା ଅପରାରହତ ।

"ଶୁଣିଲିରେ ବାବୁ, ତୁମର ବକ୍ତବ୍ୟ । ହେଲେ, ସେ କଥାରୁ କିଛି ମୁଁ ବୁଝିପାରୁ ନାହିଁ । ବୁଝିଲେ ବି କିଛି ଗ୍ରହଣ କରିପାରୁ ନାହିଁ । କେବଳ ଅନୁଭବ ହେଉଛି, ଆମର ବିଚାର- ଅଲଗା ଅଲଗା । ବାଟ ବି ଅଲଗା ଅଲଗା । ଅଲଗା ଅଲଗା ରଙ୍ଗର ପକ୍ଷୀ ଆମେ । ମୋର ଅସ୍ତମୁଖୀ ଉଡ଼ାଣ । ଶେଷ ସୂର୍ଯ୍ୟାସ୍ତର ଖୁମାର ମୋର । ମୋ ପାଇଁ ଆଉ ବାଟ ନାହିଁ କି ବେଳ ବି ନାହିଁ । ତୁମ ପାଇଁ ଉନ୍ମୁକ୍ତ - ସାରା ଆକାଶ ।

'ମୁଁ ତୁମକୁ, ବାବୁରେ ଆଉ ଧାରଣ କରିପାରିବି ନାହିଁ, କେବଳ ଈଶ୍ୱରଙ୍କ ପାଖରେ ପ୍ରାର୍ଥନା କରୁଛି । ତୁମେ ତୁମ ବାଟରେ ବଞ୍ଚ । ଭଲରେ ବଞ୍ଚ, ସୁଖରେ ଶାନ୍ତିରେ ବଞ୍ଚ । ଅନ୍ୟକୁ ବି ବଞ୍ଚିବାକୁ ଦିଅ ।'

'ନନା ।' କେତେ ସୁନ୍ଦର ସ୍ୱରରେ ସେ ଦିନ ସେ ଡାକିଲା - ନନା । ଛାତି ମୋର ପୁରି ଉଠୁଥାଏ ତୋର ସେ ଗେହ୍ଲାଳିଆ ଡାକ ଶୁଣି । ଇଚ୍ଛା ହେଉଥାଏ କହିବାକୁ, ଦୁଷ୍ଟଟାଏ ତୁ । ପିଲାଟି ଦିନରୁ କାହିଁକି ତତେ ମୁଁ ଶାସନ କଲି ନାହିଁ । ବାଡ଼େଇ ପିଟି, ଗାଳିମନ୍ଦ କରି ଠିକ୍ ବାଟକୁ କାହିଁ ଆଣିଲି ନାହିଁ । ଖାଲି, ମା' ଛେଉଣ୍ଡଟା ବୋଲି ନା ତୋ କାନ୍ଦ ମୁଁ ସହିପାରୁ ନଥିଲି । ଭାବୁଥିଲି, ମୁଁ ଆକଟ କଲେ ତୁ କାନ୍ଦିବୁ । ସେତେବେଳେ, କିଏ ବୁଝାଇବ ତତେ । କାହା ପଣତ କାନି ତଳେ ମୁହଁ ଛପେଇବୁ । ଏଇ ଚିନ୍ତା ମତେ ଅଥର୍ବ କରି ପକାଉଥିଲା । ମୁଁ ତୋର ସବୁ ଜିଦ୍‌କୁ ଅସହାୟ ଭାବେ ଶୁଣୁଥିଲି । ଗ୍ରହଣ କରୁଥିଲି । ପୂରଣ କରୁଥିଲି ସାଧ୍ୟମତେ ।

ନା, ଦୁଷ୍ଟ, ଅମାନିଆ, ବୋଲ ଶୁଣୁନଥିବା । ପିଲାମାନଙ୍କୁ ବାପା ମା' ମାନେ ବେଶି ଭଲ ପାଆନ୍ତି । ଆଶଙ୍କାରେ ନା ଭୟରେ । କେଉଁଥି ପାଇଁ ? ମୁଁ କିଛି ବୁଝି ପାରେନି । କେବଳ ଅନୁଭବ କରେ ତତେ ଉଦୟ । ମୁଁ ବହୁତ ଭଲ ପାଉଛି ।

ବୃଦ୍ଧ ନାରାୟଣ ମିଶ୍ରଙ୍କ ପାଦର ଗତି ଆହୁରି କ୍ଷିପ୍ର ହୋଇ ଉଠିଲା । ମନେହେଲା, ଯେମିତି ସେ କେଉଁଠି ପହଞ୍ଚି ଯିବାକୁ ଅତି ବ୍ୟସ୍ତ ହୋଇ ପଡ଼ିଲେଣି । ଅଥଚ ପଥ ସରୁନାହିଁ । ପାଦ ବି ଅଟକୁ ନାହିଁ ।

ସେ ଦୌଡୁଛନ୍ତି ଯେ ଦୌଡୁଛନ୍ତି । ଦୌଡିଛନ୍ତି.....

ଅଥଚ, ବୁଝିପାରୁ ନାହାଁନ୍ତି ଯେ, ସେ ଦୌଡୁଛନ୍ତି ନିଜ ପାଖରୁ । ଯେଉଁ ଦୌଡ଼ାରେ ଅନ୍ତ ନଥାଏ ।

- 'ନନା ! ମୁଁ, ପ୍ରାଚୁର୍ଯ୍ୟର ଜୀବନ ବଞ୍ଚିବାକୁ ଚାହେଁ ।'

ମୁଁ ଏ ଅଭାବୀ ଜୀବନ ଗ୍ରହଣ କରିପାରିବି ନାହିଁ ।

ଧନ ଦେଇ ପାରୁଥିବା ସବୁ ସୁବିଧା ସୁଯୋଗ ମୁଁ ହାସଲ କରିବାକୁ ଚାହେଁ ।

ମୁଁ ଦୟନୀୟ, ବଞ୍ଚିତ ଜୀବନଧାରାକୁ ଘୃଣା କରେ । ଅସହାୟତା, ଦାରିଦ୍ର୍ୟକୁ ଘୃଣା କରେ ।

ଧନ, କାହାର ନୁହେଁ ନନା । ଯାହା ପାଖରେ ଧନ ଦେଇ ତା'ର ଅଧିକାରୀ ।

ଏମିତି ପଦେ ପଦେ କଥା ଉଦୟ ଯେମିତି ରହିରହି କହି ଦେଉଛି ତାକୁ । ଅବିକଳ ତା'ରି ଦାମ୍ଭିକ ସ୍ୱର ଶୁଭି ଯାଉଛି; ନାରାୟଣ ମିଶ୍ରଙ୍କ କାନରେ । ସେ ବିଚଳିତ ହୋଇ ପଡୁଥାନ୍ତି । ସେ ଚଳନ୍ତି ଉଦ୍‌ବେଗ, ସେ ନିଦାରୁଣ ଅସ୍ଥିରତା ତାଙ୍କୁ ଯେମିତି କେଉଁଠି ମୁହୂର୍ତ୍ତକ ପାଇଁ ବି ଠିଆ କରେଇ ଦେଉ ନଥାଏ । ସେ ଦୌଡୁଥାନ୍ତି । ଆଗରେ ପଛରେ କି କଡ଼ରେ କୁଆଡ଼େ ତାଙ୍କୁ କେହି କିଛିବି ଦେଖା ଯାଉ ନଥାଏ ।

ଆଃ ! ଝୁଣ୍ଟି ପଡ଼ି ଥାଆନ୍ତେ ସେ । ଦୋହଲି ଯାଇ ଠିଆ ହୋଇଗଲେ । ନଇଁ ପଡ଼ି ଦେଖିଲେ - ଡାହାଣ ପାଦର ମଝି ଆଙ୍ଗୁଠି ଦୁଇଟା ଛିଣ୍ଡି ରକ୍ତ ବୋହିଲାଣି । ସେ କିଛି କଷ୍ଟକୁ ଯନ୍ତ୍ରଣା ଅନୁଭବ କରିପାରୁ ନଥିଲେ । ତଥାପି ଗାମୁଛା କାନିରେ ପୋଛି ଦେଲେ ଲୁହକୁ । ମୁହଁ ବୁଲେଇ ଦେଖିବାକୁ ସେ ଏ ପୃଥିବୀରେ କେଉଁଠି ଆସି ପହଞ୍ଚି ଯାଇଛନ୍ତି !

'ଆରେ ନାରଣ ! ତୁମେ କୁଆଡ଼େ ? କ'ଣ ହେଲା ?' 'କେଶବ ପାଢ଼ୀ ସାମ୍ନାରେ ଠିଆ ହୋଇଯାଇ ଆଶ୍ଚର୍ଯ୍ୟ ହୋଇଗଲେ ।'

'ଆରେ କେଶବ ! ମୁଁ ଉଚ୍ଛନ୍ନ ହୋଇ ଯାଇଚିରେ । ଡୁବି ଯାଇଛି ।' ନାରାୟଣ ବିଶ୍ର କାନ୍ଦି ଉଠିଲେ ଭୋଭୋ ହୋଇ । ଦୋପୁରିଆ ମଣିଷ କେଶବ ପାଢ଼ୀ । କଳା ଲୋମଷ ଆଦିମାନବୀୟ ଶରୀର । ଦେଖିଲେ ବ୍ରାହ୍ମଣ ଭଳି ମନେ ହୁଅନ୍ତି ନାହିଁ । ହେଲେ ମାନସିକ ସ୍ତରରେ ଉଦାର ସ୍ନେହୀ ଲୋକ । ବଡ଼ ବେଫିକରିଆ ମଣିଷ । ଦୁଇ ଖଣ୍ଡ ଖୋରଧା ଗାମୁଛାରେ ଜୀବନ । ସେଇ ତାଙ୍କର ବସ୍ତ୍ର, ନିର୍ବସ୍ତ୍ର । ସେଇଥିରେ ସବୁ କାମ - ନିତ୍ୟ କର୍ମ, ବଜାର ଘାଟ, ରୋଷେଇବାସ, ପୂଜାପାଠ । ଆଜି ବନ୍ଧୁ ନାରାୟଣ ମିଶ୍ରଙ୍କ ହାଲତ ଦେଖି ବଡ଼ ବିଚଳିତ ହୋଇପଡ଼ିଲେ । ତାଙ୍କୁ ଧରି ଧରି ନେଇ ଆସିଲେ ପାଖର ବରଗଛ ତଳକୁ । ଛାଇତଳେ ବସେଇ ଦେଇ ବ୍ୟସ୍ତ ହୋଇପଡ଼ିଲେ, 'କ'ଣ ହୋଇଛି କୁହତ ନାରଣ ? ତୁମେ ଭାଙ୍ଗି ପଡ଼ିଛ ପୁରା ।'

'ମୁଁ ଗୋଟାଏ ପୁତ୍ରହନ୍ତା କେଶବ । ପୁତ୍ରହନ୍ତା ।' କହୁକହୁ ନାରଣ ମିଶ୍ର ଲୋଟି ପଡ଼ିଲେ ଭୂଇଁ ଉପରେ । ପୁତ୍ରହନ୍ତା ! କେଶବ ପାଢ଼ୀ କିଛି ସମଝି ପାରିଲେ ନାହିଁ । ଆବାକାବା ହୋଇ ଚାହିଁ ରହିଲେ ନାରଣ ମିଶ୍ରଙ୍କୁ ।

॥ ୮ ॥

ଜଲସା ପାରମ୍ପରିକ ଢଙ୍ଗରେ ନିଜକୁ ବିଧବା କରି ଦେଇଥିଲେ । ପିନ୍ଧିଥିଲା ଗୋଟାଏ କଟନ୍‌ର ଧଳା ଶାଢ଼ୀ । ହାତରୁ କାଢ଼ି ପକାଇଥିଲା ଚୁଡ଼ି ଓ ରିଷ୍ଟୱାଚଟିଏ । ବେକରେ ବି ନଥିଲା ଧଳା ସୁନା ଚେନ୍‌ଟି । ଯାହାକୁ ଦିନେ ଉଦୟ ନିଜ ହାତରେ ତା' ଗଳାରେ ପିନ୍ଧାଇ ଦେଇ ଚାହିଁ ରହିଥିଲା ବିମୁଗ୍ଧ ଦୃଷ୍ଟିରେ । ସମୟ ସେତେବେଳେ ନିହତ ହୋଇ ଯାଇଥିଲା କି କ'ଣ ? ଥିଲା ଅଚଞ୍ଚଳ । ସେମାନେ ଠିଆ ହୋଇଥିଲେ ଦର୍ପଣ ସାମ୍ନାରେ, ମୁହାଁମୁହିଁ । ପୃଥିବୀ ଦେଖୁଥିଲା ଦୁଇଟି ରୂପୋଜ୍ୱଳ ବୈଭବ । ଗୋଟାଏ ଛାୟାର, ଗୋଟାଏ କାୟାର । ଛାୟାଟି କାୟା ବିସ୍ତାର କଲା, ନିଜ ଛାତି ଉପରକୁ ଆଉଜେ ଆଣିଲା ଜଲସାକୁ । ଗଭୀର ଆଶ୍ଲେଷରେ ଚାପି ଧରି ନିବିଷ୍ଟ ସ୍ୱରରେ କହିଲା, "ଛୋଟ ଛୋଟ ଘଟଣା, ମୁହୂର୍ତ୍ତଗୁଡ଼ିକ ହିଁପ୍ରେମର ମହାର୍ଘ୍ୟ ମୁହୂର୍ତ୍ତ, ଜଲସା । ଆମେ ତାକୁ କେବେ ବିସ୍ମରି ଯିବାନି କି ଅଣଦେଖା କରିବା ନାହିଁ ।" ଏ ସଂକ୍ରାନ୍ତରେ ଗୋଟାଏ ମଜା କଥା କହୁଛି ଶୁଣ ।

ଥରେ ଜଣେ ପଣ୍ଡିତ ଲୋକ ଦେଓମାଳି ଜଙ୍ଗଲ ଭିତରେ ପଶି, ଅତି ଉତ୍କଣ୍ଠିତ ଆବେଗରେ, ଜିଜ୍ଞାସାରେ ଖୋଜୁଥିଲେ ଜଙ୍ଗଲକୁ । ଭିତରକୁ ଭିତରକୁ ପଶି ଯାଉଥାନ୍ତି ସେ ଅଦମ୍ୟ ଆଗ୍ରହରେ । ଶହଶହ ପ୍ରକାରର ଗଛ ଲତାକୁ ସ୍ପର୍ଶ କରି ଦେଖି ଦେଖି ଆଗେଇ ଚାଲିଥାନ୍ତି ସେ । ପଶୁପକ୍ଷୀଙ୍କ କଳରୋଳ, ହେଣ୍ଟାଳ ଗର୍ଜନ ଶୁଣିଥାନ୍ତି ସତର୍କରେ । ସଚେତନ ଥାଆନ୍ତି କୀଟପତଙ୍ଗ, ସରିସୃପଙ୍କର ଝିଙ୍କାର, ହିସ୍କାର, କୁଟକୁଟ୍, କିଟ୍‌କିଟ୍-ସବୁ ବିଚିତ୍ର ଅଜଣା ଅଶୁଣା ସୋର-ସଂଳାପ ପ୍ରତି । ମନସ୍କ ଥାଆନ୍ତି ଅନାହତ ଜାଙ୍ଗଲୀୟ ଅର୍କେଷ୍ଟ୍ରା ପ୍ରତି । ଯାହା ତାଙ୍କୁ ଅନେକ ସମୟରେ ଭୟାଚ୍ଛନ୍ନ କରି ପକାଉଥିଲା । ତଥାପି ହତାଶ ହୋଇପଡ଼ିଲେ ସେ । ଭାବିଲେ ଜୀବନର ଏତେ ସମୟ ନଷ୍ଟ ହୋଇଗଲା, ବୃଥା ଅନ୍ୱେଷଣରେ ।

ଜୀବନ ବୃଥା ହୋଇଗଲା । ଆଉ ବଞ୍ଚି ଲାଭ ବା କ'ଣ ! ସ୍ଥିର କଲେ

ଜୀବନ ବିସର୍ଜି ଦେବେ । ତାହା ହିଁ ସେ କରିବାକୁ ଯାଉଥିଲେ, ଜଙ୍ଗଲ ଦେବୀ ହଠାତ୍ ତାଙ୍କ ସମ୍ମୁଖରେ ଆବିର୍ଭୂତା ହୋଇ କହିଲେ- 'ନିର୍ବୋଧ । ନିର୍ବୋଧ ତୁମେ । ଜଙ୍ଗଲ ଭିତରେ ହିଁ ବୁଲୁଥିଲରେ ଦୁର୍ଭାଗା ମଣିଷ । ଜଙ୍ଗଲର ବୈଚିତ୍ର୍ୟର, ଉପଦ୍ରବରେ ଲୁଣ୍ଠିତ ହୋଇଛି ପ୍ରତିଟି ମୁହୂର୍ତ୍ତ । ତଥାପି ଜଙ୍ଗଲକୁ ଚିହ୍ନି ପାରିଲ ନାହିଁ । ତୁମ ଦୃଷ୍ଟିଭଙ୍ଗୀ ବଦଳାଅ । ନହେଲେ ସବୁ ପାଇଥିବା ଜିନିଷକୁ ଜୀବନରେ ହରାଇବ ।'

ସେ ଭୁଲ ଆମେ ଯେମିତି କରିବାନି ଜଲସା । ଆମ ପାଇଁ ଆମ ଜୀବନ ହିଁ ପ୍ରେମମୟ । ପ୍ରତିଟି ମୁହୂର୍ତ୍ତ ଆମେ ଜିଇଁବା ପ୍ରେମରେ ପ୍ରେମରେ – ଜୀବନମୁଖୀ ହୋଇ । ପ୍ରତିଟି ଘଟଣା ହେବ ପ୍ରେମର ରୂପାନ୍ତରିତ ସ୍ୱରୂପ ।

କିଛି ବିସ୍ମରି ନାହିଁ ଜଲସା । ଉଦୟଙ୍କ ଅବର୍ତ୍ତମାନ ଯେପରି ତାଙ୍କୁ ଘେରି ରହିଛି ଉତ୍ତାଳ ଚୈତ୍ର ପବନ ଭଳି । ତାଙ୍କ ନାକରେ, ଗାଲରେ, ଓଠରେ, ଛାତିରେ, ପେଟରେ ହାତ ମାରି ଦେଉଛି । ଲୁଗା ଟାଣି ଦୁଷ୍ଟାମି କରୁଛି । ଏମିତି ଶିକାରୀ ସ୍ମୃତିରେ ବଡ଼ କାତର ହୋଇ ପଡୁଛି ସେ । ଅଭିଯୋଗ ଭରା ଦୃଷ୍ଟିରେ ଚାହିଁ ରହିଛି ଉଦୟଙ୍କୁ ।

ଅଥଚ ଉଦୟ....

ଉଦୟ ବନ୍ଦୀ ହୋଇଗଲେଣି ଗୋଟାଏ ରୟାଲ କ୍ୟାବିନେଟ ସାଇଜର ଫଟୋ ଫ୍ରେମଟିରେ । ତାକୁ ସୁସଜ୍ଜିତ କରି ରଖିଛି ଜଲସା ଗୋଟାଏ ସୁନ୍ଦର ଟେବୁଲ ଉପରେ । ଟେବୁଲଟି ଉପରେ ବିଛେଇ ଦେଇଚି ଗୋଟାଏ ଦାମୀ ସଫେଦ ଚଦର । ତା' ଉପରେ ଛିଞ୍ଚାଡ଼ି ଦେଇଛି ରଙ୍ଗୀନ ଫୁଲର ପାଖୁଡ଼ା । ଷ୍ଟାଣ୍ଡରେ ଜଳୁଛି ବାସ୍ନା ଧୂପକାଠି, ମଲ୍ଲୀର, ଗୋଲାପର, ଚମ୍ପାର । ଚନ୍ଦନର । କର୍ପୁର, ଚନ୍ଦନ ଓ ଗଜରା ମାଳାଟିମାନ ଖଞ୍ଜି ଦେଇଛି ଫଟୋଟିର ଧାରେ ଧାରେ ।

ଫଟୋଟିରେ ଉଦୟ ଦେଖାଯାଉଛି – ଅଧିକ ସ୍ମାର୍ଟ । ଅଧିକ ଜୀବନ୍ତ ଓ କ୍ୱିଉଟ । ସିନ୍ଦୁର କଳିଟିଏ ଉଦୟଙ୍କ କପାଳରେ ବଡ଼ ଶ୍ରଦ୍ଧାରେ ଲଗେଇ ଦେଲେ ଜଲସା । ଯେଉଁ ମୁହଁଟିକୁ ସେ କେବେବି ଏକାନ୍ତରେ ନିବିଷ୍ଟ ଭାବେ ମୁହୂର୍ତ୍ତଟିଏ ପାଇଁ ବି ଦେଖି ନାହିଁ । ଏତେ ନିବିଡ଼ତା, ଏତେ ଅନ୍ତରଙ୍ଗ ଗ୍ରାହ୍ୟତା ସତ୍ତ୍ୱେ ବି ଦେଖିପାରି ନାହିଁ ସେ । ଆଜି ସେ ଭୋକିଲା ଆଖିରେ ଚାହିଁ ରହିଛି ଉଦୟଙ୍କୁ ।

ଉଦୟଙ୍କ ମୁହଁ ସାରା ବିଛେଇ ହୋଇ ପଡ଼ିଛି ବିରଳ ଏକ ହସର ସମ୍ମୋହିତ ଆକର୍ଷଣ । ବିଭୋର, ଆତ୍ମବିସ୍ମୃତ ହୋଇ ଉଠିଛନ୍ତି ସେ । ଜୀବନରେ ସବୁକିଛି ପାଇ ଯିବାର ପୂର୍ଣ୍ଣତା ସେ ହସର ରଙ୍ଗରେ ଉକୁଟି ଉଠୁଛି ।

ତୁମେ କ'ଣ ସତରେ ଏମିତି ହସି ପାର ଉଦୟ !

ଏତେ ଉଚ୍ଛ୍ୱସିତ, ଏତେ ପ୍ରାଣମୟ । ଏତେ ବିମୁକ୍ତ, ଏତେ ପ୍ରେମମୟ, ଏତେ ଖୋଲା ଭାବେ । ଏମିତି ଏକ ପ୍ରାଣଖୋଲା ହସ, ଯାହାକୁ ଦେଖିଲେ ସାରା ପୃଥିବୀ ଭରି ଉଠିବ । ପ୍ରେମାନ୍ୱିତ ଲାଗିବ ଜୀବନ ତୁମକୁ ତ ଏଭଳି ଆନନ୍ଦମୟ ବିଭୋରତାରେ କେବେ ମୁଁ ଦେଖିନି । ଖୁସି ଯେପରି ତୁମଠିଁ ଫୁଲଗଛଟିଏ ହୋଇ ଫୁଟି ଉଠିଛି । ଦୋଳି ଖେଳୁଛି ।

କେଉଁ ଘଟଣା ତୁମକୁ ଏତେ ଖୁସି ଦେଉଛି ! ଯାହା ତୁମ ଦେହମନ ଆତ୍ମା ସବୁଥିରେ ନିମଜ୍ଜିତ ହୋଇ ଆନନ୍ଦର ବନ୍ୟା ବୁହାଇ ଦେଉଛି । କ'ଣ ହୋଇପାରେ ସେ କାରଣ ? ଉଦ୍‌ବିଗ୍ନ ହୋଇ ଚାହିଁ ରହିଲେ ଜଲସା ।

ପ୍ରେମ !

ମୁଁ ଜାଣେ, କେବଳ ପ୍ରେମରହିଁ ସେଇ ଶକ୍ତି ଅଛି । ଯାହା ଜୀବନକୁ ରୂପାନ୍ତରିତ କରି ଦେଇପାରେ । ଭରପୁର କରିଦେଇ ପାରେ । ଆତ୍ମସ୍ଥ, ତଲ୍ଲୀନ କରି ଦେଇପାରେ ।

ଆଉ କ'ଣ ଜଣେ କେହି ଅଛି ଯିଏ - ତୁମକୁ, ମୋ ଠାରୁ ଅଧିକ ଭଲ ପାଇପାରେ ?

ଇମ୍ପସିବୁଲ । ....ଅସମ୍ଭବ । ଅବଶ୍ୟ ଆଜିକାଲି ଲୋକେ କହୁଛନ୍ତି- ଅସମ୍ଭବ ବୋଲି କିଛି ନାହିଁ । ସବୁ କୁଆଡ଼େ ସମ୍ଭବ । ମୁଁ କିନ୍ତୁ ତା' ବିଶ୍ୱାସ କରେନି ।

ଏହା କେମିତି ହେବ ଯେ ।

ମୁଁ ତ ସବୁବେଳେ ତୁମ ମନସ୍କ, ଉଦୟ ।

ତଥାପି ଥରେ ଥରେ, ଏତେ ଏମିତି ଲାଗୁଛି କାହିଁକି ।

ମୁଁ ଯେପରି ଠକି ହୋଇ ଯାଇଛି । ତୁମେ ମୋ ଠାରୁ ଯେପରି ଦୂରେଇ ଯାଉଛ ।

ତୁମ ହସଭରା ମୁହଁକୁ ଦେଖିଲେ ମତେ ତ ସେମିତି ଲାଗୁଛି କାହିଁକି ।

ତୁମେ କ'ଣ କିଛି ସମ୍ପର୍କକୁ ମୋ ଠାରୁ ଲୁଚେଇ ରଖିଥିଲ ?

ତାହା ହିଁ କ'ଣ ତୁମ ମୃତ୍ୟୁର କାରଣ ହେଲା ?

ଗୋଟାଏ ନାରୀର ସନ୍ଦେହ ତା'ର ଆଶଙ୍କା କ୍ୱଚିତ୍ ଅମୂଳକ ହୁଏ । ଏହା ତା'ର ଅନ୍ତଃଶକ୍ତି ଯେ, ସେ ଅନେକ କଥା ବୁଝିପାରେ । ଜାଣିପାରେ । ଅନୁଭବ କରିପାରେ । ଯାହାକୁ ସେ ନିଜ ଭିତରେ ଚାପି ରଖିଦିଏ, ସମସ୍ତଙ୍କ ମଙ୍ଗଳ ପାଇଁ । ହେଲେ-

ତୁମ ମୃତ୍ୟୁପରେ - ମୁଁ ଏକଥା ଜାଣିବି ! କି ବିଡ଼ମ୍ବନା !

ନା, ଏହାକୁ ମୁଁ ବିଶ୍ୱାସ କରିପାରିବି ନାହିଁ ।

ହୁଏତ ହୋଇପାରେ ଏହା ମୋର ରୁଗ୍‌ଣ ମାନସିକତା । ହରେଇ ଦେବାର ଉତ୍ପୀଡ଼ିତ ମାନସିକତାର ଭୟଙ୍କର ରୂପ ଏଇ ମୋର – ମ୍ୟାଡନେସ୍ !

– 'ମା' । ମା' ଅସ୍ଥିର ହୋଇ ଡାକ ପକେଇଲା ଜଲସା ।

'କ'ଣ ହେଲା ଜଲସା ।' ନିଜ କୋଠରୀରୁ ବାହାରି ପଡ଼ିଲେ ମା' ଶୁଭଙ୍କରୀ, 'ମତେ ଡାକିଲୁ ?'

– 'ଦେଖତ ମା', ଉଦୟଙ୍କୁ ।'

'ଧୈର୍ଯ୍ୟଧର ମା' । ନିଜକୁ ବୁଝେଇ ଦେ । ଆଜିକୁ ପାଞ୍ଚ ଦିନ ହୋଇଗଲା, ନିଜକୁ ତୁ ବୁଝାଇ ପାରୁନୁ– ଉଦୟ ଆଉ ନାହାନ୍ତି ମା' । ସେ ଆଉ ନାହାନ୍ତି, ନାହାନ୍ତି । 'ଜଲ୍‌ସାକୁ ସାନ୍ତ୍ୱନା ଦେବାକୁ ଚେଷ୍ଟା କରି ତା' ପାଖରେ ଠିଆ ହୋଇ ଚାହିଁ ରହିଲେ ଶୁଭଙ୍କାରୀ, ଉଦୟର ଫଟୋଟିକୁ ।'

'ଖୁବ୍ ଭଲ ହୋଇଛି ଫଟୋଟି । ଏଇଟିକୁ ତ ମୁଁ କେବେ ଦେଖି ନଥିଲି ।'

'ମୁଁ ବି ଦେଖି ନଥିଲି ମା' ।'

'ଆଣିଲୁ କେଉଁଠୁ ?'

– 'ସଲିମ ଦେଇଗଲା ମା' ।'

'କେତେବେଳେ ?'

ଗତ ରାତିରେ ସେ ଆସିଥିଲା । ମୋତେ କହିଲା ସେ ହୀରା ମୁଦିଟି ପାଇଁ ଗୋଟାଏ କ୍ୟାସ୍ ମେମୋ ଯୋଗାଡ଼ କରିଛି । ସେ ମୁଦିକୁ ନେଇ ଘଟିଥିବା ଘଟଣାକୁ ସେ ଆଦୌ ଗ୍ରହଣ କରିପାରୁନି । ଯେମିତି ହେଲେ ସେ ଇନିସ୍ପେକ୍ଟର ଠାରୁ ସେଇଟାକୁ ଆଣିବାକୁ ଚେଷ୍ଟା କରିବ କହୁଛି ।

'ତୁ କ'ଣ କହିଲୁ ?' ଶୁଭଙ୍କାରୀଙ୍କ ସ୍ୱର ଉତ୍କଣ୍ଠିତ ହୋଇ ଉଠିଲା । ସେ ବିବ୍ରତ ହୋଇପଡ଼ି କହିଲେ 'ଆଉ ସେ ଚକ୍କରରେ ଆମେ ନ ପଶିବା ଭଲ ଝିଅ ।'

– ମା' ତୁମେ ବୁଝୁନା କାହିଁକି !

ମୁଁ ସଲିମ୍‌କୁ ସେଇ କଥା କହିଛି । ସେ କିନ୍ତୁ କିଛି ବୁଝିବାକୁ ନାରାଜ ।

ସେ ତ ମୋତେ ଓଲଟ କହୁଛି, 'ଭାବି ! ଆପ ତୋ କୁଛ ସମଝତେ ନେହିଁ । ଜୀନ୍ଦେଗିମେ ଐସା କୁଛ ଚିଜ ହେ ଜିସ୍‌କୋ କଭି ଖୋନା ନହିଁ ଚାହିଏ । ଓ୍ୱ ଐସା ଏକ ଚିଜ୍ ଥା ! ଓ ଯୋ ଡାଇମଣ୍ଡ ରିଙ୍ଗ ଆପକୀ ବାର୍ଥଡ଼େ କୀ ଗିଫ୍ଟ ଥା, ଓ୍ୱ ଥୀ– ମେରୀ ତରଫ୍ ସେ । ମୈନେ ଇନ୍ହେ ଖୋନେ ନେହିଁ ଦେଙ୍ଗେ ।'

ତୁମ ତରଫରୁ ?

ଜଲସା ଚକିତ ହୋଇ ଚାହିଁ ରହିଲା ସଲିମକୁ । କ'ଣ କହୁଛି ଏ ଲୋକଟା !

ଏ କଥା ଅବଶ୍ୟ ମା'ଙ୍କୁ ସେ କହି ପାରିଲା ନାହିଁ । କହିପାରିଲା ନାହିଁ, ତା'ର ଶୂନ୍ୟ ହାତଟିକୁ ଧରି ଅନେକ ସମୟ ସଲିମ୍ ନୀରବରେ କେମିତି ଚାହିଁ ରହିଥିଲା ।

ବଡ଼ ଅସ୍ଥିର ଲାଗୁଥିଲା ମୋତେ ।

ଏକଥା ତ ଥରକ ପାଇଁ ଉଦୟ ମୋତେ କହି ନାହାନ୍ତି ।

ସଲିମ ବି କେବେ କହି ନାହିଁ । ଥରଟିଏ ପାଇଁ ବି ନୁହେଁ ।

କେବଳ, ଦେଖା ହେଲେ ଚାହିଁ ରହେ, ମୁଦିଟିକୁ ବିମୁଗ୍ଧ ଦୃଷ୍ଟିରେ । ଯେପରି ଖୁବ୍ ପସନ୍ଦ କରୁଛି ସେ । ଥରେ ମାତ୍ର କହିଥିଲା 'ମୁଦିଟି ଖୁବ୍ ମାନୁଚି ତୁମକୁ ଭାବି ।' ତା' କଥା ସେଦିନ ମୋତେ ବହୁତ ଆନନ୍ଦ ଦେଲା । ମୁଁ ମୁଦିଟିକୁ ନେଇ ଗର୍ବ ଅନୁଭବ କରୁଥିଲି ।

କାଲି ରାତିରେ ଫଟୋଟି ଆଣି ଦେଇ ଗଲାବେଳେ କହିଲା, 'ଭାବି ! ତୁମକୁ ଏ ରୂପରେ ଦେଖି ମୁଁ ସହିପାରୁ ନାହିଁ ।' ସଲିମ ତଳକୁ ମୁଣ୍ଡପୋତି ଭାରାକ୍ରାନ୍ତ ହୃଦୟରେ ବାହାରିଗଲା ଝଡ଼ ଭଳି । ନିଜକୁ ନିଜେ କ'ଣ କହିକହି, ଚାଲିଗଲା ସେ ।

ମୋ ଭିତରେ ଗୋଟାଏ ଛନକା ପଶିଗଲା ।

କ'ଣ ହୋଇଯାଉଛି ମୋର ରୂପ ?

ସଲିମ ଯିବା ପରେ ପରେ ସତର୍କରେ ବେକ ଲମ୍ବେଇ ଖୋଜିଲି- ମା'ଙ୍କୁ । ମା' ଦେଖାଯାଉ ନଥିଲା । ଲାଗିଲା ଶୋଇ ପଡ଼ିଲାଣି ତା' ରୁମ୍‌ରେ । ମୁଁ ଆସ୍ୱସ୍ଥ ହେଲି । ମୋ ଘରର କବାଟକୁ ବନ୍ଦ କରିଦେଲି । ଝର୍କାକୁ ଆଉଜେଇ ଆଣିଲି । ମୋ ନିବୁଜ କୋଠରୀ ଭିତରେ - ମୁଁ । ମୁଁ ଏକା ଆଇନା ସାମ୍ନାରେ ଠିଆ ହୋଇ ମୋତେ ମୁଁ ଦେଖିଲି । ଇସ୍ କ'ଣ ଦେଖାଯାଉଛି ମୁଁ । କି ଦଳିତ ଚେହେରା । ମୁହଁରେ ପୂର୍ବରୁ ସେ ଉଜ୍ୱଳତା ନାହିଁ । ଦିଶୁଛି ଶୁଖିଲା, ମଳିନ । ଆଖି ଦିଶୁଛି ରକ୍ତହୀନ, ଅନୁଜ୍ୱଳ । ତା' ତଳ ସିଝା, କଳା । ଦେହର ମାଂସ ପେଶି ଯେପରି ଓହଳି ପଡ଼ିଲାଣି । କେଶ ଦିଶୁଛି ପାଉଁଶିଆ, ତମ୍ବାଳିଆ । ଲାଗୁଛି, ବୟସ ଯେପରି ବଢ଼ି ଯାଇଛି - ପନ୍ଦର କି କୋଡ଼ିଏ । ବୁଢ଼ୀ ଦିଶୁଛି ।

ଉଦୟ ତୁମେ ମୋତେ କ'ଣ କରି ଦେଇଗଲ !

ମୁଁ ଅବଶିଷ୍ଟ ଆୟୁଷ ବଞ୍ଚିବି କେମିତି ? ଏ ସର୍ବହରା ଜୀବନରେ !

ଅବଶ ହୋଇ ପଡ଼ିଲା ଜଲସା । ନିଜକୁ ଧାରଣ କରି ରଖିପାରିଲା ନାହିଁ ସେ । ନିଜକୁ ଘୋଷାରି ଆଣିଲା ମଲା କୁକୁରଟାଏ ଭଳି, ଖଟ ଉପରେ ଗଡ଼େଇ ଦେଇ ନିଜକୁ ନିଜେ କହିଲା, 'ଯା', ମର୍ ଏଇଠି ।'

ସେଇ ଅଭିଶାପ ଭରା ଶବ୍ଦବ୍ରହ୍ମ ସଞ୍ଚରିଗଲା ଗର୍ଭବାସୀ ପର୍ଯ୍ୟନ୍ତ । ସେ ବିକ୍ଷୁବ୍ଧ ହୋଇ ଉଠିଲା ।

'ମୁଁ ତୋତେ କି ସାନ୍ତ୍ୱନା ଦେବି ?'

କି ପ୍ରତିଶ୍ରୁତି ଦେବି ଘିଅ ମହୁର !

କେଉଁ ଭଳି ସଂସାରର ସ୍ୱପ୍ନ ଦେଖେଇବି । ଯେତେବେଳେ କି-

ନିଜେ ମୁଁ ବିପନ୍ନ । ମୋ ଭବିଷ୍ୟତ ଅନ୍ଧକାରମୟ !

ମନେ ହେଉଛି ମୋ ମୃତ୍ୟୁର ସମୟ ଇଏ । ଆତ୍ମହତ୍ୟା କରିବାର ବେଳ ।

ବୁଝି ପାରୁଛୁ ଯଦି ବୁଝ । ନ ବୁଝିଲେ-

ମୁଁ ନାଚାର !

ଶୁଣ୍‌, ଗୋଟାଏ କଥା ମୁଁ କହୁଛି, ଜଲସା ଉଦୟର ଛୁଆ ସାଙ୍ଗରେ କଥାବାର୍ତ୍ତା ହେଲା ।

'ସେମିତି ଛଟପଟ ହୋଇ ବଞ୍ଚି ରହ, ମୁଁ ବଞ୍ଚିଲା ଭଳି । ଆଉ ଗୋଟାଏ ବଞ୍ଚିବାର ବାଟ ପାଇବା ପର୍ଯ୍ୟନ୍ତ ।'

ମୁଁ, ଏମିତି କଷ୍ଟକର ଜୀବନ ବଞ୍ଚିପାରିବି ନାହିଁ ।

ବାଟ ମିଳିଯିବ ମୋର ବିଶ୍ୱାସ ।

ସେ ବାଟ କେଉଁ ବାଟ ମୁଁ ଜାଣିନାହିଁ ।

ସେ ସହଜ ସୁନ୍ଦର ବାଟ କି !

ନିଜେ ବଞ୍ଚି ଅନ୍ୟକୁ ବଞ୍ଚେଇବାର ବାଟ ।

ଏଇ କେଇଦିନ ଧରି, ତୁମ ଡାଡି ଏମିତି କଥା କ'ଣ ସବୁ କହୁଥିଲେ । ସବୁବେଳେ ଗାନ୍ଧୀ ଗାନ୍ଧୀ ହେଉଥାଆନ୍ତି । ସ୍ୱରାଜ କଥା କହୁଥାଆନ୍ତି । ବୋଉ ଏକଥା ଶୁଣି ଚିଡୁଥାଏ ମୋ ଉପରେ । ରାଗୁଥାଏ । କହୁଥାଏ, ଗାନ୍ଧୀ ଭୂତ ତାଙ୍କୁ ଲାଗିଛି । ସହଜରେ ଛାଡ଼ିବ ନାହିଁ । ଯେମିତି ହେଉ ତୁ ତାଙ୍କୁ ଛଡ଼ା । ନହେଲେ ଆଗକୁ ଆଉ ବାଟ ପାଇବୁ ନାହିଁ । ଇଂରେଜମାନଙ୍କ ଭଳି ଏ ଘରଦ୍ୱାର ଛାଡ଼ି ପଳେଇ ଯିବାକୁ ହେବ । ଗାନ୍ଧୀ ଭୂତ ବଡ଼ ମାରାତ୍ମକ ।

ଶୁକ୍ରବାରକୁ ଶୁକ୍ରବାର ଆଠଦିନ ଥାଏ ତାଙ୍କ ଜୀବନ । ମରଣ ।

ଖାଦ୍ୟପେୟର ବ୍ୟବସ୍ଥା ଆମ ଘରେ ସବୁ ବଦଳି ଯାଇଥାଏ । ନିରାମିଷ ଖାଦ୍ୟ ତା' ପୁଣି ତିନି ଠା'ରୁ ଅଧିକ ହେବ ନାହିଁ । ତା' ପୁଣି ବଞ୍ଚିବା ପାଇଁ ଖାଇବାକୁ ହେବ ! ଏଇ ବିଧିରେ ଆମେ ଚଳିବା ଆରମ୍ଭ କରି ଦେଇଥାଉ । ଆମେତ ଖାଇପାରୁ ନଥାଉ ଯମା । ହେଲେ ଉପାୟ ନଥାଏ ।

ମୁଁ ତାଙ୍କୁ ପରିହାସରେ ସେଦିନ କହିଦେଲି- ତମ ଗାନ୍ଧୀତ ଆମ ଜୀବନ ନେଇ ଯିବେ । ସେ ବାବା କେଉଁ ସମୟର ଲୋକ ତାଙ୍କୁ ଆଣି ଆମ ସମୟ ଉପରେ ନଦୁଛ କାହିଁକି । ଏ ସମୟରେ ଗାନ୍ଧୀ କଥା ଫିଟ୍ ହେବନା, ତାଙ୍କୁ ଲୋକେ ଗ୍ରହଣ କରିବେ । ଖାଲି ଭାଷଣ ଯାହା ଚାଲିବ ତାଙ୍କୁ ନେଇ । ପ୍ରତିମୂର୍ତ୍ତି ଗଢ଼ା ହେବ । ସ୍ଥାପିତ ହେବ । ଆଡ଼ମ୍ବର ସହକାରେ ଜନ୍ମଦିନ ମୃତ୍ୟୁଦିନ ପାଳନ ହେବ ।

ଆଉ ଗାନ୍ଧୀ ରହିବେ ବାୟବୀୟ ଅବସ୍ଥାରେ - ମହାଶୂନ୍ୟରେ । କ୍ୟାଲେଣ୍ଡରରେ ।

ଶୁଣୁଶୁଣୁ ସେ ପ୍ରଚଣ୍ଡ ଦେଖାଗଲେ ।

ଯେମିତି ଉଦୟ ଚଣ୍ଡ ପଲଟି ଯାଏ ସେମିତି ଦେଖାଗଲେ, ପ୍ରଚଣ୍ଡ ।

ମୁଁ ଛାନିଆ ହୋଇଗଲି । ମୋତେ ମାରିବେ ନା କ'ଣ ?

ସେତ ରାଗ ସମ୍ବରଣ କରିପାରନ୍ତି ନାହିଁ । ହାତ ଉଠେଇ ଦିଅନ୍ତି ହୁ'ଦାସ୍ ।

ମୁଁ ଉଠି ଆସିଲି ତାଙ୍କ ଆଗରୁ । ପଶିଗଲି ରୋଷେଇ ଘର ଭିତରେ । ଦୁଇଘଣ୍ଟା ଖଣ୍ଡେ ତା'ରି ଭିତରେ ରହିଲି ବାହାରିଲା ପରେ- ଦେଖିଲି, ସେ ସ୍ୱଭାବିକ ପାଲଟି ଯାଇଛନ୍ତି ।

ଏମିତି କେମିତି ହେଲା ?

କ'ଣ ଗାନ୍ଧୀଙ୍କ ପ୍ରଭାବ ।

ଇ...ମା ତେବେତ ଅବସ୍ଥା ସାଂଘାତିକ । ମୋର କାଇଁ ସେଇ ଦିନଠୁଁ ତାଙ୍କ ପ୍ରତି ଅଧିକ ଭୟ ଆସିଗଲା । ଚିତ୍ତ ଶୁଦ୍ଧି ପାଇଁ ସେ ଦୁଇଦିନ ମୌନ ବ୍ରତ କଲେ । ଘରେ ରହିଲେ, ନିଜର ସବୁ କାମ କଲେ । ମୋତେ ଲାଗୁଥାଏ, ଉଦୟ ଆଉ ମୁଁ, ଗୋଟାଏ ବୃତ୍ତ ଭିତରେ ନାହୁଁ । ଆମକୁ ଘେରି ରହିଥିବା ସେ ପରିଧିଟି ଯେମିତି ଭୁଷୁଡ଼ି ଭାଙ୍ଗି ପଡ଼ିଲାଣି । ଆଉ ଆମେ ଏକମୁଖୀ ହୋଇ ନାହୁଁ । ଆମ ମଝିରେ ଗୋଟାଏ ଗୋଟାଏ ସରୁ ଚିରା ଫାଟ ଦେଖା ଦେଲାଣି ।

ଫାଟଟା ଦିନକୁ ଦିନ ବଢ଼ିବଢ଼ି ଯାଉଥିଲା ।

ଉଦୟ ଗାନ୍ଧୀବାଦରୁ ନିଜ ଜୀବନରେ ପ୍ରତିଫଳିତ କରିବାର ପ୍ରଚେଷ୍ଟା ଜାରି ରଖିଥାଏ ।

ମୁଁ ଦିନକୁ ଦିନ ବିପନ୍ନ ହୋଇପଡୁଥାଏ ।

ଦିନକର ଘଟଣା, ଏଇ ଉଚ୍ଚତାରେ ପହଞ୍ଚିଗଲା । ଉଦୟ କେଉଁଠୁ ବରାଦ ଦେଇ ଗୋଟାଏ ଅରଟ ତିଆରି କରି ଆଣିଥାନ୍ତି । ଖୁସିରେ ମୋ ହାତକୁ ବଢ଼େଇ ଦେଲେ ଦେଖିବାକୁ । ମୁଁ ଧରୁ ଧରୁ ହାତରୁ ମୋର ପଡ଼ିଗଲା, ନା ଖସି ପଡ଼ିଲା ନାହିଁ,

ଆଜି ତୁମକୁ ସତକଥା ଖୋଲିକରି କହୁଛି, ମୁଁ ଇଛାକରି ତାକୁ ପକେଇ ଦେଇଥିଲସି । ତଳେ ପଡ଼ି ଅରଟ ଚକ୍ରି ଦୁଇଟାଯାକ ଦୁଇଖଣ୍ଡ ହୋଇ ଭାଙ୍ଗିଗଲା ।

ସେ ମୋ ଗାଲରେ ଠାଏ କରି ଚଟକଣାଟା ବସେଇ ଦେଲେ । ଭଙ୍ଗା ଅରଟିକୁ ଗୋଟେଇ ଆଣିଲେ । ସେତେବେଳକୁ ତାଙ୍କ ଆଖିରେ ଲୁହ ଭରି ଯାଇଥିଲା । ମତେତ ଆକାଶରୁ ପଡ଼ିଲା ଭଳି ଲାଗିଲା । ଉଦୟଙ୍କ ଆଖିରେ ଲୁହ । ମୁଁ ତ ବିଶ୍ୱାସ କରିପାରୁ ନଥିଲି । ମୋର ଯନ୍ତ୍ରଣା, ଅପମାନ କୁଆଡ଼େ ଉଭେଇ ଯାଇଥାଏ ।

କେତେ ବଦମାସ ମୁଁ ! ସବୁବେଳେ ଉଦୟଙ୍କ ଆଗରେ ଠିଆ ହୋଇଯାଉଛି । ତାଙ୍କୁ ଟିକିଏ ଖୁସି ହେବାକୁ ଦେଉ ନାହିଁ । ସତ କହିବାକୁ ଗଲେ ଗାନ୍ଧୀ ତତ୍ତ୍ୱ, ଗାନ୍ଧୀ ମାର୍ଗ ପ୍ରତି ମୋର କୌଣସି ଆଗ୍ରହ ବା ଆକର୍ଷଣ ନଥିଲା ।

ମହାମାନବ ହେବାର ଇଛା ମୋର ନଥିଲା । ଚାର୍ବାଗୀ ପନ୍ଥୀ ମୁଁ । ...ଯାବତ୍ ଜୀବେତ୍ ସୁଖଂ ଜୀବେତ୍ । ଜୀବନତ ବଦଳି ବଦଳି ଯାଉଥିଲା ଉଦୟଙ୍କର । ମୁଁ ତାକୁ ଗ୍ରହଣ କରିପାରୁ ନଥିଲି ।

ଗାନ୍ଧୀଙ୍କ ବହିଟାଏ ଧରି ଏଣୁ ତେଣୁ କଥା ସବୁବେଳେ ମୋତେ କହୁଥିଲେ ।

ମୁଁ ଏ କାନରେ ପୁରାଇ ସେ କାନରେ ବାହାରି କରି ଦେଉଥାଏ । କାରଣ ଏତେବର୍ଷ ଧରି ଯାଙ୍କ ସହ ବଞ୍ଚିଲି, ଯାହା ଚାହୁଁଥିଲି ତା' ପାଉଥିଲି । ଜୀବନ ପରିପୂର୍ଣ୍ଣ ଥିଲା । ମୁଁ ବୁଝିପାରୁ ନଥିଲି - କ'ଣ ଏ ଆଦର୍ଶ ଫାଦର୍ଶର ଅର୍ଥ । ଜୀବନଟା ବଞ୍ଚ ଯାଅ ମରି ଯାଅ । ବାସ୍ । ତା' ଛଡ଼ା ଉଦୟ ଯେ କାହିଁ ଗାନ୍ଧୀଙ୍କ ପଛରେ ପଡ଼ିଛନ୍ତି ମୁଁ ବୁଝିପାରୁ ନଥିଲି । ମନ ଭିତରେ ତାଙ୍କପ୍ରତି ସନ୍ଦେହ ଭରି ଯାଉଥିଲା । ଲାଗୁଥିଲା କ'ଣ ଯେପରି ଗୋଟାଏ କିଛି ଘଟିଛି- ଅଘଟଣ, ଯାହାକୁ ଗୋପନ ରଖିଛନ୍ତି ମୋ ଠାରୁ ।

ହଠାତ୍ ବର୍ଷି ହୋଇପଡ଼ିଲା ଜଲସା । କ'ଣ ଏମିତି ପାଗେଲୀଙ୍କ ଭଳି କାହାକୁ କ'ଣ କହିଚାଲିଛି ।

କାହା ବିରୁଦ୍ଧରେ ସେ କହି ଚାଲିଛି ?

କାହିଁ ସେ ଆଉ ଆଖି ଆଗରେ ?

ଆଉ ଥରେ କ'ଣ ସେ ତାକୁ ତା' କାୟାକକ୍ଷରେ ରୂପଛାୟାରେ ଦେଖିପାରିବ କି ? ଝଟ କରି ଉଠି ପଡ଼ିଲା ଜଲସା ଯାଇ ଉଦୟ ସାମ୍ନାରେ ଠିଆ ହୋଇ କାନ୍ଦି ଉଠିଲା ।

ଦାଣ୍ଡ କବାଟ ଖଟ୍‌ଖଟ୍ ହେଲା । କିଏ ଡାକୁଛି ?

ସଲିମ୍ ଆସିଲାକି ! କାନୀରେ ଆଖିର ଲୁହ ପୋଛି କବାଟ ଖୋଲିଲା ଜଲସା ।

ଲତିକା ଘର ଭିତରକୁ ପଶି ଆସି ପଚାରିଲା, 'ଖିଆପିଆ ସରିଲାଣି ? ମାଉସୀ ଖାଇ ସାରିଲେଣି ? ଆରେ, ତୁମେ କାନ୍ଦୁଛ ଜଲସା !'

– 'ନା ।'

'ହଉ ଶୁଣ ଗୋଟାଏ କଥା ।' ଉଭୟ ଆସି ଖଟ ଉପରେ ବସିଗଲେ ।

'କେ ନରସିଂହ ରାଓ, ବ୍ରହ୍ମପୁର ବିଧାୟକ, ବଡ଼ ଟାଣୁଆ ଆଉ ପାରିବାର ଲୋକ । ମୋର ସମ୍ପର୍କୀୟ । ମୁଁ ଭାବୁଛି, ସେ ଡାଇମଣ୍ଡ ରିଂ ଓ ସୁଦର୍ଶନ ମଲ୍ଲଙ୍କ କଥା ତାଙ୍କୁ କହିବା, ସେ ନିଶ୍ଚୟ ମୁଦିଟା ଫେରେଇ ଆଣିବେ । ନହେଲେ ମହିଳା କମିଶନଙ୍କ ଦୃଷ୍ଟିକୁ କଥାଟା ଆଣିବ । ଯେମିତି ହେଲେ ସେ ଇନିସ୍ପେକ୍ଟରକୁ ପାନେ ନ ଦେଲେ ମନ ମୋର ଶାନ୍ତ ହେବ ନାହିଁ ।' କଥା ଭିତରେ ଲତିକା ଗିରିର ଆଖି ପଡ଼ିଗଲା । – ଉଦୟର ଫଟୋଟି ଉପରେ । ସେ କହିଲା, 'ବଡ଼ ସୁନ୍ଦର ହୋଇଛି ତ ଫଟୋଟି । ଥିଲା ? କାଇଁ ମୁଁ ତ ଦେଖି ନଥିଲି ।'

'ଉଦୟ ଖୁବ୍ ସୁନ୍ଦର ନା ।' ଜଲସା ମୁହଁ ଛପେଇ କାନ୍ଦି ଉଠିଲା ।

॥ ୯ ॥

କେଉଁ କେଉଁ କଥା ମନେ ପଡୁଛି ଜଳସାର । ଲାଗୁଛି, ସ୍ମୃତି ଭିତରୁ ଯେମିତି ଉଇଁ ଆସୁଛି ।

ସେତେବେଳର ଦିବା ସ୍ୱପ୍ନ କି ରାତ୍ରି ସ୍ୱପ୍ନ ସମ୍ଭବତ ଥିଲା ସେଗୁଡ଼ାକ । ହୋଇପାରେ ବି ଦୁଃସ୍ୱପ୍ନ । ବର୍ତ୍ତମାନରେ ଯାହାସବୁ ଘଟି ଯାଇ ଅତୀତ ଭିତରକୁ ପଶି ଯାଏ ସେ ସବୁ ସ୍ୱପ୍ନ ନୁହେଁ ତ ଆଉ କ'ଣ ?

ତାକୁ ଏବେ, ତୁମେ ଯେମିତି ରୂପ ଦେବ ସେ ସେମିତି ଉଦ୍ଭାସିତ ହେବ । ସେମିତି ସବୁ କଥା । ଇତିହାସର କଥା । ସତ କଥା । ମିଛ କଥା । ପୁଣି ସେ ସବୁ କଥା ଏମିତି ଯେ, ସତକଥା ମିଛ ହୋଇଯାଏ ମିଛ କଥା ସତ ହୋଇଯାଏ ।

ଦିନ ଆସେ ଯେତେବେଳେ ସତକଥା ଏକା ଭଳି ଦିଶେ । ଗୋଟାଏ ରଙ୍ଗ ଲାଗିଯାଏ ତା' ଦେହରେ । ଗୋଟାଏ ଚିରିକୁଟି ଝୁଲୁଥାଏ ତା' ତଳେ କି ଉପରେ ।

ସେଥିରେ ଲେଖା ହୋଇଥାଏ- ମଣିଷର କଥା ।

ଯେଉଁଠି ମଣିଷ କଥା, ସେଠି ମଣିଷର ବ୍ୟଥା ଅବଧାରିତ ।

କେହି କେହି ଜୀବନବାଦୀ ତ କୁହନ୍ତି, ମଣିଷର ବ୍ୟଥା ହିଁ - ଜୀବନର କଥା । ମଣିଷର କଥା । ହରିବୋଲ ।

ଦିନେ ଦିନେ ଏଇଠି ପ୍ଲାନିଂ ହୁଏ । ଉଦୟର ଘରେ ।

ଘର ନାଁ- 'ଉଦୟଜଳସା' ଓ ଅଞ୍ଚଳର ପ୍ରସିଦ୍ଧ ବିଲ୍‌ଡିଂ - ଉଦୟ ଜଳସା । ଭୟ ଆଉ ଭ୍ରାନ୍ତିର କେନ୍ଦ୍ର ।

ବଡ଼ ସୁନ୍ଦର ଦି' ମହଲାର ଘର । ମ୍ୟାଚିଂ ମଲ୍ଟି-କଲର ୱେଦର ପେଣ୍ଟେଜ । ବାହାରକୁ ନିଖୁଣ, ଭିତରେ ନିଖୁଣ । ପାଞ୍ଚଟା ବଡ଼ବଡ଼ ରୁମ୍ । ଗୋଟିଏ ହଲ । ଦୁଇଟା ଏ.ସି. ରୁମ୍ । ଗୋଟାଏ ଜଳସାର ବେଡରୁମ୍ । ଅନ୍ୟଟି - ଉପର ମହଲାର ଏଇ ହଲ ।

ଏଇ ପ୍ରସିଦ୍ଧ ହଲ, ପ୍ଲାନିଂ ରୁମ୍ । ମନ୍ତ୍ରଣା କକ୍ଷ । ଯନ୍ତ୍ରଣା କକ୍ଷ ।

ଦିନେ ଦିନେ ନିର୍ବାସୀ ରାତ୍ରିରେ ଦାଦା ପକ୍ଷ ଅତି ସତର୍କରେ ଆସି ପହଞ୍ଚି ଯାଆନ୍ତି ।

ମନ୍ତ୍ରଣା ଚାଲେ-

ଗୋଟାଏ ହତ୍ୟାକାଣ୍ଡର କି, ଡକାୟତିର,

ଏକ ଟେଣ୍ଡର ଫିକ୍ସିଂର କି, ଅପହରଣର ଯୋଜନା ।

ଅନେକ ପ୍ଲାନିଂ ରାତ୍ରିର ଭୟଙ୍କର ପ୍ରସ୍ତୁତି ଦେଖିଛନ୍ତି - ସେମାନେ । ଜଲସା ଓ ମା' ଶୁଭଙ୍କରୀ ।

ସେତେବେଳେ, ଯେମିତି ପବନ ଟିକିଏ ବି ରହିବ ନାହିଁ କି, ପୃଥିବୀର ଶବ୍ଦ ଜୀବନ ନଥିବ ।

ଯାହା ଥିବେ - ସେମାନେ, କେବଳ ସେମାନେ ।

ସେମାନଙ୍କର ନିର୍ଜନତା କି କୋଳାହଳର ଦୁନିଆଁ ।

ପ୍ରଥମେ ପ୍ରଥମେ ଭୟ ଲାଗୁଥିଲା ଜଲସାଙ୍କୁ । ଏବେ ଆରେଇ ଗଲାଣି । ଏବେ ତା'ର ଆନନ୍ଦ ସେ ଉପଭୋଗ କଲେଣି । ଚାହିଁଲେଣି ମଝିରେ ମଝିରେ ଏ ଅନୁଷ୍ଠାନ ସଙ୍କଳିତ ହେଉ ଏଇଠି । କିନ୍ତୁ ମୁହଁ ଖୋଲି କହିପାରନ୍ତି ନାହିଁ ।

ମନ ଆଉ ପାଟି ଭିତରେ ଗୋଟାଏ ଦୂରତା ଅଛି ।

ସେ ଦୂରତା ଭିତରେ ଜମାଟ ବାନ୍ଧିଛି - ଭୟ ।

ପ୍ରଚଣ୍ଡ ହୃଦୟକୁ ପରାମର୍ଶ ଦେବ କିଏ ?

- ଠିଆ ହାଣି ଦେବ ନାହିଁ ।

ପୂର୍ବଦିନ ଆଷାଢ଼ ସଂକ୍ରାନ୍ତି ଯାଇଥାଏ । ସଂକ୍ରାନ୍ତି ପୁରୁଷର ନାଁ ଥିଲା - ଘୋରା ।

ଗାଢ଼ ନୀଳବର୍ଣ୍ଣୀ ବସ୍ତ୍ର ପରିଧାନ କରି, ମୁଖରେ ରକ୍ତ ଚନ୍ଦନ ଲେପନ କରି, ବେକରେ ରକ୍ତ ମନ୍ଦାର ମାଳା ଲମ୍ବାଇ ମହିଷ ବାହନରେ ଆସିବେ ଉତ୍ତର ଦିଶାରୁ ଘୋରା । ହାତରେ ଖଡ୍‌ଗ, ଫାଶ ଧରି । କାହିଁକି କେଜାଣି ମୋତେ ସେ ଦିନ ପାଞ୍ଜି ପଢ଼ି ମୋତେ ଶୁଣାଇ ଦେଇଥିଲେ ଉଦୟ । ମୁଁ ଭୟଭୀତ ହୋଇ ପଡ଼ିଥିଲି । ଉଦୟ ବ୍ରାହ୍ମଣ ସନ୍ତାନ । ପାଞ୍ଜି, କାଳ, ବେଳ, ରାଶି, ନକ୍ଷତ୍ର ଉପରେ ଯେତିକି ବିଶ୍ୱାସ ସେତିକି ଅବିଶ୍ୱାସ । ବଡ଼ ବିଚିତ୍ର ବିରୋଧାଭାସର ଜୀବନ ।

ସଂକ୍ରାନ୍ତି ଦିନରେ, ସାତ୍ତ୍ୱିକ ନିରାମିଷ ଭୋଜନ । ପିତା ଖଟା ନିଷିଦ୍ଧ । ରାତ୍ରିରେ ପ୍ରଚୁର ମଦ୍ୟପାନ ଓ ପ୍ରଚଣ୍ଡ ରମଣ । ଏମିତି ଜୀବନ ଉଦୟଙ୍କର, କେତେବେଳେ ଭଲ ଲାଗେ । ଗ୍ରହଣ କରିହୁଏ । ଆଉ କେତେବେଳେ ମନ ବିକ୍ଷେଇ ଯାଏ । ପରେ ବୁଝିପାରେ - ସମ୍ପର୍କର ମାନେ ଏଇଆ । ତା'ର ଧର୍ମହିଁ ଏଇଆ ।

ସଂକ୍ରାନ୍ତିକୁ ଲାଗି ବର୍ଷା ଆରମ୍ଭ ହୋଇଯାଇଥାଏ । ତିନିଦିନ ଧରି ଲଗାଣ ବର୍ଷା ଚାଲିଛି । ହେଲେ ୟାଙ୍କର ବର୍ଷା କ'ଣ ଖରା କ'ଣ ! ଶୀତ କ'ଣ । ଯେତେବେଳେ ଇଚ୍ଛା ସେତେବେଳେ ବାହାରିଲେ । ବର୍ଷା ହେଉଥାଏ । ସକାଳୁ ଘରୁ ପଳେଇଲେ ଚା ଟିକିଏ ଖାଇଦେଇ । ମା', ମୁଁ ଘରେ ଥାଉ । କାହିଁକି କେଜାଣି ସେଦିନ ସାରା ମନ ଭଲ ଲାଗୁ ନଥାଏ । ରାତିରେ ମୋର ବାରମ୍ବାର ମନକୁ ଆସୁଥାଏ ସଂକ୍ରାନ୍ତି ପୁରୁଷ ଘେରା କଥା । ତା'ର ଭୟଙ୍କର ରୂପ ଆଖି ଆଗରେ ନାଚି ଯାଉଥାଏ ।

ଉଦୟ ଫେରି ନଥାନ୍ତି ।

ମୁଁ ଘର ଅନ୍ଧାର କରି ଝର୍କା ଅଧା ମେଲାକରି ଚାହିଁ ରହିଥାଏ ବାହାରକୁ ।

ଗେଟ୍ ସାମ୍ନାରେ ମଟର ସାଇକେଲ୍‌ଟିଏ ଅଟକିଗଲା ।

ଉଦୟଙ୍କୁ ଧରି ଧରି ସଲିମ୍ ଆସୁଛି ।

କ'ଣ ହୋଇଛି ଉଦୟଙ୍କର ? ମୁଁ ଛାନିଆ ହୋଇ ଯାଇ କବାଟ ଖୋଲି ଦେଲି ।

ଉଦୟ ଗୋଟା ସୁଦ୍ଧା ରକ୍ତ ଜୁଡୁବୁଡୁ । ମୁଣ୍ଡରେ ବ୍ୟାଣ୍ଡେଜ ହୋଇଛି । ପୁଣି ନିଶାରେ ଟଳମଳ ହେଉଛି । ନୋସଡ଼ି ପଡ଼ିଛି ସଲିମ୍ ଛାତିରେ ।

କ'ଣ ହୋଇଛି ? ମୁଁ ଛାନିଆଁ ହୋଇଗଲି ।

– 'କିଛି ହୋଇନି ଭାବି । ପଡ଼ିଗଲେ ପାହାଚରେ, ବ୍ୟସ୍ତ ହେବାର କିଛି ନାହିଁ । ଡାକ୍ତର ଦେଖିଛି । ଇଞ୍ଜେକ୍‌ସନ୍ ଔଷଧ ନେଇଛନ୍ତି । ଆଉ ମୁଁ ଆଣିଛି । କାଲି ସକାଳୁ ଖାଇବେ । ଭାଇଙ୍କି ଖାଲି ଶୋଇବାକୁ ଦିଅ । ଚାଲନ୍ତୁ ମୁଁ ନେଇ ଯିବି ବେଡ୍ ରୁମ୍‌କୁ ।'

ସଲିମ୍ ମୁଁ ନେଇ ଆସିଲି ଉଦୟଙ୍କୁ ଧରି ଧରି । ବିଛଣାରେ ଶୁଆଇ ଦେଇ ମୋ ହାତକୁ ଧରି ପକେଇ କହିଲା, 'କିଛି ବ୍ୟସ୍ତ ହୁଅନି ଭାବି । ଭେୟାକୋ କୁଛ୍ ନହିଁ ହୋଗା ।'

ସଲିମ୍ ଚାଲିଗଲା । ମୋତେ ଲାଗିଲା, ମୋତେ ସେ ଛୁଇଁ ଦେଇ ଚାଲିଗଲା । ବୋଉ ଆଖି ଆଗରେ । ଏ ହୈଚୈରେ ବୋଉର ନିଦ ଭାଙ୍ଗି ଯାଇଥିଲା । ସେ ଘର ଭିତରକୁ ପଶିଆସି ପଚାରିଲା, 'କ'ଣ ହେଲା ?'

'ଉଦୟ ପାହାଚରୁ ଖସି ପଡ଼ିଗଲେ ।'

– 'କୋଉଠି ?'

'ଜାଣିନାହିଁ ।'

– 'ଏଠିକି କେମିତି ଆସିଲା ।'

'ସଲିମ୍ ଆଣି ଆସିଥିଲା ।'

'ସଲିମ୍ । ମୋତେ ଟିକିଏ କହିଲୁ ନାହିଁ । 'ମୁଁ ଜାଣେ, ବୋଉ ଉଦୟଙ୍କ ଅପେକ୍ଷା ସଲିମକୁ ଅଧିକ ଭଲ ପାଏ । ବୋଉ କ'ଣ ଚାହେଁ ମୋ ଭିତରେ ସଲିମ୍ ପାଇଁ ଗୋଟାଏ କ୍ୟାଣ୍ଡେଲ ଜଳିରହୁ ! ଛି !

ସକାଳୁ ଉଦୟଙ୍କୁ କହିଲି, 'ତୁମକୁ ମୋତେ ବହୁତ ଡର ଲାଗୁଛି ।'

- 'ଲାଗୁ । କ'ଣ ହୋଇଗଲା ସେଇଠୁ ।'

ମୋ ଜୀବନକୁ ତୁମେ ନିୟନ୍ତ୍ରଣ କରିବ ? କି ମୁଡ୍‌ରେ ଥିଲେ କେଜାଣି ମୋତେ ଶୁଣେଇ ଦେଲେ, 'ଡରୁଥିବା ଲୋକଙ୍କ ସହ ମୋତେ ରହିବାକୁ ଆଦୌ ଭଲ ଲାଗେନା ।' ମୁଁ ବୁଝି ପାରିଲି ଉଦୟ ଭଲରେ ନାହାଁନ୍ତି । ଗୋଟାଏ କିଛି ଘଟିଛି । ଯାହା ମୋତେ କହିବାକୁ ଚାହୁଁ ନାହାନ୍ତି । ହଉ ନ କୁହନ୍ତୁ । ମୁଁ ନୀରବ ହୋଇଗଲି ।

ଗୋଟାଏ ଗ୍ୟାଙ୍ଗଷ୍ଟାରକୁ ମୁଁ ପ୍ରେମ କରୁଛିତ !

ସେଦିନ ଉଦୟ ପୁଣି ମଦ ପିଇଲେ । ମୋତେ ଧର୍ଷଣ କଲେ । ସେ ବୋଧେ ଭାବୁଥାନ୍ତି, ନାରୀ ସବୁବେଳେ ଯୌନ ଅତୃପ୍ତ । ତାକୁ ଶାନ୍ତ କଲେ, ସେ ଅନୁଗତ ରୁହେ ।

ମୁଁ ଭାବିଲି, ଉଦୟ ଯାହା କରୁଛନ୍ତି ପଛେ, ଘରେ କରନ୍ତୁ । ମୋ ସହିତ କରନ୍ତୁ । ବାହାରକୁ ଆଉ ଯାଆନ୍ତୁ ନାହିଁ । ଏ ଦୁଃଖ କଷ୍ଟ ଠାରୁ ବାହାରର ଲୋକଲଜ୍ୟା ଅପମାନ ବଳି ପଡ଼ିବ ।

ତିନିଦିନ ଖଣ୍ଡେ ଉଦୟ ଘରେ ରହିଲେ । ସେ ବି କେମିତି ନୀରବ ରହୁଥିଲେ । କେହିବି ଆସୁ ନଥିଲେ ଘରକୁ । ଏମିତିକି ସଲିମ୍ ବି ଆସିଲା ନାହିଁ । ମୁଁ ଅପେକ୍ଷା କରୁଥିଲି ତାକୁ । ତା'ରି ଠାରୁ ବୁଝିଥାନ୍ତି ପ୍ରକୃତ କଥା କ'ଣ । ମାଡ଼ ହୋଇଛି ନା ପଡ଼ିଗଲେ । ମାଡ଼ ଖାଇଲା ଭଳିତ ମୋତେ ଲାଗୁଛି ।

ଉଦୟ କିଛି କହୁନଥାନ୍ତି । ମୁଁ ବି ତାଙ୍କୁ ପଚାରିପାରେ ନାହିଁ ।

ଆମ ସମ୍ପର୍କର ଭିତ୍ତିଭୂମି ଥିଲା- ପ୍ରତ୍ୟୟ ଓ ଖୋଲାପଣ । ଆମେ ପରସ୍ପର ପ୍ରତି ଥିଲା ଅତ୍ୟନ୍ତ ସହଜ । ମୋତେ ଲାଗୁଥିଲା ସେ ଆଧାରତକ ଦୋହଲି ଯାଉଛି ।

କେଇ ଦିନ ପରର ଘଟଣା । ସେଦିନ ବର୍ଷା ହେଉଥାଏ । ଝିପିଝିପି ବର୍ଷା । ଭାରି ଇଚ୍ଛା ହେଉଥାଏ ବର୍ଷାରେ ଭିଜିବାକୁ । ହାଲକା ଟିକିଏ ଡ୍ରିଙ୍କ୍‌ସ କରିବାକୁ । ଉଦୟ ଘରେ ନଥାନ୍ତି । ସଞ୍ଜବେଳକୁ, ସେ ବର୍ଷାରେ ଭିଜିଭିଜି ସାଇକେଲରେ ଟୋକାଟିଏ ଆସି ପହଞ୍ଚିଗଲା । ତିନି କିଲୋ ଖଣ୍ଡେ ମଟନ୍ ଆଣି ବଢ଼େଇ ଦେଇ

କହିଲା, 'ଭାଇ ପଠେଇଛନ୍ତି । କହିଛନ୍ତି ପ୍ରାଏ ହେବ । ଚାରି/ପାଞ୍ଚଜଣ ପାଇଁ ଖାଇବାକୁ କରିବେ । ପକୁଡ଼ି ବି ହେବ । ଠିକ୍ ନ'ଟା ବେଳକୁ ।'

- 'ଭାଇ କେଉଁଠି ଅଛନ୍ତି ସେ ?'

'ଖଟିରେ ।'

- 'କିଏ ସବୁ ଅଛନ୍ତି ?'

'ସଲିମ୍ ଭାଇ, ନନ୍ଦୁ ଭାଇ, ଜାଡୁ ଭାଇ, ବିମ୍ବା ଭାଇ, ଆଉ କିଏ ମୁଁ ଚିହ୍ନିନାହିଁ ।'

- 'ତମ ନାଁ କ'ଣ ?' ମୁଁ ପଚାରିଲି ?

'ମିଟୁ ।' ସେ କହିଲା ।

ମିଟୁ ! ସତର କି ଅଠର ବର୍ଷର ହସକୁରା ଟୋକାଟାଏ । ଭିଜିଭିଜି ଆସିଛି । କେମିତି ତାକୁ ପଠେଇଛନ୍ତି ଉଦୟ । ଦେଖି ଭାରି କଷ୍ଟ ଲାଗିଲା । କୋଡ଼ିଏ ଟଙ୍କା ବଢ଼େଇ ଦେଉଥିଲି ନେଲା ନାହିଁ । କହିଲା, 'ଭାଇଙ୍କ କାମରେ ଆସି ମୁଁ ଟଙ୍କା ନେବି । ସେ ମୋତେ ରଖିବେଟି ?'

'ଦିଦି ! ବହୁତ ଟଙ୍କା ଆମେ ତାଙ୍କଠାରୁ ପାଉ । ଖୁସିରେ ଦେଇ ଦିଅନ୍ତି । ଟିକିଏ କ'ଣ କଥା ଶୁଣି ଦେଲେ । ଏବେ ପରା ମୋତେ ପଚାଶ ଟଙ୍କା ଦେଇଛନ୍ତି । ଆଉ କାହିଁକି ନେବି ଯେ ।'

'ମିଟୁ ଯାଉଛି ଦିଦି । ନମସ୍କାର ।' ମିଟୁ ତା' ଷ୍ଟାଇଲରେ କହି ସାଇକେଲରେ ବସି ହାତ ହଲେଇ ଚାଲିଗଲା । ମୋ ଭିତରେ ଶୋଇଥିବା ଭ୍ରୁଣଟିଏ ଗଜା ହୋଇଗଲା ।

ଭାରି ଇଚ୍ଛା ହେଲା-

'ମୁଁ ମା'ଟିଏ ହୋଇଯାଆନ୍ତି କି ।'

- ମା' ଟିଏ ।

ମିଟୁ ଆଉ ଦିଶୁ ନଥିଲା ।

ନ'ଟା ବୋଧେ ବାଜି ନଥାଏ । ପ୍ରକୋପିତ ମେଘୁଆ ଅନ୍ଧାର ଭିତରେ ସେମାନେ ଆସି ପହଞ୍ଚିଗଲେ । ଗୋଟାସାରା ଓଦା ସମସ୍ତେ । ଉଦୟ ଗାମୁଛା ବଢ଼େଇ ଦେଲେ ସମସ୍ତଙ୍କୁ । ଲୁଗା, ଲୁଙ୍ଗି, ଗାମୁଛା ଯାହା ଥିଲା । ସମସ୍ତଙ୍କୁ ପଠେଇ ଦେଲେ ଉପର ଘରକୁ । ମୋତେ ଆସି କହିଲେ, 'କିଛି ବ୍ୟସ୍ତ ହେବନି । ଜାଡୁ ଆସି ତୁମକୁ ସବୁଥିରେ ସାହାଯ୍ୟ କରିବ । ସେ ଖୁବ୍ ଭଲ ରୋଷେଇ କରେ ଏବଂ ଆମକୁ ନେଇ ଦବାନବା କରିବ ।'

ଜାଡୁ ସେଠି ପାଖରେ ଠିଆ ହୋଇ ମୁହଁ ଦେଖୋଉ ଥିଲା । କହିଲା, 'ନାଇଁ ଦିଦି । ତୁମର ହାଡ଼ର ମାଂସ ରୋଷେଇ ଖାଇବାକୁ ଏ ଆୟୋଜନ । ସେଇଟିଙ୍କୁ ନିଜେ କରିବେ । ମୁଁ ଅବଶ୍ୟ ସାହାଯ୍ୟ କରିବି । ବାକି ସବୁ ମୋତେ ବଳେଇବ ନାହିଁ । ଖାଲି ଟିକିଏ ଡାଇରେକ୍ସନ୍ ଦେବେ ।'

ମାଂସଟା ହୋଇ ସାରିଥିଲା । ପକୁଡ଼ିବି କରିବାକୁ ସବୁ ଯୋଗାଡ଼ ସରିଥିଲା । ଯାହା ଛାଣିବା କଥା । ଉଦୟ ଜାଡୁକୁ ନିର୍ଦ୍ଦେଶ ଦେଲାଭଳି କହିଲେ, 'ତୁମେ ଉପରେ ଟିକିଏ ବ୍ୟବସ୍ଥା କରିଦିଅ, ପ୍ରଥମ ରାଉଣ୍ଡ ପାଇଁ । ଜଲସା, ତୁମେ ମା' ଖାଇନେବ ।' ମୋ ପାଖକୁ ଆସି ଚାପା ସ୍ୱରରେ କହିଲେ, 'ଯଦି ରମ୍ ଇଚ୍ଛା କରିବ ଟେବୁଲ ତଳ ଡ୍ରରେ ଅଛି । ଉପରକୁ ଯିବ ନାହିଁ । ତୁମେ ତୁମର ଶୋଇପଡ଼ିବ । ବୁଝିଲ ।'

ଉଦୟ ଚେକ୍ ଲୁଙ୍ଗିଟାଏ ଉପରେ ଖଦଡ଼ର ପଞ୍ଜାବୀ ଗଳେଇ ଦେଲେ । ସିଗାରେଟ୍‌ଟିଏ ଲଗେଇ ଉପରକୁ ଉଠିଗଲେ । ଜାଡୁ ସାଙ୍ଗେ ସାଙ୍ଗେ ଯାଇ ବାହାର କବାଟ ଦେଇ ପକେଇଲା ।

ଗୋଟାଏ ନିରାପତ୍ତା ଦରକାର ।

ସେ ନିରାପତ୍ତା ଥିଲା ସୁଦୀର୍ଘ ଘଞ୍ଚ ଜଙ୍ଗଲୀ ରାସ୍ତାଭଳି ବଡ଼ ଭୟଙ୍କର ।

ଆତଙ୍କ ଭରା ।

ଝରି ବର୍ଷା ଭଳି । ଘନ ଅନ୍ଧକାର ଭଳି । ପ୍ରକୋପିତ ଝଡ଼ ଭଳି ।

ଭୟପ୍ରଦ । ଆତଙ୍କ ଗଲା ।

କାହିଁକି କେଜାଣି ମୋ ଭିତରକୁ ଗୋଟାଏ ଅଜଣା ଭୟ ପଶି ଆସିଲା । ମୁଁ ଟେନ୍‌ସନ୍ ହୋଇଯାଇ ସମଗ୍ର ଶରୀରରେ ଗୋଟାଏ କମ୍ପନ ଅନୁଭବ କରିବାକୁ ଲାଗିଲି । ଅନୁଭବ କଲି ଛାତିର ସ୍ପନ୍ଦନ ବଢ଼ିଗଲା । ନିଃଶ୍ୱାସ ପ୍ରଶ୍ୱାସର ଗତି ବଢ଼ିଗଲା । ପାଦ ଯେମିତି ଓଜନିଆ ହୋଇ ଶିଥିଳ ହୋଇଗଲା । ଲାଗିଲା ମୁଁ ଚଳପ୍ରଚଳ ଆଉ ଯେପରି କିଛି କରିପାରିବି ନାହିଁ । ଜଡ଼ତା ଯେପରି ସଞ୍ଚରି ଯାଉଥାଏ ଦେହକୁ, ମନକୁ । ବାରମ୍ବାର ଆତ୍ମାରୁ ଉଠୁଥାଏ ଗୋଟାଏ ଅଦ୍ଭୂତ ପ୍ରଶ୍ନ ।

'ମୁଁ କ'ଣ ଗୃହବନ୍ଦୀ ଏଠି ? ଗୋଟାଏ ନଜର ବନ୍ଦୀ !'

ଟିକିଏ ନୀରବ ହୋଇଗଲେ, ମନେହେଲା-

କେଉଁଠି କ'ଣ ଗୋଟାଏ ଘଟିବାକୁ ଯାଉଛି ।

ହତ୍ୟା, କି ଲୁଣ୍ଠନ, କି ଧର୍ଷଣ, କି ଅପହରଣ ।

ଆଉ ଜାଡୁ ଉପର ତଳ ହେଉନି । ଅନେକ ରାତ୍ରିର ନିର୍ମାୟା-ନୀରବତା ।

ନୀରବତା । ନୀରବତା । ନୀରବତା । ଜଲ୍‌ସା ଭାବିଲା, ଦେଖି ଆସେ କ'ଣ

କରୁଛନ୍ତି । ଶୋଇ ଯାଇନାହାନ୍ତି ତ ! ସତର୍କରେ ଜଲ୍‌ସା ପାଦ ଦେଲା ପାହାଚ ଉପରେ ।

ପାହାଚ ଉପରେ ପାହାଚ ଉପରେ ପାହାଚ ଉପରେ ପାହାଚ ଉପରେ
ପାଦ ପରେ ପାଦ ପରେ ପାଦ ପରେ ପାଦ ପରେ ପାଦ
ଜଲ୍‌ସା ଯାଇ ଠିଆ ହୋଇଗଲା - ଏକା ଏକା
ଛାତ ଉପରେ ଏକା ଏକା ।
ବର୍ଷା । କୁଣ୍ଡା ଝାଡୁଥିଲା ।

ଜଲ୍‌ସା କାନ ଡେରିଲା - ନା, ସମସ୍ତେ ନୀରବ । ଅଥଚ ଅନିଦ୍ରା ଚିନ୍ତାମଗ୍ନ । ନିଶାଗ୍ରସ୍ତ । ଏମିତି ପଡ଼ିଛନ୍ତି ଯେମିତି ଲାଗୁଛି-

'ଖଣ୍ଡିକି ଖଣ୍ଡି ତୋର ପିଞ୍ଜରା କାଠି
ଖାଉଣ ଥିବେ ଶ୍ୱାନ ଶୃଗାଳ ବାଣ୍ଟିରେ
ଘର ବୋଲି ଅର୍ଜିଛୁ ଯେତେ ପଦାର୍ଥ
ଘଟ ଛୁଟିଲେ ତୋତେ ବୋଲିବେ ଭୂତରେ....'

ହଠାତ୍ ନୀରବ ଚିନ୍ତନରୁ ସଚେତନ ହୋଇ ଉଠିଲା ଉଦୟ । ହାତରେ ଥିବା ଅଧା ହ୍ୱିସ୍କି ଗ୍ଲାସରୁ ଢୋକଟାଏ ନେଇ ଗ୍ରସ୍ତ ସ୍ୱରରେ କହିଲା- 'ଲିସିନ୍ । କେବଳ ମୁଁ କହିବି ସମସ୍ତ ଶୁଣିବେ । ବୁଝିଲ ?'

ତିନିଟା ମଟର ସାଇକେଲ.... ପେଟ୍ରୋଲ ଭର୍ତ୍ତି । ଆମେ ସାତଜଣ.... ସାତଜଣ ।

୫+୨ । ବାହାର ରାସ୍ତାର ଦୁଇ କଡ଼ରେ ଦୁଇଜଣ, ବାଇକ୍ ସହ ରେଡ଼ି ।
ସେମାନଙ୍କ ପାଖରେ ହ୍ୟାଣ୍ଡ ଗ୍ରେନେଡ, ଭୁଜାଲି ।
୫ ରୁ ୧ ଗେଟ୍ ପାଖରେ । ୪ ଜଣ ଭିତରେ ପଶିବେ ।
ପ୍ରଥମେ ଆକ୍ରମଣ ।
ତା'ପରେ - ଲୁଣ୍ଠନ ।
କିଲିଂ ଇଜ୍ ଲାଷ୍ଟ ଅପ୍‌ସନ୍ ।
୧୦ ରୁ ୧୧ ମିନିଟ୍ ଟାଇମ୍ - 'ଅପରେସନ୍ ରେଡ୍ କ୍ୟାଟ୍'

ଆଉ କିଛି ଶୁଣି ପାରିଲା ନାହିଁ ଜଲ୍‌ସା । ବିରାଡ଼ିଟାଏ ଭଳି ପାଦ ଚିପିଚିପି ସେଠୁ ସତର୍କରେ ଚାଲି ଆସୁଆସୁ ଆଖି ଲମ୍ୱେଇ ଦେଖିଲା ।

ପାଞ୍ଚ ଜଣ ଅଣାୟତ ନିଶାଗ୍ରସ୍ତ ସଙ୍ଗିନ୍ ଅପରାଧୀ ଗଡୁଛନ୍ତି ଚଟାଣ ଉପରେ, ଛନ୍ଦାଛନ୍ଦି ହୋଇ ସରିସୃପ ଭଳି । ଉଲଗ୍ନ ଅର୍ଦ୍ଧଉଲଗ୍ନ, ଅବଚେତନରେ ।

ସେଦିନ ରାତିରେ ଖାଇ ପାରିଲା ନାହିଁ କି ଶୋଇ ପାରିଲା ନାହିଁ ଜଲ୍‌ସା । ଚାଇଁ ଚାଇଁଆ ଛାଇ ନିଦ ଭିତରେ ଚମକି ଉଠି ପଡୁଥାଏ ସେ ।

ଆଖି ଆଗରେ ତା'ର ନାଚି ଯାଉଥାଏ ଛାୟାନୃତ୍ୟ ଭଳି ଗୋଟାଏ ସର୍ବସ୍ୱାନ୍ତ ପରିବାରର ଆକୁଳ କ୍ରନ୍ଦନ । ଆଉ ଗୋଟାଏ ଶବ ଗଡୁ ଥିବାର ଦୃଶ୍ୟ !

ସେ ଦୃଶ୍ୟ ଆଜି ପୁଣି ଅସମୟରେ ଭାସି ଉଠିଲା ଜଲସା ଆଖି ଆଗରେ ।

ଆତଙ୍କରେ ଆଖି ବୁଜି ଦେଇ ଚିଲେଇ ଉଠିଲା ସେ ।

ଇଏ ତ ଉଦୟର ଶବ ମା' !

ସେ ବଡ଼ ଆକୁଳ ବିକଳ ସ୍ୱରରେ ଡାକ ପକେଇଲା-

'ମା' ମା', ମୋତେ ଟିକିଏ ଜାବୁଡ଼ି ଧରତ ମା' !

ମୁଁ ଡରଲି ଯାଉଛି ।

॥ ୧୦ ॥

ଯେମିତି ନକ୍ସଲବାଦୀମାନେ ନିଜର ଦାବୀପତ୍ର ବା ନିର୍ଦ୍ଦେଶନାମା ଝୁଲେଇ ଦିଅନ୍ତି କାନ୍ଥରେ ବାଡ଼ରେ କି ହତ୍ୟା କରିଥିବା ଲୋକର ପିଠିରେ ନିଜର ଘୋଷଣାନାମା ସରକାରଙ୍କୁ ବା ଜନସାଧାରଣଙ୍କ ଅବଗତି କରିବା ନିମନ୍ତେ । ସେମିତି ମାଧପୁର ବଜାରରେ ଦାବୀପତ୍ର ସବୁ ଝୁଲୁଥିଲା- କାନ୍ଥରେ ଦେବାଲ୍‌ରେ, ଇଲେକ୍ଟ୍ରିକ୍ ଖୁମ୍ବ କି ଟେଲିଫୋନ୍ ପୋଲ୍ ଦେହରେ । ପୁଣି ଚଳନ୍ତି ବସ୍, ଅଟୋରିକ୍ସା କି ମଣିଷଟଣା ରିକ୍ସା ପଛରେ । ପିଲାଙ୍କର ହସ୍ତାକ୍ଷର ଖାତାର ଆକାରର ଦାବୀପତ୍ର । ସେଇଭଳି ସାଇଜର ଅକ୍ଷର । ମାତ୍ର ସେଗୁଡ଼ିକ ଥିଲା ଡିଟିପିରେ ଲିଖିତ ବୋଲ୍‌ଡ ଅକ୍ଷର । ଯଦିଓ ପ୍ରମାଦପୂର୍ଣ୍ଣ ତଥାପି ଅତି ପରିଚ୍ଛନ୍ନ ଓ ଗୋଲ ଗୋଲ ।

କିନ୍ତୁ ତା'ର ପାଠକ ଥିଲେ ଖୁବ୍ କମ୍ । ତା'ର ଅବଶ୍ୟ କାରଣ ଥିଲା ଅନେକ । ମାତ୍ର ପ୍ରମୁଖ ଗବେଷଣାଲବ୍ଧ କାରରଟି ଥିଲା - ଗୋଟିଏ ।

ଯେ, ମାଧପୁର ଅଞ୍ଚଳର ଲୋକମାନେ ପଠନକ୍ରିୟା ଅପେକ୍ଷା ଶ୍ରବଣ-ଧର୍ମିତାକୁ ଅଧିକ ଗ୍ରହଣ ଓ ପସନ୍ଦ କରୁଥିଲେ ।

ସାମ୍ବାଦିକମାନେ ସହର ପରିକ୍ରମା କରୁଥିଲା ବେଳେ ବାରମ୍ବାର ଶୁଣୁଥିଲେ ସେଇ ଗୋଟିଏ ପ୍ରଶ୍ନ ।

'ଭାଇ ! ସେଠି କ'ଣ ଲେଖା ହୋଇଛି କି ?'

ଅଷ୍ଟମ ଶ୍ରେଣୀରେ ପଢୁଥିବା ହାପ୍‌ପ୍ୟାଣ୍ଟ ସାର୍ଟ ପିନ୍ଧା ଟୋକାଟିଏ ପାଟିକରି ପଢ଼ିଲା ଲେଖାଟିକୁ ।

ପାଞ୍ଚ ଦଫା ସମ୍ବଳିତ : ଦାବିପତ୍ର ଓ ଘୋଷଣା ନାମା ।

ଏହାଦ୍ୱାରା ଜନସାଧାରଣଙ୍କ ଅବଗତି ନିମନ୍ତେ ଜଣାଇ ଦିଆଯାଉଛି ଯେ, ଆଗାମୀ ତା' ୩୦-୭ ରିଖ ଗୁରୁବାର ଦିନ ମାଧପୁର ବଜାର ସମ୍ପୂର୍ଣ୍ଣ ବନ୍ଦ ରହିବ । ରାସ୍ତାରୋକ କରାଯିବ । ଟୋକାଟା ପଢୁପଢୁ ଅବଶ ହୋଇଗଲା ଓ ମତାମତ

ଦେଲା 'ଯେତେସବୁ ଫାଲ୍‌ତୁ କଥା ।' କହି ହସିହସି ଦୌଡ଼ି ପଳେଇଲା ତା' ସ୍କୁଲ ଆଡ଼କୁ ।

୩୦ ତାରିଖର ବହୁ ଇପ୍‌ସିତ ସକାଳଟି ଆସିଲା ବିପିଏଲ କାର୍ଡଧାରୀ ଭୂମିହୀନ ଚାଷୀଟିଏ ଭଳି, ଖାଲି ପାଦରେ ଟଙ୍ଗ୍ ଟଙ୍ଗ୍ ହୋଇ । ଦେହରେ ଖଣ୍ଡେ ଫୁଟା ଗଞ୍ଜି, କାନ୍ଧରେ ଖଣ୍ଡେ ପୁରୁଣା ଗାମୁଛା ପକେଇ, ହାତରେ ଗୋଟାଏ ବ୍ୟାଗ୍ ଧରି । ସୁଇପରମାନେ ତ ଏ ବଜାର ବନ୍ଦ ଆନ୍ଦୋଳନରେ ପ୍ରଥମରୁ ହିଁ ଯୋଗ ଦେଇଥିଲେ । ତେଣୁ ବଜାରଟା ଦିଶୁଥିଲା ଏକ ପରିତ୍ୟକ୍ତ ନର୍ଦ୍ଦମାର ମୁହଁ ଭଳି । ତା' ଉପରେ ବେ-ମୁରବା ରୁଗ୍‌ଣ କୁକୁର, ଷଣ୍ଢ, ଧେଡ଼ୀ ଗାଈଙ୍କ ସହ ପଞ୍ଝାଏ ଉପଦ୍ରବ କରି ଧୂର୍ତ୍ତ କାଉ ହାଉଯାଉ ହେବା ଆରମ୍ଭ କରି ଦେଇ ଥାଆନ୍ତି । ଦୋକାନ ବଜାର ସବୁ ବନ୍ଦ ଥାଏ । ଗାଡ଼ି ମଟର ଚଢ଼ି ଭାଉଦେଖା ଟୋକାଏ ଯାହା ଚକ୍କର ଦେଉଥାଆନ୍ତି । ତଥାପି ବଜାରଟା ଖାଲିଖାଲି ଲାଗୁଥାଏ । କୋଳାହଳ ନଥାଏ କି ରାସ୍ତା କଡ଼ରେ ଉଠା ପରିବା ଦୋକାନୀ, ଆଳୁଦମ୍ ଦହିବରା ବାଲା, ଶାଗ ବିକ୍ରେତାଙ୍କ ରଡ଼ି ଶୁଭୁ ନଥାଏ । ଗୋଟାଏ ଖାଲି ଖାଲି ପଣର, ହରେଇବା ହରେଇବା ଭାବ ଫୁଟି ପଡୁ ଥାଏ ।

କାର୍ଯ୍ୟକ୍ରମ ଆରମ୍ଭର ବେଳ ହୋଇ ନାହିଁ ।

ବିମଳ ସାହୁ ଗାଧୋଇ ନିର୍ଜଳା ଉପବାସରେ ଆସିଛନ୍ତି । ଅତି ସାଦାସିଧା ଖଦଡ଼ ପୋଷାକ ପିନ୍ଧି । କେଇ ବର୍ଷ ତଳେ, ଗାନ୍ଧୀ ଜୟନ୍ତୀ ଉପଲକ୍ଷେ ଖୋଲିଥିବା ଏକ ପ୍ରଦର୍ଶନୀରୁ କିଣିଥିଲେ ରିବେଟରେ । ଖୁବ୍ ଶସ୍ତା ଲାଗୁଥିଲା ସେତେବେଳେ । ହେଲେ କେମିତି ଗୋଟାଏ ସଂକୋଚ ଭାବରେ ସେ ପିନ୍ଧି ପାରି ନଥିଲେ ଆଜିଯାଏ । ଆଜି କିନ୍ତୁ ସେ ଭାବ କଟିଗଲା । ଭିତରେ ଗୋଟାଏ ଆବେଗ ନିଷ୍ପତ୍ତିର ଦୃଢ଼ତାରେ ବଦଳିଗଲା । ସେ ପିନ୍ଧି ପକେଇଲେ ଏବଂ ଅନୁଭବ କରୁଛନ୍ତି ଗାନ୍ଧୀଙ୍କର ପ୍ରିୟ ଭଜନଟି ବଡ଼ ଅଦ୍‌ଭୂତ ଭାବେ ତାଙ୍କ ଭିତରେ ଦୋହରେଇ ହୋଇ ଯେପରି ଅନୁରଣିତ ହେଉଛି ।

ନିର୍ଭୟ କରୋ ପ୍ରଭୋ ରାଜାରାମ୍
ପତିତପାବନ ସୀତାରାମ୍
ସବ୍‌କୋ ସନ୍‌ମତି ଦେ ଭଗବାନ....

'କ'ଣ ଗାନ୍ଧୀବାଦୀ ! ଆଜି କ'ଣ ନେତାଙ୍କ ପୋଷାକ ଚଢ଼େଇ ଦେଲଣି !' ପରିବା ଦୋକାନୀ ଜଗୁ ପ୍ରଧାନ, ବିମଳ ସାହୁଙ୍କୁ ଦେଖୁ ଦେଖୁ ହସିହସି ମନ୍ତବ୍ୟ କଲା, 'ଖାସା ମାନୁଛି ମ !'

- 'ନେତାଙ୍କ ନୁହେଁ ଭାଇ !' 'ଲଙ୍ଗଳା ଫକୀର'ର ପୋଷାକ ଇଏ । ଜନତାର ପୋଷାକ । ହସି ଦେଇ ଉତ୍ତର ଦେଲେ ବିମଳ ସାହୁ । 'ଏଇ ଓଡ଼ିଶାର

ଦାରିଦ୍ର୍ୟ ଗାନ୍ଧୀଙ୍କୁ ଲଙ୍ଗଳା ଫକିରରେ ପରିଣତ କରି ଦେଲା । ଦେହରେ ଦି' ଖଣ୍ଡ ଖଦଡ଼ ଲୁଗା ବ୍ୟତିତ, ସାରା ଜୀବନ ପାଇଁ ଆଉ କିଛି ପିନ୍ଧି ପାରିଲେ ନାହିଁ । ବୁଝି ପାରୁଛ ତ ଏ ବିଚାରର ଗଭୀରତା । ତ୍ୟାଗର ମହତ୍ତ୍ୱ, ଜଗୁଭାଇ । ମୁଁ ତ ସାଧାରଣ ଜଳଖିଆ ଦୋକାନୀଟିଏ ମୁଁ କି ନେତା ହେବି ?'

'ଖଂଗୁସ୍ ବୁଝିଲକି ବିମଳ ଭାଇ ? ମୁଁ ଥଟ୍ଟାରେ କହି ନାହିଁ ମ ! କିନ୍ତୁ ତମେ ବିମଳଭାଇ ଜୁନିୟର ଗାନ୍ଧୀଙ୍କ ଭଳି ଯାଉଛ ମ !'

ମୁହଁ ଶୁଖିଗଲା ବିମଳ ସାହୁର । ସେ କାନ୍ଦ କାନ୍ଦ ଦେଖାଗଲା । କହିଲା, 'ପରିହାସ କରିବାକୁ ତୁମକୁ ଆଉ କେହି ମିଳିଲେ ନାହିଁ । ମତେ ତୁମେ, ଜଗୁଭାଇ ଜୁନିୟର ଗାନ୍ଧୀ କହିଲ । ମହାତ୍ମା କେଉଁଠି ମୁଁ କେଉଁଠି । ତାଙ୍କ ପାଦ ଧୂଳିକୁ ସରିହେବି କି ମୁଁ । ତୁମକୁ ଭାଇ ହାତ ଯୋଡୁଛି ଆଉ ଦିନେ ଏମିତି ପରିହାସ କରିବ ନାହିଁ । ହଉ ଛାଡ଼ ଭାଇ ସେ ସବୁ କଥା । ପାରିବ ଯଦି ଆସିଲ ମୋ ସାଙ୍ଗରେ, ବୁଢ଼ା ଜାଗାଟିକୁ ଟିକିଏ ଧୋଇ ଧାଇ ସଫା କରିଦେବା । ଏଠିକୁ ତ ସମସ୍ତେ ଆସିବେ । ମିଟିଂ ହେବ ପରା ଏଇଠି ।

ଜାଣିଛ ଜଗୁଭାଇ ! ୧୯୨୫ ମସିହାରେ ଗାନ୍ଧୀ ଯେତେବେଳେ ଦ୍ୱିତୀୟଥର ପାଇଁ ଓଡ଼ିଶା ଆସିଥିଲେ ସେ ଏଇ ବାଟେ ପରା ଅଳକା ଆଶ୍ରମ ଆଡ଼େ ଯାଇଥିଲେ । ଏଇଠି ତ ସେ ଠିଆ ହୋଇ ଯାଇଥିବେ । ଲୋକଙ୍କ ସହ କଥା ହୋଇଥିବେ । କହିଥିବେ, ଅରଟରେ ସୂତାକାଟି, ଲୁଗାବୁଣି ପିନ୍ଧ । ଅସ୍ପୃଶ୍ୟତା ଦୂର କର । ଅହିଂସା ବ୍ରତ ପାଳନ କର । ସତ୍ୟନିଷ୍ଠ ହୁଅ । ପାଦଧୂଳି ତାଙ୍କର ଏଇଠି ତ ପଡ଼ିଥିବ । ଏ ସ୍ଥାନ ବଡ଼ ପବିତ୍ର ଜଗୁଭାଇ । ଆଜି ଆମେ ସେଇଠି ଠିଆ ହୋଇଛେ ଆମ ଜୀବନ ଧନ୍ୟ ଜାଣ । କହୁ କହୁ ବିମଳ ସାହୁ ଭାବାନ୍ତରୀ ହୋଇ ଉଠିଲେ ।

ଜଗୁ ପ୍ରଧାନ ତ ମଫସଲି ରାଢ଼ । ସେ ନୀରବ ରହି ଗୋଟି ଗୋଟି କରି ସବୁ ଶୁଣୁଥିଲା । ମନେ ମନେ ଭାବିଲା ଏ ଲୋକଟା ଖଦଡ଼ ପିନ୍ଧି ନିଜକୁ ପ୍ରକୃତରେ ବୋଧେ ଜୁନିୟର ଗାନ୍ଧୀ ମାର୍କା ମନେ କଲାଣି । ଭାଷଣ ଦେବା ଆରମ୍ଭ କରି ଦେଲାଣି । ଏଠୁ କୌଣସି ଉପାୟରେ ଖସିଯିବା ଭଲ । ସେ ବାହାନା ଦେଖାଇ କହିଲା, 'ହେ ଭାଇ ! ମୁଁ, ଏଇ ସାଙ୍ଗେ ସାଙ୍ଗେ ଆସୁଛି ଦୁଇ କରି । ତୁମେ କାମ ଆରମ୍ଭ କରୁଥାଅ । ମୁଁ ଭାଇ ଗଲି, ଆସିଲି ଜାଣ !' ଜଗୁ ପ୍ରଧାନ ଛୁ କରି ଦେଲେ । କହିଲା, ପଥ ପଚାରି ପିତାଘର ଯିବ, ଆଉ ଅଯୋଧ୍ୟା ମନ ନ କରିବ । ବିମଳ ସାହୁର ମନେ ପଡ଼ିଲା ରବୀନ୍ଦ୍ରନାଥଙ୍କର ସେଇ ପ୍ରସିଦ୍ଧ ଉକ୍ତିଟି– "ଯଦି ତୋର ଡାକ ଶୁନେ କେଉ ନା ଏସେ, ତବେ ଏକଲା ଚଲ୍‌ରେ ।"

ମୁଁ ତ ସବୁଦିନେ ଏକଲା । ବିମଳ ସାହୁ ହସିଲା ମନେ ମନେ । ମୋର ଆଗକୁ ଯିବାରେ ଅସୁବିଧା କ'ଣ ! ସେ ଆଉ ବିଳମ୍ବ କଲାନାହିଁ । ଏକା ଏକା ଯାଇ ଲାଗି ପଡ଼ିଲା ଗାନ୍ଧୀ ପିଣ୍ଡିକୁ ସଫା କରିବାକୁ । ଚାହୁଁ ଚାହୁଁ ଆଉଜଣେ ହାତ ପତେଇ ଦେଲେ ସେ ସଫେଇ କାମରେ । ଜାଗାଟା ଉଚ୍ଛୁଳି ଉଠିଲା ।

ଧୀରେ ଧୀରେ ଆଖପାଖର ଲୋକେ ଆସିବା ଆରମ୍ଭ କରିଦେଲେଣି । ରାଜନୈତିକ ଦଳର ସ୍ଥାନୀୟ ନେତାମାନେ ସେମାନଙ୍କ ଅନୁଗାମୀମାନଙ୍କ ସହ ବି ଆସିବା ଆରମ୍ଭ କରି ଦେଇଥିଲେ ।

ଏତିକି ବେଳେ ଆସିଲା ଆନ୍ଦୋଳନକାରୀ ଛାତ୍ରପଟୁଆର । ସ୍ଥାନୀୟ ବ୍ରଜ ବିହାରୀ ରଣସିଂ କଲେଜର ଛାତ୍ରଛାତ୍ରୀମାନେ ଦଳଗତ ଭାବରେ ନାଚିନାଚି ସ୍ଲୋଗାନ ଦେଇ ଆସୁଛନ୍ତି ।

ନିକ୍କମା ପୋଲିସ୍ - ଡାଉନ୍ ଡାଉନ୍

ଅପାରଗ ଏସ୍.ପି. - ଡାଉନ୍ ଡାଉନ୍

ମିଥ୍ୟାବାଦୀ ସବ୍-କଲେକ୍ଟର - ଡାଉନ୍ ଡାଉନ୍

ଅଯୋଗ୍ୟ କଲେକ୍ଟର - ଡାଉନ୍ ଡାଉନ୍

ଧୋକାବାଜ ଘରୋଇ ମନ୍ତ୍ରୀ - ଡାଉନ୍ ଡାଉନ୍

ଦୁର୍ନୀତିଗ୍ରସ୍ତ ମୁଖ୍ୟମନ୍ତ୍ରୀ - ଇସ୍ତଫା ଦିଅ ଇସ୍ତଫା ଦିଅ ।

ବଡ଼ ରମଣୀୟ ସେ ନୃତ୍ୟ ସହ ପ୍ରସେସନ୍‌ର ଦୃଶ୍ୟ । ସମସ୍ତଙ୍କ ମୁଣ୍ଡରେ ଲାଲ ନୀଳର ଦ୍ୱି ରଙ୍ଗୀ ଟୋପି । ଟୋପି ଉପରେ କଲେଜ ନାଁ ବି.ବି.ଆର.ସି. । ହାତରେ ବ୍ୟାନର-

ଦମୟନ୍ତୀ-ଧର୍ଷଣକାରୀ ହତ୍ୟାକାରୀମାନେ କୁଆଡ଼େ ଗଲେ ?

ନମିତା ପାତ୍ର - ଗଲା କୁଆଡ଼େ ?

କଲେଜକୁ ରାସ୍ତା - ହେବ କେବେ ?

ଆମର ଦାବି - ଧର୍ଷଣକାରୀଙ୍କୁ ଆରେଷ୍ଟ କର

ଅପହରଣକାରୀଙ୍କୁ - ଆରେଷ୍ଟ କର

ହତ୍ୟାକାରୀଙ୍କୁ - ଆରେଷ୍ଟ କର

ହତ୍ୟାକାରୀଙ୍କୁ - ଫାଶୀ ଦିଅ

କଲେଜକୁ ରାସ୍ତା - ତୁରନ୍ତ କର

ବରଯାତ୍ରୀର ପ୍ରଶେସନ ଭଳି ଛାତ୍ରଛାତ୍ରୀମାନେ ନାଚି ନାଚି ଆଗେଇ ଆସୁଥିଲେ । ସେମାନଙ୍କ ଆଗରେ ଥିଲେ ଛାତ୍ରନେତା ହୃଷିକେଶ ମହାଳିକ, ହରିଶ

ପଣ୍ଡା, ବିଟୁ ସ୍ୱାଇଁ । ପ୍ରଶେସନଟା ଜମେଇବା ପାଇଁ ସେମାନେ ଗୋଟାଏ ଗୋଟାଏ ବିଅର ପକେଇ ଦେଇ ଭାରି ଫୂର୍ତ୍ତି ଥାନ୍ତି । ଲୋକମାନେ ଛାତ୍ରମାନଙ୍କ ୟୁନିଫର୍ମ ଡ୍ରେସ୍‌ରେ ଏ ରଙ୍ଗ ନୃତ୍ୟ ଭରା ବିକ୍ଷୋଭକୁ ଖୁବ୍ ଉପଭୋଗ କରୁଥାନ୍ତି ଏବଂ ସେମାନଙ୍କୁ ଅନୁସରଣ କରୁଥାନ୍ତି । ସେ ଅନୁସରଣ ପ୍ରଶେସନଟିକୁ ବେଶ୍ ଲମ୍ବା ଓ ଜନାକୀର୍ଣ୍ଣ କରିଦେଲା ।

ବହୁପୂର୍ବରୁ ପୋଲିସ୍ ଭ୍ୟାନ୍‌ଟିରେ ଦଶବାର ଜଣ ଲାଠିଧାରି କନେଷ୍ଟବଲଙ୍କୁ ଆଣି ଇନିସ୍ପେକ୍ଟର ମଲ୍ଲ ବଜାର ମଝିରେ ଗାନ୍ଧୀଛକ ଠାରୁ ଟିକିଏ ଦୂରରେ ଠିଆ କରେଇ ଦେଇଥିଲେ । ବିକ୍ଷୋଭକାରୀଙ୍କ ସଂଖ୍ୟା ଓ ସେମାନଙ୍କ ଉତ୍ସାହ ଦେଖି ସେ ଏ.ଏସ୍.ଆଇ ଇଲିୟାସ ଅଲ୍ଲୀ ବେଗ୍‌ଙ୍କୁ ସତର୍କ ରହିବାକୁ ପରାମର୍ଶ ଦେଇ ଚାଲିଗଲେ ଥାନାକୁ । ଥାନାରେ ଆହୁରି ପଚିଶିଜଣ ସି.ଆର.ପି. ଅପେକ୍ଷା କରିଥିଲେ ଆସିବାକୁ ।

ଇନିସ୍ପେକ୍ଟର ମଲ୍ଲ ଛାତ୍ରମାନଙ୍କ ଦାବୀ ପତ୍ରରେ ପୋଲିସ, ଏସ୍.ପି., କଲେକ୍ଟର, ସବ-କଲେକ୍ଟର ପ୍ରତି ଆକ୍ଷେପ ଅଭିଯୋଗ କଥା ନିଜ ଆଖିରେ ଦେଖିଥିଲେ । ତାହା ତାଙ୍କୁ ଖୁବ୍ ଅପମାନିତ କରିଥିଲା । ସେ କ୍ରୋଧରେ ସନ୍ତୁଳି ହୋଇ ଯାଉଥିଲେ । ଛାତ୍ରଙ୍କୁ ସହଯୋଗ କରୁଥିବା ଲୋକମାନଙ୍କୁ ବାଡ଼େଇବାକୁ ସେ ମନସ୍ଥ କରି ସାରିଥିଲେ । ତା' ପୂର୍ବରୁ ଏସ୍.ପି.ଙ୍କୁ ଜଣାଇ ଦେବାକୁ ଚାହୁଁଥିଲେ ।

'ସାର୍ ! ଇନିସ୍ପେକ୍ଟର ମଲ୍ଲ କହୁଛି, ସାର୍ ।'

– 'ହଁ, କୁହ ।'

'ସାର୍, ଦୁଇ ହଜାରରୁ ଅଧିକ ଲୋକଙ୍କ ସମାବେଶ ହେଲାଣି । ଅଧିକ ହେବାର ଅନୁମାନ କରାଯାଉଛି । ସାର୍, ଛାତ୍ରମାନେ ବଡ଼ ଉତ୍ପାତ କରୁଛନ୍ତି । ଏସ୍.ପି. ଅପାରଗ, ପୋଲିସ୍-ନିକମ୍ମା । କଲେକ୍ଟର-ଅଯୋଗ୍ୟ । ଏମିତି ବ୍ୟାନର ଓ ପ୍ଲାକର୍ଡରେ ଲେଖିଛନ୍ତି ।'

– 'ଭାଉଲେଣ୍ଟ ମୁଡ୍‌ରେ ପବ୍ଲିକ୍ ଅଛିକି ?'

'ସାର୍, ପୋଲିସ୍ ଅଛି ।'

'ପୋଲିସ୍ ତ ସବୁବେଳେ ଭାଉଲେଣ୍ଟ ।'

'ସାର, ଆପଣଙ୍କର, କଲେକ୍ଟରଙ୍କର, ମୋର କାର୍ଟୁନ କରିଛନ୍ତି ।'

– 'ଆଚ୍ଛା ! ଏସ୍.ପି. ହସି ଉଠିଲେ ହୋ ହୋ ହୋଇ । କହିଲେ, 'ଭେରିଗୁଡ୍ ନିୟୁଜ । କାର୍ଟୁନଗୁଡ଼ିକ ସଂଗ୍ରହ କରିନେବାକୁ ଚେଷ୍ଟା କରିବେ ।'

'ସାର୍ । ସି.ଆର୍.ପି.ଙ୍କୁ ପଠେଇ ଦେଉଛି ।'

'ହଁ, ପଠେଇ ଦିଅନ୍ତୁ । ଦୂରରେ ସେମାନଙ୍କୁ ରଖିବେ । ଆଚ୍ଛା, କିଏ ସବୁ ଆଉ ଅଛନ୍ତି ସେଠି ?'

'ସ୍ୱାଧୀନତା ସଂଗ୍ରାମୀ ଭକ୍ତବାବୁ, ଏମ୍.ଏଲ୍.ଏ, ଚେୟାରମ୍ୟାନ, ପଞ୍ଚାୟତ ସମିତି, ଆଉ ବିଭିନ୍ନ ଶ୍ରେଣୀର ଲୋକମାନେ ସାର୍ ।'

'ଏବେ କେଉଁଠି ସେମାନେ ?'

'ଗାନ୍ଧୀ ଛକରେ ସାର । ମିଟିଂ ବୋଧେ ଆରମ୍ଭ ହୋଇଗଲାଣି ।'

– 'ଠିକ୍ ଅଛି । ମୁଁ କଲେକ୍ଟରଙ୍କ ସହ କଥା ହୋଇ ଯାଇ ପହଞ୍ଚୁଛି । ଆପଣ ସେଠି ଟିକିଏ ୱାଚଫୁଲ ଥାଆନ୍ତୁ । ଓ.କେ. ।'

'ସାର୍ ସାର୍' ରିସିଭର ଥୋଇ ଦେଇ ଇନିସ୍ପେକ୍ଟର ବଡ଼ ଅଶାନ୍ତ ଦେଖାଗଲେ । ସେ ବୁଝି ପାରିଲେ ତାଙ୍କ ଇଚ୍ଛା ପୂରଣ ହେବନି । ବଡ଼ ବଡ଼ିଆଙ୍କ କମ୍ପ୍ରମାଇଜ୍ ଟ୍ୟାକ୍‌ଟିସ୍ । ସାପ ମରିବ ନାହିଁ କି ବାଡ଼ି ଭାଙ୍ଗିବ ନାହିଁ । ସାର୍ବଭୌମ ଧର୍ମନିରପେକ୍ଷ ଗଣତାନ୍ତ୍ରିକ ରାଷ୍ଟ୍ର ଇଏ । ରାଷ୍ଟ୍ରର ଆଦର୍ଶ କଥା କହି ଅପରାଧୀକୁ ଘଣ୍ଟ ଘୋଡ଼ାଅ । ହଉ, ଏ ହ୍ରଦକୁ ଯେତେ ଗୋଳିଆ କରିବ ସେତେ ମାଛ ଧରା ପଡ଼ିବେ ।

'ଆପଣମାନେ କ୍ଷେତ୍ର ଉପରକୁ ଏବେ ଚାଲି ଯାଆନ୍ତୁ, ମାତ୍ର ଲାଠିକୁ ଜବତରେ ରଖିବେ ।' ନିର୍ଦ୍ଦେଶ ଦେଇ ଇନିସ୍ପେକ୍ଟର ଯାଇ ନିଜ ଜିପ୍‌ରେ ବସିପଡ଼ିଲେ ।'

ସ୍ୱାଧୀନତା ସଂଗ୍ରାମୀ ଭକ୍ତ ବଲ୍ଲଭ ସୁନ୍ଦରାୟ ଗାନ୍ଧୀଙ୍କ ପ୍ରତିମୂର୍ତ୍ତି ଗଳାରେ ଫୁଲମାଳ ଦେଇ ଦୀପଟିଏ ଜାଳି ସଭା କାର୍ଯ୍ୟର ଶୁଭାରମ୍ଭ କରି ଦେଇ ଥରଥର ସ୍ୱରରେ କହିଲେ- ଗାନ୍ଧୀଙ୍କ ଦର୍ଶନ ମୁଁ ଏଇଠି ପାଇଥିଲି । ମୋତେ ସେତେବେଳେ ପାଞ୍ଚ କି ଛଅ ବର୍ଷ ହୋଇଥିବ । ତାଙ୍କର ସେ ସ୍ୱର ଏବେ ବି କାନରେ ମୋର ଅନୁରଣିତ ହୁଏ । ସେ ଚେହେରା ସେ ମୁହଁ ଝଲସି ଉଠେ ଆଖି ଆଗରେ । ଏଇଠି ସେ ସଦାଚାରୀ ଜୀବନର ମହାମନ୍ତ୍ର କଥା ଶୁଣାଇ ଥିଲେ । ଅନ୍ୟାୟ ଅତ୍ୟାଚାର ବିରୁଦ୍ଧରେ ଅହିଂସା ସଂଗ୍ରାମ କରିବାକୁ ଆହ୍ୱାନ ଦେଇଥିଲେ ।

'ଜୀବନରେ ସଦାଚାରୀ ନହେଲେ ବ୍ୟକ୍ତିର କି ସମାଜର ମଙ୍ଗଳ କି ସମୃଦ୍ଧି ନାହିଁ । ଏଇ ମାନବୀୟ ମୂଲ୍ୟବୋଧଗୁଡ଼ିକୁ ବ୍ୟକ୍ତିଟି ତା'ର କର୍ମରେ, ଆଚାରରେ, ବିଚାରରେ ପ୍ରତିଫଳିତ କରିବାକୁ ହେବ । ସେ ସତ୍ୟ, ଅହିଂସା, ପ୍ରେମ, ତ୍ୟାଗ, ଆସ୍ତେୟ, ନିର୍ଭୟ, ସଦାଚାରୀ ହେବା ଚାହିଁ ଚାହିଁ ପରମେଶ୍ୱରଙ୍କ ଉପରେ ପୂର୍ଣ୍ଣ ବିଶ୍ୱାସ ସ୍ଥାପନ କରିବାକୁ ହେବ । ଆମକୁ ଜାତିପ୍ରଥାକୁ ଭାଙ୍ଗି ଦେବାକୁ ହେବ । ଜାତି ଧର୍ମ ନିର୍ବିଶେଷରେ ମଣିଷକୁ ଭଲ ପାଇବାକୁ ହେବ । ମାନବତ୍ତା ପାଇଁ ଏ ଲଢ଼େଇ ଆମକୁ ଲଢ଼ିବାକୁ ପଡ଼ିବ । ଏହା ହିଁ ଜୀବନ ସଂଗ୍ରାମ ।

ଗାନ୍ଧୀଙ୍କ ଏଇ ନିର୍ଦ୍ଦେଶିତ ପଥରୁ ଓହରି ଯାଇ ଆଜି ଆମର ଜୀବନ, ସମାଜ କଳୁଷିତ ହୋଇ ଯାଇଛି । ଆମକୁ ସେଇ ପଥକୁ ପୁଣି ଫେରିବାକୁ ହେବ ।

ତାହାହିଁ ଏକମାତ୍ର ପଥ । ଜୀବନର ପଥ । ଭଲ ପାଇବାର ପଥ । ରାମ, ଆଲ୍ଲା, ଯୀଶୁ, ବୁଦ୍ଧ, ମହାବୀରଙ୍କ ପଥ, ଏବଂ ଆମକୁ ମନେ ରଖିବାକୁ ହେବ-

କା-ପୁରୁଷମାନେ ବଞ୍ଚି ଜାଣନ୍ତି ନାହିଁ, କାରଣ-

ସେମାନେ ସଂଗ୍ରାମ କରି ଜାଣନ୍ତି ନାହିଁ ।

ପୁଣି ଥରେ ଶୁଭିଲା, ସତୁରୀ ବର୍ଷ ତଳର ସେଇ ଉନ୍ମାଦିତ ସ୍ୱର ।

ଖେଳିଗଲା ସେଇ ତରଙ୍ଗାୟିତ ପ୍ରମତ୍ତ ଉଦ୍ଦିପନା ।

'ମହାତ୍ମା ଗାନ୍ଧୀକି ..... ଜେ ।'

ଭାରତମାତା କି ..... ଜୟ ।

ବିଧାୟକ ସୁନ୍ଦର ସୁବୁଦ୍ଧି ମାଇକ୍ ଧରିଲେ । ଜନତାକୁ ଆହ୍ୱାନ ଦେଇ କହିଲେ, ବନ୍ଧୁଗଣ ! ଇଏ ଭାଷଣର ସମୟ ନୁହେଁ, କାର୍ଯ୍ୟ କରିବାର ସମୟ । ଗାନ୍ଧୀ କର୍ମୀ ଥିଲେ ବକ୍ତା ନଥିଲେ । ଆମକୁ ଏଇ ଗାନ୍ଧୀଛକରୁ ସମବେତ ଭାବେ ସବ୍-କଲେକ୍ଟରଙ୍କ ଅଫିସ୍ ପର୍ଯ୍ୟନ୍ତ ଯିବାକୁ ହେବ ଏବଂ ସେଠି ବିକ୍ଷୋଭ ପ୍ରଦର୍ଶନ କରି ଦାବିପତ୍ର ଦେବାକୁ ହେବ । ଏ ବିକ୍ଷୋଭ, ଶୋଭାଯାତ୍ରା ନୀରବ ଶୋଭାଯାତ୍ରା ହେବ । ସମସ୍ତେ ପାଟିରେ ଷ୍ଟିକର ଲଗେଇବେ ଅଥବା ରୁମାଲ ବାନ୍ଧି ବନ୍ଦ କରିବେ । ହାତରେ ପ୍ଲାକାର୍ଡ ଓ ବ୍ୟାନର ଧରି ପାରିବେ । ଆମର ଏକମାତ୍ର ଦାବି - ନିରାପତ୍ତା !

ଆମକୁ ନିରାପତ୍ତା ଯୋଗାଇ ଦିଅ ।

ରାସ୍ତାରେ ଘାଟରେ ଯାନବାହନରେ ନିରାପତ୍ତା ଯୋଗାଇ ଦିଅ ।

ଧନ ଜୀବନର ନିରାପତ୍ତା ଯୋଗାଇ ଦିଅ ।

ଘରେ ବାହାରେ ନିରାପତ୍ତା ଯୋଗାଇ ଦିଅ ।

ହଠାତ୍ ଛାତ୍ର ଜନତା ବିରକ୍ତ ହୋଇ ଉଠିଲେ । ପଟୁଆର ଭାଙ୍ଗି ରାସ୍ତାରେ ବ୍ରେକ୍ ଡ୍ୟାନ୍ସ ନାଚି ଉଠିଲେ । ହୁସିଲ, ତାଳି ମାଡ଼ କ୍ୟାଟ୍ କଲିଙ୍ଗ ଆରମ୍ଭ ହୋଇଗଲା ।

ନେତାମାନଙ୍କ ଠାରୁ ଛାତ୍ରସମାଜ ଜବାବ ଚାହିଁଲା ।

'କେଉଁଠି ଆନ୍ଦୋଳନକାରୀ, ବିକ୍ଷୋପକାରୀ ଜନତା, ପ୍ରତିବାଦୀ ଜନତା, ପାଟି ବନ୍ଦ କରି ଶବ ଶୋଭାଯାତ୍ରାରେ ଯାଏ ?'

ତା' ପୁଣି ଦାବୀ ହାସଲ ପାଇଁ ?

ହଠାତ୍ ଛାତ୍ର ଜନତା ଉତ୍‌କ୍ଷିପ୍ତ ହୋଇ ପାଟିତୁଣ୍ଡ ଓ ନୃତ୍ୟ ଆରମ୍ଭ କରିଦେଲେ ।

ଛାତ୍ର ନେତାମାନେ ସମବେତ ଜନତାର ସାମ୍ନାକୁ ଆସି ପ୍ରତିବାଦ କରି କହିଲେ-

ଜବାବ ଦିଅରେ ଜବାବ ଦିଅ । ଛାତ୍ର ସମାଜକୁ ଜବାବ ଦିଅ । ତୁରନ୍ତ ଜବାବ ଦିଅ ।

ଆମେ ଗାନ୍ଧୀ ଫାନ୍ଧୀଙ୍କ ବାଟକୁ ଗ୍ରହଣ କରିପାରିବୁ ନାହିଁ ।

ଏ ଗାଲରେ ମାଡ଼ ଖାଇ ସେ ଗାଲ ଦେଖେଇ ପାରିବୁ ନାହିଁ ।

ବିପ୍ଳବୀ ଛାତ୍ର ସମାଜ ତା'ର ପାରମ୍ପରିକ ଆନ୍ଦୋଳନର ବାଟରୁ ଓହରି ଯାଇ ପାରି ନାହିଁ । ସେ ଐତିହାସିକ ଗୌରବମୟ ପରମ୍ପରା ଆମର ଆଦର୍ଶ । ଆମେ ସେଇ ବାଟରେ ଯିବୁ । ଭାଙ୍ଗି-ଭାଙ୍ଗି । ଜାଳି-ପୋଡ଼ି । ନାଚିନାଚି । ଗାଇ ଗାଇ । ଆମେ ଯିବୁ ।

- ଆମେ ଯିବୁରେ ଆମେ ଯିବୁ ।

ନହେଲେ, ରାସ୍ତାରେ ଘାଟରେ ନିଆଁ ଜଳିବ

ଘରେ ବାହାରେ ନିଆଁ ଜଳିବ

ସହରେ ବଜାରେ ନିଆଁ ଜଳିବ

ସ୍କୁଲ କଲେଜରେ ନିଆଁ ଜଳିବ ।

ଛାତ୍ରଛାତ୍ରୀମାନେ ପ୍ଲାକାର୍ଡ଼ ଓ ବ୍ୟାନର ଧରି ଉନ୍ମତ୍ତ ହୋଇ ଡ୍ୟାନ୍ସ ଆରମ୍ଭ କରି ଦେଲେ । ଓଡ଼ିଶୀ, କଥକଳି, ଦଣ୍ଡ, ବ୍ରେକ୍ ଓ ଅଗ୍ନି ଡ୍ୟାନ୍ସର ନିକଟବର୍ତ୍ତୀ ସେ ନୃତ୍ୟ ଥିଲା ବଡ଼ ଅଭିନବ, ବୈପ୍ଳବାତ୍ମକ । ସେ ନୃତ୍ୟର ବ୍ୟାକରଣ ନଥିଲା କି କୌଣସି ଅନୁଶ୍ରୁତି ଧାରା ନଥିଲା । ଥିଲା ଯୌବନର ଉନ୍ମତ୍ତ ପ୍ରବାହ । ଗୋଟାଏ ପ୍ରଚଣ୍ଡ ବିସ୍ଫୋରକ ଉନ୍ମାଦନା । ତା' ସହ ମିଶିଥିଲା କିଳିକିଳା ରଡ଼ି ଓ ମାଂକେଡ଼ିଆ ଚିଲ୍ଲାଣ ।

ନେତାମାନେ ପାଲଟି ଯାଇଥାନ୍ତି - ସ୍ତବ୍ଧ, ଚକିତ ।

ଜନତା ଦିଶୁଥିଲେ- ଲକ୍ଷ୍ୟହୀନ । ଉଦ୍‌ବେଳିତ ।

ଏତିକିବେଳେ ପୋଲିସ୍ ଜିପ୍ ସହ ଏସ୍.ପି.ଙ୍କ ମହେନ୍ଦ୍ରା ଜିପ୍ ଓ ସବ୍-କଲେକ୍ଟରଙ୍କ ଆମ୍ବାସର୍ଡର ଆସି ପହଞ୍ଚିଗଲା । ସ୍ଥାନୀୟ ପ୍ରଶାସନର ତିନିଜଣ ବରିଷ୍ଠ ତଥା ପ୍ରମୁଖ ବ୍ୟକ୍ତି ବାହାରି ଆସିଲେ ନିଜନିଜ ଗାଡ଼ିରୁ ଜନତା ଓ ଛାତ୍ର ବିକ୍ଷୋଭକାରୀଙ୍କ ପାଖକୁ । ଚାପା ଗୁଞ୍ଜରଣ ଖେଳିଗଲା ଜନତା ଭିତରେ - ଏ ଶଳେ କୁଆଡ଼େ ।

'ଆମେ ଆପଣମାନଙ୍କ ପାଖକୁ ଆସିଛୁ ।' ମାଧପୁର ଥାନା ଇନିସ୍ପେକ୍ଟର ଶ୍ରୀ ସୁଦର୍ଶନ ମଲ୍ଲ ପରିଚୟ ଦେଇ କହିଲେ, 'ସାର୍, ଆମ ଜିଲ୍ଲାର ନବ ନିଯୁକ୍ତ ଏସ୍.ପି. ଶ୍ରୀଯୁକ୍ତ ବାଞ୍ଛିତ ଅଗ୍ରୱାଲ ଏବଂ ଉପଜିଲ୍ଲାପାଳ ନଳିନ କାନ୍ତ ଶର୍ମା । ମୁଁ ଇନିସ୍ପେକ୍ଟର ସୁଦର୍ଶନ ମଲ୍ଲ । ଆପଣମାନଙ୍କ ଅଭିଯୋଗ ସଂକ୍ରାନ୍ତରେ ଆଲୋଚନା କରିବାକୁ । ଆପଣମାନେ ଏଥିଲାଗି ଆମ ସହ ସହଯୋଗ କଲେ ସମସ୍ତ ସମସ୍ୟାର ଆଶୁ ସମାଧାନ ହୋଇପାରିବ । ଆଶା କରୁଛି ଏବଂ ଅନୁରୋଧ ମଧ୍ୟ କରୁଛି ।

'ଆପଣମାନେ ଆଜି ଯେ, ଜନତା ପାଖକୁ ଆସିଛନ୍ତି ଏହା ଆମପାଇଁ ଖୁବ୍

ଆନନ୍ଦର କଥା ।' ବିଧାୟକ ସୁବୁଦ୍ଧି ହସିହସି କହିଲେ, 'କିଛି ପଦସ୍ଥ ସରକାରୀ କର୍ମଚାରୀଙ୍କର ଗଣତନ୍ତ୍ରର ଏଇ ବିଧି ବ୍ୟବସ୍ଥା ଉପରେ ଯେ ଆସ୍ଥା, ବିଶ୍ୱାସ ତଥା ସମ୍ମାନ ଅଛି ତା' ଆପଣମାନଙ୍କ ଉପସ୍ଥିତି ସୂଚେଇ ଦେଉଛି । ତିନିଥର ଏଇ ନିର୍ବାଚନ ମଣ୍ଡଳୀରୁ ମୁଁ ନିର୍ବାଚିତ ହୋଇଛି । ମାତ୍ର ଆଜିର ଏ ଅନୁଭବ ମୋର ପ୍ରଥମ । ମୁଁ ଆପଣମାନଙ୍କୁ ଏଥିପାଇଁ ଧନ୍ୟବାଦ ଜଣାଉଛି । ଏବେ ଆପଣମାନଙ୍କର ଆସିବାର ଉଦ୍ଦେଶ୍ୟ ଖୋଲା କରନ୍ତୁ ।'

"ଆପଣମାନଙ୍କ ସମସ୍ତ ଦାବି ଓ ସମସ୍ୟା ସମ୍ପର୍କରେ ପ୍ରଶାସନ ଅବଗତି ଅଛନ୍ତି ।" ଉପଜିଲ୍ଲାପାଳ ବୁଝାଇବାକୁ ଚେଷ୍ଟାକରି କହିଲେ, "ପ୍ରଶାସନ ଉଦ୍‌ବେଗ ପ୍ରକାଶ କରୁଛନ୍ତି ଯେ ଆପଣମାନେ ସ୍ଥାନୀୟ ସମସ୍ୟାଗୁଡ଼ିକ ପ୍ରତି କି ପଦକ୍ଷେପ ସରକାରୀ ସ୍ତରରେ ନିଆ ଯାଉଛି ହୁଏତ ଅବଗତ ନୁହଁନ୍ତି । ଏଠିକାର ସମସ୍ତ ଉନ୍ନୟନ କାର୍ଯ୍ୟକ୍ରମ ଲୋକପ୍ରତିନିଧିଙ୍କ ପ୍ରତ୍ୟକ୍ଷ ସହଯୋଗ ଓ ପରାମର୍ଶରେ ହିଁ କାର୍ଯ୍ୟକାରୀ ହେଉଛି । କୃଷି, ସ୍ୱାସ୍ଥ୍ୟ, ପାନୀୟ ଜଳ ଯୋଗାଣ, ରାସ୍ତାଘାଟ ମରାମତି ତିଆରି ପ୍ରତି ଯଥାର୍ଥ ଧ୍ୟାନ ବି ଦିଆଯାଇଛି । ହୋଇପାରେ ଆପଣମାନଙ୍କ ସ୍ୱପ୍ନକୁ ଆମେ ସାକାର କରି ପାରିନୁ, ମାତ୍ର ସର୍ବଦା ଉଦ୍ୟମଶୀଳ । ଏଥିପ୍ରତି ସଚେତନ । ଏ ଅଞ୍ଚଳର ସର୍ବାଙ୍ଗୀନ ଉନ୍ନତି ପାଇଁ ଯେଉଁ ସଫଳ ପଦକ୍ଷେପ ନିଆଯାଇଥିଲା, ସେଥିଲାଗି ସରକାରୀ ସ୍ତରରେ ଆମ୍ଭେମାନେ ବହୁ ପ୍ରଶଂସିତ । ସମଗ୍ର ରାଜ୍ୟରେ ଏହା ଏକ ଦୃଷ୍ଟାନ୍ତ ।

"ହତ୍ୟା, ଧର୍ଷଣ, ଅପହରଣ, ରାହାଜାନି, ଗୁଣ୍ଡାଗର୍ଦ୍ଦି ନେଇ ବି ପ୍ରଶଂସିତ ।" ଗେଣ୍ଡା ନାକିଆ ଟୋକାଟାଏ ଆଗକୁ ମାଡ଼ି ଆସି ପରିହାସ ଭରା ସ୍ୱରରେ ପାଟିକରି କହିଲା । ଗୋଟାଏ ହାସ୍ୟରୋଳ ଖେଳିଗଲା ଜନତା ଭିତରେ । ପ୍ରଶାସନ ଅପମାନିତ ହୋଇ ନୀରବ ହୋଇଗଲା । ଇନିସ୍ପେକ୍ଟର ମଲ୍ଲ ରକ୍ତହୀନ ଦେଖାଗଲେ । ତଥାପି ନିଜକୁ ସଂଯମ କରି ବଡ଼ ଅସହାୟ ଭାବେ ଏସ୍.ପି. ଅଗ୍ରୱାଲଙ୍କୁ ଚାହିଁ ରହିଲେ । ଲାଠି ଚଲେଇବି କି !

ଏସ୍.ପି. ଯୁବକଟିକୁ ପାଖକୁ ଡାକି ପଚାରିଲେ, 'ତୁମ ନାମ କ'ଣ ?'

- 'ସଞ୍ଜୟ ବିଶୋଇ ।'

'କ'ଣ କରୁଛ ?'

- 'ଫାଇନାଲ ଇଅର ଡିଗ୍ରୀ, ପଢୁଛି ।'

'ରାଜନୀତି କରୁଛ କି ?'

- 'ହଁ, ଛାତ୍ର ରାଜନୀତି । ମୁଁ ଡି.ଏସ.ଓ. ର ସ୍ଥାନୀୟ ସଂପାଦକ ।'

'ଭେରିଗୁଡ୍ । ଆଇ ଲାଇକ୍ ଇଟ୍ । ମୁଁ ବି ଛାତ୍ର ଥିଲାବେଳେ ଡି.ଏସ୍.ଓ. ର ସଭ୍ୟ ଥିଲି । କିନ୍ତୁ, ଏତେ ପ୍ରତ୍ୟକ୍ଷ ଭାବରେ ଜଡ଼ିତ ନଥିଲି ।'

– 'ମୁଁ ନିଷ୍ପତ୍ତି ନେଇଛି ସାର ।' ଚାକିରି ନୁହେଁ ସମାଜ ସେବା କରିବି । ଅବଶ୍ୟ, ଶିକ୍ଷା ସମାପ୍ତି ପରେ ।'

'ଠିକ୍ ନିଷ୍ପତ୍ତି ନେଇଛ ।' 'ବାଞ୍ଛିତ ଅଗ୍ରୱାଲ ଖୁବ୍ ଖୁସି ହୋଇଗଲେ । ସଞ୍ଜୟ ସହ ହାତ ମିଳେଇ କହିଲେ- କଙ୍ଗ୍ରାଚୁଲେଶନ, ତୁମ ନିଷ୍ପତ୍ତି ପାଇଁ । ଆଚ୍ଛା, ମୋତେ କୁହତ – ତୁମେ କ'ଣ ଏ ଅଞ୍ଚଳର କ୍ରାଇମ୍‌ର ଟ୍ରାକ୍ ରେକର୍ଡ଼ ରଖୁଛକି ?'

– 'ନାଇଁ ସାର୍, ସବୁ ଅପରାଧର ନୁହେଁ । ମାତ୍ର ଯେଉଁଗୁଡ଼ିକ ସମାଜ ଉପରେ ବିଶେଷ ପ୍ରଭାବ ପକେଇଛି, ସେ ସଂପର୍କରେ ଜାଣିବାକୁ ଇଚ୍ଛା କରେ ।'

'ଠିକ୍ ଅଛି । ଦମୟନ୍ତୀ କଥା ଶୁଣ ।' 'ନିଜ ଗାଡ଼ିକୁ ଆଉଜି ଠିଆ ହୋଇ ପଡ଼ିଲେ ବାଞ୍ଛିତ ଅଗ୍ରୱାଲ ।' ନିଜ ଡାଇରୀଟି ଖୋଲି ଦୁଇ ତିନି ମିନିଟ୍ ପାଇଁ ଦେଖି ଦେଇ କହିଲେ, 'ବୁଝିଲ ସଞ୍ଜୟ, ଦମୟନ୍ତୀର କେଶ୍‌ଟା ଯେଉଁଭଳି ଭାବରେ ପ୍ରଚାରିତ ତା' ସେଭଳି ନୁହେଁ । ଦମୟନ୍ତୀ ନିଜ ସମ୍ପର୍କୀୟ ଦ୍ୱାରା ଗର୍ଭବତୀ ହୋଇଯାଇଥିଲା । ଭୟ ଓ ଲୋକଲଜ୍ୟା ହେତୁ ସଂପର୍କୀୟମାନେ ଗର୍ଭପାତ କରାଇ ପାରୁ ନଥିଲେ । ଏଥିରେ ବିଳମ୍ବ ହୋଇଯିବାରୁ ତାକୁ ମାରି ଫୋପାଡ଼ି ଦେଇ ଧର୍ଷଣ ଓ ହତ୍ୟା ରୂପ ଦେଲେ । ପୋଷ୍ଟମର୍ଟମ ରିପୋର୍ଟରେ ଧର୍ଷଣ ହୋଇ ନାହିଁ ଆସିଲା ।

ନମିତା ପାତ୍ର କୁଆଡ଼େ ଯାଇନାହିଁ । ତାକୁ ତା'ର ବାପା ମା' ଟଙ୍କା ନେଇ ହରିୟାଣାରେ ବିବାହ କରି ଦେଇଛନ୍ତି । ଲୋକଲଜ୍ୟାରୁ ରକ୍ଷା ପାଇବା ପାଇଁ, ନିଖୋଜ ଡାଇରୀଟିଏ ଥାନାରେ ଦେଇଥିଲେ ।

ସଞ୍ଜୟ ! ପ୍ରଶ୍ନ କରିବା ବ୍ୟକ୍ତିର ଏକ ଗାଣତାନ୍ତ୍ରିକ ଅଧିକାର । ଜନତା ନିଶ୍ଚୟ ପଚାରିବ । ତୁମେ ସେମିତି ପଚାରି ପାରିବ । ହେଲେ ସବୁ ଅଧିକାର ସହ ସଂଶ୍ଳିଷ୍ଟ ଥାଏ କିଛି କର୍ତ୍ତବ୍ୟ । ଯାହା ଆମେ ଭୁଲିଯିବା ଉଚିତ ନୁହେଁ, କି ସେଥିପ୍ରତି ଆଖିବୁଜି ଦେବାର ନୁହେଁ । ପୋଲିସକୁ ସହଯୋଗ କରିବା ଜନତାର କର୍ତ୍ତବ୍ୟ । ଜନତାକୁ ସକଳ ପ୍ରକାର ନିରାପତ୍ତା ଦେବା ପୋଲିସର କର୍ତ୍ତବ୍ୟ । ହେଲେ ଏଇ କର୍ତ୍ତବ୍ୟ ଏବେ କେବଳ ଭାଷଣ ଆଉ ଅଭିଯୋଗରେ ରହିଛି, ଅନ୍ୟକୁ ଅପଯଶିତ କରିବା ପାଇଁ । ଆମେ ବାସ୍ତବତାକୁ ବୁଝିବାକୁ ଚେଷ୍ଟା କରନ୍ତି ନାହିଁ ।

ଚଣ୍ଡ କ୍ଷେତ୍ରରେ ଏହା ହିଁ ଘଟିଛି ।

ଚଣ୍ଡକୁ ଗୁଣ୍ଡାମାନେ ସକାଳ ଦଶଟା ବେଳେ ବଜାର ମଝିଟାରେ ସମସ୍ତଙ୍କ

ଆଖି ଆଗରେ ହାଣି ହାଣି ମାରି ଦେଲେ । ଆମେ ସମସ୍ତେ ଦେଖିଲେ । ଆମର ସେଠି କ'ଣ କାହାର କିଛି କରିବାର ନଥିଲା । ଯାହା କରିବ, ପୋଲିସ କରିବ ।

ପୋଲିସ କ'ଣ ସବୁ ସଂଗଠିତ ଅପରାଧ ସ୍ଥଳରେ ଉପସ୍ଥିତ ଥାଏ ।

ସତରେ ପୋଲିସ ଯେପରି ସବୁ ଅପରାଧର ପ୍ରତ୍ୟକ୍ଷଦର୍ଶୀ ।

ଛାଡ଼ନ୍ତୁ ସେ ସବୁ କଥା । ଆପଣମାନେ ଗ୍ୟାଙ୍ଗଷ୍ଟାର ଚଣ୍ଡ ବିଷୟରେ ପୋଲିସ କ'ଣ କରୁଛି ଜାଣିବାକୁ ଚାହୁଁଛନ୍ତି ତ ?

ଚଣ୍ଡକୁ ମାରିଥିବା ଅପରାଧୀମାନେ ଆନ୍ତଃପ୍ରାଦେଶିକ ପ୍ରଫେସନାଲ । ସେମାନେ, ସୁପାରି କିଲର । ଝାଡ଼ଖଣ୍ଡ, ବିହାର ଓ କଲିକତାର ବୋଲି ଜଣା ପଡ଼ିଗଲାଣି । ସେମାନଙ୍କୁ ଏ ହତ୍ୟା କରିବା ପାଇଁ ବିନିଯୋଗ କରାଯିବାର ପ୍ରମାଣ ଆମର ହସ୍ତଗତ ହୋଇଛି । ଅପରାଧୀମାନେ ହତ୍ୟାକାଣ୍ଡକୁ ସଂଘଟିତ କରି ଅଣ୍ଡର ଗ୍ରାଉଣ୍ଡ ହୋଇ ଯାଇଛନ୍ତି । ନିକଟରେ ସେମାନେ ଧରା ପଡ଼ିଯିବେ ।

ଚଣ୍ଡ ହତ୍ୟାକାଣ୍ଡ ପଛର କାରଣରେ ଅଛି ଜଣେ ଅନୂଢ଼ା କିଶୋରୀ । ତା'ର ପ୍ରେମ ।

'ଏହା କ'ଣ ସମ୍ଭବ ହୋଇପାରେ ଏସ୍.ପି. ସାହେବ ?' ଏତେ ସମୟ ଧରି ନୀରବରେ ଧୈର୍ଯ୍ୟର ସହ ଶୁଣୁଥିବା ବିମଳ ସାହୁ ବିଚଳିତ ସ୍ୱରରେ ହଠାତ୍ ପ୍ରଶ୍ନ କଲା ।

– 'କାହିଁକି ସମ୍ଭବ ନୁହେଁ, ଭାବୁଛ ?' ଏସ୍.ପି. ସାପ ଭଳି ତତ୍‌କ୍ଷଣାତ୍ ଓଲଟି ପଡ଼ି ତୀକ୍ଷ୍ଣ ସ୍ୱରରେ ପ୍ରଶ୍ନ କଲେ ।

'ଚଣ୍ଡର ଯନ୍ତ୍ରଣାଭରା ଆକୁଳ ମୃତ୍ୟୁଦୃଶ୍ୟ ଦେଖିଛି- ମୁଁ, ସାର୍ ।'

ସେଇ ହତଭାଗ୍ୟ ଲୋକଟି ମୁଁ ।

ଯିଏ ପ୍ରତ୍ୟକ୍ଷ କରିଛି – ଗୋଟାଏ ଲୋକର ଜୀବନ ଅନ୍ତର ଦୃଶ୍ୟ ।

ଶୁଣିଛି ତା'ର ହଜି ଯାଉଥିବା ସ୍ୱରରେ – ସେ ଅସହାୟ ପ୍ରାଣାନ୍ତକ ପ୍ରଚେଷ୍ଟା – ଶବ୍ଦଟାଏ ଧରିବା ପାଇଁ ।

ସେ ପ୍ରଚଣ୍ଡ ବ୍ୟର୍ଥ ପ୍ରୟାସ,

ସେ ଆକ୍ତାମାକ୍ତା ଅବସ୍ଥା ଶବ୍ଦଟିଏ ଧରିବା ପାଇଁ କେବେ କ'ଣ ମିଥ୍ୟା କି ଛଳନାପୂର୍ଣ୍ଣ ହୋଇ ପାରେକି ଏସ୍.ପି. ସାର୍ ।

ସେ ତ ଥିଲା ତା'ର ଆତ୍ମାର, ମନର, ପ୍ରାଣର ଶବ୍ଦଟିଏ ଉଚ୍ଚାରଣ ପାଇଁ ଶେଷ ପ୍ରଚେଷ୍ଟା ।

ଯାହା ଭୁଷୁଡ଼ି ପଡୁଥିଲା ଗୋଟାଏ ପ୍ରକମ୍ପିତ ଇମାରତ ଭଳି ।

ସେ ହଜି ଯାଉଥିବା ସ୍ୱରଟି ଥିଲା ଗୋଟାଏ ମୃତ୍ୟୁମୁଖୀ ମଣିଷର ଶେଷ ପ୍ରୟାସ । ଶେଷ ବ୍ୟାକୁଳତା ।

ସେ ତା'ର ପ୍ରେମ ବ୍ୟତିତ ଆଉ କ'ଣ ବା ହୋଇପାରେ ।

ସେଇ ଶେଷ, ଅର୍ଦ୍ଧଉଚ୍ଚାରିତ ଶବ୍ଦବ୍ରହ୍ମଟି ଥିଲା ତା'ର ଶେଷ ଆହ୍ୱାନ-ଜଲ୍‌ସା ।

ଜଲସା ।

ବିଦାୟ ଜଲସା । ବି.ଦା....

'ଏହା ମିଥ୍ୟା ହେବ କେମିତି ? କେଉଁ ମହାକାଳ କି ମହାସ୍ଥାନ, ତାକୁ ଅତିକ୍ରମ କରି, ଦେବ ମିଥ୍ୟାରୂପ !'

ନୀରବ ହୋଇଗଲା ବିମଳ ସାହୁ । ଗୋଟିଏ ପାହାଡ଼ ଭଳି କି ମାଟିର କୁଦ ଭଳି ।

ପ୍ରଶେସନଟି ଆଗେଇ ଯାଉଥିଲା ।

ବୟସ୍କମାନେ ଥିଲେ ନୀରବ ନିସ୍ପନ୍ଦ ।

ଛାତ୍ରମାନେ ଥିଲେ ଉଦ୍ଦିପୀତ- ନୃତ୍ୟରେ, ଗୀତରେ, ସ୍ଲୋଗାନରେ । ଖୁବ୍ ଉପଭୋଗ କରୁଥିଲେ ଏ ଯାତ୍ରାକୁ ।

ଉପ ଜିଲ୍ଲାପାଳ ଫେରି ଯାଉଥିଲେ ତାଙ୍କ କାର୍ଯ୍ୟାଳୟକୁ । ଇନିସ୍ପେକ୍ଟର ଜିପ୍‌ରେ ବସି ଅନୁସରଣ କରୁଥିଲେ ଆନ୍ଦୋଳନକାରୀଙ୍କୁ ।

ରାସ୍ତା କଡ଼ରେ କଡ଼ରେ ଲାଠିଧରି ପୋଲିସ ଥିଲେ ରେଡ୍ ଆଲର୍ଟ ।

ବଜାରଟି ଥିଲା ସମ୍ପୂର୍ଣ୍ଣ ବନ୍ଦ ।

ଏସ୍.ପି. ବାଞ୍ଛିତ ଅଗ୍ରୱାଲା ଗାନ୍ଧୀ ଛକରେ ଠିଆ ହୋଇ ଚିନ୍ତିତ ହୋଇପଡ଼ିଥିଲେ । ଏହା ଏକ କାହାଣୀ ନା ସତ୍ୟ ।

ଗୋଟାଏ ଅପରାଧୀର ପ୍ରେମରେ କ'ଣ ଥାଇପାରେ ଏତେ ଗଭୀରତା । ଏତେ ନିଷ୍ଠା ।

ଗାନ୍ଧୀଛକ ଶୂନ୍‌ଶାନ୍ ଲାଗୁଥିଲା ।

'ସାର୍ । ଚଣ୍ଡର ମର୍ଡ଼ର କେସ୍ ସମ୍ପର୍କରେ ଟିକିଏ ପୁନର୍ଚିନ୍ତନ କରିବା ବିଷୟରେ ଭାବିବେ । ମୋର ଯାହା ମନେ ହୁଏ, ସେ ହତ୍ୟାକାଣ୍ଡର କାରଣ ଅନ୍ୟକିଛି ହୋଇପାରେ । ଜଲସାକୁ ଛାଡ଼ି ଚଣ୍ଡର ଜୀବନରେ ଅନ୍ୟ ଏକ ନାରୀ, ମୁଁ କାହିଁ କଳ୍ପନା କରିପାରୁ ନାହିଁ କି ବୁଝିପାରୁ ନାହିଁ - ଏ ତତ୍ତ୍ୱକୁ ।' ଅନୁନୟ ଭରି ରହିଥିଲା ବିମଳ ସାହୁ ସ୍ୱରରେ ।

ଏସ୍.ପି. ଗମ୍ଭୀର ଦିଶୁଥିଲେ । ଆଖି ବୁଲେଇ ପରଖି ଆକଳିତ କରିନେଲେ

ଅବସ୍ଥାର ଗଭୀରତାକୁ । ଲ' ଏଣ୍ଡ ଅର୍ଡ଼ର ସିଚୁଏସନ୍ ନାହିଁ ଏଠି । ନିଜ ଗାଡ଼ି ପାଖକୁ ଯାଉ ଯାଉ ସେ ଅଟକି ଯାଇ କହିଲେ, 'ବିମଳବାବୁ । କାଲି ମୋତେ ଭେଟିବେ ଅଫିସ୍‌ରେ ଆପଣ ।'

'ସାର୍ ।' ବିମଳ ସାହୁ ସମ୍ମତି ଜଣାଇଲେ ।

॥ ୧୧ ॥

ଇଏ, କି ଜୀବନ ବିରାଗ କେଜାଣି ।

କି ପ୍ରତିଶୋଧ ନିଜ ଉପରେ, ନିଜର ! ଯାହା-

ମୃତ୍ୟୁ-ଲିପ୍ସା ହୋଇ ବହିଲାଣି !

'ମୁଁ, ମୃତ୍ୟୁ ଚାହେଁ ।' ଘୋଷଣା କରି ଦେଲେ ନାରାୟଣ ମିଶ୍ର । ଏ ସଂସାରକୁ ଛାଡ଼ିବାକୁ ଚାହେଁ ।

ଏଠି ଗୋଟାଏ ଭୁଲ ବାଟରେ ବଞ୍ଚିଲି ଜୀବନ । ସବୁ ବେଳେ ଦାସଟିଏ ଭଳି । ଆଉ କାହାର - ଆନୁଗତ୍ୟରେ, ନିର୍ଦ୍ଦେଶରେ, ନିଷ୍ପତ୍ତିରେ ବଞ୍ଚିଗଲି । ସେଇ ଧାରାରେ ବୁଝିଲି ଜୀବନକୁ । ସେଇଆକୁ ବି ଚାପି ଦେଲି ଅନ୍ୟମାନଙ୍କ ଉପରେ ।

ଭାବୁଥିଲି ତା' ହିଁ ସତ୍ୟ, ଏକ ମାତ୍ର ସତ୍ୟ । ଜୀବନ ବଞ୍ଚିବତ ଏମିତି ବଞ୍ଚ ।

ଗଣିତର ଫର୍ମୂଲା ପାଲଟିଗଲା ଜୀବନର କ୍ଷେତ୍ର । ଯେମିତି ପାଞ୍ଚଟା କଞ୍ଚା ଆମ୍ବ, ଆଉ ତିନିଟା ପାଚିଲା ଲେମ୍ବୁ, ମିଶି ହେଲା ଆଠଟା । ସେମିତି, ପାଞ୍ଚ ଠୋପା କ୍ଷୀର, ତିନି ଠୋପା ମଦ ମିଶି ହେଲା ଆଠ ଠୋପା । ସେମିତି ତିନିଟା ଭୋକିଲା ବାଘ, ଦୁଇଟା ହୃଷ୍ଟପୁଷ୍ଟ ଛେଳି ମିଶି ହେଲା ପାଞ୍ଚଟି । ସେଇ ବିଚାରରେ ମୁଁ ବଞ୍ଚିଗଲି ଜୀବନ । ଜୀବନର ନୂତନ ସର୍ଜନ, ନୂତନ ପ୍ରସ୍ତାବନା, ଚିର ପ୍ରବାହମାନ ବାସ୍ତବତା ପ୍ରତି ମୁଁ ଆଖି ବୁଜି ଦେଲି । ଭାବିଲି ସେସବୁ ସ୍ଖଳନ । ଅସତ ମାର୍ଗ । ପାପର ବାଟ । ଅପସଂସ୍କୃତି ।

କେତେକେତେ ଅକ୍ଷମଣୀୟ ଭୁଲ ସବୁ ନ କରିଛି ଜୀବନରେ । କେତେ ଅନ୍ୟାୟ, କେତେ ଅତ୍ୟାଚାର ନ କରିଛି ତୋ ଉପରେ ଉଦୟ ! ତତେତ ମରିବାର ବାଟକୁ ମୁଁ ମୁହାଁଇ ଦେଇଛି । ତୋ ଠାରୁ ସବୁ ମୁହୂର୍ତ୍ତରେ ଦୂରେଇଗଲି । ତୋତେ ବି ମୋ ଠାରୁ, ଆମ ସମସ୍ତଙ୍କ ଠାରୁ ଦୂରେଇ ଦେଲି ।

ଛି ! ମୋତେ-ଧିକ୍ । ଶତ ଧିକ୍ ।

ଆରେ ବାବୁ । ତୁ ତ, ତୋ ବାଟରେ ଚାଲୁ ଥିଲୁ । ଦୁନିଆଁର ବାଟ ସେ । କେହିତ ତୋତେ କିଛି କହୁ ନଥିଲେ । ତୁ ବି କାହାର କିଛି କ୍ଷତି କରୁ ନଥିଲୁ । ଖାଲି ଯାହା ତୋ ଇଚ୍ଛାର ବାଟ ଥିଲା ସେ । ତୋ ଭଲ ମନ୍ଦର ବିଚାରରେ ବଞ୍ଚିବାକୁ ଚାହୁଁଥିଲୁ । ସେଇ ସୁଖର ବାଟ ତୋର । ମୁଁ କିଆଁ ସହିପାରିଲି ନାହିଁ ତୋତେ ।

ପାଶାଣ୍ଡଟିଏ ଥିଲି ମୁଁ ।

କ'ଣ ନିଜକୁ ଭାବୁଥିଲି କେଜାଣି !

ଏତେ ଉତ୍ପାତ କରୁଥିଲି ତୋ ଉପରେ । ଧରିତ୍ରୀ ମାତା ସହିଥିଲା କେମିତି । ସୀତାଙ୍କୁ ତାଙ୍କ ଭିତରେ ପୂରେଇ ଚାପି ଦେଲା ଭଳି ମୋତେ କାହିଁକି ସୁଡୁକେଇ ହେଲା ନାହିଁ । ମାଙ୍କଡ଼ ପିଜୁଳି ଖାଇଲା ଭଳି, କେହି ମୋତେ ଚୋବେଇ ରଗଡ଼ି ପକେଇଲା ନାହିଁ ।

ଏମିତି ନାରାୟର ମିଶ୍ର ବିଳି ବିଳେଇ ଉଠୁଛନ୍ତି । ରହିରହି ହାଓଳି ଖାଇ ଉଠୁଛନ୍ତି । ପୁଣି ନୋସଡ଼ି ପଡୁଛନ୍ତି । ଚୁପ୍ ହୋଇ ଯାଉଛନ୍ତି । ଲାଗୁଛି ଯେମିତି ବେହୋସ୍ ହୋଇ ପଡ଼ି ରହିଛନ୍ତି ସେ ।

ଲୋକେ ଭାବୁଛନ୍ତି, ଆଉ ବେଶିଦିନ ନୁହେଁ ବୁଢ଼ାର । ଖୁବ୍ ହେଲେ ଏ ମାସଟା । ଦେଖୁନା, ନିଜ ସାଙ୍ଗରେ କଥା ହେଲାଣି । ପ୍ରକୃତି ବଦଳି ଗଲାଣି । ତଳ ମୁହାଁ ହୋଇଗଲାଣି । ଦାଣ୍ଡ ପିଣ୍ଡାରେ ବସିଛି ଯେମିତି ଆଗକୁ ଝୁଙ୍କି ପଡ଼ିଛି । ଶୁଖିଲା ଡାଳ ଆଗରେ ଏକଲା ପକ୍ଷୀଟିଏ ଯେମିତି । ଥଣ୍ଟସହ ମୁଣ୍ଡକୁ ଗେଞ୍ଜି ଦେଇଛି ବକେ ସନ୍ଧିରେ । ଯେମିତି ତୁଟେଇ ଦେଲାଣି ସମ୍ପର୍କ ଦୁନିଆରୁ । ସେମିତି ଦାଣ୍ଡପିଣ୍ଡାରେ ଏକା ଏକା ।

ସେଇ ନିର୍ଜନତା ଭିତରୁ ଶୁଭୁଛି ଆଚମ୍ବିତ ସ୍ୱରଟିଏ-

ଡାକ୍, ଟୁଣୁ ଟୁଣୁ.....

ଡାକ୍, ଟୁଣୁ ଟୁଣୁ.....

'ଶୁଣିଲଣି ସେ ସ୍ୱର !' ଏମିତିକା ସ୍ୱର ମୁଁ କେବେ କେଉଁଠି ଶୁଣି ନଥିଲି ମ !

କାଲି ଯାଇ ବୁଢ଼ା ପାଖରେ ଘଡ଼ିଏ ବସିଥିଲି । ଦେକୁ ଦେଖୁ କ'ଣ ତ ମୋତେ କ'ଣ କହିଲା, 'ଗ୍ରହଣ କରି ଶିଖରେ ପୁଅ ।'

ମୁଁ କିଛି ସମଝି ପାରିଲି ନାହିଁ । ଭାବିଲି, ବୁଢ଼ା ଆଉ କ'ଣ ଦେବକି ମୋତେ, କିଛି ଗୋପ୍ୟ ପଦାର୍ଥ । ତୁଚ୍ଛା କଥା !

ବୁଢ଼ା ପାଖରେ କ'ଣ ଅଛି ଯେ ଦେବ ? ତା' ଛଡ଼ା ବ୍ରାହ୍ମଣୀୟା ଲୋକ । ଲୋଭ ତ ତିଳ ତଣ୍ଡୁଳ ଯାଏ । କହନ୍ତି ପରା, 'ନନା ! ଖଣ୍ଡେ ଅଦା ଦେଲ । – ଏ

ଧଡ଼ ଗଲେ ।' ହସି ଉଠିଲା ସଦାନନ୍ଦ ତାଚ୍ଛଲ୍ୟରେ । କହିଲା, କାଳେ ରାବଣ ଭଳି - ମଲା ବେଳକୁ କିଛି ଶିକ୍ଷା ଦେବ ବୁଢ଼ା, ସେତକ ତ ମିଳିଯିବ । ଅଣ୍ଟାରେ ଖୋସି ଦେବା । ପଚାରିଲି, 'କ'ଣ ଗ୍ରହଣ କରି ଶିଖିବାକୁ କହିଲ କକେଇ ?'

'ସେଇ ଉଦୟ କଥା ମ !'

'ସେଇତ ମୋତେ ବାତୁଳ କରୁଛି । ମୋତେ ଦେଖିଲେ ଖାଲି ହସୁଛି ଯେ ହସୁଛି ।'

'କାହିଁ ହସୁଛୁ କିରେ ?' ମୁଁ ପଚାରି ଦେଲି । ମୋତେ ଉତ୍ତର ଦେଲା,

'କେମିତିଆ ଲୋକ କିଓ ତୁମେ ନନା ! ଏତେ ରାଢ଼ପଣ ଗୋଟାଏ କ'ଣ । ଏତେ ବାରଣ କ'ଣ ! ଏତେ ଉପଦେଶ କ'ଣ ! ବୁଝିପାରୁନା କାହିଁ କି ଯେ, ଏଇ ପ୍ରକୃତି ଯୋଗୁ, ଦେଖ କେମିତି ତୁମ ପାଖରେ, କି ଆଗରେ, କି ପଛରେ ବି କେହି ନାହାନ୍ତି ।'

'ଚୁପ୍ କର । କେହି ନଥାନ୍ତୁ, ଧର୍ମ ତ ଅଛି ।'

ସେଦିନ, କହିଦେଲି ସିନା - ଧର୍ମ ଅଛି । ହେଲେ ଆଜି ବୁଝୁଛି, ଧର୍ମ ଏକ ବ୍ୟକ୍ତିର ବିଚାର । ତା'ର ଜୀବନ ଦୃଷ୍ଟି । ତା' ମଣିଷ ପାଇଁ ଚିରନ୍ତନ ନୁହେଁ କି, ଶେଷ ଉଚ୍ଚାରଣ ନୁହେଁ । ଏକମାତ୍ର ନୁହେଁ, କି ଅନିବାର୍ଯ୍ୟ ନୁହେଁ । ଏହା ଏକ ଜୀବନ ଦୃଷ୍ଟି । ଏହା ଯୁଗଧର୍ମ । ଧର୍ମକୁ ଚିରନ୍ତନ କରି ଯେଉଁମାନେ ମାତନ୍ତି ସେମାନେ ଧର୍ମ-ବିରୋଧୀ, ଜୀବନ ବିରୋଧୀ ମଣିଷ ।

ସେ ଦୃଷ୍ଟିଭଙ୍ଗୀ ବଦଳି ଗଲେ - ସବୁକିଛି ବଦଳିଯିବ । ଏଇ ସତ୍ୟଟିକୁ ମୁଁ ବୁଝିପାରୁ ନଥିଲି କେମିତି ?

ବୁଝିଲ ସଦାନନ୍ଦ । ମୁଁ, ଜାଣିଥିଲି - ଉଦୟ ଗୋଟାଏ ସାଧୁ କି ସନ୍ଥ ନୁହେଁ । ମହାତ୍ମା କି ଯୁଗପୁରୁଷ ନୁହେଁ । ନେତା ନୁହେଁ କି ସମାଜସେବୀ ନୁହେଁ ।

ସମାଜର ଗୋଟାଏ - ଦୁଷ୍ଟ ବ୍ରଣ ସେ । ଗୋଟାଏ - ଗୁଣ୍ଡା, ବଦ୍‌ମାସ । ଗୋଟାଏ ଅସାମାଜିକ ତତ୍ତ୍ୱ, ଗ୍ୟାଙ୍ଗଷ୍ଟାର ।

ଏମିତି କିଛି କାମ ନାହିଁ ଯାହା ସେ କରିପାରିବ ନାହିଁ ।

ତା' ମର୍ଜିରେ, ତା' ବିଚାରରେ ସେ ପରିଚାଳିତ ।

ଅନିୟନ୍ତ୍ରିତ ସେ । ଅପ୍ରତିହତ ।

ତାକୁ ତ ମୁଁ ଜମା ଗ୍ରହଣ କରିପାରୁ ନଥିଲି । ଆଦୌ ଭଲ ମୁଁ ପାଇପାରୁ ନଥିଲି । ଭାବୁଥିଲି, ସେ ମୋ ମୁହଁରେ କଳା ବୋଳି ଦେଇଛି । କୁଳାଙ୍ଗାରଟାଏ ସେ । ବଂଶର କଳଙ୍କ ।

ଗୋପନ ମନରେ ତ ଚାହୁଁଥିଲି - ମରି ଯାଆନ୍ତି କି ସେ !

ତ୍ରାହି ମିଳନ୍ତା ଗ୍ରହରୁ । ଅପବାଦରୁ । ଲୋକଲଜ୍ୟା ଅପବାଦରୁ ।

ଯେତେବେଳେ ଶୁଣିଦିଏ, ଉଦୟ କାହାକୁ ବାଡ଼େଇଛି କି କେଉଁଠି କେଉଁ ବ୍ୟବସାୟୀକୁ ମାଡ଼ ଧମକ ଦେଇଛ ଭଙ୍ଗାରୁଜା କରି ଚାନ୍ଦାବଟି ଆଦାୟ କରିଛି କି କାହାକୁ ହାଣି ଟଙ୍କା ଲୁଟ୍ କରିଛି । କେଉଁଠୁ ଚୋରି କରିଛି କି କେଉଁ ପିଲାକୁ ଅପହରଣ କରିଛି କି କାହାକୁ ମାଡ଼ ମାରି ତା' ମଟର ସାଇକେଲ୍ ଛଡ଼େଇ ନେଇଛି । କାହାକୁ ହାଣି ପକେଇଛି ଗୁଳି ମାରି ଟେଣ୍ଡର ଫିକ୍ସିଂ କରୁଛି ସେତେବେଳେ ଇଚ୍ଛାହୁଏ - ଆତ୍ମହତ୍ୟା କରି ଦେବାକୁ ।

ଦିନେ ସମ୍ଭାଳି ପାରିଲି ନାହିଁ, କିଏ ଜଣେ ଆସି କହିଦେଲା- ଚଣ୍ଡର ହାତଗୋଡ଼ ଅଣ୍ଟାରେ ଦଉଡ଼ି ବାନ୍ଧି ଆଠ ଦଶଟା ବନ୍ଧୁକଧାରୀ ପୋଲିସ୍ ତାକୁ କୋର୍ଟକୁ ଟାଣିଟାଣି ନେଉଛନ୍ତି । କେଉଁଠୁ ଟଙ୍କା ଲୁଟ୍ କେଶ୍‌ରେ ଧରାପଡ଼ିଛି । ବିକଳ ହୋଇ କନକ ଗୌରୀଙ୍କ ପାଖକୁ ଧାଇଁଗଲି । ଲମ୍ବ ହୋଇ ପାଦତଳେ ଲୋଟିଯାଇ ଆତୁର କାତର ସ୍ୱରରେ ଜଣେଇଲି, 'ମତେ ବାଟ ବତେଇ ଦେ ମା' ! ମୁଁ ଆଉ ସହିପାରୁ ନାହିଁ । ଏ ପାପଗ୍ରହ, ଏ ଦୂଷିତ ରକ୍ତ ମୋ ନିଷ୍ପାପ ବଂଶରେ ବହିଲା କେମିତି ? ମୁଁ ଜୀବନ ନାଶ କରି ଦେବି ମା' । ଏତେ ଦିନର ପୂଜାପାଠ ସବୁକୁ ଦ୍ୱାହି ଦେଇ କହୁଛି ମା' ! ଉଦୟକୁ ଟିକିଏ ସଦ୍‌ବୁଦ୍ଧି ଦେ, ନ ହେଲେ ବୁଝିବି ଯେ, ମୋ ପୂଜାପାଠର କିଛି ମହତ୍ୱ ନାହିଁ କି ପ୍ରଭାବ ନାହିଁ ।'

'ଯା' ପଳା ଏଠୁ !' କିଏ ଯେମିତି କହିଲା- ଯା', ପଳା । ସେମିତି ମୋତେ ଶୁଭିଲା ।

ଏକ ମୁହାଁ ହୋଇ ମୁଁ ପଳେଇ ଆସିଲି । ବାଟରେ ଅନୁଭବ କଲି-

'ମୁଁ ଉଦୟକୁ ସହାୟ ହେବାକୁ, ତା'ର ବିପଦ ଆପଦରୁ ଉଦ୍ଧାର ପାଇଁ ମୁଁ ମା'ଙ୍କୁ ପ୍ରାର୍ଥନା କରୁଛି ।'

ମୋତେ ବଡ଼ ବିଚିତ୍ର ଲାଗିଲା ।

ପିତୃତ୍ୱ କ'ଣ ଏଇଆ । ସବୁବେଳେ କ୍ଷମାଶୀଳ ଓ ଉଦାର ।

କେଇଦିନ ହେବ ଉଦୟ କେଉଁଠି ଥିଲା କେଜାଣି । ସେଦିନ ମୋଟର ସାଇକେଲ୍‌ଟିରେ ଆସି ଧୂମକେତୁ ଭଳି ପହଞ୍ଚିଗଲା । ମୋ ପଥରୁଦ୍ଧ କଲାଭଳି ଆଗରେ ଠିଆ ହୋଇ ଯାଇ ମୋତେ କହିଲା, 'ନନା, ଗୋଟାଏ ଝିଅକୁ ମୁଁ ଭଲ ପାଉଛି । ତାକୁ ବାହା ହେବାକୁ ଚାହୁଁଛି ।'

'କ'ଣ କହିଲୁ ବାହାହେବୁ ।' ଶୁଣୁଶୁଣୁ, ମୋ ରକ୍ତରେ ବିଷ ଚରିଗଲା । ମୁଁ

ତାକୁ କଟମଟ କରି ଚାହିଁଲି । 'ମା' କନକ ଗୌରୀ, କନକ ଗୌରୀ, କନକ ଗୌରୀ ତ୍ରିବାର ସ୍ମରଣ କରି ଛେପ ଢ଼ୋକି ପକାଇଲି । କି କଥା ଶୁଣିବାକୁ ମିଳିବ କେଜାଣି ।'

– 'ତୁ ବାହା ହେବୁ । କେଉଁଠି ? କାହାକୁ ? ତାକୁ ପୋଷିବ କିଏ ?'

'ତୁମେ କ'ଣ ମୋତେ ପୋଷୁଛ ?' ସେମିତି ଚଢ଼ା ଗଳାରେ ଓଲଟା ମୋତେ ପଚାରିଲା ଉଦୟ ।

'ତୁ ଯେମିତି ବଞ୍ଚୁଛୁ ମୁଁ ଜାଣେ । ସେମିତି, ପାପ ଅର୍ଜନରେ ତାକୁ ପୋଷିବୁ ?'

'ସବୁ ଅର୍ଜନରେ କିଛି ପାପ ଧନ ମିଶିଥାଏ ନନା ! ସେ ଅର୍ଜନ, ଦିଅଁ ପୂଜାକରି ହେଉ କି ମାଟି ହଣାରୁ ହେଉ । ଚାଷକରି ହେଉ କି ବ୍ୟବସାୟରେ ହେଉ ।' ଉଦୟର ସ୍ୱରରେ ବଡ଼ ଦାମ୍ଭିକ ପଣିଆ ଭରି ରହିଥିଲା ।

ସବୁଦିନେ ତ ଉଦୟ ଏମିତି । ପଦକୁ ପଦେ କଥା । ଭାଙ୍ଗିବ ନାହିଁ କି ନଇଁବ ନାହିଁ ।

– 'ଝିଅର ଜାତି ଗୋତ୍ର କ'ଣ ? ଘର କେଉଁଠି ? କିଏ ସବୁ ଅଛନ୍ତି ତା'ର । ବାପା ମା' କ'ଣ କରନ୍ତି ?' ଗରଗର ସ୍ୱରରେ ପଚାରିଥିଲେ ନାରାୟଣ ମିଶ୍ର ।

'ଜାତି ଗୋତ୍ର ଜାଣିନାହିଁ । ଭୁବନେଶ୍ୱରରେ ତା' ବାପାର ଫୁଲ ଦୋକାନ । ସେ ବୋଧେ ଓଡ଼ିଆ । ମା' କିନ୍ତୁ, ବଙ୍ଗାଳୁଣୀ ।' ବଡ଼ ନିର୍ଲଜ ସ୍ୱରରେ କହି ଯାଉଥାଏ ଉଦୟ ।

ଶୁଣୁଶୁଣୁ ନାରାୟଣ ମିଶ୍ର ଭୂଇଁ ଉପରେ ବସି ପଡ଼ିଲେ ମୁଣ୍ଡରେ ହାତ ଦେଇ । ମନେହେଲା, ସେ ଯେପରି ନିଜ ଉପରୁ ନିୟନ୍ତ୍ରଣ ହରାଇ ଖସି ପଡୁଛନ୍ତି ଗୋଟାଏ ଅନ୍ତହୀନ ସଂକୀର୍ଣ୍ଣ ଅନ୍ଧାରୀ ଗହ୍ୱର ଭିତରକୁ । ଆଉ ପାଟି ଫିଟାଇ ପାରୁ ନାହାନ୍ତି କି କିଛି ଦେଖିପାରୁ ନାହାନ୍ତି ।

ଅଥଚ, ତାଙ୍କ ଆଖପାଖରେ ପୁଅ ଶ୍ରୀହରି ବୋହୂ ସୁଜାତା, ବିରାଦର କେଇଜଣ ଠିଆ ହୋଇ ରହିଛନ୍ତି ନୀରବରେ । ଦେଖିବାକୁ ଘଟଣାର ଗତିରୂପକୁ । କିପରି ହେଉଛି ମାଙ୍କଡ଼ ନାଚ ।

ସେଇଠି ଆଗରେ ଠିଆ ହୋଇଛି ଉଦୟ ।

ମୌନ ହୋଇ ବସି ପଡ଼ିଥିବା ଗୋଟାଏ ଅହଂକାରୀ ବୁଢ଼ାକୁ ଅପେକ୍ଷାରେ ଚାହିଁ ରହିଛି ସେ ।

ପଦେ ହଁ-କି-ନାହିଁ ଶୁଣିବାକୁ । ଅଥଚ ତା' ମୁହଁକୁ ଚାହୁଁ ନଥାନ୍ତି ସେ ।

କି ଲୀଳା ଲଗେଇଛ ତମେ । କେତେ ପେଖନା କାଢୁଛ ! କ'ଣ ନିଜକୁ ଭାବୁଛ କେଜାଣି ! ବ୍ରହ୍ମା ନା ବିଷ୍ଣୁ ନା ମହେଶ୍ୱର । ସତରେ ଯେପରି – ସଂସାରଟା

ଯାକ, ତମେ ଚଳଉଛ । ତମେ ହର୍ତ୍ତାକର୍ତ୍ତା ଦଇବ ବିଧାତା । ଭାବୁଛକି ମୁଁ ଏଇଠି ତୁମ ଆଗରେ ଠିଆ ହୋଇଥିବି-ବାବନା ଭୂତ ଭଳି । ସତରେ ଯେପରି ଅପରାଧୀଟିଏ ମୁଁ । ଠିଆ ହୋଇଛି ଯେପରି - ଗଜପତି ଗୌଡ଼େଶ୍ୱର ନବକୋଟି କର୍ଣ୍ଣାଟକ କଳେବର୍ଗେଶ୍ୱର ମହାରାଜଙ୍କ ସମ୍ମୁଖରେ ଦଣ୍ଡ ଗ୍ରହଣ କରିବାକୁ । ସେ କଥା ଉଦୟ ଦ୍ୱାରା ହେବନି । ଉଦୟ କିଛି ଅପରାଧ କରିନି । ତୁମ ପାଖକୁ ଆସିଛି ବୋଲି ଭାବନା ଯେ, ତୁମେ ଯାହା କହିବ ମୁଁ ସେଇଆ କରିବି । ଉଦୟ ଭିତରେ ଚଣ୍ଡଟାଏ ଚେଇଁ ଉଠିଲା । ସେ ମୁହଁ ଖୋଲି କହିଲା-

'କ'ଣ କହୁଛ ନନା ! ମୋ ହାତରେ ସମୟ ନାହିଁ, ଏଠି ଏମିତି ଠିଆ ହେବାକୁ ।'

- 'ସମୟ ନାହିଁ ତ, କିଏ ତୋତେ କହୁଛି ଏଠି ଠିଆ ହେବାକୁ ! ଯା, ପଳା, ତୋ ମୁହଁ ଚାହିଁବାକୁ ମୋ ଇଚ୍ଛା ନାହିଁ ।'

'ନନା ! କାହିଁକି ତୁମେ ବୁଝୁନା କିଛି ଯେ ! ଜାତି, ଧର୍ମ, ବର୍ଣ୍ଣ, ଗୋତ୍ର, କୌଣସିଟି ବି ମଣିଷ ସହ ମଣିଷର ସମ୍ପର୍କକୁ ପ୍ରତିରୋଧ କରିପାରିବ ନାହିଁ । ବିଚ୍ଛିନ୍ନ କରିପାରିବ ନାହିଁ । ସଂପର୍କ ହିଁ ଈଶ୍ୱର । ସମ୍ପର୍କିତ ହେବା ହିଁ - ଧର୍ମ । ମାନବ ଧର୍ମ । ବିଶ୍ୱଧର୍ମ । ମୋର ସଂପର୍କରୁ ମୋତେ ତୁମେ ବଞ୍ଚିତ କରିପାରିବ ନାହିଁ । ତୁମେ ମୋତେ ହୁଏତ ଆଶୀର୍ବାଦ ନଦେଇ ପାର, ଆମକୁ ଗ୍ରହଣ ନକରି ପାର ।

କିନ୍ତୁ ମନେରଖ, ମୁଁ ତୁମକୁ ବି ତ୍ୟାଗ କରିପାରିବି ନାହିଁ । ତୁମେ ତ ମୋର - ଜନ୍ମଦାତା, ପିତା । ମୋ ପରିଚୟର ହିସା । ମୁଁ ସେଥିରୁ ବିଚ୍ଛିନ୍ନ ହେବି କେମିତି । କେଉଁ ଇତିହାସ ବା ଭୂଗୋଳ ନା ଧର୍ମ ପାରିବ ଆମକୁ ବିଚ୍ଛିନ୍ନ କରି ?

ନନା ! ଏ ପୃଥିବୀର ସ୍ୱୀକାର ହିଁ ମୂଳମନ୍ତ୍ର । ଗ୍ରହଣ କରିବା ଏହାର ଧର୍ମ । ପ୍ରତ୍ୟାଖ୍ୟାନ କରି ଜାଣେ ନା । ଭିନ୍ନାଭିନ୍ନ ହିଁ ଏହାର ସ୍ୱରୂପ, ରୂପ ରୂପାନ୍ତର । ନନା, ପଞ୍ଚ ମହାଭୂତର ଜଗତ ଇଏ । ସେ ସବୁ - ଭିନ୍ନ ଭିନ୍ନ । ତା'ର ପ୍ରକୃତି ଭିନ୍ନ । ଆକାର ଭିନ୍ନ । ବିକାର ଭିନ୍ନ । ପୁଣି ସେ ସବୁର ଜାଗତିକ ମିଶ୍ରଣରେ ଜୀବନ ସୃଷ୍ଟି । ସଂସାର ସୃଷ୍ଟି । ଏହା ଏକ ମିଶ୍ରଣ । ଏକ ଗ୍ରହଣ, ମହାଜାଗତିକ-ଏକତ୍ରୀକରଣ । ଈଶୋପନିଷଦର ଏହିହି - ଏକତ୍ୱଂ ଅନୁପଶ୍ୟତାମ୍ ଦୃଷ୍ଟି । ତୁମେ କିନ୍ତୁ ଏ ଗ୍ରାହ୍ୟତାକୁ ସ୍ୱୀକାର କରୁନା । ଏହା କେବଳ ଧର୍ମ-ବିରୋଧୀ ନୁହେଁ, ଜୀବନ-ବିରୋଧୀ । ଏହାହିଁ ମାୟା ରୂପ । ଅଜ୍ଞାନ । ଏଥିରୁ ତୁମେ ମୁକ୍ତ ହୁଅ ମୁଁ ପ୍ରାର୍ଥନା କରୁଛି ।

'ଆସୁଛି ନନା । ମୁଁ ଆସୁଛି ।' ଉଦୟ, ନାରାୟଣ ମିଶ୍ରଙ୍କୁ ଥରେ ପୂର୍ଣ୍ଣଦୃଷ୍ଟିରେ ଚାହିଁ ଦେଖିଲା ନିବିଷ୍ଟ ଭାବରେ । ହାତ ଯୋଡ଼ି ମୁଣ୍ଡ ନୁଆଁଇ ନମସ୍କାର କରି ବୁଲି

ପଡ଼ିଲା ବେଳକୁ ଆଖି ତା'ର ସଜଳ ହୋଇଯାଇଥିଲା । ସେ ଏକ ମୁହାଁ ହୋଇ ଆସି ମୋଟରସାଇକେଲ୍‌ଟି ଷ୍ଟାର୍ଟ କରି ଆଖି ପିଛୁଳାକେ କୁଆଡ଼େ ଯେପରି ଉଭାନ ହୋଇଗଲା - ବାଜପକ୍ଷୀଟିଏ ଭଳି ।

ଉଦୟ ଚାଲିଯିବା ପରେ ମୁଁ ବୁଝି ପାରିଲି, ମୁଁ ଏକୁଟିଆ ହୋଇ ଯାଇଛି ।

ମୋ ଈଶ୍ୱର, ମୋ ସତ୍ୟ, ମୋ ଧର୍ମ, ମୋ ବିଶ୍ୱାସ ଏପରିକି ମୋ ବଡ଼ପୁଅ ବୋହୂ, ଜ୍ଞାତି କୁଟୁମ୍ବ କେହି ମୋ ପାଖରେ ନାହାନ୍ତି ।

କେବଳ - ମୁଁ ।

ଏକା - ମୁଁ ।

ମୁଁ ଅସ୍ଥିର ବିଚଳିତ ହୋଇପଡ଼ିଲି । ମୋତେ ଲାଗିଲା, ମୁଁ ଯେମିତି ପଥଚ୍ୟୁତ ବି ହୋଇଯାଇଛି ।

କ'ଣ ବା ଆଉ କରିପାରିଥାନ୍ତି !

ପବିତ୍ର ଭରଦ୍ୱାଜ ଗୋତ୍ରର କୁଳୀନ ବ୍ରାହ୍ମଣ ପରିବାରର ପୂର୍ବପୁରୁଷଙ୍କ ବିଚାରରୁ ଓହରିଯାଇ ଗୋଟାଏ ଇତର ମାଲ୍ୟାଣୀ ଘରର ଝିଅକୁ ବୋହୂ କରିପାରିଥାନ୍ତି ! ମୁଁ ପାରିଲି ନାହିଁ ।

କିନ୍ତୁ, ଘଟଣାଟି ଘଟିଲା, ଅତି ବିଚିତ୍ର ଢ଼ଙ୍ଗରେ ।

ଉଦୟ ଜଲସା ଏକାଠି ରହିଲେ ପତିପତ୍ନୀ ଭାବରେ ।

ବୈବାହିକ ଅନୁଷ୍ଠାନକୁ ସାମାଜିକ ସଂସ୍କୃତିକୁ ସ୍ୱୀକୃତିକୁ ପ୍ରତ୍ୟାଖ୍ୟାନ କରି ।

ପ୍ରତିରୋଧର କି ବିଚିତ୍ର ଭୟଙ୍କର ପ୍ରତିଘାତ । ଦୀର୍ଘଶ୍ୱାସ ପକେଇଲେ ନାରାୟଣ ମିଶ୍ର ।

'ଆଜି ବୁଝିଛି ସଦାନନ୍ଦ । ଗୋଟାଏ ଅହେତୁକ ବିଧି ବିଧାନ, ତା'ର ମୁହଁ ନଥିବା ସଂସ୍କାରର ଆବେଦନ ଚାପ ଅପେକ୍ଷା - ବାସ୍ତବତାର ଦାବି ଅଧିକାର, ଅଧିକ ଗ୍ରହଣୀୟ, ଯଥାର୍ଥ ।'

ସଦାନନ୍ଦ ଉଠି ଠିଆ ହୋଇଗଲେ । ଏ ଗପ ଶୁଣିବାକୁ ତାଙ୍କର ଆଉ ଧୈର୍ଯ୍ୟ ନଥିଲା । ସେ ଆସିଥିଲେ ସେଇ ଚାଞ୍ଚଲ୍ୟକର ସମ୍ବାଦଟି ବୁଢ଼ାକୁ ଶୁଣେଇ ଦେବାକୁ । ତା'ର ପ୍ରତିକ୍ରିୟା ଦେଖିବାକୁ । ମାତ୍ର ଏ ପର୍ଯ୍ୟନ୍ତ କହିପାରିଲେ ନାହିଁ ବୁଢ଼ାକୁ । ନକହି ଚାଲିଯିବେ ସେ କେମିତି ।

'କକେଇ ! ମୁଁ ଶୁଣିଲି ଉଦୟର ମୃତ୍ୟୁ ଲାଗି କୁଆଡ଼େ ଆଉ ଗୋଟାଏ ଟୋକି ଦାୟୀ । ତା'ରି ପରିବାରର ଲୋକେ କୁଆଡ଼େ ବାହାରୁ ମଣିଷ ମରା ଲୋକ ମଗେଇ ତାକୁ ହଣେଇ ପକେଇଲେ ।'

- 'ନା । ସଦାନନ୍ଦ', ଚିଲେଇ ଉଠିଲେ ନାରାୟଣ । ମିଛ । ସବୁମିଛ । ଏ କଥାକୁ ମୁଁ ଜମା ବିଶ୍ୱାସ କରିବି ନାହିଁ । ନାରୀମାନଙ୍କ ପ୍ରତି ଉଦୟର ଶ୍ରଦ୍ଧା ଢେରେ ଅଧିକ । ତା' ଛଡ଼ା ଜଲସାକୁ ସେ ବହୁତ ଭଲ ପାଏ, ଏ କଥା ତା' ନାମରେ ମିଥ୍ୟା ପ୍ରଚାର କରାଯାଉଛି, କିଛି ଅଭିସନ୍ଧି ରଖି । ହୁଏତ, ହତ୍ୟାକାରୀମାନଙ୍କୁ ସାହାଯ୍ୟ କରିବାକୁ ଏ ପ୍ରଚାର ।' କହୁକହୁ ବିଚଳିତ ହୋଇ ପଡ଼ିଲେ ନାରାୟଣ ମିଶ୍ର । ଭଙ୍ଗା ସ୍ୱରରେ କହିଲେ- ମୁଁ କ'ଣ କରିବି ସଦାନନ୍ଦ । କେମିତି ମଲା ପୁଅଟାକୁ ଏ ଅପବାଦରୁ ରକ୍ଷା କରିବି । ମୁଁ କ'ଣ କରିବି ! କେଉଁଠିକି କାହା ପାଖକୁ ଯିବିରେ ପୁଅ ?

ମୃତ୍ୟୁପରେ ଉଦୟ ପ୍ରତି ଏ ଅନ୍ୟାୟ ଆକ୍ଷେପ ଅଭିଯୋଗ ବଡ଼ ଅସହଣୀ ହେଉଛି ମୋ ପାଇଁ ।

ସଦାନନ୍ଦ ମୋତେ ଟିକିଏ, ଦୟା କରିବୁ ? ନେଇଯିବୁ ଜଲସା ପାଖକୁ ।

ଅବଶ୍ୟ ମୁଁ ତାକୁ ଦେଖି ନାହିଁ ଆଜିଯାଏ । ଶୁଣିଛି, କୁଆଡ଼େ ବହୁତ ଭଲ ଝିଅଟିଏ । ଗର୍ଭବତୀ କୁଆଡ଼େ ଅଛି । ସେଇ ଅବସ୍ଥାରେ ଉଦୟର ଶବ ନେଇ ସଂସ୍କାର କରିଛି ।

ଆରେ, ଆମେ ତା'ର ବାପାଭାଇ ଯାହା ନକଲୁ ସେ କଲା ।

ପୋଲିସ କୁଆଡ଼େ ବହ ଜଞ୍ଜାଳ କଲା ତାକୁ - ବାହାଘରକୁ ନେଇ ।

ରକ୍ଷିତା କହିଲା ! କେତେବଡ଼ ଘରର ବୋହୁକୁ ରକ୍ଷିତା କହିଲା ! ସବୁ ଭାଗ୍ୟ ।

ମତେ ଟିକିଏ ତା' ପାଖକୁ ନେଇ ଚାଲ ପୁଅ, ତୋତେ ନେହୁରା ହେଉଛି ।' ସଦାନନ୍ଦ ହାତକୁ ଚାପି ଧରିଲେ ନାରାୟଣ ମିଶ୍ର ।

|| ୧୨ ||

ଜାନ୍ !

ନାଁ ଦେଇଛି ଜଲସା ।

ତା'ର ଗର୍ଭବାସୀ ସନ୍ତାନର ନାଁ-ଜାନ୍ ।

ଜାନ୍ ଜାନ୍ ଜାନ୍.... ଶହେ କି ଲକ୍ଷ ଲକ୍ଷ ଥର ଦିନକୁ ଡାକୁଛି ଜଲସା-ଜାନ୍ । ଜାନ୍ । ଜାନ୍ । ଜାନ୍ । ଜାନ୍ । ଜାନ୍ । ଜାନ୍ । ଜାନ୍ । ଜାନ୍ । ଜାନ୍ । ଜାନ୍ । ଜାନ୍ । ଜାନ୍ । ଜାନ୍ । ଜାନ୍ । ଜାନ୍ । ଜାନ୍ । .....ଜାନ୍

ଜାନ୍ । ଯେମିତି ପାଲଟି ଯାଇଛି ତା' ପାଇଁ - ଓଁକାର ଧ୍ୱନି । କି ପ୍ରିୟ ମହାମନ୍ତ୍ର । କି ବୀଜମନ୍ତ୍ର । କି ଶବ୍ଦବ୍ରହ୍ମ ଅଥବା ।

ସେଇ ତା' ପାଇଁ - ନାମବ୍ରହ୍ମ । ନାମୀ ପୁରୁଷ ।

ସୋଽହମ୍ । ଜଲସା କହୁଛି - ମୋର ରୂପାନ୍ତରିତ ସତ୍ତା ସେ । ଉଦୟର ପ୍ରତିରୂପୀ । ସୋଽହମ୍ ।

ସେଇ ମୋର - ଶ୍ରେୟ, ଧ୍ୟେୟ ।

ସେଇ ମୋର, ଅପାର ଆନନ୍ଦ । ପରମ ତୃପ୍ତି । ବିସ୍ତାରିତ ଖୁସି ।

ସେଇ ମୋର ସବୁକିଛି । ଜୀବନ ମରଣ । ଗତି ମୁକ୍ତି ।

କେତେକେତେ ଭାବରେ, ରୂପରେ, ଭଙ୍ଗିରେ ଜଲସା ଡାକୁଛି ତାକୁ - ଜାନ୍ ଡିଅର । ମୋ ପ୍ରେମ । ମୋ ସ୍ୱପ୍ନ । ମୋ ଜୀବନ । ମୋ ଆତ୍ମା । ମୋ ସୁନାଟା ପରା । ମୋ ଧନଟା ପରା । ମୋ ଭବିଷ୍ୟତ । ମୋ ପରିଚୟ । ମୋ ମୁକ୍ତି ପଥ । ମୋ ପୂର୍ଣ୍ଣତା ।

ଜାନ୍ ! ବାପ, ଏମିତି ଦୃଷ୍ଟ ହ'ନାରେ । ଡାଡି ଭଳି ସବୁବେଳେ ଦୁଷ୍ଟାମି କରନା । ଖିଜିରି ବିଜିରି ହୋଇ ଲଗାନା ମୋ ସାଙ୍ଗରେ । ମୋତେ ବ୍ୟସ୍ତ ବିବ୍ରତ କରି ପକାନା । ଚିଡ଼େଇ ଦେ'ନା । ଯେତେ କହିଲେ, ତୋ ଡାଡି ନ ଶୁଣିଲା ଭଳି ତୁ ବି ସେମିତି ସବୁବେଳେ ଖୁଜୁବୁଜୁ ହେଉଛୁ ।

ଶୁଣିବୁନି ମୋ କଥା, ନା ! ହଉ ନ ଶୁଣ ! ମୁଁ ବା କ'ଣ କରିପାରିବି । ଆଉ ଚାରା କ'ଣ ବା ଅଛି ମୋର । ତୋ ଡାଡି ମୋତେ ହରକତ କରୁଥିଲା । ଏଠି ବୋଲି ସେଠି ହାତ ମାରୁଥିବ । ଚିମୁଟି ଦଉ ଥିବ । ଚିପି ପକୋଉ ଥିବ । ଚାପି ଧରୁଥିବ । ଟାଣି ନଉଥିବ ଦେହ ଉପରକୁ । ଗେଲ କରି ଦେଉଥିବ । ସବୁବେଳେ ଲାଗିଥିବ ।

ତୋତେ ସେ ସବୁ କଥା କହିବାକୁ ସରମ କ'ଣ !

ତୋ ଡାଡିର କଥା ସେ ସବୁ ।

ଯାହାକୁ ବାବୁରେ ତୁ ଏ ମାଟିରେ ପାଦ ଦେଲା ବେଳକୁ, ଆଖି ଖୋଲି ଚାହିଁଲା ବେଳକୁ, ଆଉ ଦେଖି ପାରି ନଥିବୁ । ତା' ସ୍ପର୍ଶ ପାଇପାରୁ ନଥିବୁ । ତା' ସ୍ୱପ୍ନର ଅଂଶ ହୋଇପାରୁ ନଥିବୁ । ହେଲେ, ଲୋକଙ୍କ ଠାରୁ ଶୁଣିବୁ ତାଙ୍କ କଥା । କେତେ ରକମର କଥା । କେତେ ସତ କେତେ ମିଛ । କେତେ ପୁଣି ମନଗଢ଼ା କଥା । କପୋଳକଳ୍ପିତ ।

ତୋ ଡାଡି ଭଳି ଲୋକଙ୍କୁ ନେଇ କାହାଣୀ ଗଢ଼ିବାକୁ ଲୋକେ କୁଣ୍ଠିତ ନୁହଁନ୍ତି ।

କାହାଣୀର ନାୟକ ସେମାନେ । ବହୁ କାହାଣୀର ନାୟକ ।

କାଳେ ସେଇ କପୋଳକଳ୍ପିତ କାହାଣୀ ତୋତେ ବିକ୍ଷୁବ୍ଧ କରି ପକେଇବ । କାଳେ ତୁ ହଜିଯିବୁ ସେ କାହାଣୀର ଉଭଟ ଜଙ୍ଗଲରେ । ସେଥିପାଇଁ ତୋତେ ମୁଁ ସବୁ କହିବି । ସମୟାନ୍ତରେ ସବୁ କହିବି । ତୁ ଟିକିଏ ଧୈର୍ଯ୍ୟ ଧର କେବଳ । ମୋତେ ଟିକିଏ ସମୟ ଦେ । ଜଲସା ଉଡ଼ନ୍ତା ଚୁମାଟିଏ ହାତରେ ତୋଳି ନେଇ ନିଜର ଜଠର ଉପରେ ଲଗେଇ ଦେଇ କହିଲା, 'ଆଇ ଲଭ୍ ୟୁ ଜାନ୍ । ଲଭ୍ ୟୁ ଭେରି ମଚ୍ ।'

ଜାନ୍ ! ମାଇଁ ଲିଟିଲ୍ ହାର୍ଟ । ଶୁଣୁଛୁ ତ ଶୁଣ । ଯେଉଁଦିନ ଆମେ ପ୍ରଥମ କରି ଜାଣିଲୁ - ତୁ ଆସୁଛୁ । ତୁ ଆସୁଛୁ ।

ତୁ ଆସୁଛୁ....

ଆମେ ଆବା କାବା ହୋଇଗଲୁ । ଆଉ କିଛି ବୁଝି ପାରିଲୁ ନାହିଁ କି କିଛି ଶୁଣି ପାରିଲୁ ନାହିଁ । କିଛିବି ଦେଖି ବି ପାରିଲୁ ନାହିଁ । ଗୋଟାଏଅଜବ ନିସ୍ତରଙ୍ଗ ନୀରବତା ଯେମିତି ଓହ୍ଲାଇ ଆସଲା ସାରା ଆକାଶରୁ । ଆମକୁ କାବୁ କରି ମାଡ଼ି ଚାଲିଲା ବନ୍ୟା ଭଳି । ପ୍ଲାବନ କରିଦେଲା ଏଇ ବୈଷମ୍ୟାୟିତ ପୃଥିବୀକୁ । ସବୁ ଏକାକାର ପାଲଟିଗଲା । ସେଇ ନିଥର ନୀରବତା ଭିତରୁ ଅନେକ ସମୟ ପରେ ଶୁଭିଲା ଗୋଟାଏ ହାତ ଘଣ୍ଟିର ବଜାଣ ।

ସେ ଧ୍ୱନୀ ତା'ର ପକ୍ଷୀଟିଏ ଭଳି ଉଡ଼ି ଆସୁଥାଏ ଖୁବ୍ ଦୂରରୁ ପାଖକୁ ପାଖକୁ ।

ଅସ୍ପଷ୍ଟରୁ ସ୍ପଷ୍ଟ ହୋଇ ଆସୁଥାଏ - ସେ ସ୍ୱର । ଟିନ୍ ଟିନ୍ ଟିନ୍ ଟିନ୍ ।

ସେ ଶବ୍ଦଧ୍ୱନୀ ପୁଣି ପାଲଟିଗଲା ଆରାଧନାର ସ୍ୱରଟିଏ ଭଳି ଆତ୍ମା-ବିଭୋରିତ ।

ଆମେ ଉତ୍କଣ୍ଠିତ ହୋଇ ଉଠି ଥାଉ ଶୁଣିବାକୁ ସେ ସ୍ୱର ।

କେଉଁଠି, ମନ୍ଦିରରେ ବୋଧେ ଦେବା ଦେବୀଙ୍କୁ କିଏ ପୂଜା କରୁଛି ।

'ମୋ ନନା, ନାରାୟଣ ମିଶ୍ର ନୁହଁନ୍ତି ତ ।' ସନ୍ଦିଗ୍ଧ ଦୃଷ୍ଟିରେ ପ୍ରଶ୍ନକରି ଚାହିଁ ରହିଲା ଉଦୟ ।

ନନା ତ ସନ୍ଧ୍ୟାରେ, ଦେବୀ କନକ ଗୌରୀଙ୍କୁ ପୂଜା କଲାବେଳେ ଏମିତି ବଜାନ୍ତି ହାତଘଣ୍ଟି ଯେ, ଚାରିଦିଗକୁ ଯେମିତି ସେ ସ୍ୱର ସଂଗୀତ ବିସ୍ତରି ଯାଏ । ଆଳତିର ମହକ ଉଚ୍ଛୁଳି ଉଠେ । ଅନୁବନ୍ଧିତ ହୋଇ ଉଠେ ସେ ସ୍ଥାନ କାଳ ପାତ୍ର ।

ସେଇ ଘଣ୍ଟିର ସ୍ୱର, ପ୍ରତ୍ୟୟ ମହକ ସେଇଭଳି ସଞ୍ଚରି ଯାଉଛି । ସେମିତି ପ୍ରତ୍ୟ ହେଉଛି ।

"ଜଲସା ! ତୁମେ ଶୁଣି ପାରୁଛତ ! ମନେରଖ ତ ଏ ସ୍ୱର ଝଙ୍କାରକୁ ।" ମୋତେ ତୋର ଡାଡି ନିର୍ଦ୍ଦେଶ ଦେଲେ । ମୋତେ ଲାଗିଲା ଗୋଟାଏ କିଛି ମଙ୍ଗଳକର ଘଟଣା ଘଟିବାକୁ ଯାଉଛି ।

ନାରୀଟିଏ ପ୍ରଥମ କରି ମା' ହେବାର ସୌଭାଗ୍ୟଠୁଁ ଆଉ ବା କ'ଣ ମଙ୍ଗଳକର ଘଟଣା ଅଛି ଏ ସୃଷ୍ଟିରେ ।

ଜାନ୍ ! ତୋ ଜେଜେଙ୍କୁ ମୁଁ ଦେଖି ନାହିଁରେ । ଆଜିଯାଏ ବି ଦେଖିନାହିଁ ।

ତାଙ୍କ ବିଷୟରେ ଯାହାସବୁ ଶୁଣିଛି କେବଳ ତୋ ଡାଡିଙ୍କ ପାଖରୁ । ପ୍ରାୟ ସବୁଦିନେ କେଉଁ ପ୍ରସଙ୍ଗରେ ବାହାନାରେ, ତୋ ଡାଡିଙ୍କ ସ୍ମୃତି ଭିତରକୁ ପଶି ଆସନ୍ତି ଜେଜେ । ସେତେବେଳେ ସେ ମୁଖର ହୋଇ ଉଠନ୍ତି ତାଙ୍କୁ ନେଇ । ଲୋକେ ସିନା କୁହନ୍ତି ବାପ ପୁଅଙ୍କ ପଟେ ନାହିଁ ଆଦୌ । ହେଲେ ସେ ସବୁ ଠିକ୍ କଥା ନୁହେଁ ।

ଉଦୟ ତୋ ଜେଜେଙ୍କୁ ବହୁତ ଭଲ ପାଉଥିଲେ । ବଡ଼ ଅଦ୍ଭୁତ ସେ ଭଲ ପାଇବା । ପ୍ରେମ ଓ ଘୃଣା, ଉଭୟ ରଙ୍ଗରେ ବର୍ଣ୍ଣିଳ । ବିରୋଧାଭାସର ଫାଶରେ ବନ୍ଧା ସେ ସମ୍ପର୍କ । ଏତେ ଭଲ ପାଆନ୍ତି ଯେ, ଗୋଟାଏ ଦିନ ନାହିଁ ଯେଉଁଦିନ ତାଙ୍କ ପ୍ରସଙ୍ଗ ଉଠାନ୍ତି ନାହିଁ । ପଦେ ପଦେ କଥାରେ ତାଙ୍କୁ ନେଇ ଥଟ୍ଟାମଜ୍ଜା କରୁଥିବେ । ମୋତେ ପୁଣି ଚିଡ଼େଇ କରି କହୁଥିବେ, ସେମିତି ନାରାୟଣ ମିଶ୍ରଙ୍କ ବୋହୂ ଭଳି ହୁଅନା ମ ! ସବୁ କାମରେ କଥାରେ ଗୋଟାଏ ନାକ ଟେକା କ'ଣ !

ନାରାୟଣ ମିଶ୍ର ହୋଟେଲକୁ ଯିବା ?

- 'ନା ନା ।'

ଚିକେନ୍ ଖାଇବ ?

- 'ରାମ ରାମ ।'

ମଦ ପିଇବ ?

- 'ଛି ଛି ।'

ଜିନ୍ ପିନ୍ଧିବ ?

- 'ନା ନା ।'

ମେଳା ମହୋତ୍ସବ ବୁଲିବା ?

- 'ନା ନା ।'

ପ୍ରେମ କରିବା ?

- 'ନା ନା ।'

ଦିଅଁ ପୂଜିବ ?

- 'ହଁ ହଁ ।'

ଚୁଡ଼ା-କଦଳୀ-ଦହି-ମିଠା ଖାଇବ ?

- 'ହଁ ହଁ ।'

ହୋମ କରିବ ?

- 'ହଁ ହଁ ।'

ଚନ୍ଦନ ଲଗେଇବ ?

- 'ହଁ ହଁ ।'

ସେଣ୍ଟ ପକେଇବ ?

- 'ନା ନା ।'

ଧନ ସଞ୍ଚିବ ?

- 'ନା ନା ।'

ଦାନ କରିବ ?

- 'ନା ନା ।'

ଦକ୍ଷିଣା ନବ ?

- 'ହଁ ଦିଅ ।'

ଜେଜେ, ଖୁବ୍ ଭଲ ଲୋକ ଥିଲେ । ଅତି ସାତ୍ତ୍ୱିକ ନିରୀହ ମଣିଷଟିଏ । ଠାକୁର ଦେବତାଙ୍କୁ ନେଇ ଜୀବନ । ମନୁବାଦୀ ଲୋକ । ତାଙ୍କୁ ଦେଖିବାକୁ, ତାଙ୍କ

ପାଖରେ କିଛିଦିନ ଗାଁରେ ରହି ତାଙ୍କ ସେବା କରିବାକୁ ବହୁତ ଇଚ୍ଛା ହୁଏ । ହେଲେ ତୋ ଡାଡି ସାହାସ କରିପାରନ୍ତି ନାହିଁ । ଭୟ ତାଙ୍କର, କାଳେ କେହି ମୋତେ ସେଠି ଅପମାନିତ କରିବେ । ଅଘରୀ ନୀଚ ଜାତିର, ଅବ୍ରାହ୍ମଣ ବୋଲି ହେୟ ଜ୍ଞାନ କରିବେ । ସହିପାରିବେ ନାହିଁ ସେ ।

ମୁଁ ତାଙ୍କୁ ବହୁତ ବୁଝେଇଛି, ନିର୍ଭର ପ୍ରତିଶ୍ରୁତି ଦେଇ କହିଚି-

'ଯାହା ଘଟିଲେ ବି ମୁଁ ସହିଯିବି । ପାଟି ଖୋଲିବି ନାହିଁ କି ନେଉଟ ଉତ୍ତର ଦେବି ନାହିଁ । କୌଣସି କଥାକୁ ଦେହକୁ ନେବି ନାହିଁ । ମୋତେ ବିଶ୍ୱାସ କର । ମୁଁ ତୁମକୁ କଥା ଦେଉଛି ସବୁ ବିରୋଧକୁ ମୁଁ ସୌଭାଗ୍ୟ ବୋଲି ଧରିନେବି । ତୁମ ପାଖରେ କେବେ କିଛି ଅଭିଯୋଗ କରିବି ନାହିଁ । ମୋତେ ଥରେ ସୁଯୋଗ ଦିଅ ନିଜକୁ ପରୀକ୍ଷା କରିବା ପାଇଁ । ନିଜର ସାମର୍ଥ୍ୟ ଆକଳନ କରିବା ପାଇଁ ।'

ମୁଁ ଭାବୁଛି, ନନାଙ୍କୁ ମୁଁ ବୁଝେଇ ପାରିବି । ବିବାହରେ ଜାତି, ବର୍ଣ୍ଣ, ଧର୍ମର କିଛି ସଂପର୍କର ନାହିଁ । ବିବାହ, ଏକ-ପ୍ରେମର ସଂପର୍କ, ବିଶ୍ୱାସର ସଂପର୍କ । ପ୍ରତିଶ୍ରୁତିର ସମ୍ପର୍କ । ଅନୁବନ୍ଧତାର ସମ୍ପର୍କ । ଅନୁବନ୍ଧତା ଏହାର ଭିତ୍ତିଭୂମି ।'

ଡାଡି ତୋର ସବୁ ଶୁଣିଲେ । ହଠାତ୍ ମୋତେ ଚାହିଁ ହସି ଉଠିଲେ ବେଦମ୍ । ହସି ହସି କହିଲେ, 'ତୁମେ ନାରାୟଣ ମିଶ୍ରଙ୍କୁ ବୁଝେଇ ଦେବ ? ପୁରୁଷୋତ୍ତମପୁର ଶାସନୀ ବ୍ରାହ୍ମଣୀୟାଙ୍କୁ ବୁଝେଇ ଦେବ । ଆଉ ସେମାନେ ବୁଝିଯିବେ, ଇଏତ ଲଙ୍କାରେ ହରି ଶବ୍ଦ ଭଳି କଥା । କାହିଁକି ସେଠିକୁ ଯାଇ ରକ୍ତାକ୍ତ ହେବ ସୁନ୍ଦରୀ, ଭୁଲିଯାଅ ବର୍ତ୍ତମାନ ପାଇଁ ସେ କଥା ।'

'ତୁମକୁ ସେଠି କେହି ବୁଝିବେ ନାହିଁ ଜଲସା । ବୁଝିବାର ଲୋକ କେହି ନାହାନ୍ତି ସେଠି । ତୁମେ ସେଠି ଉପସ୍ଥିତ ହୋଇଗଲେ, ଯେଉଁ ସ୍ତରରେ ସେଠି ଘଟଣା ସବୁ ଗତି କରିବ ତା' ହୁଏତ ତୁମେ କଳ୍ପନା କରିପାରିବ ନାହିଁ । ପ୍ରତିଶ୍ରୁତିବଦ୍ଧ ହୋଇ ତୁମେ ହୁଏତ ସହି ଯାଇପାର ମାତ୍ର ମୁଁ ସହିପାରିବି ନାହିଁ । ବ୍ରାହ୍ମଣ ପରିବାରର ହାମ୍ବଡ଼ାପଣିଆର ଜ୍ୱାଳା ଗୋଖରଠାରୁ ଆହୁରି ମାରାତ୍ମକ, ଭୟଙ୍କର । ସେ ଚକ୍ରବ୍ୟୂହ ଭିତରେ ତୁମେ ନୀରବରେ ଠିଆ ହୋଇଥିବ, ଅଥଚ ଦେହରୁ ମାଂସ ଛିଣ୍ଡି ପଡୁଥିବ । ସେମାନଙ୍କର ସେ ନୀରବ ଆକ୍ଷେପ, ସେ ଚାହାଣି, ସେ କଥାର ଢଙ୍ଗ, ସେ ହସ, ତୁମକୁ ପ୍ରତି ମୁହୂର୍ତ୍ତରେ ଯେପରି ରକ୍ତାକ୍ତ କରିପକାଉଥିବ । ରାତିରେ ଶୋଇ ବି ପାରିବ ନାହିଁ, ଛଟପଟ ହେବ ସେ ଜ୍ୱାଳାରେ । ନାଇଟ୍ ମେୟାରର ଶିକାର ହେବ ।'

'ଏହର ଅର୍ଥ, ତୁମେ ମୋତେ ନେବ ନାହିଁ । ଅଭିମାନ ଓ ଅଭିଯୋଗ ମିଶିଗଲା ଜଲସାଙ୍କ ସ୍ୱରରେ ।'

'ଆମକୁ ସେ ସମୟକୁ ଅପେକ୍ଷା କରିବାକୁ ପଡ଼ିବ ଜଲସା ।'

ଆସିବ ସେ ସମୟ ନିଶ୍ଚେ । କିନ୍ତୁ, କିନ୍ତୁ କେତେବେଳେ, କହିପାରିବି ନାହିଁ ।' ଉଦୟ ବାହାରକୁ ପଳେଇଗଲେ ଏକମୁହାଁ ହୋଇ ଗାଡ଼ି ଧରି ।

ମୁଁ ଜାଣିପାରିଲି, ଉଦୟଙ୍କୁ ଖୁବ୍ କଷ୍ଟ ହେଲା । ମୋତେ ଆଭୟେଡ୍ କରି ପଳେଇ ଗଲେ । ମନ ଭଲ ଲାଗିଲା ନାହିଁ । କାହିଁକି ଲଗେଇଲି ତାଙ୍କ ସାଙ୍ଗରେ । ମୁଁ କ'ଣ ସତରେ ତାଙ୍କ ଘରକୁ ଯିବାକୁ ଚାହୁଁଛି ? ନିଜକୁ ପଚାରିଲି, ମୋତେ ଲାଗିଲା, ଯେମିତି ଜାଣି ଜାଣି ମୁଁ ଏମିତି କରିଛି । ଉଦୟଙ୍କ ଭଳି ହି-ମ୍ୟାନ୍‌ର ଦୁର୍ବଳତା ଉପରେ ଆଙ୍ଗୁଠି ଗୁଞ୍ଜି, ତାଙ୍କୁ ଅସହାୟ, ଦୁଃଖିକରି ଦେବାର ଇଏ ଥିଲା ମୋ ଭିତରର ଲୁକ୍କାୟିତ ଏକ ନିଷ୍ଠୁର ପାଶବିକ ପ୍ରବୃତ୍ତି । ଯାହା ତୃପ୍ତ ହୁଏ- ଅନ୍ୟକୁ ଅକାରଣେ ଆଘାତ ଦେଇ, ଛଟପଟ କରି ।

ଜାନ୍! ମୁଁ କାହିଁ ଅନୁଭବ କରେ, ସମ୍ପର୍କର ନିବିଡ଼ତା ଯେଉଁଠି ଯେତିକି ସାନ୍ଦ୍ର ସେଠି ଆଘାତର କ୍ଷେତ୍ର ସେତିକି ବ୍ୟାପକ, ସେତିକି ପ୍ରବଳ । ପ୍ରଚଣ୍ଡ ।

'ଜାନ୍ । ମୋର କାହିଁ ମନେହୁଏ, ଆଘାତ ବି ପ୍ରେମର ଅନ୍ୟ ଏକ ଅଭିବ୍ୟକ୍ତି । ଅନ୍ୟ ଏକ ପରିଭାଷା ।'

ସେଦିନ ରାତି ଗଭୀର ହୋଇଯାଉଥାଏ ।

ଉଦୟ ଫେରୁ ନଥାନ୍ତି ।

ମୁଁ ଅପେକ୍ଷା କରି ରହିଥାଏ, ଅଖିଆ ଅପିଆ ।

ଠିଆ ହୋଇ ଚାହିଁ ରହିଥାଏ, ଅଧା ମେଲା ଝର୍କା ପଛରେ ।

ମନ ଭିତରକୁ ପଶି ଆସୁଥାଏ - ଭୟ, କ୍ରୋଧ, ଦୁଃଖ, ଆଶଙ୍କା, ବିରକ୍ତି, ପଶ୍ଚାତାପ ପୁଣି, ବ୍ୟାକୁଳତା, ଅସହାୟତା ।

ତିନିଟା ବାଜିଲା । ଖୁବ୍ ଭୋକ ଲାଗୁଛି । ମାର୍ ଗୁଲି-ଭୋକକୁ । ଫ୍ରିଜରୁ ମାଜା, ମ୍ୟାଙ୍ଗୋ ଡ୍ରିଙ୍କ୍ସ ଆଣି ଢକଢକ କରି ଅଧା ପିଇଗଲି । ମା' ଶୋଇଛି । ଶୋଇଥାଉ ।

ମୁଁ ବି ଯାଉଛି ଶୋଇବି ।

ଉଦୟ ଆସିଲା ବୋଧେ । କବାଟ ବାଡେଇଲେଣି ।

'କିଏ ?' 'କିଏ ?' ମୁଁ କବାଟ ଖୋଲିବା ପୂର୍ବରୁ ସତର୍କ ହୋଇ ଉଠିଲି ।

- 'ପୋଲିସ୍ । କବାଟ ଖୋଲ ।'

ପୋଲିସ୍ । ନର୍ଭସ୍ ହୋଇ ପଡ଼ିଲି ମୁଁ । ତଥାପି ଦୃଢ଼ ସ୍ୱରରେ ପ୍ରଶ୍ନ କଲା, 'କାହାକୁ ଖୋଜୁଛନ୍ତି ?'

– 'ଚଣ୍ଡକୁ ! କବାଟ ଖୋଲ, ଶୀଘ୍ର ।'

'ଘରେ ସ୍ତ୍ରୀ ଲୋକଙ୍କ ବ୍ୟତିତ ଆଉ କେହି ନାହାଁନ୍ତି । ଆପଣମାନେ ଦିନରେ ଆସିବେ ।'

– 'ମହିଳା ପୋଲିସ ଅଛନ୍ତି ଆମ ସହ, ଶୀଘ୍ର କବାଟ ଖୋଲନ୍ତୁ ।'

ଜଲସା କବାଟ ଖୋଲି ଦେଲା । ଘର ଭିତରକୁ ଝପଟେଇ ପଶିଗଲେ ଦୁଇଜଣ ବନ୍ଧୁକ ଧାରୀ ପୋଲିସଙ୍କ ସହିତ ଦୁଇଜଣ ମହିଳା ପୋଲିସ । ଇନିସ୍ପେକ୍ଟର ଅନୁଆର ଅହମ୍ମଦ ଜଲସାଙ୍କ ସାମ୍ନାରେ ଠିଆ ହୋଇଗଲେ । ଚଢ଼ା ଗଳାରେ କହିଲେ, 'ଚଣ୍ଡକୁ ବ୍ୟାଙ୍କ ଲୁଟ୍ କେଶରେ ଆରେଷ୍ଟ କରିବାକୁ ଏବଂ ଏଠି ଗୋଟାଏ ସେକ୍ସ ର୍ୟାକେଟ୍ ଚାଲେ ବୋଲି ବହୁ ଅଭିଯୋଗ ହୋଇଛି, ତା'ର ଇନ୍‌ଭେଷ୍ଟିଗେସନ୍ କରିବା ପାଇଁ ଆମର ଏ ଚଢ଼ାଉ ।'

ଜଲସା ବିମର୍ଷ ହୋଇ ଠିଆ ହୋଇରହିଲା ।

ଘରେ ଉଦୟ ନଥିଲା । ଦେହଭୋଗୀ ନାରୀ କି ପୁରୁଷ କେହିବି ନଥିଲେ । ଯାହା ଥିଲା – ବୁଢ଼ୀଟିଏ କେବଳ । ସେ ବି ତା' ବାର୍ଦ୍ଧକ୍ୟକୁ ନେଇ ପଡ଼ିଥିଲା ଏକଲା, ଖଟଟି ଉପରେ । ଚଢ଼ାଉ ଅର୍ଥହୀନ ହୋଇପଡ଼ିଥିଲା । ପୋଲିସ ଦଳଟି ଫ୍ରଷ୍ଟ୍ରେଟେଡ୍ ଦିଶୁଥିଲେ ।

– 'ଚଣ୍ଡ କାହାଁ ହେ ?' 'ଇନିସ୍ପେକ୍ଟର ପ୍ରଶ୍ନ କଲେ ।'

ଘରେ ନାହାନ୍ତି । ଦୁଇ ଦିନ ହେବ । 'ମିଛ କହିଲା ଜଲସା ।'

– 'କୁଆଡ଼େ ଯାଇଛି ?'

'ଜାଣିନି । ମୁଁ କହିପାରିବି ନାହିଁ ।'

– 'ସଟ୍‌ଅପ୍ । କହିପାରିବ ନାହିଁ ନା କହିବ ନାହିଁ । ତୁମେ କହିପାରିବ ନାହିଁ ତ ଆଉ କହିବ କିଏ ?'

'ମୋତେ ବିଶ୍ୱାସ କରନ୍ତୁ, ସେ ମୋତେ କିଛି କହିକରି ଯାଆନ୍ତି ନାହିଁ ।' ଜଲସାର ସ୍ୱର ଖୁବ୍ ନିରୀହ ଶୁଭିଲା ।

– 'ଚଣ୍ଡର ସେଲ ନମ୍ବର କେତେ ?'

'ସେଲଫୋନ୍ ନାହିଁ ତାଙ୍କର ।' ସଂଭ୍ରମରେ ଉତ୍ତର ଦେଲା ଜଲସା ।

ଇନିସ୍ପେକ୍ଟର ହସି ଉଠି ତାଚ୍ଛଲ୍ୟରେ କହିଲେ, 'ନଥିବ ନଥିବ । କାହା ପାଖରୁ ଗୋଟାଏ ଛଡ଼େଇ ଆଣି ରଖି ନାହିଁ ଆଜିଯାଏ ? କହିବ ଏସ୍.ଆଇ. କହିଛନ୍ତି, ତୁରନ୍ତ ଗୋଟେ ଆଣିବ । ହଁ ଆପଣଙ୍କ ନାଁଟା କ'ଣ ?'

'ଜଲସା ଚୌଧୁରୀ ।'

- 'ବୁଝିଲ ଜଲସା ଚୌଧୁରୀ । ଅପରାଧୀମାନେ ଯେତେ ସତର୍କ ହେଲେ ବି ଆଇନ୍ ହାତରୁ କେବେ ବି ବର୍ତ୍ତି ପାରିବେ ନାହିଁ । ଆଜି ଏଠି ଧରା ନ ପଡ଼ିଲେ କାଲି କେଉଁଠି ଧରା ହେବେ । ନହେଲେ ଏନ୍‌କାଉଣ୍ଟରରେ ଯିବେ । କହିଦେବ ଚଣ୍ଡକୁ । ଧନ୍ଦା ବନ୍ଦ କରୁ । କୋର୍ଟରେ କି ପୋଲିସ ନିକଟରେ ସରେଣ୍ଡର କରିଦେଉ ।'

'ଆସ ଯିବା ।' ସବ୍-ଇନିସ୍ପେକ୍ଟର ବାହାରି ଆସିଲେ ସହକର୍ମୀମାନଙ୍କ ସହ ।

ଜଲସା କବାଟ ଦେବାକୁ ଯାଇ ଦେଖିଲା ଫର୍ଚ୍ଚା ହୋଇଗଲାଣି ଚାରିଆଡ଼ । ଚଢ଼େଇ ଓ କୁକୁର ବାହାରି ଆସିଲେଣି । ପଦାକୁ । ମର୍ଣ୍ଣିଂ ୱାକ୍‌ରେ ଚାଲୁଥିବା ପ୍ରୌଢ଼ କେତେଜଣଙ୍କ ପାଦ ଅଟକି ଯାଇଛି ରାସ୍ତା ମଝିଟାରେ । ଉତ୍କଣ୍ଠା ଭରା ଦୃଷ୍ଟି ବିଛେଇ ହୋଇ ପଡ଼ିଛି- ତାଙ୍କ ଘରଟି ଉପରେ । କ'ଣ ହୋଇଛି ? କାଲି ରାତିରେ କାହିଁକି ପୋଲିସ ଆସିଥିଲା ଏଠିକୁ । କିଛି ରୋଚକ ସମ୍ବାଦ ଅଛି କି !

- ଏଇଟା ପରା ସେ ଗ୍ୟାଙ୍ଗଷ୍ଟାର ଘର ।

- ଚଣ୍ଡର ଘର କି ?

- ଦେଖିଲ କି ଯିଏ କବାଟ ବନ୍ଦକରି ଦେଲା ସେ ତା' ମାଇକିନିଆ କି ?

- ସୁନ୍ଦରୀଟାଏ ତ !

- ଉଠେଇ ଆଣିଛି କେଉଁଠୁ ପରା !

- ଶୁଣୁଛି, ଏଠି ଗୋଟାଏ ଆଡ଼ା ଚାଲେ କୁଆଡ଼େ ।

ଜଲସା ଧଡ଼ କରି କବାଟ ବନ୍ଦ କରିଦେଇ ବୁଲି ପଡ଼ିଲା । ପଛରୁ ଶୁଣିଲା, ମା' ଶୁଭଙ୍କରୀ ପଚାରୁଛନ୍ତି, 'କି'ରେ । କି ସତ୍ତି ମିଥ୍ୟା ବଲିଲ ପୋଲିସ କେ ?'

'ତୁମି ଶୁନି ତୋ !'

- 'ହାଁ, ଶୁନେଛି । ମିଥ୍ୟା ଦଲିଲ । ତୀବ୍ର ଅସନ୍ତୋଷ ଭରି ରହିଥିଲା ମା'ଙ୍କ ସ୍ୱରରେ ।'

'ମିଛ ସତ ! ଜୀବନରେ ଉଭୟର ଆବଶ୍ୟକତା ସମାନ ଗୋ ମା' । ଅନେକ ସମୟରେ ପରିସ୍ଥିତିକୁ ମିଥ୍ୟା ଅଧିକ ଭଲ ଭାବରେ ବୁଝାଇ ପାରେ ମା' । ଜୀବନଟା ତ ବଞ୍ଚିବାକୁ ହେବ ନା । କିନ୍ତୁ ତୁମେ କାହିଁକି ଏତେ ଅସନ୍ତୁଷ୍ଟ ଉଦୟଙ୍କ ଉପରେ । ତାଙ୍କରି ଦାନା ଖାଉଛ, ଟିକିଏ କୃତଜ୍ଞତା ଦେଖାଅ ।' ଜଲସାର ସ୍ୱର ଖୁବ୍ ଶାଣିତ ଶୁଭିଲା । ସେ ତରତର ହୋଇ ତା'ର ବେଡ୍‌ରୁମ୍‌କୁ ପଶିଯାଇ କବାଟ ଆଉଜେଇ ବେଲାକାନରେ ହାତ ଦେଇ । ନେଉଟାଣି ଉତ୍ତର ସେ ଆଉ ଶୁଣିବାକୁ ଚାହୁଁ ନଥିଲା ।

କି ଜାନ୍‌କୁ ଶୁଣେଇ ଦେବାକୁ ବି ଚାହୁଁ ନଥିଲା ।

॥ ୧୩ ॥

ବୁଢ଼ାଟିକୁ ଗେଟ୍ ପାଖରେ ଦେଖୁ ଦେଖୁ ତଟସ୍ଥ ହୋଇ ଚାହିଁ ରହିଲା ଜଲସା ।

କାହାକୁ ଦେଖୁଛି ସେ ? ନାରାୟଣ ମିଶ୍ର ।!

ନିଶ୍ଚେ ସେ ।

କେବେ ତାଙ୍କୁ ଦେଖି ନଥିଲେ ବି ପ୍ରତ୍ୟୟ ଭରିଗଲା ଜଲସାର ମନରେ । ଉଦୟ ସମୟେ ସମୟେ ତ ଏଇ ଚେହେରାଟିର ରୂପରେଖ ଦେବାକୁ ଚେଷ୍ଟା କରେ । ତା'ର ଖଣ୍ଡିତ ବର୍ଣ୍ଣନା, ବ୍ରସ୍ ଷ୍ଟ୍ରୋକ୍‌ର ସାଂକେତିକ ଭାବମୂର୍ତ୍ତି, ଏଇ ରୂପମୂର୍ତ୍ତି ଗ୍ରହଣ କରି ଠିଆ ହୋଇଯାଏ ସାମ୍ନାରେ । ଠିଆ ହୋଇଯାଏ ଯେମିତି, ଗାନ୍ଧୀ ମହାତ୍ମା । ବଙ୍କା ତେଢ଼ା ଗୋଟାଏ ଲାଇନ୍ । ଦେଖୁ ଦେଖୁ, ରୂପାନ୍ତରିତ ହୋଇଯାଏ ଆଗକୁ ବଢୁଥିବା ଗୋଟିଏ ମଣିଷ ରୂପରେ ।

ତାଙ୍କରି ଭଳି ତ ଦେଖା ଯାଉଛନ୍ତି । ସେମିତି ତ ନହନହକା ଡେଙ୍ଗା । ବାଦାମୀ ରଙ୍ଗ, ଚନ୍ଦା । କାନ୍ଧରେ ଦୋଭାଙ୍ଗୀ କରିଆ ଗାମୁଛା । ପିନ୍ଧିଛନ୍ତି ଆଠ ନଅ ହାତି ଆଣ୍ଠୁ ଲୁଚା ଲୁଗା । ବେକଠୁଁ ଉପର ଅଣ୍ଟା ଯାଏ ଲମ୍ବିଛି ନଅ ସରିଆ ମୋଟା ପଇତା । ବାହୁରେ, ମଥାରେ, ଛାତିରେ ଚନ୍ଦନ । ବାରି ହୋଇ ପଡ଼ିଲା ଭଳି ସାତ୍ତ୍ୱିକ କୋମଳ ଚେହେରା । ପୁଣି, ହାତରେ ଖଣ୍ଡେ ବାଡ଼ି, ଆଶ୍ରା ବାଡ଼ି । କୁଣ୍ଠିତ ପାଦ ଆଗକୁ ପଡୁଛି । ମନେ ହେଉଛି ଯେପରି ମୁଣ୍ଡରେ ନଦା ହୋଇଛି ଶହେ କୁଇଣ୍ଟାଲର ବୋଝ । ସେଇ ବୋଝରେ ଭାରାକ୍ରାନ୍ତ ଦ୍ୱିଧାଗ୍ରସ୍ତ ମନ - ଯିବି କି ନାହିଁ । ଆଗକୁ ଯିବି କି ନାହିଁ ।

ସେ ଦ୍ୱନ୍ଦ୍ୱ ପ୍ରତିହତ କରିପାରୁନି, ନିଷ୍ପତ୍ତିକୁ । ଅଟକେଇ ଦେଇପାରୁନି ସେ ପାଦକୁ ।

ସେ ପାଦ ଆଗକୁ ପଡୁଛି ।

ଏତେବେଳେ ମୁଁ କ'ଣ କରିବି ଯେ । ଘାବୁରେଇ ଗଲା ଜଲସା ।

ଯାଇ ପାଛୋଟି ଆଣିବ – ନା, ଅଚିହ୍ନାର ଆଳରେ ଛପି ରହିବ ଘର ଭିତରେ ।

'ମା', କ'ଣ କରିବି ଯେ ।' ଉତ୍କଣ୍ଠିତ ହୋଇ ଉଠି ଜଲସା ପଚାରିଲା ।

– 'କ'ଣ କରିବୁ ? କିଛି ନାହିଁ । ଚୁପ୍‌ଚାପ୍ ଘର ଭିତରେ ରହ । ସେ ତୋତେ ଗ୍ରହଣ କରିଥିଲେ କି ! ତୁ କାହିଁକି ଉଚ୍ଛନ୍ନ ହେଉଛୁ ପାଛୋଟି ଆଣିବାକୁ । ଯେମିତି ଲୋକ ସେମିତି ବ୍ୟବହାର ।'

'ବୁଢ଼ା ଲୋକ ମା' । ଏତେ ଦୂରରୁ ଆସିଛନ୍ତି ଆମ ଦୁଆରକୁ ।

ସେଇ କ'ଣ ତାଙ୍କର ବଡ଼ପଣ ନୁହେଁ ? ସେଇ କ'ଣ ତାଙ୍କ ଗ୍ରାହ୍ୟତା ନୁହେଁ ?

ଆମେ କବାଟ କିଳି ଦେବା କ'ଣ ଭଲ ହେବ ।

କେତେ ଛୋଟ ହୋଇଯିବା ନିଜ ନଜରରେ । ଚିହ୍ନି ପାରିବାତ ନିଜକୁ !

ଉଦୟଙ୍କ ପିଲାକୁ ମୁଁ ଧରିଛି ମା' ତାଙ୍କ ଅବର୍ତ୍ତମାନରେ ସନ୍ତାନଟିର ତ ପୁଣି କିଛି ପରିଚୟ ଦରକାର ।

ଏତେ ବଡ଼ ଶକ୍ତିଶାଳୀ ପରିଚୟରୁ ଆମେ ନିଜକୁ ବିଚ୍ଛିନ୍ନ କରି ନେଲେ, ଛିନ୍ନମୂଳ ହୋଇଯିବା ନାହିଁ ତ ?

ତା' ଛଡ଼ା ଆମର ଲଢ଼େଇ ତ ପରସ୍ପର ଠାରୁ ବିଚ୍ଛିନ୍ନ ହୋଇଯିବା ପାଇଁ ନଥିଲା ।

ବିଚ୍ଛିନ୍ନ ହୋଇଯିବା, ବଡ଼ ସହଜ କଥା ମା' । ଭାଙ୍ଗିଦେବା, ଗୋଟାଏ ଫୁଟ୍‌କିର କାମ ।

ଆମକୁ ଏକତ୍ର ରହି ବ୍ୟକ୍ତିର ସମସ୍ତ ଅଭିପ୍ସା, ଆଶା, ଆକାଂକ୍ଷା ପୂରଣ କରିବା ପାଇଁ କ୍ଷେତ୍ର ପ୍ରସ୍ତୁତ କରିବା ଆବଶ୍ୟକ । ବୁଝି ପାରୁଛ ତ ମା ?

ଶୁଭଙ୍କାରୀ ଆଉ କିଛି କହିଲେ ନାହିଁ । ମୁହଁ ତାଙ୍କର ଗରଗର ଦିଶିଲା । ତମତମ ହୋଇ ସେ ତାଙ୍କ କୋଠରି ଭିତରକୁ ପଶିଗଲେ ।

ଜଲସା ଜାଣେ ତା' ମା'କୁ ।

ବଡ଼ ସ୍ୱାର୍ଥୀ ନାରୀଟିଏ । ନିଜକୁ କେନ୍ଦ୍ର କରି ଖେଳ ତା'ର ।

ଉଦୟର ମୃତ୍ୟୁ ପରେ ତା'ର ଗର୍ଭସ୍ଥ ସନ୍ତାନକୁ ଗ୍ରହଣ କରିପାରୁ ନାହିଁ ସେ ।

ସେଦିନ ଲତିକାକୁ ବସେଇ କହିଲା–

'ବୁଝେଇ ଦେ, ଟିକିଏ ସେ ବୋକୀକୁ ଲତିକା ।'

ନିଜ ଭବିଷ୍ୟତ କଥା ଚିନ୍ତା କରୁ । ବାସ୍ତବତାକୁ ବୁଝୁ ।

ନହେଲେ ଜୀବନରେ ସବୁ ଭୁଲ ଭଟକା ହୋଇଯିବ ।

ଯେଉଁ ପ୍ରତିଶ୍ରୁତି ନେଇ ଜୀବନ ବଞ୍ଚିବ ବୋଲି ଆଗକୁ ପାଦ କାଢ଼ିବ ସେଇ

ପାଦ ନେଇ ପହଞ୍ଚେଇ ଦେବ ଚୋରା ବାଲି ଉପରେ । ବଞ୍ଚିବାକୁ ବଡ଼ ଛଟପଟ ହେବ । ବୁଡ଼ିବୁଡ଼ି ଯିବ ଜୀବନ ଖେଳରେ । ବୁଝେଇ ଦେ ମା' ତାକୁ-

'ପରିସ୍ଥିତି ବଦଳିଗଲେ ନିଷ୍ପତ୍ତି ବଦଳେଇବାକୁ ହୁଏ । ଭାବପ୍ରବଣତାରେ ଭାସି ନ ଯାଇ, ଗଭୀର ଭାବେ ଚିନ୍ତା କରୁ । କହିବୁତ ସଲିମ୍‌କୁ ମୁଁ ଖବର ଦେବି, ସେ ଆସୁ ତା' ସହ ପରାମର୍ଶ କରି ନିଷ୍ପତ୍ତି ନିଅ ।'

ଚମକି ପଡ଼ିଲା ଜଲସା । ମା'ର ପ୍ରସ୍ତାବ ଓ ପରାମର୍ଶ ଶୁଣି । କ'ଣ ଥାଏ ମା'ର ମନରେ ସଲିମ୍ ପାଇଁ କେଜାଣି । କହେ ତ ନାହିଁ ହେଲେ ବୁଝି ହୁଏ । ସେ ଚାହୁଁଛି କ'ଣ ? ସେତେବେଳେ କ୍ରୋଧରେ ଫାଟି ପଡ଼େ ଜଲସା । ନୀରବ ସେ କ୍ରୋଧ । ଭିତରେ ତା'ର ନିଶବ୍ଦରେ ବିସ୍ଫୋରିତ ହୁଏ । ଯାହା ନିଜକୁ ଅସହାୟ କରି ପକାଏ । ହେଲେ ବାହାରକୁ ତା'ର ତେଜ, ପ୍ରତିକ୍ରିୟା, ବିକୀରଣ କିଛି ପ୍ରକାଶ ପାଏ ନାହିଁ । ମାତ୍ର ଭିତରେ ବିସ୍ତରି ଯାଏ ଦୁଃଖ ଯନ୍ତ୍ରଣା, ଅସହାୟତାର ରୂପରେ ।

ଭିତରେ ପଶି ଗେଟ୍‌ଟିକୁ ଆଉଜେଇ ଦେଲେ ନାରାୟଣ ମିଶ୍ର ।

ପାଦ ତାଙ୍କର ଆଗକୁ ପଡୁଥିଲା । ହାତ ବାଡ଼ି ବି ଆଗକୁ ପଡ଼ିଲା ।

କିଛିଟା ଗାନ୍ଧୀଙ୍କ ଭଳି ଲାଗୁଥିଲେ ସେ ।

କିନ୍ତୁ, କିଏ ସେ ଗାନ୍ଧୀ ?

ମଣିଷ ପାଇଁ ଅଭିଶାପଟିଏ ନା ଆଶୀର୍ବାଦଟିଏ ।

କ'ଣ ସେ ? କ'ଣ ଯେ !

କିଛି ବୁଝି ପାରେ ନାହିଁ ଜଲସା ।

ତା'ର ମନେ ପଡ଼ିଯାଏ - ଉଦୟ ଯେଉଁଦିନ ଆବକ୍ଷ ଗାନ୍ଧୀ ଫଟୋଟିଏ ଆଣି କାନ୍ଥରେ ଟାଙ୍ଗି ଦେଲା ସେଦିନ ଖୁବ୍ ହସିଥିଲା ଜଲସା । ତାକୁ ଲାଗିଥିଲା- ମିଆଁଙ୍କ ମୃଗୀ ପ୍ରେମ ଭଳି କଥା ।

ନହେଲେ, ଉଦୟ କିଏ ଗାନ୍ଧୀ କିଏ !

କ'ଣ ହୋଇଛି ଏବେ ଉଦୟଙ୍କର ? ଗ୍ୟାଙ୍ଗଷ୍ଟାରର ପୁଣି ଗାନ୍ଧୀ ପ୍ରେମ !

ଏ ବୁଢ଼ାକୁ କାହିଁ ଆଣି ଏଠି ଲଗେଇଲେଣି ।

ପୁଣି ତେନ୍ଦୁଲକର, ଶାହାରୁଖ, ସୁସ୍ମିତା ସେନ, ରାକ୍ଷୀ ସାୱନ୍ତ, ମଲ୍ଲିକା ସେରାୱତମାନଙ୍କ ସାଙ୍ଗରେ । କାହିଁକି କେଜାଣି ମୁଁ ତ କିଛି ବୁଝିପାରୁ ନାହିଁ ।

ଏମାନଙ୍କ ଭିତରେ ବିଚରା ଗାନ୍ଧୀ ବୁଢ଼ାଟି ତ ଦେଖାଯାଉଛି ଯେମିତି ଗୋଟାଏ - ଅଡ୍‌ମ୍ୟାନ୍ ଆଉଟ୍ । ସେମାନଙ୍କ ଦେହଧର୍ମୀ ଦର୍ପିତ ସ୍ଥିତି ଭିତରେ ବୁଢ଼ାଟି ଲାଗୁଛି-

ଖୁବ୍ ସହଜ । ଖୁବ୍ ସରଳ । ନିଷ୍ପାପ, ନିର୍ମାୟା ପୁରୁଷ । ଲାଗୁଛି ପବିତ୍ର ଯେମିତି ମଣିଷର ଆତ୍ମା ।

ଭିନ୍ନ ଏକ ଈଶ୍ୱରୀୟ ପୃଥିବୀର ମଣିଷ ଭଳି ଲାଗୁଛନ୍ତି ସେ ।

ମନେହେଉଛି କେମିତି ନା କେମିତି ସେ ଯେପରି ମୋ ଭିତରେ ପଶି ଯାଉଛନ୍ତି । କେଉଁ ଚେତନାରେ, କେଉଁ ରୂପର କି କେଉଁ ସଂଗୋପନ ସୂତ୍ରରେ କି ମନ୍ତ୍ରରେ ଅବଶ୍ୟ ମୁଁ ଜାଣିପାରୁ ନାହିଁ । କିନ୍ତୁ ସଚେତ କରି ରଖୁଛି ତ !

'ଆଚ୍ଛା ଜଲସା । ମୁଁ ଭାବୁଛି- ଏ ଫଟୋଗୁଡ଼ିକ କାଢ଼ି ଦେବା କାନ୍ଥରୁ । କ'ଣ କହୁଛ ?' ଉଦୟ ଦିନେ ପଚାରିଲେ ।

- 'କାହିଁକି ?'

'ଜାଣି ପାରୁନା ! ମୋତେ କାହିଁ ମିସ୍‌ମ୍ୟାଚ୍ ଲାଗୁଛି ।'

- 'ମିସ୍‌ମ୍ୟାଚ୍' । ଜଲସା ହସିଲା ।

ଉଦୟ ବି ହସି ଉଠିଲେ ହୋ ହୋ ହୋଇ । କହିଲେ, 'ବୁଝିଲ ଜଲସା, ଗାନ୍ଧୀ ତତ୍ତ୍ୱରେ ମଣିଷର ଭବିଷ୍ୟତ ସଂପୂର୍ଣ୍ଣ ନିରାପଦ । ଗାନ୍ଧୀ ମଣିଷର ଆଶା ଭରସା ତା'ର ସ୍ୱାଭିମାନ ଓ ଆତ୍ମବଳର ପ୍ରତିଶ୍ରୁତି ।'

'ମନେ ହେଉଛି ତୁମେ ତ ପୁରା ଗାନ୍ଧୀବାଦୀ ହୋଇଗଲାଣି ।'

' ଏ ଚଣ୍ଡ ଆଉ ଗାନ୍ଧୀବାଦୀ !' ନିଜକୁ ନିଜେ ପରିହାସ କଲାଭଳି ପୁଣି ହସି ଉଠିଲା ଉଦୟ । 'କାହାକୁ କ'ଣ କହୁଛ ଜଲସା । ହେଲେ ସେମିତି କିଛି ହୋଇ ଯାଆନ୍ତା କି ।' ବଡ଼ ବିମର୍ଷ ଶୁଭିଲା ଉଦୟଙ୍କ ସ୍ୱର । 'କାହିଁ ରାଣୀ କାହିଁ ଚନ୍ଦ୍ର କାଣୀ !'

ଉଦୟ ଉଠି ପଳେଇଗଲେ ବାହାରକୁ । ଜଲସା ବୁଝି ପାରୁଥିଲା ପଶ୍ଚାତାପ ସୃଷ୍ଟି ହୋଇଛି ଉଦୟଙ୍କର । ନିଜକୁ ନିଜେ ସେ ଗ୍ରହଣ କରିପାରୁ ନାହାନ୍ତି । ମୋ ଭିତରେ ଗୋଟାଏ ନଉଡୀ ନୃତ୍ୟ, ଯେମିତି ଆରମ୍ଭ ହୋଇଗଲା । ସିଙ୍ଗା ବାଜି ଉଠିଲା ତୁହାକୁ ତୁହା । ଉତ୍‌କମ୍ପିତ ସ୍ୱର ଲହରରେ । ତା' ସହ ବାଜିଲା ଘାଗୁଡ଼ି-ଘଣ୍ଟିମାନ । ଛନ୍ଦାୟିତ ଭଙ୍ଗୀରେ ପାଦକୁ ପାଦ ପଡ଼ିଲା ଆଗପଛ ହୋଇ । କୃଷ୍ଣଙ୍କୁ ଗୋପୀଙ୍କୁ ନେଇ ମିଠା ପ୍ରେମ ଲୋକ ଗୀତଟିଏ ଶୁଭିଲା ସମ୍ମିଳିତ ପୁରୁଷ କଣ୍ଠରେ....

ଉଇଁ ଆସୁଛି କି ଚନ୍ଦ୍ରମା ହସି ମଧୁସାଗରୁ
ଉଠ ମଧୁପୁର ଯୁବତୀ ଓଗାଳିବା ଆଗରୁ ।
ଚନ୍ଦନ ବେଶ ମୁଁ କରନ୍ତି ମୋର ହେଉଛି ମନ
ଚିତ୍ତ କି ଧରିବେ ଯୁବତୀ ଚାହିଁ ଚନ୍ଦ୍ର ବଦନ ।

ଜଲସା ଦେଖିଲା–

ନାରାୟଣ ମିଶ୍ର ତାଙ୍କର ପ୍ରଥମ ପାଦ ରଖିଲେ ପାହାଚ ଉପରେ ।

ଜଲସାର ଛାତି ଉପରେ ଯେପରି ପଡ଼ିଲା ସେ ପାଦ ।

ସେ ଉଦ୍‌ବେଳିତ ହୋଇ ଉଠି ଖୋଲି ଦେଲା ଦାଣ୍ଡ କବାଟ।

ଆଗେଇ ଯାଇ ନଇଁପଡ଼ି ପାଦ ଛୁଇଁ କହିଲା, 'ଆସନ୍ତୁ ଘର ଭିତରକୁ ।'

– 'ମୁଁ ନାରାୟଣ ମିଶ୍ର ମା' ।'

'ମୁଁ ଜାଣେ ନନା । ମୁଁ ଜଲସା ଉଦୟଙ୍କ ପତ୍ନୀ ।' 'କହୁକହୁ ଜଲସାଙ୍କ କଣ୍ଠରୁଦ୍ଧ ହୋଇଗଲା କାରୁଣ୍ୟରେ ।'

– 'ତୁମକୁ ଦେଖି ମୁଁ ଚିହ୍ନି ପାରିଚି, ତୁମେ ହିଁ ଜଲସା ହୋଇଥିବ । କିନ୍ତୁ ତୁମେ ମୋତେ ଜାଣିଲ କିପରି ?'

'ଉଦୟ କୁହନ୍ତି ବହୁ ସମୟରେ ଆପଣଙ୍କ କଥା ।' ନିଜକୁ ସଂଯତ କରି ସଂଭ୍ରମରେ ଉତ୍ତର ଦେଲା ।

– 'ଉଦୟ !' ଅତି ଅସ୍ପଷ୍ଟ ଭାବେ ଉଚ୍ଚାରଣ କରି ଉଦାସ ହୋଇପଡ଼ିଲେ ନାରାୟଣ ମିଶ୍ର, 'ସେଇ ତ ମୋତେ ନେଇ ଆସିଛି, ତୁମ ପାଖକୁ ମା' ।'

'ଭିତରକୁ ଆସନ୍ତୁ, ବାହାରେ ଠିଆ ହୋଇ ରହିଲେ କାହିଁକି ?' ଜଲସା କାନ୍ଥ କଡ଼ରୁ ଘର ମଝିକୁ ଟାଣି ଆଣିଲେ ଚେୟାରଟିଏ । ଫ୍ୟାନ୍‌ଟି ଅନ୍ କରିଦେଲେ, 'ବସନ୍ତୁ ନନା ।'

ନାରାୟଣ ମିଶ୍ର ବସି ପଡ଼ିଲେ ନିସଙ୍କୋଚରେ । ଅନ୍ୟ ଦିନ ହୋଇଥିଲେ ସେ ବସି ପାରି ନଥାନ୍ତେ । ତାଙ୍କ ଧର୍ମ ତାଙ୍କୁ ବାରଣ କରିଥାନ୍ତା । ଆଜି ସେ ତାଙ୍କ ନିତି ଉପରକୁ ଉଠିଯାଇଛନ୍ତି । ମନ ଭିତରେ ଦ୍ୱନ୍ଦ ନାହିଁ କି କୁଣ୍ଠା ନାହିଁ । ବସିପଡ଼ି ସେ ଆଶ୍ୱସ୍ତ ହେଲେ । ହଠାତ୍ ଆଖି ତାଙ୍କର ପଡ଼ିଲା ଟେବୁଲ ଉପରେ ସଜ୍ଜା ହୋଇ ଥୁଆ ହୋଇଥିବା ଉଦୟର ଫଟୋଟି ଉପରେ । ସେ ନିଜକୁ ସମ୍ବରଣ କରିପାରିଲେ ନାହିଁ । ଉଠିଯାଇ ଧରି ପକାଇଲେ ଫଟୋଟିକୁ ।

ଉଦୟ ହସୁଛି, ଉଚ୍ଛ୍ୱସିତ ଭାବେ । ସାରା ପୃଥିବୀକୁ ସେ ହସ ଯେପରି ବ୍ୟାପି ଯାଉଛି ।

ନାରାୟଣ ମିଶ୍ର କାନ୍ଦି ପକାଇଲେ । ବଡ଼ କରୁଣ ଆତ୍ମଥରା ସେ କାନ୍ଦ । ସେ ବୁକୁ ଫଟା କାନ୍ଦର ଥରିଲା ସ୍ୱରରେ କହିଲେ, 'ଏ ଦୁଷ୍ଟଟା ମୋତେ ବହୁତ ଭଲ ପାଉଥିଲା ବୋହୂ । ମୁଁ ବି ତାକୁ ବହୁତ ଭଲ ପାଉଥିଲି । ଆମର ପରସ୍ପରର ନିରୁତା ଭଲପାଇବା ବୋଧେ ଆମ ବାଟରେ କଣ୍ଟା ବିଛେଇ ଦେଲା । ଆମକୁ ଅନ୍ଧ କରିଦେଲା । କେହି କାହାକୁ ବୁଝେଇ ଦେଲାନି ।

ଆଜି ମୁଁ ବୁଝିଛି ବୋହୂ । ସ୍ୱୀକାର କରୁଛି । ଉଦୟ ଠିକ୍ ଥିଲା । ସବୁବେଳେ ସେ ଠିକ୍ ଥିଲା ।

ମୁଁ ଥିଲି ଅତୀତର ସ୍ୱର ।

ସେ ଥିଲା ବର୍ତ୍ତମାନର ସ୍ୱର ।

ଆମ ଭିତରେ ସାଲିସ୍ ନଥାଏ, ବର୍ତ୍ତମାନର ଜୟଯାତ୍ରା ତଳେ ଅତୀତର ଶବ ।

ମୁଁ କିନ୍ତୁ ଠିଆ ହୋଇଛି ବର୍ତ୍ତମାନର ଶବ ଉପରେ । ଭାଗ୍ୟର କି ବିଡ଼ମ୍ବନା । ଉଦୟର ଫଟୋ ତଳେ ମୁଣ୍ଡ ପିଟି ଚିତ୍କାର କରି ଉଠିଲେ ନାରାୟଣ ମିଶ୍ର, 'ମୋତେ ତୁ ମୃତ୍ୟୁ ଦେ ଉଦୟ । ମୁଁ ତୋର ହତ୍ୟାକାରୀ ।'

କୌଣସି ହତ୍ୟାକାରୀକୁ କେବେ କ୍ଷମା କରିବାର ନୁହେଁ ।

ଜୀବନ ବଦଳରେ ଜୀବନ ! ମୋତେ ମୃତ୍ୟୁଦଣ୍ଡ ଦେ । ଛାତିରେ ଉଦୟର ଫଟୋଟିକୁ ଚାପି ଧରି ଥରି ଉଠିଲେ ନାରାୟଣ ମିଶ୍ର । ଜଲସା ଧରି ପକାଇ ସମ୍ଭାଳି ନେଲେ । ବସେଇ ଦେଲେ ଚେୟାରଟିରେ । ଫଟୋଟିକୁ ସେମିତି ଛାତିରେ ଚାପିଧରି ଆଖିବୁଜି ଦେଇ ଶୂନ୍ୟ ମୁଖା ହୋଇ ଯାଇଥିଲେ ସେ ।

ଜଲସାଙ୍କ ଆଖିରେ ଲୁହ ଭରି ରହିଥିଲା । ସେ କମ୍ପିତ ସ୍ୱରରେ କହିଲେ, 'ଆମେ, କେବଳ ଆଶଙ୍କାରେ ଆପଣଙ୍କୁ ଭେଟିବାକୁ ଯାଇ ପାରୁ ନଥିଲୁ ନନା ! ବହୁବାର ମୁଁ ଇଚ୍ଛା କରିଛି । କିନ୍ତୁ ଉଦୟଙ୍କର ଭୟ ହେଉଥିଲା ଆପଣଙ୍କୁ । ସେ ଆପଣଙ୍କୁ ବହୁତ ଭଲ ପାଉଥିଲେ ମାତ୍ର ବିଶ୍ୱାସ କରିପାରୁ ନଥିଲେ । ସବୁବେଳେ କହୁଥିଲେ- 'ନନା, ସତ୍ୟ ଅପେକ୍ଷା ଅନ୍ଧବିଶ୍ୱାସ ଓ ପରମ୍ପରାକୁ ଅଧିକ ଗ୍ରହଣ କରନ୍ତି ।' କହୁକହୁ ନୀରବ ହୋଇଗଲେ ଜଲସା ।

'ଠିକ୍ କହୁଥିଲା ସେ । ତାହା ହିଁ ଥିଲା ତା' ମୋ ଭିତରେ ମୌଳିକ ପାର୍ଥକ୍ୟ ।'

ପରମ୍ପରାବାଦୀ ଆମେ ଗରିବ ବ୍ରାହ୍ମଣ ପରିବାର । ପୂଜାପାଠ କରି ଚଳିଯିବା ଜୀବନ ଆମର । ମୁଁ ଚାହୁଁଥିଲି ସେ ବେଶି କିଛି ପାଠଶାଠ ନପଢୁ, ତା' ବଡ଼ଭାଇ ଭଳି ଦେବାଦେବୀଙ୍କ କାମରେ ମନ ପୁରାଉ । ବିବାହ, ବ୍ରତ, ଯଜ୍ଞ ଅନ୍ୟାନ୍ୟ କର୍ମକାଣ୍ଡରେ ପଶିଯାଉ । ମାତ୍ର ସେ ଚାହୁଁଥିଲା ପଢ଼ିବାକୁ । ଆମ ପାଖରେ ସମ୍ବଳ ନ ଥିଲା ।

ମୁଁ ତାକୁ ନାହିଁ କରିଦେଲି ।

ସେ ଜିଦ୍‌ଖୋର ହୋଇ ଉଠିଲା ।

ମୁଁ ତା' ସାଙ୍ଗରେ କେଇଦିନ କଥାବାର୍ତ୍ତା ହେବା ବନ୍ଦ କରିଦେଲି । ଭାବିଲି, ବଳେ ମୋଡ଼ି ମକଚି ହୋଇ ବାଟକୁ ଆସିବ । ଏହାହିଁ ଥିଲା ମୋର ବଡ଼ ଭୁଲ । ମୁଁ

ମୋର ଦାରିଦ୍ର୍ୟର ଉଚ୍ଛାଳରେ ଗେଞ୍ଜିଗାଞ୍ଜି ହୋଇ ରହିଯିବାକୁ ତା' ଉପରେ ଚାପ ପକାଉ ଥିଲି । ସେ ପ୍ରବଳ ବନ୍ୟାର ସ୍ରୋତ ଭଳି ବନ୍ଧ ଭାଙ୍ଗି ଦେଲା ।

ମୁଁ, ମୋର ଅହଂକାର, ଏକବାଗିଆପଣରେ ନିସ୍ୱତ୍ତି ନେଇ ତା' ଠାରୁ ଦୂରେଇ ରହିଲି ।

ଆମେ ଦୁଇଜଣ ଦୁଇଟି ଅଲଗା କୂଳର ମଣିଷ ହୋଇଗଲୁ ।

ସେ ମୋତେ ତା'ର ପ୍ରତିପକ୍ଷ ମନେ କଲା ।

ମୁଁ ବି ତାକୁ ଗ୍ରହଣ କରିପାରିଲି ନାହିଁ ।

ସେ ମୋର ଦାରିଦ୍ର୍ୟକୁ ପରିହାସ କରି କହିଲା- 'ନନା ! ତୁମ ସଂସ୍କୃତିର ଦାନ, ଅବଦାନ, ଅନୁଦାନର ପରିଣତି ଏଇ ଦାରିଦ୍ର୍ୟ । ତୁମେ ସେଇ ଧର୍ମର ଅମୁହାଁ ଜାଲ ଭିତରେ ଛନ୍ଦିହୋଇ ରହିଥାଅ, ସବୁଦିନ ଗରିବ ପୂଜକଟିଏ ହୋଇ । ସେବକଟିଏ, ଦାସଟିଏ ହୋଇଥାଅ । ବୋଇତ ବନ୍ଦାଣ କରୁଥାଅ ।

'ଆ କା ମା ଭୈ....

ପାନ ଗୁଆ ଖଣ୍ଡି ଖାଇ.....

ପାନ ଗୁଆ ତକ ତୋର....

ମାସକ ଧରମ ମୋର ।'

ଦିଅଁ ପୂଜା, ଧର୍ମ ସଂଗ୍ରହ ଏ ଦୁଇଟି ଯାକ ମଣିଷ ପାଇଁ ଅଭିଶାପ ନନା !

ଜୀବନ ପାଇଁ ଏ ପଥ, ଆଶାର ପଥ ନୁହେଁ । ଉନ୍ନତିର ପଥ ନୁହେଁ ।

ଏକ ବିଡ଼ମ୍ବିତ ପ୍ରବଞ୍ଚନାର ପଥ ।

ହଜାର ହଜାର ବର୍ଷ ହେବ ମଣିଷ ଏଇ ବିଭ୍ରାନ୍ତି ଭିତରେ ପଶିଛି, ଜୀବନର ମୌଳିକ ପ୍ରଶ୍ନ ତା'ର ବାସ୍ତବତାରୁ ଓହରି ଯାଇଛି ଏଇ ଘନ କୁହୁଡ଼ି ଭିତରେ ।

ଏହା ଏକ ଧୂମ୍ରାଭ ପଥ, ଜୀବନକୁ ଦିଗହଜା କରିବା ପାଇଁ ଏକ - ଚକ୍ରାନ୍ତ । କହୁକହୁ ରାଗିଗଲା ଉଦୟ ଚିତ୍କାର କରି କହିଲା, 'ବଞ୍ଚ ତୁମେ ଏଇ ଆବର୍ତ୍ତରେ, ମର ତୁମେ ଏଇ ଆବର୍ତ୍ତରେ ମୁଁ ଆସୁଛି ।'

ଉଦୟ ପଳେଇଗଲା । ଏମିତି କହିଦେଇ ସେ ପଳେଇଗଲା, ମୋ ଆଖି ଆଗରୁ ।

ସୂର୍ଯ୍ୟାସ୍ତର ସମୟ ଥିଲା ସେ ।

ଶୀତ ଦିନର ସୂର୍ଯ୍ୟାସ୍ତ । ପଶ୍ଚିମ ଦିଗରେ ବିନ୍ଦୁଏ ସିନ୍ଦୁର ଭଳି ସୂର୍ଯ୍ୟ ଖସି ଆସୁଥାଏ ବାଙ୍କ ମୁଣ୍ଡିଆ ପାହାଡ଼ ତଳକୁ । ଧୀରେ ଧୀରେ କାହାଳିଆ ଅନ୍ଧାର ମାଡ଼ି ଆସିଲାଭଳି, ଉଦୟ ଭରିଥିବା ବିଷ ମୋର ଦେହରେ ଚରି ଯାଉଥାଏ । ଜଳୁଥାଏ,

ପୋଡୁଥାଏ । ଲାଗୁଥାଏ ସାରା ଦେହରେ ମୋର ଯେପରି ପଚା ମାଂସ ବୋଳି ଦେଇ ଯାଉଛି ଉଦୟ । ଦୁର୍ଗନ୍ଧ ଓ ଘୃଣା ମୋତେ ଛଟପଟ କରି ପକାଉଥାଏ । ମନରେ ବି ଭରି ଯାଇଥାଏ କ୍ରୋଧ, ଅପମାନର ଜ୍ୱାଳା ।

ନିଜକୁ ଧିକ୍କାର କରୁଥାଏ ମୁଁ ।

ଏଭଳି ସନ୍ତାନ ଈଶ୍ୱର କୌଣସି ଶତ୍ରୁକୁ ବି ଦିଅନ୍ତୁ ନାହିଁ ।

ଭାବୁଥାଏ ଆତ୍ମହତ୍ୟା କରିଦେବି । ଡେଇଁ ପଡ଼ିବି ଯାଇ ମହାନଦୀ ଗଣ୍ଡକୁ ।

ହାତଯୋଡ଼ି ମହାମାୟାଙ୍କୁ ପ୍ରାର୍ଥନା କଲି-

ଓଁ ଶରଣାଗତ ଦୀନାର୍ତ୍ତ ପରିତ୍ରାଣ ପରାୟଣେ ।

ସର୍ବସ୍ୟାର୍ତ୍ତି ହରେ ଦେବି ନାରାୟଣି ନମୋଽସ୍ତୁତେ ।

ସର୍ବ ମଙ୍ଗଳ ମାଙ୍ଗଲ୍ୟେ ଶିବେ ସର୍ବାର୍ଥ ସାଧିକେ

ଶରଣ ତ୍ର୍ୟମ୍ବକେ ଗୌରି ନାରାୟଣି ନମୋଽସ୍ତୁତେ ।

ଏକ ମୁହାଁ ହୋଇ ମୁଁ ପଳେଇ ଗଲି ଦେବୀ କନକ ଗୌରୀଙ୍କ ମନ୍ଦିରକୁ । ତାଙ୍କ ବେଢ଼ା ଭିତରେ ପଶି ଯାଇ ବାର୍ମ୍ଣିରୁ କାଢ଼ି ଏକୋଇଶି ମାଠିଆ ପାଣି ଢାଳି ହୋଇ ପଡ଼ିଲି ମୁଣ୍ଡ ଉପରେ ପବିତ୍ର ସ୍ନାନ ମନ୍ତ୍ର ଜପ କରି ।

ସେଇ ଓଦା ଲୁଗାରେ ପଶିଗଲି ଦେବୀଙ୍କ ଆସ୍ଥାନ ମଣ୍ଡପ ଯାଏ । ଲମ୍ବ ହୋଇ ପଡ଼ିଯାଇ ଡାକ ପକେଇଲି- 'ତ୍ରାହି ମାଂ ତ୍ରାହି । ମୁଁ ତୋର ଶରଣ ପଶୁଛି । ଉଦୟକୁ ରକ୍ଷାକର ମା' । ବାଟ ଦେଖା ।'

ସଚେତନ ହୋଇ ଉଠି ମୁଁ ଚକିତ, କାକୁସ୍ଥ ପାଲଟି ଗଲି ।

ଉଦୟ ପାଇଁ ମୁଁ ପ୍ରାର୍ଥନା କରୁଛି ।

ମା'ଙ୍କ ସାମ୍ନାରେ ଆଣ୍ଠେଇ ପଡ଼ି ହାତ ଛନ୍ଦି କାନ ଧରି ପକେଇ କହିଲି, 'ମୋତେ କ୍ଷମାକର । କ୍ଷମାକର ମା' ।'

ସେଇ ଦିନଠୁଁ ଉଦୟ ସହ ମୋର ଆଉ ଦେଖା ହେଲା ନାହିଁ ।

ମଝିରେ ମଝିରେ ଶୁଣେ, ସେ କଲେଜରେ ପଢୁଛି । ଭଲ ପଢୁଛି ।

'ମା' ମା' ଉଦୟର ମଙ୍ଗଳ କର, ମା' ଛେଉଣ୍ଡ ପିଲାଟାଏ ସେ, ବଡ଼ ଦୁଷ୍ଟଟାଏ । ଭଲ ବୁଦ୍ଧି, ବାଟ ଦେଖାଅ । ତାକୁ ରକ୍ଷାକର ।' ଏମିତି ପ୍ରାର୍ଥନା କରେ ମା'ଙ୍କୁ ସକାଳେ ସନ୍ଧ୍ୟାରେ ।

ପୁଣି ମଝିରେ ଶୁଣିଲି- କୁଆଡ଼େ ଉଦୟ, ଦାଦା ପାଲଟି ଗଲାଣି । ସମସ୍ତେ ତାକୁ ଡରୁଛନ୍ତି । ବହୁତ ବାଡ଼ିଆ ବାଡ଼ି କରୁଛି । ଧମକଚମକ କରୁଛି ସାଙ୍ଗସାଥୀ ମାନଙ୍କୁ । ହୋଟେଲରୁ ଖାଇ ଦେଇ ଟଙ୍କା ଦେଉନାହିଁ ।

ପୁଣି ଶୁଣିଲି, ମଦ ପିଉଛି । ଗଞ୍ଜେଇ ଟାଣୁଛି । ଆଉ କ'ଣ କ'ଣ ନିଶା କରୁଛି । ଚୋରାରେ କ'ଣ ସବୁ ବିକ୍ରୀ କରୁଛି । ବଜାର ଘାଟରୁ ଚାନ୍ଦା ଆଦାୟ କରୁଛି । ଧମକା ଧମକି କରି ଟଙ୍କା ଛଡ଼େଇ ନେଉଛି । ମାଡ଼ ଦେଉଛି, ମାଡ଼ ଖାଉଛି ବି । ଥରେ ଦି ଥର ଦଳେ ଟୋକା ବାଡ଼େଇ ବାଡ଼େଇ ବେହୋସ କରି ରାସ୍ତା କଡ଼ରେ ଫୋପାଡ଼ି ଦେଇଗଲେ । ସେଦିନ ତ ମରି ଯାଇଥାନ୍ତା କି କ'ଣ ଆୟୁଶ ଥିଲା ବୋଲି ବଞ୍ଚିଗଲା । କିଏ ଧାର୍ମିକ ପୁରୁଷଟିଏ ଗାଡ଼ିରେ ସେଇ ବାଟେ ଯାଉଥିଲା ଉଠେଇ ନେଇ ଡାକ୍ତରଖାନାରେ ଚିକିତ୍ସା କରେଇ ବଞ୍ଚେଇ ଦେଲା ।

ତା'ପରେ ତ ମା', ଭଲ ହୋଇ ଉଠି କୁଆଡ଼େ ବଡ଼ ଦୁର୍ଦ୍ଦାନ୍ତ ହୋଇ ଉଠିଲା ।

ପୋଲିସ୍, ଥାନା, ହାଜତ ଜେଲ କିଛି ଡରିଲା ନାହିଁ । କାହାକୁ ମାନିଲା ନାହିଁ ।

ମୃତ୍ୟୁକୁ ବି ଡରିଲା ନାହିଁ । ବଡ଼ ଦୁଃସାହସୀ ପାଲଟିଗଲା ।

ଲୋକେ କହିଲେ- ଚଣ୍ଡ ।

ଉଦୟ ପାଲଟିଗଲା- ଚଣ୍ଡ !

ଉଦୟବେଳେ ଜନ୍ମ ହୋଇଥିଲା ବୋଲି, ମା' ତା'ର ନାଁ ଦେଇଥିଲେ ଉଦୟ । ସେଇ ଉଦୟ ପାଲଟି ଗଲା- ଚଣ୍ଡ ଦାଦା ।

ଚଣ୍ଡ ଭାଇ !

ଥରଥର ସ୍ୱରରେ କହିଲେ ନାରାୟଣ ମିଶ୍ର, ଉଦୟ ପାଲଟିଗଲା ଚଣ୍ଡ । ଗୋଟାଏ ଗ୍ୟାଙ୍ଗଷ୍ଟାର ।

ଅସାମାଜିକ ତତ୍ତ୍ୱ ।

ପଣ୍ଡିତ ଶ୍ରୀବଲ୍ଲଭ ମିଶ୍ରଙ୍କ ବଂଶରେ ନାରାୟଣ ମିଶ୍ରର ଔରସରୁ ଜାତ ଗୋଟାଏ - ଅସାମାଜିକ ତତ୍ତ୍ୱ ।

କହୁ କହୁ, ନାରାୟଣ ମିଶ୍ର ଯେମିତି ପଥର ପାଲଟି ଗଲେ । ଲାଗିଲେ, ଚେୟାରଟି ଉପରେ ପଥର ଖୋଳା ମୂର୍ତ୍ତିଟିଏ ଯେପରି ଥୁଆ ହୋଇଛି ।

କାନ୍ଥକୁ ଆଉଜି ନିରବରେ ଠିଆରହି ଏକମୁଖୀ ହୋଇ ସବୁ ଶୁଣି ଯାଉଥିଲା ଜଲସା । ଉଦୟର କାହାଣୀ ଇଏ । ହୁଏତ ଶେଷଥର ପାଇଁ ଶୁଣିଛି ସେ । ସେଇ ବେଦନା ଭରା କାତର ସ୍ୱରଟି କେତେବେଳେ ନୀରବ ହୋଇଗଲା ଜାଣିପାରିଲା ନାହିଁ ସେ । ସେଇ ବେଦନାପ୍ରଦ ନୀରବତା ଯେପରି ମୁଖର ଥିଲା ତା'ର ବିସ୍ତାରିତ ରୂପରେଖାରେ । ଯେତେବେଳେ ଜଲସା ସଚେତନ ହୋଇଉଠିଲା ସେ ବିଚଳିତ

ହୋଇ ପଡ଼ିଲା । ସେତେବେଳଠୁଁ ବୁଢ଼ା ଲୋକଟି ଆସିଲେଣି ଅଥଚ ପାଣି ମୁନ୍ଦାଏ ବି ପିଇବାକୁ ଦେଇନି । କି ଅମାନୁଷିକ ବ୍ୟବହାର ଇଏ !

ଜଲସା ଘର ଭିତରକୁ ପଶିଯାଇ ଫ୍ରିଜ୍‌ରୁ ଥଣ୍ଡା ପାଣି ଆଣି ଲେମ୍ବୁ ସର୍ବତ ଗ୍ଲାସେ ପ୍ରସ୍ତୁତ କରି ଆଣି ବଢ଼େଇ ଦେଇ କହିଲା, ପିଇ ଦିଅନ୍ତୁ ନନା । ତଣ୍ଟି ଶୁଖି ଯାଇଥିବ । ଆପଣ ଏଇ ଘରେ ବିଶ୍ରାମ ନିଅନ୍ତୁ । ମୁଁ ଆପଣଙ୍କ ପାଇଁ ଖାଦ୍ୟ ଟିକିଏ ପ୍ରସ୍ତୁତ କରି ଦେଉଛି । ଦଶ ମିନିଟ୍ ସମୟ ମୋତେ ଦିଅନ୍ତୁ ।

ଖୁବ୍ ଶୋଷ କରୁଥିଲା ନାରାୟଣ ମିଶ୍ରଙ୍କୁ । ନୀରବରେ ସେ ପାଣି ଗିଲାସଟିକୁ ଧରି ଢକ ଢକ ପିଇଦେଇ କହିଲେ, 'ଈଶ୍ୱର ତୁମର ମଙ୍ଗଳ କରନ୍ତୁ ମା' । ଆଜିଯାଏ ବାହାରେ ମୁଁ ଏଭଳି କାହା ହାତରେ ପାଣି ପିଇ ନାହିଁ । ଶୋଷ କଲେ ନିଜ ହାତରେ ଜଳ ଆଣି ପିଏ । ଆଜି ପ୍ରଥମଥର ପାଇଁ ତୁମ ହାତରୁ ଏଭଳି ଜଳ ପାନ କଲି । ତୁମେ ତ ମୋ ବୋହୂ ମା' ! ଯେଉଁ ଜାତିର ହୁଅ ପଛେ ମୋ ପୁତ୍ରବଧୂ ତ । ମୋତେ ପରମ ଶାନ୍ତି ଲାଗୁଛି ମା' ।'

ଉଦୟ ମୋତେ, ଏଇ ଗ୍ରାହ୍ୟତା କଥା ବୋଧେ କହୁଥିଲା ।

ଯାହା ମୁଁ ବୁଝି ପାରୁ ନଥିଲି ସେଦିନ । ହେଲେ ଆଜି ବୁଝିଛି ମା' !

ମଣିଷର ଯେତେସବୁ ଦୋଷ ଦୁର୍ବଳତା ସତ୍ତ୍ୱେ ତାକୁ ଆଦରି ନେବାରେ, ଯେଉଁ ମାନବୀୟ ଉଦାରତା, ଯେଉଁ ପ୍ରେମଭାବ, ଯେଉଁ ଏକତ୍ୱଭାବ ପ୍ରକଟିତ ହୁଏ, ତା' ଜୀବନକୁ କେବଳ ପରିପୁଷ୍ଟ କରେ ନାହିଁ, ପ୍ରଶାନ୍ତି ଓ ଆନନ୍ଦରେ ଭରିଦିଏ । ପ୍ରଗତିର କ୍ଷେତ୍ର ପ୍ରସ୍ତୁତ କରିଦିଏ ।

ମା' ! ଜୀବନରେ ପ୍ରତ୍ୟାଖ୍ୟାନର ସ୍ଥାନ କାହିଁ ?

ଗୋଟାଏ ସୁଲଳିତ ସୁଶୀତଳ ନୀରବତା ତା'ର କୋମଳ ପ୍ରବାହମାନତାରେ ବ୍ୟାପିଗଲା ଘର ସାରା ।

ଓଁ ପୂର୍ଣ୍ଣମଦଃ ପୂର୍ଣ୍ଣମିଦଂ ପୂର୍ଣ୍ଣାତ୍ ପୂର୍ଣ୍ଣମୁଦଚ୍ୟତେ ।

ପୂର୍ଣ୍ଣସ୍ୟ ପୂର୍ଣ୍ଣମାଦାୟ ପୂର୍ଣ୍ଣମେବାବଶିଷ୍ୟତେ ।

'ନନା ! ଆପର ଟିକିଏ ବିଶ୍ରାମ କରନ୍ତୁ ।' ଜଲସା ପରାମର୍ଶ ଦେଲା ।

– 'ତୁମ ସହିତ ବହୁତ କଥା ଅଛି ମା' ।'

'ମୋର ତ ସୌଭାଗ୍ୟ ନାନା । ମୋର ବି ଆପଣଙ୍କୁ ଅନେକ କଥା କହିବାକୁ ଅଛି । କିନ୍ତୁ ସେ ସବୁପରେ । ଆପଣ ଆଗ ବିଶ୍ରାମ କରନ୍ତୁ । ଖାଇ ବି ସାରନ୍ତୁ ।'

– 'ହଉ ମୋତେ ଖଣ୍ଡେ ସୌପ ଆଉ ଗୋଟାଏ ପିଢ଼ା ଦିଅ ତ ମୁଁ ଟିକିଏ ଗଡ଼ପଡ଼ ହେବି ।'

ଜଲସା ବିରୋଧ କଲେ ନାହିଁ କି ବାଧ କଲେ ନାହିଁ । ଆଣି ପକେଇ ଦେଲେ ସପ ଖଣ୍ଡେ, ପିଢ଼ା ପଟେ । ହାତକୁ ବଢ଼େଇ ଦେଲେ ଗୋଟାଏ ତାଳପତ୍ରର ବିଞ୍ଚଣା । କରେଣ୍ଟ ନାହିଁ ଅନେକବେଳୁ ।

ଗ୍ରାମାଞ୍ଚଳ ବିଦ୍ୟୁତ୍ ସଂଯୋଗର ଅବସ୍ଥା ଏମିତି ।

କନେକ୍ସନ-ୟେସ୍, କରେଣ୍ଟ-ନୋ ।

ସପ ଉପରେ ଗଡ଼ି ପଡୁପଡୁ ନାରାୟଣ ମିଶ୍ର କହିଲେ, 'ଜୀବନରେ କେତେ ସୁଖରୁ ମୁଁ ବଞ୍ଚିତ ହୋଇଛି କେଜାଣି । ହଉ, ମା' କନକ ଗୌରୀ, ତୁଇ ଭରସା । ସବୁ ତୋରି ଇଚ୍ଛା ।'

'ନନା ! ଉଦୟ କୁହନ୍ତି, ଦେବାଦେବୀଙ୍କ ଉପରେ ଆମେ ସବୁବେଳେ ଆମର ଇଚ୍ଛାକୁ ନଦି ଦେବା ଜାଣୁ, ମାତ୍ର ତାଙ୍କ ଇଚ୍ଛାପ୍ରତି କେବେ କର୍ଣ୍ଣପାତ କରୁନି । 'ଜଲସା କହିଲେ ହସି ହସି ।'

ବିଛଣା ଉପରେ ଧଡ଼ପଡ଼ ହୋଇ ଉଠିବସି ପଡ଼ିଲେ ନାରାୟଣ ମିଶ୍ର । ବିସ୍ମିତ ଭରା ସ୍ୱରରେ କହିଲେ, 'ଠିକ୍ କଥା ତ ମା' ।'

।। ୧୪ ।।

ମାଧପୁର ବଜାରଟି ଏଣିକି ପ୍ରାୟ ରାତି ନଅଟା ବେଳକୁ ବନ୍ଦ ହୋଇ ଯାଉଥିଲା । ବୁଲା ଷଣ୍ଢ ଓ ଗୋରୁ ଗାଈମାନେ ସେତେବେଳକୁ ବଜାର ମଝିରେ ଆସ୍ଥାନ ଜମେଇ ଶୋଇଯାଉଥିଲେ । କାକ ନିଦ୍ରା ଯାଉଥିବା ସଦା ଜାଗ୍ରତ ବଜାରୀ କୁକୁରମାନେ ଉଠାପକା ହୋଇ ସତର୍କରେ ଶୋଉଥିଲେ । ଆବଶ୍ୟକ ବେଳେ ଉଠି ତୁମ୍ବୀତୋଫାନ କରୁଥିଲେ । ତା'ପରେ ବଜାରଟା ଖାଲି ଖାଲି, ମନେ ହେଉଥାଏ ଯେମିତି ନୀରବତା କୁଆଡୁ ଓହ୍ଲେଇ ଆସୁଛି ।

କବି କହିବେ,

'ଖସି ପଡୁଛି କି ଚନ୍ଦ୍ରମା ଦେଖି ମଧୁ ସାଗରରେ,

'ଉଠ ମଧୁପୁର ଯୁବତୀ, ନାରେ ନାରେ ନାରେ ନା.... ।' ରକ୍ଷା, ରାତିରେ ମାଧପୁର ବଜାରରେ ନବ-ଯୁବତୀ କ'ଣ ପୋଖତ ନାରୀଙ୍କର ବି ଆତଯାତ ହୁଅନ୍ତି ନାହିଁ । ନହେଲେ ତାଙ୍କ ଇଜ୍ଜତ ମହତ ବାରଗଣ୍ଡା ଦି କଡ଼ା ହୁଅନ୍ତା ନାହିଁ ।

କହିବା କାହାକୁ, ଦି' ବର୍ଷ ତଳେ ପାଗେଳୀଟାଏ ପେଟରେ ହୋଇ ଗଲାଟି ।

ରାତି ଏଗାରଟା ସରିକି ହେବ, କାଲି ପାଇଁ ମିଠା ଭାରିଏ ସାରି ଦୋକାନ ଅଧା ବନ୍ଦ କରି ଦେଇଥାଏ ବିମଳ ସାହୁ । ଦେହରେ ଖାଲି ଗାମୁଛା ଖଣ୍ଡେ ପକେଇ ଦୋକାନ ଆଗରେ ଟହଲ ମାରୁଥାଏ । କାଲିର ବ୍ୟବସାୟ ପାଇଁ ପ୍ରାକ୍ ପ୍ରସ୍ତୁତି ଇଏ । ଏଇ କେଇଦିନ ହେବ ସେ ଦୋକାନକୁ ନିଘା ଦେଇନି । ସମୟ ସେମିତି ପଡ଼ିଛି । ଲୋକେ ତ କହିବା ଆରମ୍ଭ କରିଦେଲେଣି ।

'କ'ଣ ହୋଇଛି କିଓ ତୁମର ବିମଳ ସାହୁ ?'

ଏଡ଼େ ସୁନ୍ଦର ଚାଲୁଥିବା ଖାବାର ଦୋକାନଟିକୁ ବୁଡ଼େଇ ଦେବାକୁ ବସିଲଣି । ବ୍ୟବସାୟ ବନ୍ଦ କରିଦେବ କି ? ଆଉ କ'ଣ କିଛି ନୂଆ ଧନ୍ଦା କରିବ କି ? 'ସାମ୍ନା କରିପାରୁ ନାହିଁ ଏ ପ୍ରଶ୍ନଟିକୁ ବିମଳ ସାହୁ ।'

ଆଉ ତା'ର କେଉଁ ସମ୍ଭାବନା ଅଛି ଯେ ସେ ଦୋକାନ ଭାଙ୍ଗିବ ।

ବଞ୍ଚିବା ପାଇଁ ସେଇତ ତା'ର ଏକମାତ୍ର ଆଧାର ।

ବିମଳ ସାହୁ ଯାଇ ବସି ପଡ଼ିଲା ଗାନ୍ଧୀ ପିଣ୍ଡିର ସବା ତଳ ପାହାଚ ଉପରେ । ତା'ର ମନେ ପଡ଼ିଗଲା ସକାଳ ବଜାରରେ ଘଟିଥିବା ବିଚିତ୍ର ଘଟଣାଟି କଥା ।

ସକାଳ ଦଶଟା ବେଳକୁ ଦେଖାଗଲା, ଗୋଟାଏ ଗାନ୍ଧୀ କୁଆଡୁ ଆସି ମାଧପୁର ପୂର୍ବ ମୁଣ୍ଡରେ ଠିଆ ହୋଇଯାଇଛି ଅଭିନବ କଳା କୌଶଳରେ – ଠିକ୍ ଗାନ୍ଧୀ ମହାତ୍ମାଙ୍କ ଭଳି । ଗୋଡ଼କୁ ଲାଠି କରି, ହାତରେ ଠେଙ୍ଗା ଧରି । ସାରା ଦେହରେ ଚିକ୍କଣ କରି ବୋଳି ଦେଇଛି ସିଲ୍‌ଭର-ହ୍ୱାଇଟ୍ କଲର । ଚଷମା ପିନ୍ଧା ଆଖିରେ ପତା ପଡୁ ନାହିଁ କି ଓଠ ଟିକିଏ ବି ଧରୁ ନାହିଁ । ପିନ୍ଧିଛି ଗନ୍ଧିଆ ଡ୍ରେସ୍ । ନିଶ ରଖିଛି ମୁଣ୍ଡରେ ଖୁର ଚଳେଇ ପୁରା ଚନ୍ଦା ହୋଇଯାଇଛି ନିଶ ବି ରଖିଛି । ପାଦରେ ହଳେ ଚପଲ ପିନ୍ଧିଛି ।

ତା' ମା' ମରୁ !

ଲୋକେ ତ, "ନୂଆ ଗାନ୍ଧୀ ଆର୍ବିଭାବ ହୋଇଛନ୍ତି", ଏ କଥା ଶୁଣୁ ଶୁଣୁ ଶହଶହ ସଂଖ୍ୟାରେ ଛୁଟିରେ ଚାରିଆଡୁ । ଯେମିତି କି ଦାଣ୍ଡିଯାତ୍ରା । ସେମିତି ଥାଟ ପଟାଳି ଲୋକ ।

କିଏ ଆସି ତାଙ୍କୁ ଦଣ୍ଡବତ କଲା । କିଏ ପାଦ ଛୁଇଁବାକୁ ହାତ ବଢ଼େଇ ଦେଲା । କିଏ କହିଲା, ହାଲୋ ! ଗୁଡମର୍ଣ୍ଣିଂ ମି. ଗାନ୍ଧୀ । କିଏ ଫୁଲ ଫୋପାଡ଼ିଲାତ କିଏ ଫୁଲ ତୋଡ଼ା ବଢ଼େଇଲା । କିଏ ଧୂପବତୀ ଲଗେଇ ଦେଲା ତାଙ୍କ ଆଗରେ । ଆଉ କିଏ ଖଇ ଉଖୁଡ଼ା, ନଡ଼ିଆ କୋରା, ଡାଲି ଗଜା ପୂଜା କରିବାକୁ ନେଇଥିଲା । ପୁଣି କିଏ ପାଚିଲା କଦଳୀ ନଡ଼ିଆ ବାଡ଼ୋଇବାକୁ ଆଣିଲା । ଏମିତିକି ସ୍କୁଲ ପିଲା ଆଣିଲେ ଚକୋଲେଟ୍, ହଜିମଲ୍ଲା । ଲୋଫର କଲେଜ ଟୋକାଏ ଯାଚିଲେ ପାନ ମସଲା, ଜର୍ଦ୍ଦା ପାନ । ଲୁଚେଇ କରିବି ଚିଲ୍ଡ ବିଅର ।

ଲାଗିଲା ଗୋଟାଏ ହାଟ ।

ମାଇକ୍ ବାଜିଲା ।

ଗାନ୍ଧୀ ଭାଇ ହୋଓ, ତୁମେ ବଡ଼ ହଟିଆ, ଗାନ୍ଧୀ ଭାଇ ହୋ

ଅହିଂସା ଖେଳେଇ ସ୍ୱରାଜ ଜିତିଲ

ସ୍ୱରାଜ ପାଇ, ଆମେ ହେଲୁ ଭାଣ୍ଡିଆ....ଗାନ୍ଧୀ ।

ଚାଲିଲା ବ୍ରେକ୍ ଡ୍ୟାନ୍ସ, ରକ୍ ଡ୍ୟାନ୍ସ, ଅଗ୍ଲି ଡ୍ୟାନ୍ସ ।

କିନ୍ତୁ ସେଠି ଠିଆ ରହି ସେ ମୌନ ଗାନ୍ଧୀ ଡାହାଣ ହାତଟିକୁ ଖାଲି ହଲାଉଥାନ୍ତି । ବୋଧହୁଏ ଜନତାର ଏ ଉପଚାରକୁ ବାରଣ କରୁଥାଆନ୍ତି ।

କିନ୍ତୁ ଶୁଣୁଛି କିଏ ?

ଓ୍ୱଃ ତୋ ଦେଖେନେ କି ଚିଜ୍ ଥା ନା !

ଏତିକିବେଳେ ଦୁଇ ତିନିଜଣ ସାଥୀ ଦୋକାନୀ ଆସି ବିମଳ ସାହୁକୁ ଟାଣି ଟାଣି ନେଇଗଲେ ଘଟଣା ସ୍ଥଳକୁ । ବିମଳ ସାହୁ କିଛି ବୁଝିପାରୁ ନଥିଲା । ସେମାନେ କହିଲେ, 'ଆସ ଦେଖିବ ତୁମ ଗୁରୁ ଗାନ୍ଧୀ ବୁଢ଼ାକୁ ।'

'ମୋ ଗୁରୁ ଗାନ୍ଧୀ ବୁଢ଼ା !' ବିମଳ ସାହୁ କାବା ହୋଇଗଲା ।

'ନୁହେଁ ତ ଆଉ କ'ଣ ? ତୁମେ ଗାନ୍ଧୀ ବାଦୀନା ।'

କିଛି ଉତ୍ତର ଦେଇ ପାରିଲା ନାହିଁ ବିମଳ ସାହୁ । ବୁଝି ପାରିଲା, ସେମାନେ ତାକୁ ଆକ୍ଷେପ କରୁଛନ୍ତି । ପରିହାସ କରୁଛନ୍ତି । ସେ ନୀରବରେ ସହିଗଲା ସେମାନଙ୍କୁ । ବଜାରର ପୂର୍ବ ମୁଣ୍ଡରେ ପହଞ୍ଚି ବିମଳ ସାହୁ ଦେଖିଲା ସେ ବିଡ଼ମ୍ବିତ ଦୃଶ୍ୟ !

ଗାନ୍ଧୀ ଅବତାର ଠିଆ ହୋଇଛି ଏବଂ ତା' ଚାରିପଟେ ଚାଲିଛି ନାମ ସଂକୀର୍ତ୍ତନ ।

ବିମଳ ସାହୁ ମୁଣ୍ଡକୁ ପିତ୍ତ ଚଢ଼ିଗଲା । ସେ ଗୋଟାଏ ଗର୍ଜନ ଛାଡ଼ିଲା ।

- 'କି ଫାର୍ସ ଚାଲିଛି ଏଠି ! ବନ୍ଦକର ଏ ଆଖେଡ଼ା ।'

ହଠାତ୍ ସମସ୍ତେ ଚୁପ୍ ପଡ଼ିଗଲେ । ଚାହିଁ ରହିଲେ ବିମଳ ସାହୁ ଆଡ଼କୁ । ବିମଳ ସାହୁ କିନ୍ତୁ ଆଉ କାହାକୁ ଦେଖିପାରୁ ନଥିଲେ । ତା' ଆଖିରେ ଥିଲା କେବଳ ସେଇ - ଗାନ୍ଧୀ ବେଶୀ । ସେ ଧୀରେ ଧୀରେ ଯାଇ ଗାନ୍ଧୀ ବେଶୀର ଆଗରେ ଠିଆ ହୋଇଗଲା ହାତ ଯୋଡ଼ି । ଅତି ବେଦନା ଭରା କରୁଣ ସ୍ୱରରେ କହିଲା ।

'ଆପଣ ଇଏ କ'ଣ କରୁଛନ୍ତି ? କାହାକୁ ଏମିତି ପରିହାସ ଲୋକହସା କରୁଛନ୍ତି ଜାଣି ପାରୁଛନ୍ତି ତ । ସେ କିଏ ଥିଲେ ।' ବିମଳ ସାହୁ ଆଖି ଲୁହ ଛଳଛଳ ହୋଇ ଉଠିଲା । କାହିଁକି ଏଭଳି ବେଶ ଧରି ସହର ବଜାର ଗାଁ ଗଣ୍ଡାରେ ବୁଲୁଛନ୍ତି ? ଲୋକେତ ଗାନ୍ଧୀଙ୍କୁ ଏକ ଜୋକର ଭଳି ମନେ କରୁଛନ୍ତି ନା ।

ଗାନ୍ଧୀରୂପୀ ଏହା ଶୁଣି ବଡ଼ ବିବ୍ରତ ହୋଇପଡ଼ିଲା । ସେ ତା' ମୌନତା ଭାଙ୍ଗି ବିଚଳିତ ସ୍ୱରରେ କହିଲା, 'ଗାନ୍ଧୀ ଆଦର୍ଶ ପ୍ରତି ଜନ ସଚେତନତା ସୃଷ୍ଟି କରିବା ମୋର ଲକ୍ଷ୍ୟ । ମାନବ ସମାଜ ଯେଉଁ ବିବେକ ସଙ୍କଟ ଭିତରେ ପଡ଼ି ଭସ୍ମାସୁର ପାଲଟି ଯାଇଛି ଗାନ୍ଧୀପଥ ସେଥିରୁ ମୁକୁଳିବାର ଏକମାତ୍ର ବାଟ । ସତ୍ୟ, ଅହିଂସା, ପ୍ରେମ ହିଁ ସେ ପଥ । 'ଲୋକଟା କହୁ କହୁ ହଠାତ୍ ନୀରବ ହୋଇଗଲା ଏବଂ ତା'ର ମୁହଁର ଭାବ ଭଙ୍ଗୀ ବି ବଦଳିଗଲା ।' ସେ ବିମଳ ସାହୁକୁ ଧରି ପକେଇ କହିଲା-

ଦୋସ୍ତ ! ଗାନ୍ଧୀ ଫେଲ୍ । ମୋ ମିଶନ ବି ଫେଲ୍ । ଏମିତି ବାରମ୍ବାର କହିଲା ଓ ଅଦ୍ଭୁତ ଭାବରେ ଡେଇଁ ଡେଇଁ ନାଚିବା ଆରମ୍ଭ କରିଦେଲା- ବ୍ରେକ୍ ଡ୍ୟାନ୍ସ ।

ଲୋକେ କହିଲେ, ଲୋକଟା ପାଗଳ ଓ ତାଳି ମାରି ତା' ନୃତ୍ୟକୁ ଉପଭୋଗ କଲେ ।

ବିମଳ ସାହୁ ସେଠୁ ମୁହଁପୋତି ପଳେଇ ଆସିଲା । ସେ ଖୁବ୍ ନୈରାଶ୍ୟ ଅନୁଭବ କରୁଥିଲା ।

ପରେ ଜଣାଗଲା ଲୋକଟି ଥିଲା ଗୋଟିଏ ସ୍କଲାର ଓ ଗାନ୍ଧୀ ପ୍ରେମୀ । ଗାନ୍ଧୀଙ୍କ ଉପରେ ଡି.ଲିଟ୍ ପାଇଁ ଦିନରାତି ଲାଗି ସନ୍ଦର୍ଭ ପ୍ରସ୍ତୁତ କରୁଥିଲା । ତା'ର କାର୍ଯ୍ୟନିଷ୍ଠା ଓ ନିଶା ଦେଖି ତା'ର ବନ୍ଧୁମାନେ ତାକୁ ଗାନ୍ଧିଆ ଡାକୁଥିଲେ । ସେ ବି ଗାନ୍ଧୀଙ୍କ ଭଳି ଜୀବନ ବଞ୍ଚିବାକୁ ଲାଗିଲା ।

କିଛିଦିନ ପରେ ଦେଖାଗଲା ଲୋକଟି ସର୍ବଶ୍ରାନ୍ତ ହୋଇଯାଇଛି । ତାଙ୍କର ସମସ୍ତ ବ୍ୟବହାର୍ଯ୍ୟ ପଦାର୍ଥ ବନ୍ଧୁମାନେ ବ୍ୟବହାର କରୁଥିଲେ ଓ ନେଇ ଚାଲିଗଲେ । ସେଥି ଯୋଗୁ ସେ ଆଦୌ ବିଚଳିତ ହୋଇପଡ଼ି ନଥିଲେ । ବରଂ ଗାନ୍ଧୀଙ୍କ ଭଳି ସରଳ ଜୀବନ ଯାପନ ପାଇଁ ଏହା ଏକ ସୁଯୋଗ ବୋଲି ଆନନ୍ଦରେ ଗ୍ରହଣ କରିନେଇଥିଲେ । ମାତ୍ର ଚରମ ଆଘାତଟି ସେ ପାଇଲେ ଯେଉଁଦିନ ଜାଣିଲେ ତାଙ୍କର ଗବେଷଣା ଲବ୍ଧ ଜ୍ଞାନକୁ ଅପହରଣ କରି ଜନୈକ ବନ୍ଧୁ ପି.ଏଚ.ଡ଼ି. ପାଇଁ ଥିସିସ୍ ଦାଖଲ କରି ଡିଗ୍ରୀ ପାଇଗଲେ । ଏହା ତାଙ୍କୁ ପ୍ରଚଣ୍ଡ ଆଘାତ ଦେଉଥିଲା । ନିକୁଞ୍ଜ ଧୀର ତାଙ୍କର ନାମ, ସେ ଧୀରେ ଧୀରେ ମାନସିକ ଭାରସାମ୍ୟ ହରାଇ ବସିଲେ ।

ଘଟଣାଟି ଜାଣିବା ପରେ ବିମଳ ସାହୁ ଭୀଷଣ ଦୁଃଖିତ ହୋଇ ପଡ଼ିଲେ । ଲୋକଟି ଯେ ଏହା ସତ୍ତ୍ୱେ ଗାନ୍ଧୀ ଦର୍ଶନ ପ୍ରତି ଜନ ସଚେତନତା ସୃଷ୍ଟି କରିବା ପାଇଁ ଉଦ୍‌ଯୋଗ କରୁଛନ୍ତି ଏହା ତାଙ୍କର ମହତ ପଣିଆ ଓ ମାନବପ୍ରେମର ନିଦର୍ଶନ । ନିକୁଞ୍ଜ ଧୀରଙ୍କ ପ୍ରତି ଶ୍ରଦ୍ଧାଶୀଳ ହୋଇପଡ଼ିଲେ ବିମଳ ସାହୁ ।

ରାସ୍ତାରେ ଜଳୁଥିବା ନୟନାଲୋକ, ଜହ୍ନ ଆଲୁଅ ଭଳି ବିଛେଇ ହୋଇପଡ଼ିଥିଲା ଗାନ୍ଧୀଙ୍କ ଉପରେ । ଗାନ୍ଧୀ ଦିଶୁଥିଲେ କାଚ ମାର୍କା ରିଲାନ୍ସ ଫ୍ରେସ୍ । ବୁଢ଼ା ଯେପରି ଠିଆ ହୋଇଛି କୁଆଡ଼କୁ ଯିବା ଲାଗି ।

ନା, କୁଆଡ଼େ ଯିବାର ନାହିଁ ।

ଏଣିକି ତ ଆସିଯିବେ ନିଶାଚର ବନ୍ଧୁମାନେ ।

ଏଠି ଗଞ୍ଜେଇ ଧୂପ ଛୁଟିବ ।

ମଦ୍ୟପାନ ଚାଲିବ ।

ଏଠି ଚୋରି, ଡକାୟତି, ଅପହରଣ, ଲୁଟମାରର ଯୋଜନା ହେବ ।

ଗାନ୍ଧୀ ମହାତ୍ମା ! ତୁମେ ସବୁ ଦେଖିବ । ସବୁ ଶୁଣିବ । ମଦ ମାଂସର ବାସ୍ନା ପାଇବ ।

ଏତିକି ବେଳେ ତିନିଟା ମଟର ସାଇକେଲରେ ଛ'ଜଣ ଟୋକା ଆସି ଓହ୍ଲେଇ ପଡ଼ି ବିମଳ ସାହୁ ପାଖରେ । ଆକ୍ରମଣ ଢଙ୍ଗରେ ଘେରିଗଲେ ତାକୁ । ବିମଳ ସାହୁ ଦେଖିଲା ଅପରିଚିତ ସମସ୍ତେ । ପାଖରେ ବି କେହି ନାହାନ୍ତି । ସେ ବିଚଳିତ ହୋଇପଡ଼ିଲା ଏବଂ ଗାନ୍ଧୀଙ୍କୁ ଚାହିଁଦେଲା । ତା' ମନ ଭିତରକୁ ପଶି ଆସିଲା 'ନିର୍ଭୟ କରୋ ପ୍ରଭୋ ରାଜା ରାମ' । ସେ ସାହସର ସହ ପଚାରିଲା, 'ଆପଣମାନେ କିଏ, ମୋତେ ଘେରି ଯାଇଛନ୍ତି କାହିଁକି ?'

'ଶଳା ମା' ଗିହା !' ତୁ ବିମଳ ସାହୁ ? ମଦ ଗନ୍ଧରେ ଟୋକାଟା ଭଣ ଭଣ ଗନ୍ଧାଉଛି ।

– 'ହଁ, ମୁଁ ।' ମୁହଁରେ ଗାମୁଛା ଦେଇ ବିମଳ ସାହୁ ପ୍ରଶ୍ନ କଲା, 'କ'ଣ ହେଲା ? କ'ଣ ଚାହୁଁଛନ୍ତି ଆପଣମାନେ ?'

'ମା' ଗିହା, ତୁ ଦେଖିଥିଲୁ ଚଣ୍ଡକୁ ମାରିଲା ବେଳେ ?'

– 'ହଁ ଦେଖିଛି ।'

'ମା' ଗିହା ପୋଲିସକୁ କହିଛୁ, ସେମାନଙ୍କୁ ଦେଖିଲେ ଚିହ୍ନି ପାରିବୁ ?'

ହାତ ଯୋଡ଼ି ବିମଳ ସାହୁ କହିଲା, 'ଜନ୍ମ କରିବାର ମୁହୂର୍ତ୍ତରୁ ମା' ମୋର ମରି ଯାଇଛି । ସମ୍ଭବତ ଥରକ ପାଇଁ ତା' ଆଖିରେ ଦେଖି ନଥିବ ମୋତେ ସେ । ଦୟାକରି ଏତେ କୁତ୍ସିତ ଶବ୍ଦରେ ତା' ନାଁ ନେଇ ଉଚ୍ଚାରଣ କରନ୍ତୁ ନାହିଁ । ନହେଲେ ମୁଁ ମୌନ ହୋଇଯିବି ଆପଣମାନଙ୍କ ପାଇଁ ।'

'ଶଳା ଘୁସୁରି ଗିହାଁ ଶଳା । ଫୁଟାଣି ଦେଖାଉଛୁ ମାତୃଚୋଦ । ପଛରୁ ଗୋଟାଏ ଧକ୍କା ବାଜିଲା ବିମଳ ସାହୁ ବେକ ସଣ୍ଡାରେ । ସେ ପଡ଼ି ଯାଉ ଯାଉ ନିଜକୁ ଆୟତ କରିବାର ମୁହୂର୍ତ୍ତରେ ହିଁ ଆଉ ଗୋଟାଏ ଶକ୍ତ ମୁଥ ବାଜିଲା ତା' ମୁହଁରେ । ବିମଳ ସାହୁ ଥରି ଉଠିଲା । ତା' ଆଖିରେ ଆଲୁଅ ଚକ୍ରି ବାହାରି ପଡ଼ିଲା । ସେ ଅସହ୍ୟ ଯନ୍ତ୍ରଣାରେ ଛଟପଟ ହୋଇ ଉଠିଲା । ସେଇ ଯନ୍ତ୍ରଣାର ପ୍ରକୋପକୁ ଶାନ୍ତ କରିବାକୁ ଯାଇ ସେ ବାଁ ହାତରେ ପାପୁଲିରେ ଚାପି ଧରିଲା ତା' ମୁହଁକୁ । ଡାହାଣ ହାତଟିକୁ ମୁଠାକରି ଟେକି ଦେଲା ଉପରକୁ । ଯେପରି ଘୋଷଣା କଲା, 'ଅନ୍ୟାୟ, ଅତ୍ୟାଚାର, ହିଂସା ବିରୁଦ୍ଧରେ ଏ ଲଢ଼େଇ ଲଢ଼ିବାକୁ ହେବ । ଆମକୁ ଜିତିବାକୁ ହେବ ।'

'ତୁମର ସବୁ ଅତ୍ୟାଚାର ସହିବାକୁ ମୁଁ ଏବେ ପ୍ରସ୍ତୁତ । ଲୁଣ ନିଶ୍ଚୟ ତୋଳିବି ।'

ବିମଳ ସାହୁ ମୌନ ହୋଇଗଲା । ଅବିଜୀତ ଦେଖାଗଲା ।

ସେମାନେ ବିମଳ ସାହୁକୁ ତଳେ ପକେଇ ଦେଇ ଗୋଇଠା ମୁତ ବର୍ଷି ଚାଲିଲେ ।

"ନିଷ୍ପତ୍ତି ନେଇ ଯାରେ ମା ଘିହା । ବୋପା ନାଁରେ ବଞ୍ଚିବୁ, କି ମା' ନାଁରେ ମରିବୁ !"

ରାତ୍ରିର ସେଇ ହିଂସ୍ର ପୃଥିବୀ ଛାତି ଉପରେ ପଡ଼ି ବିମଳ ସାହୁ ଛଟପଟ ହେଉଥାଏ ।

"ମା' ଗିହା ଖଣ୍ଡ ଖଣ୍ଡ କରି କାଟି ପକେଇବୁ ଆମ କଥା ନ ମାନିଲେ । ଯଦି ପାଟି ଫିଟାଇଛୁ ପୋଲିସ ଆଗରେ ସେଇ ଦିନ ଦେଖିବୁ । ଆଜିତ ଇଏ ଟ୍ରେଲର ମାତ୍ର ଗଲା । ସେତେବେଳକୁ ପୁଅ ପ୍ରକୃତ ଫିଲ୍ମ ଦେଖିବୁ ।"

'ମା ଗିହା' ପୋଲିସ ପଚାରିଲେ କହିବୁ,

"ମୁଁ ଚଣ୍ଡର ହତ୍ୟାକାଣ୍ଡ ଦେଖିନାହିଁ କି ହତ୍ୟାକାରୀମାନଙ୍କୁ ବି ଜାଣିନି ।"

ତଥାପି ବିମଳ ସାହୁ ନୀରବ ।

'ମା ଗିହା' ମନେରଖ, କହିବୁ ।

- 'ମୁଁ କିଛି ଜାଣିନି । କିଛି ଶୁଣିନି । କିଛି ଦେଖିନି ।'

- ତୁ ତିନିମାଙ୍କଡ଼ ପାଲଟି ଯିବୁ ।

ଆଖି ବନ୍ଦ । କାନ ବନ୍ଦ । ପାଟି ବନ୍ଦ ।

ଶେଷ ଗୋଇଠାଏ ମାରି ସେମାନେ ଚାଲିଗଲେ ଧମକ ଦେଇ ।

ଯନ୍ତ୍ରଣା ସତ୍ତ୍ୱେ ବିମଳ ସାହୁ ନିଜକୁ ଉଠେଇ ନେଲା ରାସ୍ତା ଉପରୁ । ଠିଆ ହୋଇ ପଡ଼ିଲା ଝାଡ଼ିଝୁଡ଼ି ହୋଇ । ତା'ପରେ ହସି ଉଠିଲା ନିଜର ସାହସ ଲାଗି । ଲବଣ ସତ୍ୟାଗ୍ରହରେ ଲାଠିମାଡ଼ ଖାଇ ତିଲକ୍ ମହାରାଜ ରକ୍ତାକ୍ତ ହୋଇ ଗଡୁ ଥିବାର ଦୃଶ୍ୟଟି ଝଲସି ଉଠିଲା ତା' ଆଖି ଆଗରେ । ନିଜକୁ ସେ ପ୍ରବୋଧନା ଦେଇ କହିଲା, ମୁଁ ତ ରକ୍ତାକ୍ତ ହୋଇନି । ସାଂଘାତିକ ଭାବରେ ମୋ ମୁଣ୍ଡତ ଫାଟି ଯାଇନି । କି ମାଡ଼ ଖାଇ ମୁଁ ସଂଜ୍ଞାହୀନ ହୋଇ ଯାଇନି । କି ମାଡ଼ ଖାଇଛି ତିଲକ ମହାରାଜଙ୍କ ତୁଳନାରେ ।

ତିଲକ ମହାରାଜାଙ୍କ ଜୟ ହେଉ । ଜୟ ହେଉ ।

ସତ୍ୟରୁ ମୁଁ କୌଣସି ଦିନ ବିଚ୍ୟୁତ ହେବିନି ।

କହିବି, ଚଣ୍ଡର ହତ୍ୟାକାରୀମାନଙ୍କୁ ମୁଁ ଦେଖିଛି ।

ମୁଁ ଚିହ୍ନି ପାରିବି ସେମାନଙ୍କୁ ।

ବିମଳ ସାହୁ ମୁହଁ ବୁଲେଇ ଚାହିଁଲା । ତାକୁ ଦେଖାଗଲା ସେଇ ଭୟଙ୍କର ଦୃଶ୍ୟଟି ।

'ଚଣ୍ଡ ରାସ୍ତା ଉପରେ ପଡ଼ି ଛଟପଟ ହେଉଛି । ତାକୁ ଘେରି ଖଣ୍ଡା, ଭୁଜାଲି, ଲୁହାଛଡ଼ରେ ପିଟି ହାଣି ପକାଉଛନ୍ତି ତିନିଟା ସଇତାନ । ପାଖରେ ଠିଆ ହୋଇଛି-

ଗ୍ୟାଙ୍ଗଷ୍ଟାର । ଭାଇ, ଭାଲ୍ଲୁ ଯୋଶି । କେଉଁଠୁ, ତାକୁ ମୋବାଇଲରେ ବୋଧେ ନିର୍ଦ୍ଦେଶ ଆସିଲା- 'କିଲ୍ ହିମ୍ ।'

ଭାଲ୍ଲୁ ଜୋଷୀ ହାତ ହଲେଇ ଦେଲା- ଫିନିସ୍ ।

ଫିନିସ୍ ହୋଇଗଲା ଚଣ୍ଡ ।

ରାତ୍ରି ପକ୍ଷୀଟିଏ ଚିଲ୍ଲେଇ ଉଠିଲା 'କୁୟିକ୍'.... 'କୁୟିକ୍'

'କଥା କ'ଣ ?' ସଚେତନ ହୋଇ ଉଠି ବିମଳ ସାହୁ ପଚାରିଲା ।

- 'ପଳେଇ ଯା' । ପଳେଇ ଯା' । ଚଢ଼େଇଟି ଯେପରି ଉଚ୍ଛନ୍ନ ସ୍ୱରରେ କହୁଥିଲା ।

'କୁଆଡ଼େ ପଳେଇବି ଯେ ?'

ବିମଳ ସାହୁ କୁଆଡ଼େ ଗଲା ନାହିଁ, ସେଇଠି ଠିଆ ହୋଇ ରହିଲା ।

ଦ୍ରୁତଗତିରେ ଆସି ତା' ପାଖରେ ଠିଆ ହୋଇଗଲା ରାତ୍ରିର ପୋଲିସ ପେଟ୍ରୋଲିଂ ଜିପ୍ । ଓହ୍ଲେଇ ପଡ଼ି ମାଡ଼ି ଆସିଲେ ନୂଆ ବଦଳି ହୋଇ ଆସିଥିବା ଇନିସ୍ପେକ୍ଟର ସୁଧୀର ମହାନ୍ତି ।

'ଏଠି କ'ଣ କରୁଛୁ ବେ ?'

- 'ମୁଁ ଏ ବଜାରର ଜଣେ ବ୍ୟବସାୟୀ ।' ବିନୀତ ସ୍ୱରରେ ବିମଳ ସାହୁ ଉତ୍ତର ଦେଲା, ନିଜର ଶାରୀରିକ ଯନ୍ତ୍ରଣାକୁ ଚାପି ଦେଲା ।

'ଏଠି ଏତେ ରାତିରେ କ'ଣ କରୁଛୁ ?'

- 'ଠିଆ ହୋଇଥିଲି, ଗାନ୍ଧୀଙ୍କ ପାଖରେ ।'

'ଶୁଣରେ । ଶଳାଟା ଏତେ ରାତିରେ ଏଠି ଗାଣ୍ଡି ମରଉଛି । ମା' ଘିଆ ସେଇ ବ୍ୟବସାୟ କରୁଛୁ ଏଠି । ଚାଲ୍ ଶାଳା ଜିପ୍‌ରେ ବସ୍ । ଜଟ, ଉଠା ଏ ଶଳାକୁ ।' ସୁଧୀର ନିର୍ଦ୍ଦେଶ ଦେଲେ ।'

ବିମଳ ସାହୁ ଅତ୍ୟନ୍ତ ବିଚଳିତ ହୋଇ ପଡ଼ିଲା । ଇନିସ୍ପେକ୍ଟରଙ୍କର ଏଭଳି ଅପ୍ରତ୍ୟାଶିତ ଅଶ୍ଳୀଳ ଆଚରଣ ତାକୁ ଭୀଷଣ ଅପମାନିତ ବୋଧ ହେଲା । ସେ ବିମର୍ଷ ହୋଇ ପଡ଼ିଲା । ଏ ଆଇନ କାନୁନ୍ ରକ୍ଷାକର୍ତ୍ତା ଆଉ ଗୁଣ୍ଡା ବଦମାସଙ୍କ ଭିତରେ ତଫାତ୍ କ'ଣ । ମାତ୍ର କିଛି ପ୍ରତିବାଦ କରିପାରିଲା ନାହିଁ କି ପ୍ରତ୍ୟୁତ୍ତର ଦେଇପାରିଲା ନାହିଁ । କେବଳ ଅନୁଭବ କଲା- ତା'ର ସେ ଅସହାୟ ନୀରବତା ଓ କୋହ ଭିତରୁ ସୃଷ୍ଟି ହେଉଛି ଗୋଟିଏ ଅଦ୍‌ଭୂତ ପ୍ରକାର - କ୍ରୋଧ । ଧୀରେ ଧୀରେ ଯାହା ରୂପାନ୍ତରିତ ହୋଇଯାଉଛି ଏକ ଅଦ୍‌ଭୂତ ଦୃଢ଼ତାରେ । ଯାହା ତାକୁ ଆଉ ରଗେଇ ଦେଉ ନାହିଁ କି ଅସହାୟ କରି ପକାଉ ନାହିଁ । ତାକୁ ସ୍ଥିର ଅବିଚଳିତ

କରି ଦେଉଛି । ତା'ର ମନେ ପଡ଼ିଗଲା ଗାନ୍ଧୀ କହୁଥିଲେ, 'ନିଷ୍ଠୁରତାକୁ ଅଶ୍ଳୀଳତାକୁ ପ୍ରେମରେ ଜବାବ ଦିଅ ।'

ସେମାନେ ବିମଳ ସାହୁକୁ ଶୁଣିଲେ ନାହିଁ । ଜିପ୍‌ରେ ବସାଇ ନେଇଗଲେ ଥାନାକୁ ।

ତାହାହିଁ ଥିଲା ଇନିସ୍ପେକ୍ଟରଙ୍କ ନିର୍ଦ୍ଦେଶ । ସେ ଚାଲିଗଲେ ନିଜ କ୍ୱାଟରକୁ ବିଶ୍ରାମ ପାଇଁ ।

ବିମଳ ସାହୁଙ୍କୁ ସେମାନେ ଗାରଦ ଭିତରେ ପୁରାଇ ଧଡ଼ା ବନ୍ଦ କରୁକରୁ କନେଷ୍ଟବଳ ଜଟାଧାରି କୁଅଁର କହିଲା- 'ନୂଆ ଆସିଛନ୍ତି ଆଜ୍ଞା ବଡ଼ କଡ଼ା ମିଜାସୀ ।' 'କହୁ କହୁ ହସିଦେଲା ଅଭିସନ୍ଧି ଭରା ହସ ।'

ଗାରଦ ଭିତରେ ବିମଳ ସାହୁ ଅନୁଭବ କଲା ଯେପରି ସରଳତାକୁ ଯନ୍ତା ଭିତରେ ପୁରାଇ ବନ୍ଦ କରି ଦିଆଯାଇଛି ।

ସେ ଅନୁଭବ କଲା, ସାଧାରଣ ଲୋକଙ୍କ ପାଇଁ ଏ ସ୍ୱାଧୀନତା ! ଝୁଟା ସ୍ୱାଧୀନତା ଏହା ଏକ ପ୍ରତାରଣା ।

ମୋ ପ୍ରତି ଅନ୍ୟାୟ କରାଯାଉଛି । ମୋତେ ଅକାରଣ ଅପମାନିତ ଓ ଲାଞ୍ଛିତ କରାଯାଇଛି ।

'ମୁଁ ଏହାର ପ୍ରତିବାଦ କରିବି ।'

'ଏ ଅମୁହାଁ ଅନ୍ୟାୟର ପ୍ରତିବାଦ କରିବି ।' 'ଯେପରି ଘୋଷଣା କରି ଦେଲା ବିମଳ ସାହୁ ।'

'ସବୁ ପ୍ରକାର ସାମାଜିକ ଅନ୍ୟାୟର ପ୍ରତିବାଦ କରିବି । କରିବି ।'

ସକାଳ ହୋଇଗଲା ।

ମାଧପୁର ବଜାରରେ ଖବର ପ୍ରଘଟ ହୋଇଗଲା- ବିମଳ ସାହୁକୁ ପୋଲିସ୍ କାଲି ରାତିରେ ନେଇଯାଇ ଥାନା ହାଜତରେ ପୁରେଇଛି । ଅପାରଗ ପୋଲିସର ଯେ ଅପରାଧୀ ମୁହଁ । ବ୍ୟବସାୟୀମାନେ ମାତି ଉଠିଲେ ।

ବଜାର ବନ୍ଦ ହୋଇଗଲା । ରାସ୍ତାଘାଟ, ଗାଡ଼ି ମଟର ବନ୍ଦ ହୋଇଗଲା । ପୁଣି ଶୁଭିଲା-

ପୋଲିସ ଜୁଲମ୍- ସହିବୁ ନାହିଁ.....ସହିବୁ ନାହିଁ ।

ତାନାସାହି - ଚଳିବ ନାହିଁ....ଚଳିବ ନାହିଁ ।

ଅନ୍ଧାରୀ ଶାସନ - ଚଳିବ ନାହିଁ....

ଚଳିବ ନାହିଁ....ଚଳିବ ନାହିଁ....

ଉନ୍ମତ ଜନତା ମାଡ଼ି ଚାଲିଲା ଥାନା ଆଡ଼କୁ ।

ଇନିସ୍ପେକ୍ଟର ସୁଧୀର ମହାନ୍ତି ବିବ୍ରତ ହୋଇପଡ଼ି ଗାରଦ ଖୋଲି ଦେଇ ବିମଳ ସାହୁଙ୍କୁ ହାତ ଯୋଡ଼ି ଦେଇ କହିଲେ, "ଆଜ୍ଞା ! ପୋଲିସ ଚାକିରି ଏମିତି । ଚୋର, ଡକାୟତ, ଗୁଣ୍ଡା, ବଦମାସଙ୍କୁ ଧରୁ ଧରୁ କିଛି ନିରୀହ, ସାଧୁ ଲୋକ ବି ଜାଲରେ ପଡ଼ି ଯାଆନ୍ତି । ଏହା ଆମର ବୃତ୍ତିଗତ ସମସ୍ୟା । ଆପଣଙ୍କୁ ନ ଚିହ୍ନି ମୁଁ ଥାନାକୁ ନେଇ ଆସିଛି, ସେଥିପାଇଁ ମୁଁ ଦୁଃଖିତ । ଦୟାକରି କିଛି ମନେ କରନ୍ତୁ ନାହିଁ । ମୋତେ ଟିକେ ସାହାଯ୍ୟ କରନ୍ତୁ । ବ୍ୟବସାୟୀମାନଙ୍କୁ ବୁଝାଇ ଫେରେଇ ନିଅନ୍ତୁ ।' କହୁକହୁ ଇନିସ୍ପେକ୍ଟର ହାତ ବଢ଼େଇ ଦେଇ କହିଲେ, 'ମୁଁ ଆପଣଙ୍କର ବନ୍ଧୁ ହେବାକୁ ଚାହୁଁଛି । ସ୍ୱୀକାର କରିବେ ନା ?'

ବିମଳ ସାହୁ ହାତ ମିଳେଇ କହିଲେ, 'ବନ୍ଧୁ ଭାବରେ ଗୋଟାଏ ଅନୁରୋଧ କରିବି, ଆଶା କରୁଛି ରକ୍ଷା କରିବେ । କର୍ତ୍ତବ୍ୟ ସହ ଦାୟିତ୍ୱ ସମ୍ପୃକ୍ତ । ସେ ଦାୟିତ୍ୱ-ନିର୍ଦ୍ଦୋଷଙ୍କୁ ସୁରକ୍ଷା ପ୍ରଦାନ କରିବା, ତା' ଯେପରି କେବେ ଭୁଲିବେ ନାହିଁ ।'

ବିମଳ ସାହୁ, ସେ ଉତ୍ତ୍ୟକ୍ତ ଜନତାଙ୍କ ଆଗରେ ଥାନା ସାମ୍ନାରେ ଠିଆ ହୋଇଗଲେ ହାତଯୋଡ଼ି । ବିନୀତ ଭାବରେ କହିଲେ, ଆପଣମାନଙ୍କୁ ମୁଁ କୃତଜ୍ଞତା ଜଣାଉଛି । ମୋ ପ୍ରତି ଥିବା ଶ୍ରଦ୍ଧା ଯେଉଁଭଳି ଆପଣମାନେ ପ୍ରଦର୍ଶିତ କଲେ ସେଥିଲାଗି ସାରା ଜୀବନ ମୁଁ ଆଭାରୀ ରହିବି । ଆପଣମାନେ ମୋ ଜୀବନରେ ଗୋଟାଏ ନୂଆ ଅନୁଭବ, ନୂଆ ସନ୍ଦେଶ ଦେଲେ । ଯାହା ମୁଁ କଳ୍ପନା କରିପାରି ନଥିଲି । ଇନିସ୍ପେକ୍ଟର ସୁଧୀର ମହାନ୍ତି ମୋର ବନ୍ଧୁ ।

ସୁଧୀର ମହାନ୍ତି ଜନତାଙ୍କୁ ହସିହସି ହାତ ହଲେଇଲେ । ଜନତା ଭିତରେ ହାସ୍ୟରୋଳ ଖେଳିଗଲା । କିଏ ଜଣେ ପାଟି କରି କହିଲେ- 'ଗୋଟାଏ ଭଲ ଡ୍ରାମା ହେଲା ।'

'ଏଥିପାଇଁ ମୋତେ କ୍ଷମା କରି ଦିଅନ୍ତୁ ।' ବିମଳ ସାହୁ ହାତ ଯୋଡ଼ି ନେତାଙ୍କ ଭଳି ଜନତାଙ୍କ ଭିତରେ ପଶିଗଲା ।

ସେଇ ଦିନ ହିଁ ବିମଳ ସାହୁ ନିଷ୍ପତ୍ତି କରିଥିଲା,
ଭିନ୍ନ ଏକ ଜୀବନ ବଞ୍ଚିବ ସେ ।
ନିଜ ପାଇଁ ନୁହେଁ, ଅନ୍ୟମାନଙ୍କ ପାଇଁ ।
ତ୍ୟାଗ ଓ ସଂଘର୍ଷର ଜୀବନ ।

ଲୋକେ କହିଲେ, 'ବିମଳ ସାହୁ - ନାଁ ହୋଇଗଲା । ସେ ନେତା ହୋଇଗଲା ।'

'ଜାଣ, ତା' ବେପାର ବୁଡ଼ିଲା ।' କିଏ ଜଣେ କହିଲା-

- "ବେପାର ବୁଡ଼ିଲେ କିସ କ୍ଷତି ହୋଇଗଲା ହେ । ନେତା ହେବାତ ସବୁଠାରୁ ବଡ଼ ବ୍ୟବସାୟ । ବଡ଼ ଶୁଭଲାଭ ।" ଇଞ୍ଜିନିୟରିଂ ପାଶ୍ କରି ବେକାର ବୁଲୁଥିବା ଯୁବକ ଜଣେ ମତ ଦେଲା ହସି ହସି । 'ନେତାମାନେ ତ ସ୍ୱାର୍ଥୀ, ଦେଖୁନା ଥରେ ନିର୍ବାଚିତ ହୋଇଗଲେ କେମିତି କୋରଡ଼ପତି ହୋଇ ଯାଉଛନ୍ତି । ପୁଣି ସାରା ଜୀବନ ପାଇଁ ପେନ୍‌ସନ୍ ବ୍ୟବସ୍ଥା କରି ନେଇଛନ୍ତି ।'

"ବିମଳ ବାବୁ ସେମିତିଆ ସ୍ୱାର୍ଥୀ ନୁହନ୍ତି ମ ।"

- "ସ୍ୱାର୍ଥୀ କିଏ ଥାଆନ୍ତି କି ? ସମସ୍ତେ ପାଲଟି ଯାଆନ୍ତି ।" ଟୋକାଟା କହି ଦେଇ ଉଠି ପଳେଇ ଗଲା ସେ ସ୍ଥାନରୁ । ସେ ସିଧା ଯାଇ ପହଞ୍ଚିଲା ବିମଳ ସାହୁଙ୍କ ଦୋକାନରେ । କହିଲା, "ଭାଇ ନମସ୍କାର । ତମଠାରୁ ଆଜି ମିଠା ଖାଇବି । ସବୁ ଆଡ଼େ ଆଜି ତୁମର କଥା ଆଲୋଚନା ହେଉଛି.... । ତୁମେ ହିରୋ ପାଲଟି ଯାଇଛ । ବଧେଇ ଜଣାଉଛି ।"

ବିମଳ ସାହୁ କିଛି କହିବା ପୂର୍ବରୁ ଯୁବକଟି ଦେଖିଲା ଅଧ୍ୟାପକ ଦୁଇଜଣ ଆସ୍ଥାନ ଜମେଇଛନ୍ତି ସେଠି । ସେ ଲେଉଟି ଯାଉ ଯାଉ କହିଲା, "ମୁଁ ପରେ ଆସିବି ବିମଳ ଭାଇ । କାମଟାଏ ମନେ ପଡ଼ିଗଲା ।"

"ହଉ ଆସିବ ।"

ବିମଳ ସାହୁ ଦେଖିଲା, ଚା' ପିଇବାକୁ ଆସିଥିବା ଅଧ୍ୟାପକ ବନ୍ଧୁ ଦୁଇଜଣ ବେଞ୍ଚ ଉପରେ ଜମେଇ କରି ବସି କଲେଜର ଦୁର୍ନୀତିଗ୍ରସ୍ତ ଅଧକ୍ଷଙ୍କୁ ନେଇ ଗୁରୁତର ଆଲୋଚନାରେ ଲିପ୍ତ ଅଛନ୍ତି । ତାଙ୍କୁ କିପରି ଅପଦସ୍ତ କରାଯିବ, ତା'ହିଁ ପ୍ରସଙ୍ଗ ହୋଇଛି । ସେ ତା' ନେଇ ଟେବୁଲ ଉପରେ ଥୋଇ ଦେଇ କହିଲା,

"ସାର୍ ଆପଣମାନଙ୍କ ଠାରୁ ଦୁଇଟି ପ୍ରଶ୍ନର ବିଚାର ଜାଣିବାକୁ ଚାହୁଁଛି । ଆପଣମାନେ ତ ଆମ ଏ ଅଞ୍ଚଳର ମାନ୍ୟଗଣ୍ୟ ବୁଦ୍ଧିଜିବୀ । ଲୋକ ଚରିତ୍ର ସଂପର୍କରେ ବୁଝାଇ ପାରିବେ ।"

'ଭଲ ଚା' ଟିକିଏ ପିଆଇଲ ବିମଳ ବାବୁ । ଦାମ୍ କେତେ ରଖିଛ ?' 'ସାରଙ୍ଗ ସାର୍ ହସି ହସି ପଚାରିଲେ ।'

- 'ଦେଢ଼ ଟଙ୍କା ସାର୍ ।'

"କ'ଣ ଜାଣିବାକୁ ଚାହୁଁଥିଲେ, ଏବେ କୁହ ।" ଭଞ୍ଜ ସାର୍ ଛାତ୍ରଟିଏରୁ ଚାହିଁଲା ଭଳି ଚାହିଁ ରହିଲେ ବିମଳ ସାହୁକୁ ।

- "ଗାନ୍ଧୀ ମହାତ୍ମା ସମ୍ପର୍କରେ ଆପଣମାନଙ୍କର ବିଚାର କ'ଣ ?"

"ହଠାତ୍ ଗାନ୍ଧୀ କାହିଁକି ! ବିମଳ ବାବୁ ?" ସାରଙ୍ଗ ସାର୍ କାବା ହୋଇଗଲେ । ଥଟ୍ଟା କଲାଭଳି କହିଲେ, "ପାଖର ଏ ପ୍ରତିମୂର୍ତ୍ତି ଆପଣଙ୍କ ମୁଣ୍ଡରେ ବୋଧେ ସବୁବେଳେ ସବାର ହେଉଛି । ଏଇଆ ନା ?"

- "ଗାନ୍ଧୀଙ୍କୁ ମୁଁ ଭଲ ପାଏ ଆଜ୍ଞା !"

'ଭଲପାଅ, ମନା ନାହିଁ କିନ୍ତୁ ତାଙ୍କ ପାଲରେ ପଡ଼ନା । ବୁଝିଲ ବିମଳ ଜୀ ।" ପରିହାସ ଭରା ସ୍ୱରରେ କହିଲେ ଭଞ୍ଜ ସାର୍ । ଗାନ୍ଧୀ ଚିନ୍ତନ ବହୁ ପୁରୁଣା କାଳିଆ । ବର୍ତ୍ତମାନ ସମୟକୁ ଅଚଳ ଟଙ୍କା ।

'ଗୋଟାଏ ସମୟର ଜୀବନ ଦର୍ଶନ, ଆଦର୍ଶ, ତା'ର ଆବେଦନ ଅନ୍ୟ ଏକ ସମୟକୁ ବେଖାପ, ଅନୁପଯୁକ୍ତ, ଅପ୍ରାସଙ୍ଗିକ ହୋଇ ପଡ଼ିଥାଏ । ତେଣୁ ଅଗ୍ରହଣୀୟ, ସମାଜ ପାଇଁ । ବ୍ୟକ୍ତି ପାଇଁ । ଗାନ୍ଧୀଙ୍କ ସମୟ ଥିଲା ଭିନ୍ନ । ତା'ର ବାସ୍ତବତା ଥିଲା ଭିନ୍ନ । ଆବଶ୍ୟକତା ବି ଥିଲା ଭିନ୍ନ । ସେଇ ସମୟର ବାସ୍ତବତା ଆଧାରିତ ଥିଲା- ଗାନ୍ଧୀ ଚିନ୍ତନ ।

ବିମଳ ବାବୁ ! ଗୋଟାଏ ସମୟର, ଦର୍ଶନ, ଆଦର୍ଶ, ମୂଲ୍ୟବୋଧ, ଚଳଣୀକୁ ଅନ୍ୟ ଏକ ସମୟ ଉପରେ ନଦି ଦେବାର ପ୍ରଚେଷ୍ଟା ହିଁ ମୌଳବାଦୀ ଚିନ୍ତନ । ଏହା କେବଳ ଭୟଙ୍କର ନୁହେଁ, ମାରାତ୍ମକ । ଜୀବନ ବିରୋଧୀ ତତ୍ତ୍ୱ । ସମ୍ବିତ ଭଞ୍ଜ, ଗୋଟାଏ କ୍ଳାସ ଭଲରେ ନେଇ ପାଇଥିବାର ସନ୍ତୋଷ ଅନୁଭବ କଲାଭଳି ଗର୍ବ ଅନୁଭବ କରୁଥାନ୍ତି ।'

- କିନ୍ତୁ ସାର୍ ଗାନ୍ଧିଜୀ ସମସ୍ତଙ୍କୁ ଭଲ ପାଇବାର କଥା କହୁଥିଲେ, ଅହିଂସାର କଥା କହୁଥିଲେ । ତ୍ୟାଗର କଥା କହୁଥିଲେ, ସତ୍ୟର କଥା କହୁଥିଲେ । ଏଇ ମାନବୀୟ ମୂଲ୍ୟବୋଧ ଗୁଡ଼ିକୁ ତ୍ୟାଗ କଲେ ସମାଜ ଜୀବନ, ବ୍ୟକ୍ତି ଜୀବନ କୁତ୍ସିତ ପାଲଟି ଯିବନି ? ଜୀବନ ଅପରାଧପ୍ରବଣ ହୋଇଯିବ ନାହିଁ ? ବିମଳ ସାହୁ ପ୍ରତିବାଦ କରି ଚାହିଁ ରହିଲା ଅଧ୍ୟାପକ ସମ୍ବିତ ଭଞ୍ଜଙ୍କୁ ।

"ଠିକ୍ କହୁଛ ତୁମେ ବିମଳ ସାହୁ । ଜୀବନକୁ ସୁନ୍ଦର, ଗ୍ରାହ୍ୟ ଓ ସୁବିନ୍ୟସ୍ତ କରିବାକୁ ହେଲେ ଗାନ୍ଧୀଙ୍କର ପଥରୁ ଓହରା ଯାଇ ହେବନି ।

ସତ୍ୟ, ଅହିଂସା, ପ୍ରେମ ହିଁ ସେ ପଥ ।

ଜୀବନର ପଥ ।"

"ଏହା ହିଁ କୁହାଯାଇ ଭାଷଣ ଦିଆଯାଇପାରେ । ଲୋକଙ୍କୁ ପ୍ରଭାବିତ କରାଯାଇ ପାରେ । କିନ୍ତୁ, ସେ ତତ୍ତ୍ୱକୁ ଅନୁସରଣ କରିବା, ଏବେ ସମ୍ଭବ ହେବନାହିଁ, ବିମଳ ବାବୁ । କାରଣ ବର୍ତ୍ତମାନର ସମାଜରେ କେବଳ ବ୍ୟକ୍ତିକୁ ହିଁ ଆମେ ଦେଖୁଛେ ।"

'ବ୍ୟକ୍ତି, କେବଳ ବ୍ୟକ୍ତି ।'

ଅଧ୍ୟାପକ ସମ୍ବିତ୍ ଭଞ୍ଜ ଓ ସାରଙ୍ଗ ମହାପାତ୍ର ଉଠି ଠିଆ ହୋଇଗଲେ । ଆଉ କିଛି କହୁ ନଥିଲେ ସେମାନେ । ଜାଣି ପାରିଥିଲେ ବିମଳ ସାହୁ କଥାଟିକୁ ସ୍ୱୀକାର କରି ପାରୁନି । ସେ ଖୁବ୍ ଗମ୍ଭୀର ଓ ନୀରବ ଦେଖା ଯାଉଛି । ଖୁବ୍ କଷ୍ଟ ପାଉଛି ବୋଧେ ।

ସେମାନେ ତିନିଟଙ୍କା ତା' ଟେବୁଲ ଉପରେ ରଖି ଦେଇ ନୀରବରେ ଦୋକାନରୁ ନିଷ୍କ୍ରାନ୍ତ ହୋଇଗଲେ ।

... "ମୁଁ ସେଇ ପଥ ଅନୁସରଣ କରିବି ସାର୍, ସେଇ ଜୀବନର ପଥ ।" ବିମଳ ସାହୁ ଦୃଢ଼ ସ୍ୱରରେ ଘୋଷଣା କରିଦେଲେ ।

|| ୧୫ ||

ଏସ୍.ପି. ବାଞ୍ଛିତ ଅଗ୍ରୱାଲଙ୍କୁ ସାକ୍ଷାତ କରିବା ପାଇଁ ନାରାୟଣ ମିଶ୍ର ଓ ଜଲସା ଚୌଧୁରୀ ଚିଟ୍ ଖଣ୍ଡେ ପଠାଇ ଦେଇ ଅପେକ୍ଷା କଲେ ବାରଣ୍ଡାରେ । ଏସ୍.ପି. ବ୍ୟସ୍ତ ଥିଲେ । ପ୍ରାୟ ଅଧଘଣ୍ଟାଏ ପରେ, ଡାକରା ଆସିଲା । ସନ୍ତର୍ପଣରେ ଅଫିସ୍ ଭିତରକୁ ପଶି ଯାଇ ଯେଉଁ ଲୋକଟିକୁ ସାମ୍ନା କଲେ, ସେ ଡ୍ରେସ୍‌ରେ ଥିଲେ । ବଡ଼ ସୁନ୍ଦର ଚେହେରା । ଆସ୍ଥା କଳାଭଳି ବ୍ୟକ୍ତିତ୍ୱ । ତାଙ୍କ ବଡ଼ପୁଅର ବୟସ ଭଳି ମନେ ହେଲା ନାରାୟଣ ମିଶ୍ରଙ୍କୁ । ସେ କୁଣ୍ଠିତ ସ୍ୱରରେ କହିଲେ-

'ବୁବୁ ! ମୁଁ, ନାରାୟଣ ମିଶ୍ର । ଇଏ ମୋର, ବୋହୂ । ଜଲସା ।'

ଜଲସାଙ୍କ ଶରୀରରେ ହଠାତ୍ ଏକ ବୈଦ୍ୟୁତିକ କମ୍ପନ ଖେଳିଗଲା । ସେ ଶିହରିତ ହୋଇ ଉଠିଲେ । ବୋହୂ ଶବ୍ଦଟି ଶୁଣି ।

ବୋହୂ । ବହୁ ଇପ୍‌ସିତ, ଅତି ପ୍ରିୟ ଶବ୍ଦଟିଏ- 'ବୋହୂ' ।

ବୋହୂ ପରିବାରର ସବୁଠାରୁ ସୁନ୍ଦର, ସବୁଠାରୁ କୋମଳ, ସବୁଠାରୁ ଶ୍ରଦ୍ଧାଶୀଳ ମର୍ଯ୍ୟାଦାବନ୍ତ କେନ୍ଦ୍ରିକ ସଂପର୍କଟିଏ - ବୋହୂ !

ବୋହୂ, ଏକ ଆଶା । ଏକ ବିଶ୍ୱାସ । ଏକ ଭରସା । ଏକ ସ୍ୱପ୍ନ ।

ଗୁଡ଼ିଏ ପାରିବାରିକ ଦାୟିତ୍ୱର ଅଖଣ୍ଡ ଦୀପଶିଖାଟିଏ ବୋହୂ ।

ଗତକାଲି ସହ ଆସନ୍ତା କାଲିର ସମ୍ପର୍କର ସେତୁଟିଏ ବୋହୂ ।

'ବୋହୂ !' ପରିଚିତିରେ ଅତ୍ୟନ୍ତ ବିଭୋର ହୋଇପଡ଼ିଲେ ଜଲସା ।

ତାଙ୍କୁ କେହି କେବେ 'ବୋହୂ' ସମ୍ବୋଧନ କରି ଥିବାର ଶୁଣି ନଥିଲେ ଜଲସା । ଶଶୁରଙ୍କର ଅପ୍ରତ୍ୟାଶିତ ଭାବେ, ଏଇ ସମ୍ପର୍କର - ପରିଚିତି, ସ୍ୱୀକୃତି ତାକୁ ବିଭୋର କରି ପକାଇଲା । ସେ ନିଜର ଇଚ୍ଛା ଓ ଆବେଗକୁ ସମ୍ଭାଳି ପାରିଲେ ନାହିଁ, ନଇଁପଡ଼ି ଶଶୁରଙ୍କ ପାଦ ଛୁଇଁ ନିଜ କପାଳରେ ହାତ ବୋଲି ଦେଲେ ଗଭୀର ଶ୍ରଦ୍ଧାରେ । ସେତେବେଳକୁ ଆଖି ଦୁଇଟିରେ ତାଙ୍କର ଆନନ୍ଦ ଓ ଆବେଗର ଅଶ୍ରୁ ଦୁଇ ବିନ୍ଦୁ ଭରି

ଟିକ୍‌ଟିକ୍ କରୁଥିଲା । ସେ ଯେପରି ପାଲଟି ଯାଇଥିଲେ ସଦ୍ୟ ବିବାହିତ ବ୍ରୀଡ଼ାବତୀ ବଧୂଟିଏ ।

ସେ ଭୁଲି ଯାଇଥିଲେ, ସେ ଜଣେ ବିଧବା ।

ମାତ୍ର ମୁହୂର୍ତ୍ତକ ପରେ ସଚେତ ହୋଇପଡ଼ିଲେ- ମୁଁ ବିଧବାଟିଏ । ବିଧବାଟିଏ ।

ତଥାପି ନିଜର ବୈଧବ୍ୟର ବୈଶାଖୀ ଦାହ ଭିତରେ, ଆଶୀର୍ବାଦ ଟିକିଏ ପାଇଁ ଆତୁର ନୟନରେ ପ୍ରତୀକ୍ଷା କରି ରହିଲେ ଜଲସା, ଶଶୁରଙ୍କୁ ।

'ସୌଭାଗ୍ୟବତୀ ହୁଅ । ଆୟୁଷ୍ମତୀ ହୁଅ । ସର୍ବାରିଷ୍ଟ ଶାନ୍ତି-ରିସ୍ତୁ ।' ନାରାୟଣ ମିଶ୍ର ଜଲସାର ମୁଣ୍ଡରେ ହାତ ସ୍ପର୍ଶ କରି ଦେଲେ, 'ପୁତ୍ରବତୀ ହୁଅ ମା' ।'

'ବସନ୍ତୁ ।' ଏସ୍.ପି ଅଗ୍ରୱାଲ ହସି ହସି ଚେୟାର ଦେଖେଇ ଦେଇ କହିଲେ, 'ଏ ପର୍ଯ୍ୟାୟ ବି ବାକି ଥିଲା ଆଶୀର୍ବାଦ ପର୍ବ । ଠିକ୍ ଅଛି । ଏବେ ଆପଣମାନଙ୍କର ସମସ୍ୟା କ'ଣ କୁହନ୍ତୁ ।'

'ମୁଁ ଉଦୟର ନନା । ଏ ବୁଢ଼ା ବୟସରେ ତାକୁ ମୁଁ ହରେଇଛି ।' କହୁକହୁ ବାଷ୍ପରୁଦ୍ଧ ହୋଇଗଲା କଣ୍ଠ । ସେ ଥରି ଉଠି ତଳକୁ ମୁହଁ ପୋତି ନୀରବ ହୋଇଗଲେ । ଶୁଖିଲା ନିର୍ମଳ ଆଖି ଦୁଇଟାରେ ଲୁହ ଜକେଇ ଆସିଲା । କାନ୍ଧର ଗାମୁଛାଟିକୁ ଆଣି ସେ ଆଖି ପୋଛି, ଗାମୁଛାରେ ମୁହଁ ଘୋଡ଼େଇ ନିଜର ତରଳ କାରୁଣ୍ୟକୁ ଛପାଇ ରଖିଲେ ।

ଜଲସା ଦିଶୁଥିଲେ ଜଳନ୍ତା ନିଆଁରେ ହଠାତ୍ ପାଣି ପଡ଼ିଗଲା ଭଳି - ଉଜୁଡ଼ା ଉଜୁଡ଼ା, ଦୁଃଖୀ ।

ଶ୍ୱଶୁରଙ୍କର ଏ ବିପର୍ଯ୍ୟସ୍ତ ଅବସ୍ଥା ଦେଖି ପାଉଁଶ ଗଦାରୁ ଫୋନିକ୍ସ ଭଳି ମୁଣ୍ଡ ଟେକିଲେ ଜଲସା । ସେ ହାତ ଉଠେଇ ନାରାୟଣ ମିଶ୍ରଙ୍କର ଥରୁଥିବା ହାତଟିକୁ ଚାପିଧରି ସାହସ ଦେବା ସ୍ୱରରେ କହିଲେ,

"ଧୈର୍ଯ୍ୟ ଧରନ୍ତୁ ନନା । ଆମେ ହାରି ଯାଇଥିବା ଯୁଦ୍ଧକ୍ଷେତ୍ରରେ ଠିଆ ହୋଇଛେ ।

ଯେଉଁଠୁ ଆମର କିଛି ଆଉ ପାଇବାର ନାହିଁ ।

କେବଳ ଆତ୍ମ ସନ୍ତୋଷ ପାଇଁ ଆମର ଯାହା କରିବା କଥା, କରୁଛେ, କରିବା ବି । ତା ବି ଆମର କର୍ତ୍ତବ୍ୟ ।"

ଅନୁସନ୍ଧାନର ଅଗ୍ରଗତି କ'ଣ ହେଲା ? ସେ ସଂକ୍ରାନ୍ତରେ ଆମେ ଜାଣିବାକୁ ଚାହୁଁଛୁ । ଜଲସା ବୁଝାଇ ଦେଲା ଭଳି କହି ଚାଲିଥାନ୍ତି । ମନେ ହେଉଥାଏ ନିଜ ଉପରୁ ଯେପରି ସେ ନିୟନ୍ତ୍ରଣ ହରେଇ ଦେଇଥାନ୍ତି । ଏସ୍.ପି. ବାଞ୍ଛିତ୍ ଅଗ୍ରୱାଲା

ନୀରବରେ ଶୁଣୁଥିଲେ ଜଲସାଙ୍କୁ, ଏବଂ ପେନ୍‌ସିଲ୍‌ରେ ଆଖିଟିଏ ଆଙ୍କୁ ଥିଲେ କାଗଜ ଖଣ୍ଡେ ଉପରେ । ଏହା ତାଙ୍କର ଅଭ୍ୟାସ । କାହାକୁ ଶୁଣିବା 'ଅନ୍ତତଃ ଉଦୟଙ୍କ ପାଇଁ, ଆମ ପାଇଁ, ସେ ବିଷୟରେ ଜାଣିବା ଦରକାର ।'

'ନନା । ମୁଁ ତ ଭାବୁଛି ଯଦି ଅପରାଧୀମାନେ ଧରାପଡ଼ନ୍ତି, ଉଦୟଙ୍କ ପାଇଁ ଆମେ ସେମାନଙ୍କୁ କ୍ଷମା କରିଦେବା ।'

କାରଣ ଉଦୟ ତାଙ୍କ ଜୀବନର ଏଇ ଶେଷ ସମୟ ବେଳକୁ ଗାନ୍ଧିବାଦୀ ହୋଇ ଯାଇଥିଲେ । ତାଙ୍କର ବ୍ୟକ୍ତିତ୍ୱର ସଂପୂର୍ଣ୍ଣ ପରିବର୍ତ୍ତନ ହୋଇଯାଇଥିଲା । ସେ ଯେପରି ରତ୍ନାକରରୁ ବାଲ୍ମିକୀ ପାଲଟି ଯାଇଥିଲେ । ଗାନ୍ଧୀଙ୍କୁ ସେ ତିନୋଟି ପାଦରେ ବୁଝି ଥିଲେ । ମୋତେ ବାରମ୍ବାର ଯେଉଁ କଥା ବୁଝେଇବାକୁ ଚେଷ୍ଟା କରୁଥିଲେ, ତା' ଥିଲା - ସତ୍ୟ, ଅହିଂସା ଓ କ୍ଷମା । କହୁଥିଲେ ଗାନ୍ଧୀ ଜୀବନରେ ସବୁ କ୍ଷେତ୍ରରେ ଏହାକୁ ପ୍ରୟୋଗ କରୁଥିଲେ । ନିଜ ଜୀବନରେ ସେ ବି ସେଇ ଧାରାକୁ, 'ଗାନ୍ଧୀ କ'ଣ ଏତେ ଭୟଙ୍କର ଭାବେ ପ୍ରତିଶୋଧ ପରାୟଣୀ ଥିଲେ ? ଏହା ଠିକ୍ ବୋଧେ ହୋଇ ନଥିବ ମା' ! କ୍ଷମାର ଅର୍ଥ ଅନ୍ୟକିଛି ନିଶ୍ଚେ ହୋଇ ଜଲସା ଓ ନାରାୟଣ ମିଶ୍ରଙ୍କ ସ୍ଥିତିକୁ । କାହିଁକି କେଜାଣି ପ୍ରଥମରୁ ହିଁ ସେ ଚଣ୍ଡ ଉପରେ ନଜର ରଖିଛନ୍ତି ।

'ଉଦୟଙ୍କ ମୃତ୍ୟୁ ଜଣେ ଅପରାଧୀ ଭାବରେ ହୋଇନି । ଏହା, ଗୋଟିଏ ଗ୍ୟାଙ୍ଗଷ୍ଟାରର ମୃତ୍ୟୁ ନଥିଲା । ଥିଲା ଏକ ଗାନ୍ଧିବାଦୀର ମୃତ୍ୟୁ । ଜଣେ ଶହୀଦର ମୃତ୍ୟୁ । ଏ ବିଚାରରେ ମୁଁ ଦୃଢ଼ ନିଶ୍ଚିତ ।' ଜଲସାଙ୍କ ସ୍ୱରରେ ଦୃଢ଼ ପ୍ରତ୍ୟୟ ଭରି ରହିଥିଲା, 'ଆପଣ ସତ୍ୟ ପ୍ରତି ଉନ୍ମୁଖ ହୁଅନ୍ତୁ ଏବଂ ବିଚାର କରନ୍ତୁ ନନା ।'

'ମୁଁ ଭାବୁଛି, ଯଦି ଅପରାଧୀମାନେ ଧରା ପଡ଼ନ୍ତି ତେବେ ଉଦୟଙ୍କ ପାଇଁ ଆମେ ସେମାନଙ୍କୁ କ୍ଷମା କରିଦେବା । ଗାନ୍ଧୀ ଶତ୍ରୁକୁ କ୍ଷମା କରି ଦେବା କଥା କହୁଥିଲେ । ମୋର ମନେହୁଏ- କ୍ଷମା, ଏକ ଭୟଙ୍କର ପନିଶ୍‌ମେଣ୍ଟ । ମୃତ୍ୟୁଦଣ୍ଡ କି ଜାବଜ୍ଜୀବନ କାରାଦଣ୍ଡ ଠାରୁ ବି ଆହୁରି ଭୟାବହ । ଯାହା ସାରା ଜୀବନକୁ ଆଚ୍ଛନ୍ନ କରି ରଖିବ ।'

ନାରାୟଣ ମିଶ୍ର ବିଚଳିତ ଦେଖାଗଲେ । ତୁଣ୍ଡ ଖୋଲି ପଚାରିଲେ, 'ଗାନ୍ଧୀ କ'ଣ ଏତେ ଭୟଙ୍କର ଭାବେ ପ୍ରତିଶୋଧ ପରାୟଣ ଥିଲେ ? ଏହା ଠିକ୍ ବୋଧେ ହୋଇ ନଥିବ ମା' ! କ୍ଷମାର ଅର୍ଥ ଅନ୍ୟକିଛି ନିଶ୍ଚେ ହୋଇଥିବ ।'

'କାହିଁକି ଯେ ନନା ଅନ୍ୟ ଅର୍ଥ ଚାହୁଁଛନ୍ତି ?' 'ମୃତ୍ୟୁ ପାଇଁ ମୃତ୍ୟୁ' ହୋଇପାରେ ଏକ ଦେହଧର୍ମୀ କଠୋର ଦଣ୍ଡ । ମାତ୍ର ଦେହକୁ ଜୀବିତ ରଖି ଚେତନା ମୁଖୀ ଦଣ୍ଡ କ'ଣ ଦିଆଯାଇ ପାରିବ ନାହିଁ ? କ୍ଷମା ସେଇଭଳି ଏକ ଦଣ୍ଡ । ଜୀବନ ନେବନି

ଅଥଚ ଶୁଦ୍ଧପୂତ କରିଦେବ ତା'ର ତରଳ ଲାଭାରେ । ଏ କ୍ଷେତ୍ରରେ ଆମକୁ ବାସ୍ତବତାକୁ ବୁଝିବାକୁ ପଡ଼ିବ ନନା । ଜଲସାର ସ୍ୱର ଶୁଭୁଥିଲା ଦୃଢ଼, ଅନମନୀୟ ।

ଏସ୍.ପି. ସେମାନଙ୍କୁ ଚାହିଁ ପରିସ୍ଥିତିକୁ ଉପଭୋଗ କଲା ଭଳି ମନେ ହେଉଥିଲା । ଜଲସାର ଆଖି ଯେତେବେଳେ ଏସ୍.ପି.ଙ୍କ ଉପରେ ପଡ଼ିଗଲା, ସେ ସଚେତନ ହୋଇ ଉଠିଲା ଏବଂ ସାଙ୍ଗେ ସାଙ୍ଗେ କହିଲା, 'ସରି ସାର୍ । ଉଦୟ ଯିବା ପରେ ଆମେ ଖୁବ୍ ମ୍ରିୟମାଣ, ବିପର୍ଯ୍ୟୟ ଓ ଲକ୍ଷ୍ୟହୀନ ହୋଇ ପଡ଼ିଛୁ । ଆମର ପାଖରେ ଆଉ କେହି ଏମିତି ଲୋକ ନାହାନ୍ତି, ଯେଉଁମାନେ ମଙ୍ଗ ଧରି ଥାନ୍ତେ । ଆମେ ଘଟଣାଟି ଦ୍ୱାରା ଖୁବ୍ ଆଘାତ ପାଇଥିବା ସମ୍ପର୍କ ।' କହୁକହୁ ଜଲସା ନୀରବ ହୋଇଗଲେ ।

ବାଞ୍ଛିତ ଅଗ୍ରୱାଲ ଧ୍ୟାନର ସହ ଶୁଣୁଥିଲେ । ସେ ପୋଲିସ୍ ଅପେକ୍ଷା ଅଧିକ ଥିଲେ, ସମ୍ବେଦନଶୀଳ କବି ହୃଦୟର ବ୍ୟକ୍ତି । ବୁଝି ପାରୁଥିଲେ ସେ ଜଲସା ଓ ନାରାୟଣ ମିଶ୍ରଙ୍କ ସ୍ଥିତିକୁ । କାହିଁକି କେଜାଣି ପ୍ରଥମରୁ ହିଁ ସେ ଚଣ୍ଡ ଉପରେ ନଜର ରଖିଛନ୍ତି ।

ଏହାର କାରଣ ହୋଇପାରେ- ଚାରୋଟି । ପ୍ରଥମଟି, ଚଣ୍ଡ ଓରଫ ଉଦୟକୁ ଗ୍ୟାଙ୍ଗଷ୍ଟାର ଭାବରେ ମିଡ଼ିଆ ଏକ ହିରୋଇକ ଇମେଜ ଦେଇ ସାରିଥିଲା । ତା' ସଂକ୍ରାନ୍ତରେ ବାହାରୁଥିବା ସମ୍ବାଦ ବହୁ ପଠିତ ଓ ଚର୍ଚ୍ଚିତ ହେଉଥିଲା । ତେଣୁ ମିଡ଼ିଆ ତାକୁ ସମ୍ବାଦ ସୃଷ୍ଟି କରୁଥିଲା ଓ ରୋମାଞ୍ଚକର ଢଙ୍ଗରେ ବାରମ୍ବାର ପରିବେଷଣ କରୁଥିଲା । ଲୋକଙ୍କ ଭିତରେ ଧାରଣା ହୋଇ ଯାଉଥିଲା- ଚଣ୍ଡ ଖୁବ୍ ବୁଦ୍ଧିମାନ, ଦୁର୍ଦ୍ଧାନ୍ତ, ନିର୍ଭିକ ଓ ଉଦାର ।

ଦ୍ୱିତୀୟ କାରଣଟି ଥିଲା - ଚଣ୍ଡର ପ୍ରେମ । ଚଣ୍ଡ ତା'ର ପ୍ରେମିକା ସହ ରହୁଥିଲା ଅବିବାହିତ, ପତିପତ୍ନୀ ଭାବରେ । ପ୍ରେମିକାଟି ଥିଲା ଅପୂର୍ବ ସୁନ୍ଦରୀ, ଅନେକଟା ସୁସ୍ମିତା ସେନ୍ ଭଳି, ଦେହ ଓ ଉଜ୍ଜ୍ୱଳତାରେ । ଅନୁପ୍ରାଣିତ ଯୁବକମାନଙ୍କ ଭାଷାରେ ଉଦୟ ଥିଲା- 'ମେଡ୍ ଫର ଇଚ୍ ଅଦର ।' ଏ ସବୁ ସତ୍ତ୍ୱେ ନାରୀମାନଙ୍କର ଚଣ୍ଡ ପ୍ରତି ସମ୍ପର୍କ । ରାଜ୍ୟସ୍ତରୀୟ ସବୁ ଦଳର ବହୁ ପ୍ରଭାବଶାଳୀ ନେତାମାନଙ୍କ ସହ ଚଣ୍ଡର ଥିଲା ସୁ-ସମ୍ପର୍କ । ଅକ୍ଲେଶରେ ସେ ସେମାନଙ୍କ ପାଖକୁ ମଧ୍ୟରାତ୍ରିରେ ଯାଇ ଭେଟି ପାରୁଥିଲା, ସହାୟତା ପାଇଁ କି ସହଯୋଗ ଦେବା ପାଇଁ । ରାଜ୍ୟ ପ୍ରଶାସନରେ ଥିଲା ବନ୍ଧୁତ୍ୱ ସୁଲଭ ଏଣ୍ଟ୍ରି । ପୋଲିସ ବିଭାଗରେ ବି ତଳୁ-ଉପର ପର୍ଯ୍ୟନ୍ତ ବହୁ ପଦସ୍ଥ କର୍ମଚାରୀଙ୍କ ସହ ଥିଲା ମଧୁର ସମ୍ପର୍କ । ତେଣୁ ତା' ବିରୁଦ୍ଧରେ ପୋଲିସ ବିଭାଗର ଅନେକ ମୁଭ, ସେ ଆଗରୁ ଜାଣି ପାରୁଥିଲା । ଆରେଷ୍ଟ ୱାରେଣ୍ଟ ମୁଭରେ ପୋଲିସ

ଅସଫଳ ରହୁଥିଲେ । ତା'ର ପତିତା ପାଉ ନଥିଲା । ଅଥଚ ମେଡ଼ିଆ ଭାଷାରେ 'ଚଣ୍ଡ', ଷଣ୍ଢ ଭଳି ଖୋଲା ବୁଲୁଛି ।

ଚତୁର୍ଥ କାରଣଟି ଥିଲା- ଚଣ୍ଡର ଅପରାଧ ଦୁନିଆଁ । ବହୁ ପ୍ରକାର ଅପରାଧରେ ଲିପ୍ତ ରହୁଥିଲା ଚଣ୍ଡ । ନିଜେ କରୁଥିଲା, କରାଉ ବି ଥିଲା । ସାରା ରାଜ୍ୟରେ ତା'ର ନେଟ୍‌ୱାର୍କ । ରାଜ୍ୟ ବାହାର ମାଫିଆଙ୍କ ସହ ସମ୍ପର୍କ । ଚୋରି, ଡକାୟତି, ଲୁଣ୍ଠନ, ଅପହରଣ, ଚାନ୍ଦା ଆଦାୟ, ଟେଣ୍ଡର ଫିକ୍ସିଂ, ଦଲାଲି, ଲୋନ ଆଦାୟ, ଚୋରା ଦେଶୀ/ବିଦେଶୀ ମଦ କାରବାର, ମୂର୍ତ୍ତି ଚୋରୀ/ବିକ୍ରୀ, କଲଗାର୍ଲ କାରବାର, ଆଲବମ୍, ସିନେମା ଆର୍ଟିଷ୍ଟ ଧନ୍ଦା, ସବୁ ପ୍ରକାର ଅପରାଧରେ ଲିପ୍ତ ଓ ଧୂରୀଣ ସେ ।

ଚଣ୍ଡର ବ୍ୟବହାର ଥିଲା ଅମାୟିକ, ମଧୁର । ସବୁବେଳେ ସେ ହସହସ ରହୁଥିଲା । ଲୋକଙ୍କୁ ସାହାଯ୍ୟ କରିବା ପାଇଁ ଆଗେଇ ଆସୁଥିଲା । "ଅପରେସନ ବ୍ଲାକ୍ ହୋଲ୍" ତା'ର ସବୁ ପ୍ରକାର ଅସାମାଜିକ କ୍ରିୟାର କୋଡ୍ ନେମ୍ ଥିଲା । ସେତେବେଳେ ସେ ବଡ଼ ଦୁର୍ଦ୍ଦାନ୍ତ, ନିଷ୍ଠୁର ଭୟଙ୍କର ପାଲଟି ଯାଇଥିଲା । ବାଞ୍ଛିତ ଅଗ୍ରୱାଲ୍ ମନେ କରନ୍ତି, ବଡ଼ ଜଟିଳ ଓ ବହୁ ବିରୋଧାଭାସର ଜୀବନ ଥିଲା ଚଣ୍ଡର । ସବୁବେଳେ ସେ ଦ୍ୱନ୍ଦରେ ରହୁଥିଲା 'ଟୁ ବି ଅର ନଟ୍ ଟୁ ବି'ର ଦ୍ୱନ୍ଦ । ଏ ଦ୍ୱନ୍ଦର କାରଣ ଥିଲା ତା'ର ସ୍ୱଭାବ । ପ୍ରକୃତିରେ ସେ ଥିଲା-

ବଡ଼ ସରଳ, ନିରୀହ ପୁଣି ଜଘନ୍ୟ, କୁତ୍ସିତ ।
ସମବେଦନାଶୀଳ, ଆର୍ଦ୍ର ପୁଣି ନିଷ୍ଠୁର, ପ୍ରଚଣ୍ଡ ।
କଳାପ୍ରେମୀ ପୁଣି ବ୍ୟବସାୟୀ ।

ବିରୋଧାଭାସୀ ସ୍ୱଭାବର ମଣିଷମାନେ ଖୁବ୍-ଅନ୍‌ପ୍ରେଡିକ୍ଟବ୍ଲ ଓ ଭୟଙ୍କର । କେଉଁଠି ଗୋଟାଏ କ୍ରିମିନାଲ ସାଇକୋଲୋଜିରୁ ପଢ଼ିଥିଲେ, କ୍ରାଇମ୍ କରିବାରେ ସେମାନେ ଖୁବ୍ କ୍ରିଏଟିଭ । ଉପାୟ, ପ୍ରାୟେ ଦୋହରାନ୍ତି ନାହିଁ । ସେମାନେ 'ଲ' ଏଣ୍ଡ ଅର୍ଡର ଅଥରିଟି ପାଇଁ ସବୁବେଳେ ଗୋଟାଏ - ଚାଲେଞ୍ଜ । ଏସ୍.ପି. ଚଣ୍ଡର କ୍ରାଇମ୍ ରେକର୍ଡ଼ ଫାଇଲ ଖେଳଉ ଥାନ୍ତି ।

ସାର୍ ! ନୀରବତା ଭଙ୍ଗକରି ଜଲସା ଅନୁନୟ ଭରା ସ୍ୱରରେ କହିଲେ, 'ଆମେ ଜାଣି ପାରୁନୁ ସାର୍ ଆମର କ'ଣ କରିବା ଉଚିତ ବା ଅନୁଚିତ । ଦୟାକରି ଆପଣ ଆମକୁ ଟିକିଏ ସାହାଯ୍ୟ କରନ୍ତୁ ।'

– 'କୁହନ୍ତୁ କି ପ୍ରକାର ସାହାଯ୍ୟ ଆପଣମାନେ ଚାହାନ୍ତି ?' ଅଗ୍ରୱାଲ ଚାହିଁ ରହିଲେ ।

'ଉଦୟଙ୍କୁ କେଉଁମାନେ ହତ୍ୟା କଲେ ? ହତ୍ୟାର କାରଣ କ'ଣ ?

ହତ୍ୟାକାରୀମାନେ ଏ ଯାବତ୍ ଧରା ପଡୁନାହାନ୍ତି କାହିଁକି ? ଧରା ନ ପଡ଼ିଲେ ଆମେ କ'ଣ କରିବୁ ?' ଜଲସା ସ୍ପଷ୍ଟ ସ୍ୱରରେ ପ୍ରଶ୍ନ କଲା ।

– 'ଦେଖନ୍ତୁ, ସମଗ୍ର କେଶ୍‌ଟି ଇନଭେଷ୍ଟିଗେସନ ସ୍ତରରେ ଅଛି । ସେ ସଂକ୍ରାନ୍ତରେ ପୋଲିସ ବାହାରେ କିଛି ପ୍ରକାଶ ପ୍ରାୟ କରେ ନାହିଁ । ତଥାପି ଆପଣମାନେ ଯେତେବେଳେ ଜାଣିବାକୁ ଚାହୁଁଛନ୍ତି କିଛି ମିଳିଥିବା ତଥ୍ୟ ଆପଣଙ୍କୁ ଜଣାଉଛି । ଏସ୍.ପି. ଅଗ୍ରୱାଲ ଫାଇଲଟି ବନ୍ଦ କରି ଦେଇ କହିଲେ-

'ଚଣ୍ଡର ହତ୍ୟାକାରୀ ତିନିଜଣ । ମାତ୍ର ହତ୍ୟ କରିବା ସମୟରେ ସେଠି ଚାରିଜଣ ଥିଲେ । ସେ ଚାରି ଜଣଙ୍କ ମଧ୍ୟରୁ ଜଣେ କେନ୍ଦ୍ରାପଡ଼ା କିମ୍ବା ଅନୁଗୁଳରୁ ବୋଲି ପ୍ରାଥମିକ ତଦନ୍ତରୁ ଅନୁମାନ କରାଯାଉଛି । ଅନ୍ୟ ତିନିଜଣ ବିହାରର, ଆନ୍ଧ୍ରର ଓ ଏଇ ଅଞ୍ଚଳର । ହୋଇପାରେ ଝାଡ଼ଖଣ୍ଡ ରାଜ୍ୟର । ଯେତେଦୂର ମନେହୁଏ, ସେମାନଙ୍କ ଲିଡ଼ର ଉତ୍ତରପ୍ରଦେଶର । ଅନ୍ୟ ଦୁଇଜଣ- ବିହାର ଓ ଝାଡ଼ଖଣ୍ଡରୁ ଆସିଥିଲେ । ସେମାନଙ୍କ ଅପରାଧ କାରବାର ଶୈଳୀରୁ ଯାହା ଜଣାପଡୁଛି । ବର୍ତ୍ତମାନ ଅପରାଧୀ ଅଣ୍ଡର ଗ୍ରାଉଣ୍ଡ ହୋଇଯାଇଛନ୍ତି । ମାତ୍ର ସେମାନଙ୍କୁ ଖୁବ୍ ଶୀଘ୍ର ଆରେଷ୍ଟ କରାଯିବ, ଆଶା କରାଯାଉଛି ।'

ହତ୍ୟାକାଣ୍ଡର କାରଣ ସଂକ୍ରାନ୍ତରେ ଯେଉଁ ତଥ୍ୟ ଆମର ହସ୍ତଗତ ହୋଇଛି, ତାହା ପ୍ରେମ ଜନିତ ବ୍ୟାପାର ।

ପ୍ରେମ ! ଜଲସା ହଠାତ୍ ବିଜୁଳି ଭଳି ଚମକି ପଡ଼ିଲା । ଉଦ୍‌ବେଳିତ ସ୍ୱରରେ ପ୍ରଶ୍ନ କଲା, 'କି ପ୍ରେମ ? କିଏ କାହାକୁ.... କି ପ୍ରେମ.... । ନା, ନା....' ଶେଷ ହୋଇ ପାରିଲା ନାହିଁ କଥାଟା, ଯେପରି ସେ ମୂକ ପାଲଟିଗଲା । ଜଳଜଳ କରି ସେ ଏସ୍.ପି.ଙ୍କୁ ଚାହିଁ ରହିଲା ବଡ଼ ନିରୀହ ଅସହାୟ ଚକ୍ଷୁରେ ।

'ମ୍ୟାଡାମ୍ । ଧୈର୍ଯ୍ୟ ଧରନ୍ତୁ । ରିଲାକ୍ସ, ହୁଏତ ଏହା ଆଦୌ ସତ୍ୟ ହୋଇ ନପାରେ । ପ୍ରାଥମିକ ଅନୁସନ୍ଧାନରୁ ଯେଉଁ ତଥ୍ୟ ରିପୋର୍ଟ ଆସିଛି, ମୁଁ ସେଇ ଇନ୍‌ଫରମେଶନ୍ ଆପଣଙ୍କୁ ଜଣାଉଛି କେବଳ । ମୁଁ ବି ଆଶାକରୁଛି ଏହା ସତ୍ୟ ନହେଉ । ବିମଳ ସାହୁ ବି ମତେ ସେଇ କଥା କହୁଥିଲେ ।'

'ବିମଳ ସାହୁ କିଏ ?' ଏସ୍.ପି.ଙ୍କ କଥା ଭିତରେ ପଶିଗଲେ ଜଲସା ବଡ଼ ଉଦ୍‌ବିଗ୍ନରେ ।

– 'ବିମଳ ସାହୁକୁ ଜାଣନ୍ତି ନାହିଁ ?'

ସେ ଚଣ୍ଡ ହତ୍ୟାକାଣ୍ଡରେ ସାକ୍ଷ୍ୟ ଦେଇଥିବା ଏକମାତ୍ର ପ୍ରତ୍ୟକ୍ଷଦର୍ଶୀ – ସାକ୍ଷୀ । ମାଧପୁର ବଜାରର ଜଣେ ବ୍ୟବସାୟୀ, ଜଳଖିଆ ଦୋକାନୀଟିଏ । ବହୁତ ଭଲ ଲୋକ, ଗାନ୍ଧିବାଦୀ ।'

'ଆମେ ଭେଟିବୁ ତାଙ୍କୁ ସାର୍ ।'

– 'ଆଜ ୟୁ ଲାଇକ୍ ।'

'ସାର୍ ! ଆପଣ ରିପୋର୍ଟ ଅନୁଯାୟୀ କାରଣଟା....' 'ଜଲସାଙ୍କ କାରୁଣ୍ୟ ଓ ବଶମ୍ବଦ ଭରା ସ୍ୱର ଫେଣ୍ଟି ହୋଇଗଲା ଅନୁରୋଧରେ ।'

– 'ହଁ, ରିପୋର୍ଟ ଅନୁସାରେ, ହତ୍ୟାକାଣ୍ଡର ଯୋଜନା ଜାମସେଦପୁର, ଟାଟାରେ ଜଣେ ପ୍ରତିଷ୍ଠିତ ବିଜିନେସ୍ ମ୍ୟାନ୍ ଦ୍ୱାରା କରାଯାଇଛି । ଏଥିପାଇଁ ସୁପାରି କିଲରଙ୍କୁ ପନ୍ଦରରୁ କୋଡ଼ିଏ ଲକ୍ଷ ଟଙ୍କାରେ କଣ୍ଟ୍ରାକ୍ଟ କରାଯାଇଥିବାର ଖବର ମିଳୁଛି । ରିପୋର୍ଟ ଅନୁଯାୟୀ – ବ୍ୟବସାୟୀଟିର ଝିଅଟିଏ ଫେଶନ ଟେକ୍ନୋଲୋଜି ପଢ଼େ । ହଷ୍ଟେଲରେ ରୁହେ ।

ସମୟେ ସମୟେ ଫୂର୍ତ୍ତି ପାଇଁ ଓ ଆମ୍ୟୁଜମେଣ୍ଟ ପାଇଁ କଲଗାର୍ଲ ଧନ୍ଦା କରେ ।

ତା'ର ଏଇ ଛ' ମାସ ତଳେ କଣ୍ଟ୍ରାକ୍ଟ ହୋଇଗଲା ଚଣ୍ଡ ସହିତ ।

ବହୁବାର ସେମାନେ ଡେଟିଂ କଲେ ।

ମାସରେ ଅନ୍ତତଃ ଥରେ ଦୁଇଥର ବିଭିନ୍ନ ହୋଟେଲରେ ଦୁଇ ଚାରି ଦିନ କରି ରୁହନ୍ତି ।

ଝିଅଟି ଚଣ୍ଡର ପ୍ରେମରେ ପଡ଼ିଗଲା ଏବଂ ତାକୁ ବିବାହ କରିବାକୁ ପ୍ରସ୍ତାବ ଦେଲା ।

ଘରେ, ଚଣ୍ଡର ଆଣ୍ଟିସଡେଣ୍ଟସ୍ ଜାଣି ଝିଅଟିକୁ ବାରଣ କଲେ ମାତ୍ର ଫଳ କିଛି ହେଲା ନାହିଁ । ସ୍ଥିର କରି ଉଡ଼େଇ ଦେଲେ ଚଣ୍ଡକୁ ।'

'ଏହା ସମ୍ପୂର୍ଣ୍ଣ ମିଥ୍ୟା ଏସ୍.ପି. ସାହେବ । ଉଦୟ, ଆଉ କାହାକୁ ଭଲ ପାଉଥିଲା କି ପାଇ ପାରିବ ନାହିଁ । ଏ ହତ୍ୟାକାଣ୍ଡ ପଛରେ ଅନ୍ୟ କିଛି କାରଣ ଅଛି ନିଶ୍ଚୟ ।

ଆପଣ କାହିଁକି କିଛି କହୁ ନାହାନ୍ତି ନନା । ନୀରବ କାହିଁକି ରହୁଛନ୍ତି ? କୁହନ୍ତୁ, କୁହନ୍ତୁ, ନନା, ପ୍ଲିଜ !'

ଜଲସା ବିଚଳିତ ହୋଇ ଠିଆ ହୋଇ ପଡ଼ିଲା । କାନ୍ଦି ଉଠିଲା କହିଲା, 'ମୁଁ ଭଲ ଭାବରେ ଜାଣେ ଉଦୟଙ୍କୁ । ସେ ଏଭଳି କାମ କେବେ ବି କରିପାରିବେ ନାହିଁ । କେବେ ବି ନୁହେଁ ।'

'କୁଲ୍ ଡାଉନ୍ ମାଡାମ୍ । ଏତେ ଉତ୍କ୍ଷିପ୍ତ, ବିବ୍ରତ ହୁଅନ୍ତୁ ନାହିଁ ।

ଏଇଟା ଗୋଟାଏ ପ୍ରାଥମିକ ତଦନ୍ତ ରିପୋର୍ଟ ।

ଫାଇନାଲ ଇନ୍‌ଭେଷ୍ଟିଗେସନ ସରିବା ପର୍ଯ୍ୟନ୍ତ ଏ ରିପୋର୍ଟକୁ ମିଥ୍ୟା ବୋଲି ଧରି ନେଇ ପାରନ୍ତି ।

ଓ.କେ. ମାଡାମ୍‌ । ଏବେ ଆପଣମାନେ ଆସି ପାରନ୍ତି ।' ଏସ୍‌.ପି. ଅନ୍ୟ ଏକ ଫାଇଲ୍‌ ଖୋଲିଲେ ।

ନୀରବରେ ନାରାୟଣ ମିଶ୍ର ବାହାରି ଆସିଲେ ଅଫିସ୍‌ ଭିତରୁ । ତାଙ୍କ ମୁଣ୍ଡ କିଛି କାମ କରୁ ନଥିଲା ।

ଅଫିସ୍‌ ଭିତରୁ ବାହାରି ଆସି ଅଧୈର୍ଯ୍ୟ ହୋଇ ଜଲ୍‌ସା କହିଲା, 'ନନା, ଆମକୁ ଯିବାକୁ ହେବ ବିମଳ ସାହୁଙ୍କ ପାଖକୁ ମାଧପୁର ।'

॥ ୧୬ ॥

ଆଜି ଶୁକ୍ରବାର ।

ଆଜି ସେଇ ଶୁକ୍ରବାର, ଯେଉଁଦିନ ଉଦୟଙ୍କୁ ସୁପାରି କିଲରମାନେ ଗୋଡ଼େଇ ଗୋଡ଼େଇ ହାଣି ମାରି ପକେଇ ଥିଲେ । ଆଜି ସେଇ ଶୁକ୍ରବାର, ଯେଉଁଦିନ ନାରାୟଣ ମିଶ୍ର ପ୍ରଥମ କରି ଆସି ପହଞ୍ଚି ଯାଇଥିଲେ ଜଲସା ଘରେ ।

ଆଜି ସେଇ ଶୁକ୍ରବାର, ଯେଉଁଦିନ ଯିଶୁଖ୍ରୀଷ୍ଟଙ୍କୁ କ୍ରୁଶବିଦ୍ଧ କରାଯାଇଥିଲା ।

ଆଜି ସେଇ ଶୁକ୍ରବାର, ଯେଉଁଦିନ ଶ୍ରୀକୃଷ୍ଣଙ୍କୁ ଜାରା ଶବର ଶରାହତ କରିଥିଲା ।

ଆଜି ପୁଣି ସେଇ ଶୁକ୍ରବାର ।

ଆଜି ପୁଣି, ମଧ୍ୟାହ୍ନରେ ଘୋଟି ଯିବ କେଉଁ ଅନ୍ଧକାର ।

ଜଲସା ଚୌଧୁରୀ ଦ୍ୱନ୍ଦ୍ୱରେ ଛଟପଟ ହେଉଛି ।

ଜୀବନ କି ମରଣ ! ଆଲୋକ କି ଅନ୍ଧକାର ?

ଟୁ ବି ଅର ନଟ୍ ଟୁ ବି !

ହାଏ ! ତାହା ହିଁ କୋଟିଏ ଟଙ୍କାର ପ୍ରଶ୍ନ ।

ହତଭମ୍ବ ଜଲସା ।

ଆଉ କେଉଁ ନିଷ୍ପତ୍ତି ନେବ ତୁମେ । ତୁମ ହାତରେ ଅଛି କ'ଣ ?

ନା, ମାଙ୍କଡ଼ । ନା ଦଉଡ଼ି ! ଅଛି କ'ଣ ?

ତୁମେ ତ ବିଡ଼ମ୍ବିତ କର୍ଣ୍ଣର ସେଇ ଏକମୁଖୀ ନାରାଚ-ନାଗବାଣ ।

ବ୍ୟର୍ଥତା, ଯାହାର ଭାଗ୍ୟ । ଭବିତବ୍ୟ ।

ଜଲସା !

କାଲିଠାରୁ ନିଜକୁ ତା' ବେଡ୍ ରୁମ୍‌ରେ ଆବଦ୍ଧ କରି ଦେଇଚି । କାଲିଠାରୁ । ଖାଇନାହିଁ କି ପିଇ ନାହିଁ । କାଲିଠାରୁ ।

ଭିତରୁ କବାଟ ବନ୍ଦ । କାଲି ଠାରୁ ।

କାଲିଠାରୁ, ସବୁ ସଂପର୍କର ତାଳପତ୍ର ଯେପରି ଭାଙ୍ଗି ଛିଣ୍ଡି ପଡ଼ିଛି ।

ଉଡ଼ି ଯାଉଛି – ଘରର ଛପର ।

ଉପୁଡ଼ି ପଡ଼ିଛି କଂକ୍ରିଟ୍‌ର ସବୁ ପିଲାର ।

କିନ୍ତୁ, କିନ୍ତୁ.....

ଗୋଟାଏ ଆବଦ୍ଧ କୋଠରୀ ଭିତରେ ଏକାକୀ

ଉଜୁଡ଼ା ମଣିଷଟିଏ କରୁଛି କ'ଣ !

କରେ କ'ଣ ?

'ଜଲସା । ଜଲସା ।' ବିଚଳିତ ହୋଇ ଶୁଭଙ୍କରୀ କବାଟ ବାଡ଼ାନ୍ତି । 'ମା' କବାଟ ଖୋଲ । ମୋ ରାଣ । ଠାକୁରଙ୍କ ଦ୍ୱାହି କବାଟ ଖୋଲ ମା' ।'

ମାତ୍ର, ଘର ଭିତରୁ ଶୁଭେ, ଅବଦମିତ କୋହ ।

ଜଲସା କାନ୍ଦୁଛି ।

'ବୋହୂ ! କବାଟ ଖୋଲ, ବୋହୂ । ଖୋଲ କବାଟ ।' ନାରାୟଣ ମିଶ୍ର ଅନୁନୟ ହୁଅନ୍ତି ।

ତଥାପି କବାଟ ଖୋଲେ ନାହିଁ ।

'ଜଲସା ! ତୁ ମା' ଯାହା ଚାହୁଁଛୁ ତା' ହିଁ ହେବ । କବାଟ ଖୋଲ ।' 'ଶୁଭଙ୍କରୀ ନିର୍ଭର ପ୍ରତିଶ୍ରୁତି ଦିଅନ୍ତି', 'ତୁ ଚାହିଁଲେ ସୁନାର କୁଲେଇ ଦେବି । ପକ୍ଷୀରାଜ ଘୋଡ଼ା ଦେବି । ସାତ ପୁଅର ମା' ହେବା ବର ଦେବି । ପାଟ ଛତ୍ରୀ ହସ୍ତୀ ଦେବି । ମଣିଷ ଖିଆ ବାଘ ଦେବି ।'

'ମୋ କଥା ଶୁଣ ମା' ମାନି ଯା କଥା ମା' । କବାଟ ଖୋଲ ।'

କବାଟ ଖୋଲେ ନାହିଁ ।

କ'ଣ ଜଲସା ଚାହେଁ ? କିଛି ବୁଝି ପାରନ୍ତି ନାହିଁ ନାରାୟଣ ମିଶ୍ର ।

କାଲିତ ସେ ମୋ ସହ ଥିଲା । ବିମଳ ସାହୁକୁ ଦେଖା କରିବାକୁ ଯିବାକୁ ଚାହୁଁଥିଲା । ଏସ୍.ପି.ଙ୍କ ଅଫିସରୁ ବାହାରି କିଛି ବାଟ ବଜାର ଅଭିମୁଖେ ଆମେ ଏକୁଟିଆ ଚାଲୁ ଥାଉ ।

ଏକୁଟିଆ ଏକୁଟିଆ ଚାଲିଲା ବେଳେ କାହିଁକି ଭାରି ମନେ ହେଉଥାଏ ଆମର କୁଆଡ଼େ ଆଉ ଯିବାର ନାହିଁ ।

ଅଥଚ ଆମେ ଯାଉଛୁ ।

ଜଲସାର ପାଦ ଠିକ୍ ବି ପଡୁ ନଥାଏ ।

କିଛି ପଦେ କଥା କହୁ ନଥାଏ କି ମୁହଁଟେକି କୁଆଡ଼କୁ କି କାହାକୁ ବି ଚାହୁଁ ନଥାଏ ।

ନା ପକ୍ଷୀକୁ ନା ଗଛକୁ । ନା ବୁଲା ଷଣ୍ଢକୁ ନା ଜରି ସାଉଁଟୀ ଝିଅକୁ ।

ଆମେ ଚାଲୁଥାଉ ତଳକୁ ଚାହିଁ ।

ହଠାତ୍ ବାଟରେ ଠିଆ ହୋଇଗଲା ସେ । କହିଲା,

'ନନା ! ଆମର ଆଉ ବିମଳ ସାହୁଙ୍କୁ ଭେଟିବାର କ'ଣ ଆବଶ୍ୟକତା ଅଛି !'

'କାହିଁକି ଯିବା ତାଙ୍କ ପାଖକୁ ?'

'ନା, ଚାଲ ଘରକୁ ଫେରିଯିବା ।'

ମୁଁ କହିଲି, 'ତମ ଇଚ୍ଛା ।'

ଆମେ ଫେରି ଆସିଲୁ ।

ସେ ଆସିଲାତ ଘରେ ପଶିଗଲା । ଯାହା ଖାଲି ପଦେ କହିଦେଲା-

'ମୋତେ କେହି ଡାକିବ ନାହିଁ ।'

ସାଙ୍ଗେ ସାଙ୍ଗେ କବାଟ ବନ୍ଦ ହୋଇଗଲା ।

ଶୁଭଙ୍କରୀ ଶୁଣୁଥିଲେ ଉଦ୍‌ବିଗ୍ନ ହୋଇ । ବଡ଼ ସଂପୃକ୍ତ ସ୍ୱରରେ ପଚାରିଲେ,

'ଏସ୍.ପି.ଙ୍କ ଅଫିସ୍‌ରେ କ'ଣ କିଛି ଘଟିଲା କି ?'

- ନା ତ !' ସେମିତି କିଛି କଥା ନାହିଁ । 'ବୃଦ୍ଧ ନା. ମି. ଉତ୍ତର ଦେଲେ ।'

'ଖାଲି ତୁଚ୍ଛାଟାରେ ସେ ନିଜକୁ ଆବଦ୍ଧ କରିଛି ଘର ଭିତରେ । ନିଶ୍ଚେ କଥା କ'ଣ ଅଛି, ଯା ଭିତରେ ନା ! ମୋତେ କାଇଁ ଲୁଚାଉଛି ।'

ସେ କ'ଣ ଛୋଟ ପିଲା ହୋଇଛି । ଆସି, ଦୁଃଖଗର୍ଭୀ ହୋଇ ଘରେ ପଶିଯିବ । ଖାଇବ ନାହିଁ କି ପିଇବ ନାହିଁ । ଜିଦ୍ଦି କରିବ ।

- ମୋତେ ସୁନା କୁଲେଇ ଦେ । ରୂପା ଚାନ୍ଦ ଦେ ! ତା' ତ ନୁହେଁ ।

'ତାକୁ ନିଶ୍ଚୟ କ'ଣ ବାଧୁଛି ।' ଶୁଭଙ୍କରୀଙ୍କ ତୀକ୍ଷ୍ଣ ସ୍ୱର ତୀର ଭଳି ଛୁଟି ଆସିଲା, 'କ'ଣ ଘଟିଲା ଯେ ସେଠି ମୋତେ କେହି କିଛି କହୁନା କାହିଁକି ?'

ନାରାୟଣ ମିଶ୍ର ଅନୁଭବ କଲେ ସେ କଥାର ତୋଡ଼ । ସେ ଅସ୍ଫୁରିତ ବିଷାକ୍ତ ଆକ୍ଷେପର ଜ୍ୱାଳା । ସେ ଭିତରେ ଛଟପଟ ହୋଇ ପଡ଼ିଲେ ।

ଏତେ ଆକ୍ଷେପ, ଅଭିସନ୍ଧି, ଅଭିଯୋଗ, ଅବିଶ୍ୱାସ ସହିବାର ଜୀବନ ତାଙ୍କର ନୁହେଁ । ଗୋଟାଏ ଜଳନ୍ତା ସଞ୍ଜ ବତୀକୁ, ହାଲକା ପବନ ଦାଉରୁ ପାପୁଲି ଆଢୁଆଳରେ ରକ୍ଷା କରିବା ଭଳି ସ୍ପର୍ଶକାତର ଜୀବନ ତାଙ୍କର । ଅତି ସୂକ୍ଷ୍ମ, ସତ୍ୟମୁଖୀ । ଶୁଭଙ୍କରୀଙ୍କ ତୀବ୍ର ଅଭିଯୋଗ ତାଙ୍କୁ ମ୍ରିୟମାଣ କରିପକାଇଲା । ସେ ଅସହାୟ ହୋଇ ପଶିଗଲେ ନିଜ ଭିତରେ । ଏବଂ ପ୍ରାର୍ଥନା କଲେ-

ସବୁଠାରେ ତ ତୁମେ ସମାଗତ । ଉପସ୍ଥିତ ।
ମୋ ଭିତରେ । ବାହାରୋ ମୋ ସ୍ମୃତିରେ । ସ୍ୱପ୍ନରେ ।
ମୋତେ ବିଖଣ୍ଡିତ କରି ଦିଅ । ବିକ୍ଷିପ୍ତ କରିଦିଅ ।
ମୁଁ ମିଶିଯାଏ । ଏ ପଞ୍ଚ ମହାଭୂତରେ ।
ଏକାକାର ହୋଇଯାଏ – ସ୍ଥିତି । ଅସ୍ଥିତି । ବିସ୍ଥିତିରେ ।
ମୋତେ ବୁଝାଇ ଦିଅ ।
କେଉଁଠି, କେମିତି, କ'ଣ ସବୁ ଘଟେ ଏ ଜଗତରେ ।
ତା'ର କାରଣ ଓ ପ୍ରତିକାରଣର–
ଉତ୍ତର ଓ ପ୍ରତ୍ୟୁତ୍ତରର ।

ମୁଁ, ଭୋଗ ଦେବି ତୋତେ ମା' ! ତ୍ରିବାର ସତ୍ୟ ।
କଦଳୀ ଓ ଚୂଡ଼ାଘସା, ଛେନା ଓ ସାକର । ନଡ଼ିଆ ଓ ବସାଦହି ।
ଅଖଣ୍ଡ ଘିଅ ଦୀପ । ବସାଇବି ସାତଟି କଳସ । କରିବି ହୋମ ପୂଜାପାଠ । ମହାଯଜ୍ଞ ।
ଏ ଅର୍ବାଚିନ ନାରୀକୁ ଦେବା ପାଇଁ ଯଥାର୍ଥ ଉତ୍ତର ।
ପଣ୍ଡିତ ନାରାୟଣ ମିଶ୍ର ମୁହଁ ଖୋଲିଲେ, 'ଅଛି ଗୋଟିଏ କାରଣ ମାତ୍ର ।'
ବିନ୍ଦୁଏ ବର୍ଷା । ସେ ସ୍ୱାତୀ ନାମ୍ନୀ ନକ୍ଷେତ୍ର । ଘଟେ ସେ ସଂଯୋଗ । ବିନ୍ଦୁଏ ବର୍ଷାର । ସାମାନ୍ୟ ସାମୁକାଏ ହୁଏ ସୃଷ୍ଟିଗର୍ଭା । ଏହା ହିଁ ତ ପ୍ରେମ ।
'ସଜନୀରେ ପ୍ରାଣ ସଙ୍ଗିନୀରେ, ଦୋଷ କ୍ଷମା କର ଜୀବବନ୍ଧୁ ରୁଷନାରେ....'
ଜୀବନ ବିନିମୟରେ ଉଦୟ ଖେଳିଲା ସେ ଖେଳ ।
ତୁମେ ତ ଜାଣ ! ଭୟ ବା ବନ୍ଧନ, କିଛି ଧରିପାରେ ନାହିଁ ଉଦୟକୁ ।
ପ୍ରେମ ଓ ସ୍ୱାଧୀନତା ଲୋଡ଼ା ତା'ର ।
ସେ ଇଚ୍ଛାର ଈଶ୍ୱର ।
ଶୁଭଙ୍କରୀ ବୁଝିଲେନି କିଛି ।
ଜର୍ଜରିତ ହେଲେ – ଦୁଃଖରେ । କ୍ରୋଧରେ । ଅପମାନରେ ।
ଅଭିଯୋଗ ବାଢ଼ିଲେ,
'ବାପ ଭଳି ପୁଅ – ଦାୟିତ୍ୱହୀନ । ଧୋକ୍କାବାଜ ।'
ନହେଲେ – ନିଜ ରକ୍ତକୁ କିଏ ତେଜ୍ୟା କରେ ! ଘରୁ, ସଂପର୍କରୁ । ନିଜ ଜୀବନରୁ ।'

ନାରାୟଣ ମିଶ୍ରଙ୍କର ମନେ ପଡ଼ିଗଲା, ଛଅ ମାସ ତଳର କଥା । ସେଦିନ ଅମାବାସ୍ୟା । ଦି ଘଡ଼ି ସନ୍ଧ୍ୟା ପରେ ଏକା ଏକା ଉଦୟ ଆସି ଘରେ ପହଞ୍ଚିଗଲା । ଆଶଙ୍କା ଓ ଆନନ୍ଦ ଖେଳିଗଲା ଘରେ ।

ଭୟ ବା ଆଶଙ୍କା ବେଳେ ଖୁସିର ରଙ୍ଗ ଅତି ଗାଢ଼ । ଭିତର ପଟରୁ ଘର ଚାବି ଦିଆଗଲା । ଉଦୟ ସାଙ୍ଗରେ ଭାଇନା ଓ ବୋହୂ, ଘରର ସମସ୍ତେ ବହୁ ଖୁସିଗପ କଲେ । ପୁତୁରା ସଙ୍କେତ, ଝିଆରୀ ଅନୁପମା ତା' କୋଳରେ ବସିଲେ । ସେମାନେ କହିଲେ, 'କକେଇ । ତୁମେ ଘରକୁ ଚାଲି ଆସ । ତୁମେ ନାହଁ, ଆମକୁ ଜମା ଭଲ ଲାଗୁନାହିଁ ।'

ଉଦୟ ଚାପି ଧରିଲା ଦୁହିଁଙ୍କୁ ଛାତିରେ । ବୋକ ଦେଲା । କାନ୍ଦକାନ୍ଦ ହେଲା । ଭଙ୍ଗା ସ୍ୱରରେ କହିଲା, 'ମୋ ଆସିବାର ବାଟ ବନ୍ଦ ଏଠିକି । ଇଏ ମୋର ତୀର୍ଥସ୍ଥାନ, ମଝିରେ ମଝିରେ ଆସୁଥିବି, ଫେରିଯିବା ପାଇଁ ।'

'କାହିଁକି କକେଇ ?' ଅନୁ ପଚାରିଲା ।

– 'ମୁଁ ଯିବା ପରେ ଜେଜକୁ ପଚାରିବୁ । ତେବେ ଶୁଣିଥା ଏତିକି । ମୁଁ ଗୁଣ୍ଡା, ସୃଷ୍ଟିଛଡ଼ା, ସଇତାନଟାଏ !'

'ନାଇଁ କକେଇ ତୁମେ ଭଲ । ସମସ୍ତଙ୍କ ଠାରୁ ଭଲ ।' ସଙ୍କେତ ଅଝଟ ହେଲା କକେଇର ଗଳାରେ ନଟକି ପଡ଼ି ।

ଏତିକିବେଳେ ମୋବାଇଲ୍ ବାଜିଲା ଉଦୟର । ରିସିଭ୍ କରି ସେ ବଡ଼ ବିଚିତ୍ର ହୋଇପଡ଼ିଲା ।

ଆମକୁ କହିଲା, 'ମୁଁ ଘରକୁ ଆସିଛି ବୋଲି, ଗାଁରୁ କିଏ ଖବର ପୋଲିସକୁ ଦେଇ ଦେଲାଣି । ମୋତେ ଆରେଷ୍ଟ କରିବାକୁ ପୋଲିସ ବାହାରି ପଡ଼ିଲାଣି । ମୁଁ ଯାଉଛି ପୁଣି ପରେ କେବେ ଦେଖା ହେବ । ମୁଁ ଏଠିକି ଆସିଥିଲି ବୋଲି ପୋଲିସକୁ କହିବ ନାହିଁ । ସତ, ଜଣେଇଲେ ବହୁ ହଇରାଣ ହେବ । ମୁଁ ଆସୁଛି ।'

ସେ ଅନ୍ଧାର ଭିତରେ ବାରିପଟେ କୁଆଡ଼େ ଉଭାନ ହୋଇଗଲା ଉଦୟ ।

ଶ୍ରୀହରି ସମସ୍ତଙ୍କୁ ତାଗିଦା କରି ଦେଲା, 'କେହି ଭୁଲରେ ବି ସତ କହିବ ନାହିଁ । ଯାଅ ଏଠୁ । ଖାଇ ସାରିଲଣି ଜଲଦି ଶୋଇପଡ଼ିବ ।'

'ମୁଁ ଜମା ସତ କହିବି ନାହିଁ ନନା' ସଂକେତ କହିଲା ।

'ମୁଁ ବି ଜେଜେ !' ଅନୁ ରହି ରହି କହିଲା, 'କହିବି ନାହିଁ ସତ କଥା କାହାକୁ ବି ।'

'ଭେରି ଗୁଡ । ଯାଅ ଆଖିବୁଜି ଶୋଇ ପଡ଼ିବ ।' ଶ୍ରୀହରି ସନ୍ତର୍ପଣରେ ମୋ

ପାଖକୁ ମାଡ଼ି ଆସିଲା । ପାଖରେ ଠିଆ ହୋଇ ଯାଇ କହିଲା, 'ନନା ! ଉଦୟ ମୋତେ, ଦଶ ହଜାର ଟଙ୍କା ଦେଇ କହିଲା, ନନା ଦୁର୍ବଳ ହୋଇପଡ଼ିଲେଣି, ପିଲାଙ୍କ ପାଇଁ ତାଙ୍କ ପାଇଁ କ୍ଷୀର କିଣି ଦେବ । ପରେ ମୁଁ ବୁଝିବି ଅନ୍ୟକଥା ।'

'ମୋତେ ସେ ଟୋକା କେଉଁଠି ରଖେଇ ଦେବନାହିଁ ।' 'ପଳେଇ ଆସିଲି ଶ୍ରୀହରି ସାମ୍ନାରୁ । ଦାଣ୍ଡରେ ଠିଆ ହୋଇ ଅନ୍ଧାରକୁ ଚାହିଁଲି ।'

ଅନ୍ଧକାରର ଏକ ନିଜସ୍ୱ ଆଲୋକ ଅଛି । ଦେଖି ପାରୁଥିଲି ।

ସେଇଠି ଠିଆ ହୋଇ ଭାବୁଥାଏ ଘନ ଅନ୍ଧକାର ଭିତରେ ଟୋକାଟା କୁଆଡ଼େ ଚାଲିଗଲା ! ଏ ନିର୍ଲିପ୍ତ ଅନ୍ଧକାର ସିନା ତା'ର ସହଯୋଗୀ ହୋଇପାରେ ହେଲେ ତା' ଭିତରେ ଛପିଥିବା ଜନ୍ତୁଯନ୍ତା କି ମରଣଜନ୍ତା ଗୁଡ଼ିକ ତ ନୁହଁନ୍ତି ।

ଭୟ ମଣିଷକୁ କେଉଁ ଅପଥକୁ ନେଇଯାଏ କେଜାଣି ।

ରାତି ବୋଧେ ଦଶଟା କି ଏଗାରଟା ହେବ । ଗାଁଟା ନିଶବ୍ଦ ଶୁନ୍‌ଶାନ୍ ଲାଗିଲାଣି ।

ଏଇ ତ, ଏଇ ଗ୍ରାମୀଣ ରାସ୍ତାରେ ଗୋଟାଏ ଜିପ୍ ତା'ର ଆଲୋକିତ ସଞ୍ଚାଳନରେ ମାଡ଼ି ଆସିବାର ଶବ୍ଦ ନାରାୟଣ ମିଶ୍ରଙ୍କୁ ଛାନିଆ କରି ପକେଇଲା । ସେ ଲଣ୍ଡଭଣ୍ଡ ହୋଇ ଘର ଭିତରକୁ ପଶି ଯାଇ ଦାଣ୍ଡ କବାଟ ଦେଇ ଦେଲେ ।

ଦାଣ୍ଡରେ ଆସି ଜିପ୍‌ଟାଏ ଅଟକିଗଲା ।

ନାରାୟଣ ମିଶ୍ରଙ୍କର ଛାତିର ସ୍ପନ୍ଦନ ବଢ଼ିଗଲା । ଓଠ ଶୁଖିଗଲା । ସେ ଉତ୍କଣ୍ଠିତ ହୋଇ ଉଠି ମନେ ମନେ ହନୁମାନ ଚାଳିଶା ଆବୃତି ଆରମ୍ଭ କରିଥାନ୍ତି ।

ଶ୍ରୀଗୁରୁ ଚରଣ ସରୋଜ ରଜ, ନିଜ ମନୁ ମୁକୁର ସୁଧାରି
ବରନଇଁ ରଘୁବର ବିମଲ ଜସୁ, ଯୋ ଦାୟକ ଫଲ ଚାରି ।

....

ସଂକଟ କଟୈ ମିଟୈ ସବ ପୀରା ଜୋ ସୁମିରୈ ହନୁମତ ବଲବୀରା
ଜୈ ଜୈ ଜୈ ହନୁମାନ ଗୋସାଇଁ କୃପା କରହୁ ଗୁରୁଦେଓ୍ୱକି ନାଇଁ ।

କବାଟରେ ତୀବ୍ର କରାଘାତ ହେଲା - କବାଟ ଖୋଲ ଶୀଘ୍ର । ପୋଲିସ । ଖୋଲ କବାଟ ।

କବାଟ ଖୋଲିଗଲା ।

ସାମ୍ନାରେ - ବୃଦ୍ଧ ପଣ୍ଡିତ ନାରାୟଣ ମିଶ୍ର । ଜାଦୁଘରର ବୁଢ଼ାଟିଏ ଭଳି ଛିଡ଼ା ହୋଇଛନ୍ତି ।

'ଚଣ୍ଡର ସର୍ଚ୍ଚ ଓ୍ୱାରେଣ୍ଟ ଅଛି । ସେ ଘରେ ଅଛି ବୋଲି ଖବର ମିଳିଛି ।'

ସବଇନିସ୍ପେକ୍ଟର ବିକାଶ ପାତ୍ର, ସହକର୍ମୀମାନଙ୍କୁ ନିର୍ଦ୍ଦେଶ ଦେଲେ, 'ଯାଅ ଦେଖ ।'

- 'ଘର ଭିତରେ ନାହିଁ, ସାର୍ ।'

'ଗଲା କୁଆଡ଼େ ? ସେମିତି କିଛି ନ ଜାଣିଲା ଭଳି ଠିଆ ହୋଇଛ - କ'ଣ କିଓ ? ପାଟିରେ ମଣ୍ଡା ପିଠା ପଶିଛି ନା କ'ଣ । କହୁନା, ସେ ଶଳା ଗଲା କୁଆଡ଼େ ?' ଶତ୍ରୁପକ୍ଷର ସୈନ୍ୟ ଆଗରେ ଯେପରି ଧରା ପଡ଼ି ଯାଇଛନ୍ତି । ବନ୍ଧୁକ ଅଗର ସେ ବିଷାକ୍ତ ଛୁରିକାରେ ତାକୁ ଯେପରି ଭୂଷି ଚାଲୁଛନ୍ତି ବିଜଡ଼ିତ କ୍ରୋଧରେ । ବଡ଼ ଅସହ୍ୟ ଯନ୍ତ୍ରଣାରେ ଛଟପଟ ହୋଇ ଯାଉଛନ୍ତି ନାରାୟଣ ମିଶ୍ର ।

ଦେହରେ ନୁହେଁ ପ୍ରାଣରେ, ଆତ୍ମାରେ । ଠିଆ ହୋଇଛନ୍ତି ସେ ସେଇଠି । ଗୋଡ଼ହାତ ଥରିଲାଣି । ମୁଣ୍ଡ ଭ୍ରମି ଯାଉଛି । ତ୍ରାହି ନାହିଁ ଏ ସଂକଟରୁ ।

ତାଙ୍କଠାରୁ ଟିକିଏ ଦୂରରେ ଠିଆ ହୋଇଛି ଶ୍ରୀହରି । ନିର୍ବାକ୍, ନିସ୍ପନ୍ଦ ସେ । ଅସହାୟ ଭାବେ ତଳକୁ ମୁଣ୍ଡ ପୋତି ଦେଇଛି ।

ଆଉ ଟିକିଏ କଡ଼କୁ, କାନ୍ଥକୁ ଲାଗି, ଠିଆ ହୋଇଛି ବୋହୂ ରତ୍ନମାଳି ।

ଠିଆ ହୋଇଛି ଯେପରି ମଲା ମୁହଁ ନେଇ ।

ନିଜର ଲଜ୍ୟାକୁ ଅପମାନକୁ ଛପେଇ ପାରୁନି କି ଲୁଚେଇ ପାରୁନି ।

ଯେମିତି ବଞ୍ଚି ପାରୁନି କି ମରି ପାରୁନି ।

ତାକୁ ଅଣ୍ଟା ପାଖରୁ ଜାବୁଡ଼ି ଧରିଛନ୍ତି ଦି'ଟା ଯେମିତି ଅର୍ଖିତ ବେ-ସାହାରା ଶିଶୁ ।

ଠିଆ ହୋଇଛନ୍ତି, ଯେମିତି ଥଳ କୁଳ ପାଉ ନାହାନ୍ତି ନିଜକୁ ଅଦୃଶ୍ୟ କରି ଦେବାପାଇଁ ।

ଗାଲ ଉପରେ ତାଙ୍କର ଶୁଖି ଯାଇଛି ଲୁହ ଧାର । ପାଟି ଆଖି'ଟା ମେଲା ହୋଇ ଯାଇଛି, ଯେପରି ମରି ଗଲେଣି ସେମାନେ କେତେବେଳୁ ।

'ହଇଓ, ତୁମେ ନାରଣ ମିଶ୍ରଟି । ଭୂତ ଭଳି ଠିଆ ହୋଇଛ କ'ଣ ! ମନ୍ତ୍ରପାଠ କଲାବେଳକୁ ପାଟିରେ ଗୋଟାଳି ବାଜିବ ନାହିଁ, ବର୍ତ୍ତମାନ ପାଟିରୁ ବଚନ ବାହାରୁ ନାହିଁ କାହିଁକି ? ଶଳା ସେଇଟା ତ କ୍ରିମିନାଲଟାଏ, ତାକୁ ଏଠି ରଖିଥିଲ, ସେ ଗଲା କୁଆଡ଼େ ? ପଚାରୁଛି ପରା ।'

'ସେ ଏଠିକି ଆସିନି ଆଜ୍ଞା ।' ଶ୍ରୀହରି ମୁଣ୍ଡ ଟେକିଲା । ନାରାୟଣ ମିଶ୍ର ଯେମିତି ପଥର ପାଲଟି ଯାଇଥିଲେ ।

- 'ଆସିନି ! ଦୁନିଆ ଲୋକ ଦେଖିଲେ ସେ ଘର ଭିତରେ ପଶିଲା, ତୁମେ କହୁଛ ଆସିନି । ତୁମେ ତା'ର କ'ଣ ହୁଅ ?'

'ଭାଇନା ।'

- 'ଭାଇନା ! କ୍ରିମିନାଲକୁ ପ୍ରୋଟେକ୍‌ସନ ଦେଉଛ, ହାଜତରେ ପଶିବ । ମନେରଖ ।'

- 'ଭାଇନା ! ସତ୍ୟ, ଅଗ୍ନି, ଅପରାଧ, ରୋଗ - ଏହାକୁ ଲୁଚେଇ ପାରିବ ନାହିଁ ଭାଇନା । ଆଧାର ଫଟେଇ ଇଏ ବାହାରିବ । ତା'ଛଡ଼ା ତୁମେ ବ୍ରାହ୍ମଣ ଲୋକ । ପୂଜାପାଠ କଲାଭଳି ମନେ ହେଉଛି । ମିଛ କାହିଁ କହିଲ ?'

- ଦେଖିଲ, ଭାଇନା ! ସେ କଡ଼ରେ ଯେଉଁ ଦାମୀ ଜୋତା ହଳକ ଥୁଆ ହୋଇଛି, ସେ କାହାର ? ତୁମ୍ଭମାନଙ୍କର ତ କାହାର ନୁହେଁ ନିଶ୍ଚେ । ତେବେ ରାତିରେ ତୁମ ଘରକୁ ଆସେ କିଏ ? କାହିଁକି ଆସେ ? କାହା ପାଖକୁ ଆସେ ?'

ରତ୍ନମାଳି ଲଜ୍ୟାରେ ଘର ଭିତରେ ପଶିଗଲେ । କାନ୍ଦି ଉଠି ବିଛଣାରେ ଲୋଟି ଯାଇ ଭଙ୍ଗା ସ୍ୱରରେ କହିଲେ, 'ମୋର ଆଉ କି ଇଜ୍ଜତ ରହିଲା ଜୀବନରେ । ଏ ଘରେ ବୋହୂ ହୋଇ ରହିବା ଅପେକ୍ଷା ମରଣ ଭଲ ।'

'ତୁମେ ପଣ୍ଡିତ ନାରାୟଣ ମିଶ୍ର ନା । ଚଣ୍ଡର ବାପା । ଏ ଘରର ମୁରବୀ ନା । ଆଜି ମିଛ କହିଲ, ଆମେ ସତ ମଣି ଚାଲି ଯାଉଛୁ । କିନ୍ତୁ ମନେରଖ - ଚଣ୍ଡ ଦିନେନା ଦିନେ ଧରାପଡ଼ିବ । ସେ ଦିନ ମରିବ କି ବଞ୍ଚିବ ଈଶ୍ୱରଙ୍କୁ ଜଣା କେବଳ । ଛାଡ଼, ସେ କଥା ।' ବିକାଶ ପାତ୍ର ବୁଝାଇଲା ଭଳି କହିଲେ-

'ସେ କେଶ୍ ତା' ବାଟରେ ଯିବ । ହେଲେ ଗୋଟାଏ କଥା କହୁଛି - ମନେ ରଖିବ ।'

ସେ ଯେଉଁ ଛୋଟ ଝିଅଟି, ତାକୁ ବାହା ଦେଇ ପାରିବେତ !

ସେ ଛୋଟ ଟୋକାଟା ମଣିଷ ହୋଇ ରହିବ ନା କକେଇ ଠାରୁ ବଳିବ ।

ହଉ, ଚଣ୍ଡକୁ କୁହ, ଯଥାଶୀଘ୍ର କୋର୍ଟରେ କି ପୋଲିସ ପାଖରେ ଆତ୍ମସମର୍ପଣ କରୁ ।

ନହେଲେ- ପୋଲିସ ଏନ୍‌କାଉଣ୍ଟରରେ ଯିବ କି ତା'ରି ପୋଷା କୁତ୍ତାମାନେ ତାକୁ ମାରିବେ । ସେ ତ ମରିବ । ହେଲେ ତୁମେ ପିଲାଛୁଆ ନେଇ ବଞ୍ଚି ଶିଖ ।

ପୋଲିସ ଜିପ୍ ଫେରିଗଲା ।

ନାରାୟଣ ମିଶ୍ର ଯେଉଁଠି ଠିଆ ହୋଇଥିଲେ ସେଇଠି ନୋସଡ଼ି ପଡ଼ିଲେ ।

ଗୋଟାଏ ଗର୍ଜନ ଛାଡ଼ି ଶ୍ରୀହରି ମିଶ୍ର ଚମକି ଗଲା ଦାଣ୍ଡକୁ, 'ଏଠି କ'ଣ ଦେଖୁଛ ରାତି ଅଧରେ ଆସି । ମୁହଁ ଲମ୍ୱେଇ ? କାହାର କ'ଣ ଗଳି ପଡ଼ିଛି କି ଏଠି !'

ଚାପା ହସ ଭିତରେ ପଞ୍ଝାଏ ମୁହଁ ଧୀରେ ଓହରି ଯାଇ ହଜିଗଲା ଅନ୍ଧାର ଭିତରେ ।

ନାରାୟଣ ମିଶ୍ରଙ୍କ ସଂସାରକୁ ଚକ୍ଷୁକେନ୍ଦ୍ରିତ କରି ଯେପରି ବହିଗଲା ବିପ୍ଳାତ-୯୯ ।

ପ୍ରାୟେ, ରାତ୍ରୀ ଘ. ୩.୩୫ ।

ଗଛରୁ ଓହ୍ଲାଇ ପଡ଼ିଲା ଉଦୟ ।

ପଶିଆସିଲା ସେ ଉଜୁଡ଼ା ଭୂକମ୍ପିତ ଘର ଭିତରେ ।

ସମସ୍ତେ ଯେପରି ମୃତାହତ ହୋଇ ପଡ଼ିଥିଲେ ।

ବାପା ସ୍ୱରରେ ଉଦୟ ଡାକିଲା, ଭାଇନା ! ଭାବି ! ସଂକେତ ! ଅନୁ ! ନନା ।

କେହି ଯେପରି ଶୁଣି ପାରିଲେ ନାହିଁ ସେ ଲୋଡାପଣକୁ ।

ଉଦୟ କହିଲା- ମୋତେ କ୍ଷମା କରିଦିଅ । କ୍ଷମା । କ୍ଷମା ।

ଆଜି, ନିଜକୁ ମୁଁ ଅପରାଧୀଟିଏ ବୋଲି ମନେକରୁଛି ।

ମୁଁ ଏ ଜୀବନରୁ ଓହରି ଆସିବି । ପ୍ରମିଶ, ପ୍ରମିଶ, ପ୍ରମିଶ ।

ନାରାୟଣ ମିଶ୍ର ସେମିତି ପଡ଼ିଥାନ୍ତି । କାନ୍ଥକୁ ଆଉଜି । ଗୋଡ଼ ଦୁଇଟାକୁ ଫର୍କଟାକରି । ଆଖି ତରାଟି । ପାଟି ମେଲେଇ । ଯେମିତି ଜୀବନ ନାହିଁ ଶରୀରରେ ।

ଉଦୟ ଆସି ଆଣ୍ଠେଇ ପଡ଼ିଲା ତାଙ୍କ ସାମ୍ନାରେ । ହାତଯୋଡ଼ି କହିଲା-

'ନନା ! ଆପଣଙ୍କୁ ଛୁଇଁ ଶପଥ କରୁଛି ।

ଆଜିଠାରୁ ଛାଡ଼ି ଦେବି - ସେ ଜୀବନ ।

ତୁମ୍ଭମାନଙ୍କୁ ବହୁତ କଷ୍ଟ ଦେଲେଣି । ମୁଁ ବି ଭୋଗିଲିଣି ବହୁତ ।

ଗୋଟାଏ ଭୁଲ ବାଟରେ ପଶି ଯାଇଥିଲି ମୁଁ ।

ଭଲ ଜୀବନଟାଏ ବଞ୍ଚିବାର ପ୍ରଲୋଭନରେ ଜୀବନଠାରୁ ହିଁ ଦୌଡ଼ି ପଳେଇ ଥିଲି ।

ସେ ବାଟ ଥିଲା, ଜୀବନ-ଉଜୁଡ଼ା ପଥ ।

ମୋତେ କ୍ଷମା କରିଦିଅ ।'

'ଯା' ମୋ ଆଗରୁ ।' କ୍ରୋଧରେ ହାତଟାକୁ ଛିଣ୍ଡାଡ଼ି ନିଜକୁ ମୁକ୍ତ କରିଦେଲେ ନାରାୟଣ ମିଶ୍ର । ଆଖି ବୁଜି ଦେଇ ବଡ଼ ବିକଳ ସ୍ୱରରେ କହିଲେ-

'ମୋତେ ଛୁଁ ନା ତୁ । ମୋ ଆଗରୁ ତୁ ଚାଲିଯା' । ମୁଁ ତୋତେ ନେହୁରା ହେଉଛି ।'

- 'ନନା ! ମୁଁ ଶପଥ କରୁଛି ।'

'ମୁଁ ତୋତେ ନେହୁରା ହେଉଛି ।'

- 'ମୁଁ ଦେବୀ କନକ ଗୌରୀଙ୍କ ନାଁରେ ଶପଥ କରୁଛି । ମୋତେ ଶେଷଥର ପାଇଁ ସୁଯୋଗ ଦିଅ ନନା ।'

'ମୁଁ ତୋତେ ନେହୁରା ହେଉଛି ।'

- 'ମୁଁ ମୋର ନଥିବା ମା'ଙ୍କ ଦ୍ୱାହି ଦେଇ କହୁଛି- ମୁଁ - ବଦଳି ଯିବି ନନା, ମୋତେ ବିଶ୍ୱାସ କର । ଶେଷଥର ପାଇଁ ବିଶ୍ୱାସ କର ।' ଉଦୟର ସ୍ୱର ବଡ଼ କରୁଣ ଶୁଭିଲା । ଆଖିରେ ଲୁହ ଭରିଗଲା । ସେ ଆଉ କିଛି କହି ପାରିଲା ନାହିଁ । ଯେମିତି ମୁକ ପାଲଟିଗଲା ।

ପୁଣିଥରେ ଶୁଭିଲା ସେଇ ନିଷ୍ଠୁର ପ୍ରତ୍ୟାଖ୍ୟାନ । 'ମୁଁ ତୋତେ ନେହୁରା ହେଉଛି ।'

ଏଥର ଉଦୟ ବଡ଼ ଅସହାୟ ହୋଇ ପଡ଼ିଲା । ଭାବିଲା ଶେଷ ଅସ୍ତ୍ର ପ୍ରୟୋଗ କରିବ । ହୁଏତ ଯାହା ଶୁଣି, ନନା ଶଙ୍କି ଯିବେ । ପ୍ରତ୍ୟାଖ୍ୟାନ କରିପାରିବେ ନାହିଁ । 'ମୋ ଅଜନ୍ମିତ ସନ୍ତାନର ରାଣ ଖାଉଛି ନନା ! ମୁଁ ବଦଳିଯିବି । ଯିବି । ଯିବି ।'

ମୋତେ କ୍ଷମା କରିଦିଅ । 'ଉଦୟ ସମର୍ପିତ ମୁଦ୍ରାରେ ଚାହିଁ ରହିଲା ।'

'ମୁଁ ତୋତେ ନେହୁରା ହେଉଛି । ହାତ ଯୋଡୁଛି । ତୁ ମୋ ସାମ୍ନାରୁ ଚାଲିଯା' । ମୁଁ ତୋର ମୁହଁ ଦେଖିବାକୁ ଆଉ ଚାହୁଁ ନାହିଁ । କୌଣସି ବାହାନା ଶୁଣିବାକୁ ଚାହୁଁ ନାହିଁ । ମୋତେ, ଆମକୁ ଦୟାକର । ବଞ୍ଚିବାକୁ ଦେ । ଦୟାକର । 'ବଡ଼ ବିକଳ ଶୁଭିଲା ନାରାୟଣ ମିଶ୍ରଙ୍କର ସ୍ୱର ।'

ଲୁହ ପୋଛି ଉଠି ଠିଆ ହୋଇଗଲା ଉଦୟ । ତା'ର ମୋହ ଭଙ୍ଗ ହୋଇଗଲା । ଯତ୍ପରନାସ୍ତି ଚେଷ୍ଟାରେ କୋହକୁ ଭିତରେ ଚାପି ଦେଇ । ନାରାୟଣ ମିଶ୍ରଙ୍କର ପାଦ ଛୁଇଁ ହାତଯୋଡ଼ି ଦେଇ କହିଲା,

'ହୁଏତ ଆଉ ଦେଖା ହେବ ନାହିଁ, ନନା । ପାରିବେ ତ ଉଦୟକୁ ଭୁଲି ଯିବେ । ଭୁଲି ଯିବେ । କ୍ଷମା କରିଦେବେ ।'

ଉଦୟ ପଶିଗଲା ସେଇ ଅନ୍ଧାରିତ ଆଲୋକ ଭିତରେ ।

ନାରାୟଣ ମିଶ୍ର ଉଠି ଠିଆ ହୋଇପଡ଼ିଲେ ଉଚ୍ଛନ୍ନ ହୋଇ ।

ବ୍ୟାକୁଳ ହୃଦୟରେ ସେ ଚାହିଁ ରହିଲେ ସେ ଜାଲୁଜାଲୁଆ ଅନ୍ଧାର ଭିତରକୁ ।

ଅନ୍ଧକାର ଭିତରେ ମାୟାବୀ ଆଲୋକର ଅନୁପ୍ରବେଶ ଘଟି ସାରିଥିଲା ।

ଗୋଟାଏ ଶାନ୍ତ ସ୍ନିଗ୍ଧ ପ୍ରଭାମୟ ସକାଳର ଆଲୋକିତ ଉଦ୍‌ଭାସରେ ଥିଲା ଏକ ପ୍ରତିଶ୍ରୁତିମୟ ବର୍ଣ୍ଣିଳ ସୂର୍ଯ୍ୟୋମୟ ।

ନାରାୟଣ ମିଶ୍ର ଜାଣି ସାରିଥିଲେ- ଏ ସୂର୍ଯ୍ୟାଲୋକ ଆଉ ଦେଖେଇ ହେବ ନାହିଁ ଉଦୟଙ୍କୁ ।

ଉଦୟଙ୍କୁ ଶେଷ ସୁଯୋଗ ନଦେଇ ସେ ଭୁଲ କରିଛନ୍ତି ।

'ମୋ ଜୀବନର ସବୁଠାରୁ ବଡ଼ ଭୁଲ ।

ଯାହା ମୋତେ ପୁତ୍ର ହନ୍ତା କରିଦେଲା ।'

ଶୁଭଙ୍କରୀ ଠିକ୍ କହିଛନ୍ତି

ଅନୁରଣିତ ହୋଇ ଉଠିଲା ସେଇ ତୀବ୍ର ମନ୍ତବ୍ୟ, ଅଭିଯୋଗ-

'ବାପ ଭଳି ପୁଅ - ଦାୟିତ୍ୱହୀନ । ଧୋକାବାଜ ।

ନହେଲେ- ନିଜ ପୁଅକୁ କିଏ ତେଜ୍ୟା କରେ ! ଘରୁ, ସଂପର୍କରୁ !'

ନାରାୟଣ ମିଶ୍ର ଯନ୍ତ୍ରଣାରେ ଗୁମୁରି ଉଠିଲେ ।

ପାଗଳ ଭଳି ଅସ୍ଥିର ହୋଇ ଉଠି ବାରମ୍ବାର ନିଜକୁ ନିଜେ କହୁଥିଲେ-

'ସମ୍ପର୍କଭଙ୍ଗା ମଣିଷ ତୁମେ ।

କେଉଁ ସମ୍ପର୍କରେ ତୁମେ ଆସିଛ ଏଠିକୁ ?'

ପ୍ରଶ୍ନଟା ତାଙ୍କୁ ବିଚଳିତ କରି ପକାଇଲା ।

ସେ ହଠାତ୍ ଅନୁଭବ କଲେ,

ଏଠି ଆଉ ତାଙ୍କ ପାଇଁ ସ୍ଥାନ ନାହିଁ ।

ହୁଏତ ସାରା ଦୁନିଆରେ ଆଉ ତାଙ୍କ ପାଇଁ ସ୍ଥାନ ନାହିଁ ।

ସମ୍ପର୍କଟିଏ ବି ନାହିଁ ।

ସେ କରିବେ କ'ଣ ! ଯିବେ କେଉଁଠିକି ?

'ଜଲସା । ଜଲସା ।' ଅତି କୋମଳ ସ୍ୱରରେ ଡାକି, ଧୀରେ କବାଟ ବାଡ଼େଇଲେ ନାରାୟଣ ମିଶ୍ର । ବନ୍ଦ କୋଠରୀରୁ କିଛି ଉତ୍ତର ଆସିଲା ନାହିଁ । ତଥାପି ସ୍ନେହାର୍ଦ୍ର ସ୍ୱରରେ ସେ କହିଲେ-

'ମୁଁ ଯାଉଛି ବୋହୂ । ଆଉ ହୁଏତ ଜୀବଦ୍ଦଶାରେ ଦେଖା ହୋଇ ନପାରେ । ପାରିବତ ମୋତେ ଭୁଲି ଯିବ । ମୋତେ କ୍ଷମା କରିଦେବ ମୋର ସକଳ ଔଦ୍ଧତ୍ୟ ପାଇଁ । ଈଶ୍ୱର ତୁମର ମଙ୍ଗଳ କରନ୍ତୁ ।'

ନାରାୟଣ ମିଶ୍ର ଘରୁ ଗୋଡ଼ କାଢ଼ି ପାଦ ପକେଇଲେ ଆଗକୁ ।

ଏଣିକି ବନ୍ୟାଶ୍ରମ ।

॥ ୧୭ ॥

ଘର ଭିତରେ ଘର ।

ଘର ଭିତରେ ଘର ଭିତରେ ଘର ଭିତରେ ଘର ଭିତରେ ଘର, ଭିତରେ...ଘର

ଏମିତି ଥିଲା ଏକ ଚମକପ୍ରଦ କାହାଣୀଟି ।

ଅସରନ୍ତି ହେଲେ ବି ରୋଚକ ଥିଲା ।

ପରିବର୍ତ୍ତିତ ହେଉଥିଲେ ବି, ମୁଖ୍ୟତଃ ଅପରିବର୍ତ୍ତିତ ରହୁଥିଲା ।

ମନେ ହେଉଥିଲା, ଯେମିତି ଦୁନିଆ ଯାକରେ ଏଇ ଗୋଟିଏ ହିଁ କାହାଣୀ ।

ସେଇ କାହାଣୀଟିକୁ ସମସ୍ତେ କହିବେ । ସମସ୍ତେ ଶୁଣିବେ । ଶୁଣୁଥିଲେ ବି । କହୁଥିଲେ ବି ।

ତାମସା ସେତିକିରେ ବନ୍ଦ ହେବ ନାହିଁ ।

ତା'ପରେ କହୁଥିବେ, ତା'ପରେ ଶୁଣୁଥିବେ । ତା'ପରେ କହୁଥିବେ, ତା'ପରେ ଶୁଣୁଥିବେ । ତା'ପରେ କହୁଥିବେ ।

ଏମିତି ଲମ୍ବା ଚାଲିଥିବ ଜୀବନ କଡ଼ି । ଗୋଟିଏ କଡ଼ି ଉଭେଇ ଯିବତ, ଅନ୍ୟ କଡ଼ିକୁ ତା' ଜୀବନ ଦାନ ଦେଇଯିବ । ଉମଙ୍ଗ ଦେଇଯିବ । କହିବ ନେ, ସାଇତି କରି ରଖ ମୋ ସନ୍ତକ ।

ଯାକୁ, କାହାକୁ ଦେବୁ ନାହିଁ କି ଫୋପାଡ଼ି ଦେବୁ ନାହିଁ ।

ଫୋପାଡ଼ିଲେ, ଫୋପାଡ଼ିବୁ ବଢ଼ନ୍ତା ନଈକୁ ନହେଲେ ଅଶାନ୍ତ ସମୁଦ୍ରକୁ ।

ତାକୁ ଯିଏ ପାଇଲେ ପାଉ ।

ରଖିଲେ, ଧୋଇଥିବ ଗୁଣ ଗାଉଥିବ ।

ହଁ, କ'ଣ କହୁଥିଲିକି- ସେ ଧୂର୍ତ୍ତ କହିବା ଲୋକଟି, ତା' ଇଚ୍ଛାନୁସାରେ ଟିକିଏ ରଙ୍ଗ ଲଗେଇ ଦେଉଥିବ କି କଇଁଚି ଚଲେଇ ଦେଉଥିବ ସେ । କାହାଣୀ ତୋଡ଼ରେ । ଯାହା କି ଗରମ 'ମସଲା-କରି' ଭଳି ସ୍ୱାଦିଷ୍ଟ ହୋଇ ଉଠୁଥିବ । ଏବଂ ମୂଳ କାହାଣୀରୁ ଭିନ୍ନ ହୋଇ ଯାଉଥିବ । ଏଇ ଭିନ୍ନତା ତ ଜୀବନର ରଙ୍ଗ, ତରଙ୍ଗ ।

ଏଇ ରଙ୍ଗ, ତରଙ୍ଗକୁ ନେଇ ସୃଷ୍ଟି ହେବ ଭୟଙ୍କର ବିଭେଦ । ମାଡ଼ଗୋଳ । ହଣାହଣି । ତୋଡ଼ ଫୋଡ଼ ।

ଏଇଠୁ ଚାଲିଲା ଭୟଙ୍କର ଲଢ଼େଇ- ବାମପନ୍ଥୀ ଦକ୍ଷିଣପନ୍ଥୀ ଭିତରେ । ଉଗ୍ରବାଦୀ ନରମବାଦୀ ଭିତରେ । ସହଜିଆ, ଯୋଗାଚାରୀଙ୍କ ଭିତରେ । ମୋର ଟୋପି ଲମ୍ୱା ଟୋପି ଭିତରେ । ମୌଳବାଦୀ ଜୀବନବାଦୀ ଭିତରେ । ଲଙ୍ଗୀଳୀ ଅର୍ଦ୍ଧଲଙ୍ଗୁଳି ଭିତରେ ।

ଏଇ ଏଗ୍ରିମେଣ୍ଟ ନୁହେଁ, ଡିସ୍ଏଗ୍ରିମେଣ୍ଟ ।

ବିଭେଦ ।

ଜୀବନର ଅନ୍ୟ ନାମ ତ - ବିଭେଦ । ଡିସ୍ଏଗ୍ରିମେଣ୍ଟ । ଅନ-କନ୍‌ଫରମିଟି ।

ଭଲ କଥା । ଭଲ ହେଲା ।

ଆମେ, କବୁଲ୍ କଲୁ । କବୁଲ୍, କବୁଲ୍ ।

ଜଲସା ଚୌଧୁରୀ ବି କବୁଲ୍ କଲା । କହିଲା- 'କବୁଲ୍ ! କବୁଲ୍ ।'

ଆରେ, ମାର୍ ଗୁଲି ଦୁନିଆଁକୁ ।

ପ୍ୟାର କିୟା ତୋ ଡରନା କ୍ୟା । ଯବ.... ପ୍ୟାର କିୟା

ପ୍ୟାର କିୟା କୋଇ ଚୋରି ନହିଁ କି.......ଛୁପ୍ ଛୁପ୍ ଆହେଁ ଭର୍‌ନା.....

ପ୍ରେମରେ ଯୁଦ୍ଧରେ କୁଆଡ଼େ ସବୁ ସମ୍ଭବ ।

ବାହେଗୁରୁ । ବାହେଗୁରୁ ।

ସତ୍ ଶ୍ରୀ ଅକାଲ୍ ।

ଶଶୁର ପୁଅ ମାନିଯା' ।

ସବୁ କଥା ଜୀବନ ଗାଥା

କି ଜୀବନ ?

- ବେଙ୍ଗ ଜୀବନ । ଅଧେ ଜଳରେ । ଅଧେ ସ୍ଥଳରେ । ଅଧେ ପଙ୍କରେ । ଅଧେ ଅଳିଆ ତଳେ, ଖତଗଦାରେ ।

ଜଲସା ସେ ଦିନ ପ୍ରେମରେ ପଡ଼ିଗଲା, ଦିନ ଦି' ପ୍ରହରରେ ।

ଯେତେବେଳେ ଉଦୟ ଇଣ୍ଟର କଲେଜ୍-କ୍ରିକେଟ୍ ଟୁର୍ଣ୍ଣାମେଣ୍ଟରେ ନିଜ ଦଳର ଏକମାତ୍ର ସଫଳ ବୋଲର ଭାବେ ପାଞ୍ଚଟି ଉଇକେଟ୍, ମାତ୍ର ବୟାଳିଶ ରନ୍ ଦେଇ ଅକ୍ତିୟାର କରି 'ମ୍ୟାନ୍ ଅଫ୍ ଦି ମ୍ୟାଚ୍' ହୋଇଥିଲା । ଏଇ ସଫଳତା ଦେଖି ସେଦିନ ଜଲସା ଫିଲ୍ଡ ଭିତରେ ପଶି ନାଚି ଉଠିଲା । ଉଚ୍ଛ୍ୱସିତ ସ୍ୱରରେ କହିଲା-

'ହାଏ ଉଦୟ ! କଂଗ୍ରାଟ । ଆଇ ଲଭ୍ ୟୁ ।'

ଦୌଡ଼ିଲା ଉଦୟ । ଉପରକୁ ମୁଣ୍ଡ ଟେକି ହାତ ଟେକି ଡେଇଁ ଡେଇଁ ଦୌଡ଼ିଲା । ଯେପରି ଆକାଶଠୁ ଉଠି ଯାଇ ଉଡୁଥିବା ଲିଭିଂ ଉଇକେଟ୍ ଟି କ୍ୟାଚ କରିବାକୁ ଚାହୁଁଛି ସେ ।

ସେ ପ୍ରାଣାନ୍ତକ ମୁହୂର୍ତ୍ତର ସାମ୍ନାସାମ୍ନି ହୋଇଗଲା ସେ ।

ଡ୍ରାଇଭ୍ ମାରି ଧରି ପାରିଲା ତାକୁ ।

ହିପ୍ ହିପ୍.....ହୁରେ ! ଚାରିଆଡୁ ଶୁଭିଲା- ହିପ୍‌ହିପ୍....ହୁରେ ।

ହିପ୍‌ହିପ୍....ହୁରେ । ପ୍ରକମ୍ପିତ ହେଲା ଗ୍ରାଉଣ୍ଡ । ହିପ୍‌ହିପ୍....ହୁରେ ।

ଉଦୟ ଛୁଟି ଆସିଲା । ହାତରେ ତା'ର ବଲ୍ । ବଲ ସହ ଖେଳୁଥାଏ । ଉପରକୁ ପକେଇ ବାରମ୍ବାର ଧରୁଥାଏ । ଧରୁଥାଏ । ଧରି ଧରି ଆଗକୁ ପାଦ ପକାଉ ଥାଏ । ସେ ଗତି ଥିଲା ଅପ୍ରତିହତ ।

ଉଦୟ ଆସି ଜଲସା ସାମ୍ନାରେ ଠିଆ ହୋଇଗଲା । କହିଲା, 'ଦେଖ ଜଲସା । ମୋର ସର୍ବାଙ୍ଗ ପ୍ରକମ୍ପିତ, ରୋମାଞ୍ଚିତ ହୋଇ ଉଠୁଛି । ତଣ୍ଟି ମୋର ଶୁଖି ଶୁଖି ଯାଉଛି । ତୁମ ସାମ୍ନାରେ ନିଜକୁ ମୁଁ ଧାରଣ କରିପାରୁନି । କିନ୍ତୁ ତୁମକୁ ମୋର କିଛି କଥା କହିବାକୁ ଅଛି । ଗୋଟାଏ କନ୍‌ଫେସନ୍ ।'

– 'କେଉଁ ପାପକୁ ତୁମେ କନ୍‌ଫେସନ୍ କରିବ ମୋ ପାଖରେ ।' ଜଲସା ଯାଇ ଉଦୟ ସାମ୍ନାରେ ଠିଆ ହୋଇଗଲା ।

'ନା, ପାପ ନୁହେଁ ମୋର ସ୍ୱପ୍ନ । ମୋର ଅଭିପ୍ସା । ମଣିଷ ତା'ର ସବୁଠାରୁ ଇପ୍ସିତ ସ୍ୱପ୍ନଟିକୁ, ଅଭୀଷ୍ଟ ସତ୍ୟଟିକୁ ପ୍ରକାଶ କରି ପାରେକି ନାହିଁ ମୁଁ ଜାଣେନି । କିନ୍ତୁ ମୋତେ ଲାଗୁଛି ଯେପରି ମୁଁ କହିପାରିବି ନାହିଁ । ମୁକ ପାଲଟି ଯାଉଛି ମୁଁ ।' ନିର୍ବିଷ୍ଟ ନୀରବତାରେ ଚାହିଁ ରହିଲା ଉଦୟ ।

'କେଉଁ ସ୍ୱପ୍ନ ତୁମର ସେ ଉଦୟ ଯାହାକୁ ତୁମେ ପ୍ରକାଶ କରିପାରିବ ନାହିଁ ।' ଜଲସା ଆଗ୍ରହରେ ପ୍ରଶ୍ନ କଲା ।

'ତୁମକୁ ନେଇ ସେ ସ୍ୱପ୍ନ ମୋର । ମୋର ଦେହ ମନ ଆତ୍ମାକୁ ଅନେକ ଦିନରୁ ଆଚ୍ଛନ୍ନ କରି ରଖିଛି । ସେ ତୀବ୍ର ଅପ୍ରକାଶିତ ଆତ୍ମିକ ଦହନକୁ ମୁଁ କେବେ କାହାକୁ ବି କହିପାରିନି । ମାତ୍ର ତୁମକୁ ଏଇ ମୁହୂର୍ତ୍ତରେ ଦେଖି ମୋତେ ଲାଗୁଛି ଯେପରି ମୋର ଭବିତବ୍ୟକୁ ମୁଁ ଦେଖୁଛି । ମୋର ଭାଗ୍ୟ, ମୋର ଭବିଷ୍ୟତ, ମୋର ପ୍ରେମ ଯେପରି ମୋ ସାମ୍ନାରେ ଠିଆ ହୋଇଛି ।'

ଗୋଟାଏ ହାବେଳି ବାଣର ଉଦ୍ଦାମ ବିସ୍ଫୋରଣରେ ଆକାଶରୁ ଝରିଲା ରଙ୍ଗୀନ ଫୁଲର ମାଳ । ବିଞ୍ଛି ହୋଇ ପଡ଼ିଲା ତାରା ଫୁଲ । ଜଲସା କାନରେ ହାତ ଦେଇ

ଦେଲା । ଆଖି ବୁଜି ପକେଇଲା । ସେ ଜାଣି ପାରିଲା ନାହିଁ - ସେ କେଉଁଠି ଅଛି । ସମୁଦ୍ରରେ ବୁଡ଼ି ଯାଇଛି । ନା ଆକାଶରେ ଉଡୁଛି । ନା କେଉଁ କୋଇଲା ଖଣି ଭିତରେ ପୋତି ହୋଇ ପଡ଼ିଛି ନା ଅଶରିରୀ ପାଲଟି ଯାଇଛି ।

ବିଭୋର ବିଜଡ଼ିତ ହୋଇ ଚାହିଁ ରହିଥାଏ ସେ ଉଦୟକୁ ।

'ଥ୍ୟାଙ୍କ ୟୁ ଭେରିମଚ୍ ସେକ୍ସି । ମୋର କିନ୍ତୁ ତୁମ ପାଇଁ ଗୋଟାଏ ମେସେଜ୍ ଅଛି ।'

- 'ଟେଲ୍ ମି ହ୍ୟାଣ୍ଡସମ୍ । କୁହ ?' 'ଜଲସା ଆଗ୍ରହରେ ଫୁଲି ଉଠିଲା ।'

ଉଦୟ ଉଚ୍ଛ୍ୱସିତ ଆବେଗରେ ଟାଣି ଆଣିଲା ଜଲସାର ବାଁ ହାତରେ କୋମଳ ପାପୁଲିଟିକୁ । ଖୋଲି ଦେଇ ତା' ଉପରେ ନିଜର ଆଙ୍ଗୁଠିରେ ଲେଖି ଦେଲା- 'ଇଲୁ ।'

'ଆଇ ଲଭ୍ ୟୁ ଜଲସା ।' ଗୀଟାରର ଗୋଟାଏ ଷ୍ଟ୍ରିଙ୍ଗ୍ ପ୍ରକମ୍ପିତ ହୋଇଗଲା ।

କ୍ଲିନ୍ ବୋଲ୍ଡ ତ ହୋଇଯିବି ନାହିଁ ମୁଁ ! ଉଦୟ ଉଦ୍‌ବିଗ୍ନ ଦୃଷ୍ଟିରେ ଚାହିଁ ରହିଲା ଜଲସାକୁ ।

ଆକାଶ, ନିର୍ମଳ ଥିଲା । କୋମଳ ଥିଲା । ଅବଗାହି ଥିଲା ।

ଜଲସା ଆଖିରେ ଆଖିଏ ହସିଦେଇ କହିଲା- 'କବୁଲ୍ । କବୁଲ୍ ।'

ଉଦୟ ଜଲସା ହଠାତ୍ ପଶିଗଲେ ସେଇ ଆଦିମ ଗହ୍ୱର ଭିତରକୁ । ପୁଣି ବାହାରିଲେ ଆତ୍ମ ବିଭୋର ହୋଇ ଅଦଭୂତ ଉତ୍ତେଜନାରେ, ରଙ୍ଗରେ ସେମାନଙ୍କ କଣ୍ଠରେ ଥିଲା ଗୋଟାଏ ଅତ୍ୟନ୍ତ ସୁମଧୁର ପ୍ରେମ ଗୀତ ।

ଅକଳଙ୍କ କୁଳରେ କଳଙ୍କ
ତୁ ଯେ କରୁଛୁ ଆଣି ଅନେକ
ଯେକୁ ଅବିଭାଇ ନବ ଯୁବା ତୁହି
କାହାଠାରେ ଚିତ୍ତ ବଳିଗଲା, ଗୋ ସଂଗାତ ।

ଉଦୟ ଉଛନ୍ନ ହୋଇ ଉଠିଲା । ଆବେଗରେ ସେ ସାର୍ଟ ଖୋଲି ଦେଲା । ଚକ୍ରଭଳି ତାକୁ ବୁଲାଇ ବୁଲାଇ ଦୌଡ଼ିଲା ପଡ଼ିଆ ସାରା । ଦୌଡୁ ଦୌଡୁ ସରୁ ସବୁଜ ଘାସ ଗଛଟିଏ ଅତି ଯତ୍ନରେ ଉପାଡ଼ି ଆଣି, ମୋଗଲ ବାଦଶା ଢଙ୍ଗରେ ତାକୁ ଚୁମାଟିଏ ଦେଇ - ବଢ଼େଇ ଦେଲା ଜଲସାକୁ । ଅତି ଆଗ୍ରହରେ ରତ୍ନମାଳାଟିଏ ତୋଳି ଧରିଲା ଭଳି ସବୁଜ ଦୁର୍ବାଟିକୁ ଧରିଲା । ପ୍ରତିଚୁମାଟି ଦେଇ କହିଲା, 'କୁବୁଲ୍, କୁବୁଲ୍ ।'

ଜଲସା ନିଷ୍ପତ୍ତି ନେଇଗଲା ।

'ଏଇଠୁ ଆରମ୍ଭ କରିବି ଜୀବନ । ଏଇ ମୁହୂର୍ତ୍ତରୁ । ପ୍ରେମର ମୁହୂର୍ତ୍ତ ଇଏ । ଦୁର୍ଲ୍ଲଭ ମୁହୂର୍ତ୍ତ ।'

ସେଇ ମୁହୂର୍ତ୍ତଟି ହିଁ ଉଦୟଙ୍କ ଜୀବନରେ ପାଲଟି ଯାଇଥିଲା ଏକ ନିର୍ଣ୍ଣାୟକ ମୁହୂର୍ତ୍ତ ।

ଛ' ବର୍ଷ ତଳର କଥା ଇଏ । ଏବଂ ସେବେ ଠାରୁ ଶେଷର ଆରମ୍ଭ ହୋଇ ଯାଇଥିଲା ।

କୁହାଯାଏ-

ଯେଉଁଠୁ ଆରମ୍ଭ, ସେଇଠି ଶେଷ । ଜନ୍ମ ଆଉ ମୃତ୍ୟୁର ବିଲୋପନ ବିନ୍ଦୁ ଗୋଟେ ।

ତଥାପି,

ସେଇ ଆରମ୍ଭ ଓ ଶେଷ ମଝିରେ ଥିଲା ଗୋଟାଏ ସଂଯୋଜକ ରେଖା ।

ଅତି ସଂକ୍ଷିପ୍ତ, ଅତି ରୋମାଞ୍ଚକର- ଦୁଇଟି ଜୀବନ ।

ମାତ୍ର, ଖୁବ୍ ଏକ୍ସାଇଟିଂ ।

ଉଦୟ କହିଲା, 'ଚାଲ କୁଆଡ଼େ ପଳେଇବା ।'

– 'କୁଆଡ଼େ ?'

'ସ୍ୱର୍ଗକୁ । ନର୍କକୁ । ଯୁଆଡ଼େ ଇଚ୍ଛା ହେବ ସିଆଡ଼େ ଯିବା । ସବୁଆଡ଼େ ତ ଯିବାର ପଥ । ସବୁ ସ୍ଥାନ ତ ଗନ୍ତବ୍ୟ ସ୍ଥାନ । କେବଳ ଯିବା କଥା ।'

– 'ଚାଲ ଆମେ ଯିବା । କହିଲଣି ମାନେ ଆଜି ଯିବା ।' ଜଲସା ଖୁସିରେ ନାଚି ଉଠିଲା ।

'ପୁରୀଠାରୁ ଆରମ୍ଭ କରିବା । କାଳ ସର୍ପ ଦେଖିବା ।' କହୁକହୁ ଉଦୟ ଆବୃତ୍ତି କରିବାକୁ ଲାଗିଲା, "କାଳ ସର୍ପ ଆପଣ କବଳ କର ପ୍ରାଣ.... ।" ଆବୃତ୍ତି ତା'ର ସେଇଠୁ ବନ୍ଦ ହୋଇଗଲା । ତଥାପି ଉଦୟ ପ୍ରଶାନ୍ତ ଦିଶୁଥିଲା ଓ ତା' ଭିତରେ ଗୋଟାଏ ଅବଦମିତ ଉତ୍ସାହ ପରିଲକ୍ଷିତ ହେଉଥିଲା । ସେ କହିଲା, ବୁଝିଲ ଜଲସା । ଏଇଟି ମୋର ଗୋଟିଏ ପ୍ରିୟ ଜଣାଣ। ଯେଉଁଠି ଶୁଣେ, ମୁଁ ତା' ସହ ଗୁଣୁଗୁଣୁ ହୋଇ ଉଠେ । କିନ୍ତୁ ଜଣାରଟି ଆକୁଳ ହୋଇ ହୋଇ ମାଗିବା, ଦେବା, ନଦେବା ଭାବାବେଶ ସହ ମୁଁ ଆଦୌ ଏକମତ ନୁହେଁ । ନିଜକୁ ନ୍ୟୂନ କରି, କାହାକୁ କିଛି ମାଗିବା ବା କାହା ଆଗରେ କିଛି ଗୁହାରି କରିବା, ସେ ଈଶ୍ୱର ହୁଅନ୍ତୁ ପଛେ, ମୁଁ ପସନ୍ଦ କରିପାରେନି ।'

ଉଦୟ କଥା ଏମିତି । ସେ ଗୋଟିଏ କଥା କହୁକହୁ ଆଉ କେଉଁ କେଉଁ କଥାକୁ ମାଙ୍କଡ଼ ଭଳି ଡେଇଁପଡ଼ିବ ଯେ, ତା' କଳନା କରିବା ସମ୍ଭବ ନୁହେଁ । ଅବଶ୍ୟ ଏମିତି ସମସ୍ତେ କଥା ହୁଅନ୍ତି । କଥା ହେବା ଲଟେଇ ଯିବାଭଳି ଘଟଣା ।

ତାରି କିଛି ବାଗ ବାଇଶ ନଥାଏ । ଯୁଆଡ଼େ ମୁହାଁଇଲା ସିଆଡ଼େ । ଜଲସା ଅନୁଭବ କଲା– ଉଦୟ ବୋଧେ ଡାଇଭର୍ଟ ହୋଇଗଲାଣି । ଏତେବଡ଼ ଗୁରୁତ୍ୱପୂର୍ଣ୍ଣ କଥାରୁ ସେ ଡାଇଭର୍ଟ ହୋଇଯାଏ କେମିତି ? ଜଲସା ଦୁଃଖିତ ହୋଇ ପଡ଼ିଲା । ସେ ଉଦୟକୁ ସ୍ମରଣ କରେଇ ଦେବାକୁ କହିଲା, 'କୁଆଡ଼େ, ଯିବା କଥା କହୁଥିଲ ।'

'ହଁ । ଶୁଭସ୍ୟ ଶୀଘ୍ରମ୍ । ନିଜକୁ ପ୍ରସ୍ତୁତ କରି ନିଅ । ଆଜି ଯିବା ।' ଖୁବ୍ ସହଜ ଓ ନିଶ୍ଚିତ ସ୍ୱରରେ ଉଦୟ କହିଲା ।

– 'କାହାକୁ ଜଣେଇବା ନାହିଁ । ଲୁଚିଲୁଚି ପଳେଇବା ।' ଜଲସା ଚାହିଁ ଭାବିଲା ଉଦୟକୁ ।

'ଲୁଚି ଲୁଚି ଯିବା କୁଆଡ଼େ ? କାହା ପାଖରୁ ଲୁଚିବା ! ଆମର କାହାକୁ ଲୁଚିବାର ଅଛି । ତୁମ ମା'ଙ୍କ କଥା କହୁଛକି ?'

ତାଙ୍କୁ ଜଣେଇ ଦିଅ, ଏଣିକି ଆମ ଜୀବନ ଆମେ ବଞ୍ଚିବାକୁ ସ୍ଥିର କରିଛୁ । ଏହା ତୁମର ଅବଗତି ଏବଂ ଭବିଷ୍ୟତ ସମୁଚିତ କାର୍ଯ୍ୟାନୁଷ୍ଠାନ ଲାଗି ନିବେଦିତ ।'

ଜଲସା ଉଦୟର ଦପ୍ତରି ଭାଷା ଶୁଣୁ ଶୁଣୁ ହସି ଉଠିଲା ଏବଂ କହିଲା, 'କାହାକୁ କିଛି ଜଣାଇବାର ପ୍ରୟୋଜନ ନାହିଁ ।'

'ଠିକ୍ ଅଛି । ତେବେ ପ୍ରଥମେ ଚାଲ ପୁରୀ ଯିବା । ସାତ ଦିନ ସାତରାତି ସେଠି ରହିବା । ସମୁଦ୍ରରେ ଗାଧୋଇବା । ବାଲିରେ ବାଲି ହରିଣ ଭଳି ଦୌଡ଼ିବା । ବେଳାରେ ଶୀତୁଳି ଖରାରେ ଦେହ ସିଝେଇବା । ଅନେକ ସମୟ ଚୁପଚାପ ହୋଇ ବସିବା । ସମୁଦ୍ରର ଗର୍ଜନ ଶୁଣିବା । ଆକାଶର ବଦଳୁଥିବା ରଙ୍ଗ ଦେଖିବା । ମଠରେ କୀର୍ତ୍ତନ କରିବା । ମଦ, ଗଞ୍ଜେଇ, ଡ୍ରଗ୍‌ସ ସବୁ ଶୋଷିବା । ଦେହଖେଳ ମନଇଚ୍ଛା ଖେଳିବା । ନୋଳିଆ ବସ୍ତିକୁ ଯିବା ଦେଶୀ ମଦ ମାଛପୋଡ଼ା ଖାଇବା । ରାତ୍ରିର ଅନ୍ଧାରରେ ସମୁଦ୍ର କୂଳରେ ବୁଲିବା, ନାଚିବା ।

ଜାଣିଛି ଜଲସା, ତୁମେତ ବହୁତ ଭଲ ଗୀତ ବୋଲି ଜାଣ । ତୁମେ ଜାଣିଛକି ନା, ମୁଁ ଜାରେନି, ମୁଁ ବଂଶୀ ବଜାଇ ଜାଣେ । ଗୋଟିଏ ବଂଶୀ ଆଣି ବଜେଇବି, ତୁମ ଗୀତର ସ୍ୱର ସହିତ ଅଥବା ଅନୁସରଣ କରିବି ତୁମ ସ୍ୱରକୁ ।

କୁହନ୍ତି, ସମୁଦ୍ରର ଗର୍ଜନ କୁଆଡ଼େ ବଂଶୀ ସ୍ୱରକୁ ଶୋଷି ନିଏ । ଇଏ ତା'ର ଆଦିମ କ୍ରୋଧ । ବଂଶୀର ମଧୁର ସ୍ୱରକୁ ସେ ସହିପାରେ ନାହିଁ । ଆମେ କିନ୍ତୁ ସମୁଦ୍ରକୁ ପ୍ରାର୍ଥନା କରିବା । ପ୍ରାର୍ଥନାର ବିଧି ମୋତେ ଜଣା । ତୁମେ ତ ଜାଣ ମୁଁ ପଣ୍ଡିତ ନାରାୟଣ ମିଶ୍ରଙ୍କ ସନ୍ତାନ । ହାତ ଯୋଡ଼ି ବିନୀତ ଭାବେ ପ୍ରାର୍ଥନା କରିବାର କଳା କୌଶଳ ମୋତେ ଜଣା–

'ହେ ମହୋଦଧୀ ! ହେ ସପ୍ତସିନ୍ଧୁ । ଉଦୟ ଜଲସା ତୁମକୁ ମଥାନତ କରି କରଯୋଡ଼ି ପ୍ରାର୍ଥନା କରୁଛନ୍ତି । ସୁଦୟା କରନ୍ତୁ । ମୋ ପ୍ରାଣପ୍ରିୟା ଜଲସାର ଗୀତ ସହ ମୋତେ ବଂଶୀ ସଂଯୋଜିତ କରିବାକୁ ଦିଅନ୍ତୁ । ଆମ୍ଭେ ପ୍ରଥମେ ଆପଣଙ୍କ ଉଦ୍ଦେଶ୍ୟରେ ଗାନ କରିବୁ । ତା'ପରେ ଅନ୍ୟମାନଙ୍କ ପାଇଁ ତା' ଉନ୍ମୁକ୍ତ ହେବ । ଆପଣ ସ୍ୱୟଂ ତା'ର ମଉଜ ନିଅନ୍ତୁ ଏବଂ ଅନ୍ୟମାନଙ୍କୁ ବି ସୁଯୋଗ ଦିଅନ୍ତୁ । ଆମେ ଏ ସଙ୍ଗୀତ ପକ୍ଷୀଙ୍କୁ ଶୁଣାଇବୁ । ପବନକୁ ଶୁଣାଇବୁ । ଅନ୍ଧାରକୁ ଆଲୋକକୁ ଶୁଣାଇବୁ । ନିର୍ଜନତାକୁ ଶୁଣେଇବୁ । ଜଗତର ସମସ୍ତଙ୍କୁ ଶୁଣେଇବୁ । ଆପଣଙ୍କୁ ନମସ୍କାର କରୁଛୁ । ଦଶ ଦିଗପାଳଙ୍କୁ ନମସ୍କାର କରୁଛୁ । ସମଗ୍ର ଜୀବ ଜଗତକୁ ନମସ୍କାର କରୁଛୁ । ବାରମ୍ବାର କରୁଛୁ । ଆମ ପ୍ରତି ପ୍ରସନ୍ନ ହୁଅନ୍ତୁ ।'

'ତୁମକୁ ଉଦୟ ମୋ ପାଖରୁ ଗୋଟିଏ ମୁହୂର୍ତ୍ତବି ଛାଡ଼ି ରହିବାକୁ ଚାହୁଁନି । ମୋତେ ଲାଗୁଛି, ତୁମ ବିନା ମୁଁ ଆଉ ବଞ୍ଚି ପାରିବି ନାହିଁ । ମୁଁ ସୀତାଙ୍କ ଭଳି ତୁମ ପାଖରେ ସବୁବେଳେ ରହିବାକୁ ଚାହେଁ, ସବୁବେଳେ ।' ଜଲସା ଭାଗାବେଗରେ ଉଚ୍ଛନ୍ନ ହୋଇ ଉଦୟର ହାତକୁ ଟାଣି ଆଣି ବାରମ୍ବାର ଚୁମା ଦେଲା ଏବଂ କହିଲା, 'ଚାଲ ଏଥର, ଆମେ ଏକା ହୋଇଯିବା ।'

– 'ଉଦୟ ! ମୋ ପାଖରେ ଏମିତି କିଛି ଅର୍ଥ ନାହିଁ ।' ଚାପାସ୍ୱରରେ ଜଲସା କନ୍‌ଫେସନ କଲାଭଳି କହିଲା ।

'ମୋ ପାଖରେ ବି ନାହିଁ ।' ଉଦୟ ହସିଉଠି ପଚାରିଲା, 'ଟଙ୍କା କ'ଣ ହେବ ? ତା'ଛଡ଼ା ତୁମେ ଟଙ୍କା କଥା କାହିଁ ଭାବୁଛ ?'

ୟୁ ଜଷ୍ଟ ଏନ୍‌ଜୟ ୟୋର ଲାଇଫ୍ । ସେ ବିଷୟରେ ଚିନ୍ତା କରିବାର ଦାୟିତ୍ୱ ମୋର ।

ତା'ଛଡ଼ା ମନେରଖ, ଧନ କାହାର ନୁହେଁ । ଯେମିତି ଆଲୋକ, ପାଣି, ପବନ, ମାଟି, ସମସ୍ତଙ୍କର, ସେମିତି ଧନ ସମସ୍ତଙ୍କର । ପଞ୍ଚାଏ ଲୁଣ୍ଠନକାରୀ ସବୁ ଧନକୁ ହଡ଼ପ କରି ନିଜକୁ ତା'ର ମାଲିକ ବୋଲାଉଛନ୍ତି । ସେମାନଙ୍କ ଗଚ୍ଛିତ ସମସ୍ତ ଧନ ଲୁଣ୍ଠିତ ଧନ । ସେଥିରେ ମୋର ଅଂଶ ଅଛି ।

ଜଲସା ବିସ୍ଫୋରିତ ହୋଇ ପଡ଼ିଲା । ମା'ର ପରିହାସରେ, କ୍ରୋଧରେ ସେ ମୋବାଇଲଟିକୁ ବେଡ୍ କଡ଼ରୁ ଉଠାଇ ଆଣି ଫୋପାଡ଼ି ଭାଙ୍ଗି ପକେଇଲା । ମନେହେଲା ଉଦୟକୁ ଯେପରି ବିଦାରଣ କରି ପକାଉଛନ୍ତି ସେ । ସବୁ ପ୍ରତ୍ୟୟ ଉଜୁଡ଼ିଗଲା । ତା' ଉପରୁ । ସେ କାନ୍ଦି ଉଠି ବିଛଣାରେ ନିଜକୁ ଫୋପାଡ଼ି ଦେଲା ।

ତାଙ୍କୁ ଲାଗିଲା ସେ ଯେପରି ଉର୍ବିଟାଏ । ଏଇ ସୁସଜ୍ଜିତ କାଚ ଘରେ ରହିବାର

ଭାଗ୍ୟ । ତା'ର ଭବିଷ୍ୟତ । ଏଇ ଚିନ୍ତା ତାକୁ ଖୁବ୍ କଷ୍ଟ ଦେଲା । ସେ ଆଉ ବିଛଣାରେ ରହି ପାରିଲା ନାହିଁ । ଉଠି ପଡ଼ିଲା ବ୍ୟସ୍ତ ବିବ୍ରତ ହୋଇ । ସେ ଝର୍କା ଖୋଲି ବାହାରକୁ ଚାହିଁଲା । ଦେଖିଲା ଅନ୍ଧାର ହୋଇଗଲାଣି । ଉଦୟ ଏଯାବତ୍ ଆସିନାହିଁ । ଏତେ ଅନ୍ଧାର ହୋଇଗଲାଣି ସେ ଆଲୁଅ ବି ଲଗେଇ ନାହିଁ ।

ଅନ୍ଧାର ଭିତରେ କ'ଣ ଜୀବନ ପଶି ଯାଉଛି ।

ଇଏ କ'ଣ ତାରି ପୂର୍ବ ସଂକେତ । ପୂର୍ବାଭାସ ।

ଛାନିଆ ହୋଇପଡ଼ିଲା ଜଲସା । ତା' ମନରେ ଉଦୟକୁ ନେଇ ଝଡ଼ ବହିଲା ।

ଉଦୟର କିଛି ହୋଇ ନାହିଁ ତ !

ହେ ମା' ତାରିଣୀ । ତୁ ରକ୍ଷାକର ମା' ।

ସକାଳୁ ତ ନିଶ୍ଚୟ ତାଙ୍କ ଆସିବାର କଥା ଥିଲା । ଆସିଲେ ନାହିଁ କାହିଁକି ?

ହଠାତ୍ ତା'ର ଶୁଭଙ୍କରୀଙ୍କ ଉପରକୁ ରାଗ ହେଲା, ସେ ମନେ ମନେ କହିଲା- 'କାଳତୁଣ୍ଡୀ, ଅଲକ୍ଷଣୀ ! ଏତେ ଅନ୍ଧାର ହେଲାଣି ଟିକିଏ ଲାଇଟ୍ ଲଗେଇ ନାହିଁ ।' ସେ ଖରକର ସ୍ୱରରେ କହିଲା, 'ବୋଉ, ତୁମେ ଏ ଘରେ ରହୁଛ ନା ନାହିଁ । ଏତେ ଅନ୍ଧାର ହେଲାଣି, ଲାଇଟ୍ ଟିକିଏ ଜଳେଇ ଦେଇନା ।'

- 'ମୁଁ କ'ଣ କରିବି ଯେ, ମୋ ଆଣ୍ଠୁଗଣ୍ଠି ବିନ୍ଧୁଛି ଯେ ଗୋଡ଼ ତଳେ ଲଗେଇ ପାରୁନି । ତା' ଛଡ଼ା ଉଦୟଙ୍କ କଥା ଭାବି ମୁଁ ଏତେ ଛାନିଆଁ ହୋଇଯାଇଛି ଯେ, ମୋତେ ଅନ୍ଧାର ଆଲୁଅ କାଳ ବେଳ ଜଣାପଡ଼ିଲା ନାହିଁ ଲୋ ଝିଅ । କିଛି ଖବର ତାଙ୍କ ବିଷୟରେ ପାଇଲୁ ?'

ଶୁଭଙ୍କରୀଙ୍କ କହିବାର ସେ ସ୍ୱର, ସେ ଢଙ୍ଗ ସେ ଛଳନାଭରା ସୋହାଗ ସବୁ ଜଲସାକୁ ବିଷ ଭଳି ଲାଗିଲା ସେ ଅତ୍ୟନ୍ତ ରାଗିଯାଇ କହିଲା, 'ଥାଉ ସେ ଭଲ ପାଇବା ତୁମର । ଆଉ ପାଟି ଖୋଲନା । ମୁଁ ଭଲ ଅବସ୍ଥାରେ ନାହିଁ । କ'ଣ କହିଦେବି ଯଦି ତୁମକୁ ବାଧିବ ।'

- 'ଇଲୋ ମୁଁ ଜ୍ୱାଇଁଟା କଥା ବୁଝିବି ନାହିଁ । ପଚାରିବି ନାହିଁ, ଦି ଦିନ ହେଲା ଗଲାଣି - କେଉଁଠି ରହିଲେ, କ'ଣ କଲେ ?'

ଫେର ତୋ ଜନ୍ମ ଦିନଟା ଆଜି । ଅଖିଆ ଅପିଆ ଅନେଇ କରି ବସିଛୁ ତାଙ୍କୁ ।

'ମୋ ଦେହ କେମିତି ସହିବ ଯେ, ଚୁପ୍ ରହିବି ।'

ଶୁଭଙ୍କରୀଙ୍କର ପ୍ରତାରଣାର ଶିକାର ହେବାକୁ ଆଉ ଚାହିଁଲା ନାହିଁ ଜଲସା । ସେଠୁ ସେ ଉଠି ପଳେଇଗଲା । ଛାତ ଉପରକୁ । ଛାତ ଉପରେ ବିଛେଇ ହୋଇ

ପଡ଼ିଥିଲା ବିସ୍ତୀର୍ଣ୍ଣ ନୀରବତା ଓ ଅନ୍ଧକାର । କିଛି ସମୟ ସେ ସେଠି ଠିଆ ହୋଇ ଚାରିଆଡ଼କୁ ଚାହିଁଲା ଉଦ୍‌ବେଗରେ ।

ଉଦୟ ଆସୁଛିକି ?

ସବୁ ଆଲୋକର ଗତି ତାକୁ ଅସ୍ଥିର କରି ପକାଇଲା । ସେଇ ବିଦୀର୍ଣ୍ଣ ଅସ୍ଥିରତା ଜଲସା ଭିତରେ ସ୍ଥିରତା ଭରି ଦେଲା । ସେ ଭୁଲିଗଲା ତା'ର ଉଦୟ ଲାଗି ବ୍ୟସ୍ତ ପ୍ରତୀକ୍ଷାକୁ । ସେ ଭୁଲିଗଲା ନିଜକୁ । ଅନୁଭବ କଲା ଏ ଅନ୍ଧାର ଭିତରେ ଛପି ରହିଛି ଯେପରି ଆଲୋକ । ଆଲୋକିତ ଆତ୍ମା ତା'ର । ସେମିତି ଏ ନିର୍ଜନତା ଭିତରେ ଭରି ରହିଛି ସଂଗୀତ, ତା'ର ଅନାହତ ଧ୍ୱନ୍ ।

ଗ୍ୟାଙ୍ଗଷ୍ଟାର ଚଣ୍ଡ ଭିତରେ କ'ଣ ଛପି ନଥିବ ମାନବୀୟତା । ସବୁ ଦିନେ କ'ଣ ଥିବ ସେ ଚଣ୍ଡ ।

ଗୋଟାଏ ବାଇକ୍ ଦ୍ରୁତଗତିରେ ଆସି ଅଟକିଗଲା ଗେଟ୍ ପାଖରେ ।

ଉଦୟ ! ହଁ, ଉଦୟ ତ ! ଜଲସା ଓହ୍ଲାଇ ଆସି କବାଟ ଖୋଲି ଦେଲା ।

ଘର ଭିତରକୁ ପଶୁପଶୁ ଉଦୟ କହିଲା, 'ସରି ଜଲସା । ମୋର ଏ ଅହେତୁକ ବିଳମ୍ବ ପାଇଁ, ମୁଁ ଖୁବ୍ ଲଜ୍ଜିତ ।'

ତୁମ ଜନ୍ମଦିନ ଉପଲକ୍ଷେ 'ମୋ ତରଫରୁ, ପ୍ରଚୁର ଶୁଭେଚ୍ଛା ଓ ହାର୍ଦ୍ଦିକ ଅଭିନନ୍ଦନ ।' ଜଲସାକୁ ଛାଡ଼ି ଉପରକୁ ଟାଣି ଆଣି ଗଭୀର ଆଶ୍ଲେଷସରେ ଚାପି ଧରିଲା । ଚୁମା ଦେଇ କହିଲା, 'ତୁମ ପାଇଁ କିଛି ମୁଁ ଗିଫ୍ଟ ଆଣି ପାରିନି । ମୋତେ କ୍ଷମା କରିଦେବ ।' ବିଷାଦ ଭରା ସ୍ୱରରେ କହି ତଳକୁ ମୁଣ୍ଡ ପୋତି ଦେଇ ବଡ଼ ଅବଶ ଭାବେ ଖଟ ଉପରେ ବସି ପଡ଼ିଲା ଉଦୟ ।

ଜଲସା ଦେଖିଲା ଖୁବ୍ ଅବଶ ହୋଇପଡ଼ିଛି ଉଦୟ । ଅନ୍ୟ ଦିନ ଭଳି ଜୀବନ୍ତ ଲାଗୁନି ସେ । ପାଖରେ ତା'ର ଦେହ ଲଗେଇ ଠିଆ ହୋଇ ଯାଇ କେଶରେ ତା'ର ହାତ ଚଲେଇ ଚଲେଇ ପଚାରିଲା, 'କ'ଣ ହୋଇଛି ତୁମର ? ଏତେ ବେବଶ ଲାଗୁଛ !'

ଗିଫ୍ଟ ଆଣିନ ବୋଲି ଦୁଃଖ କରୁଛ କି ! ମୋର ଦୁଃଖ ଥିଲା ତୁମର ଅନୁପସ୍ଥିତି । ନାରୀଟିଏ ତା'ର ଜନ୍ମଦିନ କି ବିବାହ ବାର୍ଷିକୀରେ ତା'ର ସବୁଠାରୁ ଆପଣାର ପ୍ରିୟ ମଣିଷଟିର ଉପସ୍ଥିତି, ସାନ୍ନିଧ୍ୟ ଚାହେଁ । ସେଇ ତା'ର ଆନନ୍ଦ । ତୁମକୁ ନ ପାଇ ମୁଁ ଖୁବ୍ ଦୁଃଖ ପାଉଥିଲି । ତୁମେ ଆସିଗଲ, ଦେଖ ରାତିଟି ମହକି ଉଠୁଛି । ମୋର ଆଉ କିଛି ଦୁଃଖ ନାହିଁ ।

ଜଲସା ଦେଖିଲା, ନା ତା'ର ସ୍ପର୍ଶ ନା ତା'ର ମିଠାକଥା କିଛି ପରିବର୍ତ୍ତନ

କରିପାରିଲା ଉଦୟକୁ । କ୍ଷତ କିଛି ଗଭୀର ଅଛି ନିଶ୍ଚୟ । ସେ ତା'ର ବେବଶ ମୁହଁକୁ ଚାହିଁ ପୁଣିଥରେ ପଚାରିଲା ସେଇ ପ୍ରଶ୍ନ- 'କ'ଣ ହୋଇଛି ତୁମର ? ଏମିତି ଲାଗୁଛ ?'

- 'କିଛି ହୋଇନି ତ ।' ଦୁର୍ବଳ ସ୍ୱରରେ ପ୍ରତିରୋଧ କଲା ଉଦୟ ।

'କିଛି ଗୋଟାଏ ହୋଇଛି ନିଶ୍ଚୟ ।' ଜଲସା ଯୋର ଦେଲା ତା' କଥାରେ, 'ଏ ଅବସ୍ଥାରେ ତ କେବେ ମୁଁ ଦେଖିନି ତୁମକୁ ।'

'କେଉଁ ଅବସ୍ଥାରେ ଅଛି ?' ତୁମର ବି ଅଧିକାର ଅଛି । ସବୁ ମଣିଷର ଅଧିକାର ଅଛି । ମୁଁ ସେ ଅଧିକାର ହାସଲ କରି ଜାଣେ । ଅବଶ୍ୟ ଧନର ଆହରଣ କ୍ରିୟା, ଏକ ଜଘନ୍ୟ ଆଦିମ ଲୁଣ୍ଠନ ପ୍ରକ୍ରିୟା । ବଡ଼ ଅମାନବୀୟ ତା'ର ମୁହଁ ।

ଜଲସା କିଛି ବୁଝିଲା, କିଚି ବୁଝିଲା ନାହିଁ ଉଦୟର ବକ୍ତବ୍ୟରୁ । ସେ କେବଳ ଧରି ନେଲା, ଟଙ୍କା କଥା ତା'ର ଚିନ୍ତା କରିବାର ନାହିଁ । ସେ କଥା ଉଦୟ ବୁଝିବ । ଏଇ ଚିନ୍ତା ତାକୁ ବହୁ ଆନନ୍ଦ ବି ଦେଲା ଓ ଉଦୟର ପୁରୁଷାକାର ଉପରେ ଗଭୀର ପ୍ରତ୍ୟୟ ସୃଷ୍ଟି କଲା । ସେ ସପ୍ରଶଂସା ଦୃଷ୍ଟିରେ ଚାହିଁ ସ୍ମିତହାସ୍ୟ ଦେଲା । ସେ ହସ ଉଦୟକୁ ପ୍ରଲୁବ୍ଧ କରି ପକାଇଲା । ସେ ହାତ ଟେକି ନାଚିଲା- ନିତାଇ ଗୌରଙ୍କ ଭଳି, ପାଦ ଥାପି ଥାପି ।

"ପାଦ ପକାଅ ଜଲସା । ଆମ ଜୀବନ ଯାତ୍ରାର ପ୍ରଥମ ପାଦ ।
ଦୂରରୁ କେଉଁଠି ଶଙ୍ଖ ବାଜିଲାଣି । ସନ୍ଧ୍ୟା ତାରା ବି ଆଖିବ ଫିଟେଇଲାଣି ।
ଡାକିଲାଣି, ଆସ ଗୋ ମିତ ପ୍ରାଣ ସଂଗୀତ ।"

"ଗଙ୍ଗଶିଉଳିର ବାସ୍ନା ମହକେଇ ଦେଲାଣି ଉଜାଗର ପ୍ରସ୍ତାବକୁ ।
ଆସ । ଏଇ ସଂଧ୍ୟାର କୁହୁଡ଼ିଆ ଅନ୍ଧାର ଭିତରେ ପଶି ଆସ, ଉଡ଼ିଉଡ଼ି ପକ୍ଷୀଟିଏ ଭଳି । ରୁଣୁଝୁଣୁ କବିତାଟିଏ ଭଳି । ଆସ, ମୋ ହାତଧରି ଆସ ।"

ତା'ପରେ ଅନ୍ତରୀକ୍ଷ ଭେଦକରି ସେମାନେ ଉଡାନ ହୋଇଗଲେ । କେତେବେଳେ ଉଭା ହେଲେ, କେତେବେଳେ ଅନ୍ତର୍ଦ୍ଧାନ ହେଲେ । କେତେବେଳେ ଦେଖା ହେଲା ବସିଛନ୍ତି ଗଛ ତଳେ, ଚିତ୍ରିତ ଶୀତଳ ଛାଇରେ । କେତେବେଳେ ପାହାଡ଼ରୁ ଖସିଥିବା ପଥର ଖଣ୍ଡ ଉପରେ ଗୋଡ଼ ଟେକି । କେତେବେଳେ କାଉଳିଆ ନଈ ପଠା ଉପରେ ତ ସାତ ଭୟା ଜଙ୍ଗଲରେ ଶିଆଳିଆ ଲଟାତଳେ ଜଙ୍ଗଲରେ, ପାହାଡ଼ରେ । ବୁଲିଲେ ଦିଲ୍ଲୀ, ମୁମ୍ବାଇ, ଯୋଧପୁର, ଆଗ୍ରା, ବେଙ୍ଗଲୁର, ଚେନ୍ନେଇ, କନ୍ୟାକୁମାରୀ, ତିରୁପତି, ଗୋଆ ।

ଏମିତି ସେମାନେ ନିଖୋଜ ହୋଇ ଗଲେ ଖେଳ ପଡ଼ିଆରୁ, କଲେଜ କ୍ୟାଣ୍ଟିନରୁ, ସ୍ଥାନୀୟ ପୀର ବଜାର ଛକରୁ । ସାଙ୍ଗସାଥୀଙ୍କ ମେଳରୁ ପର୍ବପର୍ବାଣିର ମଉଜ ଉଲ୍ଲାସରୁ । ନିଜ ନିଜ ପରିବାରର ହାତ ଆଉ ଆଖି ପାହାନ୍ତାରୁ ।

ଅନେକ ଦିନ ପରେ ସେମାନେ ଫେରିଲେ ଇପ୍ସିତ ଅଜ୍ଞାତବାସରୁ ।

ଫେରିଲା ବେଳକୁ ଆଉ ଉଦୟଙ୍କୁ ଚିହ୍ନି ହେଲା ନାହିଁ ।

ଉଦୟ ମିଶ୍ର ଆଉ ଉଦୟ ମିଶ୍ର ହୋଇ ନଥିଲା । ନବକଳେବର ହୋଇ ଯାଇଥିଲା ତା'ର ।

ଜନ୍ମିଥିଲା - ମିଥ୍ଟାଏ, ଗ୍ୟାଙ୍ଗଷ୍ଟାର ଚଣ୍ଡ ।

ଅତି ପ୍ରଚଣ୍ଡ ଚଣ୍ଡ ।

ବହୁମୁଖୀ ଅପରାଧ ଦୁନିଆର ବିରଳ ବ୍ୟକ୍ତିତ୍ୱ । ଦୁର୍ଦ୍ଧାନ୍ତ, ଅପ୍ରତିହତ ।

ଅର୍ଥ, ଶକ୍ତି, କ୍ଷମତା ଯାହା ଲୋଡ଼ା ତା'ର, ଥିଲା ତା' ପାଖରେ ପାଦତଳେ ।

ଚଣ୍ଡ ବି ଦିଶୁଥିଲା ଅତି ଭୟଙ୍କର । କ୍ୱଚିତ୍ ସାକ୍ଷାତ ହୁଏ ବେଳ ଅବେଳରେ ଷ୍ଟାର ହୋଟେଲ କେଉଁ ମିଶନରେ, ଗଲାବେଳେ ଦ୍ରୁତଗାମୀ ସ୍କର୍ପିଓ ଓ ବୋଲେରୋରେ ଅଥବା ମାକ୍ସରେ । ଅଥବା ସ୍ପିଡି ବାଇକ୍‌ରେ ।

ସେତେବେଳେ ମୁଣ୍ଡରେ ରୁମାଲଟାଏ ପଟି ଭଳି ବାନ୍ଧି ହୋଇଥିବ । ଆଖିରେ କଳା ଚଷମା । ହାତରେ ଢଳଢଳ ପିତଳର କଡ଼ା । ବେକରେ ମୋଟା ସୁନା ଚେନ୍ । ମୁହଁରେ ଛୋଟ ଛୋଟ ଡାଏ କରା ଦାଢ଼ି ଓ କେଶ, ବାଦାମୀ ରଙ୍ଗର । ସାଙ୍ଗରେ ତା'ର ପାଞ୍ଚ ଛଅଜଣ ଭେଡ଼ିଆ ଯାତୀୟ ଯୁବକ । ଧର ବୋଇଲେ ମାରି ପକାଇଲା ଭଳି । ଖ୍ୟାତି ଅଛି ଛୁରୀ ପେଲା, ଗୁଳି ଚାଳନାରେ । ସବୁବେଳେ ଦାଦାବଟି ନିଶାରେ ନିଶାରେ । ହଟ୍ ମୁଡ୍‌ରେ । ଦେଖିଲେ, ଡର ପଶି ଆସିବ ଭିତରକୁ । ଛାତି ଦବି ଯିବ ।

ସେଦିନ ମାଘ ସପ୍ତମୀ ଜଲସାର ଜନ୍ମଦିନ ଥିଲା । ସକାଳୁ ସକାଳୁ ଭୀଷଣ କୁହୁଡ଼ି ଆସିଲା ଯେ ମୁହଁକୁ ମୁହଁ ଦେଖାଗଲା ନାହିଁ । ଉଦୟ ରାତିରେ ନଥିଲା । ଗଲାବେଳେ କହି ଯାଇଥିଲା ଫେରିବ ସକାଳୁ ସକାଳୁ ।

ଜନ୍ମଦିନ ସେଲିବ୍ରେଟ୍ ହେବ ।

ଅଥଚ ଦଶଟା ବାଜିଲା । ଉଦୟ ଫେରି ନାହିଁ । ଜଲସାକୁ ଖାଲି ଖାଲି ଲାଗୁଛି । ଶୁଭଙ୍କରୀ ବିରକ୍ତ ଭରା ସ୍ୱରରେ କହିଲେ, 'ଝିଅ ! କଥା କ'ଣ ? ଉଦୟ କୁଆଡ଼େ ରହିଲେ ! ଏମିତି କ'ଣ ସବୁ କାମ ହୁଏ ?'

ଜଲସା କିଛି ଉତ୍ତର ଦେଲାନି । ମାତ୍ର ତାକୁ ଖୁବ୍ ଦୁଃଖ ଲାଗିଲା । ସେ ମୁହଁ ଶୁଖେଇ ଏପଟ ସେପଟ ହେଉଥାଏ । ଭାବିଲା ଫୋନ୍ କରିବ । ମାତ୍ର ଉଦୟ ବାରଣ କରିଛି ଏମିତି କିଛି ଅସୁବିଧା ନହେଲେ ଫୋନ୍ କରିବ ନାହିଁ । କଲେ ଥରେ ମାତ୍ର କରିବ, ମୁଁ ଧରେ ବା ନଧରେ । ଏମିତି କିଛିଟା ନିଷିଦ୍ଧ ଅଞ୍ଚଳ ଅଛି ତା' ପାଇଁ ।

ଉଦୟ କେଉଁଠି ଅଛି ?

- ମୁଁ ଜାଣିନି ।

କୁଆଡ଼େ ଯାଇଛି ?

- ମୁଁ ଜାଣିନି । ସେ ମୋତେ କହିକରି ଯାଆନ୍ତି ନାହିଁ ।

କେତେବେଳେ ଫେରିବ ?

- ମୁଁ କହିପାରିବି ନାହିଁ ।

ଗୋଟାଏ ବାଜିଲା । ଉଦୟର କିଛି ଖବର ବି ନାହିଁ । ଶୁଭଙ୍କରୀଙ୍କୁ ମଉକା ମିଳିଗଲା । କହିଲେ, 'କାହାକୁ ଅନେଇ ବସିଛୁ ଲୋ ଝିଅ, କୁମ୍ଭୀର ଯେ ନେଇ ମଝି ନଈରେ ହେଲାଣି ! ଜୀବନକୁ ତ ନଷ୍ଟ କରି ଦେଇଛୁ । ଏବେ ମୁହଁ ଶୁଖେଇ ବସିଲେ କ'ଣ ହେବ । ଯା ନିଜେ ନିଜେ କେକ୍ କାଟି ନିଜକୁ କହ- 'ଶୁଭ ଜନ୍ମଦିନ ଜଲସା । ଶୁଭ ଜନ୍ମଦିନ ।'

'ତୁମେ ଯେମିତି ବାଟ ପାଉନା । ହାରି ଯାଉଛ ଯେପରି କେଉଁଠି । ଜଲସା ଗୋଟାଏ ଉପାୟହୀନ ଅବସ୍ଥା ।'

- 'ଚଣ୍ଡ ! ପୁଣି ଉପାୟହୀନ ଅବସ୍ଥା । ସାମ୍ନାରେ ଠିଆରହି, ଉଦୟ ହସି ଉଠିଲା ଜୋରରେ, ଯେମିତି ଉଡ଼େଇ ଦେବ କଥାଟାକୁ ।'

- 'ହଁ । ଚଣ୍ଡ, ପୁଣି ତା'ର ଉପାୟହୀନ ଅବସ୍ଥା ।

ଆଜି ତୁମର ସେଇ ଅବସ୍ଥା ମୁଁ ଦେଖୁଛି ।' ଯୋର ଦେଇ କହିଲା ଜଲସା ।

- 'ସେ ବାଜେ କଥାଗୁଡ଼ାକ ଚଣ୍ଡ ଶୁଣି ପାରେ ନାହିଁ । କହିଛି ଏ କଥା ତୁମକୁ ଅନେକ ଥର ।' ବିରକ୍ତି ଭରିଗଲା ଚଣ୍ଡର ସ୍ୱରରେ ।

- 'ହଁ, କହିଚ ଅନେକ ଥର । ଘରେ ଚଣ୍ଡ ନଥାଏ । ଉଦୟ ଥାଏ । ଉଦୟର ଘର ଇଏ । ଚଣ୍ଡର ନୁହେଁ । ଚଣ୍ଡ ଏଠି ନଥାଏ । ତା'ର ସ୍ଥାନ ଇଏ ନୁହେଁ । କିନ୍ତୁ ସେଇ ଚଣ୍ଡକୁ ମୁଁ ଦେଖିଛି ଏଠି ! ଉଦୟ ଜାଗାରେ ଚଣ୍ଡ ଠିଆ ହୋଇଛି ।'

- 'କ'ଣ ତୁମେ ଯେ କହି ଯାଅ ଜଲସା ।' ବିଚଳିତ ହୋଇ ଉଠିଲା ଉଦୟ, 'ମୁଁ କିଛି ବୁଝିପାରେ ନାହିଁ । ମୋତେ ଟିକିଏ ଅବଶ ଲାଗୁଛି, କଫି ଟିକିଏ କରି ଆଣ ତ । ମୁଁ ବାଥ୍ ରୁମ୍‌ରୁ ଆସୁଛି ।' ଖଟ ଉପରୁ ଉଠି ବାଥରୁମ୍ ଭିତରେ ପଶିଗଲା ଉଦୟ ।

ନିଶ୍ଚୟ କିଛି ଗୋଟାଏ ଘଟିଛି, ଯାହାକୁ ଗୋପନ ରଖିବାକୁ ଚାହାନ୍ତି ଉଦୟ ।

ଏଭଳି ଅବସ୍ଥାରେ କ'ଣ ଆମେ ଆସି ପହଞ୍ଚି ଗଲୁଣି !

କଥା ଯେଉଁଠି ଗୋପନୀୟ ରହିବ ।

ବିଷାଦଗ୍ରସ୍ତ ହୋଇ ପଡ଼ିଲା ଜଲସା । ଏ ବର୍ଷର ଜନ୍ମଦିନ ପାଇଁ ଏହାହିଁ ବୋଧେ ଉଦୟଙ୍କ ସ୍ପେଶାଲ ଗିଫ୍ଟ । କଫି ତିଆରି କରିବାକୁ ସେ କିଚେନ୍‌କୁ ପଶିଗଲା ବେଳେ ଦେଖିଲା ଶୁଭଙ୍କରୀ ନଙ୍ଗନଙ୍ଗ ହେଉଛନ୍ତି ସେଠି ।

ବାଥରୁମ୍‌ରୁ ଆସି ଉଦୟ କହିଲେ, 'କଫି ପିଇବାକୁ ଆଉ ଇଚ୍ଛା ହେଉନି ଯେସି ।'

ଯେସି !

କ୍ୱଚିତ ଯେସି ଡାକନ୍ତି ଉଦୟ ଜଲସାକୁ । ଯେତେବେଳେ ଗୋଟାଏ ଭାବାନ୍ତର ହୁଏ ତାଙ୍କ ଭିତରେ ଅଥବା ଅତି ଖୁସିରେ ଦେହ ଖେଳ ଖେଳିବାକୁ ଚାହିଁଲେ ।

'ଆଉ କ'ଣ ଚାହୁଁଛ କି ?' ଜଲସା ପଚାରିଲେ ।

ମୃଦୁମୃଦୁ ହସି ଉଦୟ ହାତରେ ଇଙ୍ଗିତ ଦେଲେ- 'ମଦ । ହ୍ୱିସ୍କି । ଦୁଇ ତିନି ପେଗ୍ ଦିଅ । ତୁମେ ବି ସେୟାର କର ସାଙ୍ଗରେ ।'

ଦଶ ମିନିଟ୍ ଭିତରେ ଜଲସା ଚିକେନ୍ ଫ୍ରାଏ, ସାଲାଡ, ପାମ୍ପଡ଼ କରି ନେଇ ଆସିଲେ ।

ଗୋଟାଏ ପେଗ୍ କଣ୍ଠସ୍ଥ କରି ଦେଇ ମୁଡ୍‌କୁ ଆସିଗଲେ । ଉଦୟ ପଚାରିଲେ, 'କ'ଣ କୁହ ଯେସି ? କଥା କ'ଣ ?'

'କ'ଣ କହିବି !'

- 'ତୁମେ ଦୁଃଖି ଦେଖା ଯାଉଛ କାହିଁକି ? କେଉଁଠି ଆକାଶ ଭାଙ୍ଗି ପଡ଼ିଛି ?'

'ତୁମକୁ ନେଇ ମୋର ଦୁଃଖ । ତୁମେ ହିଁ ମୋର ଦୁଃଖ ।'

- 'ମୋତେ ନେଇ ?' ସିଗାରେଟ୍ ଟାଏ ଲଗେଇ ଜଲସାଙ୍କୁ ଚାହିଁ ରହିଲା ଚକିତ ଦୃଷ୍ଟିରେ ।

'ହଁ, ତୁମେ । ତୁମକୁ ନେଇ କାହିଁକି ଆଜିକାଲି ମୋତେ ବଡ଼ ଭୟ ଲାଗୁଛି । ମନରେ ଆଶଙ୍କା ଭରି ରହୁଛି । ଏଣୁ ଯେପରି ସବୁବେଳେ ଟେନ୍ସରେ ରହୁଛି ସବୁବେଳେ ।' ଜଲସା ନୀରବ ହୋଇଗଲା ତଳକୁ ମୁହଁ ପୋତି ଦେଇ ।

ନିଃଶବ୍ଦରେ ହସିଲା ଉଦୟ । କହିଲା, 'ଆଶଙ୍କା ଆଉ ଭୟର ଉପଦ୍ରବ ଏଇ ଜଲସା । ଏହାର ମୂଳରେ ଅଛି, ଜୀବନରେ ଆଉ କିଛି ନ ପାଇବାର ବିଡ଼ମ୍ବନା । ଇଏ ସେଇ ହରାଇବା ଭୟର କାଳରୂପ । ଯେଉଁଠି ପାଇବାର ସବୁ ସମ୍ଭାବନା ଲୋପ ପାଇଯାଏ, ସେଠି ଏଇ ହରାଇବା ଆଶଙ୍କାର ଉଦ୍‌ବେଗିତ କାଳସର୍ପ ମୁଣ୍ଡ ଟେକେ ।'

"ଠିକ୍ ଅଛି ଜଲସା । ତୁମର ମା' ହେବାର ସମୟ ଆସି ଯାଇଛି । ତାହାହିଁ

ତୁମକୁ ଦେବ ନୂତନ ଜୀବନ୍ୟାସ । ତୁମକୁ ଧାରଣ କରି ରଖିବ । ଆଜିଠାରୁ ସବୁ ଜନ୍ମ ନିୟନ୍ତ୍ରଣ ବ୍ୟବସ୍ଥାରୁ ନିଜକୁ ମୁକ୍ତ ରଖ । ନିଜକୁ ପ୍ରସ୍ତୁତ କରିନିଅ ସେ ଅନାଗତକୁ ସାମନା କରିବାକୁ ।" ନୀରବରେ ସେମାନେ ଅବଶିଷ୍ଟ ପାନୀୟତକ ଶେଷ କରି ନେଲେ ।

ଏବଂ ଠିଆ ହୋଇଗଲେ ସାମ୍ନା ସାମ୍ନି ।

॥ ୧୮ ॥

ନିଜକୁ ଆବଦ୍ଧ କରି ନିଜ କୋଠରି ଭିତରେ, ଜଲସା ସାତଦିନ ସାତରାତି କାଟି ଦେଲା । ବାହାରକୁ ବାହାରେ ଗାଡ଼ରୁ ମୂଷା ବାହାରିଲା ଭଳି ମାତ୍ର ଟିକିଏ ସମୟ ପାଇଁ । ଯେତିକି ସମୟ ଲୋଡ଼ା, ନିତ୍ୟକର୍ମ ପାଇଁ । ସେତେବେଳେ ବି ମୁହଁ ତା'ର ଭାରି ଭାରି ଦିଶୁଥାଏ । ପାଟି ଖୋଲି ପଦେ କଥା କହେନି କାହାକୁ, କି ଆଖି ଟେକି ଚାହେଁ ନାହିଁ କୁଆଡ଼େ । ମୁହଁ ଓହଳି ଥାଏ ଯେମିତି ତଳ ମୁହାଁ କାଙ୍କ ।

ଜଲସା ଦିଶୁଥାଏ ଫାଶୀ ହୁକୁମ ପାଇଥିବା ଆସାମୀଟିଏ ଭଳି, ବିପର୍ଯ୍ୟସ୍ତ, ଶୁଖିଲା, ଶୁଖିଲା ।

ସେଇ ବ୍ୟଥାତୁର ନୀରବ ମୁହୂର୍ତ୍ତରେ ଟିକିଏ ସୁଯୋଗ ପାଆନ୍ତି ମା' ଶୁଭଙ୍କରୀ । ତାକୁ ତାଗିଦା କରିଦେବାକୁ । ଚେତେଇ ଦେବାକୁ । ଜଲସା କିଛି ନ ଶୁଣିଲେ ବି ସେ କହି ଚାଲନ୍ତି–

– 'କାହିଁକି ଘର ଭିତରଟାରେ ଏମିତି ଦିନ ରାତି ପଶି ଘାଣ୍ଟି ହେଉଛୁ ?'

– କ'ଣ ହେବ ସେମିତି ଆତ୍ମ ଦହନରୁ ?

– କ'ଣ ପାଇବୁ ଜୀବନ ସାରା ଏମିତି କାନ୍ଦିଲେ ?

– ଜୀବନରେ, ଅନ୍ଧଗଳିରେ ପଶିଯିବା, କି ବାଟ ହୁଡ଼ି ଯିବା କିଛି ନୂଆ କଥା ନୁହେଁ ।

– ସେଭଳି ଘଟଣା ଘଟେ, ଘଟୁଛି, ଘଟିବ ବି ।

– ତୁ ବି ଝିଅ, ଏଭଳି ବିପତ୍ତିରେ ପ୍ରଥମ ନାରୀ ନୁହଁ ।

– ବହୁ ନାରୀଙ୍କ ଜୀବନରେ ବାରମ୍ବାର ଘଟୁଛି ଏପରି ।

– ପୁରୁଷ ନାରୀକୁ ପ୍ରତାରିତ କରିବାର କାହାଣୀରେ ନାରୀ–ଜୀବନର ଇତିହାସ ଭରପୁର ।

– ତୋତେ ଝିଅ ଏ ବିପଦରୁ ମୁକୁଳିବାକୁ ପଡ଼ିବ ।

- ସେଇ ମୁକୁଳିବାର ବାଟ ଖୋଜ ।

- ମୋ ସାନ କଥା ମାନେ ।

- ବାସ୍ତବତା ହିଁ, ଜୀବନର ଗତିପଥକୁ ନିୟନ୍ତ୍ରଣ କରେ ।

- ଭାବପ୍ରବଣତା କି ଆଦର୍ଶକୁ ଧରି ବଞ୍ଚି ହେବ ନାହିଁ ।

- ଧର୍ମ ତ ଏକ ମାୟାଜାଲ । ଯାହା ନିୟନ୍ତ୍ରଣ କରେ ଅଥଚ ଧାରଣ କରିପାରେ ନାହିଁ । ତୋତେ କହୁଛି ଶୁଣ, 'ଆଗ ଗର୍ଭମୁକ୍ତ ହ ।'

'କ'ଣ କହିଲୁ ?' ଚିହିଙ୍କି ପଡ଼ିଲା ଜଲସା ।

'କ'ଣ କହିଲୁ ? ଆଉ ଥରେ କହତ ।' 'କାନ୍ଦି ଉଠି ଜଲସା ଘର ଭିତରକୁ ପଶିଗଲା କ୍ରୋଧରେ, ଦୁଃଖରେ ।'

- 'ଟିକିଏ ଭଲ କରି, ଚିନ୍ତାକର ମୋ କଥାକୁ ମା' । ବୁଝିବାକୁ ଚେଷ୍ଟା କର ।'

ଜୀବନରେ ଭର୍ତ୍ତି ବହୁ ବିଶ୍ୱାସ, ଅନ୍ଧବିଶ୍ୱାସ ମା' । ବୁଝେଇବାକୁ ଚେଷ୍ଟା କରନ୍ତି ଶୁଭଙ୍କରୀ ।

'ତାକୁ ସବୁ ବୁଝି ତା' ଭିତରୁ ମୁକୁଳିବାକୁ ଚେଷ୍ଟା କଲା ବେଳକୁ ହାତରେ ଆଉ ସମୟ ନଥାଏ ।'

ଚିଲେଇ ଉଠିଲା ଜଲସା, - 'କାହିଁକି ତୁ ମୋ ମୁଣ୍ଡ ଖାଉଛୁ ମା' !'

କି ଅପରାଧ କରିଛି ମୁଁ ତୋର ? ମୋ ପଛରେ ପଡ଼ିଛୁ ।

ତୁ ମା' କ'ଣ କହୁଛୁ ବୁଝି ପାରୁଛୁ ତ ! ମୁଁ ଗୋଟିଏ ମଣିଷ ମା !

କେଉଁ ସାଧୁ ସନ୍ଥ ନୁହେଁ । ଯେଉଁମାନେ ସମ୍ପର୍କକୁ ନେଇ ବଞ୍ଚନ୍ତି ନାହିଁ ।

ମୁଁ ସେମିତି ବଞ୍ଚି ବି ନଥିଲି ।

ମୋ ପାଇଁ ସମ୍ପର୍କ ଆଧାରିତ ଜୀବନ ।

ମୁଁ ଜଣକୁ ଭଲ ପାଉଥିଲି । ତା' ସହ ରହୁଥିଲି - ଏକତ୍ର ସହବାସ ।

ସେ ସମ୍ପର୍କରେ ମଣିଷର ସବୁ ସମ୍ପର୍କ ଛନ୍ଦି ହୋଇଥିଲା ।

ନାରୀ ପୁରୁଷର ସବୁ ସମ୍ପର୍କର ସମ୍ପର୍କ ସେ । ବଡ଼ ଜଟିଳ । ବଡ଼ ରୋମାଞ୍ଚକର, ଏକାଧାରିତ ।

ଆମେ ଥିଲୁ-

ବାପା ମା' । ଭାଇ ଭଉଣୀ । ସାଙ୍ଗ ସାଥୀ । ବଏ ଫ୍ରେଣ୍ଡ୍ ଗାର୍ଲଫ୍ରେଣ୍ଡ୍ । ପ୍ରେମିକ ପ୍ରେମିକା । ସ୍ୱାମୀ ସ୍ତ୍ରୀ ।

ପୁଣି ପରିଚିତ ମଣିଷ ଦିଓଟି ।

ଏତେ ସବୁ ବଳୟ ଭିତରୁ ମୁଁ ଖସି ଯିବିତ, କେଉଁଠିକି ?

କେଉଁଠି ଠିଆ ହୋଇ ଭୁଲି ଯିବି ତାଙ୍କୁ ? ଭୁଲି ଯିବି ନିଜକୁ । ସେମିତି ସ୍ଥାନ କାଳ ନାହିଁ ମୋ ପାଇଁ ।

ଲୁହଝରା ଆଖିରେ ଯାଇ ଜଲସା ଠିଆ ହୋଇଗଲା ଉଦୟର ଫଟୋ ସାମ୍ନାରେ ।

ଉଦୟ ହସୁଛି । ବେପରୱା ହସ । ପ୍ରାଣ ଖୋଲା ଉଚ୍ଛୁଳା ବିମନ୍ଥିତ ହସ । ଚାନ୍ଦିନୀ ଭଳି ଯେମିତି ମଧୁ ଝରୁଛି । ଯେମିତି ଜୀବନରେ ସବୁକିଛି ପୂରଣ ହୋଇ ଯାଉଛି । ସବୁକିଛି ପାଇ ଯାଉଛି । ସେଇ ଆତ୍ମବିଭୋର ହସ । ସଫେଦ ମାର୍ବଲ ଭଳି !

– 'କ'ଣ ପାଇ ଯାଉଛ ? କାହାକୁ ପାଇ ଯାଉଛ ? ଟିକେ ଶୁଣେ ମୁଁ ତୁମ ମୁହଁରୁ !

– ସେଇ ଟୋକୀଟା !

କିଏ ସେ ବେହେଲ ? ଦେହଖୋରୀ !

ଦେହଖୋରୀ ! ମୁଁ ତ କହିବି – ଦେହଖୋରୀ ।

– ଯିଏ ତୁମ ମରଣର କାରଣ ହେଲା ! ବଞ୍ଚେଇ ଦେଲା ନାହିଁ ।

ତା'ରି ପାଇଁ, କ'ଣ ତୁମେ ଏବେ ଖୁସି ହୋଇପାର ?

ଉଦୟ । ଉଦୟ ! ସତ କହିଲ ଏ କଥା କ'ଣ ସତ ?

ତୁମେ କ'ଣ ମୋତେ ଧୋକା ଦେଇଛ !

ମୋ ଅଜାଣତରେ, ମୋତେ ଅନ୍ଧାରରେ ରଖି ତୁମେ କ'ଣ ମୋ ସହ ବିଶ୍ୱାସଘାତକତା କରିଛ !

ମୁଁ ତ ବିଶ୍ୱାସ କରିପାରୁ ନାହିଁ ।

ମୋର ପ୍ରତ୍ୟୟ ତୁମ ପ୍ରତି ତ ସେମିତି ଅଛି । ଭଲ ପାଇବା, ସେମିତି ଅଛି, ବିଶ୍ୱାସନୀୟତା ସେମିତି ଅଛି ।

ଦେହମନର ପବିତ୍ରତା, ଚାହତ୍ ସବୁ ସେମିତି ଅଛି । ଅକ୍ଷୁଣ୍ଣ, ଅପରିବର୍ତ୍ତିତ ।

ମୁଁ, ମତେ ପଥଚ୍ୟୁତ ହେବାକୁ ଦେଇନି । କମିଟ୍‌ମେଣ୍ଟ ରକ୍ଷା କରିଛି ।

ମୁଁ ତୁମ ରାଣ ଖାଇ କହିପାରେ, ଈଶ୍ୱରଙ୍କ ନାମ ନେଇ କହିପାରେ ଯାହା କହୁଛି ସତ ହିଁ କହୁଛି ।

ଯଦିଓ ମୁଁ ଜାଣେ–

ଏବେ ତ ଭଲ ପାଇବା ମନୋରଞ୍ଜନୀୟ ଆବଶ୍ୟକତାଟିଏ । ସଡକରେ

ପରିଣତ ହୋଇଯାଇଛି । ତା'ର ସୌନ୍ଦର୍ଯ୍ୟ କୋମଳ ବୈଶିଷ୍ଟ୍ୟ, ତ୍ୟାଗପଣ, ଏକମୁଖିତା ସବୁ ନଷ୍ଟ ହୋଇ ବଜାରର, ବହୁମୁଖୀ ପ୍ରତିଯୋଗିତାରେ ପଣ୍ୟ ପାଲଟି ଯାଉଛି । ଦୁର୍ବାର ଦୈହିକ ଆକର୍ଷଣର ସାମଗ୍ରୀଟିଏ ପାଲଟି ଯାଉଛି । କିଣାବିକା ବଜାର ମୂଳରେ ଚାଲିଛି ।

'ତୁମେ ଉଦୟ ! କ'ଣ ସେଇ ପଥର ଶିକାର ହୋଇଗଲ ?'

ତୁମେ ତ ଗୋଟାଏ ଗୁଣ୍ଡା ବଦମାସ ଗ୍ୟାଙ୍ଗଷ୍ଟର ଥିଲ, ଯାହା ମୁଁ ଜାଣିଥିଲି । ଗ୍ରହଣ ବି କରି ନେଇଥିଲି । ସେ ସବୁକୁ ସହିବି ଯାଉଥିଲି ଗୋଟାଏ ସମ୍ଭାବନାର ସ୍ୱପ୍ନରେ । ସେତେବେଳେ ମୋର ଆତ୍ମଗ୍ଲାନି ନଥିଲା । ଅସନ୍ତୋଷ ନଥିଲା । ଯଦିଓ ଦୁଃଖ ଥିଲା । ଆସ୍ଥା ବି ଥିଲା । କୌଣସି ଗୋଟାଏ ଘଟଣା ତୁମ ଜୀବନକୁ ନିଶ୍ଚେ ନୂଆ ପଥ ଦେଖେଇବ । ନହେଲେ, ବୟସ କି ପିତୃତ୍ୱ ବଦଳେଇ ଦେବ ତୁମ ଜୀବନ ଧାରାକୁ ।

ଯେତେବେଳେ, ଅନ୍ୟମାନେ ତୁମକୁ ଭୟ କରିଥିଲେ, ଘୃଣା କରୁଥିଲେ, ମୁଁ ତୁମକୁ ଭଲ ପାଉଥିଲି । ତୁମ ପୁରୁଷାକାରକୁ ନେଇ ମୋ ଭିତରେ କମ୍ ଗର୍ବ ନଥିଲା । ତୁମକୁ ଉଦୟ, 'ସଂପୂର୍ଣ୍ଣ ରୂପେ ମୁଁ ଭଲ ପାଉଥିଲି ।

ତା'ର ପ୍ରତିଦାନ କ'ଣ ଏଇଆ ଦେଲ ?'

ନା, ମୋର ତୁମ ଭଳି ଏକ ଅସାମାଜିକ ତତ୍ତ୍ୱକୁ ଏତେ ବିଶ୍ୱାସ କରିବାର ନଥିଲା ।

ଏମିତି ହସୁଚ କ'ଣ !

ମୁଁ ବୁଝି ପାରୁଛି ଏ ହସ ତୁମର ପ୍ରତାରଣାର ପରିଭାଷା ।

ତୁମେ ତ ମୋର କଷ୍ଟକୁ, ଯନ୍ତ୍ରଣାକୁ, ହତାଶାକୁ ଆଦୌ ବୁଝି ପାରୁନା ! ଖାତିର ବି କରିନା ।

ଆରେ ! ତୁମେ କ'ଣ ବୁଝିବ । ତୁମେ ତ ଫଟୋଟାଏ, ଛାଇଟାଏ । କହୁକହୁ ଭାଙ୍ଗି ପଡ଼ିଲା । ଜଲସା । ନିଜକୁ ସେ ଆଉ ଠିଆ କରି ରଖି ପାରିଲା ନାହିଁ । ଦୁର୍ବଳତା ଦୁଃଖ ମନସ୍ତାପ ତାକୁ ନୋସେଡେଇ ପକେଇଲା । ଚଟାର ଉପରେ ହାମୁଡ଼େଇ ପଡ଼ି ମଥା ଲଗେଇ କାନ୍ଦି ଉଠି କହିଲା ତୁମ ମୃତ୍ୟୁକୁ ମୁଁ ଦମ୍ଭ ସହ ସହି ଯାଇ ପାରିଥାନ୍ତି, କିନ୍ତୁ ତୁମର ଏ ଜଘନ୍ୟ ପ୍ରତାରଣାକୁ ସହି ପାରୁନି, ପାରୁନି ।

ମୋର ନିଜ ଉପରେ ଆଉ ଆସ୍ଥା ରହୁନି । ନିଜକୁ ମୁଁ ଗ୍ରହଣ କରିପାରୁନି । ଛାର୍, ଲାଗୁଛି ମୋତେ । ଭଲ ପାଇ ପାରୁନି ନିଜକୁ । ମନେ ହେଉଛି ବଡ଼ ବୋକାଟାଏ ମୁଁ । ନିର୍ବୋଧଟାଏ ।

କେଉଁ ପୁରୁଷକୁ ଧରିରଖି ପାରିବାର ଯୋଗ୍ୟତା ଯେପରି ମୋର ନାହିଁ । ଯାହା ଅଛି, ତା' ଖାଲି ସାମୟିକ ପ୍ରଲୁବ୍ଧ କରିବାର କ୍ଷମତା !

ତୁମେ ମୋତେ କେଉଁ କୂଳରେ ରଖିଲ ନାହିଁ ଉଦୟ ।

ତୁମର ବିଧବା ପତ୍ନୀ କହିବାକୁ ଆଜି ମୋତେ ଘୃଣା ଲାଗୁଛି । କୁଣ୍ଠା ଆସୁଛି ।

ତୁମ ସନ୍ତାନକୁ ତୁମେ ଅବୈଧ କରିଦେଲ ।

'ମୁଁ ଆଉ ସେ ଅବୈଧ ସନ୍ତାନର ବୋଝକୁ ଧାରଣ କରିପାରିବି ନାହିଁ ।' ବାରମ୍ବାର ନିଜକୁ ନିଜେ କହିଲା ଜଲସା ।

'ମୁଁ ଆଉ ସେ ଅବୈଧ ସନ୍ତାନର ବୋଝକୁ ଧାରଣ କରିପାରିବି ନାହିଁ । ବୋହି ପାରିବି ନାହିଁ ସେ ବୋଝ ।'

ଏଣିକି, ନୂଆକରି ମୁଁ, ମୋର ଜୀବନ ବଞ୍ଚିବି । ନୂଆ ଭାବରେ ବଞ୍ଚିବି । ନୂଆ ସମ୍ପର୍କରେ ।

ଯେଉଁ ସମ୍ପର୍କରେ ମର୍ଯ୍ୟାଦା ନାହିଁ, ସେ ଭଳି ସମ୍ପର୍କ ଧାରଣ କରି ଲାଭ କ'ଣ ।

ପାଗଳୀଙ୍କ ଭଳି ଜଲସା ଉଠି ଠିଆ ହୋଇଗଲା । ଦୁଇ ପାପୁଲି ମେଲେଇ ଆଖିରୁ ମୁହଁରୁ ଲୁହ ପୋଛିଲା । ଧୀରେ ଧୀରେ ପାଦ ଚାପି ଚାପି ଉଠିଗଲା ଛାତ ଉପରକୁ ।

ଛାତ ଉପରେ ବିଭୋର ରାତ୍ରୀ ସହ ଅନ୍ଧକାର ଓ ନିର୍ଜ୍ଜନତା ବିଛେଇ ହୋଇ ପଡ଼ିଥିଲା ।

ଆକାଶରେ ତାରା ଭର୍ତ୍ତି । ପବନରେ ଭରିଛି ସୁବାସ । କେଉଁଠି ଡାକୁଛି ଚଢ଼େଇଟିଏ ।

- 'ଆ ଗୋ ମିତ, ଆ' ସଂଗାତ ପୁଚି ଖେଳିବା ।'

ମାତ୍ର ଜଲସା, ନା ଦେଖି ପାରିଲା ସେ ବହଳ ଅନ୍ଧକାରକୁ, ନା ନିଛାଟିଆ ନିର୍ଜନତାକୁ ।

ତା' ଛାତି ଭିତରେ ଜଳୁଥିଲା ନିଆଁ, ହୁତୁହୁତୁ ।

ଅନେକ ପ୍ରଶ୍ନ ଜଳୁଥିଲା ତା' ଭିତରେ । ପାଣି ଭଳି ଫୁଟୁଥିଲା- ଗବଗବ ।

ବଡ଼ ସଂଗୀନ ଜଟିଳ ପ୍ରଶ୍ନ ସେ ସବୁ ।

ଧର୍ମକୁ ନେଇ ସାମାଜିକତାକୁ ନେଇ । ପାପକୁ ନେଇ ମାନବିକତାକୁ ନେଇ । ଅତିତକୁ ନେଇ, ଭବିଷ୍ୟତକୁ ନେଇ । ସମ୍ପର୍କକୁ ନେଇ ବାସ୍ତବତାକୁ ନେଇ । ଜନ ଜୀବନର ଚଳଣି ବିଶ୍ୱାସକୁ ନେଇ ।

ଜୀବନ ମରଣର ପ୍ରଶ୍ନ ସେ ସବୁ । କେଉଁ ଦିଗରେ ଥାପିବ ସେ ପାଦ ?

ଉତ୍ତରରେ କି ଦକ୍ଷିଣରେ ! ପଶ୍ଚିମରେ କି ପୂର୍ବରେ ! ବୁଝିପାରୁ ନଥିଲା ।

ତାକୁ ଲାଗୁଥିଲା, ଯେଉଁଠି ସେ ପାଦ ଥାପିବ ସେଠି ସେ - ମରିବ ।

ହରେଇବ ସବୁକିଛି, ପାଇବ ବା କ'ଣ !

ହଠାତ୍ ଜଲସା ବେନି ଖଣ୍ଡ ହୋଇଗଲା ।

ଖଣ୍ଡେ - ମୁଁ ।

ଚିର ହାହାକାର, ଛାଇଟାଏ । ମାଇଚିଆ ଜୀବନା ଭୂତ ।

ଅନ୍ୟ ଖଣ୍ଡକ - ନିଜେ ସେ । ଜଲସା ସାମ୍ରାଜ୍ୟ ।

ଏମିତି ପ୍ରଶ୍ନ ବି ଉଠିଲା-

କ'ଣ କରିବି ମୁଁ । କ'ଣ କରିବ, ଜଲସା ?

ମୁଁ ଦେଖିଲି, ହଠାତ୍ ଜଲସା ହେଲା ଉଦ୍‌ଜିବୀତ ।

ଆଉ ଥରିଲା ନାହିଁ ଦେହ ହାତ ତା'ର । ଥରିଲା ନାହିଁ ତା' ଓଠ ।

ମନେ ହେଲା ଯେପରି କୌଣସି ବାହ୍ୟ କି ଅନ୍ତଃଚାପ ନାହିଁ ତା' ଉପରେ ।

ସବୁ ସଂସ୍କାରରୁ, ସବୁ ଚାପରୁ ମୁକ୍ତ ସେ ହୋଇଯାଇଛି, ଅତି ଆକସ୍ମିକ ଭାବେ ।

ଜୀବନ ମୁକ୍ତ ଆତ୍ମାଟିଏ ।

ମୁଁ ତା' ପାଖରେ ଠିଆ ରହିଥାଏ, ଅରୂପରେ ନୀରବ ନିଶ୍ଚଳ ହୋଇ ।

ଦ୍ୱିତୀୟ ପକ୍ଷୀଟି ଭଳି ସର୍ବଗ୍ରାହୀ ।

ଜଲସା ଠିଆ ହୋଇ ତା'ର ଦୁଇ ବାହୁ ଟେକି ଦେଲା ଆକାଶ ଛାତିକୁ ।

ତା'ପରେ ନିଜକୁ ଉଲଗ୍ନ କଲା, ଖୋଲିଦେଲା ବର୍ହିବାସ ଅର୍ନ୍ତବାସ ।

ଛାତିରୁ ଖୋଲିଲା ବ୍ରାସିୟର ଷ୍ଟ୍ରାପ୍, ଅଣ୍ଟା ଓ ଜଙ୍ଘରୁ ପ୍ୟାଣ୍ଟିସ୍ ।

ମଥାରୁ ବି ଖୋଲି ଦେଲା କେଶ । ବୁଲିଗଲା ଚକ୍ରମତି-

"ଦେଖ ମୋତେ ଦେଖ, ମୁଁ ସଂପୂର୍ଣ୍ଣ ଆବରଣ ମୁକ୍ତ ।

ଦେହ ଓ ମନରୁ । ମାତ୍ର-

ଗର୍ଭରେ ମୋର ଚାରି ମାସର ସନ୍ତାନ, ଅବଶିଷ୍ଟ ଆୟୁଷ ମୋର କରେ ଅପହୃତ ।

ଚାରି ମାସର ସନ୍ତାନ ଗର୍ଭରେ ମୋର ହୁଏ ଆତଯାତ ।

ମୃତ ବାପ ତା'ର । ମୋର ଯେ ପ୍ରେମିକ ଥିଲା । ସ୍ୱାମୀ ଥିଲା । ଥିଲା ଗ୍ୟାଙ୍ଗଷ୍ଟାର ।

ମୋ ସହ ପ୍ରତାରଣା କଲା । ଅନ୍ୟ ଏକ ଝିଅର ପ୍ରେମରେ ।

ସେମାନଙ୍କ ଉଦ୍ଦଣ୍ଡ ରତି ନୃତ୍ୟ ମୁଁ ଦେଖିଛି ଭିଡ଼ିଓ ଟେପରୁ ।

ତା' ଉଲଗ୍ନ, ପୋଜ୍ ଦିଆ ଫଟୋ ମୁଁ ଦେଖିଛି ।

ଖୁବ୍ ସେକ୍ସି । ଏବେ ସେ ଅଛି ଗର୍ଭବତୀ ।

ମୁଁ ବି ଗର୍ଭବତୀ ।

ସେଦିନ ସଲିମ୍ ମୋତେ ଦେଖାଇଲା - ଚାକ୍ଷୁସ ପ୍ରମାଣ ।

ଦେଖୁ ଦେଖୁ କାନ୍ଦିଲି ମୁଁ, ଦୁଃଖରେ କ୍ରୋଧରେ । ସଲିମ ମୋତେ ବୋଧ ଦେଲା ଧରି ତା' କୋଳରେ ।

ମୁଁ ହରାଇଲି କାଣ୍ଡ ଜ୍ଞାନ, ମାତିଗଲି ତା' ସହିତ ସଂଭୋଗ କ୍ରିୟାରେ ।

ମା'ର ସାମ୍ନାରେ ।

କଥା ହେଲେ ସେଦିନ ରାତିରେ

ସଲିମ ସହିତ କାଟିବି ଜୀବନ - ଗର୍ଭପାତ ପରେ ।

'ନା । ନା' ଚିତ୍କାର କରି ଜଲସା ଆସିଲା ପଳେଇ ।

ଯେମିତି ଲାଗିଚି ନିଆଁ କେଉଁ ଜଙ୍ଗଲରେ ପକ୍ଷୀମାନେ ଉଡ଼ି ଯାଆନ୍ତି ଜୀବନ ବିକଳେ ।

ଯେମିତି ଚଣ୍ଡ ଦୌଡୁଥିଲା ମରଣ ମୁହଁରୁ ।

ସେମିତି ଆକୁଳ ବିକଳ ହୋଇ ଲଜ୍ୟାରେ, ଦୁଃଖରେ, କ୍ରୋଧରେ ।

ଜଲସା ଠିଆ ହୋଇଗଲା । ଧଇଁ ସଇଁ ହୋଇ । ନିର୍ଣ୍ଣୟ ସ୍ୱରରେ କହିଲା-

ଆଜିଠାରୁ ମୋ ପଛେ ଲାଗିଲେ-

'ମୁଁ, ମୋତେ ଶେଷ କରି ଦେବି ।'

ମୋତେ ବଞ୍ଚିବାକୁ ଦିଅ ମୋ ରାସ୍ତାରେ । ମୋ ଇଚ୍ଛା ଅନୁସାରେ ।

॥ ୧୯ ॥

କାଲି ଗାନ୍ଧୀ ଜୟନ୍ତୀ, ଅକ୍ଟୋବର-୨ ।

ଆଜି ରାତିରେ ଧୂଳି ଧୂସରିତ ଗାନ୍ଧୀ ମୂର୍ତ୍ତିକୁ ଧୋଇଧାଇ ସଫା କରି ଦେଇଛି ବିମଳ ସାହୁ । ନିତିପର କରି ପିଣ୍ଡିଟିକୁ ସର୍ଫ ପାଣିରେ ସଫା କରି ଦେଇଛି ଗଉରୀ । ଫୁଲ କେତୋଟି ଛିଣ୍ଡାଇ ବିଛେଇ ଦେଇଛି । ବିଭିନ୍ନ ରଙ୍ଗର ଫୁଲ । ନାଲି, ନେଳି, ହଳଦିଆ, ଗୋଲାପି, ଧଳା, ନାରଙ୍ଗୀ ମିଶ୍ରିତ ଛିଟଛିଟ ଫୁଲ । ସେଗୁଡ଼ିକ ଦେଖା ଯାଉଛି ଫୁଲର ତୋଡ଼ାଟିଏ ଭଳି । ଭାରତର, ଆତ୍ମା ଭଳି ରଙ୍ଗୀନ । ବିବିଧତାରେ ପରିପୂର୍ଣ୍ଣ ଏକତ୍ୱ ଯେମିତି । ଗ୍ରିଲ୍‌ରେ ଝୁଲେଇଛନ୍ତି ଦେବଦାରୁ ପତ୍ର । ଫୁଲର ମାଳ ।

ମୁରୁଜରେ ଚିତା ଆଙ୍କିଛି ଶ୍ରଦ୍ଧାରେ ମାଇଚିଆ ଗଉରା, ତୃତୀୟ ସେକ୍ସ । ଏଠି ସମସ୍ତେ ତାକୁ ଡାକନ୍ତି-ଗଉରୀ ।

ବଜାର କମିଟିର ସଭ୍ୟମାନେ, କି କୌଣସି ସ୍ୱେଚ୍ଛାସେବୀ ସଂସ୍ଥାର ସଭ୍ୟ, କି ରାଜ୍ୟ ସରକାରଙ୍କ କୌଣସି ପ୍ରଶାସନିକ ସଂସ୍ଥାର କର୍ମଚାରୀମାନେ, କି ସ୍ଥାନୀୟ ନେତାମାନେ ଜନତା, ଏପରିକି ସ୍ଥାନୀୟ ଏନ.ଏସ.ସି.ର କର୍ମକର୍ତ୍ତା କି କାଉନସିଲରମାନେ କେହି ଜଣେ ବି ଆସିଲେ ନାହିଁ - ଏଠିକି । ଯିଏ ବା ଆସିଲେ, ଆସିବାର ମିଥ୍ୟା ପ୍ରତିଶ୍ରୁତି ଦେଇ ଫେରିଗଲେ । ମାତ୍ର ବିମଳ ସାହୁ ଓ ଗଉରୀ ଜୟନ୍ତୀର ପ୍ରାକ୍ ପ୍ରସ୍ତୁତି କ୍ରିୟାରେ ମାତି ରହିଲେ । କାମ ସରୁସରୁ ରାତି ଦୁଇଟା ବାଜି ଯାଇଥିଲା । ବିମଳ ସାହୁ ଗଉରାକୁ କହିଲା-

'ଯାଅ ଶୋଇପଡ଼ିବ ଘଡ଼ିଏ । ପୁଣି ନଗର କୀର୍ତ୍ତନ ପାଇଁ ଭେରୁ ପ୍ରସ୍ତୁତ ହୋଇ ଆସିବାକୁ ପଡ଼ିବ । ତୁମେ ଏଠି ଆସି ପହଞ୍ଚିଲା ବେଳକୁ ମୁଁ ଗାନ୍ଧୀଙ୍କର ପ୍ରିୟ ଭଜନ, ଠିକ୍ ଭୋର ପାଞ୍ଚଟାରେ ମାଇକ୍‌ରେ ଲଗେଇ ଦେଇଥିବି ।' ଶୁଣିବ-

ରଘୁପତି ରାଘବ ରାଜାରାମ

ପତିତପାବନ ସୀତାରାମ ।

ମଙ୍ଗଲ ପରଶନ ତିରୋ ନାମ୍,

ସବ୍‌କୋ ସନ୍‌ମତି ଦେ ଭଗବାନ ।

ବିମଳ ସାହୁ ଅତି ଶ୍ରଦ୍ଧାରେ ଭଜନ ପଦକ ତା' ସ୍ୱରରେ ଗାୟନ କଲା ।

ଗଉରୀ କହିଲା, 'ଭଲ ଗୀତଟିଏ ବୋଲିଲ ବିମଳ ଭାଇ । ଦିଲ୍ ଖୁସ୍ ହୋଇଗଲା । ବହୁତ କାମ ବି ହୋଇଗଲା । ତୁମ ଯୋଗୁ । ମୋତେ ବହୁତ ଆନନ୍ଦ ଲାଗୁଛି । ହେଲେ ବିମଳ ଭାଇ । ବଜାରରୁ ଆଉ କେହି ଜଣେ ବି ଏଠିକି ଆସିଲେ ନାହିଁ କାହିଁକି ?'

ବିମଳ ସାହୁ କିଛି ଉତ୍ତର ଦେଇ ପାରିଲା ନାହିଁ । ଦୀର୍ଘଶ୍ୱାସ ପକାଇ ଚାହିଁ ରହିଲା ଗାନ୍ଧୀଙ୍କୁ ।

'ଆଜିକାଲି ତ ଧୂମଧଡ଼କା, ବାଡ଼ିଆ ପିଟା, ଠକାଠକିର ଟୋକାଳିଆଙ୍କ ଯୁଗ । ଗାନ୍ଧୀ ତ ବୁଢ଼ା, ଅଚଳ ଟଙ୍କା ହୋଇଗଲେ ତାଙ୍କ ଆଗରେ ନା ! ଗାନ୍ଧୀ ନିତି ଆଉ କାହାରି ପସନ୍ଦ ଆସୁ ନାହିଁ । ଯୁଗ ବଦଳି ଗଲା, ସମୟ ବଦଳି ଗଲା । ନା' ଆଉ କ'ଣ ବିମଳ ଭାଇ ।'

ବିମଳ ସାହୁ ତଥାପି ନୀରବ ରହିବା ଦେଖି ଗଉରୀ କହିଲା, 'ତୁମକୁ ନିଦ ଆସିଲାଣି କି ବୋଧେ । ଚାଲ ଶୋଇବା । ତୁମରି ପାଖରେ ଆଜିଟା ଶୋଇ ପଡ଼ିବି । ଉଠିବାକୁ ଶୀଘ୍ର ହବନା ।'

ବିମଳ ସାହୁ ନିଦ ଆସୁ ନଥିଲା । ସେ ବୁଝି ପାରୁ ନଥିଲା କ'ଣ ଉତ୍ତର ଦେବ ସେ ଗଉରାକୁ ।

ଗାନ୍ଧୀ କ'ଣ ଏ ଦେଶ ପାଇଁ ପ୍ରକୃତରେ ଅଦରକାରୀ ହୋଇଗଲେ ? ମଣିଷ ସମାଜ ପାଇଁ ଅଚଳ ଟଙ୍କା ।

କେବଳ ଭାଷଣ ପ୍ରଚାର ପୁସ୍ତକ ଚିତ୍ରରେ ସେ ବଞ୍ଚିବେ ମହାତ୍ମା ହୋଇ !

କିଛି ଉତ୍ତର ପାଉ ନଥିଲା ବିମଳ ସାହୁ ।

ଗଉରା ସପଟାଏ ଆଣି ତଳେ ଶୋଇ ପଡ଼ିଲା । ବିମଳ ସାହୁ ଏକା ଏକା ତା' ବେଞ୍ଚ ଉପରେ ଅନେକ ସମୟ ବସି ରହିଲା । ଦେହ ଓଜନିଆ ଲାଗିବାରୁ ସେ ବେଞ୍ଚ ଉପରେ ଲମ୍ବ ହୋଇଗଲା ତ ତାକୁ ନିଦ ହୋଇଗଲା ।

ଭୋର ପକ୍ଷୀର କୂଜନ ସହିତ ବିମଳ ସାହୁ ଶୁଣିଲା ଗୋଟାଏ ନବଜାତ ଶିଶୁର କ୍ରନ୍ଦନ । ଭାବିଲା ସ୍ୱପ୍ନ ଦେଖୁଛି କି ଆଉ । ସେ ଉଠିପଡ଼ି ଡାକ ପକେଇଲା, 'ଉଠ୍‌ତ ଗଉରା । ଛୁଆଟାଏ କାନ୍ଦୁଛି କେଉଁଠି, ଉଠିଲ ଦେଖିବା ।'

ଗଉରା ଉଠିଗଲା ତରତର ହୋଇ । ସେମାନେ ତରତର ହୋଇ ମାଡ଼ିଗଲେ

ସେଇ ଜାଗାକୁ । ଗାନ୍ଧୀଛକରୁ ଟିକିଏ ଆଗକୁ । ଯେଉଁଠି କେଇଟା ମାସ ତଳେ ଗଡୁଥିଲା ଚଣ୍ଡର ଶବ । ଠିକ୍ ସେଇଠି, କିଏ ଛାଡ଼ି ଦେଇ ଯାଇଛି ଗୋଟିଏ ସଦ୍ୟଜାତ-କନ୍ୟା ସନ୍ତାନ ।

ବିମଳ ସାହୁ ଅତି ଯତ୍ନରେ ରାସ୍ତା ଉପରୁ ଟୋଳି ନେଲା ଶିଶୁଟିକୁ । ଆଖି ପହଁରେଇ ସେମାନେ ଚାହିଁଲେ ଚାରି ଆଡ଼କୁ । ଆଖ ପାଖରେ କେହି ସନ୍ଦିଗ୍ଧ ବ୍ୟକ୍ତି ଦିଶୁ ନଥିଲେ । ସେଇଠି ଠିଆ ହୋଇ ବିମଳ ସାହୁ ଉଦ୍‌ବେଗ ଭରା ସ୍ୱରରେ ପାଟିକରି ପଚାରିଲା-

'ଏ ଶିଶୁଟି କାହାର ?'

'କାହାର ଏ ବେଧ ଛୁଆଟା ବା !' ଗଉରା ରଡ଼ି ଛାଡ଼ିଲା । କିଏ ଛାଡ଼ି ଗଲା ନଉନା କାହିଁକି ? ଶିଶୁଟିର ସ୍ୱର୍ଗୀୟ ନିରୀହତାକୁ ଚାହିଁ ବିଗଳିତ ହୋଇ ପଡ଼ିଲା ବିମଳ ସାହୁ । ଆବେଗରେ ସେ ଚାପି ଧରିଲା ଶିଶୁଟିକୁ ଛାତିରେ ।

ସେତେବେଳକୁ ଚାରିଆଡ଼େ ପ୍ରଚାର ହୋଇ ଯାଇଥିଲା ଗାନ୍ଧୀ ଛକରେ କିଏ ଗୋଟାଏ ସଦ୍ୟଜାତ ଶିଶୁକୁ ଫୋପାଡ଼ି ଦେଇ ଯାଇଛି ।

ବିମଳ ସାହୁ ତାକୁ ପାଇ ରଖିଛି । ଦେଖିବା ଚାଲୁନା ।

■■